國家社科基金重大招標項目
國家古籍整理出版專項資助項目
北京師範大學中華文化研究與傳播學科交叉平臺項目

杜桂萍 主編

清代詩人別集叢刊

曹貞吉集

宋開玉 輯校

人民文學出版社

後者約收九十種），都包含了一定數量的清代詩人別集（至二〇一六年，前者共收九種，後者共收四種）。新推出者新意頗多，如陳永正《屈大均詩詞編年輯校》（上海古籍出版社二〇一七年版），而一些修訂重版者則顯爲精進，如俞國林《呂留良詩箋釋》（中華書局二〇一五年初版，二〇一八年再版），從不同維度爲清代別集文獻的整理和研究提供了新的理念和視野。其他出版機構也在留意清人別集的整理和研究，如國家圖書館出版社影印出版《清代家集叢刊》（徐雁平、張劍主編）、鳳凰出版社陸續推出《中國近現代稀見史料叢刊》（張劍、徐雁平、彭國忠主編）等。人民文學出版社也在高度關注這一重要領域，先後出版推出《明清別集叢刊》、《乾嘉詩文名家別集叢刊》等，集中力量於明清文人別集的整理和研究，實有後來居上之勢。凡此也表明，學界和出版界皆已體現出高度的學術自覺，意識到清代詩文文獻的重要性。尤其是人民文學出版社，已不僅僅著眼於名家之作，對那些於文學史、文學生態等發生重要影響的文人及其文獻遺存也予以關注，這既符合文獻整理的基本原則，又有利於彰顯文學研究的開放性視角以及多維度的路徑拓展。

正是在這樣的學術語境中，我擔任首席專家的國家社科基金重大招標項目《清代詩人別集叢刊》於二〇一四年獲批，有計劃的系統性的清代詩人別集整理工作得以展開，相關成果陸續成編，彙爲《清代詩人別集叢刊》。

我們並沒有選擇原書影印的整理方式，而是奉行了『深度整理』的基本原則。以影印方式整理，固然可以使研究者得窺作品之原貌，也有利於及時呈現和保護一些珍稀古籍版本，如上海古籍出版社出版的《清代詩文集彙編》、國家圖書館出版社出版的《清代詩文集珍本叢刊》等，都具有重要的學術價值。不過，點校、注釋、輯佚等整理方式無疑更能體現出古籍整理的學術深度。事實上，隨著文化語境的改變和學術研究的深入，文獻整理的功能也在不斷拓展，不僅應提供基礎性的文獻閱讀，還應具有學術研究的諸多要素，即在學術史的視野中呈現文獻生成的複雜過程和創作主體的生命形態，而這正是《清代詩人別集叢刊》選擇『深度整理』方式的理念和前提。

『深度整理』指向和强調『整理即研究』的古籍整理思想與學術精神。以窮盡文獻爲原則，以服務於學術研究爲目的，於整理過程中注入更明確、豐富且具有問題意識的科學研究内涵，使古籍整理進一步參與當代學術發展。也就是說，在一般性整理的基礎上，借助於多種方法的綜合運用，爬梳文獻，考證辨析，去僞存真，推敲叩問，完成一部既收羅完備、編排合理，又在借鑒以往研究成果基礎上推進已有研究、表達最具前沿性的科研創獲的詩人別集整理本。這既是古籍整理基本要義的延伸和拓展，也符合與時俱進的學術發展訴求，應是整理工作之旨歸所在。

如是，《清代詩人別集叢刊》突出了以下幾個方面的整理工作。

一、前言。『前言』的撰寫，不事泛泛介紹作者生平和創作的一般狀況，而注重於文獻、文學、文化等視角，對著者生平進行考述，對著述版本源流加以梳理，對別集的文學價值、影響進行具有文學史意義的判斷。『前言』應是一篇具有較强學理性、權威性和前沿性的導讀佳作。

二、版本。別集刊刻與存世情況往往因人而異，或版本複雜，或傳本稀少。『必先定其底本之是非，而後可斷其立說之是非。』（段玉裁《與諸同志書論校書之難》）廣備衆本，謹慎比對，選出最佳的工作底本和主要校本，讓新的整理本爲學界放心使用，成爲清詩研究的新善本和定本。

三、輯佚。清代文獻去今未遠，除大量别集、總集外，清人手稿、手札、書畫題跋等近年時有發現，散存於方志、家譜的各類佚文亦在不斷披露中。故以求全爲目的，盡力輯佚，期成完帙，並合理編纂。務使每一種整理本成爲該詩人作品的全本，這也是提升整理本學術含量的重要舉措。

四、附録。附録豐富與否是新整理本學術含量高低的重要標誌，實爲另一種形式的研究。如年譜簡編以及從族譜方志、碑傳志銘、評論雜記中勾稽出的相關研究資料等，對全景式展現詩人生命歷程十分必要。然有時文獻繁雜，需經過精心淘擇和判斷，强化『編纂』意識，避免文獻堆積，又能充分體現深度整理的學術含量。

古籍文本生成於歷史，負載了豐富的歷史文化信息。對於整理者而言，不僅應使古籍文本能夠被有效閲讀，還應借助閲讀活動等促其進入公共和現實視域，成爲當下文化結構的有機組成部分。也就是説，整理活動本身應始終處於在場的文化狀態，立足於學術史，並直面其所處之研究領域的一些難點、疑點和熱點問題，進而通過整理過程中的辨析、考論解決文學演進中的某一方面或幾個方面的問題，形成專題性研究，這是深度整理應達成的重要目的。所以，整理活動其實是一個思維創新的過程，指向的是知識和觀念整合的結果。考訂史實，發現文本之間的各種意義和多層面内涵，使之成爲當代人可閲讀的文本，並參與歷史文化建設，其實也是在回答我們進入歷史的方式。

總之，以窮盡文獻、審慎校勘爲路徑，以堅實、充分的文獻史實研究爲基礎，通過對文獻的慎用和智用，借助歷史的、邏輯的思路甚至心靈的啟迪，系統、全面地收集、篩選史料，勾連、啟動其内在聯繫，從而將古籍整理與史實研究深度結合，强化了整理性學術著作的研究内涵，是一種真正包含了主體自由性的學術實踐活動。這種由專門研究完善古籍整理、由古籍整理深化專門研究的深度整理方式，對整理者的研究意識和整理本的學術含量都提出了更高的要求，不僅標示了整理觀念和方法上的更新，更是當代學術發展的必然訴求。我們願努力嘗試之，並推出一系列具有較高水準和重要學術意義的整理成果。

前言

曹貞吉是清代康熙前期重要的文學家，他能詩善詞，朱彝尊説他『詞源白石叟，詩法玉谿生』（朱彝尊《送曹郡丞貞吉之官徽州》），皆卓然自成一家。他的詩得到了清初宗唐、宗宋兩大派詩壇領袖人物王士禛、宋犖的推重，黄宗羲稱其詩『如江平風霽，微波不興，而洶湧之勢，澎湃之聲，固已隱然在其中矣。世稱李詩得變風之體，杜詩得變雅之體，先生蓋兼有之』（黄宗羲《曹實庵先生詩序》），兼李、杜之美，評價不可謂不高。他的詞一向被認爲『取徑較正』，在清初諸老中『最爲大雅』（陳廷焯《白雨齋詞話》卷三），一時詞壇巨擘如陳維崧、朱彝尊都交相贊譽。康熙間『吳綺選名家詞，推爲壓卷』（《清史稿·文苑傳一·曹貞吉》），乾隆間編纂《四庫全書》，《珂雪詞》是唯一入選的清人詞，張之洞《書目答問》列《珂雪詞》爲清人詞集第一家。

一

曹貞吉，字升六，又字升階、迪清，别號實庵，山東安丘莲池里（今安丘市石堆鎮大蓮池村）人。生於明崇禎七年（一六三四）正月二十二日，卒於清康熙三十七年（一六九八）十一月四日，享年六十五歲。

曹貞吉出生於書香世家，安丘曹氏家族自明朝洪武二年（一三六九）自曹州（今山東菏澤市）移居安丘之後，以儒起家，爲民以勤，任官以廉，以科舉出身而爲官者綿綿不絶，世代皆有『以文學德行著名』者（《安丘曹氏族譜》卷一曹一鳳《宗説》），遂成安丘大族。曹貞吉高祖曹一麟，明嘉靖三十五年（一五五六）進士，曾任吴江縣（今江蘇蘇州市吴江區）知縣。曾祖曹應塤，太學生，爲遵化縣（今屬河北）丞。祖父曹銓，太學生，爲光禄寺大官署署丞。父曹復植，諸生，娶同邑劉正宗次女，崇禎十五年（一六四二）十一月死於戰亂，時曹貞吉年僅九歲。外祖劉正宗，崇禎元年（一六二八）進士，入清後爲順治朝重臣，官至少傅、文華殿大學士兼管吏部尚書，能詩，自成一家，是济南詩派的代表人物之一，曹申吉《少傅公行狀》稱自己兄弟二人『自藐孤以迄成立，拊育教誨，無非外王父之德』，這使他從小就受到了較好的文化教育和文學創作熏陶。

由於年幼失怙，又成長於明清易代之際的戰亂之中，曹貞吉也曾經歷過一段頗爲艱難的困苦生活。他曾有詩追憶這段生活説：『傷哉垂九齡，已感終天逝。煢煢棄路隅，艱難時隕涕。提攜惟老母，追隨有弱弟。搶攘兵戈中，生全偶然濟。茹苦甘熊丸，長貧恒斷齏。租税苦追呼，風雨門常閉。』（《歲暮感舊書懷二十八韻》）這段生活雖然延續的時間並不太長，卻使他從小就對民生疾苦有了較爲深切的體驗和理解。

有清一代的統治很快便得到了鞏固，社會秩序日趨穩定，科舉也恢復了正常，像曹貞吉這樣的世家子弟，走科舉入仕的道路是自然而然的事情。儘管他『幼具夙惠，初學爲文章，即有神解。甫髫，與弟澹餘同負儁聲』（張貞《曹公墓志並銘》），可是，曹貞吉在科場中連年不利，這使他頗爲傷感。好像命運有意讓他難堪似的，與他同窗共讀的弟弟曹申吉在仕途上則一帆風順。曹申吉，字錫餘，別號澹餘，小貞吉一歲，他於順治八年（一六五一）膺鄉薦，十二年中進士，十四年選授國史院編修，旋擢日講官充扈從，十五年出爲湖廣右參議、分守下荊南道，十七年轉左通政，晉大理寺卿。而直到此時，曹貞吉卻連舉人也還沒有考中，正是『季方著先鞭，而予獨留滯』，『阿弟陟乘明，歎予方食餼』，『咫尺判雲泥，撫躬憂匪細』。顯然，弟弟申吉很早就飛黄騰達對貞吉有極大的刺激，他『自度年力足，未肯甘薜荔』，『矢懷一何銳』（《歲暮感舊書懷二十八韻》），決心步其後塵，刻苦讀書以成名，『益自奮厲，博極群書，篝鐙雒誦，深夜不休』（張貞《曹公墓志並銘》），因此爲學日進，漸露頭角，山東提學僉事施閏章對他極爲賞識，以『國士』待之。

康熙二年（一六六三），曹貞吉終於考中山東鄉試解元。次年，成進士。隨後，曹貞吉開始了吳越、京師壯遊行程，在此期間，先後結識了清初文壇的領軍人物王士禛、朱彝尊、陳維崧、宋犖等人，這對曹貞吉後來的文學創作極有裨益。

康熙九年，曹貞吉考授中書舍人。中書舍人在唐宋時期是相當尊顯的官位，而在明清兩代卻只是無足輕重的從七品的文史。曹貞吉在這個職位上一待就是十六個年頭，這很令他心灰意懶。他哀歎『余一官雞肋』（曹貞吉《馬竹船詩序》），他在描寫在這個職位的爲官和家居生活時稱：『東華散騎促回鑣，露下清宵話寂寥。老我今爲丞相掾，羡君早插侍中貂。十年文字羞逢世，一旦鬚眉盡折腰。敢向金門稱大隱，也同蹤跡混漁樵。』（《與家弟談舊書懷》）進而哀歎道：『披褐書生今老大，可憐渾未在人前。』（《直南苑》）『老折彭澤腰，安取單父琴？既非縱横才，懼爲世網侵。』（《對酒》）又說：『自甘貧病親書帙，不願公卿識姓名。一枕邯鄲容午臥，夢中蝴蝶亦多情。』（《夏日漫興》）他感到有些無聊：『薇省自同蟬抱葉，槐鄉飽看蟻拖蟲。』（《晨興》）他在這個時期的閒章就有『大隱』、『金門大隱』、『五雲散吏』等，可見他對長期淹留在中書舍人位上是十分鬱悶的，而『不虎不鼠以安吾處』的閒章也點出他對此時自己似『用』而實『不用』、延宕下位的境地有一點無奈地接受，甚至有了幾分『悔殺微官換釣簑』（《苦熱》）的懊悔。

然而，仕途上的失意，有時卻對文學創作有利。曹貞吉曾有詩描述自己的這一時期的創作生活：『朝來雨過綠苔生，自愛門停剝啄聲。長夏漫漫如倦客，孤雲澹澹類時名。奇書借得皆成友，怪石移來便作兄。』（《夏日漫興》之一）『文字憂河漢，浮生混狗屠。營營干祿筆，僕僕小人儒。』（《顧影自嘲》）坐著中書舍人的冷板凳，正可以使他有更充裕的時間潛心於文章，也可以更多參與詩友間的切磋與交流，感到了『捫腹徐吟塵事少，餘年真憐此官清』（《夏日漫興》之一）、『卻似鱸蓴歸未得，金門詞賦讓人工』（《秋日憶故山風景》）的慶幸。其姻親張貞說：『壬子（康熙十一年），余充貢賦，入京師，見公自公之暇，專力攻詩，與今戶部侍郎田公綸霞、巡撫都御史宋公牧仲、刑部郎中謝公千仞、故國子祭酒曹公頌嘉、給事中王公幼華、刑部主事汪公季角更唱迭和，都人有「十子」之目。』（張貞《曹公墓志並銘》）袁啟旭在《朝天集引》中追憶這時的情形說：『今上之庚申（康熙十九年），旭彈劍入都門。是時安丘曹公實庵掌敕綸扉，與新城王學士、商丘宋比部、予里施侍讀日事酬唱，文酒過從，殆無虛日。』這也是他的中書舍人友朋縱酒、論文唱酬生活的真實寫照。

也就在這期間，在他生活中發生了一起重大變故，使他在政治上受到了一次沈重的打擊，同時也深深地影響了他的仕途升達與文學創作。其弟曹申吉在順治、康熙兩朝都深得皇帝的賞識，『敭歷中外，不六年而躋九列』（曹濂《儀部公（曹貞吉）行狀》），在仕途可謂青雲直上。康熙十年（一六七一），曹申吉以工部右侍郎兼都察院右副都御史巡撫貴州，十二年癸丑，三藩亂起，貴州提督李本深起兵響應，曹申吉無力抵抗，遂束手被擒，繼而迫受僞職。『二曹爲胞兄弟，昆仲感情甚篤。遭此反復劇變，爲胞兄者能不擔受牽連？當其爲逆臣時，爲兄能無恐懼？』（趙儷生《曹貞吉與曹申吉》）當曹申吉身陷逆境，迫受僞職之時，身爲中央政府官員的曹貞吉的處境的確是十分尷尬的，張貞追憶這時期曹貞吉的生活情形時說：『癸丑冬，滇逆之變，澹餘身陷其中，公進退維谷，日夕惟以眼淚洗面。』（張貞《曹公墓志並銘》）這在曹貞吉的詩歌中是可以得到印證的，例如：『親知雜存歿，習俗徒紛紜。回首汶水陽，惆悵心如焚。』（《冬日雜感》之四）又如：『我生覯喪亂，動止雜鋒鏑。……重與骨肉別，萬里音塵隔。魂夢越江山，涕洟沾枕席。』（《櫛髮有白者感賦》）『立馬青門慘不歡，黃雲次第拂歸鞍。一家骨肉存亡痛，萬里兵戈道路難。京國笑余還索米，高堂憑爾勸加餐。』（《送霖兒歸里》之一）對遠方身陷敵壘的愛弟的擔心，對家鄉老母的牽掛，以及社會上的各種流言的譏諷，都集中於曹貞吉一身，而更重要的是還有一種無形的政治壓力正沈沈地威脅著他，可以斷言，曹貞吉的久淹薇省、延宕不升，以及他在這一時期的詩歌中時時流露出來的那種『欲說還休』的隱痛，甚至『心事猶如死灰』（曹貞吉《上宋大中丞書》）的失望都與這起重大的政治變故有直接的關係。《四庫全書總目·珂雪詞》在評價他的詞作時說『風華掩映，寄託遙深』，這『寄託遙深』四個字於他的詩也是適用的。他在這個時期那許多鬱積於內心深處的想說又無法明說的思想、感情，就都借這『遙深』的『寄託』，在詩、詞中表達出來了。經過這次重大變故的磨練，他的文思情懷的確是更加成熟老練了。

度過由曹申吉陷敵引起的這場政治危機之後，曹貞吉在仕途上再未遇到過什麼挫折。康熙二十三年（一六八四），他出任順天府（治今北京市）鄉試同考官。二十四年四月，升任正七品的内閣典籍。六月，出爲徽州府（治今安徽歙縣徽城鎮）同知。在徽州任上，先後攝知祁門、青陽、黟縣、歙縣等縣事，署安慶府篆，所至皆有政聲。康熙三十一年，遷戶部廣東清吏司員外郎。三十三年遷禮部儀制清吏司郎中，爲該年武會試同考官。康熙三十五年，爲粵西（今廣西，治今廣西桂林市）鄉試副主考官，十一月，升湖廣提學僉事，以病辭歸鄉里。康熙三十七年（一六九八）十一月四日，以疾終，享年六十五歲。

曹貞吉幼具夙惠，博聞强記，『於書無所不窺』（曹申吉《珂雪初集跋》），『人間以史傳故實相咨，事雖隱僻，公應對如流，論者謂不減張司空在典午之代也』（張貞《曹公墓志並銘》）。他久居廟堂，淹留中書，一官禮部，『秉質純良，持心端謹。簡司翰墨，奉職罔愆』（《曹貞吉任内閣中書舍人、授文林郎敕命》），『每從奉對之後，咫尺天威，進止合度，在廷咸屬目焉』（曹濂《儀部公行狀》），深爲有司同儕倚重。出爲佐貳，勤謹清廉，政績卓著。署任府縣，慎重詞獄，屏絕羨耗，與民休息。汰稅平怨，祁民有《卻金》之歌；移風易俗，黟邑有頌德之匾。

曹貞吉爲人敦正忠直，張貞說他爲人『介特自許，意所不顧，萬夫不能回其首也。以是多取嫉於人，而亦以是爲清議所重』（《曹公墓志並銘》），這也許是他久滯薇省不得升陟的原因之一，但他『以友朋爲性命，投縞贈紵，幾遍天下。汲引後進，有昌黎、廬陵之風，故凡詞人墨客之入春明者，咸以爲當代龍門，各持所業以相質。苟片長足錄，先大夫必加意拂拭，逢人說項，士之以此名者，指不勝屈』（曹濂

《儀部公行狀》)。子女的説辭雖然不無誇飾，但曹貞吉於友朋文章確實孜孜以誠、肝膽相照，他先後與張貞、施閏章、王士禛、王士禄、朱彝尊、陳維崧、黄宗羲、宋琬、宋犖、吳雯、田雯、曹禾、孔尚任、洪昇、汪懋麟、李良年、李符、顔光敏、張潮、鄧漢儀、靳治荊、趙執信等交遊，曾參與編輯陳維崧《迦陵詞全集》及《陳迦陵文集》，所結皆一時文壇翹楚。即使是後輩文人李澄中、袁啟旭、馬常沛等也悉心推掖，曹貞吉文稿來看，我們輯得曹貞吉文五十二篇，其中友朋詩詞文集序跋有二十一篇，還有四則評語。他任徽州府同知時，輾轉署任諸縣，所至皆大力發展文化，推舉當地人才，治下文人如汪士鋐、江鏞、汪有光、許田、多時珍的詩詞文集都曾得到過曹貞吉的點評，曹貞吉也爲他們的詩詞文集撰寫序跋。他多次參與和主持文、武鄉試、會試，所取皆『一時知名之士』。

曹貞吉晚年退居鄉里，與本縣劉源淥、張貞等耆舊賢達仿『白社』遺意結文酒之社，日相酬唱。他敦親睦鄰，率先垂範，被舉爲鄉飲大賓，死後被推爲鄉賢，入祀鄉賢祠。

二

曹貞吉的文學創作從一開始就是有其家法的。明代中葉以後，以『前後七子』爲代表的詩歌創作流派，倡導『文必秦漢，詩必盛唐』(《四庫全書總目提要·懷麓堂集》)，在相當長的時期内影響了明清之際的中國文壇。曹貞吉的外祖父劉正宗是明季清初濟南府籍作家群的主要人物之一，師法明七子，推崇初盛唐詩，這不可能不對曹貞吉文學創作理念的形成產生影響。而與曹貞吉具有亦師亦友關係的王士禛是清初康熙兩朝的文壇領袖之一，王士禛以盛唐詩爲宗，主張『神韻説』，『中歲越三唐而事兩宋』（俞兆晟《〈漁洋詩話〉序》），王士禛參與了曹貞吉第一個詩集的編定、點評，而曹貞吉的《珂雪詞》也主要是由王士禛點評的，這肯定緣於二人文學創作風格上的相通。可以説，曹貞吉的文學創作一開始就門路端正。

曹貞吉中舉之前主要致力於科舉制藝的修習，幼年『初學爲文章，卽有神解。甫髫，與弟澹餘同負儁聲』（張貞《曹公墓志並銘》），而其有意於詩歌創作則開始於康熙三年甲辰中進士之後。其弟曹申吉在《珂雪初集跋》中説：『兄於書無所不窺，閎覽精思，每至深夜。癸巳、甲午之間，予從事聲律，時與兄商榷淵源，流連風雅。而兄方耽心制舉業，略不涉筆，無從窺其閫奥也。迨甲辰歲，兄冠進賢，返里，拈筆卽工。此後凡兩遊燕市，一至秣陵、宣城間，一至西子湖上，流覽景物，低徊山川，興至情深，多成歌詠。予每受而讀之，賞其造句之精警，結體遐亮，秀逸入庾、謝之室，高華敓王、李之席。』他的兒子曹濂也説：『先大夫少卽工詩，恐妨制舉業而不爲。迨一至中江，而再泛聖善湖，而《珂雪初集》成矣。』（曹濂《儀部公行狀》）從乃弟、乃子的敘述中至少可以看出兩點：第一，甲辰之前，貞吉雖然『耽心』於制舉業，絶不涉筆於聲律之間，卻已博覽群書，爲以後的詩歌創作打下了扎實深厚的基礎。第二，甲辰開始從事詩歌創作之後，他爲開闊眼界，豐富自己的創作內容，曾『兩遊燕市，一至秣陵、宣城間，一至西子湖上』，尋訪師友，切磋詩藝。曹貞吉在給他弟弟曹申吉的詩中還説『古今詞賦吾家事，剩有風謠入嘯歌』（《送家弟之黔中》之三）。所有這一切都可以説明，曹貞吉對待詩歌創作從一開始就是很嚴肅的、很鄭重的，並且爲了詩歌創作，也確實認真地下過一番踏踏實實的功夫，非等閒之輩可比。

詩歌創作從三唐入門，一向被認爲『路徑較正』，博覽群書的曹貞吉詩歌創作『始得法於三唐』（張貞《曹公墓志並銘》），一旦將精力傾注於詩歌創作之上，立刻便向世人展現了其高妙的才華。康熙五年，曹貞吉入京，很快就在京城贏得詩名〔二〕，『詩格日益進，氣日益老』（曹申吉《珂雪二集序》）。八年，曹申吉與當時的文壇領袖王士禛共同論定曹貞吉數年之所作，刊行於世，這就是曹貞吉生平第一個詩集《珂雪初集》。該集共收詩一百六十二首，是他中進士之後、正式進入官場之前的詩作精選集〔三〕，而這也是他一生中最輕鬆、最得意的時期。他以無憂無慮的心情，遨遊大江南北，悅目移情於大自然的山光水色，陶醉於聲情並茂的藝術境界，發爲歌詠，多爲律絕，情感真摯，構思自然，造語典雅而對仗工穩，清新雋永，意餘言外，超妙含蓄。如：

幾年夢裏秦淮路，此日初登燕子磯。千尺遊絲縈去翼，一江春色映烏衣。拂雲疑共晴霄遠，掠水難同孤鶩飛。怕向莫愁湖畔去，石城烟雨正霏微。（《燕子磯》）

沙鷗幾點浴晴灣，寂寂寒潮去復還。一夜好風吹短棹，輕舟已過大魚山。（《登舟口號》）

〔二〕　曹申吉《〈珂雪二集〉序》：『丙午，兄來京邸，時方居先大母憂，未赴選人。而兄之稱詩，自此始矣。』

〔三〕　《珂雪初集》選詩一百六十二首，其中《馬近溫尋親之嶺南詩以送之》僅錄一首，本書據《曹貞吉父子詩稿》補入一首；《蕪陰觀競渡八絕句》僅錄五首，詩題作《蕪陰觀競渡五絕句》本書，據《曹貞吉父子詩稿》補入三首；《春日象先、翼辰見過，卽席賦贈，各成一首》僅錄一首，詩題作《春日象先見過賦贈》，本書據《曹貞吉父子詩稿》補入一首。故本卷《珂雪初集》錄詩一百六十七首。

又如《琉璃瓶貯小金魚》、《初春野行》諸詩都是同一風調。曹貞吉這一時期的詩作『標緻天然』（《登舟口號》王士禛評）而又『真樸老到』（《秋日同翼辰宿唯小園夜話有感》王士禛評），深得王士禛的贊譽。如王評《蕪陰觀競渡八絶句》之四曰：『蘊藉處唐人之髓。』〔二〕在《望岱》詩後評曰：『可上匹少陵「齊魯青未了」，視滄溟「宇內名山有岱宗」不免皮相矣。』至於對詩中的一些對句，王士禛更是贊不絶口，如在『珠翻南浦螢千點，簾卷西風月一鈎』聯下贊曰：『淡語清至，詩家三昧在此。』在『片霞分野水，宿鳥亂鳴蟬』句下贊曰：『杜工部《南池》之句，何必多讓！』這些評價都是很高的。而《日照道中觀海二首》之二『一天霽色迎朝日，十里潮聲捲落沙』、《吳山遠眺》『山扶靈隱樓臺出，日落錢塘風雨來』、《金山四首》之四『黃鶴欲來飛近遠，白雲忽起亂江天』等對句，王士禛皆評爲『神到』，《晚興》『茶鐺欲沸先驚枕，月色初來暫隔城』直評爲『純是神韻』，這一方面固然表明曹貞吉早期的詩歌正暗合了王士禛『神韻說』的主張，另一方面，也顯示了曹貞吉優游不迫、典穩老到出手不凡的詩歌才能。

曹貞吉的第二個詩集《珂雪二集》由其弟曹申吉與當時的另一個著名詩人李良年於康熙十一年編定，該集選錄了他自康熙八年二月至十一年四月間創作的詩歌二百三十一首。

八年秋，曹貞吉赴京就試，次年得授中書舍人。中書舍人官雖不大，但考中進士後一上來就得個從七品的官階，也就很不錯了，更何況從此便可與母親、弟弟相聚於京師，所謂『一年之中，連牀風雨，擊鉢行吟，此唱彼賡，兄酧弟勸，生平之歡，無逾此歲』（曹申吉《珂雪二集序》），這在曹貞吉來說是很

〔二〕《曹貞吉父子詩稿》錄爲《蕪陰觀競渡八絶句》，本次結集即據此增補。

可知足的了。可惜好景不長，十年春，其弟曹申吉拜貴州巡撫，遠赴貴竹瘴蠻之域，自此母子、兄弟遠隔，南北相望，兄弟間雖有篇什往來，卻是『彼以寫憂，此以當泣，殆怫鬱之意多而歡愉之言少矣』（曹申吉《珂雪二集序》）。加之曹貞吉在仕途上又連年不得升遷，很不得意，他開始感到有些煩惱了。所有這一切，便構成了《珂雪二集》的主要思想內容。

因此，這一時期，曹貞吉所面對的已不再是理想的靈秀山水，而是錯綜複雜的現實人生了。詩歌的內容豐富了，形式必然要跟著有所變化，於是看到在《珂雪二集》中，曹貞吉的創作風格也由唐入宋，由清淡閒遠變爲雄渾奔放，但又能『雍容甚都』、『溫潤高爽』。李良年評價說：『先生之詩發源於初、盛，折入眉山、劍南，無摹擬之跡，而動與之合，可謂矯然風氣之外者。』（李良年《珂雪二集序》）張貞也認爲：『（曹貞吉）以歌詩爲性命。始得法於三唐，後乃旁及兩宋，泛濫於金元諸家。世之矜言體格而以剽賊塗塈爲能事者，公深鄙之。』（張貞《曹公墓志並銘》）李良年和張貞幾乎異口同聲地肯定了曹貞吉在詩歌藝術上的獨創精神，可貴之處正在於此，他的宗唐、宗宋絕不是僅僅作形式主義的摹仿，而是重在學習唐宋人的風采精神，這正是他在《讀〈龍眠風雅〉偶題》裏所說的『爭宋爭唐正復佳』，他在《讀唐人詩偶題》（五首）中對宋之問的秀麗天然、駱賓王的空明瀟灑、王維的清淨蘊藉、杜牧的真樸俊爽、高適的雄健奔放、李賀的才氣縱橫、賈島的清奇僻苦都極盡推崇，而在《讀陸放翁詩偶題》（五首）中，曹貞吉自愧於『放翁文藻豔當時』，他評價袁賦諶的詩『其雄渾而博大者，非杜陵之精髓乎？其真樸而淡遠者，非劍南之神理乎？其峭潔而幽深者，非竟陵之絕詣乎？』（曹貞吉《袁信庵先生詩序》）可見他的詩著力於真情實感的表達，唐宋並重、各體兼修。曹禾在《珂雪詞詞話》中說：『雲間諸公論詩宗初、盛唐，論詞宗北宋，此其能合而不能離也。夫離而得合，乃爲大家。若優孟衣冠，天壤間只生古人已足，何用有我！實庵與予意合。其詞寧爲創不爲述；寧失之粗豪，不甘爲描寫。妍媸好醜，世必有能辨之者。』這應該是說他後期詞作的藝術特點。爲詞如此，其爲詩何嘗不是這樣？《珂雪二集》中的詩，除律、絕之外，五、六、七言歌行體大大增多了，如《邯鄲行》、《墨莊行爲王近微使君》、《觀樂行》、《元宵燈雪月行》、《古錦歌》、《奇石歌贈李諫臣》、《柴窯椀歌》、《夢琰公感述》、《燈市歎》等，凡是鬱悶胸中的不可言說的情感，曹貞吉都發於歌行。當時他的外祖父劉正宗因諫諍順治帝佞佛而被罷官抄沒家産，抑鬱以終，死不得歸葬家鄉，曹貞吉思念外祖父，寫成《吁嗟行》（《拜先外祖墓》）、《偶然行》兩首歌行體長詩（見《珂雪二集》）。兩詩敘述前輩的超卓政績、宗匠文采，雖無一文字明言爲誰而作，但飽含著深深的痛惜、憤懣和哀傷，尤其《吁嗟行》一詩的語言，由三字、五字累加到七字，情感也層層堆積，最後『古今賢達將奈何！噫嘻！古今賢達將奈何』，一再詠歎，讀之令人涕下。

在這類詩歌中，詩人那嶔崎磊落的胸懷仿佛不願意再受整齊的詩句的限制，常常在以七言爲主的長調中，雜以二言、三言、五言，使詩歌的韻律、節奏參差錯落，辭氣充沛，讓人感到在他的詩中有一種熱情洶涌、流走激蕩的闊大氣魄。

如《珂雪二集》的《題文衡山〈飛雪圖〉爲高念東先生作》一詩，他把眼前的畫境與新奇有趣的傳説緊密糅合在一起，詩人所著意的不在精細的描寫，而在於夸張的渲染和襯托，想象奇幻，出神入化，富有濃郁的浪漫主義色彩，讀來不覺讓人惝怳其境、拍案叫絶。

《珂雪二集》的《燈市歎》是又一篇讓人擊節贊歎的歌行體佳作。在這首長調中，詩人已從個人困厄的仕宦生活所引發的抑鬱情懷中掙脱出來，進而把目光轉向了廣闊的社會現實，關注到民衆生活的艱難和困苦。如：『太平物力富年年，五侯七貴囊金錢。一揮中人數家產，持向深閨伴綺筵。嗚呼！金可竭，燈不滅，長鬚大賈恣怡悦。六鼇背上繁星列，斑斑照見蒼生血！』這與杜甫『朱門酒肉臭，路有凍死骨』（《自京赴奉先縣詠懷五百字》）、白居易『宣城太守知不知，一丈毯，千兩絲，地不知寒人要暖，少奪人衣作地衣』（《新樂府・紅線毯》）同一意境，像這種蒼嚴沈雄而又鬼斧神工，在思想和藝術上都達到完美結合的優秀詩篇，在他同時代詩人的創作中也是不多見的，他的朋友鄧漢儀直以『筆力夭矯聳異，前惟子美（杜甫），後則空同（李夢陽）』（《詩觀初集》卷三《奇石歌贈李諫臣》評）稱讚他這一時期的詩作。

自康熙十一年（一六七二）《珂雪二集》出版至二十四年出任徽州同知這十幾年間，除《十子詩略》卷三《實庵詩略》這個詩歌選本外，曹貞吉沒有出過新的詩集。十七年，他在給李良年《秋錦山房詞》所做的序中説：『予近頗廢詩，以填詞自遣。』實際上，『廢詩』並不等於不作詩，其子曹濂《儀部公行狀》在敘述曹貞吉這期間的文學創作時提到他：『庚戌（康熙九年），考授秘書院中書，迎先王母於京邸，與先叔父（曹申吉）同舍而居，朝夕承歡，連牀風雨者凡八閲月。而先叔父以少宰出撫黔中，因奉母以歸，先大夫送至盧溝橋下，離別之際，固難以爲懷，初不憶慈母悌弟遂於此成永訣也。先大夫獨留京國，常鬱鬱不自樂，然而驛使星馳，月或三四至，萬里倡酬，歲常盈帙。迨自甲寅亂後，南天鮮雁足之書，故鄉有垂白之母，先大夫欲歸不能，欲留不可，日夕惟以眼淚洗面。視草餘閒，則同新城今大司寇王先生阮亭、德州今少司農田先生漪亭、商丘今中丞宋先生牧仲、秀水今檢討朱先生錫鬯、宜興故檢討陳先生其年、江都故比部汪先生蛟門及一時諸名公商量風雅，消減歲月，此《十子詩略》、《珂雪詞》之所由成也。雖著述日富，而心則傷矣。』『著述日富』、『歲常盈帙』，這不應該是『廢詩』的表現，從今存《珂雪二集》、《珂雪三集古近體詩》收録近七百首詩歌來看，其中最早的詩作是作於康熙十一年夏天的《夏日偶成》〔一〕，雖然其中大部分是出佐徽州時期及以後的詩作〔二〕，但仍然應該説曹貞吉這一時期的詩歌創作不僅在數量上，而且在思想性和藝術性等方面也遠遠超過《珂雪初集》、《珂雪二集》的水平。這是因爲：一，赴任貴州後，曹貞吉遠離慈母、掛念愛弟，思親心切，發爲歌詩，自然是從心底的自然流露；二，曹貞吉自康熙九年授中書舍人後，在仕途上長期不得升遷，鬱鬱不得志，連他的朋友宋犖也説他『薄宦蹉跎成白首，曹唐端不異馮唐』、『文章夙老困西清，曲巷柴門歲月更』（宋犖《遥送曹實庵之官新安》其一、三）〔三〕；三，『三藩之亂』後，其弟曹申吉陷落賊中，朝野或傳言其已附逆背國，曹貞吉遭受國家亂離所造成的重大家庭不幸的折磨，肯定也會常常感受到世人乃至昔日友朋的冷落與猜忌，内心極度憂傷痛苦，卻又不能明白説出，『吴（三桂）逆難作，南北不相通者八年，太夫人慮中丞（申吉）之闇於大義也，則悲傷悽惻，痛於心而不形於言。舍人（貞吉）則囁嚅隱忍，惴惴焉而不敢歸寧

〔一〕該詩爲殘章，應上承《珂雪二集》最後詩作《初夏雜感》（二首）。

〔二〕柯愈春《清人詩文集總目提要》認爲《三集》收録『則康熙十二年後二十餘年之詩』。

〔三〕曹貞吉《珂雪三集古近體詩·熊封以佛手見餉，依韻答之》後附宋犖《遥送曹實庵之官新安》組詩，標注十首選八，今宋集各本皆不録。

其母』（曹禾《曹公（復植）墓志銘》），『京國笑余還索米』（《送霖兒歸里》之一）一句是多麼令人心痛鼻酸呀！《中秋痛哭詩》（五首）也是這種心情的真實寫照。所有這一切，就不可能不對曹貞吉的處境和心情產生影響，迫使他沈下心來，更深入地陶煉文學技巧、熔鑄作品思想，因而詩格更加遒鍊，而詩情也更加深沈、更加成熟了，這也就是曹濂所說的『心則傷矣』吧。加之這一階段他的詞作影響極大，迅速在京城文壇中確立了自己的地位，惠棟《漁洋山人自撰年譜補注》卷上云：『康熙十年辛亥……時郝公惟訥敏公爲尚書，程周量可則以員外郎爲同舍，朝夕相倡和。而宋荔裳琬、曹顧庵爾堪、施愚山閏章、沈繹堂荃皆在京師，與山人兄弟爲文酒之會，盛有倡和。案《考功年譜》：「時又有武鄉程昆侖康莊至京師，澤州陳說巖廷敬、合肥李容庵天馥官翰林，泗州施匪莪端教官司成，德州謝方山重輝、安丘曹實庵貞吉、江陰曹峨眉禾與汪蛟門懋麟皆官中書舍人，數以歌詩相贈答也。」』一時名重京華〔二〕。至康熙十六年（一六七七），王士禛選宋犖、王又旦、顏光敏、葉封、田雯、謝重輝、林堯英、曹禾、汪懋麟及曹貞吉詩彙編爲《十子詩略》，曹貞吉詩列爲第三卷。

後來王士禛將《十子詩略》版分藏各家，故往往各以別本單行，世傳所謂《實庵詩略》實際就是王選《十子詩略》的卷三。在這本經過精選的曹貞吉詩選集中，選自《珂雪初集》、《珂雪二集》的詩分別

〔二〕清宋犖《海上雜詩》之九：『十子成高會（葉井叔、林蜚伯、曹升六、田子綸、王幼華、曹頌嘉、顏修來、汪季角、謝方山及余也），千秋有素期。』又《遙送曹實庵之官新安》之五：『當年十子重京華，舊雨晨星幾歎嗟。』田雯《蒙齋年譜》同。十子中，林堯英，惠棟《漁洋山人自撰年譜補注》卷上作丁煒。

爲三十三首和七十五首，共一百〇八首，而兩集之後的新作八十九首，這八十九首詩皆見於《珂雪三集》、《珂雪二集古近體詩》中〔一〕。後二種詩集近七百首詩歌，當是康熙十二年（一六七三）至康熙三十七年（一六九八）間創作的，代表了曹貞吉詩歌創作的另一個高峰。這時，他延宕中書薇閣十多年，家庭生活又遭逢『三藩之亂』的牽連，面對歷史和現實，乃至個人人生經歷，曹貞吉更多地在詩歌創作中融入對人生遭際、家國悲歡的深刻思考，更多自省和深刻體悟的文字。在《珂雪三集》中，傷時感世而作的詩尤其多，直接以『有感』、『偶成』標題的就有：《見新曆有感》、《春盡漫興》、《初夏偶成》、《初秋偶成三首》、《秋夜獨坐偶成》、《九日雜感》、《中秋感懷》、《秋夜偶成》、《秋夕有懷》、《冬日偶成》、《冬日有感》、《冬日雜感》、《雪夜讀書以病止酒感賦》、《偶成》、《偶興》、《晚出西掖有感》、《感舊寄冀辰用韻》、《得黔中信偶成》、《閒居偶憶舊遊》、《櫛髮有白者感賦》、《舍中人至感賦》、《雨夜偶思往事》、《有感偶成》、《讀史有感》、《賦得如夢幻泡影，如露亦如電》、《有感》等，這些詩往往含有個人迷茫彷徨的意味，也有自己對於生活的深切感悟，而『微生誠足樂，惜哉不知止。冥冥入網羅，徘徊心欲死。當其初入時，華燦良自喜。既而歸路迷，羽毛安可恃』（《有鴿入禁門罘罳中不能去》）則真切表露出作者感歎身入世網、不得自由的無奈，這也可以看作曹貞吉對於世情官場的透徹認識。

因此，在他的詩中，既有對十多年戰亂間南北懸隔親人的思念。如：《送田綸霞之武昌任分韻得

〔一〕　山東大學圖書館藏《安丘曹氏家集》收錄《珂雪二集》三卷，實際就是《安丘曹氏家學守待》中的《珂雪二集》與《珂雪二集古近體詩》。

鹽字》、《秋夜感懷》、《遠郵》、《讀史有感》皆是。也有對自己冷宦中書十幾年淹留生涯的回想和反思。如《曉行》、《秋深有感》、《豐臺看花口號》等。其《過德州》云：『十年綸閣黄金盡，一瞬鄉園白髮生。』而這時他有兩首直接以《十年》爲題的詩作：『十年一抵足，乃是夢中來。健羽憑誰借，羈愁似暫開。半牀蝴蝶幻，萬里鷓鴣哀。怪爾霜鐘急，無端勒却回。』『十年難博一官成，白髮随愁積漸生。夢筆那曾逢五色？聽猿常是叫三聲。未忘家計終懷土，共識天心早厭兵。芳草滿川叱牛去，老農只合伴深耕。』前一首以『健羽』借指親人間的書信來往能使自己羈愁暫開，以『霜鐘急』、『無端勒却回』比喻戰亂之中嚴峻的自然和社會環境，因此，親人間的音問只能是『蝴蝶』一夢的臆想，縈繞心頭的永遠是『鷓鴣』行不得也回不得的聲聲悲啼。後一首則因雖然身懷『五彩妙筆』卻『白髮随愁積漸生』。『十年難博一官成』，而萌生退隱深耕之意，但又心憂兵戈横行，不能安然歸居田園，舉止進退之間表現出了作者滿懷的矛盾與惆悵，極有深意。

如同《珂雪二集》一樣，在這一時期，曹貞吉的詩歌創作更有意識地學習宋人，他自認『吾道曾黄流派遠，西江人物重琅玕』（《贈魏昭士》之二）、『書殘自恨生秦後，句冷人嫌入宋深』（《和馮大木夏日雜詠》之五）。他仍然多寫長篇大章，創作了較多詠史詩、懷古詩，如著名的《題〈文姬歸漢圖〉同阮亭作》、《題〈元祐黨籍碑〉》、《題〈讀碑圖〉》、《讀〈史記·刺客傳〉》、《書〈李將軍傳〉後》、《讀史有感》、《短歌詠史》、《讀史四首》、《稷下懷古》等都是被世人不斷稱讚的佳作，這類作品有個共同特點，不論篇幅長短，而語言上或者藻麗繽紛，或者雄穩遒健，或冷峻細密，對歷史人物、歷史事件都有自己獨到的判斷，多發議論，意境高遠，且往往具『讀史之識』，『定論不磨』（鄧漢儀《詩觀三集》卷八評語）。如

《書〈浯溪碑〉後》詩。『浯溪碑』是指留存在今湖南祁陽縣湘江與浯溪交匯處崖岸上以唐代元結《大唐中興頌》爲主體的歷代題刻。《大唐中興頌》本在歌頌唐肅宗在『安史之亂』爆發、國家瀕於喪亡之際，審時度勢，即位靈武（今屬寧夏），振臂一呼，率領天下軍民剿滅叛軍，恢復唐朝的不朽功勛。代宗大曆六年（七七一），顏真卿將其刻於此，歷代文人墨客多有題刻。宋徽宗崇寧三年（一一〇四），黃庭堅途徑浯溪，瞻仰《大唐中興頌》後，作《書磨崖碑後》詩。其中說『撫軍監國太子事，何乃趣取大物爲』，是認爲唐肅宗當時身爲太子，理應謹守『撫軍監國』職責，『何乃趣取大物』，搶佔皇帝之位？詩中對唐玄宗返回長安後『跼蹐』『淒涼』『苟活』的晚年生活也給予了極大的同情，認爲這一切都是源於唐肅宗的竊位。但曹貞吉的《書〈浯溪碑〉後》詩在評判肅宗即位這一重大歷史事件時，沒有以唐玄宗、唐肅宗這對帝王父子的個人生平遭際爲著眼點，而是從國家的命運出發，讚同元結所指出的在玄宗西竄、國家艱危的情況下，太子即位而號令天下，恢復大業，重興唐朝，是聖明之君的忠義之舉，『不然但守東宮職，龍樓問寢西南陲。坐令軋犖竊神器，區區退避將奚爲』，是太子即位恢復國祚，還是眼睜睜看著國家危亡，什麼也不做而『避讓』於『西南陲』？這一句反問，令人瞠目結舌、發人深省。曹貞吉對自己這首詩也是極看重，他曾親自手鈔寄奉宋犖。（今中國國家博物館藏曹貞吉楷體手書《書〈浯溪碑〉後》冊頁，詩後跋語曰：『右《題〈浯溪碑〉》近作，書爲牧翁世臺先生，即求教定。貞吉具草。』）鄧漢儀說：『明皇西幸，非肅宗即位靈武，天下事去矣，腐儒奈何以攘位譏之？』曹貞吉此詩『筆意極似（李）義山《韓碑》』，是『正論』，也是『定論』，他還認爲『此篇議論，極是透快』、『矯健』。鄧漢儀評《方于魯墨歌》詩謂其『紛綸鋪敘，皆有根據，而筆力開張，亦覺潑墨淋漓，滿紙風雨』，論《題〈元祐黨籍碑〉》則曰『數言爲北宋君臣定案』,『竟是元祐一則史斷。筆光騰焯,可以燭天』,也可以看作是對曹貞吉此類長篇歌行的總評,這應該是他詩歌創作由初、盛唐入宋的標志之一。

康熙二十四年(一六八五)秋,曹貞吉出爲徽州(治今安徽歙縣徽城鎮)同知,到三十一年遷户部廣東司員外郎,他的詩歌創作除了見於《珂雪三集》和《珂雪三集古近體詩》外,還接連刊行了三個專題詩集。

二十四年,曹貞吉甫到徽州任,即『奉牒入覲。雨雪往而楊柳還。於其途次所經歷,京邸所興懷,共得詩若干首,題曰《朝天集》,志爲王事勞,非無故而行也』(靳治荊《跋〈朝天集〉後》),《朝天集》於康熙二十五年(一六八六)刊行,共收錄曹貞吉由徽州至京城往返途中的詩作七十七首。次年,曹貞吉因事赴陵陽(今屬安徽青陽縣),前後月餘,『行蹤所至,率意抒寫』(靳治荊《〈鴻爪集〉序》),得詩四十四首,以集中《和瞿山韻》詩有『蓬根無定悲今雨,鴻爪重尋感舊遊』之句,取名《鴻爪集》。之後又於一六九〇年末刊行了《黄山紀遊詩》詩集,共收錄當年秋天曹貞吉赴黄山遊覽所作詩歌三十七首。

這三個詩集總計選錄詩一百五十八首,數量并不多,但質量卻相當高,足以代表他晚年詩歌創作的最高水平。這其中有很多是反映民生疾苦的詩作。如《山民歎》、《郯城道中作》(均見《朝天集》)。後者簡直就是一幅生動的水災流民圖,作者面對饑寒交迫、流離失所的災民們,内心淒惻,哀傷至極,發出了『安得萬間廈,使汝歡顔足。安得紅朽倉,使汝元氣復。安得纏樹繒,使汝美衣服。安得金錯刀,使汝充笥簏』的呼號。

《拜愚山先生野殯》(三首,見《鴻爪集》)也是深受朝野文人交口稱讚的作品。康熙初年曹貞吉修舉子業時，施閏章任山東提學僉事，『先生昔以諸生受知施公』，對曹貞吉有知遇之恩，以『國士』待之。康熙二年（一六六三），曹貞吉鄉試高捷解元，『即走宛陵拜謁』施閏章（王煒《鴻爪集序》）。二十二年，施閏章卒於京城，歸葬故鄉宣城（今安徽宣城市宣州區向陽鎮），二十五年，曹貞吉赴陵陽公事之餘，前往拜謁施閏章墓，見『宿草荒烟，爲之大痛』（王煒《鴻爪集》序）。這三首詩將自己與施閏章當年師生『華屋』對坐論文的溫暖、『文章華國』的榮耀與當下『荒林寂寞』的野殯相對比，寫得情辭淒切、低徊欲絕，尤其是『白髮門生』一語，抒發了師生間深摯的恩報情懷，讓人讀之不禁潸然出涕。

隨著年齡的增長，曹貞吉的詩越來越明顯地展現出一種高蒼清勁、淡宕瀟脫的風格特點。他說：『今天下何多詩人也？ 而守初、盛之藩籬者，或病於塵飯土羹而不可用； 開宋、元之門徑者，亦流於支離率易而無所取裁，二者交譏，其論每斷斷不相下，蓋詩道之敝也久矣。』（《袁信庵先生詩序》）因此，他這一時期的詩雖結體周通而善變，而詩格卻總能一歸於簡淨，與其早期在《珂雪初集》裏的山水詩相比，少了些許明媚輕快，增添了更多沈穩與高遠。 與這一時期見於《珂雪二集》、《珂雪三集古近體詩》詩作一樣，在《朝天集》、《鴻爪集》、《黃山紀遊詩》這三個集子中，他特別喜歡憑弔人物、詠懷古跡，如僅七十七首詩的《朝天集》中，就有《清流關懷古》、《磨盤山感懷》、《彭城懷古五絕句》、《平原懷古》、《望徂徠有懷石守道先生》、《下相懷古》、《青山懷古》等詩以懷古爲題，而《拜董子祠》、《題昭君故里》、《論史》、《渡淮水作》、《入嶧縣界》、《過滕縣見行井田處偶成》、《大風過涿鹿》、《趙北口三首》、《長城鋪》、《過疏太傅故里》、《郯城道中作》、《過峒峿馬上口占》》、《符離潰》等也都是懷古思賢、評史論人的詩作。 在這類詩中，曹貞吉往往不可避免地發表議論，但由於詩人力大思深，煉句又極老辣，常在議論中寄託著人生感慨，是非評判，富有哲理，所以雖以議論入詩，讀來卻饒有風味，不覺其枯澀。同時代的著名詩人趙執信稱讚他這一類詩：『使轉縱横，筆如截鐵』，『皇皇大章，筆氣亦極老横』，『氣體逼真坡公』（見《論史》諸篇附秋谷評語），汪懋麟謂其『貴有識』（《長城鋪》評語），『真放翁論古手』（《彭城懷古五絶句》評語），謂其《符離潰》詩乃『以詩爲史』，鄧漢儀也認爲《符離潰》詩『瑕瑜不掩，數語爲魏公（張浚）定案』。由此也可更加清楚地看出他的詩由唐入宋的轉變軌跡。

詩集《黄山紀遊詩》在當時是一部不可多得的奇書。這應該是曹貞吉積極文學創作的優異成果，當初，他赴任徽州同知途中，曾作《泊頭題壁》詩，自云『也知佐郡非吾事，只欠黄山數首詩』，可見曹貞吉對黄山的壯美是有期許的。康熙二十九年（一六九〇）秋，曹貞吉用了七天的時間遊覽黄山，以自己親身遊歷的深刻感受，寫了一系列讚美黄山的壯麗詩篇。這三十七首詩都創作於他遊賞黄山過程之中，有名的詩篇如《望天都峰》、《登立雪臺看後海一帶諸峰》、《文殊院觀鋪海歌》、《蓮花峰》等寫黄山的奇異景色，真是『千態萬狀，鯨呿鼇擲，雲逗星離，不覺洞心駭目，魂斷色飛，一時驚濤驟馬，搏鷙藏龍，舞袖峨冠，戰陣蒐狩，一切可喜可愕之事，矗出楮表』（汪士鋐《黄山紀遊詩序》）。

同時，他的黄山寫景詩還每每將眼前的神奇美麗的景象與古代神話傳説或歷史人物、歷史故事相結合，既吟詠了黄山的靈山秀水、奇松怪石，也觀照了歷史，表達了個人對於歷史的見解，令人讀後不禁掩卷深思。如《浴溫泉》一詩。天下溫泉，在在而是，作者寫黄山溫泉，先刻意神聖其事，認爲上古后羿射落了九个太陽，『其精爲溫泉，千年蕩邪穢』，該泉藏有古人煉化的神丹，爲神靈潛伏，因此『一濯清肺肝，再濯易毛髓』，極力烘托誇飾了黄山溫泉的天成之美，最後筆鋒一轉，『陋彼華清宮，恩波浴肥婢』

一語點出了驪山華清池雖爲皇家專用，但不脱凡俗之氣，聯想豐富，意象超雋，寓意深刻。

再如《白龍潭觀瀑有懷吳耳公》詩，以『潛龍子』所蟄伏形容白龍潭之深秘，以『雷霆激飆』、『伯昏射箭』、『景鐘鈞天之響』形容白龍潭瀑布水流之急湍、聲音之砰訇，令人讀後有身臨其境之感，而『赤甲瞿塘當我前，泠泠三峽聞飛泉』化用杜甫詩句，將白龍潭寫得具有赤甲山的拔地刺天、夔門瞿塘峽的萬水奔湊、三峽的清泠險峻，面對如此山水，誰又不會像詩聖杜甫那樣詩筆老健、滿懷壯思呢？

因此，詩集《黄山紀遊詩》便以其所創造的一系列嶄新的形象，在當時的詩壇上引起了巨大的震動，著名詩人宋犖以難以抑制的激動致信詩人表示祝賀：『每念足下奇人，黄山奇境，必有不朽之篇，爲山靈增重。今讀《紀遊》諸什，其高則天都、始信諸峰拔地參天也。其浩瀚無際，則文殊院之雲海也。其離奇夭矯，則擾龍、臥龍諸松之盤空聳翠，駭人心目也。此山名作寥寥，向推虞山，今被實庵壓倒矣！』（宋犖《答曹實庵先生》）時人汪士鋐、吳綺編《黄山志續集》，將曹貞吉三十七首遊黄山詩中的三十六首録入第四卷中，入選率是最高的。

曹貞吉刊行的詩集有《珂雪初集》、《珂雪二集》、《朝天集》、《鴻爪集》、《黄山紀遊詩》四個詩集及《十子詩略》卷三《實庵詩略》一個選集〔二〕，其初刻本最晚的《黄山紀遊詩》爲康熙二十九年（一六九〇）。次年春，黄宗羲受歙縣知縣靳治荊之邀，遊黄山，與曹貞吉相識，很賞識曹貞吉的詩作，『靳使君

〔二〕《十子詩略》卷三《實庵詩略》所録詩皆見於《珂雪初集》、《珂雪二集》、《珂雪三集》及《珂雪三集古近體詩》中，故本集剔除《實庵詩略》一卷。

架上有先生《珂雪詩》淨本，因攜至舟中讀之』（黃宗羲《曹實庵先生詩序》），可見當時曹貞吉曾親手編訂個人詩集，一定是出任徽州後的新作，應該未及刊行。據曹貞吉曾孫曹益厚《珂雪詩序》言，乾隆十一年（一七四六），曹貞吉第七子曹涵任揚州（今屬江蘇）知府，十三年，愛新覺羅・雅爾哈善巡撫江蘇，『見（曹貞吉）諸刻，深爲激賞，亟索全稿，將序而刊之棗梨。既庀，卒以事去，不果』。三十五年，曹益厚匯輯《實庵詩略》及《朝天集》、《鴻爪集》、《黃山紀遊詩》諸刻本原版，總名之爲《珂雪詩集》，撰《珂雪詩序》，增刻印行。今國家圖書館藏該版印本一部，爲王祥齡、鄭振鐸先後收藏，上、下兩冊，封面當爲後補。上冊題《珂雪集》，小字署《十子詩略》，卷内首列李良年、曹申吉、曹益厚序〔二〕。該冊爲《十子詩略》卷三所收曹貞吉詩，正題及板心分別題曰『十子詩略』、『十子詩略之三』。下冊題《珂雪集》，小字署『二　《朝天集》《鴻爪集》《黃山紀遊詩》』。該本書目著錄爲六卷，實際曹益厚序稱『因依《珂雪詞》例，將此集（《十子詩略》）與《朝天》等集分上、下兩卷，仍以《珂雪》名集，冠以《珂雪》原序』。該集雖然總名《珂雪詩集》，但内文實不分卷，《十子詩略》卷三之《實庵詩略》及此前單行之《朝天集》、《鴻爪集》、《黃山紀遊詩》各刻本版式及題名未變。

〔二〕　李良年、曹申吉序各本皆題曰《珂雪詩集序》，曹益厚序無題，但排列位置或異。李良年《秋錦山房集》卷十四李序題作《曹升階〈珂雪集〉序》。李良年、曹申吉序是康熙十一年（一六七二）二人合刊曹貞吉《珂雪二集》時所作的序言，曹益厚重印時將它們調到了《十子詩略》卷首。

《四庫全書》據此本著錄入『存目』，名《珂雪集》〔二〕，四庫館臣稱讚曹貞吉詩『詩格遒鍊』、『極有筆力』，又言『在京師時和其《文姬歸漢圖》等長歌，極有筆力，今檢集中不載。又士禎《感舊集》所選《登望海樓》、《吳山晚眺》、《金山》諸詩，亦皆不見集中』（《四庫全書總目提要·珂雪詩》），這是因爲《實庵詩略》是《珂雪初集》、《二集》及《三集》中康熙十六年（一六七七）《十子詩略》編定前的部分詩作，許多名篇並沒有選錄進來，所以四庫館臣有『則全稿之散失者多矣』的猜測。今檢曹貞吉各集，《吳山晚眺》、《金山》詩見於《珂雪初集》，《登望海樓》詩見於《珂雪二集》，《題〈文姬歸漢圖〉同阮亭作》詩見於《珂雪三集》，王士禎《感舊集》卷十二皆曾選錄，只是未編入《實庵詩略》而已〔三〕。

今國內圖書及博物機構所藏《珂雪集》（即《珂雪初集》）前有『欽定珂雪詩』版頁及李良年、曹申吉《珂雪詩集序》，而《十子詩略》卷三之《實庵詩略》前有《四庫全書總目提要》及曹益厚序，實際上《珂雪初集》出版時只有曹申吉跋語，現在這種情況應該是曹氏後人重印時調整和增刻的結果。

曹貞吉《珂雪詩》諸刻本，加上《安丘曹氏家學守待》之《珂雪三集》、《珂雪三集古近體詩》所鈔錄，計有詩一千二百三十七首，山東省博物館藏《曹貞吉父子詩稿》之《曹貞吉詩稿》共收錄四十一題六十

〔二〕《四庫全書》存目名曰《珂雪詩》，《山東文獻集成》（第二輯）儘將《十子詩略》一種命名爲《珂雪詩》，誤。《四庫存目叢書》收錄《珂雪詩》，不錄《十子詩略》，非唯不符《四庫存目》之實，亦且失收載之刊本、久已流傳的詩作，至曹益厚《珂雪詩集》序亦不載。

〔三〕《金山》詩載於《珂雪初集》，詩題《金山四首》，《登望海樓》載於《珂雪二集》，詩題作《和子延中丞登望海樓韻》。《吳山晚眺》載於《珂雪初集》，《實庵詩略》實亦選錄，四庫館臣失察。

五首詩，其中三題五首《初集》中有同題詩但不載，今補入《珂雪初集》，二題四首不見於曹貞吉各集，今錄入《珂雪詩補遺》，這次輯得曹貞吉佚詩六首，亦錄入《珂雪詩補遺》，本集共收錄曹貞吉詩作一千二百五十二首、殘句二聯。

三

曹貞吉詞的創作始於何時無從考知，但應該晚於他的詩的寫作，如詩歌創作一樣，曹貞吉詞的創作最初也應該是受了王士禛的影響。

清代詞的創作是經歷了一個由蕭條到繁盛的過程的。陳維崧《任植齋詞序》稱：『憶在庚寅、辛卯（順治七、八年，一六五〇—一六五一）間』，『天下填詞家尚少，而兩君（鄒祗謨、董以寧）獨矻矻爲之。』順治十七年（一六六〇），王士禛任揚州府推官，開始大力推動詞的創作，康熙元年（一六六二），他發起了紅橋唱和活動，掀起了清初詞作的第一次高潮，形成了清詞創作的雲間詞派，在其後相當長時期內都時有詞人賡和，延綿至康熙二十五、六年間。六年（一六六七），曹貞吉與同鄉好友張貞結伴作吳越之遊，『泛棹長淮，艤舟邗上，時四方名士，多僑寓其間，投紵贈縞，論交甚衆，相與登紅橋，過竹西，上下平山堂，籃輿畫舫，瓠尊竹杖，歡聚月餘，始各散去』（張貞《祭曹實庵先生文》），今《珂雪詞》中《浣溪沙·步阮亭紅橋韻二首》當卽作於此時，而曹貞吉詞集所收錄的詞最早也應作於此時。當時王士禛作詞推崇《花間詞》派，謝章鋌說：『阮亭沿鳳洲、大樽緒論，心摹手追，半在《花間》，雖未盡倚聲

之變，而敷辭選字，極費推敲。且其平日著作，體骨俱秀，故入詞卽常語、淺語，亦自娓娓動聽。』（《賭棋山莊詞話》卷八）

曹貞吉最初的詞的創作也是這樣，張其錦《梅邊吹笛譜序》云：『我朝斯道復興，若嚴蓀友、李秋錦、彭羨門、曹升六、李耕客、陳其年、宋牧仲、丁飛濤、沈南渟、徐電發諸公，率皆雅正，上宗南宋，然風氣初開，音律不無小乖，詞意微帶豪豔，不脱《草堂》、前明習染。』（凌廷堪《梅邊吹笛譜》）今復旦大學圖書館藏有曹貞吉編定手鈔《花間詞選》一册，於《花間集》十八位詞家的五百餘首詞中選取一百二十二首，以此可以窺見其對《花間》詞家的欣賞，其早期詞也『仿《惜香》、《片玉》體，風致自佳』（曹貞吉《蒼梧謠二首》沈爾燝評）。如《蝶戀花·題王宓草畫蝶》贏得了衆多好友的一致讚揚，王士禛曰：『跌宕風流，才子之筆。』彭孫遹曰：『寫生妙手。』李良年曰：『輕盈婉約，盡態極妍。』熊治斬曰：『「夜雨」三句較唐人「樹頭蜂抱花鬚落」更爲細膩。』

曹貞吉早期的詞脱胎於《花間集》，但他在清麗如畫的言詞外，往往隱含諷詠，意在言外，深沈悠遠。如《浣溪沙·步阮亭紅橋韻二首》，吟詠揚州風物，語言明快，風景如瞻，但第一首以『三生如夢廣陵潮』作結，第二首下闋謂『玉樹歌來猶有恨，錦帆牽去已無愁，平山堂下是迷樓』，世代滄桑躍然紙上，彭孫遹謂：『不待人言愁，始欲愁也。』他在《花間詞選》中補入李白、白居易、李後主、馮延巳等人詞作十五首，而尤其補入南唐後主李煜的詞作九首，似乎也可以説明他對《花間》詞風『豪豔』、詞情『柔靡』的特點也有所不取，開始學習李白、白居易、李後主、馮延巳等人不爲『嘽緩柔曼』，更加欣賞李煜詞於華麗的辭藻下所表達的深深的憂懷，追求『俊爽之致』（朱祖謀《花間詞選跋》）。語言平實、結構開宕、意境澹遠幽深、情真意切是曹貞吉早期詞作的特點。

當時詞壇上，有兩面高揚的旗幟：一面是旗手爲陳維崧的陽羨詞派，效法蘇、辛，才力卓越，其詞駿發踔厲，雄渾粗豪，悲慨健舉，有目空四海之概；另一面是旗手爲朱彝尊的浙西詞派，標榜南宋，其詞功力深厚，春容大雅，辭句工麗，而歸之於溫柔敦厚之詩教。曹貞吉與以上諸家爲文章之友，詩詞酬唱不絕，他的詞也在一定程度上受到陽羨詞派和浙西詞派的影響，但他對詞的創作有自己獨到的見解，他認爲『言《草堂》者，多失之流易；而宗南渡者，又過於雕鎪』，『自有《金荃》、《蘭畹》以還，若歐、晏之大雅，秦、李之風流，姜、史之清新，辛、劉之豪宕，亦安能踽踽然孤行於世也乎？』因此，寫詞不能專守一家，『大要溫柔敦厚，出入於清真、玉田、天游、仁近之間』，方能『絕二者之交譏』（曹貞吉《韓環集序》）。他既喜歡姜夔、張炎的幽深綿麗，説『悠然懷古，甚《蘭畹》《金荃》，《尊前》《復雅》，未抵玉田句』（曹貞吉《摸魚子·答沈融谷》），也喜歡辛棄疾、陸游的高亢蒼涼，王士禛評其《減字木蘭花·雜憶八首》曰：『具此才筆，便不至作蘇、辛僨隸。』所以，他在《沁園春·讀子厚新詞卻寄》之二中表示：『憑藉飛鴻，貽我一編，《花間》《草堂》。喜風流旖旎，《小山》《珠玉》；驚心動魄，西蜀南唐。更愛長篇，嶔崎歷落，辛、陸遥遥一瓣香。』其《玉女搖仙珮·與米紫來論詞卽書其集後》也説：『細數名家，晚唐南宋，漫説蘇豪柳膩。海岳當年裔。平分取、書畫船中風味；又證入、《金荃》《蘭畹》，《小山》《白石》。』曹貞吉詞作確實兼有南宋兩派和清初兩派的長處，而又有獨創性，因此，很快就成爲北方詞人的代表之一，與嘉興（今屬浙江）曹爾堪合稱『南北二曹』〔二〕。

曹貞吉詞風的轉變和個人詞學特點的形成，與他詩風轉變的原因、時機是一致的。他自稱其作詞是『向因少事，借以送日』的『自遣』之作，這應該是其十六年淹留於中書舍人任上宦遊生活的真實寫照。另外，這一時期也正是曹申吉始以出撫貴州、兄弟離別，繼以三藩亂起、親人懸思的時期，其子曹濂說這個時期是『《珂雪詞》之所由成』的時期。陳維崧稱其『誰能鬱鬱，常束縛於七言四韻之間；對此茫茫，姑放浪於減字偷聲之内』（陳維崧《詠物詞評》），對曹貞吉心情之鬱鬱、前途之茫茫說明得的確更爲到位。曹貞吉在其《減字木蘭花·雜憶八首》之七云：

三年伏枕，落拓無何惟日飲。柳七填詞，減字偷聲或有之。王孫驢背，古錦奚囊拋得未？不用傷神，大有長安失路人。

長安失路，落拓傷神，只能沈溺酒中，學李賀苦吟、柳永填詞，以『消滅歲月』，發爲歌詞，自然『無限感慨』、『沈著頓挫』。

而在詞的創作過程中，他並沒有簡單地將詞作爲詩餘『小道』來看待，他認爲『詞者，詩之變，而不可謂詩之餘』，『顧其變也，亦出於不得不然之數，而非人力之所能』，詞如詩、文一樣，也是熔鑄『天地之元音』而成的（曹貞吉《華荊山詞序》）。他深刻探求了唐宋以來詞的發展與風格演變歷史，並以此

〔二〕清曹禾《珂雪詞話》：『寶應陶處士澂入都門，呼予與實庵爲「南曹北曹」。友朋間遂以此爲稱號。今讀《珂雪詞》，予雖十年學，不能並驅也。昔人稱衙官屈、宋，實庵衙官我有餘矣。』

指導個人詞的創作，他説『余家瀕海之鄉，椎魯少文，比學爲填詞，發音輒傖鄙不可耐，正如扣缶擊髀，其聲嗚嗚，斷不能擁鼻作一情語。方自厭之，每思曰：「此豈才有所限邪？抑求之而未得其道也？」丙辰冬，分虎（李符）自南來，見示《耒邊》新製，其溫麗者真可分周、柳之席，而入《花間》之室，即間作辛、陸體，而和平大雅，亦不至於鐵將軍銅綽板。余曰：「道在是矣。」』（曹貞吉《耒邊詞序》）

周、柳間辛、陸，終究一歸於『和平大雅』，這應該就是曹貞吉詞的創作的指導思想，也正因爲如此，所以陳廷焯才説他雖『才力不逮朱（彝尊）、陳（維崧），而取徑較正』，『在國初諸老中，最爲大雅』（《白雨齋詞話》卷三）。乾隆年間敕修《四庫全書》不選清初朱彝尊、陳維崧、顧貞觀、納蘭容若諸名家詞，獨選曹貞吉《珂雪詞》，這與曹貞吉詞兼衆家之長，『風華掩映、寄託遥深』，『自不失爲雅製』（《四庫全書總目提要·珂雪詞》）與《四庫全書》詩詞『原本風雅，歸諸麗則』，『託興遥深』，『崇尚雅醇』（慶桂《國朝宫史續編》卷八十三《書籍九·文淵閣四庫全書》載乾隆四十六年十一月初六日上諭）的收録原則相符有關。吴綺認爲『《珂雪詞》字字香豔，至議論風生處，有烘雲托月之勢』，張潮則説曹貞吉詞『才情淵博，寄調清新，能於咀商嚼羽處，淩轢蘇、黄，揶揄秦、柳』，王煒認爲他的詞『如仰崑崙、泛溟渤，莫測其所際，骯髒磊落，雄渾蒼茫，是其本色，而語多奇氣，惝怳傲睨，有不可一世之意』。因此引得一時名賢如朱彝尊、陳維崧、王士禛、彭孫遹、曹禾等交相讚譽。朱彝尊説：『詞至南宋始工。斯言出，未有不大怪者，唯實庵舍人意與予合。今就《詠物》諸詞觀之，心摹手追，乃在中仙、叔夏、公謹諸子，兼出入天游、仁近之間。北宋自方回、美成外，慢詞有此幽細綿麗否？』（《珂雪詞·詠物詞評》）曹禾則説『雲間諸公論詩宗初盛唐，論詞宗北宋，此其能合而不能離也。夫離而得合，乃爲大家』，『（曹貞吉）

其詞寧爲創，不爲述；寧失之粗豪，不甘爲描寫』，『填詞，乃婉麗纖媚，時或飛揚跋扈，俶詭不羈，此彭澤《閒情》，廣平《梅花》，令人不能測識也』（曹禾《珂雪詞話》）。

曹貞吉的詞既有高歌蒼涼、雄渾悲壯的懷古詞作，也有刻畫細密、格律精巧的詠物篇什，還有情真意切、纏綿悱惻的唱酬贈答詞，都呈現出了面貌各異、豐富多彩而又意境深遠的文學表達效果。

應該說，曹貞吉最得意和擅長的是詠物詞，在今存二百五十七首曹詞中，其詠物詞佔到將近一半，這除了受宋末詠物詞傳統影響外，也是與當時浙西詞派大興詠物詞之風有關。康熙十七年（一六七八）夏，朱彝尊攜南宋遺民詞人所作《樂府補題》詞集入京，由浙西詞派首倡，掀起了清初詞壇擬《樂府補題》的風潮，也帶來了詞壇詠物詞的繁榮。曹貞吉的《天香·龍涎香》、《桂枝香·蟹》、《齊天樂·蟬》、《水龍吟·白蓮》、《摸魚子·詠蓴》五首便是《樂府補題》必做的擬作，此外，他的《賀新涼·詠茨菰》、《解連環·詠蘆花遙和錢舍人》、《花犯·詠花鴨》、《水龍吟·詠柳絮用坡公〈楊花〉韻》、《水龍吟·詠蠟梅》、《解語花·詠水仙同家弟作》、《催雪·紅梅》等詠物詞作也廣受好評。在他詠物詞中的吟詠對象是多種多樣的，無論是春花秋月、歲時節序，還是鳥獸蟲魚、圖畫什物，都被引入詞闋中，他以敏銳而獨到的眼光，細膩而生動的筆法，細緻刻畫事物形貌，發掘這些事物隱含的與人們生活及社會變遷相關的特點，既詠物，又抒懷，讀來清新雋永，動人心弦。如《滿江紅·題阮亭寓竹》：

何物琅玕，偏愛傍、子猷書屋。微雨後，月痕低照，亭亭新沐。洛女淩波鳴雜珮，湘人鼓瑟敲寒玉。早風雷、一夜起龍孫，森然綠。　何處是，秦川曲。休更覓，篔簹谷。只閒庭半畝，差堪醫俗。待他年、玉版好同參，寧爲腹。

這首詞刻畫了雨夜修竹的亭亭碧影，指明竹子常與雅士、神女作伴，以其經風雷、歷秋霜而不變節爲喻，讚頌了竹子的高潔堅貞，而『振籜未隨秋寂寞，窺簾似共人幽獨。待他年、玉版好同參』，則既表達了他對好友王士禛的思念，也點出了二人共同具有修竹美好的君子情操。

應該說，爲曹貞吉贏得清初詞壇崇高地位的絕對是他的《詠物十詞》。這十闋詞分別是《臺城路・詠隗囂宮瓷杯》、《瑞鶴仙・詠灌嬰廟瓦硯照夢窗詞填》、《望遠行・詠延陵季子劍》、《八寶妝・詠未央宮銅奩》、《尉遲杯・詠朱碧山銀槎照蔡松年詞填》、《花發沁園春・詠司馬相如私印》、《一寸金・詠長平遺鏃》、《宴清都・詠宋人大食瓷茶杯》、《玉女搖仙珮・詠魚苔箋》、《霓裳中序第一・詠龍鬚爲渭清賦》，這應該算作是一組『寄託遙深，風華掩映』（《四庫全書總目・珂雪詞》）的詠物懷古之作。

可以說，在曹貞吉的詠物詞中，無論是什麽題材，曹貞吉往往都能有自己獨到的觀察和抒寫角度，常常於『古調之中，緯以新意』（《四庫全書總目提要・珂雪詞》），憑藉這些物件，前朝舊跡物是人非的蒼涼和悲惋之情撲面而來。當時的文學大家如王士禛、陳維崧、朱彝尊、宋犖都拍案驚奇，陳維崧在《詠物十詞序》中說：『人言燕市，實悲歌慷慨之場；我識曹君，是文采風流之裔。狂歌颯沓，聊憑鳳紙以填來；老興淋漓，亟命鸞聲爲譜去。』又說：『吟成十闋，事足千秋。趙明誠《金石》之錄，遜此華文；郭弘農《山海》之編，慚斯麗製。』宋犖則曰：『今讀實庵詠物十首，仿佛《樂府補題》諸作，擬諸白石《暗香》、《疏影》，何多讓焉？阮亭讀之，拍案稱善，曰：「曹大乃爾奇絕！」』（宋犖《跋曹實庵〈詠物詞〉》）

不止詠物詞，在曹貞吉的懷古篇什中，這種執著於寫實的創作特色也是十分明顯的，其詞『意興淋

漓，胸懷浩蕩，至其上下千古，則一往情深，低徊欲絕，置之蘇、辛集中，寧易差別邪？」（張貞《懷古詞評》）

《滿庭芳·和人潼關》（《珂雪詞》卷上）是曹貞吉懷古詞中的名篇。他在明清易代的戰亂中長大，其家族又深受三藩戰亂的波及，在這首詞中，他在漢唐史事的詠歎中，深刻地表達了他對安寧和平生活的熱切嚮往。「何年月，剷平斥堠，如掌看春耕」，希望天下太平，讓百姓們都能得以安居樂業，不正是從戰亂中走過來，又遇到新的亂離煎熬的人們從內心深處發出的强烈呼籲嗎？

曹貞吉的詞確實是從生活中來的，他所寫的正是他自己在生活中所深切感受到的，是他真情實感的自然流露，所以詞的內容儘管「上下千古」，寫來卻能「一往情深，低徊欲絕」（張貞《懷古詞評》）。《留客住·鷓鴣》（《珂雪詞》卷上）是曹貞吉一闋膾炙人口的詠物佳作。朱祖謀評價這闋詞「脫盡詞流薌澤習，相高秋氣對南山」（朱祖謀《望江南·雜題我朝諸名家詞集後》）。夏承燾《金元明清詞選》認爲「結語『低頭臣甫』等句，則又透露作者的故國之思」。這種看法是不妥當的。夏承燾所謂的「故國」應該是指亡明，但曹貞吉的身世、經歷和家庭社會環境都使他不可能對亡明故國有絲毫眷戀之情，他決不會一時興來毫無憑依地去借鷓鴣抒發什麼故國之思。「越王春殿，宮女如花，只今惟剩汝」似乎在抒發故國黍離之悲，但這首詞一開頭就說「瘴雲苦！遍五溪、沙明水碧，聲聲不斷，只勸行人休去」，又說「萬里炎荒，遮莫摧殘毛羽」，聯繫到三藩亂起後當時那危險而又兇惡的政治形勢，這些應當是對遠在雲貴、身陷敵壘的弟弟曹申吉命運的深切關心。由此可見，該詞結語說「江深月黑，低頭臣甫」，指的就是曹申吉。

這在他酬答曹申吉的詩作中可以得到印證。『隨風直到夜郎西』是曹申吉離京赴貴州巡撫任途次夢中想起的李白詩句，離别慈母、賢兄，遠赴古夜郎國，他對這句詩極有感觸，一直縈繞在他心頭，時時不忘，並且把它刻成印章，康熙十一年（一六七二），遠在貴州任上的曹申吉、李良年刊印曹貞吉《珂雪二集》時，曹申吉所作《珂雪詩集序》後即鈐印『隨風直到夜郎西』陽文印。此外，兄弟二人都以『隨風直到夜郎西』爲題寫過詩。曹貞吉《賦得『隨風直到夜郎西』，即用爲起句》（見《珂雪二集》）四首詩中有『瘴雲』、『萬里』、『五溪』、『行人』、『羈旅』、『江深月黑』、『馬蹄』、『鷓鴣』等共同的意象，清楚地透露給讀者，兄弟間的思念是這一時期鬱積在他們內心深處的最强烈、最真摯的思想情感。而在曹貞吉寄酬弟弟的其他詩作中，這些意象也一再出現。如《十年》、《和家弟寄懷之作同用杜韻》、《送家弟之黔中》、《得家弟見懷詩卻寄同用蘇韻》等都是如此。所以，儘管曹申吉這時已經身陷敵壘，且迫受僞職，但是曹貞吉堅定地相信自己的弟弟是絕不會甘心叛君、變節投敵的，他想象自己的弟弟一定會像當年偉大的愛國詩人杜甫一樣『葵藿傾太陽，物性固難奪』（杜甫《自京赴奉先縣詠懷五百字》），雖處於投荒離亂之中，生死存亡之際，也一定『雖經卑濕消魂地，敢負馳驅報主心』（曹貞吉《和家弟寄懷之作同用杜韻》之二），在時刻惦念著親人、時刻謀劃效忠君王、歸赴朝廷。這在曹申吉的詩中也可以找到答案，曹申吉在《送李卓庵》詩中説：『兵戈淒斷楚江湄，君去滇南慎莫悲。回首故鄉真萬里，此生倘有夢還時？』而在《聞鷓鴣》詩中説：『小鳥頻相勸，羈人感倍多。也知行不得，難住又如何？』可見曹申吉是十分明白自己當時職官在身，行不得而住又難，處於危機重重、進退維谷的境地，他知道自己很可能此生不得返鄉，或許連還鄉夢都做不成。即使如此，他還勸慰將要離開他返鄉的朋友不必爲自己悲傷，這難道不是一位忠君報國者的胸懷嗎？歷史也證明了曹貞吉對自己的弟弟是十分了解的，儘管曹申吉在三藩亂起初期迫受僞職，但他一直謀劃幫助朝廷破賊，康熙十九年（一六八〇），申吉以蠟書赴闕，約會内應，因事機不密，於當年十二月初五日遇害於昆明雙塔寺。近人譚獻謂此詞有『投荒念亂之感』（《篋中詞·今集一》），可謂貞吉知音。

曹貞吉是一位『識高學廣，思密才雄』的詞人，他的詞作，或小令，或長調，衆體兼備，皆臻化境，而尤以長調爲勝，張潮也説『實庵先生獨優於長調，其中有似序者，有似記者，有似賦者，有似書牘者，可謂極詞家之能事』（張潮《珂雪詞跋》）。他動筆之前必須經過深沈的思考，借助鮮明的藝術形象，嚴密的佈置，然後發而爲詞，或詠物，或懷古，寄託著自己深隱的内心世界。所以讀他的詞，只感到風華掩映，神光一片，『望之如蜃氣結成樓閣』（王士禛《詠物詞評》），又如行山陰道中，目不暇接。著名思想家黄宗羲看出了他的這一創作秘密，在《曹實庵先生詩序》中説：『先生之詩，以工夫勝。古今諸家，揣摩略盡，而後歸之自然，故平易之中，法度歷然，猶不識（程不識）之治兵也。不求與古人合，而不能不合，不求與古人異，而不能不異。謂之有所學，可也；謂之無所學，亦可也。』這評語也可移用於他的詞。

然而，正是因爲曹貞吉的詞是以深厚的生活體驗爲基礎的，每首詞都是他對於生活的獨特發現，是他自己親身生活實踐的真情流露，因此他的詞具有他自己的獨特個性，不主一家，而能自成一家，而決非無病呻吟、邯鄲學步者可比，在詞人如林的清初詞壇上，他以其創作的實績，獨立於陽羡、浙西兩家之外，爭得了自己的一席之地。田同之説：『本朝士大夫，詞筆風流，自彭、王、鄒、董以及迦陵、實庵、蛟門、方虎并浙西六家等，無不追宗兩宋，掉鞅先後矣。其間唯實庵先生不習閨襜靡曼之音，既細詠之，反覺嫵媚之致，更有不減於諸家者，非其神氣獨勝乎？由是知詞之一道，亦不必盡假裙裾始足以寫懷送抱也。」（田同之《西圃詞說》）

在詞集《珂雪詞》刊刻之前，曹貞吉的詞作就已經蜚聲南北文壇，詞作以『珂雪詞』之名在詞壇隨作隨傳。結集的有《詠物十詞》一卷。該本有陳維崧的序，王士禛、朱彝尊、宋犖爲之作了題評，這是一個刊刻本還是鈔本目前已經不可考知，當時客家揚州的歙縣（今屬安徽）人張潮編《昭代叢書》，將其刻入辛集別編，至今流傳。據張貞《題珂雪堂詠物詞譜》載，康熙二十三年（一六八四），江寧（今江蘇南京市）人吴晉（字介兹）因爲『最愛其（曹貞吉）詠物諸調，手錄廿一闋，屬王宓草（蓍）繪爲圖譜』，曹貞吉囑請張貞作序，可惜這個詞譜本未見流行。

學術界對《珂雪詞》的最早刊刻時間一直存在爭論。孫殿起《販書偶記》卷二十著錄爲『康熙丙辰（十五年，一六七六）刊』，這應該是因曹禾《詞話》署爲『康熙歲次丙辰夏午江上年弟禾具草』而斷定，此後各大圖書收藏機構及學術界皆從其說。曹貞吉於康熙十七年（一六七八）給李良年《秋錦山房詞》寫的序裏也僅僅說『予近頗廢詩，以填詞自遣』，沒有提到自己的詞集。當年歲末，在他寫給好友顔光敏的書信稱『詩餘一道，向因少事，借以送日，結習所在，筆墨遂多。其年、錫鬯日督付梓，所以未即災梨者，作者林立，羞事雷同。一，囊無餘貲，難修不急；二，心懶憚於檢校；三，草草結構，不敢自信；四，俟年兄入都後，再加斧斤，方可出以示人耳云何』，也可以證明此時《珂雪詞》尚未出版。另外，今《珂雪詞》中《賀新涼·二月二日宣岳州大捷，是日大雪，和其年》、《百字令·中秋和其年，時甫過地震》、《賀新涼・地震後喜濂至都門》、《笛家・九日蛟門招集諸子遊黑龍潭》記錄了康熙十八年（一六七八）二月至九月間的時事〔一〕，《百字令・庚申閏中秋，和其年》、《百字令・閏八月壽阮亭》則作於康熙十九年（一六八〇）閏八月，《喝馬一枝花・送沈荼星之來賓任》作於康熙二十三年（一六八四）〔二〕，所以，最遲至曹貞吉離京赴任徽州（康熙二十四年，一六八五）前，《珂雪詞》尚未刻印發行。

在今天所能見到的《珂雪詞》版本中，除《四庫全書》本爲鈔本外，尚有五種《珂雪詞》流傳版本，都被著録爲康熙刻本，主要包括：一，藏於南京圖書館的康熙張潮刻本〔三〕；二，藏於國家圖書館的康熙刻本；三，藏於南京圖書館的康熙刻本；四，藏於國家圖書館的康熙刻本；五，藏於國家圖書館、南京圖書館、復旦大學圖書館、山東大學圖書館、中山大學圖書館、吉林大學圖書館等圖書博物機

〔一〕《清史稿・聖祖本紀一》：「（康熙）十八年己未春正月……甲寅，貝勒察尼督水師圍岳州，賊將吳應麒遁，復岳州，上御午門宣捷。」「秋七月……庚申，京師地震。」

〔二〕沈荼星，沈皞日之號。雍正《廣西通志》卷五十九《秩官》：「來賓縣（今屬廣西）知縣：……沈皞日，字寓齋，浙江平湖（今屬浙江嘉興市）人，貢生。康熙二十三（一六八四）年任。」二十八年（一六八九），調天河縣（治今廣西河池市羅城縣天河鎮）知縣。

〔三〕南京圖書館著録爲一卷，趙紅衛《山左詞人曹貞吉詩詞結集及輯佚考略》謂「此刻本《珂雪詞》不分卷」（《國學論衡》二〇一二年第四期，第一百一十七頁），皆失察，造成錯誤的原因是因爲該刻本無「目録」，正文上卷卷首書題作「珂雪詞」，似乎沒有分卷，但下卷卷首書題作「珂雪詞下」。曹濂《儀部公行狀》稱「《珂雪詞》一卷」，當是合上、下卷而言。

構的康熙刻乾隆補刻本〔一〕。

這五個版本，內容、版式完全相同，正文上卷收錄一百三十四首詞，下卷收錄一百四首詞，詞作排列次序及文字也毫無差異，皆爲左右雙欄，欄寬十二點七釐米，高約十六點九釐米。半葉十行，行二十一字。小字雙行，行二十一字。詞題及正文大字，注及詞評小字。有句讀。白口，左右雙邊，無魚尾。張潮刻本沒有《目錄》、《補遺》、高珩序、王煒序、吳陳琰《題辭》，《珂雪詞》下卷最後一闋詞評後有張潮跋，這幾點是它與其他各本的不同。其他各本的差異主要在於卷首序跋的無有及排列次序。可以肯定的是，它們是出自同一個雕板。另外幾個顯著的標志可以佐證：一，各本卷上『珂雪詞』篇目下無『上』字，下卷『珂雪詞』篇目下有『下』字，這也許就是張潮本被認爲『一卷本』或者『不分卷』的原因；二，各本序跋篇末及卷末空白處因雕版挖刻不深，印刷時墨印痕跡完全一致〔二〕；三，某些文字的筆畫殘缺或不清的情況完全一致。如《題辭》中吳陳琰詞後小注：『時余方辭濟南太守修志之請』的『請』字〔三〕、補遺卷目錄『卜算子』的『卜』字都筆墨模糊，這種情況極多，茲不贅述。因此，把這五個版本歸爲三類，藏本一是一個單獨的刻本，藏本二、三、四屬於同一個刻本，藏本五是乾隆以後補刻的，因

〔一〕這是目前留存最多的版本，國內很多圖書館都有收藏，此前有學者誤稱其爲家刻本。它與此前各版的最大不同是有『欽定四庫全書』版頁、《四庫全書總目提要·珂雪詞》及《簡明四庫全書提要·珂雪詞》。

〔二〕今各影印本在印行時，大多經過修版去掉了這些墨痕。

〔三〕因張潮刻康熙補刻本『請』字筆墨漫漶，故《四部備要》本誤定作『訂』。

此，把它們定爲康熙張潮刻本、康熙張潮刻康熙補刻本、康熙張潮刻康熙乾隆遞補增刻家印本比較合適。

康熙二十四年（一六八五）秋，淹留内閣中書舍人官位十六年的曹貞吉出爲徽州（今屬安徽）同知，來到江南後，他與舊交儀徵（今屬江蘇）人鄧漢儀及徽州人張潮交往日密，書信及詩詞唱酬不斷。張潮與鄧漢儀都是著名的出版家，兩人客居揚州，刻書極豐，張潮當時正在刊刻《虞初新志》各編，而鄧漢儀正在編刻《詩觀》，在多卷中選録了曹貞吉的詩作。康熙二十五年秋末，曹貞吉暫攝祁門（今屬安徽）縣令，次年『重陽後返署，始接去年尊（張潮）札』，得知張潮提出由他刊刻曹貞吉詞，曹貞吉回信稱：『蕪詞原不敢問世，承老世兄見索，又不覺見獵心喜。求老世兄閲之，果可災梨否？』（《與張潮書》之二）『蕪詞原不敢問世』，可見此前曹貞吉並沒有詞作全集刻行，曹貞吉詞集的真正編輯是從康熙二十六年底開始，『月來始得料理就緒』，也説明《珂雪詞》是由曹貞吉自己親自編定的。

二十七年，《珂雪詞》雕版初成，曹貞吉致信張潮表示感謝，慨歎：『拙詞遂爾授梓，剞劂之工，爲此中所未有。老世臺雖甚愛弟乎，而弟安得不汗下沾裳也？謝謝！』並希望張潮能點評詞集，將評語連同歙縣知縣靳治荊的評語一起補入《珂雪詞》同學諸子評語中（《與張潮書》之三）〔一〕。同年『季夏

〔一〕信中云『客春以入宛之冗，未獲深聆教益』，考曹濂《儀部公行狀》稱『丁卯（一六八七）暮春，有事於宛陵』，則此信寫於康熙二十七年戊辰（一六八八）。

之杪，（曹貞吉）始獲釋祁門之擔』，初秋返回徽州〔二〕，接張潮回信云：『《珂雪詞》校讎再四，應無訛謬。靳父母評語，俱補刊入。遵命漫綴拙評，以志嚮慕。』並贈送曹貞吉《珂雪詞》五十部（張潮《與曹升六郡丞》）。曹貞吉回信稱：『拙集乃少年陳唾，承老世臺一番拂拭，幾於刻畫無鹽，而感激之私，則又何能自已也？佳評雖揄揚過當，然行間紙上，頓覺奕奕生光。謝謝！五十部拜領，大費經營，奈何？奈何？』（《與張潮書》之四）這是《珂雪詞》的初印本。中秋時節，曹貞吉出差南京，於旅邸寫信給張潮，指出『拙詞又看出一二字，再煩老世兄爲一改正。昔人云較書如掃落葉，信然。』（《與張潮書》之五）則《珂雪詞》雕版的修訂直到秋天還在進行中。

當年冬，鄧漢儀編刻的《詩觀三集》完成，他給張潮書信稱：『曹公（曹貞吉）詩已刻成，洋洋大觀，皆年翁之厚德盛事。如寄郡丞，須合前詩總印，釘成一冊爲佳。所費不多，期於冠冕，恐其遠寄都門諸公也。弟附有候札，希並郵去爲荷』（《寄張潮》之一）〔三〕。二十八年（一六八九）初，張潮將修訂好的《珂雪詞》雕版送給了曹貞吉，信中說：『客冬數行修候，並《詩觀》尊著呈上，想達臺端。謹將《珂雪詞》板二束齎送貴署，幸爲照到。其間訛字，已經改補。但恐讎校未精，有辜臺委耳。』在信中張

〔二〕　康熙二十六年（一六八七）秋，祁門發生民變，縣令自殺，曹貞吉第二次署祁門令，民心大定。戊辰（二十七年，一六八八）夏末，始卸任返回徽州。

〔三〕　鄧漢儀《詩觀》初集卷三、二集卷六、三集卷九共選錄曹貞吉詩七十四首，初集刊行於康熙十一年（一六七二），二集刊行於康熙十七年（一六七八），三集本擬於二十七年（一六八八）十一月刊行，因故延至第二年『春杪』始刊行，而曹貞吉詩部分二十七年冬已全部刻成。

潮還委託曹貞吉爲其父張習孔《大易辯志》作序（《與曹升六郡丞》）。次年庚午春，曹貞吉復信張潮，對張潮幫他出版詞集再次表示了感謝，稱『見委《辯志》序言，弟齋心領略，知爲先夫子一生得力之書，鴻寶光華，久而彌著，謹草數行以志嚮往，恐不足爲佛頭之穢也』，還提到『承惠尊刻，種種妙絕，惟有欽挹』（《與張潮書》之六）。

由此可以判定，張潮於康熙二十五年（一六八六）起意刊刻《珂雪詞》，第二年秋天曹貞吉才開始編輯整理詞集以付刊刻，經過雙方反復修訂，於二十七年年底才刊刻初印，並在二十八年初把刻版贈送曹貞吉，這是《珂雪詞》的第一個全本刻版。

今傳《珂雪詞》各本上、下卷無曹貞吉出佐徽州以後的詞作，可見，《珂雪詞》張潮本當刻於曹貞吉赴任徽州期間的康熙二十七年（一六八八），是《珂雪詞》最初通行的版本。而這時曹貞吉還有新的詞作傳閱於友朋之間，二十七年年底，鄧漢儀由揚州返回儀徵之前，曾寄書張潮，曰：『弟明日東歸，以賤足病，且地滑，不能過別爲歉。曹公祖（曹貞吉）所寄詞，留尊處，新正來邗，取讀可耳。』（《寄張潮》之二）。而後來的《珂雪詞》有《補遺》一卷，補錄八調九闋，其中《木蘭花·重九發皖城》、《滿江紅·詠青陽署中老桑》、《百字令·婺源道中記所見》、《木蘭花慢·題文孝祠壁》、《臺城路·爲熊封題〈金陵覽古〉詩卷》、《雙蕖怨·辛未重九》幾闋都是他在徽州任上所作，明顯記載的最晚時間爲『辛未重九』，即康熙三十年（一六九〇）。《補遺》卷版式、字體與上、下卷全同，也應該是最初補刻於徽州任上。

《珂雪詞》的另一個重要版本是《四庫全書》本，該本錄《珂雪詞》上、下兩卷，其詞作排列順序與康熙刻本基本沒有差別，但剔除了刻本的序跋、題辭、點評等文字，無《補遺》一卷，《四庫全書總目》載爲

『山東巡撫採進本』，『其總目所載《補遺》尚有《卜算子》、《浪淘沙》、《木蘭花》、《春草碧》、《滿江紅》、《百字令》、《木蘭花慢》、《臺城路》等八調，而皆有錄無書，殆以附在卷末，裝緝者偶佚之歟？』與康熙刻本相校，這兩個本子文字差異極少，其祖本應該是康熙刻本，採進者偶然失察，遺漏《補遺》一卷正文。

光緒二十七年（一九〇一），海豐（今屬浙江）吳重熹編《石蓮庵刻山左人詞》，收錄自宋柳永、李之儀、晁補之、李清照、辛棄疾至清朝王士禛、王士祿、曹貞吉等十七家詞，該集錄曹貞吉《珂雪詞》上、下卷及《補遺》一卷，詞作收列次序及序跋、題辭等與刻本相同，剔除了刻本的點評，但正文文字多有與刻本及四庫本不相同者，不知所據。一九三六年，中華書局編輯《四部備要》，收錄《珂雪詞》上、下卷及《補遺》一卷，其文字與《石蓮庵刻山左人詞》相同，當以吳刻本爲底本。

此前有多個清詞選本選錄曹貞吉詞，如蔣景祁於康熙二十五年（一六八六）編刊《瑤華集》，收錄曹貞吉詞四十六首，其中《疏影·蛛網》一首不見於今集。據張貞《題珂雪堂詠物詞譜》云：『近吳薗次有《名家詞選》，得《珂雪集》，即用壓卷，流傳江左，一時皆推爲絕唱。』則吳綺也曾編選過曹貞吉詞。自康熙二十三年至二十八年〔二〕，廬陵（治今江西吉安）人聶先、秀水（今浙江嘉興縣）人曾王孫編《百名家詞鈔》，錄曹貞吉《珂雪詞》八十五首詞，其中《采桑子》調下《春閨》、《秋閨》二首不見於今集。胡

〔二〕 孫克强《清代詞學年表》，《南陽師範學院學報》二〇〇三年第八期，第六十一頁。張宏生《清代詞學的建構》所附《清詞年表初編》繫於康熙二十五年（一六八六）。

曉蓓認爲這是曹貞吉的第一個詞集〔一〕，實際上，《百名家詞鈔》『人各一集，便於單本獨行。不妨隨到隨梓，隨時隨地，皆可印刷問世，次序先後，所之不論』（聶先《百名家詞鈔·例言》），而該集《珂雪詞》後跋語云『是刻初得之菌次（吳綺）、山來（張潮）二處，再得於槎客（高不騫）歸舟所攜，恐俱非全帙，擬借羽向黄山、白嶽間求之，必能一時紙貴，百家增色』，首先，這也是一個選本，可能是在吳綺《名家詞選》、張潮《珂雪詞》刻本出版之後據以編選，也可能是根據當時流傳於友朋間的曹貞吉詞手鈔本編選，時間在曹貞吉徽州同知任上。

《珂雪詞》（上、下卷）、《補遺》一卷舊録曹貞吉詞二百四十七首，這次輯補十首，共得詞二百五十七首，贏得了『在國初諸老中最爲大雅』（陳廷焯《白雨齋詞話》卷三）的盛譽。吳綺編選《名家詞選》，推曹詞爲壓卷之作，乾隆間編《四庫全書》，《珂雪詞》是唯一入選的清詞。張之洞編《書目答問》，列曹貞吉爲清朝第一詞人。前賢們的眼光不約而同地投向曹貞吉，曹貞吉的詞的確是值得深入地加以研究的。

四

曹貞吉入仕之後，久居中書舍人職位，掌管皇帝誥命的起草，因此，其文章也爲學者所重。據曹濂

〔一〕 胡曉蓓《曹貞吉及其〈珂雪詞〉研究》，南京大學碩士學位論文，二〇〇六年，第九七—九八頁。

《儀部公行狀》載，曹貞吉有『《古文辭》一卷』，『經書制藝各千餘首』〔一〕，但後來多數散佚，今傳《安丘曹氏家學守待》存《珂雪文稿》一卷，共録文二十六篇，與《續修四庫全書提要》所言差近，其中有詩文集的序跋十二篇、賀序一篇、壽序一篇、題記一篇、書啟三通、祭文、墓表、誄言各一通、墓志銘三通、行述二篇，此外還有楹聯三幅。在彙輯校勘過程中輯得曹貞吉散佚詩詞文集的序跋十一篇，書札十五通，共計二十六篇，此外還有零句六則。總體上來看，今存曹貞吉文大多爲應命酬酢之作，然其文衆體皆備，駢體、散文雜用，或長篇，或短章，如其《代賀鄭方伯榮陟偏撫序》、《代壽大司農王公八十序》等文，文藻儼然，而他爲父母所作的《雲將公行述》、《劉太夫人行述》娓娓敘述，然皆情真意切，感人心魄。此外，他所作的詩詞文集的序跋如《韓環集序》、《華荊山詞序》、《秋錦山房詞序》、《披雲閣詞序》也集中體現了曹貞吉的文學觀點，值得研讀。

一九九四年，我的老師王佩增教授編定《曹貞吉集》，我參與了《珂雪詞》的校訂工作，還承擔了《珂雪詩》部分校訂工作，並通審全稿，該集由山東大學出版社出版，主要收録見於《珂雪初集》、《珂雪二集》、《十子詩略》卷三《實庵詩略》、《珂雪詞》中的曹貞吉詩詞，計得詩六百五十五首（輯佚九首，今七首見於《珂雪三集》）、詞二百四十八首（輯佚一首）、佚文一篇。

〔一〕《續修四庫全書總目提要・珂雪文稿》謂『《文稿》所載，計有序跋、書啟、祭文、志銘等類，寥寥二十餘篇，恐已失散矣。惟稿中有詞集序跋頗多，於填詞一道，發揮至深，亦殊有價值也』。

曹貞吉的詩詞集刻本最初都是單集刻印發行，其後人或者將他個人著作結集印行，或者將曹氏家族諸人著作結集發行，也有合鈔的版本行於世，在這次整理工作中，根據各圖書機構收藏及曹氏後代捐贈給國家的書籍爲主要資料搜集來源。其中包括：

一，藏於山東省博物館的《曹貞吉父子詩稿》稿本。該稿共六卷，含曹貞吉詩稿一卷，其子曹涵詩稿一卷、曹湙《蟲吟草》四卷。《曹貞吉詩稿》共收錄四十一題六十五首詩，基本見於《珂雪初集》、《珂雪二集》，只有二題四首不見於《珂雪》初、二集，另有三題收錄於《珂雪》初、二集的組詩比《詩稿》少錄五首。《詩稿》文字點竄修改較多，應該是初稿本。

二，藏於國家圖書館的《珂雪詩集》四種二卷，此爲乾隆三十五年（一七七〇）曹貞吉曾孫曹益厚彙輯此前單行的《十子詩略》之三《實庵詩略》、《朝天集》、《鴻爪集》、《黄山紀遊詩》四個詩集而成。康熙間，汪士鋐、吴綺編《黄山志續集》，曹貞吉《黄山紀遊詩》大部分被錄入第四卷，文字幾乎沒有差異。

三，藏於山東省圖書館的《安丘曹氏家學守待》二十三種三十二卷，爲曹氏後人家藏本，署『從玄孫尊彝醴堂鈔存』。曹尊彝爲曹貞吉父親曹復植弟曹復彬玄孫，道光二十四年（一八四四）成進士，授刑部主事。該集將曹貞吉、曹申吉、貞吉子曹霦、姪曹湙已刊和未刊的詩、詞、文合訂在一起，已經刊行的直接編入相應卷次，未刊行的則認真謄寫。《山東文獻集成》（第二輯）據以影印，其中曹貞吉所作十二種十四卷，除了已刊行的《珂雪初集》一卷、《珂雪二集》一卷、《實庵詩略》（《山東文獻集成》題名《珂雪詩》）一卷、《朝天集》一卷、《鴻爪集》一卷、《黄山紀遊詩》一卷、《珂雪詞》二卷、《珂雪詞補遺》一卷外，尚有《珂雪三集》二卷（第二卷卷首列《評語》，詩自《爲陟山題神遊閣》始）、《珂雪集古近體詩》二卷（第二卷自《自銘藤杖》始）、《珂雪文稿》一卷、《珂雪詞補遺》四首（附於《珂雪集古近體詩》後），都是鈔本。

四，北京大學圖書館所藏《安丘曹氏家集》九種十五卷所録曹貞吉、曹申吉、曹霖詩詞，包括曹貞吉《珂雪集》一卷、《珂雪二集》一卷、《十子詩略》卷三《實庵詩略》一卷、《朝天集》一卷、《鴻爪集》一卷、《黄山紀遊詩》一卷、《珂雪詞》（附《補遺》）三卷，曹申吉《澹餘詩集》四卷、《南行日記》一卷，曹霖《黄山紀遊詞》一卷，實際爲十種十五卷，爲各集康熙初刻本的彙輯。

五，藏於國家圖書館《安丘曹氏遺集三種》九卷，包括曹申吉《澹餘詩集》四卷、《南行日記》一卷，曹貞吉《朝天集》、《鴻爪集》、《黄山紀遊詩》各一卷，曹霖《黄山紀遊詞》一卷，爲各集康熙初刻本的彙輯。

六，藏於山東大學圖書館的《安丘曹氏家集》十五種二十五卷，亦當爲曹氏後人家藏本。該集分别收録曹師彬、曹貞吉、曹申吉、曹濂、曹元詢、曹尊彝、曹桂醖等人詩詞文集，就曹貞吉作品而言，有《珂雪詩集》一卷、《珂雪二集》一卷、《珂雪三集》三卷（即《守待》中的《珂雪三集》二卷、《珂雪三集古近體詩》二卷）、《朝天集》一卷、《鴻爪集》一卷、《珂雪詞》二卷、《補遺》一卷（比康熙三十一年補刻本多《雙渠怨·辛未重九》、《買坡塘·題荻雪村為西畬作》兩調兩首），剔除了《實庵詩略》，但少《黄山紀遊詩》及《珂雪文稿》。該本全爲鈔本，但文字上與《守待》本並無差别，且内文每卷題『家學守待』，當爲《守待》本部分内容加上曹氏前後各代人的詩詞文集而成。北京大學圖書館所藏宣統三年（一九一一）

《珂雪詩》六卷，當從此本鈔出。

曹貞吉『年不登耄耋，位不過曹郎』（曹濂《儀部公行狀》），但他的詩詞創作留下了極其寶貴的文化財富。这次工作主要是輯錄、彙校曹貞吉詩、詞、文，根據曹集各本及相關文獻，共錄曹貞吉詩一千二百五十二首、殘句二聯，其中輯佚六首、殘句二聯；收錄曹貞吉詞二百五十七首，其中輯佚十首；收錄曹貞吉文五十二篇、零句六則，其中輯佚二十六篇、零句六則。據曹濂《儀部公行狀》載，曹貞吉『所著有《珂雪集》二卷、《十子詩略》一卷、《朝天》、《鴻爪》、《黃山紀遊詩》各一卷、《珂雪詞》一卷，行於世，《古文辭》一卷、《實庵未刻詩稿》、經書、制藝各千餘首，藏於家』。民國《安丘連池曹氏族譜》卷五《著作》亦載曹貞吉著述有：『《珂雪詩初集》、《二集》、《十子詩略》、《珂雪詞》、《朝天集》、《鴻爪集》、《黃山紀遊詩》俱板行世、《曹解元真稿》板不存、《珂雪文稿》、《珂雪二集》二卷、《珂雪三集古近體詩》二卷』。

據曹貞吉的曾孫曹益厚說，曹貞吉辭官家居之後的詩未及付梓，或有散佚，肯定還有沒有目及的曹貞吉詩詞文作品散落於文獻中，比如曹貞吉《答陳滁岑先生書》中就說『謹錄序文一通，用塵記室』，那麼他就曾爲陳焯的《古今賦會》作序，該序至今還沒看到，或已不存。曹濂《儀部公行狀》錄曹貞吉《闈中詠懷》詩『頻經馬稍神猶王，三過龍門鬢已霜』句及曹貞吉在祁縣禱雨後所作詩之『使君無德及爾祁，此事乃關於職司』句，今詩及句皆不見於曹集中，也未見於清詩各選本，肯定的是，曹貞吉散佚的詩詞文應該也不少。再如曹申吉有《得家兄書云酒熟蟹肥恨不得與弟共之，悵然有懷》詩，可見他們兄弟之間應該還有書信往來，但今二曹文集中皆不見收錄。此外，在宋犖、張潮、李良年、顏光敏等人文集中發現了他們寫給曹貞吉的書信，從中輯得曹貞吉給張貞、張潮、顔光敏及宋犖的書札分别是一通、七通、六通和一通。清徐珂《清稗類鈔·鑒賞類·王荊門藏四十七家法書》謂諸城王樹枏家藏曹貞吉好友李渭清所遺「國初諸大名家墨蹟一冊」〔二〕，渭清「舉康熙乙未宏博，文名震都下，一時知名之士，多與之遊，因徵集各人法書成此卷。凡四十七人，人各一頁，或半頁，爲半頁者二，國初文獻略具於此。其尤著者，如王文簡、田山薑、朱竹垞、毛西河、陳其年、施愚山、曹升六、謝方山、湯文正、彭羡門、尤西堂、潘次耕，尤爲希世之珍也。」應該説，還有爲數不少的友朋往來信札可能已經失傳，有些或者尚未得見，這都需要在今後繼續屬意於曹貞吉詩詞文的搜集，盡量編出更加完備的曹貞吉集。

由於本人水平有限，工作之中必有闕漏錯誤之處，尚祈方家不吝指正。

〔二〕　民國《壽光縣志》卷六《職官表》載：「王樹枏，字荊門，本縣人。」爲山東高等警察學校畢業，前本縣勸學所長，民國四年任羊角溝巡警官，曾任民國《壽光縣志》分纂。

凡例

一、本集收錄曹貞吉《珂雪初集》、《珂雪二集》、《珂雪三集》、《珂雪三集古近體詩》、《朝天集》、《鴻爪集》、《黄山紀遊詩》、《珂雪詞》、《珂雪文稿》，另有曹貞吉詩、詞、文補遺。

二、《珂雪初集》、《珂雪二集》、《朝天集》、《鴻爪集》、《黄山紀遊詩》皆以各集康熙刻本爲底本。北京大學圖書館所藏《安丘曹氏家集》所收曹貞吉各集也屬於這個版本系統。《珂雪三集》、《珂雪三集古近體詩》依《安丘曹氏家學守待》所錄鈔本爲底本，原各分兩卷，本次結集，分別合爲一卷。參校本主要有：（一）北京大學所藏《珂雪詩》六卷鈔本（簡稱北大鈔本），包括《珂雪初集》、《珂雪二集》各一卷，《珂雪三集》四卷，當依山東大學圖書館所藏《安丘曹氏家集》版本系統鈔出。（二）《安丘曹氏家集》（簡稱家集本）。（三）《十子詩略》卷三《實庵詩略》（簡稱《詩略》），錄曹貞吉詩一百九十六首，皆見於《珂雪初集》、《珂雪二集》、《珂雪三集》及《珂雪三集古近體詩》。（四）《曹貞吉父子詩稿》（簡稱《詩稿》）收錄曹詩六十五首，絕大多數見於《珂雪初集》、《珂雪二集》。清詩選本多有選錄曹貞吉詩歌者，亦用作參校，主要有：（一）鄧漢儀《詩觀》初、二、三集收錄曹貞吉詩七十四首；（二）《國朝山左詩鈔》（簡稱《山左詩鈔》或《詩鈔》）收錄七十一首；（三）汪士鋐、吳綺編《黄山志續集》，曹貞吉《黄山紀遊詩》除《初望見天都雲門諸峰》三首之第二首外，皆錄入第四卷。另外，蔣鑨《清詩初集》、孫鋐《皇清詩選》、陳以剛等《國朝詩品》、陶煊及張璨《國朝詩的》（簡稱《詩的》）、吳翌鳳《國朝詩》、馬長淑

《渠風集略》、沈德潛《清詩別裁》、鄧之誠《清詩紀事初編》、錢仲聯《清詩紀事》等清詩選、評本都收録曹貞吉詩，時有參校。

三、《珂雪詞》刻本、鈔本較多，本次整理以清康熙張潮刻康熙乾隆遞補增刻家印本爲底本，參校張潮刻本、《文淵閣四庫全書》本、吴重熹《吴氏石蓮庵刻山左人詞》本、《四部備要》本（分別簡稱張潮本、四庫本、吴氏本、備要本）。曹貞吉曾有《詠物十詞》單行，也用以參校。清詞選本多有選録曹貞吉詞者，亦參校，主要有：蔣景祁《瑶華集》、朱彝尊《國朝詞綜》、聶先及曾王孫《百名家詞鈔》甲集、蔣重光《昭代詞選》、陳廷焯《詞則》、王瀣《清四家詞録》。

四、曹貞吉的好友王士禛《感舊集》、張貞《渠丘耳夢録》、宋犖《西陂類稿》、田雯《古歡堂集》、陳維崧《迦陵詞全集》、《湖海樓詩集》、朱彝尊《曝書亭集》等人集中或收録、附録曹貞吉詩、詞，也用作參校。

五、《珂雪文稿》以《安丘曹氏家學守待》所録鈔本爲底本。

六、各本之異體字及顯見形近訛誤或版刻、鈔寫變異字，除有疑義之處，則徑改不再出校記。校記用〔一〕〔二〕〔三〕標識。

七、《珂雪初集》、《實庵詩略》、《朝天集》、《珂雪詞》原有王士禛、朱彝尊、陳維崧、李良年、張潮、趙執信等友朋題評，《瑶華集》選録曹貞吉詩時也多有鄧漢儀的點評，我們將評語照録於相關正文後，因爲原本皆以各人字、號標出，所以我們在各集評語首次出現該氏時，標明其名字。對詩、詞内具體字、句的點評，在該字、句後用〔一〕〔二〕〔三〕標識，評語依次録於正文後。現代研究者的評語不録。

（一）對一題一首的詩、詞，只有總的點評，則不加數碼標識，直接錄於正文後； 既有總的點評，也有對詩、詞內某些字、句的點評者，則在被點評的字、句後標識，評語依次錄於正文後，總評錄於最後，不加數碼標識； （二）一題多首的詩、詞，對詩、詞內某些字、句的點評，或者其中某首詩、詞總的點評，則在被點評的字、句、全文後標識，評語依次錄於正文後； 如果尚有對組詩、組詞全文總的點評，則評語錄於所有字、句及單首詩、詞評語後，不加數碼序號表示。

（三）散見於各選本及詩詞評論集中的文字，如鄧漢儀《詩觀》各集中的評論文字，我們也徵引繫於相關正文下。

八、書後附有《序跋、題記》、《詩話、詞話、題評、贈答》、《傳記資料》和《曹貞吉年譜簡編》。

（一）《序跋、題記》包括曹貞吉詩詞集的序跋、題記，也包括論述及曹貞吉詩、詞、文的清人詩、詞、文總集、選集的序跋、題記。

（二）《詩話、詞話、題評、贈答》包括清人對於曹貞吉詩、詞、文的詩話、詞話及評論。 曹貞吉與朋友間的酬答文字較多，本編只選輯對曹貞吉詩、詞、文進行題評的詩、詞、文及書信。

（三）《傳記資料》只選輯清代文獻資料。

（四）《曹貞吉年譜簡編》除簡要編列曹貞吉行年事跡外，也部分介紹了與曹貞吉有詩詞文酬唱以及曹貞吉著作中有明確事跡記載的朋友的生卒年、名號、籍貫等，簡要列出他們的酬唱文字。 對其中曹貞吉曾序跋其詩文集的作者進行了準確的考證。

目録

珂雪二集

珂雪三集

珂雪三集古近體詩

朝天集

鴻爪集

黄山紀遊詩

附

珂雪詩補遺

珂雪詞卷上

珂雪詞卷下

珂雪詞補遺

附

珂雪文稿

附　楹聯

珂雪文稿補遺

序

跋

書

詞話　詞評

附録

附録一　序跋　題記

附錄三 傳記資料

珂雪初集

張起元印典成詩以贈之〔一〕

博物何人號冠軍，風流張緒若爲群〔二〕。平分秦相磨崖筆，遍勒周王石鼓文。座側青緗移歲月，腕中不律走風雲。詞華愧我蕭條甚，欲問雞窗乞碧芸〔三〕。

校記

〔一〕詩題，《詩稿》作《張杞園集印典將成詩以贈之》，張貞《渠丘耳夢録》乙集作《杞園輯〈寶典〉成詩以贈之》。

〔二〕張緒，《渠丘耳夢録》作『思曼』，張緒之字。若爲，《詩稿》作『獨軼』。

〔三〕問，《詩稿》作『向』。

小遊仙詩七首〔一〕

坐看滄海幾成田，白玉樓頭尺五天。鶴背崚嶒歸去晚，安期巨棗讓誰先？

武陵烟水漸平田，雲氣霏微隔洞天。環珮聲闌仙樂歌〔二〕，紫虬銀鳳各爭先。

閒卻蓬萊雲水田，月明笙鶴下瑤天。橘中二老如相問，麟脯今輸一著先。

瓊臺玉斧倩誰修？天際俄開百尺樓。倦舞霓裳依桂樹，遙知清冷不勝秋[一]。
微茫弱水三千里，縹緲丹霞十二樓。讀罷道書無一事，坐看白露下深秋。
從來仙子愛重樓，碧樹紅雲一色秋[三]。子夜歌殘人不見，海天明月掛如鈎。
年來蹤跡喜飄蓬，山水漁樵處處通。欲覓仙源知近遠，一聲清磬翠微中。

集評

[一]王士禛曰：「縹緲。」

校記

[一]《詩稿》載此組詩。《詩略》選録第三、第四兩首，詩題作《小遊仙詩》。
[二]欒歌，《詩稿》作「藥歇」。
[三]碧樹紅雲，《詩稿》作「紅樹白雲」。

歲暮感舊書懷二十八韻

遙憶我生初，乃在甲戌歲。傷哉垂九齡，已感終天逝。煢煢棄路隅，艱難時隕涕。提攜惟老母，追隨有弱弟。搶攘兵戈中，生全偶然濟。茹苦甘熊丸，長貧恒斷薺。租稅苦追呼，風雨門常閉。先皇丁亥春，言循採芹例。碌碌塵埃間，俯仰如精衛。迨乎辛卯秋，初較文壇藝。季方著先鞭，而予獨留滯。癸巳集東墅，晨夕互砥礪。阿弟陟承明，歎予方食餼。咫尺判雲泥，撫躬憂匪細。自度年力足，未肯甘薜荔。丙申遊帝都，歸來遂決計。讀書唯小園，矢懷一何銳。不謂兩放逐，失我凌雲勢。痛哭焚舊編，誓欲絕匏繫。淹屈負鬚眉，舉止慚僕隸〔一〕。衆裏自嫌身，况復人間世？今上新御極，騎驢復應制。敝帚豈有殊，乃結文章契。顧予澹蕩人，入世傷鑿枘。素志既一酬，升沈隨所際。五斗亦足榮，寧必鴛行綴。廿載徒營營，暫爾長林憩。蒼茫對積雪，遙空一雁唳。

集評

〔一〕王士禛曰：『真有此感。』

予棲遲遺勝園中凡數年，風晨月夕，竹籟松濤，頗適懷抱。自癸卯初秋，遂成永隔，塵埃兀兀，回首伴鶴齋如蓬壺、方丈矣。閒居有懷，悵然成詠〔一〕

十年結契在林皋，漫向松陰覆短袍。幾樹雨痕分晚黛，一天風色起晴濤。魚游驚避虬枝偃，鶴舞遙憐翠幕高。豈爲著書耽歲月，往來三徑莫辭勞。松徑

幾年坐臥篔簹谷，此日重逢思惘然。翠色窺簾微見月，雨聲拂地乍驚蟬。移來渭曲悲秦樹，夢去瀟湘隔楚烟。憶得當時初振籜，繞亭常聽水潺潺〔二〕。竹窗

疏雨輕雷薄暮收，長空如洗碧雲流。微吟小徑苔初淨，閒折花枝露尚浮。魚唼淺萍新沼滿，鳥啼近樹晚風秋〔三〕。主人對此銷塵慮，漫採荷珠付茗甌。新晴

碧天無際玉繩開，好友俄從薄暮來。長笛一聲吹亂葉，飛英幾點落輕杯。濛濛花霧當窗濕，簌簌松香拂檻回。怪爾晨鐘驚醉客，猶餘清影照蒼苔。月飲

兀然峭壁古藤垂，策杖登臨意屢移。危堞千尋懸夕照，高梧百尺動涼颸。雲開遠樹疑峰合，泉滴空巖落澗遲。結侶長林應有待〔四〕，青鞋布襪杳難追。登眺〔五〕

曉起蒼茫入望賒，滿庭寒玉護蒹葭。難尋雲際千峰合，不盡炊烟一縷斜。縹緲隨風迷去鶴，霏微帶月冷棲鴉。林間時滯幽人跡，屐齒休輕點六花。雪後

校記

〔一〕詩題底本作《予棲遲遺勝園中凡數年，自癸卯初秋，遂成永隔。閒居有懷，悵然成詠六首》，據《詩稿》補。《詩略》選錄第二首，詩題作《懷遺勝園竹》。

〔二〕聽，《詩稿》作「自」。

〔三〕「魚唼」二句，《詩稿》作「魚唼新萍知水長，鳥啼近樹覺林幽」。

〔四〕侶，《詩稿》闕字。

〔五〕登眺，《詩稿》作「閒眺」。

馬近溫尋親嶺南，詩以送之〔一〕

衝雪辭家去路賒，五年城外足天涯。蠻人舊種柴棠果，嶺際空傳荔子花。萬里寒風吹短袂，一江

春水泛歸艖。年來珍重離群意，待爾東郊眺落霞。

爲憶慈顔涕淚殷，幾年悵望嶺頭雲。船從章貢江邊去，夢自羅浮雪後紛。廿載相逢人盡老，天涯重晤手遲分。越王臺上銷魂處，衰草離離日正曛。

校記

〔一〕《詩稿》載此詩，共二首，詩題作《馬近溫尋親之嶺南，詩以送之》。第一首《珂雪初集》不載，今據補。

答馬翼辰用原韻

五兩風高片羽輕，霏霏烟雨近清明。寒潮一夜催蘭槳，夢裏金陵春草平。

日照道中觀海二首〔一〕

曉起空濛宿霧遮〔二〕，遲迴漸覺海生霞。一天霽色迎朝日，十里潮聲捲落沙〔一〕。寶氣疑從鮫室盡，颶風欲動蜃樓斜〔三〕。三山縹緲知何處〔四〕，漫想安期棗似瓜。

孰云斥鹵變桑田〔五〕，此際俄看一色天。孤嶼雨晴尋蟹跡，海門風起斷蛟涎〔二〕。波臣自護重溟險，估客誰操下瀨船。日暮濤聲來枕上，驚回旅夢倍淒然〔六〕。

集評

〔一〕王士禛曰：「神到。」鄧漢儀曰：「望去寶光陸離，知爲偉構。」

〔二〕王士禛曰：「警特。」

校記

〔一〕詩題，《詩稿》、《詩略》作《日照道中觀海》。鄧漢儀《詩觀初集》卷三選録第一首，詩題作《日照道中》。康熙《青州府志》卷二十二《藝文志下》、乾隆《沂州府志》卷三十五《藝文志·近體詩》皆録第二首，《青州府志》詩題作《日照道中觀海上》，《沂州府志》詩題作《日照道中望海》。光緒《日照縣志》卷十一《藝文志下》並録兩詩，詩題作《日照道中望海二首》。

〔二〕起，《日照縣志》作「後」。

〔三〕欲，《詩觀初集》作「忽」。

〔四〕縹緲，《詩稿》作「飄緲」。

〔五〕孰，《詩稿》作「誰」。

〔六〕倍，《詩略》、《青州府志》、《沂州府志》、《日照縣志》皆作「轉」。

昔年〔一〕

昔年陵谷傷心地，過此誰能不愴神？雪後趁船猶昨日，洲邊拾蚌似前身。迎潮山色尋常紫，負海人家依舊貧。驢背一鞭餘感慨，杜鵑聲裏度殘春。

校記

〔一〕《詩稿》載此詩。

早發清口

雨後遥峰幾點青，白雲猶自護東溟。海門潮去餘寒港，小市人來隔短汀。宿雁啄沙存爪跡，蟄龍起霧帶魚腥。數聲欸乃烟波裏，欲洗塵悰馬上聽。

晚泊

偶來河上乘春舫，只似空齋覓句時。推戶俄驚山色改，隔林常怪燕飛遲。千帆蔽日迎鹺賈，一水含潮冷釣絲。薄暮維舟何處宿？緑楊亭畔有疏籬。

登舟口號〔一〕

沙鷗幾點浴晴灣，寂寂寒潮去復還。一夜好風吹短棹，輕舟已過大魚山。

集評

王士禛曰：『標致天然。』

校記

〔一〕《詩稿》載此詩，《詩略》選録此詩。

渡江〔一〕

春水盈盈送畫橈，望中兩點見金焦。江南芳草連天碧，剩有遊人趁暮潮。

校記

〔一〕《詩稿》載此詩，詩題作《渡江口號》。

燕子磯

幾年夢裏秦淮路，此日初登燕子磯。千尺遊絲縈去翼，一江春色映烏衣。拂雲疑共晴霄遠，掠水難同孤鶩飛。怕向莫愁湖畔去，石城烟雨正霏微。

遊翠螺山登三台閣遠眺〔一〕

絕頂孤峰一徑幽，萬松深處見重樓。芳洲忽送三江碧，釣艇全疑幾點鷗。地近星辰分嶽氣，山連吳楚枕寒流〔二〕。扶筇欲結長林契，鴻跡冥冥不可求。

集評

〔一〕王士禛曰：『妙入自然。』鄧漢儀曰：『確。』

鄧漢儀曰：『筆墨都近自然。』

校記

〔一〕《詩稿》載此詩，《詩略》、鄧漢儀《詩觀初集》卷三皆録此詩。山，《詩稿》無。《詩觀初集》詩題作《遊采石登三台閣》。

送賈石公還山西〔一〕

萍跡重逢又一春，蕪陰飛絮倦遊人。青樽江上别離色〔二〕，暮雨聲中去住身。〔一〕三晉雲山隨蠟屐，五湖烟水罷垂綸。謝公池畔遙相憶，帆影茫茫何處津〔三〕？

集評

〔一〕《清詩人徵略》摘此二句以爲名句。

〔二〕王士禛曰：『文房。』

校記

〔一〕《詩稿》載此詩，《詩略》、《山左詩鈔》卷三十一皆錄此詩。《詩稿》詩題作《送賈石公年丈還晉中》。

〔二〕青，《詩稿》同，《詩略》、《詩鈔》、《清詩人徵略》卷七作『清』。別離色，《詩略》、《詩鈔》、《清詩人徵略》皆作『蕭條別』。

宣城苦雨〔一〕

積雨疏林動客思，宛溪春盡綠楊垂。朝來歸興濃如酒，怕上鼇峰聽子規〔一〕。

集評

〔一〕『朝來』二句，鄧漢儀曰：『風韻。』

王士禛曰：『嫣秀欲絕。』鄧漢儀曰：『何讓許丁卯？』

校記

〔一〕《詩略》、鄧漢儀《詩觀初集》卷三、陶煊、張璨《國朝詩的》之《山東卷》卷一皆選錄此詩。

花朝曉發姑孰〔一〕

踏屐乘春去〔二〕，微雲動早涼。菜花浮麥隴，流水繞漁莊。小市人初集，長林鳥未翔。江南風日好，遮莫冷奚囊。

校記

〔一〕《詩稿》載此詩。

〔二〕踏屐，《詩稿》作「篢輿」。

登赭山同石公六非、釋智燈

爲愛赭山好，攜僧絕頂遊。千尋丹嶂合，一線大江流。塔影平分水，鐘聲半出樓。探幽迷杖履，隔浦問漁舟。

蕪陰觀競渡八絶句〔一〕

汨羅往事已成塵，憑弔翻令感慨新。歌賦楚些渾未得，且來江上看飛鱗。

赤幟飛搖下碧空，棹歌一任往來風。三十二船如箭發，玉清名字列當中。〔一〕
平江如練迴無痕，彩鷁飛行捷似猿。兩岸萬人方鼓掌，朱旛已自過螐門。
夾岸垂楊映碧湍，隔簾時見影珊珊。最憐子夜笙歌後，更與何人半面看。〔二〕
樓船簫鼓在中流，衣錦王孫樂未休。爆竹一聲烟霧起，親呼妖伎與纏頭。〔三〕
十三弱女髮垂垂，薄霧輕綃金縷衣。貪看龍舟歸去晚，不知失卻翠蛾兒。〔四〕
江上遊人薄暮還，彩旌搖曳帶香烟。驚看寶炬千舟發，疑是螢飛亂碧天。
誰家遊子大江濱，危坐凝眸迴出神。非獨看船看不厭，看船更看看船人。

集評

〔一〕王士禛曰：「《竹枝》、《水調》本色。」
〔二〕王士禛曰：「蘊藉處唐人之髓。」鄧漢儀曰：「僕《過吳江》有句：『不識吳娘何處住，垂虹橋外滿人家。』王司勛歎以爲佳。觀舍人作，正同此風調也。」
〔三〕鄧漢儀曰：「使君於此，風流不淺。」
〔四〕王士禛曰：「都寫側面最好。」

校記

〔一〕《珂雪初集》此題共五首，闕第一、七、八首，今據《詩稿》補，題中『五』改作『八』。《詩略》選錄第二、四首，鄧漢儀《詩觀初集》卷三選錄第四、五首，詩題皆作《蕪陰觀競渡》。

春日過唯小園，柬天池、明遠天池，蘇州人，工篆法。明遠，即墨人，善命理。

年來浪跡近鷗盟，閒向花陰覆酒鐺。鐵畫舊推秦獄吏，奇才今見管公明。雲中匹練霏霏下，海上晴霞冉冉生。邂逅東園成二妙，相攜樹底聽流鶯。

懷近溫

陸賈城邊漠漠春，荔枝花底醉遊人。三江浪暖船初下，五嶺烽銷月正勻。耳畔應聞方語亂，歸來畏見北風頻。水雲亭上常相憶，棠蕊行看一樹新。

無題十首用彭、王倡和元韻

冥冥香霧隔巖扉，柳鎖朱門晤漸稀。已倩蜂黃描額色，還分燕尾剪春衣。飄零寶鈿誰同語，冷落閒窗只自依。榆火半隨寒食改，並無歸夢到鴛幃。

苔影遲遲漏未央，驚烏繞樹已成行。黃梅時節晴偏少，青杏園林晝自長[一]。紈扇頓消花底暈，遊絲虛引午風涼。眉端月樣無人畫，那得芙蓉點翠妝。

一庭香靄露華滋，風揭朱簾乍起時。人去有情憐璧月，春來無夢慰瓊枝。紅襟燕子將辭乳，白雪猧兒欲亂棋。此際音書何處覓？幽懷爭許小姑知。

梨雲小院罷鞦韆，九十春光劇可憐。信寄莫愁湖畔水，帆迷揚子渡頭烟。拋殘舞袖渾無那，拚斷柔腸不似前。閒倚洞簫歌一曲，月明庭樹影娟娟。

霍家小玉自傾城，猶憶芳名隸上清。鶴背乍辭仙路杳，鵲橋欲駕晚潮生。五銖薄霧偏縈恨，百寶明妝劇有情。試問碧霞誰箇伴？雙成娘子舊吹笙。

疏雨梧桐別院居，西風嫋嫋太愁予。情疑柳浪狂飛絮，意似蕉心倒捲書。砧發千家人去後，夢殘金屋雁來初。此身定合生雙翼，歷盡巫山如不如。

柔情宛轉若爲通，私語微聞小院東。一別驟沈青鳥跡，三年羞對落花紅。離魂帳冷秋容裏，錦字香濃月夜中。好去木蘭舟上立，天涯極目數歸鴻。

天際微雲薄暮收，盈盈河漢阻牽牛。珠翻南浦螢千點，簾捲西風月一鈎[二]。曲沼碧荷方綴露，板橋衰柳已驚秋。飄搖意緒渾如許，不必傷心淚始流。

閒階芳草鬱披離，拂拂春風特地吹。蜀鳥乍啼猶帶血，吳蠶空老不成絲。已拋白雪羞工曲，爲惜朱顏更築脂。欲卜南陵歸信早，清溪獨拜女郎祠。

驚看馬首去迢迢，腸斷維揚廿四橋。午夜笙歌愁裏度，三春環珮暗中消。山陽神女工爲雨，南國珠兒解弄潮。待得歸來桃葉渡，與君次第試纖腰。

集評

〔一〕王士禛曰：『絕調。』

〔二〕王士禛曰：『妙處又在韓、李之外。』

餉翼辰馬金囊二首〔一〕

爭傳北地文官果，誰向滇南寄遠心。萬里山川分雨露，十年戎馬變球琳。錦苞和霧寧辭折，玉蕊含錫自不禁。見說臨邛多病渴，聊將雙蒂報花陰。

異種誰將馳薊北，悠然獨慰兩人心。平分蒟醬三年味，定集含桃二月禽。仙掌乍傾凝宿露，層綃剝盡見懸琛。點蒼風物由來勝，佇看移根入上林。

校記

〔一〕《詩稿》載此兩詩，詩題作《餉翼辰馬金囊並繫以詩》。

晚興

雲開微覺露盈盈，彳亍扶笻繞砌行。窗外癡兒牽蟹影，風前老婢祝雞聲。茶鐺欲沸先驚枕，月色初來暫隔城〔一〕。小院陰沈門閉後，燈昏酒澹是平生。

集評

〔一〕王士禛曰：『純是神韻。』

秋日過東郭草堂，雷雨大至，園林變色，居然米海嶽筆也，得二首〔一〕

撲棗牆頭興莫禁，遙天風雨暗西林。開門似對瀟湘色，入耳惟聞澎湃音。急電穿窗喧稚子，輕雷繞樹墮鳴禽。白衣蒼狗須臾事，佇看閒庭夕照陰。

雲來一片鴻濛色，疑是南宮潑墨山〔二〕。萬象氤氳悲落木，數聲霹靂起沙灣。座聞流水心同寂，庭有黃花夢亦閒。對此便思垂釣去，輕舟欸乃出人間。

校記

〔一〕《詩稿》載此組詩，詩題無『得二首』三字。

〔二〕南宮，《詩稿》作『昔人』。南宮，禮部的别稱，此謂米芾。芾，北宋書畫家，曾官禮部員外郎，故稱。

重過遺勝園感賦，同冀辰、琰公

十年潦倒長松臥，結伴重來歲屢更。怪石舊依巖際瘦，小窗猶傍夕陽明〔一〕。斜風亂掩芙蓉色，細雨微添薜荔聲。憶得主人扶杖立，旋收黃葉沸茶鐺。

集評

[一]王士禛曰：『澹語情至，詩家三昧在此。』

題畫

樹老欲無枝，山影澹明滅。垂釣爾何人？寒風吹鬢雪。

午睡戲作

寂寂幽居傍水開，小窗遲日影明苔。山童莫慢高齋客，新署南柯太守來。

九日琰公招飲東村即事十二韻

爲愛村居好，相邀到北堂。瓶花分野色，杯酒澹重陽[一]。藤密疑穿石，桐疏半掩廊。白雲懸夕照，黄葉過東牆。竹徑蟲吟靜，莎庭鳥跡荒。歡酬忘爾汝，興會各蒼茫。揮麈徵三耳，臨風誦九章。探幽移近圃，扶杖陟崇岡。茗碗傳秋露，簷瓜帶早霜。茱萸仍在佩，薜荔欲爲裳。漸覺涼侵水，行看月到塘。歸途驢背穩，落落足清狂。

集評

〔一〕王士禛曰：『好在「澮」字。』

秋日同翼辰宿唯小園夜話有感〔一〕

十載憶連牀，重來絮夜長。同人今剩幾？相對各悲涼。哀柝鳴殘月，寒烏話早霜。不堪秋色暮，珍重菊花觴。

集評

王士禛曰：『真朴老到。』

校記

〔一〕《詩略》選錄此詩。

秋盡牟山道中曉行

郊原秋一色，野望轉蒼蒼。疲馬心驚水，饑烏背帶霜。雲連雙岫白，風聚半林黃。剩有登臨興，方筇好寄將。

望岱〔一〕

青嶽群峰長，蒼然勢自雄。碑存秦相跡，雪滿漢王宮。橫海開千嶂，彌天劃二東。杖藜曾有約，心怯北來風。

集評

王士禛曰：『可上匹少陵「齊魯青未了」。視滄溟「宇內名山有岱宗」不免皮相矣。』

校記

〔一〕《詩略》選錄此詩。

登岱二首〔一〕

空巖積雪界深冬，鳥道千盤陟岱宗。鐘鼎有人尋漢碣，風雷何處覓秦松？雲中孤鶴飛難定，洞裏雙龍窈自封〔二〕。欲問仙源知近遠，遙遙七十二青峰。〔三〕

雲間縹緲一峰孤，憑弔言從五大夫。海氣遠浮吳觀雨，河聲近繞魯王都。千尋白練分高下，九點青烟辨有無。不盡天風吹客袂，扶笻石磴笑相呼。

集評

〔一〕王士禛曰：「轉別。」

〔二〕鄧漢儀曰：「典穩處特見蒼辣。」

校記

〔一〕《詩略》選錄第二首，鄧漢儀《詩觀初集》卷三選第一首，詩題皆作《登岱》。

晶章行贈楊樹滋明府〔一〕

關西夫子冰雪姿，清標玉立衆所師〔二〕。情耽薜蘿稱石隱，矻矻商山茹紫芝。窮年服古不知倦，袖中彩筆何陸離。漳海飛來一片石，參差斜刻雙蟠螭。蔡邕飛白李斯篆，重之不減珊瑚枝。孰意中原值陽九，赤縣揚塵魑魅走。無數黄巾掃地來，百二秦關遂不守。金石鐘鼎棄道旁，玉虯雷文竟何有？湯湯大海變桑田，先生羽化亦登仙。令威鶴背成千古，叔夜琴聲隔九天。郎君樹滋美無度〔三〕，爲念先型一泫然。懸金似購蘭亭蹟，延津不返雙龍泉。瑰寶由來天所秘，闔山之質含精氣。多少蛟龍護大文，詎令神光終掩抑。咸陽遺老農家流，雙膝過頤但拾穗。璠璵投來不可名，持向長安矜得意。楊子一見擗且號，依稀辨得昆吾刀。當日良工運鐵筆，恢恢遊刃薄秋毫。一從魯殿靈光失，二陵風物皆蕭條。和璧再來人換世，浦珠俄轉海生潮。細辨籀文重拂拭，爾時觀者皆歎息。楊君孝思通神明，萍跡遭逢那能測？嗚呼！先生遺愛無終極，大節清風存史筆。區區長物何足言，君子于兹觀世德。古來琰琬皆守器，兩序陳之重邦國[一]。余生亦是陟岵人，緬想音容如不識。干戈定後二十年，欲覓手澤何可得？對此茫茫空斷腸。勖哉楊君守當力！噫吁嘻！勖哉楊君守當力！

集評

[一]王士禛曰：『身分。』

校記

[一]《詩略》選録此詩。

[二]清，《詩略》作『高』。

[三]樹滋美無度，《詩略》作『翩翩美風度』。

琉璃瓶貯小金魚

雪後遙天霽景鋪，坐看紅豆下冰壺。一泓清泠光難定，兩點珊瑚淡若敷。怪爾丹霞留色相，居然游泳自江湖。年年依舊桃花水，記得前身噴浪無？

集評

王士禛曰：『詠物詩易入俗派，此殊大雅。』

初春野行

春色郊原外，幽尋興自偏。微雲低野水，遠岫界青天。麥甲肥霑雨，林光澹拂烟。何來孤磬發，吾欲老棲禪。

春日象先、翼辰見過，卽席賦贈，各成一首〔一〕

入門疑對古瞿曇，握麈微言興已酣。名士價能爭李御，故鄉人自愛桓譚時象先許爲序小詩。彌天宿望誰居一？環海詩名尚第三櫟園先生刻四家集〔二〕，象先第三。斗酒雙柑吾輩事，樽前任使髮鬖鬖。

十載論交君第一，驚看兩鬢漸成霜。爾逢青眼舌猶在翼辰將入縣幕，我弄白雲病欲狂。流水孤桐高士韻，夕陽芳草故人觴。深卮擬向松間滿，坐聽鶯聲出短墻。〔三〕

校記

〔一〕底本僅錄第一首，詩題作《春日象先見過賦贈》，《詩稿》載分贈李焕章（字象先）、馬天撰（字翼辰）詩兩首，今據《詩稿》補。

〔二〕四，《詩稿》作『四大』。

冬日過原思墓擬有所問三首〔一〕

欲不停車問，其如腹痛何？知君封馬鬣，只似隱山阿。磷火中宵寂，寒風壠上多。兀然三尺在，壯志竟蹉跎。

母病君知否？冬來勢轉加。縱憐孫在側，猶望子還家〔一〕。霜暗樓頭月，寒催樹杪鴉。舊遊如可遡，應返草堂斜〔二〕。

多難人間事，修文地下稀。不知泉路杳，可似世情非？鸚鵡休成賦，鶺鴒各自飛。悠悠渾未答，林際月光微。

集評

〔一〕王士禛曰：「不堪。」

校記

〔一〕《詩稿》載此組詩，詩題作《過原思墓擬有所問冬日作》。《詩略》選錄第一首，詩題作《冬日過原思墓》。

〔二〕返，《詩稿》作「過」。

重陽前一日留别翼辰

自愧鷦鷯策未工，翩然雲際逐飛鴻。愁看孤館三秋月，倦對霜林十里風。籬畔黄花今日醉，夕陽衰草去年同〔一〕。欲知别後經行處，匹馬蕭蕭亂葉中。

集評

〔一〕王士禛曰：『三昧處。』

過友人山莊〔一〕

寄興由來丘壑存，仙源到處足追捫。巖邊老樹全遮屋，竹裏流泉曲抱村〔二〕。鳥語乍聞時近遠，溪雲忽起亂朝昏。向平空有名山約，安得移家傍石門。

集評

〔二〕王士禛曰：『畫意。』

校記

〔一〕《詩稿》載此詩，詩題作《題友人山莊》。《詩略》、《山左詩鈔》卷三十一皆録此詩。

良鄉道上送舅氏之大名

天涯骨肉三年别，此日相逢歎轉蓬。不信人言成市虎，須知杯影辨蛇弓。寒砧入夢秋聲裹，曉角催人細雨中。回首試從雲際看，漫漫野馬動悲風。

重陽雨中作

客裹悲秋序，蕭條細雨中。饑烏啼亂葉，疲馬怯西風。山遠連雲白，霜明墮柹紅。登高無限思，遥憶故園同。

濟南旅夜不寐感懷〔一〕

最是初長漏，難支客裹身。三年兄弟隔，兩地室家貧。風急寒侵幌，窗明月照人。何來簫鼓發，夜夜嶜湖濱。

校記

〔一〕《詩稿》載此詩。《山東文獻集成》第二輯所載《曹貞吉父子詩稿》漏印本詩詩題。

雨中渡河作

盈盈一水闊，客子問浮槎。雨濕青氈重，風吹箬笠斜。洲邊閒白鷺，擔上冷黄花。何事緇塵裏，蕭條閲歲華。

任丘道中偶成

霜天隻影自徘徊，牛鐸哀音徹曉催。十里寒林穿葉過，一聲清磬隔城來。雲中鴻跡秋原杳，日下嵐光匹練開。正好臨流乘興去，漁歌欸乃出塵埃。

哭外祖墓

音容欲遡竟茫茫，三尺蕭然尚異鄉。兩地松楸存馬鬣，十年感慨痛羊腸。原邊衰草迷離色，日下頽垣慘澹光。漫向九京思故國，天涯到處足悲涼。

立冬日過滴翠園，和家弟韻柬望石侍御二首

名園秋色暮，落日散高涼。欹柳寒侵水，饑烏夜話霜。烟生蘆荻岸，月滿薜蘿牆。彳亍長橋上，微風動客裳。

入門塵念寂，波影一庭閒。雲薄寒殘照，霜明映小山。竹林嵐氣合，石磴蘚痕斑。盡日陪高躅，疏籬正未關。

冬夜

疾風打窗窗欲裂，驚沙過樹聲淒然。濁醪三斗不成醉，微茫星月當空懸。一衾敗絮冷於鐵，將卧未卧先愁絕。今宵且復聽狂飆，明日鏡中看白雪。

冬日雨山亭觀晚照同松友學士

千里同人集，探幽過輞川。晚霞全映水，高閣倒浮天。雁白蘆花淨，波明石壁穿。夕陽三徑寂，欲上採菱船。

寄果家弟之作〔一〕

人去持將一練囊，箇中風味只尋常。南州露下花成果，東國秋深柿作霜。開篋自應喧稚子〔二〕，鬭茶聊復借清香。遙知竹屋梅全放，卻憶連牀絮夜長。

集評

王士禛曰：『真詩絕唱。』

校記

〔一〕《詩略》選錄此詩。

〔二〕自，《詩略》作『定』。

讀象先遊山記四首

選勝悠然仗一筇，青天隱隱現芙蓉。冥濛海氣通員嶠，呼吸山靈接岱宗。石磴有人尋薜荔，仙源無處覓喬松。洗頭盆水仍千載，玉女霞棲若箇峰？

鳥道攀雲愧未能，妒君先上最高層。遙天翠嶂盤雙鶻，絕頂孤峰住一僧〔一〕。得句共邀滄海月，逢人惟乞照山燈。青鞋布襪時來往，回首蛟門看日昇。

一客相從意自閒，烟霞興劇不知還。好攜處士囊中藥，飽看仙人霧裏鬟。嶺界斷雲明野水，天回落照滿秋山。桃花澗底幽如許，便可移家住此間。

紆迴石徑足莓苔，野老欣逢漫舉杯。潭影半隨秋色斂，林烟初帶燒痕催。攀蘿杖劈寒雲下，問寺人從亂葉來[二]。更向東峰尋舊約，蓮花五朵望中開。

集評

[一]王士禛曰：「險仄。」

[二]王士禛曰：「妙句。」

翼老以七言長句見送，賦此答之

依依楊柳近清明，襆被辭君又遠行。自是江山容嘯傲，敢云冠蓋有逢迎。人餐白下雲濤色，春老淮河乳燕聲。聽罷驪歌重慰藉，歸帆計日續嚶鳴。

翼老詩中頗及昔遊，又成此首[一]

忽忽春愁壓鬢絲，那堪重話舊遊時。山隨短屐雲成陣，客渡長江雨半垂[二]。此日棲遲羞燕壘，況逢寒食少花枝。別君但負奚囊去，月下孤舟有所思。

集評

〔一〕王士禛曰：『畫不可盡。』鄧漢儀曰：『好！絕！』

鄧漢儀曰：『一往怊悵，懷抱何其深至。』

校記

〔一〕《詩略》、鄧漢儀《詩觀初集》卷三皆選錄此詩。《詩略》詩題作《答翼辰》，《詩觀初集》詩題作《答翼辰話舊之作》。

答廣陵送杞園之金陵〔一〕

送子秦淮拂釣磯，石城烟雨碧山圍。船從朱雀桁邊去，燕自烏衣巷口飛。千里同人時載酒，一番握手未成歸。舊題名處應還在，芳草萋萋正染衣。

校記

〔一〕張貞《渠丘耳夢錄》乙集選錄此詩，詩題作《答廣陵送杞園之白門》。

武林苦雨

積雨黃梅近，溪流欲漲天。千條分石脈，萬道響飛泉。杳靄雲中樹，迷離江上烟。憑欄無限思，芳草自芊芊。

吴山晚眺〔一〕

絕頂吴峰踏碧苔〔二〕，遥遥西子鏡奩開。山扶靈隱樓臺出，日落錢塘風雨來〔一〕。自有鉢龍隨霧現〔三〕，無煩强弩射潮迴。短笻躑躅歸何晚，萬樾清音只自哀〔四〕。

集評

〔一〕王士禛曰：『神到。』

校記

〔一〕《詩略》、王士禛《感舊集》卷十二、《山左詩鈔》卷三十一皆選録此詩。

〔二〕吴峰，《感舊集》作『孤峰』。

〔三〕自有，《感舊集》作『似有』。

〔四〕只自，《感舊集》作『響易』。

湖上燕集

半生纔識錢塘路，畫舸中流一嘯歌。十里樓臺杯影過，六橋風雨夕陽多。人來白社耽魚鳥，客傍青山製芰荷。更向西泠尋舊跡，玉簫金管奈愁何。

雨夜不寐

永夏翻愁夜，高樓悵獨吟。三年塵外跡，十日雨中心。螢火穿窗急，江流入夢深。吳山真好客，留滯到於今。

吳山即事

十年初聽浙江潮，石壁崚嶒入望遙。夜靜魚龍喧客夢，月明簫鼓出山腰。扶疏佳氣來三竺，杳靄烟波接六橋。我欲乘風窺海若，碧天無際水迢迢。

山上聞歌

閒亭喜傍碧山幽，何處清歌散客愁。百囀聽來花雨落，一聲飄送海天秋。乍沈溪水疑難續，似隔松風只暫留。最是夜闌簫鼓歇，歸雲無夢到行舟。

集評

王士禛曰：『似唐人花宮仙梵之什。』

晨起〔一〕

門外寒山曲徑通，一江宿霧送空濛。凭欄最是銷魂處，十日斜風細雨中。

集評

王士禛曰：『恨不令鐵崖見之。』

校記

〔一〕《詩略》、《山左詩鈔》卷三十一皆選録此詩。

德清訪馮令不值，歸途暮景可喜，詩以志之

一棹歸何晚，斜陽半在天。片霞分野水，宿鳥亂鳴蟬〔一〕。雞犬桑間入，桔槔隴土閒。更憐垂釣叟，日暮不知還。

集評

〔一〕王士禛曰：『杜工部《南池》之句，何必多讓。』

客鴛湖偶於鏡中見月，戲成四首

新秋月色江南好，清冷俄從一鑒開。白玉城中丹炬合，水晶宫裏夜珠來。扶疏桂影光難定，慘澹雲流靜欲回。疑是湖心亭上看，烟波千頃自瀠洄。

漸離碧海掛長空，蟾兔秋毫入照中。蕭瑟自知宜月姊，晶瑩端不受天風。移來桂闕霞成陣，望去青霄玉作宫。更溯明河問織女，遙遙清夢可相同？

月中人向鏡中孤，玉斧修成傍玉壺。萬里碧空分彩暈，一泓秋水護明珠[一]。乍迴星漢雲膚濕，似映雕欄桂影俱。此夜有懷渾不寐，坐看皓魄落天衢。

霓裳倦舞向菱花，搗盡元霜樹影斜。怪爾空明留色相，須知金水逗光華。飛飛螢火星疑亂，片片輕烟玉不遮。放卻金蟆離掌上，清輝依舊滿天涯。

集評

[一]王士禛曰：『工而雋。』

送臣鵠北歸二首

苕溪烟水闊，草草遽成歸。自是鄉思切，寧關旅況違。微風吹短棹，細雨濕荷衣。先到汶河上，爲余拂釣磯。

半載同爲客，胡然揮手行。輕舠隨雁影，孤燭暗秋聲。須解憐僮僕，遥知憶弟兄。寒家如問訊，莫道滯歸程。

中秋感懷時

中庭皎潔夜三更，斷續秋聲雜樹聲。試問芙蓉江上月，今宵曾否到郚城？

丹陽道中夜作二首〔一〕

舴艋乘流去，涼飔近夜生〔二〕。潮連揚子渡，月滿呂蒙城。蓼岸悲蛩語，篷窗落葉聲〔三〕。好傾江上酒，夢裏欲忘情。

夢裏欲忘情，其如百感生。雲垂千樹杳，月黑大江横。方語鄰舟亂，螢光夾岸明。愁懷仍不寐，空聽漏三更。

校記

〔一〕《詩略》選録此二詩，《山左詩鈔》卷三十一選録第一首，詩題皆作《丹陽道中夜作》。

〔二〕飔，底本作『思』，誤，今據《詩略》、《詩鈔》改。

〔三〕篷，《詩鈔》同，《詩略》作「蓬」。

野泊

淅淅風吹鬢有絲，離愁欲遣倩深巵。故園他日甘貧病，記得荒村夜雨時。

泊京口將遊白下不果

邗溝南下碧澄澄，雲際輕帆得未曾。江水有潮通鐵甕，遊人無夢到金陵。驚心故國愁千里，回首名山愧一僧。浮玉勝緣今咫尺，好憑健足上高層。

金山四首〔一〕

夢中山色畫中看，一柱狂流砥去瀾。江面霧隨蛟室現，海門潮落日光寒。乾坤兀突存元氣，吴楚風烟得大觀。擬向妙高臺上望，洪濤萬里自漫漫。

攀蘿直下俯迢遙〔二〕，隔岸蘆聲帶影飄。江氣尚浮三峽雨，石根空嚙百年潮。人天物色分高下，南北舟航見動搖。潭底蛟龍方睡穩，莫攜簫鼓到山腰。〔一〕

巋然一塔俯江濱，清磬依稀到耳頻。山影自隨南去雁〔三〕，濤聲真懼北來人。憑陵上界虚無地，慚愧塵中色相身。欲下翠微歸路杳，西風吹亂水鱗鱗。

郭璞墓前凝曉烟，梵音閣下水淪漣。空濛疑見函三色，清冷開斟第一泉。黄鶴欲來飛近遠，白雲忽起亂江天〔二〕。何當更乞樵風便，爲弔名山焦孝然。

集評

〔一〕鄧漢儀曰：『氣力欲撼金山。』

〔二〕王士禛曰：『神到。』

校記

〔一〕王士禛《感舊集》卷十二選録第三首，鄧漢儀《詩觀初集》卷三選録第二首，馬長淑《渠風集略》卷二選録第二、三、四共三首，詩題皆作《金山》。

〔二〕下，《詩觀初集》作『欲』，《渠風集略》作『上』。

〔三〕自，《感舊集》作『似』。

題子求畫竹

倐然百尺拂長空，好筆移來嶰谷中。傍石最憐人寂静，窺窗喜見月朦朧。娟娟弄響非關雨，戛戛鳴秋不是風。拄笏參軍今在否，此君幽夢與誰同？

遥送家弟澹餘奉使祭告南嶽〔一〕

太平天子垂裳日，禋祀遥傳遺秩宗。牲璧自隆三殿禮，懷柔真見百靈從。帆隨湘水經多曲，人望衡山幾面峰。曳履南宫應計日，好聽清漏近夔龍。〔一〕

親承帝簡下鸞坡，四牡煌煌擁節過。自許精誠開瘴癘，可無詞賦動山河〔二〕？重尋峴首碑猶昨，再到襄江水不波。襄陽，弟舊遊地。〔三〕此夜廣陵應有夢，衡陽歸雁信如何？〔二〕

集評

〔一〕王士禛曰：「高雅稱題。」

〔二〕王士禛曰：「五、六，聲情綿折。」

校記

〔一〕《詩略》選録此詩。

〔二〕動，底本作「重」，今依《詩略》。

〔三〕小注，《詩略》無。

雨中偶興

拂拂當門竹亂垂，廣陵秋半雨如絲。白蘋江上風初起，正是鱸肥蟹美時。

聞雁

最是初聞雁，能令感慨深。偶來非有意，何事便關心？帶雨聲偏急，淩霜怨不任。銜蘆歸去好，切莫滯江潯。

見落葉有感

閉門十日真成隱，忽漫扶筇聽晚鐘。把酒正當愁亂葉，思鄉況復見歸鴻。心悲邗水東流曲，秋老紅橋夕照中。欲買扁舟仍自問，行藏落落與誰同？

過平山堂懷阮亭儀部〔一〕

蜀岡南下俯平沙，策杖登臨繫釣艖〔二〕。自是山光能悅客，非關遊子不思家。天垂白練江流闊，門對丹楓驛路斜。太息法曹今已去，空餘灌木聚寒鴉。

校記

〔一〕《詩略》、《山左詩鈔》卷三十一皆選錄此詩。

〔二〕艖，康熙《揚州府志》卷三十三《藝文志六》作「槎」。

秋日過滴翠園呈望石侍御六首〔一〕

塵中何處覓蓬壺？大隱金門興不孤。三徑雲深堆薜荔，一庭波冷對江湖。西山翠靄來朝暮，北闕晴霞辨有無。讀罷道書人自靜，坐看黃葉下高梧。

紆迴石徑繞堤通，烟覆寒雲綠幾叢。野水微茫棲白鷺，人家縹緲隔丹楓。三秋半落蘋花雨，一壑全收荻岸風。遙識山林經濟好，閒亭宛在碧波中。

攀蘿遙遡輞川居，一葦淩空恣所如。屋似張融堪載酒，船疑米芾好藏書。寥天雁影臨秋迴，入夜荷聲帶雨疏。寂寂茅亭人不到，隔溪涼月乍來初。

兀然飛閣界虚空，映水危欄曲曲紅。探鶴客來船送酒，採菱人去鳥呼風。一庭柳色秋烟裹，十畝篁聲夕照中。子夜歌殘無覓處，碧天遥見月如弓。

謖謖西風菊正開，龍門客至共登臺。霜殘荇帶牽舟去，簾捲蘆花送雪來。溪上暮雲停促管，巖邊飛雨濺深杯。知君剩有長林興，策杖臨流日幾回。

萬縷柔條手自栽，扶疏一半映樓臺。平堤葉下啼烏静，遠岸沙明旅雁哀。橘柚晴添林外色，芙蓉香接掌中杯。不知張季緣何事，帝里秋風卻憶回。

校記

〔一〕《詩略》選録第四首，詩題作《秋日水亭呈望石侍御》。

冬日高密道中

迢遞風塵歲月更，蕭然匹馬又孤城。天低平野空青色，僧汲寒泉碎玉聲。杳靄嵐光依遠岫，冥濛海氣亂朝晴。何人共剪西窗燭，聽盡梅花一夜冰。

途中大風雪倦極有作

蒙茸短髮亂青氈，兀突寒雲沒馬韉。有客來看花六出，無人得似柳三眠。吹殘河渚風沙急，凍合危巖薜荔懸。去去漸知濰水近，好從冰底聽鳴泉。

濰河道中

衝寒誰復念間關，驅馬悠悠盡日還。深雪欲迷韓信壘，白雲猶護蓋公山。天垂遠樹疑三尺，水繞疏籬自一灣。擬向荒村尋活火，紆迴石磴可能攀？

渡濰水弔淮陰侯〔一〕

聞道韓王壩，遺蹤尚可求。橋横殘照裏〔二〕，雪壓大河流〔一〕。斷岸餘衰草，寒風上敝裘。雄圖今不見，匹馬獨淹留〔三〕。

集評

〔一〕鄧漢儀曰：「壯。」

校記

〔一〕《詩略》、蔣鑨《清詩初集》卷七、鄧漢儀《詩觀初集》卷三、陳以剛等《國朝詩品》卷三皆選録此詩。《清詩初集》、《詩觀初集》、《國朝詩品》詩題皆作《渡濰水》。

〔二〕裏，《清詩初集》、《詩觀初集》、《詩品》作「出」。楊際昌《國朝詩話》卷二摘録「橋横」二句，「裏」亦作「出」，認爲『皆詩中畫也。其深細處，正恐畫手難到，所以爲高』。

〔三〕獨，《清詩初集》、《詩觀初集》、《國朝詩品》作『愼』。

雪中偶成兼憶湖上風景

居然飛絮滿前川，廣莫風高酒失權。人逐寒吹驚晚歲，馬隨殘照入冰天。遥知海底蛟龍蟄，不礙山中稚兔眠。卻憶斷橋初霽後，湖邊多少探梅船。

余友象先遘危疾，益都劉中臺一匕起之。象先大索同人，各爲詩歌以謝，余得七律一首

海岱雲濤千里餘，杏林有客閲居諸。青囊甫解文園渴，赤箭全留宛委書。市上韓康聊復爾，山中梅福近何如？生平看盡齊門雪，底事偏違長者車。予尚未識中臺，故云。

雪中憶弟二首〔一〕

雁聲嘹嚦北風哀，萬里勞臣衣錦回。雪擁長江如練色，遥看畫舫自天來。

雲際君山動客思，微波落木晚烟垂。遥知風雪孤篷底〔二〕，獨詠黄陵廟裏詩。

校記

〔一〕《詩略》選録第二首，詩題作《雪中憶弟》。

〔二〕篷，《詩略》作『蓬』。

贈張參宇山人二首〔一〕

白髮山人顔尚童，五絃手撫送歸鴻。聲依流水情何遠，彈到春江曲愈工〔一〕。散蕩或能窺大藥，悲歡聊復寄孤桐。只今叔夜飄蓬甚，高調誰堪嗣郢中？

二十年來狂鼓史，岑牟登座説《漁陽》。聽殘翻羽三洲冷，擿盡銅丸五夜長。慘澹疑翻花底葉，悲涼亂下海天霜。懶從開寶搜遺事，對此茫茫亦可傷。〔二〕

集評

〔一〕王士禛曰：『對入妙。』

〔二〕王士禛曰：『神氣豪縱，旁若無人。』

校記

〔一〕《詩略》選録第二首，詩題作《贈張參宇山人》。

除夜思舍弟此時將抵廣陵矣

漏下遲眠思楚客，依稀似在廣陵城。晶瑩我對三秋月，余八月客維揚。黯澹君聽五夜冰。竟夕鄰舟喧爆竹，幾人孤燭話平生。不知酒盡燈昏後，可向篷窗憶老兄。

題李渭清《燕磯獨眺圖》二首

雲際孤峰杳靄中，振衣千仞許誰同？山圍故國仍朝北，潮落空江盡向東。回首欲占龍虎氣，披襟獨對海天風。輕舟渺渺不歸去，恐有漁燈傍晚紅。

我友青鞵汗漫遊，風烟幾點望中收。千帆靜落平江色，兩岸悲生荻影秋。詩思可隨流水變，名山應許酒人留。慚余亦是登高客，只似孤雲到眼浮。

花朝得家弟過江消息二首〔一〕

使者乘秋泛畫橈，重來不覺斗回杓。花明故國初啼鳥，人渡平江欲暮潮〔一〕〔二〕。萬里山川供筆札，一天風雨過金焦。孤帆搖曳垂楊裏〔三〕，知在蕪城第幾橋？〔二〕

未有雙魚破寂寥，遥傳京口暫停橈。屐穿北固雲千疊，泉煮中泠水一瓢。池草夢回人咫尺，春林燕到影飄蕭。床頭濁醸今方熟，待爾歸來折柳條。

集評

〔一〕王士禛曰：『秀冶至此。』

〔二〕鄧漢儀曰：『讀舍人寄弟諸篇，便想王司勛、主客兄弟。』

校記

〔一〕《詩略》、鄧漢儀《詩觀初集》卷三、陶煊、張璨《國朝詩的》之《山東卷》卷一、《山左詩鈔》卷三十一、吴翌鳳《國朝詩》卷三、《清詩别裁》卷六皆選録第一首，詩題皆作《花朝得家弟過江消息》。

〔二〕平江，《國朝詩》、《清詩别裁》作『空江』。

〔三〕孤帆，《詩略》、《詩鈔》作『錦帆』。

春日課僕種樹開池漫興〔一〕

曲沼俄成傍竹間，條桑種杏不知還。即今茅屋花相映，他日疏籬水自灣〔一〕。敢道山林經濟好，只緣麋鹿性情閒。菟裘若待歸來後，翻恐兒童笑鬢斑〔二〕。

集評

〔一〕王士禛曰：『宛然畫圖。』

〔二〕王士禛曰：『結亦老氣。』

校記

〔一〕《詩略》、《山左詩鈔》卷三十一皆選録此詩。

過杞園齋頭贈繪先、象先。用繪先韻

爛熳春光流水俱，枝頭好鳥自相呼。竹林初入誰高士？白社重來愧酒徒。千古文章推海嶽，一樽風雨對菰蘆。擬將五色天孫錦，繡作東園二仲圖。

喜家弟至里門

人去楚天空極目，俄然使節復荒城。還家又是三年別，將母何妨十日行。望裏風雲名嶽色，攜來詞賦大江聲。與君把酒聽春雨，遮莫池塘芳草生。

家弟旋里，不數日即還朝，賦此志别

弟兄握手須臾事，又賦驪歌指大東。行遍園林人醉後，聽殘絲竹月明中。三春花鳥迎螭蓋，十里

旌旗捲麥風。北闕應知煩議禮，肯將衣錦傲兒童？

夏日集慈因庵，與寒灰上人論詩三首〔一〕

好將綺語千重嶂，來問彌天釋道安。自識夏雲多變化，誰傳佳句並琅玕。指麾如意三車幻，老大逢人一字難。便欲與師分佛火，萬緣銷盡向蒲團。

蕭然丈室謝繁華，靜掩禪關眺暮霞。結夏暫依開士座，休糧偶飲趙州茶。揮殘麈尾霏金屑，悟到天龍指落花。舌上青蓮今在否？空勞半偈向人誇。

十年坐臥古招提，有約重來欲杖藜。詩思乍同雲出谷，禪心可似絮沾泥。豆棚虛引涼風入，茗碗平分草色淒。法雨烟蘿存勝跡，午橋回首歎低迷。庵內有聯曰『法雨淨烟蘿』，少傅公筆也。

校記

〔一〕寒灰，疑當作『寒輝』。曹申吉《澹餘詩集》卷四載申吉和詩，題作《奉和家兄夏日過慈因庵同老僧寒輝論詩之作三首》，即是。

午睡

蘧廬一枕道心生，萬慮浮雲覺後清。彷彿入簾風柳色，依稀回夢雨蘿聲。暫爲蝴蝶寧非我，便住華胥亦近名。睡起兀然成獨坐，任教窗外沸茶鐺。

哭家企鑒叔六首

茫茫大造竟何言，自恨無香可返魂。白髮人爭憐伯道，黃金誰復鑄平原？十年文字初除障，一匕丹砂未見恩。叔近喜服丹藥。池上蓮花曾有約，空餘血淚灑松根。

憶自文壇推繡虎，君方三十我垂髫。談經白社花初發，載酒東園月可邀。往事並隨泡影散，萬緣疑向夢中消。冥冥泉路成千古，爭有音書破寂寥？

幾回躡屐遊燕市，意氣飛揚各少年。上客爭邀金鑿落，天街雙鞚鐵連錢。新豐一別浮雲散，丁令重來墓草芊。北去阿戎渾未識，謂予弟也。猶疑嘯傲小窗前。

策蹇尋幽去復還，勝緣消得幾人閒。共穿西嶺雲中樹，飽看東沂雨後山。丁酉秋，隨叔遊東鎮。爾日風流存杖履，於今瀑布剩潺湲。舊遊隔世何能續，回首琳宮淚欲潸。

十年落魄君同我，骨肉關情似一身。作客共傾桑落酒，爲漁並識武陵津。麈揮如意風生座，花底扶筇雨折巾。湖海元龍今在否，九泉肝膽向何人？

作達誰能似仲容，竹林舊社許相從。那知十日僧房約，竟化千秋馬鬣封。欲理荷裳仙路杳，乍回鶴馭白雲重。他時再向西州去，指點墳前幾樹松。叔氏去歲請仙，有『速把荷衣整』之句。

記變

長空入夜響天風，元氣奔騰大小東。十萬蛟龍迴地軸，一聲霹靂走鴻濛。身隨泡影山川裏，家在洪濤震蕩中。聞道《流民圖》已上，可能飛到未央宫？

中秋步翼老韻

長空一半暮雲遮，幾點青烟逗彩霞。望去樓臺仍有月，聽來絲竹竟誰家？清光聊許同人醉，斗酒何勞稚子賒。渺渺銀河如練色，擬從江上問浮槎。

變後寄舍弟一首

銀鹿乍回頻寄語，老兄三月減清狂。由來元會存終古，不信蛟龍走帝鄉。世閲千年悲劫燒，人從兩地問滄桑。故園此日蒼生淚，脈脈江河爾許長。

秋日牟山道中

郊原蕭瑟客懷同，野水危橋次第通。黄葉乍飛秋色裏，頹垣依舊鳥聲中。山低故國垂垂影，驢背斜陽面面風。老大自憐逢世難，一天衰草爲誰紅？

中秋印臺待月感懷

雨後空林寂，扶笻陟北岡。微雲遲好月，野水待斜陽。爛熳霞成綺，蒼茫霧似霜。衣沾宿草潤，樹動晚風涼。幾縷炊烟矗，一條樵徑荒。披襟停短屐，搔首罷深觴。瓦礫餘生僅，滄桑歷劫長。興來歌且哭，端恐負青光。

挽遜業二首

一夜豐隆起二東，山河震蕩有無中。才人自昔關天運，吾輩何心怨道窮？玉折千年同劫燒，蘭枯九畹泣秋風。如予多病空相憶，哭向郊原唳斷鴻。

策蹇名山遠學仙，心傾海上有成連。那知南國丹霞約，竟化東原宿草阡。白璧難酬高士價，青雲空負《帝京篇》。依依膝下仍隨母，底事泉臺更泫然。遜業與母同日葬。

和翼辰重陽苦雨卻憶邗上之遊

佳節偏令客思傷，淒淒風雨又重陽。樽前濁酒真相負，籬畔黃花只自芳。野水微茫低雁影，歸雲慘澹作秋霜。去年此日紅橋路，簫鼓中流覆幾觴。

移居

東風吹絮轉茫茫，三月頻遷尚故鄉。病久關心惟藥裹，貧來長物是書囊。不將雞犬煩鄰叟，翻怪兒童戀草堂。回首吾廬秋色裏，蕭條松菊亦堪傷。

冬日過趵突泉用松雪韻

耳畔輕雷聽有無，溶溶噴浪出冰壺。峨峰蹴雪光難定，瀛海鮫人淚不枯。鬼斧千年分石髓，濤聲十里下明湖。倚欄嗒爾忘歸去，坐對華山一點孤。

珂雪二集

珂雪二集

花朝某將軍招飲

春城烟景已平分，鈴閣招尋坐夕曛。銅柱乍回珠勒馬，雲門新憩錦衣軍。別來鯨島三秋雨，袖裏兵符五嶽文。欲報懷柔知有日，憑將一劍立殊勳。
十年横海舊知名，忽漫相逢覆酒鐺。自愛龍賓容國士，遂教虎帳坐書生。繁華已謝長楊館，法曲猶聞細柳營。營在廢藩故地。漏下不須傳畫燭，龍文星斗照人明。
錦袍猶帶荔枝紅，絃管當筵樂未終。自是樓船歌《白苧》，非關蜀道舞巴童。一天皓月將軍壘，十畝松濤帝子宫。爲問滄溟深處事，蓬萊果在水雲中。
簫鼓華堂欲二更，霏霏麈尾落金莖。縱譚壁壘風雲色，舊識蛟龍沐浴聲。斗酒喜從梁苑客，錦帆曾過化人城。只令玉帛成王會，好向平原樂戰耕。

過廢宅有感

誰向昆池問劫灰，浮生多難此登臺。尋巢燕子飛難定，近水桃花好自開。剩有蛛絲封石徑，無勞存雨繡蒼苔。舊傳仙子神樓術，擬倩鮫人驅霧來。

小白兔

羡爾晶瑩玉一團，藥畦小徑影珊珊。琢來雲母難分色，傅就明沙不耐看。自愛婆娑依桂樹，誰教跌宕走冰丸。雕龍好爲添湯餅，春草蒙茸月正寒。

和子延中丞登望海樓韻〔一〕

杯勺滄溟望裏收，百年觴詠幾登樓。樽前忽覺來三島，此外猶聞更九州。斷岸雨晴天倒影〔二〕，海門風急氣成秋。搖搖坤軸渾難定，曾否金鼇背尚浮？時地震未久也。〔三〕

粘天無際水常浮，萬里風烟此盡收。岸點青山如畫壁，波翻白雨似深秋。排空珠貝光成闕，落日魚龍影撼樓。欲訪安期知近遠，茫茫蜃氣是三洲。

集評

鄧漢儀曰：『題極雄偉，固須有此英健之作。』

校記

〔一〕鄧漢儀《詩觀二集》卷六選録此組詩，王士禛《感舊集》卷十二、吴翌鳳《國朝詩》卷三、《清詩别裁》卷六皆選録第一首，詩題作《登望海樓》。光緒《永平府志》卷三十三《城池下》、民國《臨榆縣志》卷九《建置編·城池》皆選録第一首，詩題作《登望海樓詩》。

〔二〕影，《國朝詩》作『景』。

〔三〕尚，《國朝詩》作『上』，《臨榆縣志》作『向』。《感舊集》、《國朝詩》、《清詩別裁》、《臨榆縣志》無『時地震未久也』六字自注。

秋暮感懷〔一〕

隔歲寒飀吹籜冠，重來落葉繞長安。愁中作客三秋盡，廡下逢人一笑難。黄菊未開遲命酒，牛衣好在慰加餐。故園回首西風裏，剩有烟雲護釣竿。

校記

〔一〕《詩略》、《山左詩鈔》卷三十一皆選録此詩。

秋日憶故山風景〔一〕

偶來作客逢秋暮，忽漫關情汶水東。吟罷亂蛩微雨後，飛殘豆葉夕陽中。牀頭濁釀傳螯白，籬畔西風落柿紅。卻似鱸蓴歸未得，金門詞賦讓人工。

校記

〔一〕《詩略》選錄此詩。

落葉〔一〕

望裏飄搖百感生，危橋小徑獨經行。平遮衰草尋難見，暗人幽林踏有聲。掃去漫愁添鳥跡，拾來恰欲沸茶鐺。只今景物蕭條盡，公子何心問落英。

林際紛紛點綠苔，洞庭秋暮晚烟開。吹殘南浦青山出，墮盡西風白雁來〔二〕。隋苑長條空歷落〔三〕，江潭枯樹重徘徊。無情怪爾飄蓬甚，一夜隨風下草萊〔四〕。〔一〕

集評

〔一〕鄧漢儀曰：『音節偏爾撩人。』孫鋐曰：『鬼斧神工，豈是尋常間架？』

校記

〔一〕蔣鑨《清詩初集》卷九、鄧漢儀《詩觀二集》卷六、孫鋐《清詩選》卷二十一皆選錄第二首。

〔二〕墮，《清詩選》作『捲』。

〔三〕歷落，《清詩選》作『寂歷』。

〔四〕隨風下，《清詩選》作『凋零沒』。

都門遇韓芑懷言地震之變，亦僅以身免，憶自蕪陰話別，四年餘矣，有感賦贈

白蘋江上輕舟別，離緒關心似轉輪。閱盡昆明池畔火，相逢瓦礫劫中人。樓臺偶過皆成幻，芋栗全登未是貧。斗酒青門同好在，頻搔短髮莫霑巾。

單予思招飲歸來，漏三鼓矣，天街悄然，不知攘攘者皆歸何處，慨然成詠

帝城星聚共銜杯，燈火蕭然送卻回。菜市寒風沖月過，虎橋羸馬帶霜來。緇塵頓向中宵寂，銀箭何勞午夜催。明日九衢知更滿，紛紛車騎任人猜。

瞻禮大享殿十二韻〔一〕

玉宇嚴清禁，金門鎖閬寥。青蒲三撣肅，絳節百靈朝。塔頂斜分照，松梢半起飆。喬皇欽帝座，邃穆逼神霄。地迥雲雷靜，天高象緯昭。祖功懸日月，宗祀叶箾韶。八柱龍文護，千重芝蓋飄。遲迴尋

輦道，迢遞俯齋寮。頓覺塵囂盡，還窺製作遙〔二〕。鐸音風細細，鹿跡草蕭蕭。路轉杉陰合，人歸鳥語驕。無才空載筆，終是愧應劭。

校記

〔一〕《詩略》選録此詩，詩題作《瞻禮大享殿十韻》。

〔二〕「遲回」四句，《詩略》無，故爲十韻。

邯鄲行

九月寒飆吹雁字，驌裘貰酒新豐市。梨園小部號擅場，分明演得邯鄲事。邯鄲盧生策蹇回，重裀列鼎思悠哉。逆旅老翁授以枕，枕中兀突朱門開。明眸皓齒世鮮匹，十五盈盈解佩來。西上長安見天子，黄金一擲稱奇才。高第由來出儔伍，張趙聲名安足數。河功奏罷復邊功，兜鍪巍然持繡斧。悲歡一瞬幻烟雲，蒲類捷書成禍府。雲陽市上列修羅，盈場觀者色如土。雞竿詔下許投荒，銅柱珠崖道路長。月黑箐深魑魅走，風生海湧蛟螭狂。只謂南天留賈傅，誰知北闕問馮唐。九重忽落明光紙，黄閣仍開綬加紫。文軒窈窕富蛾眉，歌鐘日夕集孫子。樓上金蓮寶炬迎，殿前鐵鑕奸人死。清宵抵掌聲砰訇，丈夫得志當如此。原邊蕉鹿醒徐徐，百年將相真蘧廬。一悟丈人贈黍米，乘風擬傍崑崙居。鯨呿鳳舞不知數，交梨火棗爭紛拏。須臾金止衆樂寂，盧生盧生竟子虛。神仙富貴皆渺茫，廣筵人散西風涼。蹀躞青駒歸路杳，虎坊橋畔月如霜。

拜先外祖墓〔一〕

吁嗟乎！白日何黯黯！衰草何蕭蕭！紙灰何飛揚！敗葉何飄搖！頹垣三尺牛羊卧，疾沙撲面風颼颼。盛衰翻覆如轉轂，婆娑清淚憶唐堯。先皇求治恢前業，金華晝敞日三接〔二〕。細旃促膝出連鑣，賜得天閑馬蹀躞。黄扉七載佐昇平，政府由來冰蘗聲。侍直頻霑長樂酒，春明時聽上林鶯。淋漓翰墨承清燕，執經直入蓬萊殿〔三〕。珊瑚筆格玻璃牀，金泥玉冊題之遍〔四〕。驚傳供奉到人間，妙筆圖將麟閣顔。想像毫端雙鬢雪，依稀夢裏五湖山。乞骸未遂孤臣願，白首彤墀矢靖獻。東門不許二疏還，北山空使猿鶴怨。虞淵日落蒼梧愁，我公示病歸丹丘〔五〕。三年墳向玉泉峙，遺書無復茂陵求。午橋緑野皆寂寞，秋光慘澹浮雲薄。叔敖之子行負薪，廉吏於今那可作！故里誰稱宅相賢？短衣破帽青門邊。辭家趙壹仍貧賤，入洛陸機非少年。京兆原邊一杯酒，手披蓬蒿延竚久。騎驢颯沓卻歸來，緇塵落落空搔首。車馳人散高粱河，狐狸塚上夜還多。北邙松柏雜笙歌，古今賢達將奈何！噫嘻！古今賢達將奈何！

集評

鄧之誠《清詩紀事初編》卷六按曰：『此詩傷劉正宗而作。正宗爲清議所不許，故以《吁嗟》名篇。』

校記

〔一〕《詩略》詩題作《吁嗟行》。鄧之誠《清詩紀事初編》卷六、錢仲聯《清詩紀事》錄此詩文字同《詩略》。

〔二〕日三接，《詩略》、《清詩紀事初編》、《清詩紀事》作「勤三接」。
〔三〕執經，《詩略》作「横經」。
〔四〕題之遍，《詩略》作「題皆遍」。
〔五〕示病，《詩略》作「示疾」。

飲鄉中酒至醉

閲盡長安酒，開樽得故人。色添鵝子嫩，香浸橘皮新。旅況鱸蓴似，鄉情麯米春。風簾對積雪，爛醉是閒身。
缸面浮來濁，相看眼倍青。人皆傳妙理，我亦愧常醒。茗碗兼三雅，糟牀富五經。霜螯須共把，聊以破沈冥。

余既作飲酒詩，家弟依韻和之。適同人見過，再賦此

兄弟天涯聚，燈前命酌頻。淺深醽醁酒，清濁聖賢人。飛雪明殘夜，寒爐共客身。興酣還耳熱，渾是故園春。
親串遥相過，芳樽入夜青。一觴人作史，五齊酒爲經。風味傳鄉井，歸心寄杳冥。琵琶天寶事，傾

聽亦忘形。時有平話人朱生在座。

讀王仲初《老婦歎鏡詩》戲作

十五盈盈入畫堂，芙蓉帶繡兩鴛鴦。蜂黄自喜描深淺，燕尾逢人間短長。頭上已看添白雪，匣中那復怨清光。等閒回首明妝盡，落月空梁掩曲房。

容鬢依稀太息生，羞他卻月照人明。十年秋水看無跡，一擲黄金鑄不成。背影自憐仍素素，春閨曾否記卿卿？由來此物難終棄，持伴兒童折腳檔。

題文衡山《飛雪圖》爲高念東先生作〔一〕

先生姑射人，立身晉魏上。四壁列巖壑，悠然共欣賞。酒酣示我《飛雪圖》，醉眼摩娑神欲往。冰作長林玉作山，寒溪一帶如指掌〔二〕。古今誰貌雪？屈指王摩詰。雁門文太史，經營慘澹真其匹。此圖潑墨自何年？至今觀者還凜慄。於時月黑天冥冥，北風號怒響中庭。恍有馮彝剪冰水，天吳倒驅來精靈。躊躕掩卷上馬去，不記此圖在何處。夢中簌簌打窗聲，卻是天公施粉絮。六花如翼下巖城，鮫人凍淚集深更。須臾三尺瑤華遍，此圖無乃通神明？我作歌，公飲酒，手把雙螯浮大斗。更開此圖向晴空，霏霏玉戲猶然否？令人疑殺衡山叟。

校記

〔一〕《詩略》選錄此詩。飛雪圖，底本作『雪圖』，今據《詩略》改。
〔二〕如指掌，《詩略》作『平如掌』。

冬日李望石侍御招同李貞孟編修、李召林、楊岱楨兩侍御、李季霖中翰南郊觀射小飲，長歌記事〔一〕

長安十月天氣涼，李君招我遊南岡。日光慘澹浮雲薄，帷幙樽俎臨風張。主人揖客下馬立，分明角射何昂藏〔二〕。手柔弓燥悵不發，恨無北地雙黃羊。牽來駿足拳毛異，雲錦爲群光照地。丁香叱撥鐵連錢，障泥盤鶻鑾花刺。霜寒草短驟嘶風，欲下金鞭先辟易。紫陌喧填人不行〔三〕，爾時觀者雜童稚。侍御腰間佩兩刀召林，據鞍顧盼真人豪。堤平沙軟去無跡，霜蹄歷落淩風濤。鼻端出火意自得，中石飲羽今吾曹。翦髮崑崙騎汗血，翩然上下輕鴻毛〔四〕。中州太史石渠人貞孟，挽彊命中疑有神〔五〕。繡衣楊子生海曲，亦能洞虱如車輪岱楨。李君虬髯當風磔望石，英姿颯颯開千鈞。袖手自嗟兩縫掖，余與季霖。但從樹影見飛塵〔六〕。揚觶紛然飲貫革，散蕩人疑五侯客。文裀地藉氍毹紅，深卮色映玻璃白。小僕新成《敕勒歌》，庖人又薦灤河鯽。興闌韜矢卻歸來，遙峰幾縷斜陽赤。我聞萬乘東南行，縹緲鸞旗輦路清。射熊都尉長楊館，落雁期門細柳營。天低百道聯星幕，日暮千屯暗雪聲。安得櫜鞬從五柞，遙看薊北塞雲横。

校記

〔一〕《詩略》、《山左詩鈔》卷三十一皆選錄此詩。楨，底本目錄作「禎」。中翰，《詩略》、《詩鈔》皆作「舍人」。

〔二〕明，《詩略》同，《詩鈔》作「朋」。

〔三〕填，《詩略》同，《詩鈔》作「闐」。

〔四〕「剪髮」二句，《詩略》、《詩鈔》皆無。

〔五〕彊，底本誤作「疆」，今依《詩略》、《詩鈔》改。

〔六〕「但從」句，《詩略》、《詩鈔》皆作「參差樹影迷飛塵」。

讀明詩偶成

司寇才名天下重，龍跳虎臥起江東。假令生在貞元日，廣大寧教屬白公。

吏部蘇門鸞鳳吟，江聲月色見幽尋。比似汝南張助甫，韓非老子可同林。胡元瑞《詩藪》二人並論。

濟南聲調自琳瑯，白雪黄金未易方。怪殺竟陵兩才子，一生空作夜郎王。

明卿詩格本嶙峋，大曆開元共一身此論七律。若向五言求妙理，布衣只有謝山人。

寂寞半生田水月，幽墳鬼語動湘靈。更憐搗盡《漁陽曲》，三峽哀猿不可聽。

一卷詩歸冰雪清，公安旖旎亦多情。彌天四海尋常事，只恐前賢誤後生。

送臣鵠歸里

猶憶去年苕水畔，扁舟草草送將歸。今來燕市同沽酒，又見青門早拂衣。駟馬乍回珠入掌，明駝好載燕輕飛。天涯兄弟如君少，爲念行歌減帶圍。

墨莊行，爲王近微使君

先皇張八紘，實惟丙戌始。王君獻賦來，躡屩見天子。承恩賜宴曲江邊，入洛書生真少年。河陽縣裏花開遍，南宫振佩聲鏘然。鳳凰詔下賢書奏，海嶽英靈爭入彀。只今玉筍滿彤墀，與君大業相先後。由來鎖鑰重西秦，帝命參藩洮水濱。拂衣便辭金馬去，二疏居然不異人。故園松菊開三徑，北窗高臥臨石磴。曝書洗硯日徜徉，霏微柳絮花陰暝。瀟瀟風雨下吟廊，慘澹莎庭鳥跡荒。誰知抱甕東園叟，舊是君王粉署郎。世上何人稱大隱，茹芝商山差可近。行年三十早歸耕，求之往牒良亦僅。興來濯足復垂綸，不染京華十丈塵。運甓陶公猶未老，珍重磻溪夢裏身。

寄兒輩索裘〔一〕

三月長安住，微官竟若何？比來南雁少，只恐北風多。雪暗關河色，寒生慷慨歌。短裘思更著，什襲寄烟蘿。

外氏傳來舊，深藏志不忘。何人嗤敗絮，我自傲無裳。紫鳳憑顛倒，青氈護短長。醉歸羸馬上，拂拭得軒昂。

校記

〔一〕《詩略》選錄此詩。

封濂兒落卷與之余初下第，年亦十八

君子四千紛逐鹿，乘流汝亦到華峰。五窮是處逢人忌，一蹶當年繼父蹤。毛羽未堪隨鸑鷟，風雷端只鼓蛟龍。槐黄天碧須臾事，莫遣芸壇蛛網封。

賦得故園歸去又新年

帝城冬盡鬱森森，風雪難支歲暮心。夢去北堂殘夜漏，聽來社鼓異鄉音。已添馬齒猶京國，再見花飛卽故林。莫道青春歸路杳，王孫芳草隔遥岑。

題《梅花鸜鵒圖》

何意金籠鳥，翻成倒掛看。雪衣梳日暖，丹嘴啄梅殘。妙筆傳嬌語，鄉心托素紈。隴頭朋舊在，珍重慰加餐。

題《灩澦圖》

青山夾岸浪噴雷，畫舸中流一箭開。寄語榜人須努力，狂瀾仗爾濟川才。

驚帆次第下瞿唐，散髮江流不易當。回首夔門天際望，輕舟多少未成裝。

題《葛稚川移居圖》〔一〕

先生尚童顏，丹砂信可駐。驅車安所之，勾漏山中住。手持一編行且讀，白雲深處尋茅屋。攜將雞犬去匆匆，疑君拔宅飛長空。羔角巍峨騎老嫗，大襆嬰兒頻指顧。由來眷屬俱神仙，長鬚負擔亦翛然。峰迴溪轉參差見，胡麻香飯桃花片。蒙茸草色樹交加，畫工筆底富烟霞。世間真有此靈境，我欲從君問仙井。

校記

〔一〕《詩略》選錄此詩。

戲作〔一〕

時和冬日溫，炙背信可樂。心手詎能閒，探蝨恣盤礴。視爾雖蠕蠕，蠢動良已虐。聊復示驅除，用以戒谿壑。群然前致詞：君戲無乃惡！同在血氣間，何忍自居薄？人皆遊褌中，而我甘匏落。於君但少苦，眾情欣所託。譬茲大廈成，相賀及燕雀。我生匪營營，安居耽寂莫〔二〕。君非景略儔，捫之亦以作。我聞頗解頤，辨哉錫康爵。矯首窺太虛，六宇莽寥廓。

校記

〔一〕《詩略》、馬長淑《渠風集略》卷二皆選録此詩，《詩略》詩題作《捫虱戲作》。

〔二〕莫，《詩略》、《渠風集略》皆作「寞」。

觀樂行〔一〕

己酉歲暮月嘉平〔二〕，南宫閲技來咸英。魚龍百戲須臾集〔三〕，鈞天之響繁中庭。霓旌雲罕輝清晝，九功七德紛前後。高歌不復辨宫商，似爲艱難王業奏〔四〕。壯夫綽板立當筵，崑崙琵琶龜兹絃。冰車鐵馬應無數，一彈再鼓聲淒然。長弓大矢忽馳驟，正如豐草從原獸。蒼兕黄熊皆飲羽，稱觴卻獻南山壽。梨園小兒清且妍，珠襦繡褓白中單。急管催成鸜鵒舞，反腰貼地凌飛仙。渤海吹殘蘆葉碎，教坊又唤高麗隊〔五〕。依稀弄丸復承蜩，翻覺翠盤無意態。我聞此樂自鎬豐，年年待詔未央宫。至尊寧爲耳目玩，聊同稼穡陳《豳風》。惟願普天恒熙穰，千羽兩階如指掌。野人無事常擊壤，回首金門成快想〔六〕。

校記

〔一〕《詩略》、《山左詩鈔》卷三十一、鄧之誠《清詩紀事初編》卷六皆選録此詩。

〔二〕己酉，《詩略》誤作「巳酉」。

〔三〕須臾，《詩略》、《詩鈔》、《清詩紀事初編》作「欻然」。

〔四〕郭則澐《十朝詩乘》卷四録「高歌」二句，謂「蓋所以述鴻業、揚耿光也」。

〔五〕高麗，《清詩紀事初編》空闕。

〔六〕『惟願』四句，《詩略》、《詩鈔》、《清詩紀事初編》作『須臾舞罷歌亦止，觀樂平生有如此』二句。

對酒〔一〕

對酒不能醉，慷慨發長吟。丈夫無特達，四十守故林。老折彭澤腰，安取單父琴？既非縱橫才，懼爲世網侵。曩哲賦《感遇》，豁矣披靈襟。志士恥刀錐，達人貴幽尋。寧以桃李榮，易此金石心。誓將侶猿鶴，名山追向禽。大藥換我骨，天風吹我簪。飛飛榆枋間，焉知南溟深？

校記

〔一〕《詩略》選錄此詩。

冬日過宣武門即事〔一〕

北風吹短髮，高堞暮光殘。瘦馬臨冰怯，柴車入市難。雲開千嶂近，天淨一雕盤。獨怪雍門客，勞勞閱歲寒。

集評

鄧漢儀曰：『氣味沈雄。』孫鋐曰：『高爽有氣概。』

校記

〔一〕鄧漢儀《詩觀二集》卷六、陳以剛等《國朝詩品》卷三、孫鋐《清詩選》卷十三皆選錄此詩。

都門逢黄子厚以海上文石相贈賦謝

多難如君遠世情，緇塵落落復班荊。攜將大海雲濤色，來聽長安雨雪聲。三品何人呼作丈，一拳我自拜爲兄。離奇入手真成癖，山母於今浪得名。邑中文石舊號山母。玉潤珠圓詎易方，離離還帶暮潮光。緣慳叔夜難成髓，客遇初平恐化羊。未補青天同瓦礫，一投素瀨煥星芒。木桃欲贈渾無那，珍重瓊琚作報章。

顧影自嘲〔一〕

對影翻成笑，燈前欲自呼。短裘疑蝟縮，敝帽類僧孤。敢謂行藏拙，翻憐骨相癯。風塵誰按劍，辛苦我吹竽。文字憂河漢，浮生混狗屠。營營干祿筆，僕僕小人儒。意氣仍存否，須麋好在無？乾坤雙白眼，今古幾青蚨？憊矣邯鄲步，愚哉夸父趨。伯仁寧縱酒，彥道競樗蒱。以此能銷日，猶賢但守株。不才陳九九，爭似老菰蘆。

校記

〔一〕《詩略》選録此詩，詩題作《顧影》。

僧有領印歸里者，詩以送之

西來曾幾日，歸去綰銅章。鄭重鶯同侶，斑斕篆一行。鳴鐘升講座，移牒覓齋糧。蘭若今添色，衣冠禮梵王。

此物煩鑪冶，矜持到上方。官徒勞弟子，朝典比珪璋。海月隨潮滿，優曇拂綬香。黑衣曾宰相，計日换銀黄。

我亦東溟客，逢師天一涯。緇塵傷老大，畫錦妒龍華。行役真無恨，言歸反有家。佛光兼國法，珍重護三花。

書劉次山詩後

前輩風流自一時，頽唐末路使人悲。羨君老筆精嚴甚，不作夔州以後詩。

讀詩卻憶淮南好，膾擘銀絲春筍青。二載廣陵清夢絶，更無人到竹西亭。

雷塘春雨膩如脂，二月辛夷乍放時。欲唤尖頭小艇去，東風吹入緑楊絲。

和家弟移居韻

作客自憐逢歲暮，移家仍傍五雲天。布囊再束疑初到，書卷重攜似舊年。去年地震後頻移新居。聽去角聲殘照裏，騎將羸馬玉河邊。倦來擬向紅爐臥，拂拭牀頭帶雪氈。

詠將開臘梅

官閣移來近，疏枝對夕陽。一盆金粟影，半面漢宮妝。韻冷羞春豔，香含傍酒黃。會當看爛熳，不用怯清霜。

月夜不寐口占

微名驚屢誤，幾見月團圓。屈指逢元夕，清光又一年。窗明枯樹影，夢逼曉霜天。休矣嚴城柝，羈人暫乞眠。

再詠臘梅

數枝紛欲露，鼻觀遠香過。暈入檀心重，歌催金縷多。流光堪照夜，乳色乍侵鵝。不受東風妒，飛英襯綠莎。

古錦歌〔一〕

漢唐酹庸皆不薄〔二〕，宋家錦袍視其爵。觀察學士簇金雕，宰相親王天下樂。今皇己酉閶闔成，頒來文綺賜公卿。仲也疏棨錦爲四，雲霞璀璨輝茅蘅〔三〕。中有一匹花紋異，翠色殷流紅作地。熒熒細楷猶堪讀，辨得當年萬曆字。盤螭小篆澄心紙，似滅還明印花紫。上言太守臣某進，下書工人如列齒。太平物力富篋楹，規摹可久制作精。屈指五十有四載，輝煌不惹纖塵輕。織素織縑工匪易〔四〕，一絲一鑷勞軒輊。晻靄流黃子夜歌，蕭條白髮機人淚。輕帆北上龍衣船，水驛江淮路幾千。置之尚方閱朝代，滄桑累劫空頑然。青眼相看致楚楚，疑逢舊人述舊語。斷腸再見李龜年，天寶琵琶互爾汝。什襲何人重錦裙？鏤金錯采徒紛紜。人代那如此物壽，古光縵縵成卿雲。由來黼黻盛清朝，群工拜舞羅星杓。回首南天烟霧裏，舳艫猶壓廣陵潮。

校記

〔一〕《詩略》選錄此詩，詩題作《古錦行》。
〔二〕酹，《詩略》作「酬」。
〔三〕蘅，《詩略》作「衡」。
〔四〕匪，《詩略》作「不」。

除夕守歲步家弟韻〔一〕

長安兀兀逢除夕，兄弟相看慰索居。銀漢倒垂千丈練〔二〕，青氈寒壓一牀書。聲隨哀玉同敲鉢，韭入春盤乍翦蔬。小宋當年饒盛事，只將絃管補三餘。

校記

〔一〕《詩略》選錄此詩。
〔二〕丈，《詩略》作「尺」。
〔三〕翦，《詩略》作「剪」。

擬上祈穀南郊應制十八韻

萬乘雲間下，千靈拱護中。青旗迎輦路，蒼璧答神功。雨露煩昭格，風雷閟化工。聖情深國計，天意在年豐。禮器匏陶肅，農祥稼穡隆。衣冠隨主鬯，劍佩動呼嵩。法曲簫韶奏，爐烟靉靆叢。日星分右序，嶽瀆象群公。已覺明禋遠，還窺孝德崇。思文勤俎豆，《大武》祀岐酆。三后音徽重，一朝典制同。金泥尊泰畤，玉簡出皇穹。太乙青陽駕，諸儒《白虎通》。曾孫臨左个，元子毖齋宮。從此休徵告，真紓宵旰衷。五行調水旱，二氣淨螟蟲。棲畝歡童稚，登歌醉老翁。小臣慚珥筆，紀瑞達堯聰。

不寐

一衾寒抱影，窗月入蒼涼。社鼓喧鄰女，疏鐘出上方。孤燈看乍暈，春夜醒添長。瞑語憐童僕，居然到睡鄉。

燈市歎〔一〕

十載遊長安，曾未值燈市。今年結伴來，遺懷聊復爾。其初見市不見燈，腰裹駿足相憑陵。肩摩轂擊不得過，緇塵褦襶踏春冰。列廛櫛比隘環堵，珠明歷歷差堪數。自識雍門客到稀，入眼先看青州土。料絲五色稱絕倫，鏤空繪影爭鮮新。草野那知此物貴，千金詫我薄遊人。都門好手皆可辨，翦綵迷離驚創見。邇來頗重米家燈，摹得老蓮舊畫片。太平物力富年年，五侯七貴囊金錢。一揮中人數家產，持向深閨伴綺筵。嗚呼！金可竭，燈不滅，長鬚大賈恣怡悅〔二〕。六鼇背上繁星列，斑斑照見蒼生血！

校記

〔一〕《詩略》、鄧之誠《清詩紀事初編》卷六選録此詩。
〔二〕『長鬚』句，《詩略》、《清詩紀事初編》無。

三如贈秋岕賦謝〔一〕

故人雅嗜如鴻漸，贈我龍團意轉殷。採後乍逢秋日雨，攜來還帶罨溪雲。香疑楚畹杯中出，露自金盤掌上分。欲汲南泠愁遠道，夢回酒醒一思君。

校記

〔一〕《詩略》選録此詩。

元宵燈雪月行〔一〕

帝城一夜西風起，簌簌長空翦冰水。玉蕊平添三寸多，銀蟾依舊晴雲裏。朱門繡戶羅笙歌，雪光月色兩婆娑。更有華燈相間出，大珠小珠如星河。鼇峰縹緲紛千炬，貝闕蜃樓飛火樹。雪中人影亂瓊瑤，月下珮環雜烟霧。天上人間皎潔同，峨眉萬仞廣寒宫〔二〕。九枝燈下霓裳舞，清泠繁華咫尺中。春宵欲半遊蹤歇，酒闌人散香塵絕。獨留深雪照天閶，寂寂幽輝延素月。月明還過小窗前，誰家少婦鳴鵾絃？蘭膏已燼金猊冷，抱得清光不忍眠。

校記

〔一〕《詩略》、《山左詩鈔》卷三十一皆選錄此詩。

〔二〕峨眉，《詩略》、《詩鈔》作『峨嵋』。

雪後看西山

鳳城西俯白雲生，石徑丹梯入望平。海上晴濤飛沆漭，塵中素嶂立空明。遥分吴觀千尋練，疑下冰天一片聲。清泠何人堪大隱，應輸老衲得高名。

和家弟朝鮮館主宴之作

東海波臣尊正朔，梯航遥自日邊來。峨冠殿下三呼去，屬國門前九譯開。使者冬浮鴨綠水，王人春宴紫霞杯。箕封千古渾無恙，巨舶淩風送卻迴。

槃木白狼入漢宮，大官詔下五雲崇。恩浮湛露常依北，潮湧歸帆盡向東。滄海夜明觀蜃闕，扶桑日暖静天風。太平自偃重溟險，玉帛遥知萬國同。

夢琰公感述

與君内兄弟，長了乃十歲。壬午遘喪亂，予時在童稚。流離東海濱，九死各遷次。負我冰雪叢，仡仡憂顛躓。感君搶攘時，而有古人義。庚寅共研席，有酒必同醉。發言頗無擇，俯仰持清議。衆人苦欲殺，予獨憐憔悴。知君無他腸，東方聊玩世。遊處二十年，遭逢鮮適意。上書不見收，長貧甘薜荔。戊申歲六月，乾坤失所位。鼇身撼地軸，風雷走其際。城郭半丘墟，樓臺雜蜃氣。予傷瓦礫中，生全偶然遂。魂魄驚乍回，聞君已長逝。予方支病骨，辛苦在左臂。咫尺未永決，撫心有餘愧。顧兹良友歿，伏枕一垂涕。後乃詣君家，四壁皆頽墜。當年文酒場，今日荒涼地。不見談諧人，但見諸孤泣。慨焉傷心肝，如聞山陽吹。白骨委草萊，星霜忽再易。幻軀或已化，精誠猶不昧。長安風雪天，胡然通夢寐。形貌倘依稀，語言遂失記。似云泉路杳，鬱鬱不得志。夜色黑如盤，桑乾莽流澨。塵沙暗九衢，君魂那能至？窗影對蒼茫，晨鐘隔清細。捉筆爲兹篇，惝怳不成字。帝側有頑仙，君才理應廁。願少戒談謔，無攖天人忌。

送家弟知貢舉入闈

十五年前辛苦地，乘軒今復到龍門。坐當紅燭人爭識，卧聽春蠶體自尊。日下文章分氣色，樓頭鼓角動朝昏。南宫桃李知無數，國士云誰解報恩？

恩承北斗典諸儒，雙引朱衣傍九衢。綵筆何人干象緯，風簾有客問唐虞。光分藜火才原盛，雪壓層樓興不孤。竚看五雲歸騎好，太平天子待傳呼。

二月十一日對月

雪後青天雲作鱗，明河澹澹雜星辰。須臾皎月雲間出，冰壺濯魄露華新。塵中車馬欣暫息，九天閶闔爭嶙峋。我來七見長安月，屈指清光圓復缺。缺處無勞仙斧修，圓時獨愛銀蟾潔。誰家思婦倚樓看，何處征人傷遠别？思婦征人地不同，關河曲折月明中。夢去夢來飛蛺蝶，和烟和霧隔簾櫳。繚繞長河初見影，低迷楊柳乍迴風。西山積素遥相向，瓊宫玉宇紛形狀。爲想峨眉萬仞峰，金波瀲灩開千嶂。仙人赤腳淩層冰，一聲鐵笛殊悲壯。從來秋月解傷神，我看春月亦沾巾。不分長空清泠色，偏照青門憔悴人。五更酒醒知難覓，淰淰輕寒傍客身。

投卷有感

六載蓬蒿歲月虚，重遊只似乍傳臚。紅綾啖後仍攜策，黄閣徵來再上書。久客自憐身似葉，浮生真見蠹成魚。金門珥筆知多少，詞賦淩雲愧不如。

入試戲作

按籍猶同舊日呼，漢家鹽鐵試諸儒。金門有客生車耳，名士何人掌唾壺。自是折腰羞五斗，故教濡首賦《三都》。鳳凰池上春如此，芳草迷離看得無？

都門晤沈大行，因憶湖上之遊

柳外人家湖上堤，畫船曾過斷橋西。只今褦襶黄塵裏，說著孤山路總迷。
潑墨濃雲界遠山，分明西子弄烟鬟。米顛畫裏尋常見，粉本誰移在此間？
湖水拖藍分霽色，明霞片片翦芙蓉。謝公樓上曾相識。謂健行也。夢斷吳山第幾峰？
十里荷花映綺羅，一聲白紵雪兒歌。不愁蕩槳歸來晚，湖上清光入夜多。
高峰南北兩屏開，人語衣香傍水隈。一路松杉圍古塔，淨慈寺裏納涼回。
披圖常是羨荊關，咫尺韜光未易攀。有約再扶青竹杖，君歸爲我報名山。

五鼓入朝候試

年來意緒等虚舟，挾策真同汗漫遊。金闕鐘圓催漏盡，玉河水急帶冰流。寒風掠樹鴉千點，曉色迎人月一鈎。蹀躞青駒堪逐隊，春風遮莫滿龍樓。

午門外候試和隴西

珥筆從君後，長廊坐老生。五雲千騎散，雙闕一雕平。塔影微涵照，松濤静有聲。何當塵紙尾，常傍玉階行。

口號

書生老去渾無著，鳳沼偏宜側理親。唐室紫微稱外制，宋家西掖號詞臣。含香署裏容傳草，管子城邊好問津。翘首五雲真咫尺，可能黽勉副絲綸。

華不注〔一〕

誰鑿鴻濛破，蒼然矗一峰。天清分澗壑，玉立削芙蓉。絶頂窺溟渤，孤雲接岱宗。何當尋鳥道，策杖竟相從。

校記

〔一〕《詩略》選録此詩。

觀松友學士題壁有感

熒熒壁上墨光明，學士才華冰雪清。黄絹欲題文滮漫，銀鈎猶辨草縱横。魂歸鶴表愁冥漠，客過郵亭識姓名。記得梁園風雨夜，巡簷擊缽讓先鳴。丙午冬集梁園，學士詩先成，余倚韻和之，猶昨日耳。

上巳抵家作

還家逢上巳，只似燕歸來。舊壘經年別，新花滿地開。五雲停弄筆，三徑待銜杯。猿鶴應相笑，風塵去復回。

春日臣鵠招同翼辰遊東墅感賦東墅爲先少傅園亭，余舊讀書地也

二十年來感慨地，憑欄依舊夕陽多。悲歡幾許人同醉，花鳥猶存客自過。柳色依依圍緑野，雲光片片落長河。不須悵望蘭亭暮，斗酒還堪一嘯歌。

寂寂幽居傍水開，閒雲猶護讀書臺。空庭舊蔭千竿竹，石徑今添幾寸苔。把酒漫愁兄弟隔，臨流忽抱友生哀。是日聞文仲逝矣。飛花落絮渾無定，有約支笻肯再來。

麥隴陰陰隔短汀，蕭然數騎出林坰。緣堤乳鴨三分緑，入綱河魚一寸青。草閣有年遲好月，舊遊幾日剩晨星。枝頭好鳥還求友，矯首空梁思杳冥。

杞園以圓墨見貽，賦此志謝〔一〕

君家文物煥縹緗，珍重陳玄出豹囊。千杵何人規作月，一丸我欲喚爲莊。光分側理寧辭染，價借龍賓未許方。守黑只今成快友，從教頻首十三行。

校記

〔一〕張貞《渠丘耳夢録》乙集附此詩，詩題作《謝杞園贈墨》。謝，底本目録作「酬」。

江南獻白烏恭紀

重臣分陝位中台，一騎南天捧瑞來。雲際不隨青鳥下，江邊初換雪衣迴。上林繞處人疑練，霜府啼時月滿臺。遠略寧須誇白雉，爭傳孝德遍垓埏。

與家弟談舊書懷

東華散騎促回鑣，露下清宵話寂寥。老我今爲丞相掾，羨君早插侍中貂。十年文字羞逢世，一旦鬚眉盡折腰。敢向金門稱大隱，也同蹤跡混漁樵。時吳仁趾寄一印曰『金門大隱』。

和家弟啟事瀛臺之作〔一〕

曾爲西苑遊，仿佛景山右。春日靄曦光，雲氣生靈囿。蒲菰一以深，鸛鶩呼前後。至尊乘舟來，驚濤濺衣袖。於時方道泰，明堂接群后。穆穆金波平，遊豫及清晝。貞也縫掖人，偶向長安走。天顏咫尺中，條忽稱良遘。光景信不留，十載白駒驟。揭來更上書，乃值重熙候。緬想金鼇旁，荷風拂鴛甃。紺碧縹緲間，遙對玉泉岫。朝夕從長楊，珥筆親華籞。第憂麋鹿質，偃仰翻多疚。對此發長喟，微飈吹戶牖。

校記

〔一〕清馬長淑《渠風集略》卷二選録此詩，詩題作《和家弟啟事瀛臺作》。

西苑卽事

長楊勝概甲天閶，十里平湖入淼茫。望裏孤臺涵水氣，夜來微雨散荷香。雲遮北闕千門杳，樹擁西清一帶涼。橋下濤聲還噴玉，恩波遙送出宮牆。

立秋後一日雨中入署

好雨如絲上客衣，浮雲雙闕影霏微。驚看紫陌三條闊，暗想疏林一葉飛。匹馬漫隨天仗入，斜風忽送早涼歸。東方舊索侏儒米，彳亍寧辭到禁扉。

秋日送三如東歸

闢門令典重賢書，歸路還乘下澤車。千里涼風翻豆葉，一竿秋水上鱸魚。重來北闕仍裁賦，此去東籬好種蔬。怪是五雲留滯客，頻從紫陌送華裾。

讀高陽夫子《頒賜蓮藕恭紀詩》步韻

魚水昇平賦樂嘉，恩波太液毓靈芽。傳來瓊島仙人飯，褪盡紅衣君子花。萬顆星懸紛欲吐，一彎冰折自無瑕。上林珍異先元宰，陶鑄群生未有涯。

賦得退食從容出每遲

梧陰剛轉翠華東，晝漏沈沈詠在公。夢適頓忘依畫省，日長翻似住山中。秋風半入朱門迥，塔頂平分夕照紅。緩步漫從丹陛去，禁雲宮樹晚朧朧。

雨中聞角步韻〔一〕

迢遞雙龍帶雨鳴，黄墳竹嶺韻同清。聽來蘆葉仍三疊，怨入秋鴻第一聲。衰草迷離孤館静，斜風斷續晚林横。不須惆悵霜天裏，樓角殘霞已報晴。

校記

〔一〕《詩略》、《山左詩鈔》卷三十一皆選録此詩。《詩鈔》詩題作《雨中聞角》。

病中步蛟門韻

揭來秋暮仍多病，蕭摵寒燈夜雨零。酒債放除餘汗漫，藥囊羞澀到參苓。貧中作客頭堪白，廡下何人眼倍青？伏枕幾回求入夢，哀鴻雲際可能聽？

哭漢儀

壬辰之春識君面，於時鎩羽歸鄉縣。憔悴風塵千里間，入門下馬恣歡燕。斗酒相看脫寶刀，鬚眉顧盼真人豪。淳于意氣東方舌，笑談磊落輕時髦。荏苒公車二十年，春明常放孝廉船。相逢寂寂對無語，顧予每惜終寒氈。皇帝改元歲在癸，槐黃天碧明湖水。自愧邯鄲步未工，得失搖搖心欲死。先生常笑爲余言，第一科名今在子。桂樹秋高咫尺中，片言契合古人風。電光石火偶然耳，多君水鏡懸雙瞳。陸機入洛還年少，李廣難封歎數窮。潦倒緇塵隨計吏，今年仍策青門騎。志大寧甘伏櫪羞，形癯猶擅雕龍事。涼宵風雨黑如盤，半醉掀髯憂失意。明珠按劍皎人愁，毾㲪長安過夏秋。半刺知君非所願，重來或可追驊騮。詎識廣寧門外路，滔滔不返江河流。噫嘻吁！客遊已經年，還家纔一日。琴書那復陳，稚子空繞膝。悲哉山陽笛，絕矣廣川筆！燕市故人爲此歌，階下秋蟲聞唧唧。

詠懷〔一〕

麋鹿在山林，豐草恣盤桓。置之樊圃中，鬱鬱鮮所歡。貞也江海人，逐隊來長安。微名誤見收，蓬華志已完。盍輕五斗榮，豔此蘭臺官。寒蟬集枯木，厥憂非一端。日夕趨東觀，忽忽歲云殘。石田無人耕，饘粥良獨難。小兒甫識字，大兒已勝冠。矻矻懼荒落，何以修羽翰？性僻寡逢迎，入世嗟狂瀾。强顔爲嚬笑，大樸倘易刓。憶讀古人書，匪慮在饑寒。幸際唐虞代，有懷不一殫。吹竽復齊門，學步今邯鄲。側身望巖壑，千里空漫漫。松菊或蕭條，猿鶴亦辛酸。丈夫貴决計，逝將賦《考槃》。寄語東籬叟，爲余理釣竿。

校記

〔一〕《詩略》選録此詩。

秋日雪中同魏元永、家弟澹餘、夏忱飲鄉中酒至醉，偶成〔一〕

傳來濁釀葛巾殘，琥珀光濃鬪玉盤。價重三齊從事醆，塵輕五斗舍人官。披離黄菊持螯慣，迢遞青山荷鍤難。入夜六花猶片片，依稀翠覆女蘿寒。

校記

〔一〕《詩略》選録此詩，詩題作《秋日雪中同魏元永、家弟澹餘、夏忱飲》。

寄劉玉少遷安用蛟門韻

君別維揚久，頻年未到家。懷人勞雁鯉，逢客問桑麻。雪擁關河冷，風吹塞草斜。傳經吾輩事，直北尚京華。

驚聞襆被出，晨起欲衝泥。行李蕭條在，關山道路迷。時清須左馬，客久荷招攜。余亦逃名者，真慚秘省棲。

讀唐人詩偶題〔一〕

延清秀麗本天然，風流不羨落花篇。駱丞賓客曾相識，更向空山喚少年。

清淨維摩畫裏禪，琵琶一曲使人憐。千年凝碧傷心地，何似長齋住輞川。

見說樊川呵綺語，《杜秋》一曲苦相仍。兩枝仙桂尋常事，也向城南詫老僧。

達夫五十始能詩，落筆皆成幼婦辭。一悟九還黍米在，苦吟爭似少年時。

王孫驢背氣縱橫，賈尉長江句自清。不分都官聲價好，《鷓鴣》一首便成名。

校記

〔一〕《詩略》選録第二、五首。

雪中入署

淩晨寒色劇，行踏草痕枯。雪裏千門閉，城邊一騎孤。雲涵高闕静，風急衆禽呼。拂面堅冰在，回頭愧僕夫。

寒夜集頌嘉獨笑亭限韻

三徑蓬蒿在，西園此再來。酒懷分橘柚，雪氣上樽罍。哀玉聲隨缽，爐香影亂梅。沈冥吾輩事，遮莫晚鐘催。

青樽歡永夜，曲檻一燈明。歲暮同爲客，天涯問舊盟。酒因風力減，寒逐敝裘生。歸路緇塵絶，依依月影横。

除夕步家弟韻〔一〕

青門驚歲晚，暘谷待寅賓。法酒仍官舍，閒情半旅人。雪痕披老樹，梅影逗先春。漏下還催鉢，長簷更一巡。

一年餘此夕，坐到晚鐘殘。倦眼窺紅燭，鄉心入歲盤。遠遊兒女大，歸夢道途難。剩有敲窗竹，風來葉葉乾。

校記

〔一〕《詩略》選録此詩。

元宵前二日內直獲觀御前烟火恭紀〔一〕

太平天子燕芳辰，手挈大造開陽春。纖塵不動琉璃色，蟾光玉闕爭嶙峋。參差雙鳳雲間下，金蓮寶炬輝清夜。千行法從靜無聲，但見疏星映臺榭。長竿一線走空明，萬點流光紛送迎。魚龍出沒老蛟舞，奔騰海若天吳驚。太乙燈鏤萬歲字，的皪明珠七十二。崢嶸千丈塔淩雲，窈窕一雙眉覆翠。更有銀花錯落搖，長空亂擁金葡萄。變爲崑崙騎象出，嵯峨勢與丘山高。其後光芒難復辨，火樹迷離擬掣電。歷歷金丸飛上天，霹靂一聲香霧散。須臾駕起歸龍樓，惟餘明月照螭頭。倦眼摩挲空歎息，恍然夢向鈞天遊。我願年豐多黍穀，金波穆穆平如縠。聖主爲歡歡未足，小臣常傍玉堂宿。

校記

〔一〕《詩略》、《山左詩鈔》卷三十一皆選録此詩。

余與蛟門作禁中烟火詩，家弟濬餘題以長句，蛟門依韻和之，得二首，余復步家弟韻卻呈蛟門

九微燈徹翠華明，雲際簫韶入夜清。月轉玉衡臨閣道，天迴珠斗静嚴城。晶瑩鳷鵲千重觀，角觝魚龍一片聲。自是恩波開浩蕩，小臣何以頌昇平。

火樹迷離照眼明，金蓮拂地映西清。一天烟靄長楊館，萬頃琉璃不夜城。倦客久慚《鸚鵡賦》，舍人高唱鳳凰聲。吾儕襆被年年事，喜見瑤階瑞草平。

清明同人野集，送朱錫鬯之揚州〔一〕

長條拂地柳毿毿，潦倒離情客自諳。强欲從君過韋曲〔二〕，斷烟芳草似江南〔三〕。

酒旗歌扇間流鶯，路入郊原送客行。一帶寒蕪迷近遠，天涯何處不清明？

風颺幾尺青帘子〔四〕，雨濕一枝紅杏花。共向樂遊原上望，鈿車流水日初斜〔一〕。

竹西歌吹紅橋路，疏雨斜風記得無？此去恰逢櫻筍熟，清和時節泛菰蘆。

集評

〔一〕鄧漢儀曰：『只似作一首樂府，而送別意在其中。』

校記

〔一〕《詩略》選録此組詩。《山左詩鈔》卷三十一選録第一、二、四首，吳翌鳳《國朝詩》卷三選録第一、二首，王士禛《感舊集》卷十二、鄧漢儀《詩觀初集》卷三、陳維崧《篋衍集》卷十一、雍正《揚州府志》卷三九《藝文志四》、乾隆《江都縣志》卷三十一《藝文志下》、光緒《增修甘泉縣志》卷二一《藝文志下》皆選録第三首。《篋衍集》、《揚州府志》、《江都縣志》詩題作《清明送朱錫鬯之揚州》，《增修甘泉縣志》詩題作《清明送錫鬯之揚州》。

〔二〕韋曲，《詩略》、《國朝詩》、《詩鈔》作『杜曲』。

〔三〕斷，《國朝詩》作『澹』。

〔四〕颺，《篋衍集》及各方志皆作『揚』。

奇石歌贈李諫臣〔一〕

吾聞海上蜃爲市，雲車風馬成大觀。孤烟没滅山吞吐，潮光慘澹三洲寒。黿鼉之窟神仙宅，千年靈氣常鬱盤。中有怪石妙天下，森然物象非雕刓。李生袖中蠕蠕動，欲出不出憂相搏〔二〕。爲石者八四其最，目瞠舌撟疑無端。其一老佛趺跏坐，窅冥古洞從阿難。更有道士撐孤髻，一瓢一笠來珊珊。

別爲狡兔撲朔走，長林豐草精神完。石榴一株垂兩子，虬枝老幹相糾蟠。滿堂大叫稱奇絶，參差入眼真琅玕。寧數蘇公虎豹首，米顛靈璧空烟巒。乃知造化之功入微細，誰爲藻潤施青丹？我告李君珍什襲，無令飛騰踴躍歸滄瀾。狡龍失寶非所願，倘有風雷逼夜闌。

集評

鄧漢儀曰：「筆力夭矯聳異，前惟子美，後則空同。」

校記

〔一〕《詩略》、鄧漢儀《詩觀初集》卷三、《山左詩鈔》卷三十一皆選錄此詩。

〔二〕搏，底本、《詩觀初集》作「摶」，今據《詩略》、《詩鈔》改。

送家弟之黔中〔一〕

金門索米代躬耕，建節翻爲萬里行。一道旌旗開瘴癘，百蠻君長見將迎。如天聖澤還求舊，似水臣心豈近名。最是燕臺留滯客，離情鄉思一時生。

駪駪四牡復遐荒，楚水蠻烟道路長。自識人倫歸品敘，無如聖主念封疆。名駒蹀躞來天廄，寶鏹輝煌出尚方。干羽有年煩廟算，勞臣何以慰君王。

三十餘年老兄弟，別離幾度淚痕多。丹心自可酧恩去〔二〕，遠道其如將母何？望裏碧雞山似黛，聽來銅鼓鬢成皤。古今詞賦吾家事，剩有風謠入嘯歌。

一麾南下拜君恩，僰道安車使者尊。不信疾風靡勁草，由來利器藉盤根。花明池館應多夢，雨暗江湖若箇村。此去五雲煩坐鎮，畫開鈴閣靜朱旛。

行人幾日過方城，翹首南雲太息生。三戸鶉衣還待澤，十年銅柱乍休兵。行間絳灌須溫語，幕府殷劉有盛名〔一〕。草檄欲成寧父老〔三〕，急將曲禮化蠻傖〔四〕。〔二〕

兩年共走新豐路，折柳旗亭旆影搖。薄祿吾甘從五柞，長才君合定三苗。山川指顧南荒迴，劍履星辰北斗遙。歸闕相逢俱未老，安排生計到漁樵。

集評

〔一〕鄧漢儀曰：『大有經濟。』

〔二〕鄧漢儀曰：『不作尋常折柳語，固自胸蟠武庫。』

校記

〔一〕鄧漢儀《詩觀初集》卷三、陶煊、張璨《國朝詩的》之《山東卷》卷一皆選錄第五首。

〔二〕酎，底本作『酹』，據詩意改。

〔三〕『草檄』句，《詩觀初集》作『草檄碧雞風雷暗』，《詩的》作『草檄碧雞風雨暗』。

〔四〕曲禮，《詩的》作『典禮』。

柬李召林侍御〔一〕

韋曲城南舊種瓜，淒涼別緒在天涯。不辭款段從君去，愁見丁香一樹花。

校記

〔一〕《詩略》選錄此詩。

賦畫上鷺燕，步李書雲黄門韻

雙垂繡帶引風長，天女何緣到畫廊。乍避簾光窺宛轉，斜飛練影護瀟湘。尋巢慘澹猶三匝，學語詎諵更一商。憶得烏衣門巷在，石城如黛閣殘陽。

題陳章侯《潑墨圖》〔一〕

誰能畫石如畫人？誰能取貌兼取神？遐哉顧陸不可作，曹衣吳帶如飛塵。老蓮筆底富造化，揮毫落紙抽嶙峋〔二〕。生平所見非一種，豐頤長頸皆失真。海鹽夫子具隻眼，收藏此幅誠絶倫。一夫屹屹當石立〔三〕，衣冠肅穆逼先民。代研以盂筆以口，淋漓兀突成逡巡。霜林似聞敗葉響，近山已作披麻皴。胸中丘壑良鬱勃，墨光慘澹發其醇。旁有崑崙跛且短，瞠目直視微反唇。綬也出奇乃自況，烟雲變怪神所臻。十指拂拂走真氣，妍媸物象生龍賓。吾師什襲亦已珍〔四〕，匪存厥藝存厥人〔五〕。吁嗟陳生終不泯！

校記

〔一〕《詩略》、《山左詩鈔》卷三十一皆選録此詩。潑，《詩略》同，《山左詩鈔》作「噀」。

〔二〕抽，《詩鈔》作「何」。

〔三〕屹屹，《詩略》、《詩鈔》作「奮髯」。

〔四〕亦，《詩略》、《詩鈔》作「良」。

〔五〕厥，《詩鈔》作「其」。

賀頌嘉迎養並移居之作〔一〕

牙籤十萬擁高車，宅借烏衣吏部衙。慈母遠乘青雀舫，阿兄文是赤城霞。乍圍兒女還堪喜，遥憶溪山轉自嗟。我亦有家真咫尺，只將離思度年華。

高齋頻徙尚天涯〔二〕，灌木森然帶晚鴉。分綠舊憐公子宅〔三〕，草玄今屬舍人家。十千酒醒吴江鱠，第二泉烹顧渚茶〔一〕。聞説退朝饒盛事，書聲連屋謝繁華。

集評

〔一〕《清詩人徵略》卷七、邱煒萲《五百石洞天揮麈》卷十二皆摘「十千酒醒吴江鱠，第二泉烹顧渚茶」，以爲名句。

校記

〔一〕《詩略》、《山左詩鈔》卷三十一、楊鍾羲《雪橋詩話》三集卷二皆選録第二首。《詩略》、《詩鈔》詩題皆作《賀頌嘉移居之作》，《雪橋詩話》作《贈峨嵋移居之作》。頌嘉，曹禾之字，底本作『誦嘉』，誤。今據《詩略》、《詩鈔》改。

〔二〕頻徙，《雪橋詩話》作『徙倚』。

〔三〕『分綠』句下，《詩略》、《詩鈔》、《雪橋詩話》皆有注：『宅舊爲張舉之京兆分綠居。』

夏日漫興〔一〕

朝來雨過綠苔生，自愛門停剝啄聲。長夏漫漫如倦客，孤雲澹澹類時名。奇書借得皆成友，怪石移來便作兄。捫腹徐吟塵事少，餘年真戀此官清。

槐陰風散片凉生，仿佛家園打麥聲。歸思汶湄東郭樹，懷人天際楚江城。自甘貧病親書帙，不願公卿識姓名。一枕邯鄲容午臥，夢中蝴蝶亦多情。

西堂睡足晚烟平，窗外雲低片片聲〔二〕。急電穿林喧坐鳥，老蛟拖雨過高城。座無好客稱開士，榻有遺經號淨名。大腹鴟夷拋永晝，可憐辜負麯先生。

校記

〔一〕《詩略》選錄第一、三兩首。

〔二〕聲，《詩略》作『橫』。

得家弟書悵然有懷，並寄同遊諸子〔一〕

北窗一榻夢蘧蘧，喜得南來宛葉書。别後塵埃知好健，同行親串定何如？江連湘水追遊屐，地入烏蠻擁傳車。此去遺黎遮道問，日邊都護帝親除。

青衫敗笠影蘧蘧，難得平安兩字書。天意定教寧貴竹，人言君或似相如〔一〕。瀘溪五月初開瘴，僰道千盤好叱車。屈指秋風應不遠，竚看封事到彤除。〔二〕

小弟北來過委巷，時夏忱弟初至。攜將一紙濟南書。論詩異地還同調，聽雨連牀定不如。虎觀仍騎嘶櫪馬，蠶叢穩度採風車。夜郎未可淹行李，倘有新綸下御除。

一騎紅塵追過鳥，傳將京洛倦遊書。客懷潦倒杯相負，詩思蕭條葉不如。此日折梅煩驛使，他年納節共柴車。南湖知己應相憶，爲報狂夫態未除。

集評

〔一〕鄧漢儀曰：『對法健。』

〔二〕鄧漢儀曰：『雍容甚都。』

校記

〔一〕鄧漢儀《詩觀初集》卷三，陶煊、張璨《國朝詩的》之《山東卷》卷一皆選錄第二首，詩題作《得家弟途中報悵然有懷》。

晨興〔一〕

虚堂睡到日曈曨，覓得清涼五月中。薇省自同蟬抱葉，槐鄉飽看蟻拖蟲。一犁黄犢花村雨，時聞故鄉雨足〔二〕。十丈紅塵柳市風〔三〕。明起依然趨北闕〔四〕，曦光還徹翠微宫。

校記

〔一〕《詩略》選録此詩。
〔二〕犁，底本誤作「梨」，今據《詩略》改。小注，《詩略》無。
〔三〕十丈，《詩略》作「千丈」。
〔四〕明起，《詩略》作「曉起」。

讀陸放翁詩偶題〔一〕

放翁文藻豔當時，開卷臨風一弔之。憶得鏡湖投老日，杖藜欹帽自吟詩。
錦官城外柳如絲，急管聲催酒滿卮。怪底逢人誇蜀樂，一生得意劍南詩。
未了功名志可悲，青山别駕老邊陲。一般不信先生處，學射山頭射虎時。
學仙學劍未爲奇，三萬牙籤手自治。兒子相看俱不惡，真能誦得老夫詩。

玉局祠官百萬錢，古人優老政堪傳。一囊粟共侏儒飽，自是文章愧昔賢。

校記

〔一〕《詩略》選錄第二、三、五首，詩題作《讀陸放翁集偶題》。

直南苑〔一〕

身到甘泉避暑宫，青衫如侍翠華東。遥峰兀突奇雲裏，毳帳高低落日中。大野臺高鷹晾羽，平堤草綠馬嘶風。年年珥筆慚扈從，矯首晴空一帶紅。

法駕鶩傳出苑門，金鱗十萬射朝暾。黄旗半捲蛟龍偃，鐵騎無聲虎豹蹲。鐃吹雞人投曉箭，饒鳴兔子走荒原。大官冰酪尋常賜，丞相營前拜上恩。

長楊百里渾難盡，别館迢遥隔遠坰。入望樓臺環細柳，平川燈火暗疏星。西清視草頭堪白，東閣憐才眼倍青。曠野自諳麋鹿性，朝朝飽飯過前汀。

昔年我亦來南苑，阿弟横經侍講筵。輦道夜深三尺雪，周廬寒壓一層氈。桑乾河畔冰如鏡〔二〕，螞蟻墳邊草似綿。披褐書生今老大，可憐渾未在人前。

校記

〔一〕《詩略》選錄此組詩，《山左詩鈔》卷三十一選錄第一首，詩題皆作《直南苑作》。

〔二〕桑乾,《詩略》作『蝦蟆』。

賦得『日落溪山散馬群』,限『嘶』字,同蛟門作

關河一片暮雲低,望去驪黄杳自迷。乍脱金羈還噴沫,遥憐芳草驟聞嘶。平岡蹀躞來千帳,野水空明走萬蹄。苜蓿正肥沙正軟,恍疑身在大宛西。

苦熱

步屧閒門髮屢科,薄絺欲著奈愁何。共看京國氛埃集,爭似南天瘴霧多。溽逼那能生健翮,夢回空想浴長河。草堂郭畔涼如許,悔殺微官换釣蓑。

小雨還成午後晴,長空依舊火雲生。園瓜虚負沈沈碧,冰盞欣聽磕磕聲。撲面流螢紛去住,迴風團扇費將迎。遥憐貴竹蠶叢裏,大有勞人擁傳行。

和家弟寄懷之作同用杜韻〔二〕

遥傳舴艋下荆州,慘澹離懷翻百憂。去國雲迷三楚澤,思親淚墮五溪頭。青山滿眼寧辭險,白雨

隨江不斷流。安輯略酹黔父老〔二〕，還家好共飯黄牛。

六月天南瘴癘深，木蘭舟畔浪花侵。雖經卑濕消魂地，敢負馳驅報主心。大纛帆檣連野市，小窗燈火得微吟。喜聞故國秋禾茂，緑滿平疇思不禁。

校記

〔一〕王士禛《感舊集》卷十二選録第一首。

〔二〕酹，《感舊集》作『酬』。

立秋後大雨

微涼催候轉，急雨逼高城。一片行雲色，半空流水聲。神光迴倏忽，龍氣走砰訇。七夕來朝是，羈人感倍生。

病中

病覺微涼好，蕭然力不勝。蓽門閒似隱，秋意澹如僧。入耳風前磬，觀心雨後鐙。匡牀眠欲熟，夢到故鄉曾？

病起

委巷無車馬，閒階上綠苔。病隨殘暑去，秋似故人來。月影窺窗白，蛩吟入夜哀。誰家饒樂事，簫鼓隔城隈。

賦得『誰家搗練風凄凄』

清秋欲半涼思集，雁聲哀怨蛩聲急。何處更來砧杵聲，躊躇四顧搴衣立。響入行雲凝不流，昨夜深閨夢隴頭。露華如水衣如雪，關山月冷思悠悠。無限商飆吹落葉，羅袂寒生纖手怯。還倚欄杆看女牛，銀漢茫茫那堪涉。

聽鄰女琵琶和蛟門〔一〕

西風吹雲雲不起，河漢無聲露光紫。誰家女兒銀甲寒，一絃一絃清於水。欲歌不歌殢人嬌，賀老傳來曲乍調。金猊香冷那成寐？一彈再鼓冰輪高。《霓裳》入破音相續，忽雷斜抱腰如束。閨裏何知人斷腸〔二〕，但扣檀槽作哀玉。楚客東牆思惘然，願爲卻月當胸前。廣陵歸夢遙千里，錦瑟無端似往年。

集評

［一］鄧漢儀曰：『是情深語。』

鄧漢儀曰：『拉雜動人。』

校記

［一］《詩略》、鄧漢儀《詩觀二集》卷六、《山左詩鈔》卷三十一皆選録此詩，《詩略》、《詩鈔》詩題皆作《隔院聞琵琶和蛟門》。

得家書感賦，以『難將寸草心，報得三春暉』爲韻

五月暫京華，離别良獨難。春風動幨帷，遊子淚闌干。慈顔日以遠，山川空鬱盤。嗟哉十丈塵，易此萊衣歡。

秋氣變蕭索，葉落桑乾涼。老僕策蹇驢，尺書遠攜將。爲言臨書時，忽忽淚承眶。珍果豈不甘，食之心悲傷。

予生真薄祜，俯仰多遺恨。未得免指視，何敢計利鈍？辭親逐斗升，捧檄慚幽遁。寒蟬集枯木，所獲豈能寸？

寒飆集東林，巷陌淨如埽。屈指數晨昏，授衣恐不早。側聞三農登，穀賤憂父老。何以勉終事，我

心良草草。
阿弟新持節，努力赴滇黔。矯首望南雲，淒然感予心。有子俱好遊，安取慈母吟。高堂垂白髮，日暮空愔愔。
憶昔丸熊時，所期在遠到。遠到亦何爲，不如遂夙好。有田可以耕，有子可以教。菽水雖云薄，聊申羊烏報。
先後遊泮宫，弟兄俱頗飭。家塾逼里巷，肩隨盡子職。骨肉無參商，思之那可得？微名與薄禄，使我憂反側。
丈夫墮地時，當思義在三。建豎既匪易，曷不抽朝簪？懷哉五畝宅，結搆如春蠶。劣足羅盤匜，無容羨烟嵐。
人子于父母，寢膳貴躬親。奈何以微軀，而憂北堂人。拊心有餘愧，動止還逡巡。魂馳濰汶間，承歡當及春。
初度逢長至，藹藹生陽暉。諸孫羅舉觴，當使心歔欷。南望五溪闊，北顧燕齊違。安得雙羽翰，家慶集庭幃。

爲蛟門題《修竹吾廬圖》

一天濃翠小亭陰，中有幽人抱膝吟。欲共此君商寂歷，清秋明月照同心。

誰寫蛟龍千尺影，蒼然獨對子雲亭。依稀舊隱堪尋處，夜雨疏簾酒半醒。

答沈康臣

舍人南國真才子，嘯詠皆成鸞鳳吟。松下自憐同潦倒，竹林倘許更招尋。昨於天壇送朱錫鬯分韻。風來紫陌還吹柳，日抱黄雲倦作霖。六事只今勞聖主，群公何以答朝簪。時方苦旱。

別放翁詩

晤對此翁久，臨岐殊黯然。詩如天半鶴，人是地行仙。氣盛遊梁日，緣深入蜀年。鏡湖三十載，風月足流連。

偶然行〔一〕

曹子入市垂空囊，琳琅觸目心彷徨。商彝周鼎吾何有，不如坐對雙松蒼。興闌步屧出門去，忽訝虬龍生左顧。垂雲倒薤勢莫當，拂拭塵埃認少傅〔二〕。猩紅小篆尚依稀，二十八字羅珠璣。蘭亭繭紙無心出，捧讀涕淚霑裳衣。白頭老人鬻此幅，云是相公真面目。憶得當時讀秘書，手擘蠻箋墨波蹴。

茫茫回首幾經秋，蕭寺逢人說故侯。飄零敗素猶槐市，離披宿草今西州。輝煌太史名山舊，宅相愧余非子幼。颯沓緇塵騎馬歸，卻喜光芒動懷袖。人事從來有變遷，盛衰反覆疑轉環。昔年聲價千金享，今日淒涼索百錢。嗚呼！公之遺墨值百錢！

校記

〔一〕《詩略》選錄此詩。

〔二〕「拂拭」句，《詩略》作「拂拭泥沙出烟霧」。

九日雜感〔一〕

登高耐可遠塵寰，濁酒東籬興未刪。幾日舊遊驚白骨，他年歸計剩青山。時同官黃繼武新逝。周廬樸被棲遲慣，手版侯門去住艱。自笑東華憔悴者，苦從忙裏失朱顏。

繞砌寒花帶露開，時茉莉猶見數花。緇塵袞袞易興衰。一家骨肉天南北，半載悲歡書去來。別後古人青鳥使，時李武曾札至。夢中親串紫萸杯。清秋擬掣雙鞲去，獨立蒼茫日幾回？

茫茫何處問心期，萬里傳將幾首詩。人過五溪生白髮，山通一線雜侏離。楓林月黑槃弧館，冷雨秋深木客祠。莫歎長沙卑濕地，瀟湘南望更天涯。

夾道雙呵避大官，鬚眉塵土向人難。騎將瘦馬兒童侮，未理羊裘雨雪寒。擔上菊花纔著蕊，山中槲葉欲全丹。客懷正與秋相似，蕭摵無端倦倚欄。

校記

〔一〕《詩略》選録此組詩，唯詩内小注皆不録。

賀蛟門新婚

苧蘿春色大江南，山自空濛水蔚藍。試問柴桑宅畔柳，長條拂地可毿毿？

香殘寶襪卸頭初，一握冰綃玉不如。雲滿巫山渾未醒，斜風吹上侍臣車。

才子乘秋賦好逑，閉門十日坐溫柔。不知冷雨黄昏後，憔悴何人倦倚樓。

賦得『隨風直到夜郎西』，即用爲起句〔一〕

隨風直到夜郎西，嗚咽溪聲聽轉迷。路近黄牛穿峽過，江飛烏鬼掠船低。荒人負弩喧銅鼓，鳥道淩秋駐水犀。不是伏波通下瀨，親承德意出金閨。

隨風直到夜郎西，無限寒蛩夾岸啼。地折千盤蒸白霧，山迴一徑入丹梯。崖傾漸束蠻江險，蟻附平看楚澤低。卻歎化工真老手，誰攜鬼斧破天倪。

隨風直到夜郎西，日暮群山靜鼓鼙。帝命懷柔同獄鄙，天開文字諭黔黎。摩崖墨瀋千尋落，問壑筇枝九疊迷。翻笑一官雞肋似，不將雙屐共攀躋。

隨風直到夜郎西，我馬虺隤慎大堤。行矣須探猿狖宅，歸歟難信鷓鴣啼。星分軫翼三苗盡，路入牂牂九姓迷。寄語南中親串道，兹遊奇絶莫含悽。

校記

〔一〕《詩略》選錄第一、二首。

送張簣山學士歸廬陵

士氣今全盛，昌言出禁林。陳書寧有托，歸去亦無心。客路丹楓落，還家白雪深。他年宣室召，應獻舊時箴。

啟事蓬萊下，追隨識道顏。横經纔紫幄，作計已青山。聖代方求諫，幽人自愛閒。片帆江上水，爭似季鷹還。

書《黔行集》後〔一〕

男兒生不行萬里，閉置車中新婦似。讀書不獲擁旌旄，東觀石渠空爾爾。阿弟建節不出意，驅車直渡牂牁水。林密篝深叫子規，月黑江横弔湘鬼。翠屏千仞蠻烟合，白雨一川老苗紫。對之一空京洛塵，長篇短句清如泚。賓客誰歌《行路難》，童奴皆嗜魚稻美。昨日天南驛騎來，篋裏新詩盈百紙。乍讀疑聽關山謠，《水經注》兼杜陵髓。去國懷鄉憂盡除，離思百結還成喜。汝兄避人燕市中，筆頑墨純翻多毀。君苗之硯良可焚，龍賓十二何彼此？願言寄我方竹杖，遊屐當從點蒼始。名山相見定開顏，破戒未須懺妄綺。更闌刻燭復連牀，我歌子唱無窮已。不然但索長安米，短髮蒙頭真老矣。

校記

〔一〕《詩略》、《山左詩鈔》卷三十一皆選録此詩，詩題皆作《書〈黔行集〉後寄舍弟》。

寄樸庵黔中〔一〕

試問蠶叢路幾何，行人七月到牂牁。書來溫語知無恙，詩入蠻鄉定不磨。地控三苗筇竹賤，山連五嶺木棉多。清秋好理登高屐，兀首西風鬢易皤。

十年風雪長安路，回首天涯各渺茫。偶立夕陽悲獨語，還因夜雨想連牀。遙天白霧迷丹壑，留客青山傍女牆。聞道丘遲時過從，異鄉兄弟足徜徉。謂施秉令丘育清也。〔二〕

校記

〔一〕《詩略》選録第二首，詩題作《寄樸庵》。

〔二〕《詩略》無小注。

讀李武曾《南行詩》偶題郤寄〔一〕

長水李君天下士，騎驢直上黄金臺。定交痛飲壇松下，三春爛熳桃花開。東風忽送黔中客，君亦遠遊同掛席。蘆溝南去河水黄，瀟湘西來九嶷碧。拂衣欲拜陳思塚，弔古還尋宋玉宅。辰龍形勢轉蒼蒼，蠻府參軍道路長。月明雞唱槃弧館〔二〕，草深瘴黑牂牁江。瘦馬行吟一萬里，珠璣錯落收奚囊。阿弟從來雙眼放，客裏同君推哲匠。飛雲巖上探龍窟，華嚴洞側支筇杖。無限波光歸筆底，一天翠靄來衣上。古今詞客誰夜郎？龍標太白皆投荒。山川盤鬱氣未吐，坤維坐惜終淒涼。君握毛錐同鬼斧〔三〕，鑿叢洞闢生文章。一編貽我神清曠，絕勝木棉與蒟醬。他年來賦《帝京篇》，西園賓客紛酧唱〔四〕。

校記

〔一〕《詩略》、《山左詩鈔》卷三十一皆選錄此詩。

〔二〕弧，《詩鈔》作「瓠」。

〔三〕握，底本作「幄」，今據《詩略》、《詩鈔》改。

〔四〕酧，《詩略》作「酬」。

柴窯椀歌〔一〕

峨嵋齋頭少俗物，秦銅漢瓦參差張。中有一椀最奇古，蒼然影帶玻璃光。扣之無聲色剝蝕，非金非石曷可測〔二〕。徘徊共作千年想，命曰柴窯理亦得。傳言四座且勿囂，諸君聽我説柴窯〔三〕：顯德當年垂制作，九秋風露涼蕭蕭。想像青天雨過色，千峰縹緲翠痕交。錢塘國主充常貢，舳艫北上輕帆送。二百年前什襲珍，汝哥官定皆不重〔四〕。於今片瓦等璠璵，何幸吾曹得摩弄。懸知此椀閲人多，幾人曾作《柴窯歌》？周宋元明如電走，歷落神光還不磨。古來誰見河濱器，致此亦足供婆娑。主人好客常清嘯，坐我高齋領衆妙。黄金叵羅鸚鵡卮，柴窯不屑稱同調。勸君美酒君莫辭，不飲乃爲椀所笑。

校記

〔一〕《詩略》、王士禛《感舊集》卷十二、《山左詩鈔》卷三十一皆選録此詩。

〔二〕曷可，《詩略》、《感舊集》、《詩鈔》皆作『誰能』。

〔三〕『傳言』二句，《感舊集》作『四座且勿囂，聽我説柴窯』。

〔四〕汝哥官定，《詩略》、《詩鈔》同，《感舊集》作『官定汝哥』。

同沈康臣、夏鄰湘、張夢敦、喬石林遊黑龍潭〔二〕

已過登高節，還同看菊遊。松風回殿角，雲氣護龍湫。灌木當幽徑，寒烏話晚秋。幾人閒藉草，疑在故山頭。〔一〕

此地堪長嘯，幽懷曲折生。林光浮近渚，雁影下高城。漸入漁樵路，時聞鐘磬聲。主人情不淺，草閣沸茶鐺。

山色凭欄盡，西窗入晚風。堤環秋水碧，草帶夕陽紅。歸路蒼烟外，人家亂葉中。興來隨步屧，不復悵途窮。

逼暮柴車靜，當門扣老松。幾年分雨雪，終日偃虬龍。莫厭頻相過，還期得再逢。刺梅花發日，坐汝翠陰濃。

集評

〔一〕鄧漢儀曰：『溫潤是右丞一派。』

校記

〔二〕《詩略》選錄此組詩。鄧漢儀《詩觀二集》卷六選錄第一首，《山左詩鈔》卷三十一選錄第二、三首。

臘梅今年止見七花悄然有感

虬枝微露數花新，月影昏黄認未真。孤潔不隨宫額色，蕭疏似對竹林人。檀心暈去仍含凍，金縷歌來亦損神。記得雪窗寒夜漏，連牀擊鉢那辭頻。

壬子元旦賜宴恭紀

佳氣連閶闔，瓊筵傍冕旒。貂褕分侍從，劍履坐公侯。雉尾開雙影，龍旗静九斿。大庖蒲作箑，湛露酒如流。鐘鼎雲雷篆，香烟殿閣浮。金盤傳橘柚，翠幕列朱緌。稽拜千官肅，簫韶一曲幽。旌干輝映日，羆虎氣凝秋。小隊迴風舞，長歌破陣謳。峨冠通象胥，槃木貢螭頭〔一〕。王會同遐邇，天漿遍滋陬。恩深賡既醉，珥筆愧前修。

校記

〔一〕螭，底文誤從『巾』。螭頭，古代宫殿庭柱、殿階上的螭龍頭像。代指朝廷。明楊守勤《守歲》：『明朝有嵩祝，喜得獻螭頭。』清彭啓豐《題徐澂齋前輩奉使琉球詩集》：『元辰萬國朝螭頭，貢使羅拜述舊由。』可證。

上元日同諸子遊旃檀寺

勝地瞻依近，人天願不違。幡風迴殿角，花雨上禪衣。明水供祠部，金盤出禁扉。逢僧精舍裏，徙倚欲忘歸。

瞻禮大光明殿〔一〕

神樓尊太乙〔二〕，法駕祀甘泉。王者豈無敬〔三〕，皇穹禮自專。莊嚴雄五畤，冠冕列諸天。輦路青旂肅，齋居絳節懸。塔隨殘照落，鐘出上方圓。烏鵲聲全寂，蛟龍勢欲騫。雲雷三界合，風雨百靈還。鼇祝年年事，長歌帝謂篇。

校記

〔一〕《詩略》選錄此詩。
〔二〕尊，《詩略》作「迎」。
〔三〕豈無敬，《詩略》作「尊無上」。

初度感懷

兒童竹馬尚依稀，四十年來百事非。白髮料隨愁共長，青山難與雁齊歸。看來雲影心同澹，夢到親闈色已飛。三度長安逢此日，爲憐去住一霑衣。

阿弟天南頻憶我，香橼大似楚江萍。樽前相映酒同色，夢裏遥知眼尚青。瘴癘山川存碩果，洞庭橘柚滿寒汀。何時握手東籬下，卻撰蠻中《草木經》。

登高遠眺〔一〕

上苑鬱迴薄，疊石象崇岡。結搆何歲年，常依日月光。拾級步危梯，灌木森以長。孤亭收眾妙，四顧誠蒼茫。遼遼未央闕，流水圍宫牆。景山峙其北，麋鹿走且藏。繚繞五侯第〔二〕，萬瓦如鱗張。群峰勢拱揖，積雪明天閶。渾河從西來，日暮聞湯湯。壯哉帝王都，虎踞復龍翔。我聞古長安，百二稱金湯。洛邑亦天府，規摹閲漢唐。終期遜茲土，俯仰羅八荒。聖人重設險，卜曆當無疆。

校記

〔一〕《詩略》選録此詩。

〔二〕『流水』四句，《詩略》無。

送高念東先生假歸

曳履金華侍從臣，袞衣歸去午橋新。息機佛火聞禪誦，採藥名山有故人。白社好依開士座，青雲偶現宰官身。他年黍米丹成後，鶴髮還來秉大鈞。

春日同蛟門、石林再遊黑龍潭，還過刺梅園，用蛟門韻〔一〕

好鳥試新晴，虚窗受午明。舊遊思隔歲，佳興自平生。遂有探幽客，相隨款段行。纔依芳草地，頓覺一身輕。

老樹仍遮屋，風聲萬壑鐘。殿門當晝閉，遊屐入春濃。曲徑穿幽閣，高譚恐蟄龍〔二〕。舊時狂飲處，擬倩薜蘿封。〔一〕

緩步風潭近，都人無此閒。吾徒策杖入，只似到空山。雙闕晴雲裏，千峰夕照間。東風如醉客，駘宕不知還。

遥憶淮南好，紅橋賦冶春。竭來同寂莫，終日飽風塵。此地聊舒嘯，何年更問津。竹西歌吹地，野性一時馴。

刺梅花未發，有約故人來。落葉紛如夢，松風對舉杯。城陰春似水，石蹬雨生苔。三徑遥相待，蓬門盡日開。

集評

〔一〕鄧漢儀曰：『蒼嚴之概，令人神竦。』

校記

〔一〕《詩略》、《山左詩鈔》卷三十一皆選錄第一、二、三、五首。鄧漢儀《詩觀二集》卷六、孫鋐《清詩選》卷十三皆選錄第二首，吳長元《宸垣識略》卷十、光緒《順天府志》卷十四《京師志十四·坊巷下》皆錄第五首。《詩觀二集》詩題作《春日再遊黑龍潭，還過刺梅園，用蛟門韻》，《清詩選》詩題作《春日再遊黑龍潭，過刺梅園，用蛟門韻》。

〔二〕譚，《詩略》、《詩鈔》作『談』。恐，《清詩選》作『起』。

爲石林題畫〔一〕

何人富奇情，寫此荒寒境。紅蓼白蘋中，抱琴對清影。

春山如黛草中烟，疑是江南二月天。莫向招提看野色，孤亭風雨正淒然。

蕭瑟溟濛蜃氣驕，孤峰獨壓海門潮。何當一踏金鼇背，看盡青天萬里遥〔二〕。

校記

〔一〕《詩略》選錄第一、第三首。

〔二〕看盡，《詩略》作『呼吸』。

送頌嘉、六階之湯泉〔一〕

六飛縹緲向回中，親簡鄒枚待詔同。一道嚴城雄朔漠，千山積雪散春風。黄花戍外驚沙白，飲馬泉邊夕照紅。退食從容仍獻賦，好將綵筆誦《車攻》。

從來文望屬曹劉，鄴下西園簡最優。獵騎曉隨天仗過，懸崖驚壓大河流。春衫亂點桃花色〔二〕，客夢遥憐芳草洲。自是長楊耽執戟，不將投筆羨封侯。

校記

〔一〕《詩略》選錄此詩。

〔二〕春衫，《詩略》作「春山」。

和子延盆梅一本雙株，紅白二色

誰奪天工巧，芳菲迥自奇。花寒簾幕重，枝老雪霜垂。漢殿雙飛日，江東並嫁時。紅紅兼白白，濃澹恰相宜。

亭亭雙幹出，清泠得同根。並入羅浮夢，誰招處士魂。園林遲歲暮，桃李讓春繁。解識東君意，孤芳杳自存。

和翼辰小屋如漁舟〔一〕

小屋如漁舟，蓬窗掛酒篘。朝來微雨過，疑泛藕花洲。
小屋如漁舟，池塘清見影。游魚没鏡中，錯認波千頃。
小屋如漁舟，疾風吹不起。中有澹宕人，自號天隨子。
小屋如漁舟，年年灘上住。只愁風雨聲，吹向瀟湘去。
小屋如漁舟，霜寒蘆荻折〔二〕。孤雲明滅中，仿佛江天雪。
小屋如漁舟，白蘋間紅蓼。漁翁醉即眠，那復計昏曉。
小屋如漁舟，晴窗飛柳絮。斜陽理釣竿，不向嚴陵去。
小屋如漁舟，樵風吹五兩。聲從屋角來，獵獵菰蒲響。
小屋如漁舟，寒潮生且落。魚莊蟹舍間，與爾同漂泊。
小屋如漁舟，船頭繫笭箵。安然具生綃，寫此滄浪境。

校記

〔一〕馬長淑《渠風集略》卷二、《詩略》皆選錄第三、四、五、八首。《山左詩鈔》卷三十一選錄第五首。翼辰，底本作『翌辰』，今據曹貞吉集中其他詩及《渠風集略》、《詩略》及《詩鈔》改。

〔二〕蘆荻，《詩略》、《詩鈔》作『荻蘆』。

初夏雜感〔一〕

偶乘果下去匆匆，行遍園林綠潤中。槐密略能篩細日，松低全似醉薰風。池塘春草知何處，鳥語花香不暫同。月底歸來人未散，閒聞絲管出芳叢。

小兒長大如黄犢，纔向燈前識乃翁。學語漸能同薊北，思歸常自說山東。金門我似生車耳，汶上誰期共釣筒？南陌一犁春雨足，追隨柱杖慶年豐。

今年四月那聞雷，慘慘陰濃晝不開。天上炎涼偏異態，人間哀樂莫深猜。堅冰盡逐桃花落，大雪翻同柳絮來。卻喜羊裘渾未典，一杯潦倒坐莓苔。

校記

〔一〕馬長淑《渠風集略》卷二選録第一、二首。

珂雪三集

夏日偶成〔一〕

隔墻終日聽槐風，未許愁顔借酒紅。惜别經年還異域，思歸遠道愧兒童。只宜荒影蘧蘧睡，不耐冰銜數數通。卻憶故園朱柰熟，滿林香氣草堂中。

鼻觀香濃倩遠風，朱櫻猶自弄輕紅。心依漠漠閒□□，□□□□□□□。□□□□□□□，□□□□□□□。□□□□□□□，愁在絲絲細雨中。〔二〕

大隱且沽燕市酒，浮名不問□□□。〔三〕殘句

書籤藥裹吾生事，莫歎鷦鷯策未工。〔四〕殘句

校記

〔一〕此詩題下録詩一首、殘句三闋。當是《夏日偶成》數篇合綴在一起而復散佚者，或爲不成篇之散章片句。

〔二〕底本『鼻觀』至『漠漠閒』爲一行，『愁在絲絲細雨中』與『大隱且沽燕市酒浮名不問』鈔作一行，中間無空格，然考其韻腳，此當與第一首爲同韻腳組詩，故今試綴『愁在絲絲細雨中』於上，爲一首殘詩，『大隱且沽燕市酒，浮名不問』作殘句處理。

〔三〕『問』後諸字缺。

〔四〕底本『書籤藥裹吾生事，莫歎鷦鷯策未工』爲一行。

閱《黔風》有述

六籍在古今，爛如日星垂。聖人大一統，文字變侏離。蠢兹有苗人，梗化中天時。師徒鮮膚功，重煩干羽治。狡狡夜郎侯，鬬國自羅施。山川重以複，草木紛以披。猺獞相仇殺，風俗等鴞鴟。兵戈三十載，鬼火青離離。向疑五谿南，類不通文詞。今年夏四月，驛騎來星馳。貽我一編書，云是黔士爲。開緘復躊躇，擬將大笑之。詎意尺幅間，雲起而風隨。危坐乃更讀，終卷無傾欹。卓哉古哲人，微言百世師。青青黃茅中，誦說仍不遺。更有作賦才，揚馬窺藩籬。賡彼泰山雲，鏘然金石詞。乃識邦無陋，能可張四維。以我鄒魯弦，化此青白黎。吾友卧山子，昨日辭丹墀。逝將施鐵網，羅取珊瑚枝。阿弟相提攜，異域采風詩。安知大廷對，而無賈董姿。斯集實嚆矢，諸君幸念兹。

得家弟見懷詩卻寄同用蘇韻〔一〕

東風吹旌旆，遊子蕭蕭去。至今青門外，怕逢折柳處。鷓鴣啼不歇，瘴雨千山中。深杯把盞時，怊悵將無同。秋氣動高林，晨星照虛牖。巡簷搔膝間，閒卻垂竿手。夢裏過黃陵，驚起復然疑。君能識我魂，杳渺非心期。鬖鬖颯然變，太息維摩老。前路苦鬱盤，息機貴在早。掉頭汶水湄，菟裘倘已成。

旦夕疏籬下，攜柑聽鶯聲。

校記

〔一〕《詩略》選錄此詩。

雨後

一雨澄煩暑，清風吹我襟。炎涼爭旦莫，氣候變晴陰。綠淨園林色，秋悲客子心。豆棚新浴後，茗碗且須斟。

曉起

曉起星何在，涼思馬上生。一鈎看月色，萬樹得秋聲。高闕晴霞散，長橋金水平。幾人同落寞，空傍赤霄行。

七夕前一日同蛟門、渭清、杞園集雪客寓齋，用渭清韻

幾人依曲徑，幽興各披襟。雪酒初開甕，銀桃乍出林。涼宵星漢迴，匹練水雲深。犢鼻明當曬，居

然愁夕霖。

七夕和蛟門步韻〔一〕

笛簟涼生入夜多，風微團扇逗輕羅。朝聞烏鵲隨青輦，晚識黃姑隔絳河。一枕漫憑桑落酒，三年空負雪兒歌。摩訶池畔君休憶，私語新從小院過。

風吹茉莉暗香多，熠熠螢飛上越羅。遠樹微茫低片月，長流屈注走明河。病來久廢蹣跚舞〔二〕，卧去猶聽宛轉歌。兒女避人還乞巧，不知身在客中過。

校記

〔一〕《詩略》選錄第二首。

〔二〕蹣跚，《詩略》作『婆娑』。

弔柳麻子

昨日驚聞敬亭死，人間無復米嘉榮。淮南小吏尋常事，何處鬚眉更寫生？

遙知此去作頑仙，抵掌談諧玉帝前。若問人間堪笑事，激昂短髮又成編。

和渭清雨中見寄之作

一雨連朝暮，冥冥失遠山。蛩聲依壁近，樹影帶秋還。曉角千門裏，重雲五柞間。短衣策馬入，空憶釣蓑閒。

秋夕

日暮高城喧鼓角，鄉心納納轉車輪。當風老樹紛如霧，絶岫孤雲淡似人。雨氣乍隨秋入夜，蛩聲每與雁爲鄰。可能更渡蘆溝去，羸馬青衫笑此身。

問渭清疾〔一〕

側聞遊子病，可是怯西風。獨卧秋陰裏，長貧逆旅中。角聲吹亂葉，鄉思入鳴蟲。莫夢牛涔好，岩花正待紅。

校記

〔一〕《詩略》選錄此詩。

閏七夕，再和蛟門

杳藹星雲碧欲流，又看河漢引槎頭。何人更問支機石，有約還登乞巧樓。再駕翠軿仍帶露，重來烏鵲倍含愁。獨憐織盡天襄錦，屈指茫茫定幾秋？

吴遠度畫山水歌〔一〕

君家道玄擅奇筆，好畫天宫及鬼神。裴旻拔劍舞一曲〔二〕，圓光落壁如車輪。嘉陵山水胸中出，淋漓潑墨成逡巡。君去開元定幾世，屹屹風格追前人。廿載知名人未老，青衫席帽踏緇塵。燈前示我一幅絹，倪迂黄癡驚再見。老樹千章不辨名，江流幾曲疑澄練。斷橋破屋人烟絶，但見漁舟横水面。蒹葭蒼蒼敗葉黄，斜風細雨山光亂。恍然置我丘壑間，骨戛青玉鬚眉换。此道江河俱失傳〔三〕，飄零敗楮如雲烟。君從何處得粉本，千巖萬壑生毫顛。掩卷歸來不寂寞，耳邊三日聞潺潺。吴生吴生爾更爲，我磨隃麋拂生綃。畫作石頭城下水，驚濤滿眼浮金焦。青鞋布襪吾與汝，燕磯牛首相招邀。他日披圖成熟客，三生一笑大江潮。

校記

〔一〕《詩略》選録此詩。

〔二〕裴旻，底本作「斐旻」，今依《詩略》改。裴旻，唐玄宗時將領，善劍。《新唐書·文藝傳中·李白》：「文宗時，詔以白歌詩、裴旻劍舞、張旭草書爲「三絶」。」

〔三〕俱，《詩略》作「懼」。

中秋感懷

由來佳節倍思親，況復天涯憶遠人。弱子無知還待月，病夫當酒易傷神。窮交失意明朝別，孤燭離筵此夕真。簫鼓誰家仍得醉，不堪夢裏到灘濱。

兩子諸孫皆遠道，獨留白髮倚柴扉。風塵北地憐浮梗，瘴癘南天憶釣磯。何物世間愁得似，偶來塞上雁初飛。清光猶是當年好，底事婆娑與願違。

偶成

竟夕喧雷電，秋燈夜闃然。雁聲低近屋，雨氣遠浮天。病眼慵親帙，忘機愛熟眠。何人稱大隱，珍重得幽偏。

采菊葉煮蟹戲作〔一〕

長安美風味，九月蟹郭索。老饕秋巷中，雙螯常大嚼。内子識我意，質衣佐杯杓。日費數十錢，飽滿恣欲壑。持付三足鐺，纍纍悉解縛。籬菊葉向乾，潔若霜林籜。小婢屢採擷，耳畔濤聲作。耽此玳瑁膏，腴不數黄雀。顧余憂患人，頻年戒殘虐。兹嗜獨未除，每食輒中怍。蠢蠢皆物命，奚忍供煎焞？畏死理亦然，但苦筋力弱。黽勉護殘汁，告語無所託。從來惡豺虎，見人必爭攫。而我具幻質，漁獵良足噱。問當饜飫時，何殊飽藜藿。喟然視天地，生氣懼澌薄。

校記

〔一〕《詩略》選録此詩。

有鴿入禁門罘罳中不能去〔一〕

小鳥乘秋來，顧瞻宫殿美。雙闕供翱翔，下飲金溝水。微生誠足樂，惜哉不知止。冥冥入網羅，徘徊心欲死。當其初入時，華燦良自喜〔二〕。既而歸路迷，羽毛安可恃？以兹廣廈間，容女如螻蟻〔三〕。所憂稻粱絶，吸露寒蟬似。旁觀但瞠視，誰人能決毁？何如榆枋中，天空飛復起。

校記

〔一〕《詩略》、《山左詩鈔》卷三十一皆選録此詩。
〔二〕華燦，《詩略》、《詩鈔》作『光怪』。
〔三〕《詩略》、《詩鈔》皆作『汝』。

壬子秋盡，夢渡大水，驚濤拍天，似聞人語曰洞庭湖也。夢得句曰『一夜相思過洞庭』，醒來足成之

一夜相思過洞庭，岳陽城下水泠泠。樵風欲起千帆黑，霜葉初飛兩岸青。夢裏或能生片羽，塵中何處覓長汀？明宵仍借邯鄲枕，直到牂牱不願醒。

作詩後連夜夢至貴州矣

風烟萬里舊羅施，魂去魂來自不知。但覺一堂增楚語，誰云兩地隔江湄。意中親串低眉久，掌上兒童覓果癡。只恐五溪歸路杳，楓林月黑悵何之。

見新曆有感〔一〕

我生墮地三逢丑，癸丑明年曆又頒。作客幾回新歲月，懷人一夜夢江山。老將白髮垂垂至，詩似黄楊漸漸删。咫尺廣寧門外路，擬乘款段問柴關。

校記

〔一〕《詩略》選録此詩。

蛟門夢得十二硯，戲爲短歌〔一〕

汪生三載承明廬，濡染大筆校群書〔二〕。煌煌典册待揮掃〔三〕，兩手一硯爭三餘。何乃夢入清都恣漁獵，端溪落落同璠璵。潑墨淋漓盈懷袖〔四〕，發狂大叫驚妻孥。我聞自古至人乃無夢〔五〕，爲因爲想皆紛拏。日之所思夜所夢，未聞鼠穴可乘輿。君寧素有胠篋癖，夢中苟得胡爲與？若曰爾文通帝座，陶泓處士真爾徒。錫之十二良不忝，龍賓麟角相匡扶。不然但置琴几作清供，纍纍頑石安用渠？

校記

〔一〕《詩略》、《山左詩鈔》卷三十一皆選録此詩。

〔二〕校，《詩略》、《詩鈔》作『讎』。

〔三〕『煌煌』句，《詩略》、《詩鈔》作『金泥玉冊紛著作』。

〔四〕盈懷袖，《詩略》、《詩鈔》作『滿襟袖』。

〔五〕自古，《詩略》、《詩鈔》無。

快雪行和蛟門〔一〕

壬子之歲冬過半，纔見長空飛雪霰。薄暮瓊瑤三寸多，老夫僵卧黃鑪畔〔二〕。黃昏忽聽打門聲，乃得汪生詩一卷。持向西窗就暝色，細讀何能已三歎〔三〕？余性懶慢最喜雪，對之輒覺鬚眉換。憶在家園值飛絮，高樓置酒窮歡燕。今來長安僦舍中，破屋兩間風撩亂。敗裘多年冷於鐵，捉筆無何憎手顫〔四〕。老瓦盆中火不紅，一家骨肉惟相看。大兒十歲頗癡肥〔五〕，摶雪猶能作壽面〔六〕。小兒眉宇飽塵垢，背我時時來攫炭。當此令人意色惡，安能搖膝恣吟翰？君家逸氣不可當，落紙千言光燦爛。有人擁膝嬌如花，大几明窗調筆硯。手擘蠻箋打篆文，焚沈烹岕羅清玩〔七〕。傭書之債苦來酬〔八〕，云何對雪思鄉縣。余亦大笑拂衣起，積雪門前沒至骭。呼酒持螯還一醉，平明騎馬入東觀。

校記

〔一〕《詩略》選録此詩。

〔二〕黃鑪，《詩略》作『寒鑪』。

〔三〕『細讀』句,《詩略》作『讀罷何能不三歎』。
〔四〕憎,底本作『增』,今據《詩略》改。
〔五〕癡肥,《詩略》作『癡玩』。
〔六〕壽面,今據《詩略》作『獸面』。
〔七〕㚘,底本誤作『芥』,今據《詩略》改。
〔八〕來,《詩略》作『未』。

冬日偶成

寒風掠歲怱怱去,辛苦書窗薄暮燈。壺缺尚同伏櫪馬,官閒只似住山僧。雲遮故國千重影,雪擁長安一片冰。翹首玉泉真咫尺,何人赤腳最高層。
布被繩牀夜氣清,燈昏酒淡閱浮生。敢逢上客稱文字,喜得窮交憶姓名。萬里音書遲鳥道,一天風雪亂雞聲。懸知野老空山裏,榾柮鑪邊睡到明。

歲莫寄澹餘,以『亂山殘雪夜,孤燭異鄉人』爲韻〔一〕

己酉庚戌間,余初來里閈。官閒常閉門,兄弟同几案。敲鉢剪燈花,玉版光凌亂。良會信難值,蹤跡浮雲散。疾風吹短髮，何能已三歎？

春草綠於染，遊子去間關。蕭蕭班馬鳴，悠悠旌旆閒。握手古亭下，落日明西山。相揖數語別，行路慘心顏。驅車委巷中，離思詎可刪？

清秋得佳夢，夢裏生羽翰。淼淼洞庭波，木落瀟湘殘。酒醒月滿窗，喟然傷肺肝。天明接遠書，勸我勤加餐。人生百年中，別離良獨難。

李生湖海士，萬里同車轍。兩載蠻烟中，花草供采擷。貽我《秋錦詩》，一卷如冰雪。阿叔學宋人，詞章見摹切。矯首望天末，孤雲何明滅〔二〕。

明年余四十，癯然隣衰謝。癡兒初學步，弱女遂已嫁。筆硯久塵荒，寒冬僵旅舍。迂疏寡逢迎，安能免彈射？回首鬱蒼茫，驚飆響深夜。

爲吏長子孫，斯言良非誣。汝既弄雙珠，余亦添一雛。待乘下澤去，拄杖各能扶。人來聞汝瘦，或未白髭鬚。懷哉各努力，晚節當不孤。

聞道牂牁俗，編竹以爲屋。冬深樹不凋，雪厚草猶綠。寄我十二柑，香霧手未觸。纔上武陵舟〔三〕，已化爲冰玉。啞然成一笑，兀首窺殘燭。

驢背來長安，除夕已逢四。但聞爆竹喧，不覺鄉俗異。所驚歲月遒，龍鐘倏爾至〔四〕。頗思馬少游，沈冥寡人事。貴賤信遭逢，何用識丁字。

二十所生兒，頎然如我長。昨宵來入夢〔五〕，憔猝無輝光。我尚甘卑棲，爾安能發揚？旦夕歸敝廬，共爾習文章〔六〕。勿嗟不得意，得意卽他鄉。

今日臘已盡，明日又逢春。繞庭惟雪霜，不見歲華新。比學故鄉法，醖釀得其醇。所惜非郫筒，不可寄遠人。聊復弄筆墨，茲意輒具陳。

校記

〔一〕《詩略》選錄此詩。歲莫，《詩略》作『歲暮』。

〔二〕何，《詩略》作『淡』。

〔三〕舟，《詩略》作『船』。

〔四〕倏爾，《詩略》作『倏而』。

〔五〕來入夢，《詩略》作『入夢來』。

〔六〕『共爾』句，《詩略》作『教爾攻文章』。

壬子除夕〔一〕

長安過眼三除夕，壬子堂堂歲又除。漫酌屠蘇千日酒，雙懸鬱壘舊年書。燒殘榾柮仍餘火，夢入華胥穩跨驢。珥筆小臣今白髮，不堪舞拜向勾臚〔二〕。

回頭三十仍餘九，幾許悲歡繫夢思。擊筑聲高屠狗在，啜醨客倦楚漁知〔三〕。貧來冰雪欺蓬戶，老去文章愧藺絲。最是鳳城香霧滿，踟躇贏馬欲何之？

爆竹聲中物色新，孤燈明滅劇懷人。全家半入烏蠻署，兩載重看銅鼓春。北使人誰傳橘柚，東風思不到鱸蓴。梅花一樹垂垂發，卻憶連床索句頻。

校記

〔一〕《詩略》選録此詩，詩題作《壬子除夕三首》。

〔二〕舞拜，《詩略》作『拜舞』。

〔三〕餟醨，《詩略》作『啜醨』。

癸丑元旦〔一〕

一萬四千三十日，昨宵爆竹已全收。飛騰我自無長策，鄉里人誰似少游。獻歲椒花仍得醉，中年絲竹倍關愁〔二〕。獨憐冰雪閒曹署，手版沿門卒未休。

古人四十稱强仕，三載微官余過之。聞道雖慚千里謬，知非尚較十年遲。每思蓬島來青鳥，何處塵中見肉芝〔三〕。莫向東風怨離索，潘郎鬢影盡成絲。

鈿東流水閱年年，令下天街倍肅然。花底秦宫諳布素，曲中賀老罷貂蟬。定知風俗同前古，無那篇章愧昔賢。但願春晴過人日，不愁辦納大農錢。

校記

〔一〕《詩略》選録第一、二首，詩題作《癸丑元旦二首》。

〔二〕絲竹，《詩略》作『絲肉』。

〔三〕見，《詩略》作「得」。

元夕三如過飲卽事

連宵夢入翠華頻，横墮天風九陌塵。有約且看燕市月，無聊喜對故鄉人。君餘短髮還看白，余託長謠舊耐貧。濁酒一瓢春甕在，燈前懶漫共閒身。

春日署中

曉衙人吏散，蕭索閉門中。鴿曝樓頭日，鴉翻殿角風。龍媒嘶弱草，花帽控長弓。杳靄西山裏，春雲出未窮。

送李召林之任粤東

如公可是倦承明，補闕中臺舊有聲。啟事屢煩丹陛顧，栽花忽傍海雲横。珠官應罷鮫人使，瘴雨還乘驄馬行。十載貧交傷遠别，夢魂先到五羊城。

地北天南有所思，難憑苦語慰將離。衙時人或殊蠻蜑，上日君應醉荔枝。問俗還過錦繖第，摳衣不拜尉佗祠。他年宣室徵才子，燕市重來覆一卮。

扶笻直上鬱孤臺，萬里風烟漠漠開。幾樹木棉花爛熳，一帆章貢水瀠洄。盛朝誰鼓齊門瑟，失路君憐爨後才。矯首南雲雙雁影，清秋耐肯寄書來。

爲石林題畫六絶句〔一〕

窗前烏臼明於染，溪上孤雲靜似人。羨殺林中閒老子，一生不踏世間塵。

青山東岸浪噴雷，雨後澄江霽色開。草閣有人閒似我，夕陽遥數片帆來〔二〕。

萬木陰垂山色濃，魚莊蟹舍水淙淙。依稀聞得幽人語，緑到芭蕉第几重？

松風謖謖響高原，迢遞長橋對石門。秋老空山人不見，惟聞落葉下荒村。

蕭摵秋山常帶雨，披離老樹不禁風。驚看瀑布千尋落，忽憶吾家沂嶺東。

萬壑淒然秋色驕〔三〕，孤峰玉立插青霄。欹斜烏帽來何晚，知爲梅花過板橋。

校記

〔一〕《詩略》選録第二、五、六首，《山左詩鈔》卷三十一選録第二、六首，詩題皆無「六」字。

〔二〕片，《詩略》、《詩鈔》作「斷」。

〔三〕秋色驕，《詩鈔》作「暝色遥」。

送程職方周量出守桂林〔一〕

虎符初上侍臣衣，嶺際俄看駟馬騑。日下琴樽才子去，家門牛酒使君歸。立成五詠顔光祿，重補虞衡范紫微。別後還須占斗柄，三台掩映舊綸扉。

親承帝命握中權，夾路材官擁旆旃。詎意仙郎翻出守，由來司馬慣行邊。桄榔樹暗蠻鄉雨，荔子香隨下瀨船。聞道雪花還過嶺，熙春臺畔看瑤天。

校記

〔一〕《詩略》選錄此二詩，詩題無『周量』二字。

薄暮

薄暮人聲綺陌長，黄雲如霧覆天閶。一鈎月掛遠林静，幾點星飛螢火光。兒病更勞翻藥裹，家貧渾未減書囊。怪來底事縈心曲，南北關河路杳茫。

送李鄴園制軍之武林

藤花纔見落繽紛，迢遞雙旌指越雲。煮海舊成《鹽鐵論》，籌邊新總鸛鵝軍。捲簾南北群峰入，隱几江湖二水分。上日遙知秋色好，轅門鼓角對斜曛。

貂蟬再到浙江西，花鳥迎人路不迷。鈴閣風清程嶽牧，海門波息偃鯨鯢。中銓例秉中丞節，上宰重分上將鼙。此去應勞宣室待，沙堤無恙草萋萋。

入夜

入夜濃陰合，微茫失遠星。雷聲驚帛裂，雨氣帶龍腥。地撼疑回軸，天低勢建瓴。郊原行改色，萬畝自青青。

偶興

長夏饒幽事，柴門靜不譁。晨餐分蟻陣，午睡起蜂衙。避客還晞髮，爲農憶鬭瓜。勞勞燕市裏，冰盞向人誇。

石車行和蛟門

宣武門前少人過，石車磷磷來嵯峨。重如舳艫壓積水，巍然勢與天閶摩。旂角斜飛鑼鳴急，長繩兩道驅百羸。邪許聲中亂鞭起，前者僵仆後者蹉。一夫屹屹轅端立，口吟臂指兼譙訶。鴻濛削鑿山鬼哭，金鋪玉砌羅笙歌。嗚呼！此車所獲亦已多，石兮石兮將奈何！

快雨行〔一〕

六月陽烏暍欲死，老魃乘風掉其尾。潭底老龍蟄不起〔二〕，吾徒俱在洪鑪裏。冰盞磕磕生佳思，舉匕汗流如激矢。青蠅嬲人揮不去，薄暮蚊雷聒兩耳。今夜三更夢初覺，長空忽失明河水。私計炎威難頓除，赤日匿光差可喜。詎意濃陰匝地來，霹靂一聲喧稚子。黑雲潑墨壓城頭，竟日翻盆不可止。庭浮杯盎欲爲舟，階前長堤緣衆蟻〔三〕。一灑人間煩疴蠲，無事靈符驅疫鬼。朝暮炎涼倏已分，此公老手有年矣。座中有客三太息，昨午日暈曾移晷。況復少女來微風，又見涉波亂群豕。我聞厥語大笑之，腐儒占驗乃如此。田家五行昔有徵，郎顗李尋應爾爾。只愁天街泥盈咫，瘦馬蹩躠勞鞭箠。且自北窗耽睡美，醒來題詩又滿紙。

校記

〔一〕《詩略》選錄此詩。

〔二〕老,《詩略》作『懶』。

〔三〕前,《詩略》作『作』。

題王筠侶花鳥便面

小鳥枝頭意態閒,坐來紅葉滿秋山。趙昌妙筆何從識,只在傳神寫照間。

老子當年慣寫生,霏霏落筆羽毛輕。依稀曉日釣簾外,弄到間關第几聲?

雨過

鐵馬兵車想像間,濃雲拖雨下西山。好風吹汝東南去,萬畝青時自可還。

疑是錢塘破陣歸,火鱗朱鬣繞天飛。須臾雨過渾無事,企腳高吟送落暉。

苦雨行〔一〕

十日而一雨，越國見父兄。五日而一雨，千里逢友生。一日而一雨，畏之若寇兵。天澤豈有殊，所愛易所憎。憶昨苦炎熱，褦襶黄塵行。矯首望西山，雲氣恐不興。側聞霹靂鬭，如聽鏞與笙。玉女莽投壺，石燕飛零陵。一瀉連朝暮，快哉絺綌清。詎識濃陰合，不睹朝霞晴。流水覆長渠，溝氣思上騰。蹭蹬跬步間，疑同棧道登。奴劣馬亦尪，失足禍所攖。長安競馳逐，車騎聲砰訇。倀倀擬何之，而與此輩爭。頗思王寧朔，摠壁羡公卿。車前無八騶，勿乃慚生平。忻然成獨笑〔二〕，彳亍歸柴荊。

校記

〔一〕《詩略》選録此詩。

〔二〕忻然，《詩略》作「听然」。

立秋日修來席上觀劇

淡雲疏雨過高城，秋作長安一片清。斗酒欲謀良夜醉，狂歌不減故人情。飄揚貴主還宮曲，慷慨荊卿變徵聲。無那畫堂簫鼓歇，霏霏玉露滿金莖。

聞蟬

秋氣漸蕭瑟，夕陽聞暮蟬。一天雲影淡，萬戶杵聲圓。乍咽音仍續，將飛勢欲翩。草蟲閒似汝，唧唧絮窗前。

爲客

爲客金常盡，蕭然秋巷中。兒飢還索餠，身病强支笻。閱世心能淡，謀生策未工。故人揮袂去，落落歎冥鴻。

送石林南還，以『登山臨水送將歸』爲韻

余生寡朋儔，浮沈性所憎。只有素心人，相逢意氣傾。喬子起淮南，矯矯淩秋鷹。捧檄來長安，聯步天衢登。三載蓬山直，譬諸驥與蠅。一朝揮手去，使我心怦怦。

與君稱世講，寔維酉戌間。同時諸耆舊，零落秋風殘。君家堂上人，九秩猶童顏。此日洵可愛，歸去舞斑斕。門繞甓湖水，遠眺金焦山。天末涼颸來，離思詎能删？

秋風颯然至，有聲在空林。蘆葉鳴嗚嗚，城角吹殘霖。此時送歸客，蕭條感予心。渾河勢浩蕩，餘潦尚浸淫。策策短轅車，行傍西山陰。回頭望帝闕，五雲天色臨。涼風翻荳葉，夕陽集暮禽。去矣五湖棹，逸興杳難尋。

君年甫三十，才華清於水。汪季稱同調，共拂明光紙。讌集究風雅，擊鉢剪燈蕊。余老才復卑，鞭策憂骯髒。大言頗無擇，河漢驚餘子。薄宦類鷄棲，遊處甘龍尾。歸豈戀蓴鱸，茲行亦偶爾。爲開柘溪圖，雅意正如此。

余常溯淮浦，柔櫓輕帆送。屹屹八寶城，湖光時蕩動。君廬在何處？漁歌發清夢。朅來四五年，聞道驚波閧。秔稻分陽侯，饔飧仰餘俸。養志在承顏，寧須五鼎用？

頻年感離索，萬里思茫茫。仰見雙飛鴻，顧影輒自傷。提攜良友間，別意能暫忘。云胡復決去，驛路青山長。泥塗策蹇驢，未出愁悵悵。黃河多鯉魚，好音時寄將。

候蟲鳴壁間，秋日淡無暉。曉起理琴書，遊子行當歸。迢迢二千里，家慶能及期。婆娑對鶴髮，瞻拜情依依。君家所驕兒，頎然冰雪姿。問父歸何遲，繞膝牽裳衣。天倫良足樂，何爲五斗羈？我母亦垂白，倚閭常歔欷。比歲復不登，百憂集庭闈。旦夕返敝廬，不敢羨輕肥。扁舟如可求，還當訪釣磯。

天未明行和蛟門〔一〕

天街牛鐸忽亂鳴，簷端低垂三五星。白露漫空河射角，西風暗入千林驚。勞人土莝眠乍熟〔二〕，老婢聲急穿窗櫺。衣裳顛倒不自得，瞢騰負爾茶香清。出門上馬理殘夢，禁鐘歷歷聞砰訇。吾徒日奉一囊粟，經年蹩躠非人情。嗚呼！天未明，腐儒起，大官已在銅龍裏。君不見，公卿白髮歸林丘，睡到天明惱欲死。

校記

〔一〕《詩略》選録此詩。

〔二〕䟺，底本作『銼』，今依《詩略》改。

雁聲〔一〕

歸心一夜過黄陵，月冷關河思杳冥。咿軋乍隨寒漏急，淒清只作故人聽。雲迷幾處塵沙白，影帶千門燈火青。莫向西風怨離索，蘆花蘆葉總飄零。

校記

〔一〕《詩略》、《山左詩鈔》卷三十一皆選録此詩。

聞澐姪自黔歸里

三年留滯吾何歡，遠道難爲萬里行。自識離愁千緒結，誰憐襆被一肩輕。重經漢水知魚美，纔過衡陽有雁聲。知汝還家同大阮，北堂遥待酹深觥。

遥送武曾代柬

歸思臨風未易裁，知君端爲倚閭來。山川從此成孤詠，寂寞誰同更舉杯。旁午軍書餘汗漫，經秋使節重徘徊。何當便掛蒲帆去，不及春流一棹回。

長歌送蛟門歸江都〔一〕

人生百年無離别，頭亦可不白，顔亦可不凋。相聚三萬六千日，終日痛飲讀《離騷》。胡爲乎有剌船竟去之成連，窅冥海岸聞驚濤〔二〕。又胡爲乎有《驪駒》之唱，《折柳》之謠，《陽關》之稠疊，祖帳之蕭條？令人不得久行樂，終古傷心萬里橋！我於中歲得汪子，飛揚跋扈真吾曹。石林翩翩美才調，峨嵋颯沓挺風標。三年擊筑長安市，頻遭白眼叢譏嘲。金門轗軻不得志，予唱汝和解鬱陶〔三〕。今年秋風莽蕭摵〔四〕，紛然落葉東西飄。廣寧門外送子靜〔五〕，維時八月風初高。草草杯酒不成别，三旬夢魂爲之勞〔六〕。驚聞子又拂衣去，短轅躑躅城西郊。老僕三五驅蹇衛，來時書卷纏牛腰。丈夫困悴理應耳，但惜所號爲宫僚〔七〕。君歸且侍老親側，無煩兩地如瓜匏。射陽湖水建瓴下，扁舟時泛邗江潮。竹西亭子未索莫，紅橋斗酒還招邀。我有阿連共晨夕，平分好友心無聊。嗚呼！平分好友心無聊，何時翩翩二妙同遊遨！

校記

〔一〕《詩略》選錄此詩。

〔二〕窅冥，《詩略》作『杳冥』。

〔三〕解，《詩略》作『寧』。

〔四〕風，《詩略》作『氣』。

〔五〕子靜，《詩略》作『喬子』。喬萊，江蘇寶應人，字子靜，一字石林。

〔六〕夢魂，《詩略》作『魂夢』。

〔七〕宮僚，底本作『官僚』，據《詩略》改。

秋夜〔一〕

燭冷香消空復情〔二〕，虛堂次第入秋聲。風多市鼓偏驚枕，月黑飛鴻轉近城。酒醒紙窗翻落葉，夢回疏雨滴深更。一年節序渾無賴，只有黃花照眼明。

校記

〔一〕《詩略》選錄此詩。

〔二〕消，《詩略》作『銷』。

憶杞園

雨腳沈沈曉氣浮，故人今日發雄州。獨憐禾黍西風急，匹馬蕭然古渡頭。

送劉次山之崇義任

日下鳴鑣舊友生，十年今去領專城。峰連庾嶺烟霞色，舟過匡廬瀑布聲。撫字欲行詢父老，荊榛初闢憶陽明。好攜篋裏驚人句，留作西江一段清。

送周緘齋還錫山〔一〕

歸及維揚八月潮，西風落葉過金焦。從來雲影三秋淡，不盡蛩聲兩岸遥。往跡依依黄歇浦，舊遊歷歷伯通橋。明年一棹淩風去，夜話横林慰寂寥〔二〕。

校記

〔一〕《詩略》、《山左詩鈔》卷三十一皆選録此詩。錫山，底本作『鈎山』，誤，今據《詩略》、《詩鈔》改。

〔二〕横林，底本作『紅陵』，今依《詩略》、《詩鈔》改。

觀進熊者〔一〕

日射罘罳輦路開，身隨職貢到平臺。河魁老將爭先識，曾否君王入夢來？

校記

〔一〕《詩略》選録此詩。

秋夜偶成〔一〕

閉門秋巷裏，蕭索夜如何。斜月深窗得，寒風老樹多。人聲低市鼓，雁影亂明河。咄咄吾生事，頻年罷嘯歌。

校記

〔一〕《詩略》、《山左詩鈔》卷三十一皆選録此詩。

秋夕有懷

企脚繩牀老衲同，興來無語自書空。疏林晚借歸鴉黑，夕照斜分墮柿紅。九日暫沽桑落酒，三朝不解鯉魚風。年年兄弟關心處，只在黄塵驛路中。

晚直即事

無限驚沙撲面來，黄雲暮角動深哀。趨蹌舊識千門杳，駑鈍真同五技猜。敗葉亂投流水去，晚鴉爭背夕陽迴。周廬一帶勾陳肅，多少熊羆繞上臺。

晚出西掖有感

入看驚鴉起，出看歸鴉宿。與爾共晨昏，人生何逐逐。

不得黔中信

不得黔中信，悠悠動四旬。有懷愁似水，無定夢如春。迢遞烏蠻驛，焦勞白髮人。何時濰與汶，兀坐並垂綸。

秋盡

落可登高作賦頻，年年秋盡轉傷神。烏巾漉酒仍留客，黄葉當頭不避人。細雨催霜成索莫，斜風拂水起嶙峋。故園此際丹楓滿，妝點平原試小春。

送戴岵瞻夫子還山

二十年來國士知，拂衣高臥浙江湄。休論世上夔龍事，自愛山間野鶴姿。五夜定中聞梵唄，一龕深處伴軍持。獨憐燕市塵沙裏，立雪徬徨安所之。

南屏玉立正清秋，無著天親許共遊。行處白雲千寺杳，坐來黄葉亂山幽。沈沈佛火隨緣住，寂寂江聲帶月流。高躅他年知最憶，那能虛泛剡溪舟。

西直門外作

馬頭風力劇凄清，涼思偏從郭外生。籬畔草枯樵徑出，林間葉盡夕陽明。排空絕嶂添晴色，作陣飢烏帶晚聲。嗚咽似聞橋下水，長流滾滾恨難平。

題張杞園春岑閣

避人小築開三徑，傑閣憑陵帶遠坰。平子著書容短几，思光高臥失空舲。窗横峿嶺千尋碧，檻揖牟婁一色青。我是燕雲留滯客，輸君白眼望滄溟。

百尺崚嶒石磴開，幾人躡屐共登臺。桃花弄影侵書幌，柳絮隨風入酒杯。野色乍浮平楚盡，山光如抱女墻來。元龍湖海知何似，牀下從教臥散才。

初冬偶過廢寺

入門石磴滑，黄葉覆階墀。僧老逢人乞，廊空任鼠癡。蛟龍圍古塔，風雨蝕殘碑。額是何王賜，當年盛祝釐。

冬夜

榾柮鑪邊對短檠，風生老屋敝裘輕。寒花月下如人影，濁釀牀頭作雨聲。哀柝自隨殘夢斷，曉霜故傍紙窗明。牛車軋軋過門去，早有隣家唤賣餳。

感舊寄冀辰用韻

文酒當年意氣真，七人五作下泉塵。心慚季子林中劍，腹痛喬公陌上輪。白髮多情新入鬢，青氈無恙舊隨身。水雲深處堪同隱，待我溪橋策蹇頻。

雪夜讀書以病止酒感賦〔一〕

老作蠹魚夜不眠，松肪一椀當我前。兩眼猶能辨細字，行間歷落明松烟。維時十月北風怒，冰車鐵馬聲闐闐。西隣有槐高百尺，長夏陰森疑綠天。清霜已隕木葉脱，秃枝老幹當空纏。動摇風聲撼老屋，裂帛之響聞窗邊。驚砂入戶撲燈滅，恍有鬼火來盤旋〔二〕。病夫雙足冷如鐵，欲睡不睡愁寒氈。糟牀露滴琥珀注，依稀三峽飛流泉。還憶少年作牛飲，長鯨一吸擬百川。今來燕市頓小戶，蕉葉不勝真可憐。伯倫之婦足諷諫，老饕閉拒胡能賢？五斗一石有底急，韜精沈飲非自然。貞也雖狂頗知命，短檠白業將終焉。所惜雙夾貯廟後，頻勞石鼎松風煎。覆杯掩卷三太息，腐儒腸胃寧當湔？

集評

〔一〕『清霜』六句，鄧漢儀評曰：『此段摹擬風雨杳冥，筆力直是橫睨。』

鄧漢儀曰：『君終酒人。』

校記

〔一〕《詩略》、鄧漢儀《詩觀三集》卷八皆選錄此詩，詩題作《寒夜讀書以病止酒感賦》。

得黔中信偶成

棘道驅星使，中權勢建瓴。時艱勞嶽牧，客病覓參苓。落日群峰紫，歸舟一髮青。殷勤詢小阮，知過楚江汀。

病良已，與杞園小飲至醉，復爲短歌〔一〕

胸中磊塊無時無，形貌雖腴神明癯。連宵氣急勢澎湃，隱囊假寐難須臾。兀然趺坐等枯木，燈前影弄鬑鬑鬚。牀頭熟釀故鄉麯，潺湲入耳神魂趨。擬傾一盞沃焦釜，恐置冰炭勞醫巫。今日故人對清嘯，二豎無煩桃茢驅。一舉十觴那成醉，酒懷浩蕩淩江湖。中年作惡賴陶寫，絲竹嘔啞非良圖。無寧揮麈共談笑，唾壺擊碎歌嗚嗚。枚生《七發》《酒德頌》，恍惚置我鴻濛都。心和氣平理則壽，五嶽方寸何區區！

校記

〔一〕《詩略》選錄此詩，詩題無「至醉」二字。

冬日有感

習懶從教筆硯荒，巡簷負手詠《滄浪》。囊金已盡如殘臘，玉粒何時出太倉。病骨那同黄犢健，家貧難覓紫芝方。驚看壁上幢幢影，檢點鬚眉漸老蒼。

讀劉子羽詩有寄

一卷新詩手自評，黄昏風雪暗燈檠。幽燕老將悲歌甚，疑聽當年擊筑聲。
五陵俠氣羡如雲，老去常隨麋鹿群。他日瑯琊臺下路，濤聲澎湃最思君。
散去殘編不自聊，半生詩卷壓牛腰。世間莫有桓譚在，留取長江處士瓢。
坎壈長爲揚子悲，重蘿山上跨驢時。英雄失路尋常事，何必青衫始淚垂。
懷人時夢海東頭，兩點浮勞氣未收。留得蕭條白髮在，談仙説鬼亦風流。

斜月

斜月照深巷，熒熒亂燭光。牛鳴車畔火，人語曉來霜。風力千門勁，鐘聲午夜長。星廬嚴宿衛，列戟已成行。

詠土鐵〔一〕

大哉百谷王，天地英華結。陰陽氣摩蕩，潮水光明滅。蛟龍出沒多，蜃霧樓臺瞥。大魚崩連山，首尾不可截〔二〕。巨猶推魴鱮，細不數蝦鱉。群生飽其德，南北走鼈蹩。四明海物會，情狀良詠謠。脆若江瑤柱，腴比西施舌。鬻醬徒甘肥，龜腳亦瑣屑。一物不可名，非土還非鐵。眉目漸渾淪，困蠢露奇拙。哂茲氣味殊，藐焉形質劣。當在溟渤間，瓦礫何區別？啜醨與餔糟，居然發香潔。因思嗜慾深，朵頤刀几血。未能遠庖廚，胡乃及蠓蠛？想其入筐筥，擾擾神魂絕。於人豈有無，而煩鼎俎列。在昔何處士，門下議以決。蘇公持殺戒，螺蚌亦時設。造物廣生成，人心莽饕餮。勿寧守藜藿，斯味行當輟。

校記

〔一〕《詩略》選錄此詩。

〔二〕首尾，《詩略》作『百尾』。

煨芋〔一〕

天芋出終南，葉似荷而小。蜀國富蹲鴟，臨邛山下道〔二〕。頗聞彼中民，至死無餓殍。在昔卓與程，驅車悔不早。鄰侯神仙人，矯矯風塵表。懶殘牛火旁，得半不爲少。十年信遭逢，無言深所寶。余家東海濱，種時雜禾稻〔三〕。雨澤倘及期，蕃殖同蔓草。篝車一以登，歡喜兒童飽。比復來都市，矜貴如火棗。昨見擔簦人，樹幟以自標。長安稱斤賣，茲語良非嬲。寒家固多怪，乃得此惡烏。爐燼撥殘灰，修治煩指爪。未墮貪夫涎，只益鄉心攪。恨無老衲俱，坐談山日曉。

校記

〔一〕《詩略》選錄此詩。

〔二〕臨卭，底本作『臨筇』，據《詩略》改。

〔三〕餓殍，《詩略》作『餓莩』，同。

〔四〕時，《詩略》作『蒔』。

書子羽詩後兼懷渭清

七十年光萬首詩，嶔崎歷落驗鬚眉。愁中吾倍憐蜣轉，老去君猶唱《竹枝》。好友自來明月共，神仙擬近海風吹。牛涔有路何能到，大雪空巖足夢思。

冬至前一日偶過天寧寺訪陳心齋、裴蘆院

柴車無避處，偶向梵宫行。天淨塔垂影，風多鈴亂鳴。短笻人寂静，長至歲崢嶸。颯沓忘歸去，翻愁暮靄生。

讀《史記·刺客傳》〔一〕

桓公方定霸，盟會肅衣冠。胡然樽俎間，乃激壯士肝。匕首色如雪，遥映刑牲盤。侵地既已復，退就群公班。仲父持大信，曹子窺其端。顧非枹鼓才，何能屢登壇？用之三敗餘，明斷良獨難。

右曹沫〔二〕

揖讓事已遠，干戈起庭阼。壯哉專設諸，乃爲血氣誤。短劍出魚腸，長鈹散如霧。大業歸闔閭，七尺寧足顧？季子豈不賢，骨肉恥交惡。同時有烈士，曾爲慶忌怒。宿草莽蕭蕭，一弔要離墓。

右專諸

漆身以爲厲，吞炭以爲啞。豈有智伯頭，而爲飲器者？三躍擊仇衣，橋上血光灑。臣志雖不成，臣心亦已寫。詎無生死悲，國士知遇寡。襄子亦義人，惜非吾君也。寒夜讀斯編，疾風飄屋瓦。

右豫讓

聶政出深井，居然孝友人。黃金買吾頭，親在難許身。揮之同瓦礫，非不存主賓。卒以剸俠累，方與屠狗均。阿姊更烈烈，殺身成其仁。黠哉嚴仲子，感深恨不泯。知己骨肉間，何論幗與巾？

右聶政

荊卿入咸秦〔三〕，貫日白虹粗。易水不西流，壯士寧東徂。乃思生劫之，設謀良已迂。圖窮匕首見，失在一身孤。舞陽信可貌，所惜非吾徒。何不遣漸離，擊筑空嗚嗚。當時魯勾踐，亦嗟劍術疏。

右荊柯

校記

〔一〕《詩略》選錄此組詩。

〔二〕各詩後小題，底本無，今依《詩略》補。

〔三〕荊卿，《詩略》作『慶卿』，同。《史記·刺客列傳》：『荊軻者，衛人也。其先乃齊人，徙於衛，衛人謂之慶卿，而之燕，燕人謂之荊卿。』

書《李將軍傳》後

短身射虎灞亭秋，醉尉呵來不自由。聞道黃金還鑄印，次公新拜岸頭侯。

冬日雜感〔一〕

日月無寧期，慘慘忽窮冬。門外寒風來，有聲如鐘鏞。陰雲垂四郊，將雪意復慵。饑烏掠窗下，暮色蒼然中。執卷苦皴瘃，顧影羞龍鐘。愁思杳無端〔二〕，紛然那可攻。

我昔違慈顔，辛亥莫春月。蘆溝橋下拜，偈偈征車發。庭草三枯榮，定省依然缺。年來疲婚嫁，拮据憂白髮。遊子戀鷄肋，長安支病骨。未能便決去，書空時咄咄。

黄河雖云廣，一葦差可航。太行能摧車，不在天一方。豈有舜華姿〔三〕，垂老銅鼓鄉。遥憶亂山中，積霧迷曦光。小龍番外路，驛騎愁倀倀。一髪望中原，長歌慨以慷。

人生各有儕，麋鹿亦有群。西園良宴會，旗鼓張其軍。同時文酒伴，散若秋空雲。宿草各離離，誰拜橋公墳？親知雜存殁，習俗徒紛紜。回首汶水陽，惆悵心如焚。

自我來燕市，不見昔屠狗。同舍二三人，時時共飲酒。狂生白眼多，嫚駡亦叢垢。喬子具俠腸，歷歷心在口。今年秋風起，各向淮南走。大雪擁鑪時，寧不思君否？

校記

〔一〕《詩略》選録第一、三、四首。

〔二〕杳，《詩略》作「渺」。

〔三〕舜華，《詩略》作「蕣華」。

冬日和人韻〔一〕

不寐惜殘更，天街一柝鳴。星河低曉樹，鼓角入寒聲。霜影窺窗白，龍文拂劍明。牀頭濁醸在，爛醉閲浮生。

赴壑修鱗去，堂堂歲欲更。亂雲横雪影，老屋壯風聲。拂地驚沙響，垂天半月明。年來離索意，偏向故園生。

校記

〔一〕《詩略》選此二詩，詩題作《冬日和止一外叔祖》。據康熙《續安丘縣志》卷二十《武胄傳》載：『劉正學，字止一，國朝順治時人，舊爲諸生，遭世鼎革，投筆從戎，仕至山東撫標中營遊擊。』

閒居偶憶舊遊

誰持小李將軍畫，巨幅中流作大觀。岷水西來迴砥柱，海門東望鬱狂瀾。十年風鶴三山静，萬里帆檣一鳥看。聞道妙高臺上月，依依還照大江寒。

右金山

上游形勝千年在，高閣憑陵一目空。寺遶群峰迷向背，江分二水劃西東。青山白紵留題處，鐵馬金戈想像中。回首扶筇萬松裏，蕭然逸興復誰同。

右采石

生公說法已多年，石上千人月冷然。三白漫斟僧舍酒，四條輕拂女郎弦。泉邊鳧雁吴王墓，門外菰蘆楚客船。爛醉劍池君記否？依稀佛光望中圓。

右虎丘

風鬟霧鬢劇多情，一水盈盈遠態生。山色自招遊屐去，荷香不放酒船行。烟中菰葉斜分港，雨後波光亂入城。有約再來如昨夢，十年空負釣蓑輕。

右西湖

鳴榔遠自真州郭，竟日蒲帆百里程。策杖路迷知雨滑，振衣江黑恐崖傾。危檣歷歷依山泊，漁火幢幢隔岸明。自溷京塵憐老大，石城南望一念情。

右燕子磯

櫛髮有白者感賦〔一〕

我髮黑如漆，俄然間斑白。初視驚以愕，此物何由得？思之識其故，頻首三太息。人生血氣中，蘧廬宅魂魄〔二〕。搖搖止水渾，擾擾天君役。憂多能傷人，所中非寸尺。我生覯喪亂，動止雜鳴鏑〔三〕。搶攘歷危途，沈痛隱遭螫。時雖在童稚，五内倘已坼。既而守貧窶，兼膺門戶責。性拙匪梯榮，力弱難親穡。青衫十七年，誤受蠹魚厄。雕蟲渾小技，心腎逢鏤刺。每當落拓時，痛哭嫌逼窄。三十獲一第，所負良已釋。逐隊來長安，厥苦乃不億。束縛困銜橛，囁嚅羞顔色。夏日能鑠金，揮汗承明直。烈日曝其軀，緇塵難洗滌。冬日飽風霾，凍蠅聲唧唧〔四〕。堅冰結我鬚，逢人强拂拭。形貌極焦勞，精神未索莫。重與骨肉別，萬里音塵隔。魂夢越江山，涕洟沾枕席。群居陽爲歡，簫歌亦蕭寂〔五〕。點金豈有術，索米易交謫。妻孥時一至，去來如路陌。側聞高堂人，念子復不懌。以此縈心魂，安能保終黑。乍見惟一縷，令我胸懷惻。計當漸盈頭，皤然雪霜積。大藥不可成，神仙杳難卽。染之事後生，乃非吾所克。他日乘柴車，兒孫不相識。阿弟納節歸，二老溪橋側。但憂早衰謝，或遂長年客。修短亦何常，所期在令德。兀然還獨坐，仰視空天碧。

校記

〔一〕《詩略》選錄此詩。
〔二〕魂魄，《詩略》作『神魄』。
〔三〕鳴鏑，作『鋒鏑』。
〔四〕唧唧，《詩略》作『嘖嘖』。
〔五〕簫歌，《詩略》作『笙歌』。

和杞園《夢遊詩》三首

夾路夭桃宛轉迷，雲霞一片水東西。無因得逐胡麻去，看盡翩翩蛺蝶衣。

行盡春林路不迷，神仙只在石橋西。雙成小玉花間出，嫋嫋風吹金縷衣。
青溪幾道夢還迷，尋得仙源谷口西。不是桃花飛似雨，無緣忽上水田衣。

送車與三黃門視河〔一〕

河渠纔上治安書，持節還登使者車。自古波臣尊底績，於今民命重爲魚。濁流勢控三門險，荷鍤功分八閘餘。歷歷帆檣欣北指，從他海若覓歸墟。

淇園竹盡付洪波，夾道蒼生涕淚多。萬里盤渦原就下，十年璧馬重爲河〔二〕。乘槎竚看艘同鳥，攻岸寧容霧隱鼉。無恙桃花流自穩，陽侯驚避使星過。

一線長淮路不迂，宋人於此走神都。舳艫直壓清流下，庚癸無煩赤縣呼。謀舍幾年紛國是，安瀾一旦啟良圖。何當便築宣房就，民力東南乍可蘇。

登彼龜山有所思，功成神禹鎖巫支。如何東下鴨頭水，不見西來鷁尾旗。晝省誰能籌貢讓，金堤君好夢玄彝。獨憐風雪青門外，三疊歌殘罷酒卮。

校記

〔一〕《詩略》選錄此詩。
〔二〕重，《詩略》作『殫』。

再詠芋

野老爐邊味自真，芋魁遭遇亦何頻。長源要是山中相，明逸終爲林下人。耳畔松風堪鬬茗，窗間夜雨總傷神。最憐爾凍抽萌苦，俟喜於今有後身。

送霂兒歸里〔一〕

立馬青門慘不歡，黄雲次第拂歸鞍。一家骨肉存亡痛，萬里兵戈道路難。京國如余還索米〔二〕，高堂憑爾勸加餐。清秋擬上柴車去，白露丹楓葉正寒。

癡頑我自耐風波，磨蝎星辰奈老何。半世已隨泡影散，三春虚向淚中過。怪來白髮垂霜雪，向處青山掛薜蘿。四載相逢今又去，夢魂先爾渡長河。

校記

〔一〕底本題前有『附』字。《詩略》選録第一首，詩題作《送霂兒歸里》。曹貞吉集中尚有數首送次子曹霂歸里詩詞，本詩初或附於其後，亦或附於他人贈送曹霂的詩詞後，鈔録者誤衍『附』字。兹删。

〔二〕如，《詩略》作『笑』。

擬西苑應制

別館風微夏日涼，宸遊法從駐長楊。一天翠靄横朝暮，十里平湖入渺茫。雲際簫韶驚鳥路，水邊樓閣沁荷香。西山迢遞青如許，爲勸中流萬歲觴。

聽鄰家哭聲

青草池邊蛙亂鳴，浮雲慘淡月三更。那堪譜盡淋鈴曲，更聽人間嗚咽聲。

天道

天道何須問是非，鄧攸門戸更誰依。傷心翻作忘情語，只當黔南總未歸。

壽高陽夫子

從來閥閲稱賢相，千古何人可肖形。蘇氏弓裘惟草制，章家茅土只傳經。根蟠趙郡紛才傑，里是高陽聚德星。屈指登瀛三十載，幾多桃李在門庭。

冠劍元臣佐冕旒，三台星近五雲浮。頻開甲第仍黄閣，早珥貂蟬尚黑頭。魚水功名垂鼎石，金聲詞賦領清流。安期自餉如瓜棗，底事茫茫問十洲。

示霖用蘇韻〔一〕

狂飆掠歲已崢嶸，相見惟聞飲泣聲。千里踏來黄葉路，三年愧爾白雲情。愁中作客籌鹽米，夢裏逢人亂死生。濁酒一瓢鄉味在，任他風雪暗長檠。

校記

〔一〕《詩略》、《山左詩鈔》卷三十一皆選録此詩。

賦得『如夢幻泡影，如露亦如電』

似霧蒙花認未真，浮生半枕想成因。説來不欲逢癡客，無是惟期效至人。蕉覆鹿隍爭爾我，車行蟻穴問君臣。獨憐驢背邯鄲路，一瞬黄粱尚隔塵。

叱石成羊未足誇，杯藏弓影易爲蛇。人間誰識風憐目，天上空傳雨作花。陽羨重重籠内戲，蜃樓矗矗海邊霞。須彌芥子常尋事，漫道壺中不是家。

西風捲浪雪叢叢，鶴眼爭圓蟹眼同。小草功名杯影裏，大千世界雨聲中。跳珠有悟三生在，噴玉纔休萬法空。莫向波心求色相，和烟和霧總朦朧。

小立花陰悵獨醒，鬢眉忽現眼中青。狂人欲避翻追日，處士無聊偶贈形。開鏡自憐成老大，移燈不忍見漂零。崢嶸怪爾隨身去，月黑茫茫何處亭。

天際微雲淡欲過，霏霏練影下長河。鶴聲警起三秋重，仙掌承來五夜多。荷葉垂垂圓不定，芙蓉嫋嫋落如何。那堪憔悴爲霜日，又逐西風晌敗柯。

雲車風馬勢崔嵬，列缺豐隆未易才。玉女投壺含笑去，靈旗捲幔入窗來。千重積霧光難掩，一副空巖影自回。可是天公生幻想，熒熒石火莫深猜。

乙卯元日過天咫齋頭，遇沈康臣小飲，翌日見投一詩，賦答四首〔一〕

經年橐筆稀吟事，正日相逢覆酒杯。上客軒眉文字飲，鯫生避舍散樗才。心驚馬齒堂堂去，指點梅花細細開。自信形骸原脫略，筍輿欣藉故人來。

幾載肩隨紅藥署，旬休直舍數銜杯。摧頹久廢長鯨飲，駑鈍終慚短簿才。馬稍頻經人未老，琴樽猶在爾能來。自憐手版怱怱去，魚鑰朱門開未開？

珍重龍門御李來，風流何遜許追陪。那知剪燭三更話，博得休文八詠才。門外雀羅當晝靜，春前壁壘爲君開。白雲署裏無多事，坐對西山好舉杯。

雄談喜共博陵崔方崖，獻歲椒花鸜鵒杯。身病那能同鶴健，髯枯莫是盡江才。無多好友千峰別，謂汪、喬二子。幾許愁腸一醉開。屈指元宵烟月裏，相思肯蹋軟紅來。

校記

〔一〕馬長淑《渠風集略》卷二選錄第一、二首詩，詩題作《乙卯元日過天愳齋頭，遇沈康臣小飲，依韻賦答》。

題龔半千畫冊爲丁來公黃門作〔一〕

聽慣江南欸乃聲，青山白紵不勝情。驚看獵獵蒲風起，還似當年掛席行。

綠楊夾岸水浮天，罨畫溪邊鴨嘴船。殘月曉風烟景在，令人卻憶柳屯田。

校記

〔一〕《詩略》選錄此二詩。

頌嘉見過，出示移居之作，依韻奉和四首〔一〕

帝里春光嫵媚甚，月明風細影寥寥。跫音忽喜來空谷，屐齒何妨暫折腰。揮塵莫辭燈五夜，澆愁好借酒千瓢。巷南巷北經過便，一任東西柳絮飄。

年多漸覺面崢嶸，旅舍遷來似耦耕。豈爲客營三徑易，只緣家具一囊輕。黄金白雪羞逢世，斗酒雙柑只聽鶯。高臥北窗渾不厭，隔墻休送管弦聲。

天街衣馬入新年，倦客壚頭擁被眠。自愛銀旛金勝節，難求九府一文錢。河邊淑氣還賒柳，門外寒風劇折綿。索句春燈珠錯落，輸君興致足翩翩。

燕市風流得大都，荊高舊是酒人徒。好天良夜應知己，綠鬢朱顔失故吾。玩世步兵聊縱誕，搥車寧朔悵非夫。朝來卻憶淮南友，已泛輕舟覽社湖。是日得子靜北來信〔二〕。

校記

〔一〕《詩略》選録此組詩，詩題作《和頌嘉移居之作》。

〔二〕是日得，《詩略》作『時聞』。

燈蕊〔一〕

燈蕊無端集，音書何處來？蘭心遙夜吐，燕尾向人開。骨肉渾多難，交遊棄不才。頻年慵作答〔二〕，落落莫深猜。

校記

〔一〕馬長淑《渠風集略》卷二選録此詩。

〔二〕答，《渠風集略》作『客』。

濂兒省余都門，兩宿而去，作此送之追錄

入門驚我瘦，相對各沾襟。十日燕齊路，三秋患難心。來如萍不定，去似夢難尋。寄語諸兄弟，人琴感正深。

不寐

不寐仍高枕，天街夜柝殘。貧知生事拙，老入醉鄉難。曲曲腸千結，茫茫感萬端。明朝添白髮，莫作曉霜看。

送霖〔一〕

羡爾青門策蹇頻，春風浩蕩一閒身。應思十丈紅塵裏，大有支離可笑人。

校記

〔一〕《詩略》選錄此詩。

題王安節畫〔一〕

風吹槲葉未全丹，照眼黄花已滿欄。秋色恰如人意淡，憑君放筆寫荒寒。

校記

〔一〕《詩略》選録此詩。

春日早過天寧寺用韻

兩月春風撲面塵，郊原霽色動鮮新。鈴聲响答疑禪誦，山影低迷似故人。未見桃花紅作雨，只憐芳草緑爲茵。可能便駕柴車去，濰水秋來定足蓴。

飲李伯含寓齋用韻〔一〕

擊筑悲歌燕市中，酒懷浩落幾人同。盤餐已飽灤河鯽，觴政還疑梓澤風。老去文章羞問世，醉來星斗亂垂空。是日座中有徵詩餘者〔二〕。廣寧門外春如水，何日相攜緑草叢？

校記

〔一〕《詩略》選録此詩，詩題作《飲李舍人寓齋用韻》。
〔二〕『是日』句，《詩略》無。

寄家信用韻〔一〕

一官自笑如閒客，孤影幢幢老病餘。中酒那能三日醉〔二〕，因風聊寄數行書。遙思青草黄蘆岸，坐釣槎頭縮項魚。隻字天涯勞問訊，花朝應得到吾廬。

校記

〔一〕《詩略》選録此詩。
〔二〕醉，《詩略》作『醒』。

清明郊行是日大風

阜成門外去，盡日苦驚飆。流水新沙岸，斜陽舊板橋。牛耕山下坂，柳拂路邊條。野哭多荒塚，悲風續《大招》。

過高梁河〔一〕

歌哭中情異，參差油壁車。朝光紛野馬，止水上游魚。漠漠山容淡，青青麥甲舒。城陰春似水，驢背重踟躕。

校記

〔一〕《詩略》選録此詩。

閲《盧德水集》偶題

德水詞源宗老杜，公安雲霧苦難披。沙中若肯求金屑，石破天驚也自奇。
風流拂水舊傳衣，真氣淋漓識者稀。牝牡驪黄渾忘卻，只緣老子愛天機。

方于魯墨歌〔一〕

峨嵋知我有墨癖，一丸投贈來神奇。上云方氏建元造，三生果樹花參差。豹囊什襲烏玉燦，古光射出驚妖魑。敬滁端溪不敢試，用非其據識者嗤。我聞有明中葉富制作〔二〕，專攻一藝皆可師。墨之爲道誠瑣細，名家往往能樹中原旗。文通敬迪開草昧〔二〕，水天龍氣呈葳蕤。其後小華推獨步，好以珠寶雜松脂。增墨之光減墨色，麻城論列無偏陂。幼博高名不脛馳，規隨超鼐窺藩籬。膠輕宜南不宜北，神物剝落生人悲。人言丁氏父子美無度，一兩可染三萬之毛錐。二潘定虛得名耳，世目那有真妍媸？爰集大成方于魯〔二〕，一點落紙光離離。百餘年來散如雨，零圭斷璧安得之〔三〕？老生常談墨欲黑，易水法在誰能治？余生腕中雖有鬼，好事不減公擇癡。頻年攫取不稱意，虎皮羊質空爾爲。一生能著幾兩屐，及其老也貧難醫〔三〕〔四〕。頗怪昨夕得佳夢，龍賓十二隨遊嬉。天明打門來短札，詑我價等連城貲。潘谷一拜寧敢吝，惜哉尚非奚廷珪。以之換藥良不惡，君能久視我所期。獨憐老蟫吮咀英華了，不成脈望將安追！

集評

〔一〕鄧漢儀曰：『一語領起。』

〔二〕鄧漢儀曰：『纔入于魯，次第不紊。』

〔三〕『一生』二句，鄧漢儀曰：『往往有此癖。』

鄧漢儀曰：『紛綸鋪敘，皆有根據，而筆力開張，亦覺潑墨淋漓，滿紙風雨。』

校記

〔一〕《詩略》、鄧漢儀《詩觀三集》卷八皆選錄此詩。

〔二〕敬迪，《詩略》、《詩觀三集》作『忠迪』。

〔三〕圭，《詩略》、《詩觀三集》作『珪』。

〔四〕貧，《詩略》作『貪』。

春盡漫興〔一〕

九十春光今日盡，閒庭步屧悵何之。攜將柏葉仙人傳，吟得松園老子詩〔二〕。滿地榆錢矜爛熳，漫天柳絮落參差。與君草草成茲別，明歲還來看鬢絲。

校記

〔一〕《詩略》選錄此詩。
〔二〕園，《詩略》作『圓』。

新釀初熟，岱輿、方崖過飲至醉，各贈二首〔一〕

濁醸吾鄉舊，當杯紫露新。香凝滋蕙室，味似採茶人。佳客來何暮，開樽浣路塵。眉峰剛一寸，爛醉起嶙峋。

同巷經過便，形骸那復存。入門爭脱帽，送客更留髡。薄宦盤飧減〔二〕，春風笑語溫。大星垂戶牖，歷落射青樽。

右柬岱輿〔三〕

僦舍頻來往，開樽得老春。簾疏穿好月，耳熱得賢人。幸爾留缸面，何妨漉角巾。任教風味峻，花下且須親。

荊高久寂寞，幾見酒人徒。從事原堪醉，公榮不可呼是日招中玉不至。真成三日假，幻入百官圖。落落心期在，渾忘是老夫。

右東方崖

校記

〔一〕《詩略》選錄第一、二首，詩題作《新釀初熟，岱輿、方厓過飲》。

〔二〕盤飧，《詩略》作「盤餐」。

〔三〕右東岱輿，《詩略》無。

春盡日，左珣招飲，同諸子看花，限「靜」字〔一〕

纔過浴佛辰，眈此佳日永。師君折柬招〔二〕，入門得幽境。繁花明綺席，綠陰淡人影。坐久衣薄寒，林深燭先秉。垂天月半規，清照鬚眉冷。素瓷白於雪，豆登亦以整。興來人語雜，耳熱松風靜。我輩寂無歡，束帶困簿領。仿佛籠中猿，倏焉放霞嶺〔三〕。方當慕嵇呂，未敢希箕潁。酒闌分袂去，匆匆夜將丙。清漏出翠微，蘧然發深省。

校記

〔一〕《詩略》選錄此詩，詩題無「飲」字。

〔二〕柬，《詩略》作「簡」。

〔三〕霞，《詩略》作「遐」。

再用前韻〔一〕

九十春已暮，忽忽駒過影。濃睡日當午，不覺清晝永。懶病醫則難，渾如癭附頸。出門擬何之？塵中尋秘境〔二〕。吾友闢精廬，門徑頗修整。嫩綠作庭陰，好女明妝靚。掃地坐其下，飛英入杯皿。隔牆聞歌呼，似笑吾徒冷。老子興婆娑，因之發猛省。今者我不樂，負此良夜靜。長鯨吸百川，轆轤汲深井。不記歸何時，但覺疏星耿。是夕月無雲，暈圓成巨餅。天街眾籟息，燈火猶炳炳。躑躅果下騮，恍疑乘舴艋。幸免金吾訶，深巷門堪打。頹然撫枕臥，明日罷謁請。

校記

〔一〕《詩略》選錄此詩。

〔二〕秘，《詩略》作「閟」，同。

豐臺芍藥

右安門外路，十里入花田。村落聯蜂戶，園丁類蝶眠。枝繁全作纈，地僻迥疑仙。誰信緇塵裹，猶存小輞川。

桔槔煩老圃，激水射平田。婦子忙終歲，辛勤博幾錢？曉凝千葉露，香入五陵烟。何事矜傾國，長齋繡佛前。

四月望日飲梁河齋頭至醉，詩以記之，即柬梁河，並示少玉〔一〕

好雨膩如膏，四月方及半。任子新釀熟，折簡集親串。日暮天街滑，歷落人跡散。入門已秉燭，飣餖羅几案。素碗霜雪色，琥珀光淩亂。感君兄弟意，觴行遂無算。吾儕聚京華，回首隔鄉縣。巷北與巷南，未得數相見。蹤跡等浮漚，流光若激電。不醉擬如何〔二〕，荏苒良宵宴〔三〕。琤琤亂投瓊，迢迢聽銀箭。縱横雜談謔，不覺雨聲斷。更闌上馬去，涼風吹我面。歸來三日卧，伏枕絕筆硯。余病良已瘳，未審君所患。

校記

〔一〕《詩略》選錄此詩，詩題作《四月望日飲梁河齋頭，歸柬之並示少玉》。

〔二〕如何，《詩略》作『何如』。

〔三〕宴，《詩略》作『晏』。

短歌詠史〔一〕

大兒孔文舉，小兒楊德祖，餘子碌碌無足數。正平志大不可量，乃欲身爲天下父。丞相轅門畫歌舞，岑牟小吏來擊鼓。鼓聲淵淵丞相怒，鸚鵡洲邊賦鸚鵡。芳草萋萋一抔土〔二〕，禰生黄祖皆千古。故人夜就先生宿，先生足加故人腹。故人者誰劉文叔，有足何曾敢伸縮。自是光芒映少微，客星犯座奚其速。披裘明日歸江東，太史當奏客星伏。

校記

〔一〕《詩略》選録此組詩，詩題作《詠史二首》。《山左詩鈔》卷三十一選録第一首，詩題作《詠史》。

〔二〕抔，底本誤作『坏』，今據《詩略》改。

病中口占

僦舍容高卧，翛然似住山。愁知三夏永，病得一身閒。藥裹容開閉，書蟫任往還。疑中千日酒，酩酊未朱顔。

送趙鐵源典東粤試

雙旌迢遞瘴雲開，荔子香濃作陣來。細雨帆低章貢水，秋風人上越王臺。珠明南海應如昨，兵洗天河勢欲迴。日下夔龍虛左待，不須悵望嶺頭梅。

雨夜

愁霖朝復暮，入夜得微涼。濕瓦明螢火，虛窗納電光。颼飀風不定，淅瀝漏何長。疑在空山裏，時聞簷葡香。

戲作

弱女縈懷抱，想看眼倍青。朝來微雨後，親爲捕蜻蜓。

舍中人至感賦

北堂鄭重封鮭菜，辛苦長鬚遠道來。千里雨痕紛綠色，一囊蝦子帶紅開。時艱作客誰甘味？食指勞親愧不才。爲報羈人仍健飯，秋風病骨莫深猜。

雨後

晴雲舒捲半天中，屋角朝來細細風。砌雨暫寬燕市熱，庭花已富海南紅。蟲聲唧唧千門起，黍色油油萬畝同。卻憶東皋秋氣早，一鞭牛背訪鄰翁。

雨夜

積雨涼生入夜佳，噌吰金鐵亂庭槐。泉聲疑在空舲峽，練色渾如百丈崖。浩淼莫窮銀漢水，蕭條不減旅人懷。蓬門已自堪羅雀，何事苔痕又上階。

雨夜偶思往事

曾聽夜雨濤聲壯，回首江湖十載餘。野泊小舟隣鬼魅，波穿急電走龍魚。心驚春水千尋長，命繫危檣一髮如。今日虛堂聞滴瀝，荳棚茗椀入華胥。

劉子羽詩集刻成見寄，悵然有懷，兼致渭清、杞園〔一〕

老去悲歌慨以慷，一緘冰雪動光芒。敢云針芥同欣賞，如有鬚眉對激昂。別後更誰償酒債，年來真怪減詩囊〔二〕。寄書故里洪沱長〔三〕，夢裏瑯琊道路長。

校記

〔一〕《詩略》選錄此詩，詩題作《劉子羽見寄詩集，悵然有懷，並致渭清、杞園》。

〔二〕詩囊，《詩略》作『慳囊』。

〔三〕沱，《詩略》作『陀』。

細雨

細雨漸添秋氣冷，泥深委巷少人行。貧知索米難求飽，老覺攤書亦近名。午夢欲回聞滴瀝，濃雲將散未分明。東鄰日夕悲歌發，妒爾長吹入破聲。

正子席上作

華堂深靚夜無風，銀燭當筵故故紅。酒氣欲隨荷露滴，雨聲只在藥欄中。座驚短麈三更話，秋滿長安四壁虫。慚傍玉山陪嘯詠，西園詞賦讓人工。

秋夜聞擣衣聲

天際飛鴻怨不任，秋風何處起鳴砧。關山直北羈人淚，刀尺城南少婦心。响入行雲高不落，聲隨流水去難尋。遥知纖手慵來易，寂寂空閨月滿林。

和渭清見懷之作步韻

蘆溝折柳已三年，又是清秋玉露天。書寄瑯琊無雁影，愁多湖海亂烽烟。車塵馬足勞何已，流水高山曲未傳。來札知擬刻小集未成。爾困青袍余白髮，可能俱是少人憐。

海上仙人去復回，雲書鳥篆出蓬萊。龍沙有路誰能到，石髓無緣只自哀。夢裏長林麋鹿健，秋來短褐雪霜催。殷勤聞訊山中友，輪爾常栽處士梅。

入洛曾遊碣石宮，夜闌擊筑動悲風。蕭條誰續荊高飲，落拓吾懷大小東。病榻維摩仍好在，愁吟詩句苦難工。遙天萬里晴如洗，悵望青烟九點中。

相對無能更捋鬚，驚聞好語自菰蘆。幾年越客同莊舄，一卷《離騷》愧左徒。候館央鳴燕市月，秋風人醉大明湖。便思驢背從君去，遊倦常披谿落圖。

中秋後一日送杞園東歸〔一〕

二載始相見，聚首纔一月。蒼然秋色中，重與故人別。子來觀國光，巍峨瞻帝闕。紅燭燒已殘，勝負殊未決。云何揮手去？歸路馬蹩躠。易水流湯湯，蘆溝沙似雪。荒原帶兵氣，風雨莽淒切。心知念倚閭，浮名非所屑。因之感余懷，憂來不能輟。

校記

〔一〕《詩略》選録此詩。

題李成畫

一湖春水拍堤平，沙路人歸細雨橫。寒食清明好烟景，斜風吹入柳條聲。

落筆丹青千載事，何人得似李營丘？便思一棹烟中去，破帽蕭蕭雨打頭。

爲張夫子題鸚鵡杯，限『豪』字〔一〕

匏落何堪儷羽毛，離離猶自帶雲濤。洲邊賦筆人誰在，隴首家山夢轉勞。九曲尋常供泛蟻，百年辛苦佐持螯。若教配取鸕鷀杓，樽俎風流得二豪。

校記

〔一〕《詩略》選録此詩，詩題作《爲海鹽先生題鸚鵡杯，限『豪』字》。

又賦長歌〔一〕

微茫一穴通仇池，玲瓏九折穿武彝。乾坤靈秘無不有，何乃得之鸚鵡卮〔二〕？海氣鴻濛藴精怪，颸風陰火千年吹。鮫姝龍伯不敢愛〔三〕，神光倏向人間馳。隴西珍禽得形似，誰爲刻劃施刀錐〔四〕。先生寶此亦已久，滿堂動色皆嗟咨。珠宫貝闕堆琥珀，長鯨一吸能爾爲。鸚鵡杯，銀鑿落，五斗一石俱不惡。出門耳熱聞天風，北斗闌干掛城角。

校記

〔一〕《詩略》選録此詩。

〔二〕何乃，《詩略》作『何意』。

〔三〕鮫姝，《詩略》作『鮫珠』。

〔四〕劃，《詩略》作『畫』。

送謝方山賫詔之江右

春陰漠漠霏春雪，杳靄西山素屏列。蘆溝驛路如掌平，有客垂鞭馬蹀躞。龍旗十丈捲東風，朱顔色映宫袍紅。尺一驚傳自天下，遥知父老同呼嵩。峨岢大艑中流去〔一〕，兩峭孤絶霏烟霧。匡廬瀑白彭澤清，此爲康樂揮毫處。王人氣盛壓波臣，舟行不借馬當神。切雲高閣供吟眺，珠簾畫棟江之濱。此地由來開大府，樵唱漁歌嬉士女。於今鎖鑰重洪都，戈船下瀨軍南浦。掃盡欃槍翌軫明，嗷嗷鴻雁集百堵。君到恰逢櫻筍時，春鱭出網銀刀舉。男兒意氣羨封侯，不然銜命窮遐陬。古來逢使等將相，折衝樽俎鑾烟收。寧論陸賈千金橐，且作相如萬里遊。好采風謠獻天子，歸來瑣闥封詞頭。

校記

〔一〕峨岢，疑當作『峨舸』。宋陸游《客談荊渚武昌慨然有作》詩：『去歲出蜀初東遊，峨舸大艑下荊州。』或義同『岢峨』，高峻貌。

感溫都監女事

天壤王郎牛馬風，沙洲寂寞泣孤鴻。个人真解爲情死，心許儋州禿鬢翁。

春日郊原看花，晚至廣恩寺，同子綸、修來賦〔一〕

漫漫春晝長，三月初破二。祓禊未及期，出郭了花事。名園結伴入，飛英已滿地。杯酒溫旅顔，嫩草供濃睡。花影落深卮，淡沲難成醉。是日重陰合，雨腳森欲墜。塵沙浩茫茫，郊原但一氣。白塔鬱崢嶸，丹樓聳蒼翠。俱似霧中看，殊有蕭然意。探幽興不違，駕言尋古寺。數折得石橋，山門封薜荔。

拄杖僧頭白，指點説榮悴〔二〕。畫壁辨龍蛇，斷碑臥贔屭〔三〕。當階覆老松，虬枝供位置〔四〕。危磴苔衣滑，空廊鼠塵細。健足等猿猱，未遽愁顛躓。所憂暝色迫〔五〕，荏苒春城閉。何當結茅屋，遂署休休字。

集評

鄧漢儀曰：『佈景細，造語幽。』

校記

〔一〕《詩略》、鄧漢儀《詩觀三集》卷八皆選録此詩。原，《詩略》、《詩觀三集》作『園』。子綸、修來，《詩觀三集》『田子綸、顔修來』。

〔二〕榮悴，《詩略》、《詩觀三集》作『榮瘁』。

〔三〕贔屭，底本作『屭贔』，今據《詩略》、《詩觀三集》。

〔四〕供，《詩略》、《詩觀三集》作『工』。

〔五〕暝，鈔本作『冥』，今依《詩略》、《詩觀三集》改。

乳燕，同子綸、修來作〔一〕

海燕雙紅襟，依我梁間住。僦舍静無囂，蛛網交回互。借君數月棲，只似盟鷗鷺。豈慰稻粱求？諒無金丸懼。一壘費經營，勞勞朝復莫〔二〕。掠水拂花梢〔三〕，舞風唼柳絮。知非王謝堂，安之若厥素。荏苒新雛生，軟語侏僑訴。始焉黄口齊，既而紫頷露。其母獵飛蟲，呢喃遞相哺。乃悟大造功，隨物見生趣。竚看毛羽豐，翅翅榆枋路〔四〕。秋社倏及期，烏衣結伴去。主人謝不敏，舊窠謹將護〔五〕。明歲杏花穠，遲妝桑乾渡。

校記

〔一〕《詩略》選録此詩。
〔二〕莫，《詩略》作「暮」。
〔三〕拂花梢，《詩略》作「帶芹泥」。
〔四〕翅翅，《詩略》作「提提」。
〔五〕窠，《詩略》作「巢」。

送峨嵋歸省

人生殊麋鹿，何得常相守？斯語信曠達，乃非吾所取。自我來長安，與子共晨夕。辛苦耐微官，形影不相失。同舍誰最豪，記得汪與喬。落落無嫌猜，謬稱金石交。癸丑秋將莫，石林引病去。未幾汪子歸，葉散薊門樹。爾我興闌珊，索居逼歲寒。三載飽風霾，動止偕悲酸。燈下飲君酒，失意頻搔首。太息北堂中，各有垂白母。忽忽遽上書，掉頭尋舊廬。小舟掛席行，未及西風初。君歸盡子職，此日誠當惜。有暇仍著書，大業名山得。獨憐未歸人，憔悴易沾巾。離緒如懸旌，南望一傷神。

熱甚，與杞園話舊口占〔一〕

陽烏不動火雲紅，僦舍相看似病翁。愛煞西園亭子好〔二〕，萬竿修竹一簾風。

校記

〔一〕《詩略》選録此詩。

〔二〕愛煞，《詩略》作『卻憶』。

長歌爲董烈婦作

東海之濱有奇士，厥姓爲董樵其名。結茅山中二十載，龐公不入襄陽城。維節與義作庭訓，化及童孺兼釵荊。君有中男飽經術，嶢嶢頭角稱儒英。一朝示疾在床褥，於時新婦方歸寧。長鬚走報顔色死，不食不語心怦怦。蹇衛疾馳三百里，亂山崒嵂鵂鶹驚。落月蒼涼聞鬼哭，颶風吹海天冥冥。吁嗟夫子終不起，未亡人在顔何赬？嚴妝具服告家廟，從容畢命朱絲繩。其弟瞠目不忍視，以頭搶地胡能爭？良人魂去纔咫尺，鏘然環佩相隨行。雲車風馬勢縹緲，鮫姝神女紛將迎。涼颸拂地偃庭樹，一家骨肉悲無聲。孰知歸全出天性，生者所哀死所榮。我聞秩宗有令典，烏頭雙闕高崢嶸。潛德幽光賴以發，興民之行風俗成。賞一勸百事非細，有婦如此法當旌。何爲至今仍寂寞，有司之責將誰懲？嗚呼！有司之責將誰懲？何不早飛尺一達天庭！

初秋偶成三首〔一〕

風氣乍蕭摵，庭日淡曦光。雲薄晴復陰，雨腳森茫茫。客子無好懷，坐對天蒼涼。簷花如索笑，爛熳爭秋陽。徑草靡靡生，灌木森以長。濁醪易成醉，商歌還激昂。

天街足蟛蜞，雙螯漸可把。郭索出筐筥，想見金膏瀉。伊余懲老饕，歷冬已徂夏。次道寧作佛，嗜欲亦以寡。胡然見獵喜，騁思佐杯斝。無勞臨濟喝〔二〕，一笑堪墮馬。

斜月入我窗，掩映鬚眉清。螢火逐微風，紛然自將迎。蜻蛚伏草間，應候時一鳴。感此夜初長，兼之搖落情。兒女歡佳夕，乞巧臨前榮。老子拙無匹，欹枕聽秋聲。

校記

〔一〕《詩略》選錄第一、二首，詩題作《初秋偶成二首》。
〔二〕喝，底本誤作『唱』，今據《詩略》改。

懷杞園

故人京洛別，今日渡滹沱。驛路青山盡，西風白鳥多。輕雲還出谷，病葉漸辭柯。苦憶連床語，秋燈鬢欲皤。

郊行同修來作〔一〕

出郭騁遠目，曠然天宇大。修涂膩如膏，野水紛瀠帶。始悟昨夕雨，茲地乃滂霈。人家住翠微，渺渺烟蘿外。荒原一以登，海氣浮沆瀣。秋風入鳴雁，霽色澄關塞。草蟲食豆葉，應候發天籟。嗒焉驢背人，與爾共長慨。

校記

〔一〕《詩略》選録此詩。

泛舟行〔一〕

官河浩蕩城東隅，舳艫銜尾舟人呼。五閘屹屹蓄水利，奔流直下跳圓珠。九日已過氣蕭瑟，田子治具招吾徒〔二〕。方舟次第羅几案，琉璃色映紅氍毹。微風舒舒旗腳轉，波痕淡折靴文粗〔三〕。鳧鷖亂流唼荇葉〔四〕，枯楊夾岸森千株。欸乃聲中魚網急，恍惚身入江南圖。溪橋小市足蝦菜，人聲往往雜燕吳。過峽灘平水清淺〔五〕，牽以百丈驅兩驢〔一〕。諸君觴行乃無算，發狂大呼驚僮奴〔六〕。潞河浮圖倏在眼，峭帆恨不淩江湖。返棹攀蘿登古堞〔七〕，蒼然秋色鋪平蕪〔八〕。夕陽欲下眾山紫〔九〕，迴光激蕩紛有無。郊壇陵廟雄制作，風雲慘澹神靈居〔二〕。龍蟠虎踞勢應爾，不然何以稱皇都？〔一〇〕結束短後上馬去，城頭莫角吹烏烏〔一一〕。

集評

〔一〕『過峽』二句，鄧漢儀曰：『補此一筆，妙。』

〔二〕『夕陽』四句，鄧漢儀曰：『不減少陵《渼陂行》。』

鄧漢儀曰：『一路敘置，藻麗繽紛。結束尤見遒健，讀者爲之神王。』

校記

〔一〕清田雯《古歡堂集》卷五《九月十日同北山、阮亭兩先生，實庵、蛟門、方山、修來、子昭、良哉諸子，介眉家兄泛通惠河，屬郁生作圖，歌以紀之》詩，曹貞吉、汪懋麟、顔光敏、林堯英、謝重輝皆有和詩。《古歡堂集》所録曹貞吉和詩無題。清吳錫麒《有正味齋日記》：『馮鷺庭送田山薑《大通橋秋泛圖》來題，一時作者皆國初諸老，如安丘曹貞吉、闕里顔光敏、荏山王曰高、揚州汪懋麟、莆田林堯英、商丘宋犖、平原張完臣、東海趙文照、黄州葉封、嘉禾李符、吳門顧嗣曾、茂苑孟亮揆、同里謝重暉，而詩則竹垞九言最爲矯特，今刻《曝書亭集》中者是也。』清鄧漢儀《詩觀三集》卷八、戴璐《藤陰雜記》卷十一亦載此詩。《詩觀三集》詩題作《田子綸招往通惠河泛舟行》。

〔二〕田子，《古歡堂集》、《藤陰雜記》皆作『郎』。吾徒，《古歡堂集》、《藤陰雜記》皆作『我徒』。

〔三〕波痕，《古歡堂集》、《藤陰雜記》皆作『波浪』。文，《古歡堂集》、《藤陰雜記》皆作『紋』。

〔四〕葉，《古歡堂集》、《藤陰雜記》皆作『藻』。

〔五〕過峽，《藤陰雜記》作『巫峽』。

〔六〕呼，《古歡堂集》、《詩觀三集》、《藤陰雜記》皆作『叫』。

〔七〕攀，《古歡堂集》、《詩觀三集》、《藤陰雜記》皆作『扳』。
〔八〕鋪，《古歡堂集》、《詩觀三集》、《藤陰雜記》皆作『來』。
〔九〕衆，《古歡堂集》、《藤陰雜記》皆作『寒』。
〔一〇〕『郊壇』四句，《藤陰雜記》無。神靈，《古歡堂集》作『群靈』。
〔一一〕莫角，《詩觀三集》作『暮角』，《古歡堂集》、《藤陰雜記》作『莫笳』。烏烏，《古歡堂集》、《詩觀三集》、《藤陰雜記》作『嗚嗚』。

送賡揚叔東歸

自憐七載長安客，臨水登山此送君。老矣浮名驚昨夢，悲哉秋色淡斜曛。原邊風雨愁無已，脚底燕齊路漸分。歸去好扶笻竹杖，孤雲野鶴若爲群。

題蛟門《少壯三好圖》

汪子逢人乞作照，禹生落筆神能肖。音律書酒致不同，兼之乃可稱三好。經營慘淡尺幅中，美人奏技臨春風。朱暈耳根有差别，周昉士女天然豐。一姬洞簫吹欲徹，一姬擅口歌將發。其一背面理箜篌，雲鬟掠削肌如雪。解識回眸一笑時，陽城下蔡皆癡絶。主人安坐紅氍毹，丰姿玉潤鬑鬑鬚。鸜鵒螺巵金不落，憑陵酒氣高陽徒。樽前侍者鴉頭奴，穠纖合度千金軀。意態盈盈不可畫，東風駘蕩消魂初。別爲大几羅筆硯，縹緗架插牙籤遍。萬卷由來敵百城，五車之多寧足羡？舍人於此良不凡，胸蟠武庫才華擅。一人擁卷慧且柔，耳邊似不聞清謳。掌箋娘子司香史，閨中林下堪同流。嗚呼！自古男兒讀書取將相，致身往往天人儔。不然飲醇近婦女，亦可消磨萬古之閒愁。伊余真是山中叟，蕭條絲竹杯無酒。小時誦書如貫珠，追憶渾如箝在口。君之所好我則無，蒲團靜悟還能否？

題《讀碑圖》〔一〕

度尚弟子邯鄲淳，高文卓犖娥江濱。中郎大書爲隱語，銀鈎剝落封埃塵。世傳曹楊此猜忌，雞肋之禍成逡巡。老牛舐犢不敢愛〔二〕，才多識寡災其身。茲圖巨石矗然豎，龍纏龜負何嶙峋。反袖深思必魏祖，大冠長劍英雄人。修也凝立若有得，眉間失喜談津津。突鬢期門作虎狀，兩馬齕步森蘭筋。畫工點染不草草，長松千尺龍鱗皴。郭熙慣用雞爪法，摹來粉本還精神。爾日河山勢鼎峙，黄星不照江之濆。阿瞞平生腳未到，豐碑贔屭胡由陳？承訛踵謬那可道〔三〕，丹青慘澹疑非真。古來萬事等蕉鹿，區區縑素安足論〔二〕！

集評

〔一〕『爾日』八句，鄧漢儀曰：『定論不磨。』

鄧漢儀曰：『入尾一番批駁，真讀史之識，如我意中之所欲云。』

校記

〔一〕鄧漢儀《詩觀三集》卷八、《山左詩鈔》卷三十一選録此詩。

〔二〕秖，鈔本作「秪」，今據《詩觀三集》、《詩鈔》改。

〔三〕謬，《詩鈔》作「繆」。

劉木齋招飲至醉

丙辰建子月，寒風在庭樹。炙背臨前榮，淡然絶塵慮。劉子片紙招，斗酒集親故。云是鄉中法，醖釀成紫露。伊余客京洛，荏苒朝復莫。癡鈍凍後蠅，支離棘中絮。獨於飲酒時，往往得真趣。斜日登君堂，樸樕忘禮數。須臾羅眾賓，高談抒情愫。香濃琥珀流，川吸長鯨怒。雙螯白於雪，金紫膏凝注。一舉三十觴，耳熱微風度。蕉葉君難勝，亦復同歌呼。無乃如蘇公，醉醒齊所遇。漏盡金吾訶，天街那可駐？月影淡昏黄，繁霜飛作霧。來時騎馬來，歸時徒步去。

爲子正題蕭尺木畫

昔年放舟登采石，振衣謫仙樓上頭。縱横四壁列巖壑，云是蕭子丹青留。峨嵋天半雪中出，三分太華紛垂旒。匡廬瀑布疑在目，跳珠濺玉無時休。天門日觀更奇絶，秦松五鬛風颼飀。卧遊真可傲宗炳，興酣使酒驚陽侯。《楚詞》一編窮物狀，經營慘淡神明遒。山鬼窈窕搴薜荔，湘妃遊詠驂鸞虬。古屋龍蛇邈意匠，驅役萬象精靈愁。老人筆底具造化，元氣磅礴非雕鎪。我欲從之乞粉本，其人已往歸丹丘。吾家司馬富圖籍，牙籤甲乙琅函收。出此一卷供清嘯，飄搖落木當高秋。廣庭無人氣蕭摵，置身惝怳疑十洲。水明沙碧足佳致，輕舠兩兩浮安流。琴鶴翛然殊自得，婦孺瑣細牽車牛。《清明上河》不可見，對此亦可消煩憂。諸公題詩遂滿紙，黄鐘大呂難爲酬。我擬扛鼎苦力弱，草間虫語聲啾啾。舉似阿連定一笑，倘可覆甕將安求？

郊外晚行

我行殊未遠，戀此秋日光。回薄帶長陂，四顧浩茫茫。牧馬鳴西風，齕立何昂藏。雉兔伏草間，欲發無大黄。群山鬱濃翠，迢遞臨天閶。輜車集廣術，諄諄走且僵。蕭然返重闉，斜月窺女牆。

上巳前一日北山招同諸子郊外看花之作

選勝名園當永晝，春風拂徑落花多。崢嶸古塔干霄上，烟靄長蕪載酒過。跡似竹林人淡蕩，遊先祓禊日清和。何來鐘磬催歸急，矯首青山戀薜蘿。

戲作口號

漸老頹唐不自知，年來牛馬任呼之。偶然爲客陳寒具，錯被人間喚餅師。

有感偶成

七載金門索米頻，敝裘如蝟耐緇塵。漢庭自重文園令，內史何勞歎積薪。

豐臺看花口號

綠楊踠地草芊綿，淡沱風光四月天。自歎癡頑閒老子，十年幾度到花前。
紅藥當門露幾枝，桃源有路足追隨。如何錯認蓮花社，也學攢眉向練師。
欹帽垂鞭穩勝藜，夕陽歸路板橋西。城南亭子多臨水，擬脱朝衫醉似泥。
勝地尋花香滿衣，紛紛蛺蝶傍人飛。廣寧門外車如水，又逐黄塵十丈歸。

種菜詩贈吴孟舉〔一〕

我聞古賢豪，不皆老田里〔二〕。況復荷鋤耰，辛苦事荊杞。曷來學圃人，乃是州錢子。詎爲耗壯心，寓意偶然爾。想當時雨足，菜甲生靡靡。溪流如箭注，桔槔聲在耳。春韭與秋菘，蒙茸差可喜。吾徒耽黄虀，入口叶宫徵。何必大官羊，每食輒減齒。在昔蘇雲卿，結茅東湖涘。陋彼張丞相，不曳朱門履。吴子富經術，抗懷無乃似。安能浮舴艋，一涉浯溪水。看汝著青蓑，蕭然蔬秤裏。便當追沮溺，耦耕從茲始。

集評

鄧漢儀曰：『寄興蕭條，固自具烟霞骨相。』

校記

〔一〕鄧漢儀《詩觀三集》卷八選錄此詩。

〔二〕皆，《詩觀三集》作『肯』。

重陽後一日寄杞園

昨日黄花今日風，籬邊咄咄漫書空。狂來老眼還能白，酒入衰顔暫得紅。薄宦那如鷄肋好，浮生多在雁聲中。故人怪我歸何暮，愧爾滄溟一釣筒。

贈柳敬亭〔一〕

誰遺開元遺老在，岑牟高座說興亡。醉來齒頰還慷慨，聽去鬚眉盡激昂。洛下青山私上客，鏡中白髮亂秋霜。樽前莫話寧南事，朱雀橋邊淚幾行。

集評

鄧漢儀曰：『今年秋，於陳階六座間猶晤柳老，意氣衰頹盡矣，尚爲一故人洒出塞之涕。讀此詩結句，令我彷徨。』

校記

〔一〕鄧漢儀《詩觀初集》卷三，陶煊、張璨《國朝詩的》之《山東卷》卷一、吳翌鳳《國朝詩補》卷一皆選録此詩。

爲姚陟山題神遊閣

先生理學名公孫，當年建業開雄藩。維時鯨鯢沸江水，崩騰海嶽天吳奔。大兵奇獄無不有，哀哀白骨愁青磷。先生平反奉德意，期於人世清煩冤。失出人臣之小過，翻令坎壈灾其身。騎箕一去二十載，山河雖邈遺風存。事久論定傳不朽，廉頑立懦薄夫敦。郎君孝思通冥漠，尻輪風馬追無垠。夢回建閣庀俎豆，神遊之額公則云。擘窠三字銀鈎屈，穠桃幾樹春花繁。南山入望鬱蒼翠，苕溪一帶流潺湲。公之正氣爲星嶽，憑依所在惟天親。靈風乍來環珮泠，飆車欲下雲旗翻。魂魄終當戀桑梓，功名久已垂乾坤。我聞在昔陰德吏，高冠長劍森蘭蓀。此閣兀然峙千古，遥遥好配于公門。

送子綸歸省

年來頻折柳，别緒正紛紛。歲序逢摇落，含情復送君。霜天圍野水，雁陣入歸雲。余亦思家客，離亭手重分。

念豈蓴鱸切，知君有老親。傳來眠食損，歸去雪霜新。落葉迷空館，寒風愴故人。脂車非遠道，惜别漫傷神。

大雅憑誰續，茲行益我愁。共傾桑落酒，已過菊花秋。北闕承明直，東河汗漫遊。浮雲成昨夢，渺渺入齊州。

馬齒余加長，論交兄第行。盟先邾莒國，家共魯齊鄉。人逐西風散，思同客路長。重來未遲莫，珍重水曹郎。

再題神遊閣

飛閣流丹矗絳霄，先生淑閣軼臯陶。清風自可興頑懦，正氣於今傍斗杓。夢覺依稀蘭珮泠，魂歸惝恍桂旗招。素車白馬時來往，莫逐錢塘八月潮。

秋日，戲效宋人體

景色三秋淡若無，千林葉散草痕枯。糟醨餟盡寧中聖，主客圖成得大都。鴻雁信來寒橘柚，鯉魚風起滿江湖。寧知索米金門者，歷落嶔崎有是夫。

賀阮亭納姬

神光離合影空濛，海水巫雲許略同。遂使朱弦拋永夜，將無團扇掩秋風。頰留獺髓三分色，鈿壓蛾眉一曲工。珍重箇人名字好，從教耳畔喚東東。

壽趙興寰中丞

帝念東郊切，元臣樹大藩。旌旄寬左顧，膏雨潤平原。地控重溟險，身當泰嶽尊。飲冰群吏肅，挾纊萬人溫。內政魚鹽足，中權虎豹屯。烏臺雄使節，司馬晉便蕃。寒暑農功恤，匡襄國計存。高牙威自遠，鈴閣靜無喧。以此勳勞重，宜哉介錫繁。黑頭方燕喜，紫綬已加恩。曳履行三命，懸弧復一元。

雪明花近幄，露湛酒盈鐏。笙筑聞仙籟，氍毹射早暾。岡陵嵐翠集，珠玉瑞泉噴。何限華封祝，謳謠託片言。

壽陳太夫子

嬀汭開華胄，喬松卜大年。一經尊耆舊，七葉貴貂蟬。棣萼聯枝暖，皋夔令望懸。驊騮先道路，鵰鶚勢騰騫。盛德師王烈，清風並魯連。籬邊高躅在，閭左義聲傳。以此貽謀遠，宜哉主器賢。聖朝方吁俊，夫子著先鞭。日影花磚迥，藜光寶炬然。北門雄八柄，東壁羨三遷。視草黄麻重，分泥紫誥宣。統均驚晉錫，人物樂陶甄。望識崔盧峻，身居裴馬前。虞廷推穆穆，周道美平平。秉憲今尊矣，調元有待焉。萊衣宫錦製，法曲大官筵。令序觀陽復，殊榮介壽全。生徒羅絳帳，卿士列星躔。詎餉如瓜棗，還斟似醴泉。華封何限意？鼇祝正綿綿。

寒夜飲酒歌，卽送吳天章歸河中，時陶季、蒼石在座〔一〕

中條千仞青溟開，長河雪浪如驚雷。山川盤鬱古蒲坂，扶輿間氣生奇才。吳生卓犖名公子，詞源屈注蛟龍摧。垂棘之璧不入貢，行年三十猶蒿萊。燕山雪花大如手，騎驢一弔昭王臺。荊高筑聲未銷歇，行吟碣石悲風來。我有濁醪色味劣〔二〕，藏之不減葡萄醅。夜闌與子共斟酌，徑須引滿三百杯〔三〕。短裘蒙茸亂鬅髮，高談跌宕凌鄒枚〔一〕。贈我新詩力扛鼎，五十六字琅玕排。行間蕭散復兀奡，猩紅小印吳綾裁。維時歲莫佳客集〔四〕，形骸脱略無嫌猜。處士淮南掛席至，舍人河北從軍回。草草訂交良不惡，縱横酒氣浮罇罍。出門驚沙撲燈滅〔二〕，大星磊落垂天街。拂衣明日歸山去〔五〕，人生聚散何爲哉！

集評

〔一〕鄧漢儀曰：「想見其人。」

〔二〕鄧漢儀曰：「金盞欲鳴。」

鄧漢儀曰：「寫得一往豪氣勃發，竟欲呼吳郎出於紙上。」

校記

〔一〕鄧漢儀《詩觀三集》卷八選録此詩。蒼石，《詩觀三集》作「魏蒼石」。

〔二〕味，《詩觀三集》作「未」。

〔三〕百，《詩觀三集》作「千」。

〔四〕莫，《詩觀三集》作「暮」。

〔五〕歸，《詩觀三集》作「故」。

雪獅行

大秦之獸來雪山，中庭屹立光芒寒。血舌電目勢趨走，神威矗矗當重關。天公昨夜紛玉戲，瑤華三尺須臾間。獃女癡兒工作劇，强呵凍手來雕刓。堅冰屹屹鏤鬚鬣，蹲夷軩綊精神完。平脅曼膚出意匠，呀然爪距愁相摶。穴腹置燈燈微曙，化城仿佛聞旃檀。旭日曈曨下簷霤，魋鼻儋耳還凋殘。威加百獸竟何益？六花不鑄黄金顔。世間成毁偶然耳，誰爲喜怒驚邯鄲？夏蟲語冰定大笑，獅乎與爾齊斯觀。

題《文姬歸漢圖》同阮亭作〔一〕

欲雪不雪天冥冥〔二〕，西風慘澹吹高旌。磧中數騎蕭然行，霜寒草短蹄蹴冰。兩馬齕步嘶呷嚶，馬通馬語人則懵。鞲絲錦帶籠蒼鷹，吹唇捲葉如有聲〔一〕。得非《十八拍》已成，有美一人玉雪清〔二〕。風鬟霧鬢傷離情，斷絶母子心怦怦。故園歸去惟棘荊〔三〕，南鄰東里奔鼯鼪。青蠅白璧顔胡頳，公獨有意憐傾城。漢官牽車指北庭，黄金詎博千秋名？中郎遺笥腹作經，屈蟠武庫羅斗星。十吏腕脱難爲勝，老瞞此舉快平生。故人誼重蛾眉輕〔四〕〔三〕，太尉墳草鬱青青，銅雀何爲鎖娉婷〔四〕？

集評

〔一〕『欲雪』八句，鄧漢儀曰：『一幅《塞上圖》。迷離慘淡，不可言説。』

〔二〕鄧漢儀曰：『祇此一句，千鈞之力。』

〔三〕鄧漢儀曰：『誰肯？』

〔四〕『太尉』二句，鄧漢儀曰：『駁得是。』

鄧漢儀曰：「老瞞平生第一快事，寫得雪舞花明。」

校記

〔一〕鄧漢儀《詩觀三集》卷八、《山左詩鈔》卷三十一皆選録此詩。阮亭，《詩觀三集》、《山左詩鈔》皆作「王阮亭」。

〔二〕不，底本作「欲」，今據《詩觀三集》、《詩鈔》改。冥冥，《詩鈔》作「溟溟」。

〔三〕園，《詩鈔》作「國」。棘荊，底本作「荊棘」，今據《詩觀三集》、《詩鈔》改。

〔四〕誼，《詩觀三集》同，《詩鈔》作「宜」。

正子有『緑水送春帆』之句，喜而贈之

緑水春帆句有神，飄然意態足清新。阿誰解道澄江練，輸與吾家繡虎人。

春晚同牧仲、湘舞、二鮑、顒士、元禮、寓匏偶過祖園小飲，各賦絶句

一年只合餘三月，上巳韶光兩度遊。瘦馬獨吟何處去，撩天烟絮淡生愁。

咫尺花源路尚迷，人家遥隔板橋西。到門一曲風潭静，萬樹陰中老鸛啼。

蘼蕪十里亂如絲，緑入長堤柳半垂。惆悵東園春事晚，梨花一樹正参差。

紅藥怒生如靺鞨，老藤斜掛作虬龍。酒酣風起松濤湧，仿佛清秋萬壑鐘。

幾回爛醉少年場，急管哀絲鬬夜涼。太息頭顱今種種，竹林闌入一神傷。
分湖紫蟹想輪囷，陶莊黄雀已沾唇。老饕老去無多望，願住江南作好春。
腰鼓當筵唱《柘枝》，風前玉樹繫人思。音徽歇絶今如許，不是花間好酒悲。時與元禮談及永瞻，故云。
數尺殘陽入短籬，隔墻猶露蒨桃枝。最憐人影匆匆散，不及銀塘月上時。

讀史有感

不盡中宵太息聲，十年清夢落邊城。龍荒雪窖尋常事，大有人間蘇子卿。

題畫竹

古人作畫如學書，興酣落筆神明俱。奮臂大呼走真氣，生枝枯卉森千株。古人學書如作畫，淋漓墨海供揮灑。古釵脚與屋漏痕，鑿破鴻濛起光怪。由來絶藝恒相兼，以書作畫筆力銛。雪松老人得此意，驅役萬象收洪纖。只今畫竹不盈幅，茅堂開視無蒸炎。一竿直上拂雲氣，琅玕片玉紛相黏。一竿横絶飽風雨，嵚崎磊落窺湘簾。天馬籋雲脱羈靮，神龍出霧揚鬚髯。其餘點綴不草草，嫩籜初應驚雷占。此君寫照略形似，何殊頰上三毫添？俯視王夏培塿耳，敢與太華爭尊嚴。若於昔人求位置，左惟與可右子瞻。卷端自署銀鈎屈，僨之隻字應三縑。公遊道山三十載，零緗敗素神所潛。郎君什襲等守器，錦綈賻首標牙籤。伊余童年獲方麯，動搖墨氣溟濛霑。藏之懷袖踰拱璧，六丁攝取憂惔惔。今觀此卷觀亦止，長語作頌寧非諂。

和木齋四月一日豐臺看花

誰遣清和一月遲，濃陰如幄繫人思。不知緑遍芭蕉未？又是開殘芍藥時。勝地莫辭中聖酒，斜陽端欲掛疏籬。樂遊原上歸何暮，恐惹緇塵點鬢絲。

尋芳又較去年遲，野草幽塘慰所思。燕子營將新壘後，楊花飛過晚春時。何來上客牛心炙，幾處人家麂眼籬。惆悵山公騎馬路，垂垂帽影與鞭絲。

卻憶

當風聊復一披襟，磕磕冰盤入夏深。卻憶家園濃翠裏，如拳新摘水林檎〔一〕。

赤雲夾日射黄埃，那得花光拂面來。卻憶野塘方十畝，白蓮香裏納涼回。

星飛幾點亂螢光，瑟瑟槐風入夜涼。卻憶豆棚新浴後，一編野史説興亡。

校記

〔一〕檎，鈔本作『揜』，同『擒』，當作『檎』。

題畫

楓岸青青未著霜，烟波杳靄似三湘。興來更上層樓望，奇絕君山一點蒼。
月色波光共渺然，弄珠神女影娟娟。扁舟倘乞樵風便，衝破玻璃萬頃天。

口號二首

魚鑰沈沈總未開，天街輿馬共徘徊。先生早起緣何事？只向門前看月來。
老子年來倦夙興，誰教月底對紅燈。五更趺坐蕭條甚，只似人間行腳僧。

擬上九日内監觀馬應制

日射銅龍輦道寬，黄袍影裏簇金鞍。吾皇自是多神武，莫作當年戲馬看。
何來雲錦遶宫牆，霧鬣風鬃未易方。遥識天顔多喜色，奚官遍賜紫萸囊。
沙平草淺日微寒，龍種權奇欲試難。風入四蹄馳道遠，任教吹墮切雲冠。

阿濫堆爲阮亭作

一曲人傳阿濫堆，怨入琵琶小忽雷。見説關山多雨雪，凌風何處卻飛來。

廬山高壽王年伯

廬山高，高幾許，乃是天地鴻濛之奥府。九疊爲峰，三疊爲泉，大江日夜流潺湲。謝公讀書闢精舍，慧遠結社開白蓮。自有此山以來，跳日月，霏雲烟。雨露之所潤，扶輿之所綿。荊揚之所萃，彭蠡之所漩。蔚爲奇材數千尺，亭亭直上勢欲摩青天。一枝離奇夭矯不可測，儼如西方老佛手持貝葉翻空掩映香爐顛。一枝颯然作偃蓋，輪輪囷囷委蛇溪洞邊。一枝初放尚蜿蜒，崟崎矹硉蛟龍躔。一枝質如青銅形如鐵石，秦松漢柏不足擬其古，霜皮黛色不足爲其妍。已乘風雷雜雲氣，兄杶幹而弟梓楩。飛騰踴躍升天府，將與扶桑若木蟠垓埏。其下或爲茯苓爲虎魄，爲玉樹，爲芝蘭。青條森森爭茂密，仿佛瑯環瑜珥羅階前。噫吁嘻！廬山之高有如此，舉似先生胡不然。

贈方山

共爾爲郎久，官寒情倍親。拂衣今日去，悵望濁河濱。積雪明關路，驚風上面塵。燕齊分一水，鼓枻到城闉。

余之曾大父，結綬古漁陽。猶及先丞相，爲僚共一堂。寒家傳六世，夫子衍青箱。記憶吾何有，因君淚數行。

似水交情淡，真能飲我醇。詞源窺正始，文筆薄先秦。龍腹歸名士，驪歌感故人。長安知己盡，離索一傷神。

宋玉章江去，風帆不少留。君行殊未遠，脈脈動離愁。壞驛冰霜結，高原松柏幽。阡開京兆後，來續酒人遊。

送翁武源之任廣州

延秋門外馬蹄輕，雪後看山眼倍明。此去髯蘇舊遊地，依然詞賦走江聲。

美人文筆接西京，佐郡新煩露冕行。七澤三湘無限好，高歌一和郢中聲。

夢至老鶴亭得詩

斷隴遥連麥甲青，海雲晝湧帶潮腥。漁舟一葉輕如許，細雨斜風老鶴亭。

初夏偶成

嫩緑菰蒲三尺生，荷錢一一點空明。偶然曲沼添新水，便作江湖夜雨聲。

詠雲

雨脚垂垂半日陰，斜風吹斷杳難尋。不知出岫緣何事，懶慢無心更作霖。

秋夜獨坐偶成

不寐思前事，風雷撼大東。那知來帝里，還與故園同。城郭虚無裏，人烟震蕩中。寒蟲聲唧唧，似爲話途窮。

瓦礫餘生在，匆匆歲月過。幾經身似葉，不覺鬢成皤。厚載因人薄，昆明歷劫多。書空渾不廢，伏枕奈愁何。時地震，人傷左臂。

灝氣地中行，隆隆虛谷聲。秋燈懸九陌，巷哭動三更。白露侵衣濕，青磷照夜明。客心悲未已，怊悵斗初橫。

杞人

杞人憂不細，圓蓋迴蒼蒼。詎識千尋厚，翻憐八柱僵。檣烏窺蜃闕，屋瓦裂昆陽。痛哭何時定？渾疑古戰場。

梯航輸上國，歌管集中流。一旦蛟龍走，千秋瓦礫愁。風霆驕白晝，雲氣淡幽州。落日驚沙起，依稀魑魅愁。

示濂

頻年報罷聽秋聲，策蹇青門此一行。地軸風雷還澒洞，天邊鴻雁劇縱橫。荒田耐可傭耕去，孤燭相看太瘦生。矯首浮雲纓索絕，任他雄劍自悲鳴。

寄宗定九

廣陵名士誰稱賢？南陽宗炳今幾傳？獨踞選樓閲千古，維摩著作相後先。昔年偶泛邗江棹，我友正寓樓西偏。謂西樵也。小園位置不草草，雜花滿地爭春妍。主人出郭了幽事，愛而不見心茫然。比官冷署得汪子，酒酣蹋地金莖邊。誦君佳詞《瓜茉莉》，如水放溜珠噴泉。老夫乘興弄筆墨，自料與子難執鞭。齒頰何期借傖父，謂余同調宜相憐。寄來團扇雪霜色，就中一一圖蘭荃。烏絲斜界矮行紙，小香私印吴麟鐫。緑淨依稀魚子篋，紅明的皪桃花箋。緬想此君多逸興，何時痛飲同幽燕。今年五月夏大熱，火雲如日緇塵闐。君遊長安獲半刺，疲驢欲僱無青錢。余亦卧病虎橋側，失之覿面寧非天？海陵秦子晚秋至，紫萸黄菊重陽前。入門下馬出君詠，芙蓉初日交澄鮮。遥知東原讀書處，紅楓一樹青藤纏。家徒四壁亦不惡，丈夫得失何有焉？道貌逢人問肥瘦，作書擬倩飆輪旋。黄葉村中足高卧，詩成還付江南船。

和其年説餅

老傖嚼麵如蚱蜢，齒牙雖鈍猶堪騁。廉公矍鑠未遺矢，有腹纍然疑垂癭。座中三五江南客，常笑吾徒耽食麵。何爲見獵輒心喜？鷙若秋鷹搦兔猛。諸君安坐聽説餅，賤子食經還井井。作餽貴圓餅貴薄，映紙分明見字影。櫻桃饆饠古所珍，顔色何殊在枝梗。田家餺飩苦膠口，但能飽此亦天幸。今年二麥較不登，篝車欲下層陰冷。荒陂倘或十斛收，爲君更出吳纖靚。快談不覺霜氣濃，出門惟見疏星耿。瓦礫滿街須深省，瘦馬一蹶將墜井。疾風吹燭走驚沙，城上柝稀鄰夜丙。

和石林閒居

地僻無車馬，蕭然市隱居。雀羅當晝靜，蝨葉下空疏。力倦難追日，心貪未見書。苦吟還面壁，習氣那能除？

兀兀窮年住，秋來倍憶家。翻翾龍角豆，爛漫牽牛花。茗粥流柈滑，霜籬撲棗斜。羈棲無不可，只是負烟霞。

九月多陰雨，寒深病骨知。頹陽供曝背，禿筆懶修詞。馬瘦兒童侮，瓶空雀鼠嗤。輕肥復何有？躑躅竟如茲。

晚起緣多暇，西風吹雁殘。定知三丈日，移過幾重欄。霜信披衣怯，家人入夢闌。餘生存瓦礫，天地一何寬。

我面崢嶸甚，還思如瓢時。官羊難滅齒，玉粒尚翻匙。已自憐鷄肋，全勝齕木皮。疏狂聊送日，爭遺外人知。

玉立一峰孤，霞明日欲晡。微紅侵屋角，亂纈入雲膚。弱女纔窺鏡，衰翁未染鬚。流行與坎止，落落復奚拘？

松風初瀹茗，宮徵乍調虀。黄緑自橙色，尖團各蟹臍。夜澄零露肅，秋老大星低。便欲拖藜杖，聽鐘潭柘西。

暖日青蟲集，飛飛菜甲輕。行廊驚蝶睡，採菊得蜂聲。萬物此俱寂，因風時一鳴。草堂開士過，茶話有餘清。

設客無寒具，攤書得小齋。窗斜隨位置，几曲費安排。已作三年臥，難尋五嶽鞋。分明類禪定，撒手覓懸崖。

跫然聞屐齒，短韻亦時拈。頓覺鬢眉長，無如老病兼。此來慵酒盞，那更賦香奩。擬試君平卜，離愁可再添？

喜蛟門至，同諸子集峨嵋齋頭，限六月

城頭慘淡霜鐘歇，天街水流馬腹沒。失喜故人峭帆落，躍起藜牀腳不襪。便欲邀留十日飲，狼藉壺觴枕糟麧。喚明那得林邊鵲，緣壁還愁夜中蠍。峨嵋山人促治具，蕭爽高齋背城闕。賤子癡鈍類凍蠅，諸公組練饒精卒。劇談星斗掛簷霤，大嚼肥羶雜果核。頷頤撐柱僅能軍，老手尊拳未相搰。入月坤輿稍寧謐，卵色青天潛妖孛。杯酒夜闌失酣睡，五更甚幸無朝謁。只恐漏盡金吾訶，俸錢重向糾曹罰。款段歸來燈火滅，華胥未到雞聲發。老屈風生疑簸蕩，深巷犬爭如訟訐。白露下窗影飄忽，彷彿

蓐收手金鉞。支骨寧當數雁喉，驅車何必窺鼠窟？明日城南汗漫遊，浣溪沙成更弄笏。

九日同諸子黑龍潭登高，仍次前韻

濃陰暫爲重陽歇，鯉魚風捲殘雲沒。登高有約成故事，摒擋青鞋與布襪。健足那能追麏鹿，老懷只願飽糟麧。聽松此際似聞鐘，照壁何人喜見蠍。城陰石甃老龍睡，靈雨年年獲瑤闕。瑟瑟白楊作秋雨，腹空大可羅肴核。塚中骨朽磷火青，夜深或與行人揖。對此吾徒敢不樂，而況天驚隕怪孛。紛紛裙屐自來去，勝遊何必煩請謁。我飲不過兩蕉葉，叵羅今日寧辭罰。隔岸斷畦菘芽白，霜前霏霏天街發。烏帽半欹各耳熱，藏鈎拇戰疑攻訐。飢鴉掠風集高樹，聚散如人亦倏忽。老子但索十斛米，諸君行秉千秋鉞。興闌步屧草痕濕，慎勿誤踏精靈窟。小閣雖傾攝衣上，搘頤倒卻參軍笏。

和子綸移居〔一〕

東鄰跛象牽雙車，西鄰官冷頻移家。門外草深藏鬼火，牆頭雨壞窺山廈。六鰲贔屭工破碎，問誰蓬戶誰高衙？老屋巍然良不惡〔二〕，疏籬一任風吹斜。有時舴艋送白墮，可無吟眺酬黃花。點綴長空景幽細，晚紅天色三兩鴉。拍張暫學鸜鵒舞，夔牛霜重還堪撾〔三〕。久欲從君徵僻事，圓蓋果否勞女媧？

校記

〔一〕田雯《古歡堂集》卷六《移居詩》，曹貞吉、王士禛、朱彝尊、陳維崧、汪懋麟、施閏章、林堯英、汪楫、曹禾皆有和詩，附於田詩後，皆不著詩題。

〔二〕巍，《古歡堂集》作「巋」。

〔三〕堪，《古歡堂集》作「操」。

戲柬健行

威行三輔使君稀，攬轡澄清願尚違。卜式暫來遊鳳沼，王章依舊困牛衣。頓驚馬首傳呼滅，久識人間溫飽非。珍重虀鹽好風味，他年次第領春暉。

健行言昔年同玉少登運城，望鹽池，風景甚佳，意玉少必有詩，然不可問矣，代爲作一章

野狐泉上動薰風，百尺憑陵入望空。錯認水天渾一色，鹽花如雪月明中。

曉行

曉行經紫陌，殘月尚如弓。鴉陣凌寒急，牛車宿火紅。羈懷愁北雪，老面耐西風。辛苦十年事，追隨豹尾中。

冬日憶村居

夕陽山下落，獨樹亦爲村。野水淡無色，松聲常在門。荒園老桑柘，汐社散鷄豚。底事年年約，難招羈客魂。

遠郵〔一〕

遠郵珍棗脯，老淚盡南天。倏忽十年事，開緘倍黯然。遥知慈母意，難附楚江船。念此心尤切，推窗月正圓。

校記

〔一〕馬長淑《渠風集略》卷二選録此詩。

十年

十年一抵足，乃是夢中來。健羽憑誰借，羈愁似暫開。半牀蝴蝶幻，萬里鷓鴣哀。怪爾霜鐘急，無端勒卻回。

有感

豈是中年易感傷，盛衰今夕斷人腸。飢烏自分無全樹，倉鼠方當有剩粮。蒙袂久拚從夜壑，掛瓢何意到門墻。寒風對爾惟三歎，金谷銅山亦渺茫。

贈歌者〔一〕

零落樽前舊舞衣，段師容鬢尚依稀。黃蘆苦竹千秋恨，愁逐梁塵一夜飛。

集評

鄧漢儀曰：『兩愁相併，合有此語。』

校記

〔一〕鄧漢儀《詩觀三集》卷八選録此詩。

詠鬧蛾倣竹枝體

十三少女學梳頭，手插蛾兒顫不休。記得當時簫鼓夜，隨他明月下樊樓。

正月晦日口占

似水韶光不奈何，爲郎十載鬢空皤。甚思一葦飄然去，江北江南聽棹歌。

擬送孫樹百東歸

緑蕪千里送征車，夕拜名郎鬢未華。補闕自能關社稷，言歸差不負烟霞。紆威石磴泉三疊，宛轉柴門路幾叉。約略丹成通地胏，好分黍米報天涯。

雲山無恙輞川莊，高卧全收竹徑涼。聖主求言心自切，孤臣報國日何長。一天薜荔惟郊墅，萬仞芙蓉落混茫。漫道皂囊封事晚，苦吟句已滿奚囊。

送丁雁水之南贛任

河渠曾奏治安書，司馬旬宣下玉除。使節遙臨分水嶺，行厨初膾帶冠魚。三眠人柳低承蓋，一路桃花亂擁車。振屧鬱孤臺上去，風清百粵望徐徐。

代送丁雁水之南贛任

十八灘過盡，高城二水分。使君發微詠，猿鶴靜相聞。紅入佛桑樹，黄開庾嶺雲。定知人吏散，拄笏對斜曛。

見詩詩總好，風格比陰何。旌節花開處，公庭遮綠蘿。杉檣江上集，賨布日南多。不用嚴烽燧，天心近止戈。

夏日雨後獨坐

過雨疑秋色，當風白葛輕。斷雲仍掣電，濕瓦已飛螢。流水市聲寂，經天銀漢明。樽空那成醉，暫得兩眉横。

喜雨

桑林急雨下重城，澎湃還疑地軸傾。半夜驚雷興菜色，虚堂流水作秋聲。三農卒歲憂時計，一飽關心薄宦情。明日定知煩暑淨，天街瀟灑葛衣輕。

再喜雨

連宵急電走豐隆，解愠南窗六月風。似霧曉添蓮葉上，如絲涼入稻花中。一天白雨足燕市，萬畝黄雲憶大東。寄語耕人須努力，於今天子重田功。

夏日對鏡有感

逝水西流無盡時，勸君莫染鬢邊絲。北邙新塚皆年少，到得白頭知是誰？

十年

十年難博一官成，白髮隨愁積漸生。夢筆那曾逢五色，聽猿常是叫三聲。未忘家計終懷土，共識天心早厭兵。芳草滿川叱牛去，老農只合伴深耕。

雨後有感

急雨颯然至，跳珠作瓦聲。荷翻千葉白，螺泛一舟輕。久客只添歲，逢人慚問名。此生真寂寞，那更學長生？

爲牧仲題《雙江唱和集》〔一〕

浩思臨風不易裁〔二〕，振衣獨上鬱孤臺。扁舟誰破澄江色，白板橋頭處士來。納納溪聲走白沙，魚牀蟹舍兩三家。吟安主客圖中句，輸爾青山出菜花。吹浪船頭豚拜趨，峭帆如鶩下彭湖。一雙斑管淩江去，玉立分明大小孤。雛鳳教隨老鳳哦〔三〕，中原文筆宋家多。他年名字雞壇上，爭許人間喚小坡。

校記

〔一〕宋犖《西陂類稿》卷四《雙江唱和集》附錄此四詩，與施閏章、林堯英等人的和詩同題爲《讀〈雙江唱和集〉作》。同治《贛縣志》卷四十九之三《國朝詩》選錄第一、二首，同治《贛州府志》卷七十六《藝文志》選錄第二首，詩題皆作《讀宋牧仲〈雙江唱和集〉》。

〔二〕臨風，《贛縣志》作「風月」。

〔三〕教，《雙江唱和集》作「聲」。

題貞靖祠白松

我聞新甫之柏何蒼蒼，鮫皮黛色淩風霜。又聞龍門之桐高百尺，落砢離奇世無匹。房家白松將毋同，雙抽玉樹摩蒼穹。其堅鐵石質冰雪，五鬣風響聲鏜鏞。貞靖祠前勢拱揖，仿佛翁仲來秦宮。星辰箕尾時上下，霓旌素節紛相從。公之神靈所呵護，千秋不損針蒙茸。憶昔雙鳧飛北海，土膏土德培厚風。召伯甘棠誰剪伐，三槐矹律猶能恭。峿城父老謹伏臘，鼓聲坎坎疑豐隆。魂魄依稀還戀此，雲車不隔關西東。嗚呼！松兮松兮觀亦止，杶幹凡材安足齒？他日名垂天壤中，豈讓新甫之柏龍門桐？

秋夕偶成

風低竹影窺簾色，雨打瓜棚亂葉聲。老子清齋無一事，孤燈明滅憶平生。

阮亭病酒，走筆調之

十日不相見，聞君中聖人。那能受蕉葉，乃與麯生親。尺八還聆響，笠簑乍吐茵。歸來未岑寂，耳熱對横陳。

寓直口號

霜鐘歷歷度晴空，睡起疏櫺斷續風。幾點星稀天未曉，一聲鶴唳月方中。
隔窗人吏語方倦，飢鼠窺燈去復回。那堪夢破三更後，金水橋頭聞雁來。
玉宇虚涼白露垂，銀潢屈注映罘罳。雞聲亂起四天静，卻憶月明茅店時。

題《清源四節傳》

當年鐵騎蹴重圍，日射金鱗雨土霏。自識軍聲能震疊，翻令女德有光輝。一門共矢如霜操，九地相攜含笑歸。不是罡風吹浩劫，倫常千古竟誰依？
正氣寧貽夫子羞，成仁此日更安求？靈旂自遶三千界，碧磷猶明四十秋。豈少鬚眉稱國士，終輸巾幗占清流。夜闌撫卷堪怊悵，冷雨西窗打未休。

和念東先生郊外韻〔一〕

一讀《南華》一惘然，夔蚿終不罷相憐。山中麋鹿招同隱，世上鶯花妒盛年。地踞蓬壺輕弱水，聲傳粥鼓靜諸天。終慚下士難聞道，矯首青冥路幾千。

因風弱絮倍悠然，過雨穠華已可憐。海若安知河伯樂，蜉蝣真羨蟪蛄年。無才不墮文章劫，有福還生兜率天。日月神山堪寄傲，匆匆桃熟歲三千。

饒舌豐干自快然，寒山數偈動悲憐。金多難鑄公卿骨，氣短能銷賈屈年。卻笑輩郎渾易老，終輸太守早生天。北邙新塚今如許，未必纍纍礙太千。

集評

鄧漢儀曰：「三首有透闢語，能增道氣。」

校記

〔一〕鄧漢儀《詩觀三集》卷八選錄此組詩，詩題作《和高念東先生郊外韻三首》。陶煊、張璨《國朝詩的》之《山東卷》卷一選錄第一首，詩題作《和高念東先生郊外韻三首》。

念東先生生日，見示一詩，有『他日冰桃定餉君』之句，賦此奉答

八百春秋定可期，一卮聊復伴軍持。他年但索如瓜棗，若待蟠桃是幾時。

發沅州舅氏家報有感

破帽單衫去未休，碧雲紅樹正清秋。行人莫上最高嶺，不見家山空白頭。
蠶叢聽盡鷓鴣聲，似髮中原空復情。裘馬於今誰感激？青雲失路一諸生。
沅江一曲抱城來，鐵騎連營暮角哀。十道羽書傳幕府，參軍瘦馬莫遲回。
記得羊車最少年，誦書翻水相君憐。那知瘴雨清浪道，十萬軍儲輓不前。

警悟二首

紛紛蠻觸欲無天，不攬松風半晌眠。海水曾窺千丈淺，月輪定減幾分圓。也知郭況餘金穴，果否彭鏗得大年？小鳥枋榆還坐笑，南溟頻徙竟徒然。

珠桲蒲團閲大千，須彌芥子入空禪。饒他雲物三秋幻，不動天形一粒圓。竹帛莫榮泉下骨，貂蟬難覓枕中緣。去人去楚紛多事，舉似瞿曇恐未然。

秋夜感懷

十年重抵足，破夢已三更。瘴癘兵戈地，艱難旅雁情。人言殊汗漫，老淚久縱横。深愧未聞道，空教白髮生。

翻覺難成寐，搖搖此夜心。天風正號怒，瑟瑟下空林。宦拙鄉思切，秋多露氣沈。吾生初不意，飄泊到於今。

颯然秋氣入，蒲柳遽先衰。造物莽搖落，神仙安可期？觀河應皺面，對客苦撦頤。天地鴻毛在，茫茫信所之。

又口號二首

白髮於今也世情，羈人頭上雪盈盈。鏡中莫作尋常看，多少愁心結得成。

心折寒雲一雁聲，飄搖似動故人情。江湖滿地稻粱足，月黑關山何處行？

哭夏抑公

麻衣如雪返青山，隔歲秋風未擬還。不分故人成白骨，空勞清夢繞江關。奇才自昔難逢世，大藥何曾解駐顔？一慟寢門招逝魄，燭花掩映淚痕斑。

閏中秋寓直對月

四十七年重閏月，回頭遥憶我生初。心驚蓂莢垂垂發，老識悲歡漸漸疏。再滿蟾光還□夜，平分桂影自留餘。周廬襆被何時已，抱得清暉慰索居。

桂輪難得見重圓，有客東華思惘然。天上貂蟬終少分，人間花月不論錢。霓裳曲罷音仍續，玉斧修來魄正懸。無那罡風吹永夜，鴻聲一一落燈前。

不寐口占

風急裂窗紙，如聞太息聲。那能窮五夜，莫是閏三更？白露秋方重，銀蟾老更明。支牀餘病骨，心折斗初横。

讀史四首

驚傳瘴海到降王，面縛仍依日月光。鑾觸自然歸覆載，蚍蜉何計犟金湯？牽羊李勢顔能厚，握爪真卿骨自香。記得蓬萊遺事在，河山三世亦云長。

禍來名滅豈由人，茅土居然貳負臣。異姓真須盟白馬，清流不意走黄巾。長刀遮客謀何老，單騎還朝局亦新。歸骨中原多大癘，紛紛許遠與張巡。

蠻夷大長老夫尊，几杖頻頒異數存。讓國那曾逃泰伯，發蒙先已料公孫。兵戈久厭天南苦，輪輓難招間左魂。若使全軍歸海曲，何年真雪越人冤？

三節真王馬鬣封，袁劉遺恨在番禺。黄金舊鑄淮南印，匕首新衝袁盎胸。盤水自難寬竪子，天心端欲息邊烽。白頭父老堪相慰，五嶺今年不賦賨。

感事成一絶句

依舊繁纓照馬紅，路人爭識李河中。獨憐王氣蕭條盡，荔子香濃憶故宫。

秋深有感

長安居不易，荏苒十年居。一夜霜風急，淒然憶舊廬。朝寒欺病骨，晚食得秋蔬。遊子那能去，衰親尚倚閭。

客夢

客夢連宵亂，尻輪信所之。半空迷弱絮，一髮引游絲。苦語杜鵑得，深情蝴蝶知。茫茫關路杳，何處問天涯？

念東先生惠詞序賦謝

晦跡金門世念輕，一編《花》《草》閲浮生。悲歌自昔宜燕市，綺語寧當問姓名。七寶牟尼終是幻，千年楚漢亦何情。因君頓欲焚書僻，瀟灑天龍法雨聲。

敢以桓譚重子雲，辟支小果自聲聞。思攜海上風濤色，一洗《花間》塵土文。好語穿來珠錯落，神山引去碧氤氲。他年興到還長嘯，定在蘇門麋鹿群。

嚼破虚空欲話難，只將文字慰衰殘。舟移海岸人誰在，楓落吴江水自寒。白傅或能返兜率，盧生那得出邯鄲。玉清未必音塵絶，一匕還分絳雪丹。

讀某人集有感

大冠長劍盡書生，召對青蒲水火爭。一局殘棋渾未了，姑蘇臺上鹿縱横。
館閣當年儲相材，竄身牛李亦堪哀。寧知議論關兵氣，耐可焚香瀹茗來。
見説清流異濁流，紛紛龍腹與龍頭。徙薪曲突何人會，群盜如毛百不憂。
請劍朱雲社稷臣，掛冠梅福竟全身。山中若肯長高卧，氣節居然屬此人。
百年蜀洛總前塵，過眼玄黄局又新。永夜挑燈悲往事，憑誰唤醒夢中人。

立冬日袁士旦過飲，以二詩見投，依韻賦答

委巷經過少，跫然到草堂。人同籬菊静，珮有芰荷香。易水初成釀，燕山正落桑。故鄉歸未得，且認醉爲鄉。
斗酒娱今夕，花寒暗入冬。妙香參鼻觀，爛醉起眉峰。軋軋遲鳴雁，迢迢引暮鐘。昭亭多秀色，句裏暫相逢。

初冬夜集聯句〔一〕

羈棲欲何爲，不如行荷鍤。念東先生〔二〕。笷倦招提遊〔三〕，飲愛文字洽。牧仲。晚照橫蒼山，涼風吹白帢。實庵〔四〕。稻芒蟹初擘，松牀酒新壓。阮亭。殘菊映深杯，狂言遞相狎。方山。人皆白社侶，詩競黄池歃。阮亭。妙書鑒東丹，是日觀東丹王《射鹿圖》〔五〕，歸舟憶巫峽。阮亭座中吟《不得茘裳妻孥消息》詩〔六〕。牧仲。暖西曹最喜齋，北陸巧當袷。念翁。霜威逼簷牙，星芒動簾押。牧仲。不妨乘興哦，未中考功法。念翁。采隱思漢廟酎，冷畏堯厨萐。阮亭。卮漏川灌河，氣壯兕出柙。牧仲。暫爾聖賢中，詎必金貂插？實庵。天馬行夢廬霍，泛宅羨苕霅。阮亭。斗室卽江湖，拍浮類鳧鴨。牧仲。旅懷歡已忘，韻險句偏恰。念翁。銘鑱駊娑〔七〕，海鯨動呀呷。聲殷雷破壁，勢急帆離夾。阮亭〔八〕。縱橫字屢乙，宕蕩顔能甲。實庵〔九〕。聱叟樽，書留老嫗箑。牧仲。裘矜貂鞸貴，扇委蛟龍匣。阮亭。久企松子遊，無事山公劄。方山〔一〇〕。稍聞動鼉鼓，曾否熟羊胛？實庵。勿憚金吾訶，重沽錢未乏。念翁〔一一〕。

校記

〔一〕陳維崧《篋衍集》卷十二《聯句》、宋犖《西陂類稿》卷二十二《聯句集》皆錄此聯句，詩題同，唯宋集題下有小注：『同高念東先生、曹實庵、王阮亭、謝方山』。

〔二〕念東先生，《篋衍集》、《西陂類稿》皆作『念翁』，曹集下文亦曰『念翁』。高珩爲曹貞吉的父執輩，故稱。

〔三〕《西陂類稿》有小注：『先是，有勝國寺之約』。

〔四〕帢，底本作『蛤』，今據《篋衍集》、《西陂類稿》改。

〔五〕丹，正文與小注，底本皆作『舟』，今據《篋衍集》、《西陂類稿》改。東丹王，遼耶律倍（八八九—九三七），遼太祖耶律阿保機長子，善畫。其《射鹿圖》現藏美國紐約大都會博物館。

〔六〕『阮亭』句，《西陂類稿》作『阮亭坐中吟《不得荔裳妻孥下峽消息》詩』。《篋衍集》上句小注與此處小注並作一條：『時觀東丹王《射鹿圖》，阮亭於坐中吟《不得荔裳妻孥下峽消息》詩』。王士禛《漁洋山人精華錄》卷八《今體詩》題作《不得宋荔裳妻孥消息》。

〔七〕騣娑，底本作『駿娑』，今據《篋衍集》、《西陂類稿》改。

〔八〕離，《篋衍集》、《西陂類稿》皆作『出』。

〔九〕宕蕩，《篋衍集》、《西陂類稿》皆作『跌蕩』。

〔一〇〕山公，底本、《西陂類稿》皆作『宣公』，今據《篋衍集》改。按：山公，謂晉代山濤。《晉書·山濤傳》：『濤再居選職十有餘年，每一官缺，輒啓擬數人，詔旨有所向，然後顯奏，隨帝意所欲爲先……濤所奏甄拔人物，各爲題目，時稱「山公啓事」』。

〔一一〕沽，《篋衍集》作『酤』，同。

贈友人徐君光漢

執紼東門遠別離，三年重見鬢如絲。曲江賓從蕭條盡，大有人間鸚鵡卮。

身負鹽官國士知，夕陽弱水去何之？於今墳草芊芊長，石馬無聲嘶向誰？

他年鏡具知何日，纔見羊曇淚已垂。寂寞九原誰不朽，與君斟酌細論之。

雪夜飲阮亭齋頭，以『風雪夜歸人』爲韻〔一〕

樓戶慘不樂，出門迷西東。堅冰結層陰，馬毛拳北風。飢烏啞然集，落落蒼烟中。所思渺無端，未見心則沖。

頹陽十日溫，釀此一尺雪。圓璧與方圭，觸物成皓潔。貂敝絮不如，納袖冷於鐵。爐存火微紅，那得炙手熱？

鸜鵒畏網羅，黃雀憂彈射。奔車太行側，張帆瞿塘下。伊余七不堪，常乞三日假。簌簌聽簷花，金鐎响深夜。

空明白硾窗，蒙茸紅地衣〔二〕。兩叟竹間坐，掩映生容輝。晶盤行素鱗，橘柚香霧霏。興至輒復飲，酒盡還當歸。

天街浩茫茫，深巷空無人。一燈明滅間，黯淡疑青磷。豈不愛瑤華，翻憂墊我巾。虎橋石徑滑，差勝十丈塵。〔三〕

集評

〔一〕鄧漢儀曰：『二老對酌圖。』

〔二〕鄧漢儀曰：『此豈復有宦情？』

校記

〔一〕鄧漢儀《詩觀三集》卷八選錄第四、五首，詩題無『以「風雪夜歸人」爲韻』句。

初秋偶過學圃有懷先大兄

池塘猶是綠陰濃，三徑依稀宿草封。一別暫沽燕市酒，十年纔拜墓門松。鳩車行處曾同挽，蒜髮垂時可再逢？自分此生兄弟少，情懷兀兀入秋冬。

中秋痛哭詩

滄海橫流事已非，白頭相見志全違。提攜貧賤甘黃獨，老大兵戈墜鐵衣。當日帛書隨雁足，何時丹旐返柴扉。鑾江處處猿啼苦，回首難尋舊釣磯。

釁序當年振羽翰，逢時容易說彈冠。遂成千古人琴痛，欲結來生兄弟難。白馬江深迷遠棹，黃茅瘴苦阻歸鞍。那能倒用司農印，空博啼鵑淚血乾。

七載悲歌慨以慷，中原如髮詎能忘。死生沈痛嗟雙鬢，消息然疑只異鄉。那得幾時同大被，常因一雨想聯牀。全家摧折烏蠻盡，豈獨生歸歎阻長。

逝水茫茫不可期，浮生有盡幾何離？覆巢自信無完卵，拔木寧堪更折枝？大渡河邊橫照處，小龍番外晚秋時。烏頭馬角千年恨，此事誰知也到伊。

南雲北雁悵慈闈，睡覺呻吟萬慮非。兩地關河空極目，一時雪霰正交飛。夢中執手寧全別，身後還家可當歸。膝下輸君先侍母，所嗟渾未著麻衣。

冬日晚行

四野蒼烟亂，頹陽半在天。西風正搖落，日暮轉淒然。峿嶺千尋矗，清泉一帶懸。悠悠驅馬處，回首動經年。

投龍泉莊宿〔一〕

疲馬行何已，人家欲上燈〔一〕。雪痕依草白，嵐氣帶林青。古屋穿牛火，平田照歲星。藏名汐社老，相見亦忘形。

集評

〔一〕鄧漢儀曰：『好光景。』

校記

〔一〕鄧漢儀《詩觀三集》卷八選錄此詩。

飯田家

遠市難呼酒，盤飧愧老農。塗泥艱卒歲，風雪歷深冬。吾輩甘粗糲，何人當鼎鐘。年豐應有得，願汝力田逢。

宿田舍，與向若姪夜談

老未工時態，寧堪雁影孤。羈棲空歲月，飄泊且江湖。正下麻衣淚，難求肺病蘇。去年當此夕，風雪認迷途。余於去年是日出國門。

補去年初出國門一絕句

十載重尋舊路歸，鳳池清夢尚依稀。蘆溝一樣沙如雪，只是風前淚滿衣。

冬日行汶河道中

隔歲還家路，重來倍損神。沙邊飛鷺影，驢背過橋人。麥甲肥霑雪，山容淡作皴。敝裘渾耐冷，躑躅大河濱。

送霦之金陵

雪花如手項王城，風捲寒蘆颯颯聲。此去江南好時節，攝山鐘阜正雙清。遊子休歌行路難，敝裘如蝟怯風酸。腰纏十萬吾何敢，遲爾歸來閲歲寒。

壬戌初冬偶集春草堂聯句〔一〕

寒日鬱重陰，殘菊瘦如削。升六〔二〕。良會亦偶然，蕭晨非素約。竹船。籬根暗蛩寂，枝頭乾葉落。向若。藜床酒新漉，晶盤蟹初斫。腴比玳瑁膏，光擬琥珀酌。瀲灩鸚鵡卮，淡沱鸕鷀杓。升六。此地足蕭散，何必尋丘壑？星留〔三〕。徑曲森樹石，欄疏富花藥。向若。枸杞綴青紅，蘿薜劇蕭索。升六。細雨點微塵，斜風捲輕籜。竹船。霜冷柿紅凋，日回雲影薄。星留。相期文字飲〔四〕，未敢雜詼謔。升六。貧家足芋栗，飯客供藜藿。夕照在樹杪，晚晴收雨腳。岸幘意疏放，解衣氣磅礴。竹船。天光窺睥睨，溪聲酣礿略。誰能餐沆瀣，我但餔糟粕。升六。角戶甘避舍，得句如釋縛。耳熱想潺湲，眼明見寥廓。竹船。鳥語入昏黃，人醉忘酬酢。星留〔五〕。長吟逼夕春，高談恐鄰瘧。素壁羅蒼山，松皮方振籜。巉巖莽回互，飛揚少根著。升六。便欲隨黃綺，此中侶猿玃。豈不憚險艱，中情欣所託。向若。寧知五十非，難鑄六州錯。升六。幽磴足愁陟，苦茗手親瀹。竹船。所嗟暝色迫，重門下銀鑰。更慮街卒呵，嚴城响金柝。出門上馬去，三歎從中作。升六。

校記

〔一〕馬長淑《渠風集略》卷五録此聯句。

〔二〕升六，《渠風集略》皆署『實庵』。

〔三〕星留，《渠風集略》皆署『燦垣』。據道光《安丘新志》卷二十六《流寓傳》載：『曹煜，字燦垣，直隸清苑諸生。因父官安丘，遂籍焉。』星留，其號也。

〔四〕文字飲，《渠風集略》作『飲文字』。

〔五〕忘，《渠風集略》作『忽』。

竹船用松皮爲假山聯句四十韻〔一〕

馬子有奇癖，剝此蒼官腹。升六〔二〕。置之素壁間，巉巖支老屋。向若〔三〕。偶爾過閒庭，恍如入深谷。冷淡意自真，嶙峋峰亂矗。竹船。洞天仇池奥，地脈長房縮。慘淡通神明，經營勞心目。中峰偉然尊，群山趨而逐。升六。依稀似二勞，直欲淩三竺。向若。滉漾看江湖，蕩析波痕蹙。升六。濤聲杳初歇，嵐光儼新沐。翠凝青嶂斜，巖仄迴岡複。苔厚長巑岏，巘削勻骨肉。竹船。側聞急雨聲，共擬看飛瀑。向若。坐愛石粼粼，行聽風謖謖。竹船。正可走狙麑，居然隱樵牧。升六。神往一攀緣，臨崖足畏縮。向若。安得理長鑱，便欲成小築。泰華鬱岧嶤，攬之不盈掬。眼界蒼烟生，夢遊靈境熟。非不羅眾妙，其如窘方幅。升六。世事善幻化，靜致媚幽獨。几應供怪石，堂宜名枯木〔四〕。四壁動琴操，錚鏦响林麓。升六。清音良可娱，我亦厭絲竹。側理富邱壑，不妨作畫讀。向若〔五〕。曲折披麻皴，突兀礬頭禿。溜雨青桐根〔六〕，窈墨蛟龍伏。升六〔七〕。門庭太詼詭，中或產朮茯。向若。困蠢露槎枒，無乃藏虺蝮。蠟屐康樂豪，投書昌黎哭。所嗟塵土士，未饒烟霞福。升六。勝地界村郭，同人集五六。紅葉入冬妍，碩果經霜馥。沽酒剩提攜，留客耽信宿。竹船。清濁溷賢聖，庖烹雜水陸。行觴鯨屢吸〔八〕，索句頷頻顣〔九〕。縱横類塗鴉，跌宕同奔鹿。升六。野棠寒作花，勢欲敵殘菊。升六。疾風吹五鬣，長夜氣肅肅。涼月紛上衣，茅簷飛蝙蝠。向若〔一〇〕。

校記

〔一〕馬長淑《渠風集略》卷五錄此聯句。

〔二〕升六，《渠風集略》皆署「實庵」。

〔三〕向若，《渠風集略》皆署「霂」。曹霂，曹貞吉次子，字掌霖，一字仲益，號去浮。向若，曹瀚的字。曹瀚爲曹貞吉祖兄曹元胤長子，監生，候選州同。曹貞吉曾作《宿田舍，與向若姪夜談》詩。

〔四〕『世事』四句，底本此處無作者名，或漏寫或與下二句皆爲升六所作。《渠風集略》書爲竹船作。
〔五〕『側理』二句，《渠風集略》作『墨潑陵谷分，峰迴神氣蓄』。
〔六〕桐，《渠風集略》作『銅』。
〔七〕墨，《渠風集略》作『黑』。
〔八〕鯨屢吸，《渠風集略》作『錄事苛』。
〔九〕額頻顣，《渠風集略》作『漏聲促』。
〔一〇〕向若，底本脱，《渠風集略》作『霂』，當爲『向若』，參本首校記三。

送竹船、卯君遊九仙諸山

離亭執手月將圓，便跨青驢入五蓮。雞黍且成十日飲，烟霞真結一生緣。山間得句知全好，洞口逢人卽是仙。太息盧敖從此去，雲中笙鶴自年年。

風吹席帽任欹斜，凍雨柴門到卽家。枕上似曾聞落葉，夢中端恐負黄花。人來汐社仍三宿，路入仙源定幾人。慚愧穀苗深處老，難騎款段溯蒹葭。

竹船談九仙之勝，共爲聯句〔一〕

君從九仙來，青鞋著幾兩〔二〕？骨相帶烟霞，及兹雙眸放。想像龍湫黑，兼聞雲海滃。樵徑自紆威，泉聲必悲壯。升六〔三〕。薄劣愧名山，扶持憑竹杖。塵容聊一滌，幽懷此焉暢。竹船。神明入惝恍，耳目悅清曠。身出青冥間，氣凌猿鳥上。升六。雪霽共追遊，嵐光紛似颺。向若〔四〕。霜白寒薛蘿〔五〕，潮青浮漭沆。升六。萬歲峰突兀，聚仙屹相向。五蓮勢矗矗，崒嵂不相讓。飛瀑瀉澄潭，澎湃噴雪浪。石壁削崚嶒，攀躋祝神貺。狂客耽險僻，登眺恣跌宕。窈窕荷葉棚，虛敞光明藏。鐘魚聽愈寂，蕨笴勞相餉〔六〕。歸來夢魂中，時作巑岏狀。竹船。夙昔慕靈境，行藤未草創〔七〕。因君山水情，添我文字障。十旬飽塵土，胸懷始浩蕩。頗類宗少文，臥遊邈意匠。升六。何時了婚嫁，便當脫塵坱。振衣天柱顛，逌然發高唱。向若〔八〕。

校記

〔一〕馬長淑《渠風集略》卷五錄此聯句，題作《竹船自東武歸，談九仙之勝，因共聯句》。

〔二〕兩，《渠風集略》作『輛』。

〔三〕升六，《渠風集略》本聯句皆署爲『實庵』。

〔四〕『雪霽』二句，《渠風集略》置於『萬歲』句前，不署『向若』。

〔五〕薛蘿，《渠風集略》作『薜荔』。

〔六〕蕨笴，《渠風集略》作『笴蕨』。

〔七〕籐，《渠風集略》作『縢』。

〔八〕『何時』四句，《渠風集略》皆作曹貞吉作。

新秋雨霽，學圃堂看蓮，與竹船聯句二十韻

雨過初澄暑，長陂水乍平。竹船。堞光分樹色，屐齒印泥聲。升六。偶踐看花約，遂成載酒行。竹船。荷傾千葉露，風响一牀箏。升六。蟬咽調商律，蝶飛趁午晴。孤亭窗面面，曲砌竹莖莖。園果垂簷下，畦蔬入饌烹。竹船。鉢聲名士價，餕味主人情。始就鴻文範，終憂鼠量盈。鳥鳴當晝靜，霞影落杯明。促坐移河舫，高談出豆棚。寧知筒葉碧，解使纈紋赬。升六。花密香侵席，波翻綠上楹。竹船。雲低隨日腳，耳熱羨茶鐺。石丈如人立，松濤帶濕清。升六。爲探幽磴滑，驟訝葛衣輕。杖履追名勝，儀型起後生。竹船。頭顱悲種種，身世但怦怦。升六。地僻宜疏放，人閒絕送迎。竹船。夕陽西下落，寂寞返柴荊。升六。

壬戌初秋，竹船、向若見過聯句

凉月紛紛逼酒清，生衣團扇坐檐楹。竹船。明河屈注方垂露，北斗闌干欲掛城。升六。痛飲不妨觴十舉，長吟莫負夜三更。向若。竹林人去近千載，天遣吾徒橫得名。升六。

老子今年老更狂，無端闌入少年場。升六。悲歌慷慨有何意，歷落嶔崎渾未妨。竹船。幾點疏星流大火，滿城哀杵亂啼螿。向若。任他白髮垂垂長，擊鉢聲中喜漏長。升六。

幾夜蛟龍走大東，老農私願祝年豐。升六。篝車已慰疇人望，爛醉還期我輩同。竹船。千尺玉繩橫碧落，一枝銀燭對秋風。向若。盤餐草草酬今夕，早韭終當讓晚菘。升六。

過何三墓，弔之以詩

落日空林有所思，荒烟宿草莽離離。只今狐兔縱橫處，記否鬚眉欲動時？

馬上望大澤〔一〕

萬仞芙蓉色，青天通一門。昔人讀書處，精舍築雲根〔一〕。氣逼魚龍冷，山臨溟涬尊。何當脫塵坱〔二〕，粥鼓伴晨昏。

集評

〔一〕『萬仞』四句，鄧漢儀曰：『氣象直是不同。』

鄧漢儀曰：『精傑。』

校記

〔一〕鄧漢儀《詩觀三集》卷八、《山左詩鈔》卷三十一、道光《重修平度州志》卷十四《藝文志中》皆錄此詩。

〔二〕坱，《詩鈔》、《重修平度州志》皆作『鞅』。

秋日

翩翩豆葉黄如蝶，寂寂楓林紅欲然。目極平蕪秋色遠，鴉飛不到夕陽邊。

新河道中

嗚咽長河水亂流，霜濃草短入殘秋。珊瑚山下經行處，敗葉蕭蕭正打頭。

旅夜

老去曾無伏櫪悲，松肪吹火照吟詩。形骸自歎蕭條極，髀肉生來定幾時。

冬日東萊道中感懷〔一〕

望裏浮勞兩點青，十年馬首復東溟。月明潮滿圍孤嶼，野闊天低見大星〔一〕〔二〕。愁似春雲多靉靆，老如秋葉易飄零。寒風盡日吹何已，恐有魚龍捲浪腥〔三〕。

集評

〔一〕『月明』二句，鄧漢儀曰：『嵯峨蕭瑟。』

〔二〕鄧漢儀曰：『結亦雄。』

鄧漢儀曰：『讀之開拓心胸，推倒豪傑。』

校記

〔一〕鄧漢儀《詩觀三集》卷八、《山左詩鈔》卷三十一選錄此詩。

〔二〕『月明』二句，張維屏《國朝詩人徵略》卷七、邱煒萲《五百石洞天揮麈》卷十一皆摘作名句。

旅次口號用韻

年來百事不關情，布被繩牀夜氣清。殘夢欲回鷩帛裂，飢鳥飛掠曉窗聲。

歸途感懷用壁間韻

天意垂垂雪，黏雲海氣黄。荒村收市早，老馬倦途長。身世全同葉，鬢眉慣受霜。廉公仍健飯，差可傲張蒼。

且自〔一〕

日暮歸來雪一蓑，團圞兒女話窗西。滿牀笏是尋常事，且自圍爐擘蟹臍。雪覆茅檐二尺餘，蕭條門巷出無車。濁醪一斗何曾醉〔二〕，且自關門啖鰒魚。

集評

鄧漢儀曰：『別有胸懷。』

校記

〔一〕鄧漢儀《詩觀三集》卷八選錄此組詩。

〔二〕醪，底本作『膠』，今據《詩觀三集》改。

琉璃瓶貯金魚戲作

朝來觱栗風怒號，山城小市聞餳簫。琉璃瓶子十錢買，窗間的皪明秋毫。金鯽兩頭淡容與，揚鬐鼓鬣欣所遭。水晶宮闕光明藏，噞喁瀺灂隨遊遨。忽爲鼃身映天黑，連山拔浪滄溟高。一柱巍然屹作鎮，巨靈仙掌分波濤。天吳激蕩影破碎，應龍纏尾風雷驕。兒童瞠目歎希有，老夫安坐神不撓。須彌芥子有何意，江湖杯杓同逍遙。莊生齊物觀物始，鵾鵬變怪如鷦鷯。西域眩人擅神異，出入水火陰陽逃。偃師招邀君王怒，書生隱現鵝籠挑。東西跳丸走日月，星辰棋列從斗杓。耳所不及難臆測，六合内外何紛呶？泡影自昔等夢幻，比於人事差堅牢。請君卑之勿高論，竟須酌盡春酒瓢。

四月初二日，異風竟日，郊原如埽，而小園諸花皆安好如故，詩以紀之

驚風如箭响東原，一夕能令天地昏。萬紫千紅無恙在，渾疑乞得衛花旛。

過滸山舖

山風吹雨作之而，三尺茨菰罥釣絲。喚著漁人都不應，湖邊擔笠看多時。

過德州

無聊再渡長河水，擊棹空明何限情。舊恨難窮如夏日，新詩漸拙似鶯聲。十年綸閣黄金盡，一瞬鄉園白髮生。竹葉舟邊問舟子，北來南去幾多程？

稷下懷古

淄水東流碧玉圍，爽鳩城下麥苗肥。朱輪列第人何在，白馬雕龍事已非。自昔遊談多意氣，於今絃誦有光輝。雪宫一帶殘陽裏，對此茫茫安所歸？

稷下懷古

談天炙輠語砰訇，横議能高處士聲。翹館只今餘片土，夕陽明滅亂苔生。章華宫殿鬱崔嵬，碣石黄金亦有臺。不及宣王能好客，乘軒無數大夫來。齊髡縱誕足千秋，鄒衍雄談大九州。七十六人才定可，偶然諧笑便名流。

齊謳行

日暮登高堂，明燈照箜篌。衆賓且勿喧，聽我歌齊謳。霸跡既已湮，遊談良足羞。所思在哲人，今古空悠悠。太息魯連子，大義垂千秋。蹈海不帝秦，矢去聊城收。千金等鴻毛，拂衣歸林丘。卓哉管幼安，皂帽還青州。立身晉魏間，鴻鵠杳難儔。嗤彼華太尉，割席寧少留。武侯起瑯琊，志大無時酬。

抗聲吟《梁父》，聞達非所求。三分亦偶爾，成敗豈人謀。諸子不可見，使我心則憂。

送邑侯馬公之任

渠邑海岱間，蕞爾實名勝。牟婁稱最古，《麟經》及《齊乘》。襟濰帶汶流，群山互綿亘。夙昔富文儒，衣冠一何盛。懷哉古哲人，高風溯管鄭。農樸士亦淳，非公恥由徑。煌煌青史中，撫字多賢令。擊斷靡所施，魑魅跡已屏。俗衰自何年，波頹不復靜。典型既云遠，刀錐賢豪競。弱肉强之食，十室鮮一剩。誰歟借叢神，閭左紛名姓。奈何長吏權，猰貐執其柄。頻年雨澤愆，萑苻懼難淨。膏血嗟已竭，走險豈天性。我侯出名族，飲冰風節勁。驅車渡長河，烹鮮行爲政。太阿寧倒持，皎皎秦宮鏡。與彼賢達遊，鼓宮而商應。白公善風喻，尚欲達宸聽。矧惟桑若梓，敢不告以正。陽晝説陽鱎，諄復非爲佞。

珂雪三集古近體詩

珂雪三集古近體詩

和馮大木夏日雜詠

白眼難收仗羃䍦，宦河野市總相宜。橫斜雨脚垂天密，突兀雲峰入夏奇。無分虎頭飛食肉，未妨驢背坐吟詩。茫茫甲子知何盡，逢著仙人且看碁。

布囊何必問贏餘，種菊栽松滿舊廬。香踏青鞋三徑草，鉛分綠字一牀書。紛紛時尚知全好，寂寂孤懷要破除。無那疏狂醫不得，清晨還上看山輿。

蕭摵東原處士莊，蜂衙蟻陣一何忙。風低野竹莖莖曲，露浥庭花樹樹香。耐可荷鋤常學稼，安能橐筆更爲郎。忘機翻愧粘泥絮，又逐枋榆二鳥翔。

白髮今年漸入梳，勞勞終日混泥塗。移家避地我非策，買犢生駒人笑愚。病懶翻疑泉石痼，詩遲似辨夏秋租。飛揚跋扈群公在，老子低眉早伏輸。

兀坐時防暑氣侵，才如纖線窘長吟。書殘自恨生秦後，句冷人嫌入宋深。作客牙籤隨藥裹，思家青李與來禽。草堂一枕聞天籟，叱犢呼雞盡好音。

白雲深巷不關門，地僻依稀住遠村。馬勃牛溲爭入座，雞塒鹿柴漫稱尊。千年蕨杖應難覓，一片寒山可與言。搖膝揞頤人自倦，水荭花發雨中繁。

雨聲澎湃作朝涼，八尺風漪引睡長。海若欲同河伯語，華胥應笑大槐忙。略知書畫晚何益，未染髭鬚白不妨。永日漫漫無限好，談仙說鬼任荒唐。

納納澄潭避暑回，疾風忽捲市聲豗。棲遲硯北成朝暮，泥水城南斷往來。摒擋方書三易稿，經營苦釀五骰媒。故園入月無消息，遮莫荒蕪遍草萊。

赤日曈曨過鳥稀，竭來燕市換生衣。身同行腳隨緣住，心羨游絲到處飛。小屋如舟還處陸，早年似瓠亦能肥。寄聲汐社漁樵侶，辛苦爲余護釣磯。

不定心情舴艋舟，端居何處豁離愁？一千客路詎爲遠，五十衰翁安所求。飲澠難勝金鑿落，病狂終掣錦縧韝。只今面目俱塵土，怕對晴沙雙白鷗。

諸葛銅鼓歌爲樹百作

漢家丞相武鄉侯，一窺火井炎精留。五月蠻烟開瀘水，紫苗花猪群歌謳。銘功不用五熟釜，爰鑄此鼓威遐陬。陰陽爲爐邈意匠，驅役萬象豐隆愁。公之神明入微細，元氣鼓盪非雕鎪。制定南人賦賨布，建牙吹角躬操枹。一鳴大聲出關洛，飛廉銅馬仍歸劉。再鳴紫髯敢睨鼎，蒲牢吼斷長江流。三鳴寓內物皆靜。寓同宇。普天四海無戈矛。大星一夜墜清渭，鼓亦黯黮埋荒丘。風雨剝蝕長莓蘚，牛羊礪角昏龍虯。入土千年發光怪，于闐綠玉丹砂浮。蠻女金釵那敢叩，何時不脛來皇州？古今老輩誰復在，岐陽石鼓差堪儔。我遊燕市雨初歇，華堂寂歷風颼飀。三代人物不可見，對此亦足銷煩憂。酒酣起作《漁陽操》〔一〕，淵淵之響瘖夔牛。趯來天威削三叛，飛頭鑿齒歸懷柔。伏波銅柱屹然立，功成臥鼓藏天棓。五兵皆當化農器，耒耜錢鎛親來牟。清廟明堂有考擊，黃鐘大呂燕鳴球。高齋但可理絃索，響泉韻磬琴聲幽。何爲虛懸此神物，激盪勇氣非良謀。黃門聞之定失笑，腐儒議論寧當收。

校記

〔一〕漁陽操，底本作『漁洋操』。《漁陽操》，即《漁陽參撾》。南朝宋劉義慶《世説新語·言語》：『禰衡被魏武謫爲鼓吏。正月半試鼓，衡揚枹爲《漁陽摻撾》，淵淵有金石聲，四座爲之改容。』曹詩本此。

又一律

反袖揚槌試一鳴，噌吰猶似壯軍聲。光扶炎鼎酬三顧，響入蠶叢厭五兵。銅雀臺高雄鄴下，金仙清淚出西京。茫茫往蹟悲如許，怪底漁陽氣未平。

爲同年趙玉峰題金碧園

泉飛澗道落孱顔，簌簌簷花杳靄間。潑墨濃雲千樹擁，只疑貌得米家山。

西山如黛盡憑欄，秋雨秋風策杖難。聞道此中堪大隱，誰移粉本到長安？

流丹飛閣倚巑岏，雨幔風窗取次看。我欲穿雲窺洞壑，蘿烟石髮不勝寒。

秋英滿地土花斑，石磴陰森盡日閒。夢到仙都君記否，匆匆一別又人間。

哭林愧蓼同年

銜杯纔幾日，楚些已招魂。同宴趙銀臺金碧園纔數日耳。辛苦辭鄉縣，崎嶇傍國門。甫酬百里願，未報九重恩。余亦嗟遲暮，空餘齒髮存。

答渭清〔一〕

積雪明虛牖，柴門盡日關。客來驚剝啄，只似到深山。落葉莽蕭摵，孤笻自往還。聞君發高詠，聲滿碧空間。

君別仙源久，仍多世外談。斯時感搖落，大雪滿空潭。氣象山靈閟，烟霞靜者耽。無生倘可學，我欲結茅庵。

集評

鄧漢儀曰：「二首筆路甚高。」

校記

〔一〕鄧漢儀《詩觀三集》卷八選錄此組詩，詩題作《答李渭清》。

柝聲〔一〕

一柝鳴殘漏，空林啄木聲。風斜吹乍遠，霜冷韻偏清。大野天垂暮〔二〕，高城夜點兵。驟聞堪下淚，況復到三更〔一〕。

集評

〔一〕『大野』四句，鄧漢儀曰：『淒響高調，一時並集。』

校記

〔一〕《山左詩鈔》卷三十一選錄此詩。

〔二〕暮，《詩鈔》作『幕』。

鈴聲

漏下天街靜，勞勞竟夜行。非關塔上語，莫作雨淋聲。響帶驚沙急，愁催白髮生。去來寧有意，偏向枕邊鳴。

題《元祐黨籍碑》〔一〕

大書三百餘九人，搥金屈玉何嶙峋〔一〕！宋室諸賢異門戶，洛蜀朔黨爭紛紜。蘇程門人護師說，乃爲嶺路開荊榛。元豐諸臣列散地，鷙鳥將擊還逡巡。同文獄起時局變，司空入相清流冤。宣仁尚蒙老奸恥，君宗廚顧安足云。哲徽兩廟子孫耳，震驚匕鬯悲人神。豐碑亦可戒萬世，堅珉不泐岐與申。同類何爲自標幟，凶終隙末難具陳。北轅南渡理應爾，善人盡矣寧圖存？鐘鳴霜降有先識，一聲杜宇傷心魂〔二〕。巋然此石近千載，土花繡澀蠻烟昏。諸賢名字等鴻爪，箕尾一去誰復論？神光炯炯燭深夜，蛟龍常護莓苔痕。

集評

〔一〕『大書』二句，鄧漢儀曰：『直點出，老甚。』

〔二〕『同類』六句，鄧漢儀曰：『數言爲北宋君臣定案。』

鄧漢儀曰：『竟是元祐一則史斷。筆光騰焯，可以燭天。』

校記

〔一〕鄧漢儀《詩觀三集》卷八、《山左詩鈔》卷三十一皆選錄此詩。

又題二絶句

三百九人儼在兹，大書深刻意何爲？分明一樣如椽筆，不及磨厓聱叟碑。時亦讀《浯溪中興頌》。

千佛名經更不疑，難將荊棘混蘭枝。岐公中國顔何厚，也附當年《元祐碑》。

書《浯溪碑》後〔一〕

天寶之末吁可悲，青騾西幸何艱危〔二〕！太子誓師朔方至，兩京再建天王旂〔三〕。靈武功名久寂寞，弔古重拂磨厓碑〔四〕。道州作頌魯公筆，驪珠顆顆青天垂。鋪揚大業刻金石，忠義激發爲文辭〔五〕。瘴雨磨洗千餘載，弩張劍拔還嶔崎。詞嚴義正少諷刺〔六〕，何殊端委陳歌詩〔一〕。山谷老人好持論〔二〕，乃以攘取大物訾。撫軍監國有何意〔七〕，虚文辭讓識者嗤。復仇九世古所貴，況清鐘簴還京師。紫袍扶輦出不意，淋鈴棧道庸當歸。所惜功成少調護，月明南内終淒其。青史或能議聖德〔三〕，當時誰道中興非？不然但守東宫職，龍樓問寢西南陲。坐令軋犖竊神器〔八〕，區區退避將奚爲〔四〕？

集評

〔一〕『靈武』十句，鄧漢儀曰：『筆意極似義山《韓碑》。』

〔二〕鄧漢儀曰：『以下大發正論。』

〔三〕鄧漢儀曰：「定論。」

〔四〕「不然」四句，鄧漢儀曰：「結亦矯健。」

鄧漢儀曰：「明皇西幸，非肅宗卽位靈武，天下事去矣，腐儒奈何以攘位譏之？此篇議論，極是透快。」

校記

〔一〕鄧漢儀《詩觀三集》卷八、《山左詩鈔》卷三十一選錄此詩。乾隆《浯溪新志》卷九《藝文志三》亦錄此詩，詩題作《讀〈浯溪志〉懷古》。嘉慶《湖南通志》卷十三《山川六》、光緒《湖南通志》卷十八《地理十八・山川六》亦皆錄此詩，不具詩題。張維屏《國朝詩人徵略》卷七以此詩爲曹詩名篇，著錄詩題。今中國國家博物館藏曹貞吉此詩手迹（下簡稱手書詩帖），首句鈐「孤雲淡似人」篆體陽文印，乃曹貞吉《秋夕》詩句，詩後跋語曰：「右《題〈浯溪碑〉》近作，書爲牧翁世臺先生，卽求教定。貞吉具草。」後鈐「貞吉」古文字陽文印、「曹升六氏」篆體陰文印。

〔二〕騾，底本誤作「螺」，嘉慶《湖南通志》、光緒《湖南通志》皆作「羸」。今據曹貞吉手書詩帖、《詩觀三集》、《詩鈔》改。

〔三〕旂，手書詩帖及各本皆作「旗」。

〔四〕磨，底本作「摩」，手書詩帖及各本皆作「磨」。厓，《浯溪新志》作「崖」。

〔五〕辭，手書詩帖作「詞」。

〔六〕少諷刺，手書詩帖作「尠諷刺」，餘各本皆作「尠風刺」。

〔七〕意，《詩觀三集》、《詩鈔》、《浯溪新志》同，嘉慶《湖南通志》、光緒《湖南通志》皆作「議」。

〔八〕軋犖，各本同，書詩帖作「軋祿」。按：軋犖、軋祿，皆謂安祿山。《新唐書・逆臣傳上・安祿山》：「安祿山，營州柳城胡也。本姓康。母阿史德，爲覡，居突厥中，禱子於軋犖山，虜所謂鬬戰神者，既而妊。及生，有光照穹廬……

母以神所命，遂字軏犖山。』

讀阮亭祭酒贈蛟門詩有作

日射觚稜金碧分，故人名在九重雲。當年筆墨縱橫甚，何處仍尋舊練裙？

和渭清客興次韻

懶漫誰歌《昔昔鹽》，飄零藥裹與書籤。遨頭自愛山間好，屐齒翻從雪後淹。獨夜寒風生老樹，他鄉明月掛疏簾。祇今客鬢蕭條甚，何處重尋舊紫髯？

寒夜集阮亭書舟，題王武畫菊

十月天氣寒，白日匿西陸。朔風掠樹杪，畢哺烏尾禿。深巷悄無聲，哀柝如啄木。率爾登君堂，窈然入空谷。連牀富縹緗，舟車寧非屋？黄花淡似人，靜致媚幽獨。掩映壁間畫，兩兩悦心目。遠寄自山中，生綃裁巨幅。五色鬱披離，數枝紛樸樕。磊砢伴蒼官，偃蹇蛟龍伏。吾徒飽塵土，愧此松與菊。筆墨定何物，使我歸心觸。迢迢夜渠央，爛醉弛冠服。

正月十日登白塔遠眺

石磴穿雲上，巋然窣堵波。東瀛浮日月，北戒盡山河。榆塞驚沙入，丹城列雉多。一身輕似葉，憑眺意如何？

宸居真咫尺，霽色滿觚稜。風度雲韶曲，春融太液冰。尋常瞻氣象，杖屨快飛騰。連袂都人士，追隨得未曾。

由來傳勝蹟，此地有妝樓。一代繁華盡，千年花草愁。霓旌雲外直，粥鼓夜中幽。誰唱《白翎雀》，琵琶怨未休。

寺與旃檀接，人同上苑遊。塵中存法相，物外得林丘。地湧青藍色，天開島嶼幽。出門騎馬去，風霧變衣裘。

題楊水心畫蝶烏爲阮亭作

園林遲日尋常見，入眼生綃略許同。兒女輕紈無用處，任他栩栩菜花中。

爲趙伸符題像

目送行雲意態閒，三毛頰上有無間。老夫自笑頭如雪，猶及樽前對玉山。
葡萄瀲灩潑春醅，屈注詞源激電來。文酒祇今誰第一？匆匆懷抱爲君開。

《帝京蹋燈詞》和沈客子韻

半臂誰家游冶郎，踏歌齊出善和坊。葡萄酌盡卻歸去，明月隨人照曲房。
衣香人語出燈棚，買得蛾兒手自擎。白玉橋頭天似水，那能坐月到三更？
銀花高吐鳳凰翎，夾路鵝笙簇錦軿。暗卜宜男心自喜，阿奴今夜得雙燈。
條風那復偃輕貂，春入城陰雪盡消。月底香塵雙鬢影，太平時節可憐宵。
有客城南侍宴迴，看燈直上晾鷹臺。酒徒仙掌金莖落，人自花天月地來。
拂拂鞭絲過地壇，九微燈火散千官。飇輪只鼓魚龍戲，似海春光不覺寒。

暮春雨中，阮亭招同臥雲、幼華、孝堪、修來、悔人、杞園、天章、仲符遊善果寺，分韻得禪字

緊余性懶慢，好結物外緣。夙昔慕精廬，寂寞心所便。暮春三月半，雨脚當空懸。霏霏上人衣，淡蕩疑輕烟。雅遊集少長，勝果瞻人天。碑存成化字，寺創蕭梁前。廊空鼠雀饑，像古精神全。柳密已藏鴉，槐疏未庇蟬。高閣領眾妙，遐矚窮幽燕。雉堞莽迴互，群山秀嬛娟。雲氣幻蒼白，人聲知市廛。僧雛供伊蒲，一飽輒欣然。天宇忽澄霽，塔頂爭孤圓。空中響鈴鐸，微風語喧闐。妙畫出靈蹟，法書辨前賢。蹴踏龍象沒，矾硉蛟螭纏。絹理鵝膜細，墨燦兒睛妍。時老僧出李龍眠《渡海羅漢圖》，後有蘇、黄跋語。發狂各大叫，得未曾有焉？古人勤小物，於藝必精專。而況蘇黄流，名字垂星躔。煌煌法門寶，呵護勞金仙。吾徒塵中人，鑒別愧老禪。上馬更惆悵，迢迢暮鐘傳。

春日過石林新齋不值偶題

小築那經意，居然魚鳥莊。偶來看野色，真似到江鄉。石笋恰當戶，藤梢亂過墻。探幽迷洞壑，盡日得微涼。

鳥語午方靜，漫漫春晝長。溪聲迴略約，花氣入微茫。愛此草亭寂，遥分山色蒼。主人杳何許？

無乃負林塘。

鄰家逐盜，竟夕喧闐，余曉方聞之，啞然一笑，

成兩絕句

一出南塘真是幻，虛舟飄瓦亦何爲？五陵年少全知我，不索空江博士詩。

金戈楚漢成皋日，鐵馬袁曹官渡時。輸卻山中高士臥，松風一枕不曾知。

壽劉年伯母

籬花初放鬱金堂，手把茱萸盡一觴。大節已酬黃鵠志，佳兒今作紫薇郎。卽看烏闕千秋壯，翻憶丸熊五夜長。況復階庭多玉樹，家門餘慶詎云央？

寶婺星分玉女光，蓬山雲氣擁蘭房。坤儀月旦尊鍾郝，巽命焜煌出廟廊。蓂莢恰週元會日，衣冠初聚朗陵鄉。他年大耋膺殊福，法酒官羊介壽長。

王伯昌書來，索敷彝先生墓表，愴然有作

故人墓上生春草，還憶離亭執手時。老眼淚枯懸不落，重泉路杳去安之？達生全悟王孫理，後死空慚幼婦詞。他日東歸渡濰水，青山紅樹有餘悲。

白髮無官老鄭虔，青衫羸馬耐寒氊。攤書硯北人爭笑，避世墻東汝較賢。兒女債多寧不死，文章心苦定堪傳。深鐫有道碑何愧，我識先生四十年。

不寐有感，枕上口占

斜月小窗寂，銅鐎夜漏稀。病兼歸思動，愁與睡鄉違。自惜風塵久，寧知故舊非。曉來添鬢雪，片片鏡中飛。

咄咄吾何敢，重泉有老親。艱難昨日事，噓蹴舊時人。身賤真相負，途窮那諱貧？所憂千指在，冥報向誰陳？

再到瀛臺有感

十五年前覲玉清，心驚幾度斗初橫。可憐毛髮今如許，猶踏鰲金背上行。

不寐

支骨繩床對月明，鉦聲斷處復雞聲。曉來臨鏡堪惆悵，又得霜髯一兩莖。

題李耕客《行腳圖》

桐帽棱鞋尚未能，軟塵十丈苦相仍。三年彈指渾如夢，輸爾廬山種菜僧。
未消眉宇英雄色，何事維摩共一龕？寄語碧雞狂道士，且留詞客住江南。

闈中大雷雨卽事

八月天氣溫，驕陽倏已伏。愛此月華明，清輝媚幽獨。電光入我窗，如螢不可撲。三更風雨至，霹霳自相觸。殷殷聲垂霤，汹汹勢崩屋。未聞人事愆，頓覺天威速。無乃鼓魚龍，豐隆燒尾禿。仿佛住深山，懸崖聽飛瀑。夜深百靈集，陰盛群動肅。牀牀屋漏痕，顛倒及衾褥。燈火半明滅，雞聲仍斷續。高臥良獨難，披衣行彳亍。

渭清以楊水心墨竹見貽，且賦長篇，歌以志謝

無肉令人瘦，無竹令人俗。老生之常談，醫俗莫如竹。緊余之俗不可醫，惟憑修竹淡鬚眉。燕山早寒飽霜雪，此君不減珊瑚枝。時於楮墨求形似，真而不妙恒癡肥。文同不作子瞻死，何人能寫蒼蒼姿？金谿吳宏工草竹，筆筆篆籀兼獻羲。當年爲我染方麴，動搖白日無炎曦。繡頂瀟湘管仲姬，蘭披薤倒識者誰？吾友齋頭得巨幅，烟雲變怪何葳蕤。猩紅小印圖輔峭，峻峻瘦骨當窗攲。數竿排空破晴碧，老龍出霧垂其鬣。交柯接葉窈深黑，此中無乃藏妖魑。墨光古淡神理足，滿堂動色皆嗟咨。我識楊君二十載，手奪造化非心期。連宵夢入篔簹谷，琅玕片片清風吹。長鬚打門來好語，脫手持贈真如遺。先以長句力扛鼎，仿佛杜老夔州時。砰訇大聲出金石，鼓盪元氣流肝脾。愧我小巫邾莒耳，敢以壁壘當雄師？避之三舍不獲命，旗靡轍亂心能知。寒日閉門等蝟縮，抽萌凍芋吟酸嘶。似聽冰花響乾籜，湘君環珮來何遲！

爲渭清題《明月蘆花圖》，有懷輔峭

爐爐燈昏此憶君，故山明月照離群。荻花如雪天如水，一一鴻聲何處聞？似捲怒潮江浩蕩，疑飛弱絮夜空明。漁舟只在最深處，欸乃一聲秋水清。

雙鵝篇〔一〕

鵝池生，爾乃具萬古不泯之精靈。當年蹈海有高致，拏舟半夜魚潮腥。文章自能發光怪，亂頭粗服誰敢憎？何不化爲長虹百尺亘天外，舒寫抑塞磊落之奇情？又何不化爲蒼麟爲朱鳳，爲卿雲〔二〕，爲景星，羽儀盛世煥文采，醞釀元氣流和平？不然只將抔土埋傲骨，輪輪囷囷枯槁寂滅，安取百世千秋名？縣伯伐石良好事，山靈削鑿山鬼驚。縱令豐碑十丈矗雲表，螭纏龜負形模精。與爾本來面目何加損，重泉失喜輸其誠。化爲雙鵝甚瑣細，闇然自媚慚平生。官閣鑿池有底急，稻粱飲啄空營營。感恩惟有徐宗伯，凡世之人何重輕？酒酣嫚罵孫七政，先生取友原分明。鵝兮鵝兮速飛去，世上樊籠總堪懼。貪看雙足亂浮雲，影入青冥不知處。

校記

〔一〕馬長淑《渠風集略》卷二選錄此詩。

〔二〕卿,《渠風集略》作「慶」。

贈宋維德

君家丞相天人姿,手扶大化流淳熙。雲雷事業勒彝鼎,金貂閥閲森蘭芝。觀察風期美無度,雪園壇坫稱雄師。三十年來傳著作,巋然魯殿靈光遺。燕山文酒未索寞,好風忽送雙江湄。鬱孤高臺入雲漢,老鳳雛鳳聲相隨。維德清新開府句,山言豪放夔州詩。一時作者誰抗席?眉山父子差似之。今歲京國大比士,摩挲倦眼衡般倕。乙夜清燈得巨軸,天孫文錦光離離。驪珠已落老夫手,失之眉睫爭毫釐。撤棘知爲宋伯子,鐵網正陋珊瑚枝。古戰文場今在眼,冬烘頭腦叢嘲譏。文章誰信有真契?由來遇合非人爲。桐魚石鼓發異響,淵淵竚聽鳴《咸池》。

讀《齊民要術》有感,效長慶體

聖人畫疆里,井牧和萬民。種分黍與稌,地區壤與墳。厥惟土物愛,用志乃不分。匪直驅游惰,兼使風俗敦。阡陌變井田,古法日以湮。陋彼俚僅輩,反裘而負薪。漢廷議鹽鐵,聚訟徒紛紜。唐置勸農使,文具意不存。根本實先撥,安睹枝葉繁?其流爲戰伐,白骨愁青磷。所以言利者,災必逮夫身。酷吏或永世,箕斂誠禍源。天道有盈虧,高明鬼瞰人。雖以劉晏材,不救忠州屯。炯戒在史牒,一一寧具陳？誰挽江河流，而返黄農淳？我願百有位，無令鞭撲勤。藏富於民間，豈慮邦家貧？元氣自充盈，豫大國體尊。禮樂亦可興，何有兵刑煩？掩卷三太息，嗟哉蟣蝨臣。

送田綸霞之武昌任，分韻得『鹽』字

乙丑獻歲寒風銛，長空的皪飛銀蟾。維時天子大賜酺，兒童歌舞歡茅檐。地安門外陳百戲，五花爨弄魚龍噞。火樹星橋達南苑，群工拜舞金莖霑。烏啼月落不知曙，氍毹匝地香塵黏。春光如此良不惡，何爲促治晨裝嚴？我友告我方出鎮，燕山楚水程郵籤。此地由來開大府，舳艫百萬常相銜。太倉玉粒仰供億，帆檣直壓東流恬。況復川澤莽迴亘，十年烽火連滇黔。天戈一指碧雞静，光輝翼軫妖氛熸。大江依然走日夜，烏林赤壁軍聲潛。古來戰地劇蕭瑟，英風卓犖懷紫髯。杯酒惟澆處士塚，斯人不作憂惔惔。西南民力賴長養，鮮于子駿群所瞻。君富文學饒意氣，風流江左褰車襜。龍尾巉巖那容上，一麾江漢司米鹽。洞庭杯勺在指顧，遥峰半露衡山尖。興來拄笏但清嘯，湘流差似臣心廉。黄鶴樓子須搥碎，小巫囁嚅羞詹詹。余老較君一歲長，頭童齒豁行腰鐮。敝裘如蝟飽塵土，斑騅小憩尋青帘。人生聚散非麋鹿，乘車戴笠安能兼？行矣努力期建樹，相思倘肯勞鍼砭？

送周雪客之晉陽藩幕任

晉國天下强，神京之右臂。三輔係安危，牧伯實重寄。誰其司要領，統茲庶職事？井牧養萬民，算緡窮地力。唐風儉以勤，董率視有位。守令古諸侯，承流逮群吏。我友名公子，貴重瑚璉器。風雅起梁園，詩歌繼北地。夙荷堂構遺，俯仰鮮失墜。十載汝南灣，泉石勞位置。妙簡佐旬宣，豈惟鹽鐵議。安車出東門，渺渺雲山際。七十二河間，濤聲驚夢寐。建樹期自今，簿書良非易。暫爾鸞鳳棲，終騫鴻鵠翅。遥識晉寺碑，遍署梨莊字。

渭清以詩來，贈硯潭草虫一幀，賦此奉達

早年事耕稼，林居友麋犢。豆葉作繭黄，秋卉上眉緑。草蟲於此時，飛鳴各有族。喓喓兩股動，趯趯一躍速。爲類誠瑣細，天機悦幽獨。《爾雅》詎能名？《豳風》聊復讀。何人富奇寫，情生輒盈幅。山草與山花，演染成小簇。捲歸四壁間，秋聲動茅屋。白露倏然集，庭砌莎雞宿。入夜數聲啼，與爾或相續。

題雷田《濯足圖》

天削芙蓉萬仞開，長松夭矯倚雲栽。滄浪之水何曾濁？也與先生濯足來。
披襟獨對海天空，眉宇滄溟略許同。一笠一竿歸去好，負他明月與清風。

馬上口占

興來不復悵途窮，馬首迢迢指大東。幾陣西風吹豆葉，連耞聲在夕陽中。
暗憶家園餅餌香，蕎花如蜜午風涼。於今躑躅長途裏，羞説牟婁是故鄉。
直沽南下水浮天，滿眼魚蝦不取錢。爭似廣陵江上見，銀鱗潑剌到樽前。
欸乃一聲日色晡，亂帆如葉下平湖。曉來思倩何人筆，寫作秋林待渡圖。

天津道中

負軛初遵渚〔一〕，揚舲得未曾。農人棲蟹舍，水鳥戀魚罾。天地疑浮動，陰陽乍鬱蒸。連宵急風雨，爛醉任懵騰。

校記

〔一〕負，底本作『楨』，字當作『負』。負軛，謂駕車也。《説苑·雜言》：『騏驥騄駬，倚衡負軛而趨，一日千里，此至疾也，然使捕鼠，曾不如百錢之狸。』

津門即事

在在關河阻，黄昏獨問津。荒祠啼怪鳥，疲馬駭秋燐。關吏尊嚴甚，奚囊點索頻。寧知天壤内，真有稅愁人。

滄州道中

不才還佐郡，日夜計郵程。似馬秋風駛，隨身襆被輕。幾繩新雁度，一路草蟲鳴。迢遞愁何極，依依去國情。

泊頭題壁〔一〕

慵草十行下鳳池，偶隨南雁到江湄。也知佐郡非吾事，只欠黄山數首詩〔二〕。

校記

〔一〕清端方《壬寅銷夏録》載：『江允凝《黄山圖冊》後有諸家題詩，題跋。』中有曹貞吉此詩，不著詩題；後有『此余出都時，旗亭題壁句也。到郡一載，尚爾食忘，卧遊茲圖，彌增神往矣。北海曹貞吉』跋語，朱文；後鈐『曹貞吉』陰文印。《安丘曹氏家集》、民國重修《安丘連池曹氏族譜》載曹濂《儀部公行狀》中亦録此詩。

〔二〕數，《壬寅銷夏録》作『幾』。

途次偶成

垂老爲新婦，逢迎苦未工。何心施粉黛，端恐厭龍鍾。回首雲門道，西風墮柿紅。便思抛手版，抱犢此山中。

齊河道中感懷

漸入家山路，翻令百感生。一官兼仕隱，十載愧身名。地勢分齊魯，農祥問稻秔。晨裝趨嶽麓，好傍翠微行。

入山

驚濤猶在耳，蠟屐復山行。黄葉晚秋色，綠蘿陰雨聲。雲開朝日白，路轉野橋横。泰頂浮雲翠，登臨萬古情。

張夏道上大風

自甘牛馬走，那復厭風塵。今日莽搖落，山行良苦辛。峰多迷向背，水亂起嶙峋。幸不吹成雨，嗟哉叱馭人。

説癭

山民飲山泉，淵渟少流蕩。時乃病贅疣，厥族非一狀。昔爲汗漫遊，能悉諸癭況。或圓如覆盂，附頸而直上。與頭互低昂，屹屹不相讓。或細如懸針，至末始一放。譬彼儋耳人，左右紛宕漾。或巨如瓶罌，或小如栗橡。一髻突然撐，兩峰呀然向。汩汩似作聲，纍纍疑負襁。始悟造物奇，經營邈意匠。阿婦自云佳，粉澤頗摒擋。阿郎自城歸，銀釵買相餉。不信妲與褒，能使殷周喪。

宿張夏

天風響空山，晝夜撼茅屋。三更急雨至，庭際波痕蹴。老樹酣笙鏞，流泉碎珠玉。白雲集戶間，始悟雲中宿。客裏又重陽，荏苒流光速。還當策疲馬，悠然入深谷。

泗源與平萬聯句

誰抽頑石髓，一綫吐龍涎。遙識鴻濛破，驚看地肺穿。功存神靈蹟，氣在混茫先。汩汩陰厓底，瀧瀧祇樹邊。合洙垂孔澤，並汶放堯船。四瀆尊河洛，三川配澗瀍。星分滕薛國，書記決排年。響逐笙竽細，波回荇蔕妍。青天飛雪下，大地走珠圓。小玉溝中出，石門山下漩。轉輸給天府，溉灌潤平田。洗鉢瞿曇業，濯纓高士賢。歌隨漁父唱，思共馬蹄詮。石壁莓苔暗，豐碑贔屭偏。至人心有會，知者樂堪傳。興寄濠梁上，神遊箕潁前。群峰皆秀拔，萬木盡便娟。勝事真難再，臨流一惘然。

宿遷道中

魯南三日路，回首項王城。白雁帶秋色，黃河流水聲。孤帆天際落，急網樹邊明。怕作來朝雨，陰陽氣未平。

舟過安直，有懷石林，偶成二首，卻寄兼示頌嘉

木落淮南第一程，匆匆蝦菜慰平生。縱横雁字三秋尾，浩蕩湖光八寶城。細雨如塵迷雉堞，輕舟似葉泛空明。故人只在雲多處，戴笠乘車千古情。

明鏡朝朝白髮新，歲寒難覓久要人。偶尋江上漁樵侶，還憶天邊侍從臣。汐社依然歡父老，馬曹那得識經綸。因風並訊峨嵋子，緑酒黄花更幾巡？

由針魚嘴乘月放舟至天門山

初日流澄暉，寒波渺無極。一葦若浮鷗，白露衣上滴。微聞欸乃聲，不辨江天色。蘆荻響蕭蕭，漁罾斷岸側。江豚吹浪游，黿鼉出復没。牛渚在何處？咫尺楓林黑。惜哉夜氣濃，不及登采石。憶昔謫仙人，遠遊時掛席。泛月衣錦袍，嘯詠固甚適。爲樂未百年，青山遂埋迹。余本湖海士，荏苒滯京國。兹行亦偶耳，仕止非意必。今夕領佳趣，寧謂天地窄？浮家愧未能，弭棹三太息。

弔嚴烈女

苕溪之水清且漣，扶輿佳氣生名賢。釣臺高風今古傳，司空家法直如絃。紅閨女子性便娟，化爲百鍊歸重泉。前身疑是古劍仙，浩然氣作長虹旋。子孝臣忠可比肩，伯奇弘演同千年〔一〕。但知從一志氣專，結縭告廟徒文焉。吞磁如飴金不堅，我腸雖裂身則全。慷慨從容兩弗愆，含笑入土心怡然。動搖環珮朝九天，霓旌絳節紛後先，群真導從東王前。至性由來金石穿，精誠不隔黄壚邊。廉頑立懦須麋權，輸爾弱女撐坤乾。朝野好惡公而平，烏頭雙闕峙彼阡。豐碑矶硉蛟龍纏，老余白髮慚筆椽。東望紫氣成飛烟，吳越迢遞山與川。溪毛沼沚胡能宣？作歌憑弔存遺編。

校記

〔一〕弘，鈔本避乾隆皇帝弘曆諱作『宏』。伯奇，相傳爲周宣王時重臣尹吉甫長子。弘演，春秋衛大夫，自殺以自身棺，埋葬衛懿公被殺後僅剩的肝。二人是古代孝子、忠臣的代表。

丙寅新秋，士日過飲荷亭，依韻和之

入秋三日快新涼，摒擋生衣面曲塘。上客偶同文字飲，微風偏送芰荷香。泉流滮滮常虛壁，山翠霏霏易夕陽。曾是當年歌舞地，孤雲猶自駐溪旁。

拜昭明太子廟

昔讀《昭明選》，今過文孝祠。靈旂空想像，玉珮尚葳蕤。雞黍鄉人淚，江山故國思。釣魚臺畔水，千古自淪湎。

乃翁本英絕，末路悔心多。白馬大同殿，秋風堆堰波。君臣自魚水，骨肉極兵戈。一目湘東忍，淒其奈爾何。『君臣』句，謂朱異等。

頗怪岳陽督，翻然惜寇兵。遂令文武盡，不見寢園成。落日啼湘鬼，空山薦杜衡。通天臺上表，斷腸沈初明。

步壁間韻偶成

那能斗室賦閒居，身世飄零葉不如。江上一帆憔悴絕，懶從弦朔問盈虛。

風前梧葉當頭落，雨後秋光潑眼新。閒把迦陵歌一闋，不須疑陸復疑辛。

鎮皖樓邊好江水，潯陽九派到來深。一年七渡緣何事，鏡裏清霜已漸侵。

層陰竹木遠無天，幾處新秔綠水邊。忽見田家秋色好，故山風物尚依然。

寄汪蛟門

馬箠打門索君飲，披帷輒得真吾曹。高閣張燈奮頤頰，劇談莊雅窮秋毫。我官可稱蟣虱吏，子才直欲奴僕《騷》。新詩脱口唳秋鶴，方麴細字如牛毛。别來阻風鑾江口，薄命遂使舟人操。驚風入夜捲蘆荻，荒烟滿眼堆蓬蒿。豈有江魚供晨飯，定無村店沽濁醪。石城南下峭飄駛，以風爲馬車爲尻。小邑斗大富巖壑，芒屩日與蒼山鏖。習久能無工顔膝？囊慳所恨無錢刀。方塘芙蕖二畝闊，訟庭碧柳千尋高。草蟲盈砌鳴嘖嘖，響泉聒耳流滔滔。驅除疾憂賴白墮，圖畫雲漢憎劉褒。甘瓜略同仙掌露，嘉果遥此綏山桃。饑鼯嚼膚甚錐刺，老鴞啼樹難網繇。練溪水滿當速去，會須一看黄山濤。

題施汜郎小照

昔年坐君寄雲樓，曹生三十方黑頭。次仲先生出揖客，衣冠肅穆虬髯修。吾師時秉豫章節，絳帷隔在南天陬。汜郎四齡弄竹馬，瑤環瑜珥天人儔。是日觴行乃無算，敬亭綠雪茶香浮。匆匆小别二十載，驚濤不返江河流。老成彫謝遽如許，羊曇淚洒燕雲愁。因風弱絮劇飄泊，暫然鴻爪新安留。青山紅樹莽蕭摵，練溪一搽來輕舟。拭目欣看吾與汝，低徊舊雨心如抽。君於懷袖出小照，雙瞳剪水神明遒。高梧百尺滴秋露，琴樽静對何夷猶。陶令閒情有寄託，美人響屧蒼苔幽。憶在鼇峰寫紈素，誰其題者梅宣州。謂淵公。烟雲過眼不自惜，六丁攝取生煩憂。少年行樂須及早，如余衰白堪爲羞。

別祁民

闌干別淚亦何長？福薄難消一瓣香。辛苦祁山諸父老，嗇夫爭得似桐鄉。

題江允凝《黃山圖冊》〔一〕

霜葉濃於紅靺鞨，秋山洗出青芙蓉。分明小李將軍筆，粉本誰移六六峰。

師子林中積蘚斑，師子峰下松雲閒。自是烟霞生不律，直將十指作黃山〔二〕。

校記

〔一〕清端方《壬寅銷夏錄》載江允凝《黃山圖冊》諸家題詠，錄曹貞吉第一，於第七圖『薌石』後載曹貞吉此詩，署『北海曹貞吉』，朱文，鈐『曹貞吉』陰文印、小印等。參見《泊頭題壁》校記〔一〕。

〔二〕本詩端方編《壬寅銷夏錄》失收，當是題第三十三圖《師子林》。

至日同謝寶臣登斗山亭望黃山

夙昔慕靈境，鼓枻來新安。四序一以周，面目慚名山。凌空想猿鳥，披圖晤荊關。嗟我塵中人，安能生羽翰？布襪與青鞋，決計良獨難。

長至美風日，使君當清暇。招邀文字飲，追攀嵇呂駕。崇岡冠斗極，丹霄出亭榭。長河雙白龍，奔注澄潭下。冬嶺矗千尋，危梯通一罅。

雲物淡容與，微風吹散之。劃然八窗開，群峰儼在茲。片片青蓮花，湧出天都奇。萬象闢混茫，一氣清肝脾。鸞鶴爾飛來，永結山中期。

側聞此山中，俯仰紛殊狀。峨峨天子鄣，納納光明藏。無峰不高寒，有泉必悲壯。雲作海濤翻，松具支離相。何以寫我憂，九節仙人杖。

冬日遊問政山，晚過寶相寺

薄寒中人懶無那，蹋壁空齋只高臥。老梅一樹覆檐霤，入夜清香鼻觀破。下浣五日風色佳，摒擋青鞋著兩箇。病夫尚未要人扶，健足如狙真可賀。俯視郊原但一氣，練江似箭東流大。風雷何日起龍孫，寒碧千條不容涴。春林玉版好同參，無肉安能令人餓！昔賢寧爲問政來，眼底烟霞招老惰。愧余浹歲初登臨，面目堪受山靈唾。雙行祇樹擁精藍，竟須頫首蓮花座。半竿寒日忽下舂，輞川圖中彈指過。有約重來逼歲除，人生坐困蟻行磨。

陳欽若招飲烏聊山較射，晚登攬秀亭

歲云暮矣風怒號，雲黃日淡寒折膠。對此吾徒慘不樂，潁川爨圃相招邀。帷轡突兀出山脊，翻然旗角西南飄。以車行酒馬行炙，雜陳水陸兼烹炰。興酣蹋地競起舞，敝裘慣如終風鏖。角材百步程巧力，廣場氣静無紛囂。將軍磊落貂錦袍，廿年前侍螭池坳。大黄一發穿七札，疾如鶻落秋雲高。使君風流謝客曹，樓船曾破鮫宮濤。左托右抱神不撓，英姿颯颯真人豪。茂宰大雅攻《莊》《騷》，睥睨小技如承蜩。虎頭健兒好身手，結束短後懸弓刀。爭拓弦聲作霹靂，寒芒萬點光搖搖。洞虱穿石各能事，麗龜拂背窮秋毫。老夫病廢柳生肘，角弓倒把心無聊。難驅駟鐵隨驚飆，孤亭直上領眾妙，寒溪似箭流滔滔。幾縷晚烟帶回薄，一眉新月垂松梢。燈火闌珊促歸去，巡簷索句煩推敲。

熊封以佛手見餉，依韻答之

指端曾湧妙蓮花，卷向霜林香色賒。想像園官新摘處，山椒宛轉路三叉。

附

遥送曹實庵之官新安〔一〕十首選八

宋犖

舍人佐郡去江鄉，山水登臨志許償。薄宦蹉跎成白首，曹唐端不異馮唐。

健筆如君鼎可扛，一麾南國詠澄江。秋風驛路青衫去，好看參天石筍矼。

文章夙老困西清，曲巷柴門歲月更。多少故人留史局，獨驅羸馬出承明。

寫意開心四十年，都亭咫尺悵風烟。相思更倚南雲望，白嶽黄山落日邊。

當年十子重京華，舊雨晨星幾歎嗟。勝事祇今忘不得，寒宵聯句鼓三撾。

砂泉杳潔自淙淙，浴罷還尋萬仞峰。千載老猿何處覓，月明多挂擾龍松。

雙江奉使君懷我，歙浦之官我送君。何時會合還題句，醉墨從教寫練裙。

想像河橋酒幔青，離歌低唱耐人聽。前途一事堪怡悦，南海新篇索阮亭。時阮亭少詹自南海返命。

校記

〔一〕宋犖之作，底本原附於此，今宋犖《西陂類稿》各集皆不録此組詩。

自銘藤杖

天然瘦削一枝輕，扶去微聞爪甲聲。採藥名山無腳力，穀苗深處伴閒行。得老蒲團未可知，一龕燈火半軍持。但求草草隨緣住，莫使爲龍入葛陂。繡葆油幢非所宜，椶鞋桐帽好相隨。拖條楖栗穿雲去，便是前身苦行師。

題程非非、吳萼公紀年倡和

白社風規兩逸民，興來高唱昉溪濱。即今鶴髮添多少，搖筆千回莫厭頻。儲王風格真才子，皮陸篇章好弟兄。寄語文人莫相妒，一吟一倡足平生。

偶出至東山營，別周副戎棠芾

閉門今匝月，躡屐暫東山。頓覺郊原闊，及茲心目閒。溼雲猶片片，流水已潺潺。珍重故人去，鞭絲愴旅顏。

賦贈雨峰和尚，卽用原韻

流水孤雲識此心，木蓮花底覓知音。飄然一笠翠微去，彈盡人間霹靂琴。
鳥啼花落亦何心，嚼破虛空見賞音。欲覓吾師行腳處，只除買藥與修琴。
飛來錫杖本無心，澗水泠泠太古音。便欲與師彈一曲，世間那有響泉琴？
黄花翠竹見禪心，梵唄如聞世外音。想像空山明月夜，右肩偏袒自鳴琴。

婺源道中

又逐荒雞發，嚴裝帶曙星。浮雲同去住，敗葉感飄零。落磵泉聲咽，空山石氣青。載馳今四載，曾否厭勞形？

水竹湛清華，迢迢嶺路賒。千盤鳥道曲，一地綠陰遮。殘日懸山腹，行人畏虎牙。算緡紛小市，酤酒買魚蝦。

盡日桔槔響，臨流聽不窮。嵐拖千頃白，葉落半巖紅。路出層霄外，舟行亂石中。人家足烟火，縹緲隔溪東。

紀異

自是窮陰候，豐隆何處來？天瓢傾浩蕩，地軸撼摧頹。麥甲茸茸發，溪流脈脈開。靈臺堪紀異，長至更聞雷。

志快

半年常閔雨，雲漢象昭回。天聽高難問，民勞重可哀。遥空飛急電，破壁走驚雷。幾捺長河水，浮槎歸去來。

有所聞作

聖世難沽折檻聲，青蒲白簡氣縱横。千秋鈎黨同文獄，十月柴車出塞行。蟲臂鼠肝爭底事，黄沙皂帽若爲情。遥知破面風霜惡，莫學湘纍怨未平。

黨論齗齗二十年，甘陵南北有人焉。疏狂自合安時命，風雪無如中聖賢。精衛可能填北海，燭龍照不到冰天。烏頭馬角嗟何及，回首闕門落日懸。

謁朱文公祠瞻禮御書扁額恭紀〔一〕

聖人制作弘開承，克勤小物道所凝。龍章鳳藻文之精，河呈洛負如傳燈。今皇握符化理蒸〔二〕，八荒内外同文明。五亦可咸三可登。蹴踏墨海威稜稜，存誠格物時勒銘。東山闕里留精英〔三〕，殆庶無過朱考亭。紫陽祠廟鬱崢嶸〔四〕，學達性天誰則能？懋勤殿中春晝晴〔五〕，動搖虎僕何縱横。擘窠四字羅斗星，添戈寧俟虞永興？捶金屈玉難爲稱，經營慘澹通神靈。規摹巧作陟鼇形，雙龍隱現頭角生。盤螭小璽光晶瑩，三千驛路同引繩。卿雲縵縵臨山城，懸之百世榮宗祊。小臣瞻拜氣屏營〔六〕，簪筆作頌存剡藤〔七〕。〔八〕

校記

〔一〕清楊雲服、郭鏻重修《朱子年譜》卷首、民國《重修婺源縣志》卷六十九《藝文志五》錄此詩，詩題皆無『朱』字。

〔二〕今皇握符，《重修婺源縣志》作『遭逢今皇』。

〔三〕精，《朱子年譜》、《重修婺源縣志》作『菁』，同。

〔四〕廟，《朱子年譜》、《重修婺源縣志》作『宇』。

〔五〕懋，底本作『楙』，今據《朱子年譜》、《重修婺源縣志》改。

〔六〕營，底本作『縈』，今據《朱子年譜》、《重修婺源縣志》改。

〔七〕作，《朱子年譜》、《重修婺源縣志》作『獻』。

〔八〕《朱子年譜》後有小注：『徽州府同知臣曹貞吉』。

步平萬喜雨韻

五月不曾聞夜雨，何緣傾聽在孤城。誰驚大海蛟龍臥，來鬬空山霹靂聲。客久自然貪米賤，官閒且共看蒼生。心知褦襶朝能免，瀟洒西窗無限清。次日長至，是夕猶揮汗也。

讀《龍眠風雅》偶題

白雪黄金幾廢興，雲龍一派苦相仍。人間舞遍《霓裳曲》，《安世房中》得未曾？
江東壇坫久塵埋，爭宋爭唐正復佳。奇絶畬山堂上老，放翁不學學誠齋。
頹雲如墨壓城開，彤管風流盡草萊。不信試看沸水上，靈旗颯颯夜深來。
藥地老人不可作，言言提唱盡宗風。當年月黑鵑啼處，愁絶中原一髪通。
遺老爭傳鄧森廣，朱絃疏越古人風。冬青杜宇猶能說，只似開元鶴髪翁。

憶霈

秋來聞善病，三月不成眠。汝正悲荀粲，吾今老鄭虔。書遲千里外，夢破五更前。舐犢何時慰？團圞話昔年。

和《賜金園詩》韻四首〔一〕

爲狗爲衣別弄姿，無心出岫起長遲。絲絲釀就行空勢，片片垂來作雨時。太史祥占三素滿，岱宗彌合萬方知。何須十二峰頭望，只倩微陰覆短籬。

右嶺上雲

雨足西疇緑滿原，滃然竹樹對花軒。數家自結雞豚社，一水常圍薜荔門。蟹欲肥時償酒債，牆當缺處見山痕。編籬插棘渾無用，野老徐歸月半昏。

右原上村

三义小逕自縈迴，水長陂塘蔭緑苔。滿地夕陽人影亂，打頭黄葉笛聲來。攜將瘦竹臨流醉，招得鄰翁盡日陪。我已忘機等鷗鳥，圓沙宿鷺莫深猜。

右溪上路

誰開混沌滴潺湲，石吐龍涎得幾年。落澗響從新雨後，鬬茶香散晚風前。霜痕入谷粼粼細，魚影跳波的的圓。亂撒珍珠君記否？山林富貴此中偏。

右石上泉

校記

〔一〕本詩爲和張英《賜金園春山八詠》詩。張詩分詠賜金園八景，一時文人孫枝蔚、潘江皆有和詩。今曹貞吉和詩僅存四首，或本爲四首，或本爲八首而失其半。

和《最古園》韻八首〔一〕

閱盡枯榮托本根，咸陽一火盡成原。纔沾小雨疑無有，乍惹條風長子孫。復見天心終綠縟，祥占歲事喜殷繁。東皇點染芊芊色，不記城南舊燒痕。

右燒後草

老去真參龍樹禪，藤梢橘刺各因緣。誰傳夢裏三生慧，來補枝頭五色天。紫陌看花爭爛熳，驪珠落掌倍輕圓。移雲就月渾閒事，萬綠陰森自可憐。

右接活樹

風雷一夜起琅玕，乞得蕭蕭只數竿。移向小窗醫瘦俗，書來老衲報平安。湘靈鼓瑟餘音嫋，洛女淩波雜佩寒。千畝渭川容坐臥，任教攲側籜皮冠。

右分叢竹

引將春澗水泠泠，披拂微風酒易醒。萬縷自拖烟雨氣，三眠多在短長亭。凄清未入金城色，掩冉初分碧漢星。記得永豐坊裏路，漫天猶識舊時青。

右初插柳

自分微生甘息機，啄苔又近釣魚磯。衛公醫後修翎長，太子騎來緱嶺飛。警露三更驚睡穩，聽琴一闋賞音稀。青田舊侶多年別，雲海茫茫安所歸？

右病愈鶴

嚴瀨千尺乍收緡，入手儵然失錦鱗。此去似逃阿育劫，重來怕遇武陵人。微名易作貪夫餌，厚實難甘烈士脣。一釣六鰲終幻劇，滄波無礙綠楊津。

右脱鉤魚

歸路兜玄憶此鄉，人家何處鬱金堂。亂銜花雨飛難定，交唼芹泥口亦香。誤下珠簾驚自語，雙窺繡戶影相將。去年賸有紅絲贈，擬報深恩託畫梁。

右尋巢燕

漫受虞人矰繳侵，歸心常傍碧山岑。樊籠自識難投止，刀几何能更擇音。一任呦呦驚吠犬，不妨麌麌出寒林。斷腸母子悲相失，明月蘆花好共尋。

右放生麑

校記

〔一〕本詩爲和姚文燮《最古園春山八詠》詩。姚文燮，字經三，號羮湖，一作耕壺，清桐城（今屬安徽）人。姚詩分詠最古園八景，一時文人孫枝蔚、潘江皆有和詩。

閲《謌巖集》偶題

難向山陰辨尹邢，中郎醉後眼逾青。煤烟蠹簡千秋在，鬼語幽墳不可聽。
偶來蕭寺商風雅，長揖軒眉致不同。試問年年繡水上，文章何處哭途窮？
紛紛老穀綠張王，爨下溝中自不妨。别有天機須認取，休論牝牡與驪黄。
莫將撰著等閒論，詠史篇篇血墨痕。曝背南榮君已重，殘書猶可教兒孫。
竇婺城邊三丈日，錦屏山下一枝藤。文人失路尋常事，不必虞翻感弔蠅。

雪中感述

余天之幸民，不爲天所絶。去年禱龍母，朱旂明列缺。偶作星源遊，歸途慘不悦。滕六何自來，釀此三尺雪。方圓各異態，遇物成皓潔。叱馭吾何敢，輿夫任蹩躠。
昨宵宿古坑，夜半風力猛。開門微霰集，珠圓差可捧。豈惟角墊巾，兼憂屐齒擁。屢變意復然，將收勢更勇。快哉連朝暮，不復辨畦町。吾欲歌屢豐，君其徵麥隴。

我來浹旬朔，天色正蔚藍。百里繡水流，無復笙鐘酣。頗喜長至夜，惠此一勺甘。起石鞭蟄龍，風雷起空潭。天施殊未厭，瑤華挂我簪。所愧遠遊人，大澤豈能貪！

除日決冤獄，九華之西山。兩至兩降祥，私幸無空還。玆行倍遠道，五嶺愁躋攀。入井泥滑滑，登天步險艱。獨餘耳目清，盡日玩荊關。夜闌茅店宿，濁酒溫旅顔。

贈于臣虎

烏衣白帢舊門牆，竹箭南金未易方。偶踞吟壇飛赤幟，鍾嶸高穩讓專長。

歲寒亭下雪霏霏，送子金河坐釣磯。一路江山供眺咏，何人解識謝玄暉？

爲右湘題《風木圖》

誰把丹青繪蓼莪，淋漓紙上淚痕多。無端最是終風惡，搖落長條奈爾何。

華屋山丘不可論，陰房壞道易黃昏。休將鐘鼎欺泉壤，爭及當年老瓦盆。

誓墓寧當更遠遊，故山風雨暗松楸。臯魚莫抱終天恨，麥飯時時到隴頭。

天荒地老恨漫漫，寸草春暉欲報難。變徵歌成飛雪霰，烏聊夜氣黑如盤。

試眼鏡戲作

五夜藜光共此生，雙瞳剪水照人明。那知頭白江南日，一片玻璃當眼睛。

哭翼辰

七人五作下泉塵，聞道先生又返真。三十年來文酒伴，二千里外馬牛身。落花時節悲良友，啼鴂聲中過暮春。雞絮那能磨鏡去，魯明江上一沾巾。

啖虎

夜色如盤漏點催，驚風似箭走奔雷。白頭老子齒牙豁，猶自燈前啖虎來。

四月晦日作

垂老功名事可知，無端留滯楚江湄。黄山濃翠杳何許，又過榴花一月期。

登樓書所見

溼雲潑墨未全收，殘碧參差認遠洲。不信西南風力猛，亂帆如葉下吳頭。

述夢

因風弱絮可憐生，五載并州也繫情。夢至太函君記否？一天烟雨過春城。

登樓得句，因足成之

鶯黃嫩似碧初破，山翠横如眉乍勻。又是晚涼好天氣，生衣團扇屬何人？

舟抵銅陵

雨絲搖曳古銅陵，泯泯江流一派青。濃睡夜來虛好月，解維今日帶疏星。黄楊歲歲心驚閏，六鷁飛飛夢欲醒。不似漫天飄柳絮，有時還得化浮萍。

答謝寶臣見懷之作步韻

頭上平臨大火懸，生衣團扇坐忘年。三杯濁酒誰成醉，十幅蒲帆已放船。長雨波添桃葉渡，客溪秋入《鶺鴒篇》。夢魂衹爲懷人去，辛苦江魚尺素箋。

庚午中元有感

佳節翻令百感生，重泉骨肉劇含情。二千里外松楸淚，五十年來嗚咽聲。雞肋那曾關造化，羊腸終不到公卿。驚看霜鬢侵尋長，一擲圓冰氣未平。

承恩寺撥悶

不斷青天霹靂聲，秋原如掌野雲平。無端高臥僧樓上，十日斜風細雨情。

秋柳

柳作鵝兒色，還如乍放時。江潭憔悴極，怪底鬢成絲。

題蕭尺木畫爲熊封作

生綃罨畫作重樓，朱鳥歌殘怨未休。蝴蝶如輪肩兩翅，夢回曾否到羅浮？

讀汜郎近詩戲作

飄零身世許丁卯，淡淹心情元左司。何物人間能白髮，西窗碎雨汜郎詩。

哭蛟門

回首雞壇道益孤，蒼茫天地歎無徒。名高豈合爲身累，才大真成與患俱。人說龍蛇爭晚歲，那知詩酒送潛夫。驚聞老淚枯難下，解脫輸君在夜途。

鳳凰池上定交年，骯髒襟懷不受憐。燈火九微連午夜，熊羆千帳扈甘泉。鯫生憔悴江潭日，夫子流傳《鸚鵡篇》。痛飲高歌一彈指，孤墳宿草已芊芊。

天道從來有變更，吾曹底用氣難平。休論華屋山丘事，且受千秋萬世名。咫尺紅橋餘索寞，飄搖黃葉感淒清。梧桐閣下殷勤別，念爾真同《蒿里行》。

儒臣法吏兩闌珊，似海君恩欲報難。金矢精嚴群吏肅，銀鈎卓犖御屏看。平山堂下重陰合，第五泉邊夕照殘。此是先生栖隱處，他年鏡具更來觀。

苦憶

苦憶楊干寺中水，精藍何日得重遊。不須抵死嗟遲暮，只爲名泉合可留。

題熊封小照

細目真如房相國，修眉全勝李王孫。一編石上縱橫讀，蘇陸篇章好共論。

盤錯心知慧業兼，山堂盡日下筠簾。他年重讀《丹青引》，頰上三毫爲爾添。

題胡熙臣畫馬

曹霸丹青略許同，天閑貌得五花驄。祇今顛頷長蕪裏，倦聽蕭蕭柳岸風。

爲熊封題安節畫

極目青天數雁行，江湖雙鬢老滄浪。晚來只傍蘆洲泊，消受船頭一寸霜。
苦憶攤書秋樹根，撩天風雨暗柴門。洪陀舊隱無尋處，飄泊江南黄葉村。
林鴉啼過暮鐘時，谿口寒風特地吹。占得一枝渾未穩，亂山急雪欲何之。

題蕭翼賺《蘭亭圖》

長衫潦倒蕭蘭臺，老僧垂死心如灰。云何斬此耳目玩，頷頤揞拄矜奇才。我聞彼法喜清淨，忍留長物爲身灾。獨惜貞觀全盛主，乃與一衲爭纖埃。昭陵玉匣正復出，戎溫無類何有哉？世傳五字不損本，赤刀弘璧同昭回。烟雲過眼關底急，不如酌盡葡萄醅。

題宓草畫蝶

空明天色蔚藍同，炙眼桃花落瓣紅。老子全如蝴蝶懶，輸他兩翅搧東風。

題江封翁《廬墓圖》

七十行年已白頭，麻衣如雪向山丘。攀條正墮皋魚淚，冷雨淒風卒未休。
丙舍曾爲誓墓辭，牛風馬走欲安之？松楸回首堪怊悵，忍作先生腸斷詩。

爲江辰六題《借書圖》

新豐美酒斗十千，重價酬書不論錢。怪底胸中蟠屈甚，化爲鴻寶氣衝天。
還書借書關底急，一瓻兩瓻信有諸。只愁風雨長安路，忙煞門前禿尾驢。

皖城候代庚午追錄

穩睡高春得未曾，夜來白鳥氣憑陵。綠槐覆地小亭寂，只似黄山退院僧。

題汪素白《廣孝篇》

孝德在天壤，炳如日星垂。横塞極其量，曾閔殫其施。放之彌六合，約之始庭闈。羔羊跪而乳，反哺稱烏慈。凡在血氣中，孰忍乖天彝？嗟彼不孝人，何異獍與鴟！曩哲有微言，鏗鏘金石詞。汪子敦至性，錫類飈風詩。上溯帝迄王，下逮耕樵兒。大者爲顯揚，細亦及粢飴。燎然若指掌，較焉如列眉。持以壽梨棗，當使風俗熙。何難挽江河，而返軒庖羲。余生愧鮮民，安能與於斯？此道不中絕，黽勉望來茲。

壽專公

獨立狂流重此翁，幾人能現碧方瞳。參差白業三生案，坐去清江一釣筒。種子可精《文選》理，難兄久蹈魯連風。他年振策光明頂，謖謖松聲聽許同。

壽寶臣

納納寒流去復還，多君彩鷁上青天。歸來滿酌如澠酒，夜雪梅花又一年。衣染京塵成往事，人依冰署羨真仙。慚余斗大山城裏，矯首龍舒幾縷烟。

贈熊封步竹垞韻

鐵壁故超絕，稜稜氣骨清。程書棄糟粕，食古淡聰明。白雪尋常聽，朱絃一再行。誰同王節信，官閣費將迎。

新詩出京洛，夜雨感當年。曾共直廬被，同斟太液泉。一麾生白髮，回首隔青烟。客路稀雙鯉，相思詎易傳？

題王石谷畫頁

嶺嶠曾傳戴笠圖，斜風細雨一身孤。不須抵死嗟留滯，多少峨冠士大夫。

右雨笠

人言吳帶可當風，姑射仙人致不同。試上崑崙峰頂望，無端噫氣爲誰雄？

右飆輪

何人放筆寫荒寒，蒼狗白衣眼倦看。待得朝陽濃翠歇，霏霏夕霧又成團。

右雲龕

長林葉散影扶疏，點綴冰花玉不如。昨夜夢中騎白鳳，九天風露溼衣裾。

右珠樹

切雲高閣可棲鸞，繡戶珠幢八寶欄。絕頂有人閒似我，天風環珮鎮生寒。

右阿閣

沙城苦雨，用王安節《看梅詩》韻

臥閣頻年倦夙興，無端又覓一枝藤。摧頹折翼辭巢鳥，辛苦銜泥行腳僧。厭聽催花連夜雨，愁看掛壁短檠燈。隱囊暫憩君何怪，嶺路新攀幾萬層。

題程萬斯印冊

能事何須借齒牙，驚看父子各名家。徐郎作底勞喧染，惆悵人間沒骨花。

詠牧童〔一〕

青蓑覆背笠覆首，三三兩兩出寒林。戴嵩圖畫尋常見，只有爾曹無古今。
猩猩騎象出扶南，困蠢離奇各自諳。爭似牧童牛背穩，一川芳草綠毵毵。

校記

〔一〕馬長淑《渠風集略》卷二選録此組詩。

微雨卻晴，步育庵壁間韻

自分黃昏雨打窗，鸕鷀小杓對春缸。那知星斗垂垂在，無恙輕帆過楚江。

秋浦道中讀《樊川集》偶題

武庫森羅萬象雄，如椽健筆讓誰工。原十六衛知何益〔二〕，不在甘泉豹尾中。
牛相維州策未工，邊人戰血至今紅。紫微何事輕持論，書記平安紙一通。
齊山如玉列屏風，秋浦盈盈一水通。怪底川原渾未改，有人重看杏花紅。此語別有所謂。

紫雲一曲錦堂中，燈火揚州五夜同。乞得吳興身已老，尋春人自怨東風。

校記

〔一〕十，底本空闕，當爲『十』。唐杜牧有《原十六衛》文，論隋唐十六衛之兵制。

贈魏昭士

吾道曾黄流派遠，西江人物重琅玕。山川盤鬱紛奇氣，湖海襟期得大觀。繡虎一門推作述，文壇兩代静波瀾。廣平齒頰難輕借，真擬劉公八部看。

老去蓬蹤易感傷，真慚白髮少年場。猪肝自笑逢迎拙，雞肋從教塗轍妨。投劾未能餘汗漫，論交今始見文章。歲寒亭下殷勤别，彈指西風過草堂。

送熊封之固原任

皇帝在位三十載，詔下郡國徵循良。雁堂靳君名公子，門庭舄奕侔金張。雄才犀利飽經術，下簾官閣凝清香。布穀勸耕同保介，猿公導引朝軒皇。山水窟中閒公事，如民春氣十年强。啟事朝登夕報可，璽書特簡綏巖疆。大纛高牙自茲去，邊風颯颯飛沙狂。花馬池旁千帳宿，野狐嶺上三秋凉。男兒意氣當一豁，安能局促終山鄉？隴上健兒好身手，弓絃霹靂飢鳶翔。黄羊野馬供庖宰，復陶阿錫爲衣裳。四海一家撤亭障，防秋無用千軍裝。淡烟落日昔人句，悠悠羌管神飛揚。斯時搦筆寫關塞，定能悲壯返河梁。平安火報但歌舞，幽燕老將同舉觴。梁園賓從盛文藻，倡予和汝堆縑緗。金印斗大那足計，碧油紅旆非天荒。歲寒亭子一揮手，老夫何處搜奚囊？澄之汰之瓦礫後，清塵濁水真茫茫。少年努力樹令德，無爲坐待須麋蒼。

重修漁梁壩落成紀事

在昔新安號全盛，典章文物恒昭垂。名世鉅公不可數，鼎銘鐘勒光離離。考亭夫子衍化澤，六經復旦儒人師。農熙士恬各有道，苻萑不警鋋無施。肇牽車牛遠服賈，黄金百萬羅高貲。維時漁梁實水口，大川一束波淪洏。估船燈火泊梁下，擫絲調管聲嘔咿。青樓十二連雲起，粉白黛綠銜金巵。何年石落水清淺，略無停蓄惟奔馳。此如貨泉一散不可聚，雖有陶頓難爲治。又如文章少藴藉，崑崙直下不用砥柱維。坐此民氣遂不振，豐亭之象成瘡痍。長吏瞠視不知救，高談食肉何人斯。我來皇帝歲乙丑，臨川何計甦窮黎。井深綆短鮮籌畫，跳丸日月星頻移。紫陽有靈得賢守，立興百廢寧規隨？疇咨父老周利弊，大夫卿士人無訾。刀布如山置水次，白石鑿鑿忘調飢。畚鍤有聲走風雨，子來萬衆疑謀私。權輿執徐迨協洽，屹然虹偃江之湄。爰開斗門放巨溜，銀濤似箭驚夔跜。蛟龍跋浪不敢過，那復瑣瑣游魚黿？依舊帆檣集晚照，荊關圖畫非人爲。我聞朝廷重水利，陽侯效順宣房釐。公之此舉可入告，採風誰爲陳歌詩？

題俞丹嶼小照

駘宕湖光潑眼新，青山萬點著閒身。虎頭健筆蒼茫甚，寫出羲黄以上人。

木末涼生趁晚天，蕭然裙屐坐忘年。科頭石上渾無事，衹是神遊未畫前。

爲覃九題《江山送遠圖》

莫愁湖畔放輕舟，白雁聲中不少留。歸去恰逢菱豆熟，踏殘黄葉九峰頭。

酬朱埜翁見贈

少傅高名存化澤，先朝人物重東南。外孫齏臼存亡痛，白髮門生杖履諳。漢室未聞褒李固，西州終是愧羊曇。屋梁落月情何已，黄海期君結一庵。

題依雲軒二首，爲胡樞巢作

名園結構年來久，不厭幽尋款竹扉。秉燭風流猶未泯，開軒松石鎮相依。苺痕作供留詞筆，花粒吹香落綵衣。爲憶吾廬濰水上，長竿多負釣魚磯。

郡舍蒼巉檻外分，山茨猶隔一溪雲。花間促席攜春榼，砌下疏泉種古芸。高枕定能容杜甫，練裠何必問羊欣。蘭亭禊事重修日，隨意苔裀坐夕曛。

題熊封《看梅》詩卷

十里梅花冰雪叢，看花仙吏去匆匆。祇今聽盡關山曲，人在五原明月中。

題西畬印譜

嗚呼古文不可見，得其似者惟圖章。李斯程邈已千古，金石刻畫今渺茫。薑尾蚕頭存彝鼎，雷回班剝疑琮璜。岐陽之鼓未作臼，天爲萬世維淳龐。石經𨶜匾各體勢，楚金寧傍陽冰墻。零銅碎玉自秦漢，點畫雖具精神亡。金玉犀象太作劇，青田老凍推燈光。有明中葉壽承出，葵丘玉帛同尊王。鵲跱鸞翔品清栗，弩張劍拔神飛揚。雪漁及門號尊足，於今贋鼎連車量。文采風流久銷歇，百年僅見陳師皇。張□顧荃亦好手〔一〕，尚欠跌宕還矜莊。昨日人傳穆倩死，秋墳寂歷蠻烟荒。我於今歲得俞子，如乳投水芥引鍼。奏刀劃然族理解，垂雲倒薤風洋洋。維珠則圓玉則潤，攀橋提震光青箱。余性愛古慎齒頰，不褒鹽嫫爲施嬙。鐵筆縱橫歎希有，大璣小璧歸奚囊。此書若成定不朽，作歌幸恕狂夫狂。

校記

〔一〕□，底本原闕，未詳其人。顧荃，遍稽明清之交諸印家，未得其人，蓋當爲顧苓之誤。乾隆《江南通志》卷一百六十八《人物志·隱逸一》：『顧苓，字云美，長洲（今江蘇蘇州）人。少篤學，尤潛心篆隸，凡碑版及鼎彝、刀尺、款識、魚蟲、科斗之書皆能誦之，臨摹秦漢銅章、玉印，見者以爲不減吾衍云。』清李崧《沈莊樗古隸歌》：『國初顧苓與鄭簠，大江以南稱兩雄。苓也謹嚴筆屈鐵，簠也流宕徒橫從。』其所言顧苓篆刻藝術特點與曹詩『尚欠跌宕還矜莊』相合。『荃』，爲『苓』形近之誤。

壬申歲暮，同士旦、京少、方山、大木、東塘集新城司農邸舍，以『夜闌更秉燭』爲韻

歲暮寒氣銛，濃霜堆屋瓦。短裘各蒙茸，旅酒供傾瀉。萍散近十年，星聚始今夜。

湖海久憔悴，羞澀及柔翰。老懷入秋冬，逢人易悲歎。謏謏塵聲中，良宵倏已闌。

蠻語苦未忘，終風乃爾勁。榠樝味久疏，橘柚咀已更。戹縮等生狙，貧也而非病。

江南美巖壑，黄山實靈境。桐帽與椶鞋，逌然愜素秉。回頭石笋矼，使我夢魂冷。避人鑷白髭，來逐五斗粟。殘月及曉風，未抵將跋燭。金鐎響琅璫，宵行良刺促。

和客子《獨樹簃偶刊》步韻

先生骫髒負奇骨，幾年慣踏天街泥。江湖浩浩戒舟楫，乾乾颯颯逐輪蹄。大官日給因紅粟，生徒或送酸黄虀。以之自奉良不惡，何必遥羨玉山稊。贏馱襁負各兒女，籠中之鶴塒中雞。十丈軟紅散如雨，城南韋曲尋幽棲。長安馬客驚意氣，千群腰裊風塵低。獨樹簃中好竹木，維葉莫莫還萋萋。庭下翻躚龍角豆，牽牛爛熳爭秋荑。弔望諸君撅驢尾，和漸離筑平頭奚。梨栗尋常供驥子，釵荆樸遬隨萊妻。褦襶難求龍皮扇，恧縮詎有辟寒犀。臯比罷講縻歲月，蘿窗晏坐仍鈎稽。竚聽花縣報衙鼓，白頭鳩杖來黔黎。君用文章飾吏治，能馴豺虎如麏麛。常平事業應爾爾，剸繁割劇疑農畦。駟鐵能令群動肅，輶軒可指諸方迷。功成身老泛湖去，有人長補袞衣兮。

題卓氏傳經堂

夾河龍戰四天昏，碎首青蒲動至尊。北闕綱常留廟貌，西山薇蕨長兒孫。含元殿側銅仙淚，石子岡邊杜宇魂。賸有清風激頑懦，瀟瀟暮雨侍郎村。

萇弘墓上草青青，清白傳家只一經。南鄭千年存世澤，蘭陵七葉見芳馨。是非有定垂今史，理數難憑感楚靈。矯首超山英氣在，雲山風馬未伶俜。

代人送湯慎庵送親還金陵

花明驛路柳垂絲，駘宕春光正此時。阿母乘將青雀舫，郎君賦就《白華》詩。燕磯牛首供吟眺，二水三山慰夢思。日侍含飴無限樂，可能回首念規隨。

送王清遠之茌平廣文任

大塊里第風泱泱，蘭芽玉茁光青箱。烏衣子弟頭角出，名士闌入功名場。茌山黑子介齊魯，其人俶儻工文章。琅琅絃誦聲未歇，金絲在壁諧宮商。端冕搢笏臨泮水，一氈遊□非矜張。司馬司徒君世業，韋平閥閱誰則當。況違洙泗三數舍，聖澤漸被同羹牆。刮垢磨光匪朝夕，如礱斯錯呈星芒。他日巍峨瞻帝闕，噌吰發論驚天閶。

書《王孝子傳》後

童時快讀《溫陵傳》，回首蓬蒿四十年。文字何由關至性，孤兒一見感重泉。西風落日田橫島，大雪空山夢覺緣。豈是豐干慣饒舌，衆生煩惱此情牽。

孤生那識嚴親面，天地鴻毛不可尋。金石能通徵錫類，鬼神來告慰初心。夢中莎米根何苦，定裏山僧感亦深。簪笏百年渾未艾，高門喬木正垂陰。

送湯慎庵送親南歸

洛下潘輿足勝遊，清和時節放輕舟。歸心早渡黄河水，客夢遥憐白鷺洲。擬著萊衣拜家慶，還分虎竹領諸侯。荷香一路濃如許，不憶仙郎舊日籌。

偶書熊封驪山絕句後

回首潼華足戰攻，春風蕩潏水溶溶。輸他褒女嫣然笑，不上驪山一舉烽。

答靳雁堂見寄之作步韻

黟峰振策自年年，羡爾獨探玉井蓮。蹤迹略同鴻雪影，遭逢難定想非天。牛羊日落歸屯牧，禾黍秋高靜塞烟。老我金門吟思減，側身西望一茫然。

三溪山水絕勝，余三度過此，景物不同，詩以紀之丙寅詩追錄

曲曲三溪道，偏驚乍到人。千年留奧府，一髮引通津。峰合疑無路，厓傾似有神。黄昏防夜虎，列炬達城堙。

再涉三溪險，冥迷積霧中。窮陰不到日，萬木盡含風。鳥篆封苔蘚，雷斤闢混濛。青天望京國，心折北來鴻。

又是三溪近，繁華滿路開。映山紅躑躅，匝地紫玫瑰。列戍兵猶勁，浮天波正來。旌陽濃翠裏，日暮興悠哉。

送洪雨平

數騎雪中去，關河落木多。黄山莽迢遞，歸客意如何？遥憶雲深處，諸峰掛緑蘿。讀書兼學道，歲月詎蹉跎。

長至署中偶成

一線陽回事有無，西山玉立雪模糊。閒窗筆墨縱横甚，點綴長林豐草圖。

送丁勖庵南歸

河橋楊柳色，常自鬱青青。送子涉江去，飛花晝杳冥。春光劇駘蕩，别緒易飄零。十里蘇堤路，鶯啼正可聽。

有所聞作

吾尚挂朝籍，先除名士名。病蠶慵作繭，老驥罷長鳴。才盡詩難好，心空道始成。朝來視天地，如水一般平。

書殷彥來《歲寒集》後

老去初參無字禪，丘遲賸錦亦堪憐。吟君負手巡簷句，只當西風夢惠連。

題梅廷尉《洗桐圖》

桐陰書屋繫人思，黛色霜皮也自奇。欲學先生勤洗濯，愧無相對好鬚眉。

送馮敬南之任梧州

論交慚馬齒，蹤迹卻同君。憶佐新安郡，曾窺黄海雲。探幽靈壽杖，送客陟釐文。龍目香中去，榕陰日易曛。銀緋軍司馬，珍重小馮君。知泛湘流曲，能開衡嶽雲。荒人爭負弩，龍戶解論文。莫聽鷓鴣語，高吟對夕曛。

爲袁杜少題怪石供

繡壁空青一帶懸，米顛袍笏憶從前。何當便入仇池去，領略人間小有天。

袁節女詩

袁氏有奇女，未識幗與巾。但知所天沒，不可以爲人。死易立孤難，嬰杵同千春。有志既不遂，何爲數夕晨？閉閣絕粒死，毅魄成青磷。譬諸烈丈夫，可擬草莽臣。陶潛晉處士，何嘗秉國鈞？枋得當宋季，名未達楓宸。卒之青史中，炳炳復麐麐。期不負寸心，存歿何足云！告廟而結縭，形迹徒紛紜。惜乏輶軒告，不獲承溫綸。作詩備遺忘，大義終不泯。

送方山假歸

東門祖帳去如飛，道路驚看早拂衣。莫遣北山怨猿鶴，故鄉今見一人歸。
回首名場感慨多，早年意氣半銷磨。論交海内賢豪盡，不值先生一笑何。
西山玉立起嶙峋，歸路秋風及采蓴。我唱驪駒非一闋，此行端的解傷神。

題陳求夏詞集

曾共迦陵細論文，頷頤揸拄各能軍。十年泉路無消息，燕市悲歌又見君。

朝天集

朝天集

過翬嶺〔一〕

蜀道天下奇，千盤矗雲表。不緣五丁鑿，何由露天巧。〔二〕新安山水窟，茲嶺當戶繞。一線通混茫〔三〕，百折愈幽悄〔一〕。人行雲氣中，路出群峰杪。谿谷窈深黑，冥濛神所保。絕壁翠紅交，仙人紛羽葆。豈惟勞心魂，實乃亂昏曉。健足追猿猱，排空接飛鳥。便欲陵長風，俯覽抒懷抱。

集評

〔一〕鄧漢儀曰：『愈細愈顯，似柳州筆墨。』

校記

〔一〕鄧漢儀《詩觀三集》卷九錄此詩。

〔二〕『何由』句後，《詩觀三集》有『頗思李昭道，圖像入微渺。《棧閣》兼《騾綱》，人物極纖小』四句。

〔三〕茫，《詩觀三集》作『芒』。

三谿〔一〕

兩峰倏焉合〔二〕，一水奔而赴。似髮通羊腸，此走金陵路〔一〕。陰厓疑鬼神，遑辨朝與暮。鐵壁聳千仞，斧痕隱然露。題字久剝蝕，修名信難據。緬惟洪荒初，氤氳元氣聚。山川自盤鬱，梯航那得度〔三〕。削鑿始何年，混沌傷其故。雄關峙絕巔，一夫儻可拒。王公重設險，屹屹金湯固。我來值長至，天風正號怒。濃翠沾衣裳，霏霏作薄霧。一月兩經過，能無臨深懼？何必九折坂，王陽始畏馭。

集評

〔一〕「兩峰」四句，鄧漢儀曰：「作遊記妙手。」

校記

〔一〕鄧漢儀《詩觀三集》卷九錄此詩。

〔二〕倏焉，《詩觀三集》作「倏然」。

〔三〕梯航，《詩觀三集》作「梯行」。

雪中作〔一〕

王事那辭瘁，念此徒旅艱。山行四百里，筋力儻已殫。江南飽烟雨，流水聲潺湲。長歌泥滑滑，肩我上巑岏。昨夕雨脚收，私幸后土乾。出門卽修途，大雪何漫漫。酸風射兩眸，步履憂蹣跚。群峰峙玉屏，咫尺成奇觀。采石尤奇絶，粉本金碧山。輿臺氣已盡，何以陵高寒？客子擁短裘，尚慮肢體單。矧彼無衣人，安能陟千盤？頓輒三太息，黽勉謀朝餐。

集評

趙秋谷（執信）曰：『老杜《發秦州》諸篇起法。』

校記

〔一〕《山左詩鈔》卷三十一選録此詩。清張維屏《清詩人徵略》卷七以此詩爲曹詩名篇，著録詩題。

清流關懷古〔一〕

太尉躍馬萬人敵，宋祖金戈揮白日。堅壁青山未肯降，偏師忽繞羊腸出。滁州西澗水淙淙，排空直下千艨艟。背城一戰遽成縛，蕭然敗籜隨秋風。旁午羽書飛似雪，淮甸已無唐日月。王氣全歸夾馬營，烟波一葦堪愁絶。不見江頭片甲還，宫中猶唱《念家山》。花壓闌干春草碧，誰念沙場刀箭瘢？

集評

秋谷曰：『每讀溫飛卿「後主荒宫有曉鶯，飛來只隔西江水」，以爲敘亡國敗軍而涉筆之妙如此，此篇殆進於古人矣。』鄧漢儀曰：『與陳後主同一敗破，言之可歎。然「一片降旗出石頭」，屢敗人意，是獨何耶？』

校記

〔一〕鄧漢儀《詩觀三集》卷九、馬長淑《渠風集略》卷二、《山左詩鈔》卷三十一皆選録此詩，張維屏《清詩人徵略》卷七以此詩爲曹詩名篇，著録詩題，作《清流關七古》。

磨盤山感懷〔一〕

山以磨盤名，思之杳難測。幾經登頓勞，始悟谽谷迫。坡陀不可窮，嶺横而峰側。我亦學蟻行，旋轉如通陌。懸崖危石崩，空林野燒黑。月落鵂鶹啼，客子愴魂魄。余本懶慢人，今年苦行役。雞肋何足珍，羈紲行當釋。

集評

秋谷曰：『森然如奇鬼。』

校記

〔一〕《山左詩鈔》卷三十一選録此詩。

論史

長淮之南北，千古帝王宅。豐沛初發祥，濠梁亦奮跡。亭長羅八荒，布衣提三尺。彭城項王都，下邳寄奴跡。砒碭賊朱三，一時屈群力。產茲數英雄，山川必靈秘。一望亘荒烟，不見風雲色。始知異人生，不盡在都邑。宇宙始屯蒙，雲雷開草澤。肇造每艱難，乃受開成責。畢郢及諸馮，越在東西國。利遠則志定，心勞則智出。不聞逸德人，能創開天績。懷古發長謠，聊以送寒日。

集評

秋谷曰：『使轉縱橫，筆如截鐵，持論亦正。』

渡淮水作

客心趨北闕，淮水共湯湯。江漢分流去，朝宗道路長。橋浮通馬驛，岸闊見漁梁。小市人聲雜，渾疑到故鄉。

過淮驚野闊，入望盡平疇。山勢遠趨海，天形圓作漚。飛蟲迎暖日，水鳥沒清流。去國無多日，還來覯九斿。

途次遇李華西率然有贈〔一〕

青門折柳處，躍馬學從軍。慣識風雲色，曾穿虎豹群。師臨清渭度〔二〕，符向嶺頭分。辛苦十年事，蓬蹤又見君〔二〕。〔二〕

奏最君無愧，飄然過嶺船。那能載廉石，自愛酌貪泉。雨雪王程迫，艱難我輩先。同人今幾在，遙憶鳳池邊。

集評

［一］『辛苦』二句，鄧漢儀曰：『説不盡。』

［二］鄧漢儀曰：『兩君皆以中秘出爲郡丞，故敘述舊事，不勝感歎。』

校記

［一］鄧漢儀《詩觀三集》卷九選錄第一首，詩題作《途次遇李華西有贈》。

［二］度，《詩觀三集》作『渡』。

符離潰［一］

魏公主戰不主和，始終一節無偏頗。用兵非長古所忌，武侯猶乃煩譏訶。德遠未能了此事，東湖老子先機多［二］。富平敗由都統死，淮西叛始將軍苛。符離一潰遂塗地，百萬夜散迴雕戈。生靈喋血那介意，如雷鼻息寢以訛。心學若此良不惡，申息父老將如何？嗚呼！申息父老將如何？至今功德還巍峨。

集評

［一］『魏公』六句，鄧漢儀曰：『瑕瑜不掩，數語爲魏公定案。』

汪蛟門（懋麟）曰：『以史爲詩。』鄧漢儀曰：『從來才與節不能兼，故赤膽忠肝，可鑒天日，而以當軍國之際，鮮有不僨者。嗟乎！豈獨一張魏公乎？』

校記

〔一〕鄧漢儀《詩觀三集》卷九、《山左詩鈔》卷三十一皆選録此詩。

口號四首〔一〕

牛火烘爐也便溫〔二〕，老翁擁絮自當門。笑余何事衝風去，豈少農書課子孫。〔一〕

麑眼疏籬接短牆，一雙烏㹀曬殘陽。自戀垂老貪爲客，數頃山田已就荒。

寒風掠歲物皆靜，雪意垂垂濃復濃。儂住江南四十日，卻來淮北閱深冬。

五十行年也合休，崎嶇京洛更何求？世間果有重來客，貪看桃花兩度遊。

集評

〔一〕鄧漢儀曰：『東坡每思閒坐莊門，吃炒豆瓜子，即此意。』

校記

〔一〕鄧漢儀《詩觀三集》卷九選録第一首，詩題作《口號》。

〔二〕牛火，《詩觀三集》作『豆稭』。

彭城懷古五絕句〔一〕

穆滿巡遊事已非，白雲黄竹尚依稀。徐方若也無兵氣，騄耳瑶池竟不歸。
劉項當年紛逐鹿，重圍如暈鬭兵稀。真人不死尋常事，作底鴻門卻放歸。
宋公揚袂攬群材，劍槊風雲江左來。九日登高曾戲馬，於今牧豎識荒臺。
妙舞清歌關盼盼，英雄卓犖張徐州。繁華過眼如飛電，何處春風燕子樓。〔一〕
蘇公作賦黄樓上，賓從風流自一時。惆悵斯人千載上，茫茫逝水去安之？

集評

〔一〕鄧漢儀曰：『我輩繫情，偏在此等。』

蛟門（汪懋麟）曰：『真放翁論古手。』

校記

〔一〕鄧漢儀《詩觀三集》卷九選録第四首，詩題作《彭城懷古》。

入嶧縣界

陽回驚歲晚，客到似殊方。旅食真無味，長吟自不妨。途窮迴野火，水阻悵漁梁。地接龜蒙氣，人同鄒魯鄉。風寒初割面，露冷久沾裳。汐社長湖側，柴車古驛旁。虎符方伯重，蒲壁小臣將。敢後塗山會，還賡天保章。

集評

蛟門曰：『短排自勁。』

忽見，傚劍南體

忽見山形喜欲狂，寧知千里隔渠陽。家貧年尾難償債，兒病牀頭自撿方。夢覺蘧廬終幻劇，舟浮竹葉且徜徉。吾生偶爾同萍梗，不必青州是故鄉。

過滕縣見行井田處偶成〔一〕

孟氏祖仁義，不類縱横人。憑軾說齊梁，志在安斯民。發論實崇閎，河漢驚庸君。儻學儀衍輩，得無西入秦？泰山自巖巖，功利寧侈陳。小扣則小鳴〔二〕，不陋滕主臣。壤地五十里，祿制田以分。眉臚貢助徹，掌指周夏殷。維時轍雖東，良法未全湮。經界犁然正，溝涂一一新。安知三代後，不睹黃農淳？所苦鋒鏑交，咫尺偪强鄰。待爾井田成，白骨哀青磷。君子道其常，但使吾說存〔三〕。王道無近功，成毁安足論〔四〕！

集評

蛟門曰：「議論詩全以氣勝，而練句尤極老。」〔五〕秋谷曰：「皇皇大章，筆氣亦極老橫。」

校記

〔一〕《山左詩鈔》卷三十一、乾隆《兗州府志》卷二十九《藝文志五》、清王培荀《鄉園憶舊錄》卷五皆選錄此詩。道光《滕縣志》卷十三《藝文志下》錄此詩，詩題作《過滕縣行井田處》。清張維屏《國朝詩人徵略》卷七以此詩爲曹詩名篇，著錄詩題，作《過滕縣偶成》。

〔二〕扣，《滕縣志》作「叩」。

〔三〕說，《鄉園憶舊錄》作「常」，誤。

〔四〕成毀，《兗州府志》、《滕縣志》作「毀譽」。

〔五〕《詩鈔》不錄此條評論。

途次和鄭瑚山韻

白雲紅樹伴孤征，歲暮翻爲執玉行。敢以蓬蹤悲去住，聊從馬足論功名。乘車戴笠當年約，濁酒黃雞我輩情。溫室青蒲真咫尺，西風遮莫太寒生。

題昭君故里〔一〕

明妃自有村，知在歸峽裏。云何督亢陂，乃有王嬙里？置之勿深論，姑與言其理。嬙也薄祜人，入宮非得已。青塚與黑江，遭逢正爾爾。丹青良誤身，虛名安足恃。我來值歲暮，驅車經小市。趁墟多老嫗，蓬頭而歷齒。或爲登徒妻，或爲玉川婢。爾曹值太平，婚嫁自桑梓。阿儂織流黄，阿郎勤耕耔。賣布買銀釵，貿粟置酒醴。團圞榾柮爐，笑語燈窗底。兒女互提攜，飲食足清旨。以視上馬裝，險夷真倍蓰。敢告山川靈，無爲生彼美。

集評

蛟門曰：『不必深辨，但以議論寓慨。』秋谷曰：『氣體逼真坡公。』

校記

〔一〕《山左詩鈔》卷三十一選録此詩。

臘月念三日同人偶集僧舍，和蒼石韻〔一〕

重到青門閱歲華，全删春蚓與秋蛇。終輸齊客能祠竈，不信瞿曇卻有家。殘臘渾如金欲盡，韶光那似酒難賒。竟須爛熳酬今夕，燭蕊纔開三兩花。

十年側理共金華，壁壘俄開辨鳥蛇。星使重來惟貰酒，蘧廬三宿便爲家。霜天寂歷鈴聲苦，珠斗闌干月色賒。强欲從君呵凍筆，可憐賦不到梅花。

校記

〔一〕《山左詩鈔》卷三十一選録第一首。念，《詩鈔》作『廿』，同。

不寐

不寐緣何事？鈴聲引夜長。相輪鳴替戾，棧道訢郎當。雁叫江天闊，蛩吟砌草荒。一般摇落意，況復在殊鄉。

大風過涿鹿〔一〕

客子遠行邁，駕言還江鄉。驚風蕩沙塵，白日藏曦光。漭泱朱龍河，似箭流湯湯。此地舊霸國，軒轅古戰場〔二〕。荒哉十里霧，使我徒旅傷。安得指南車，庶同飛鳥翔。

集評

〔一〕『此地』二句，鄧漢儀曰：『勁筆。』

蛟門曰：『雄健自喜。』

校記

〔一〕鄧漢儀《詩觀三集》卷九録此詩。

三家店壁間讀阮亭先生題詩有感

崇朝苦驚飆，日暮神弗揚。塵土上鬢麋，行李無輝光。土銼引我睡，四壁垂星芒。輪囷劈窠書，署字爲漁洋。起坐乃更讀，金薤何琳琅〔一〕。史公刺客傳，處士易水章。筑聲未銷歇，羽歌正激昂。一唱而三歎，讀之心焉傷。隔歲秋風高，吹我去江鄉。匆匆數語別，離緒毒中腸。一北復一南，譬彼鴻雁翔。先生賦歸來，乃在堊室旁。臥病遂經年，雞骨尚支牀。惓懷不能寐，負手巡簷廊。珠斗橫闌干，金柝驚琅璫。疲馬齕南榮，昏燈掛東牆。何時魯連陂，巾車共徜徉。

集評

蛟門曰：『勁敵在前，壁壘那得不整？』

校記

〔一〕琅，底本作『郎』。

趙北口三首〔一〕

西澱年來春水平，鵁鶄鳧雁各春聲。孤帆怕向蠡吾去，細雨斜風空復情。
春陰漠漠閉深龕，鷗語蓮香路舊諳〔二〕。橋下數聲欸乃急，重尋旅夢大江南。
咫尺菰蘆望渺然〔三〕，魚牀掩映水雲偏。分明記得經行處，鶯脰湖邊鴨嘴船。

集評

〔一〕鄧漢儀曰：『雙語。』

蛟門曰：『三詩豐度超絕。』〔三〕鄧漢儀曰：『三首俱翩翩有逸致。』

校記

〔一〕鄧漢儀《詩觀三集》卷九、馬長淑《渠風集略》卷二皆錄此組詩，詩題作《過趙北口》。陳以剛等《國朝詩品》卷三選錄第一、三首。乾隆《任丘縣志》卷十一《藝文志下》、《山左詩鈔》卷三十一皆選錄第三首，詩題作《趙北口》。

〔二〕渺，《渠風集略》作『杳』。

〔三〕《詩鈔》不錄此條評論。

拜董子祠〔一〕

公孫曲學譏千古，董相昌言重一時。客子風塵憔悴絕，摳衣還拜廣川祠。

三策天人動漢廷，江都謫去歎沈冥。武皇事事堪惆悵，豈獨金門失歲星！

六籍依然出劫灰，玉杯繁露見奇才。如何也學長沙傅，一弔湘纍更不回。

集評

蛟門曰：『議論絕句如此乃妙。』〔二〕

校記

〔一〕《山左詩鈔》卷三十一選録第二首。

〔二〕《詩鈔》不録此條評論。

雨發富莊驛〔一〕

青陽倏已分，修涂正迢遞。畿南五百里，身過卽夢寐。連朝雲族會，入夜雨聲至。驚風撼老屋，屹屹懼顛墜。庭憂百川灌，牀疑一葦繫〔一〕。我馬既虺隤，我僕亦憔悴。遂成一日留，王程歎濡滯。駕言出荒村，雨腳森垂地。漭漭溝澮盈，淰淰流沙細。依稀浯汶間，不覺鄉井異。衝泥走羊腸，咄咄風塵吏。

集評

〔一〕『庭憂』二句，鄧漢儀曰：『天荒地老之景。』

鄧漢儀曰：『長途苦雨，寫得真樸，彌令旅情不歡。』

校記

〔一〕鄧漢儀《詩觀三集》卷九錄此詩。

漫河苦雨和靳熊封壁間韻〔一〕

斷雲横野岸，積雨妒春陽。澗道堪浮馬，神工欲化羊。城荒存霸國，岸闊認漁莊。顛倒衾裯臥〔二〕，誰能憩隱囊？

校記

〔一〕鄧漢儀《詩觀三集》卷九選錄此詩。

〔二〕裯，底本作『稠』，誤，今據《詩觀三集》改。

雨後行德水道中〔一〕

好雨及春半，初晴氣窈冥。林光凝淺碧，天色界空青。路入齊封古，雲生岱嶽靈。衝泥行未遠，莫滯使臣星。

縱横皆積水，莫辨九河流〔二〕。勢欲浮牛馬，懸知下鷺鷗。雲猶屯北陸，耕已遍西疇。麥隴含朝爽，蔪蔪入故丘。

集評

〔一〕『縱横』二句，鄧漢儀曰：『高氣逼人。』

校記

〔一〕鄧漢儀《詩觀三集》卷九選録第二首。

路人平原見麥苗甚茂，喜而賦之

青青肥麥甲，一雨驗農祥。已覺粘天碧，行看覆隴黄。身勞思稼穡，宦薄望倉箱。何必登場日，纔聞餅餌香。

平原懷古

張祿丞相初封侯，秦王大索魏齊頭。故人雖在誼不出，平原志節淩高秋。布衣言歡閉函谷，十日之飲翻百憂。虞卿金印若脱屣，相攜直下夷門遊。夷門公子緩郊勞，坐令逋客揮吴鈎。廁中朽骨有變化，蜥蜴不斬爲龍虬。望門投止竟何益，六州不鑄雙青眸。嗚呼！英雄作事立頑懦，酒澆絲繡無時休。人生要自有緩急，區區成敗安足謀？

禹城道中和壁間韻二首〔一〕

洲邊幾點白沙鷗，籬下一雙烏犉牛。駘蕩東風吹不歇，淡烟芳草入齊州。

幾處飛虹幾道泉，一庭杲日一林烟。計程淮上逢寒食，跕跕風前墮紙鳶。

集評

鄧漢儀曰：「二首韻甚。」

校記

〔一〕鄧漢儀《詩觀三集》卷九選録此組詩。

齊河道中望泰山積雪〔一〕

岱宗高峨峨，鴻濛闢靈境。陰崖六月寒〔二〕，冰雪常耿耿。仙人赤腳遊，蹴踏層峰頂。而我塵中人，瞻言但引領。滉漾海水潮，縹緲峨嵋影。群帝驂白鳳，微茫露光景。霓旌曳流輝，素女明妝靚。蕩潏雲氣會，飂颸天風冷〔三〕。及茲目一豁，明發陟遐嶺。

集評

〔一〕『滉漾』八句，鄧漢儀曰：『摹擬泰山積雪，光影團射，目不及瞬。』

鄧漢儀曰：『精警。』

校記

〔一〕鄧漢儀《詩觀三集》卷九、陳以剛等《國朝詩品》卷三皆録此詩。

〔二〕崖，《國朝詩品》作『岸』。

長城鋪〔一〕

七雄昔雲擾，屹屹各守邊。兹地晝東秦，長城防未然。連山走溟渤，一髮窮青天。嗟彼築城人，白骨埋荒烟。柝聲達楚趙，王業當千年。云何松間餓，曾不祟朝焉。在德不在險，持論寧非賢！〔二〕老生之恒談，强秦築長城。下流苦難居，祖龍受惡名。維時燕趙齊，設險各相仍。塹山而堙谷，萬杵聲砰訇。既非役鬼工，曷由不日成？老弱疲轉輸，丁壯困棘矜。天心惡殺伐，匹婦通精誠。所以杞梁妻，嗷然輒使崩。王者守四裔，仁義爲甲兵。居中大無外，蕩軼天階平。豈學斗筲人，區區若挈瓶。

集評

〔一〕鄧漢儀曰：『詩文貴有識，始不爲兔園冊子所愚。』

校記

〔一〕鄧漢儀《詩觀三集》卷九録第一首。

宿泰安，和壁間韻

上巳山行倦，閒來住草廬。苦吟攤飯後，幽夢下簾餘。斸藥長鑱柄，扶衰禿尾驢。鐘聲翠微發，隔水見樵漁。

鴻濛留奥府，天地闢精廬。風雨秦松在，云亭漢禪餘。神巫還擊鼓，山客盡騎驢。齒齒汶流石，差堪著老漁。

青冥望不極，何處是吾廬。薄俗褰裳慣，鄉心説餅餘。腹盈嗟鼹鼠，技盡笑黔驢。想像桃花發，金溝正可漁。

憶昨一麾出，承明念舊廬。行蹤飄泊極，朋輩死生餘。練水還浮棹，黄山穩跨驢。桃源杳何許，一訊武陵漁。

望徂徠有懷石守道先生〔一〕

驅車徂徠下，亂石紛坡陀。元氣自氤氲，千古無磷磨。緬惟石守道，讀書秋澗阿。和鳴韓范歐，接跡金鑾坡。四賢一不肖，持論高峨峨。慶曆聖德詩，遂激清流波〔二〕。彥國亦偉人，乃有鬼怪訶。饑烏噤無聲，奈彼人國何〔一〕？

集評

〔一〕「饑烏」二句，鄧漢儀曰：「最是。」

鄧漢儀曰：「所以東林諸公畢竟詆毀不得。」

校記

〔一〕鄧漢儀《詩觀三集》卷九録此詩。

〔二〕「遂激」句後，《詩觀三集》尚有「群公方嚮用，先生終轗軻」二句。

途次口占〔一〕

輕烟漠漠入徂徠，麥隴愔愔斷繡開。水碧沙明認鄉土，亂流真渡汶河來。

夕氣空濛乍結陰，絲絲園柳變春禽。短衣騎馬荒山路，擁鼻誰成《梁父吟》？

集評

鄧漢儀曰：「先生七絕雋妙，真令摩詰、龍標閣筆。」

校記

〔一〕鄧漢儀《詩觀三集》卷九選録此組詩。

嶶山〔一〕

青天削芙蓉，片片垂嵐光。連宵魂夢清，引入山水鄉。登頓不辭勞，拾級陟崇岡。絶壁青紅交，怪石苔蘚蒼。馬夏大手筆，金碧亦鋪張。宜此宅神明，風雷開混茫。玉帛走河朔，岳瀆儼分行。岱雲西北來，龍氣森然涼。靈旗與風馬，陟降殊非常〔一〕。空冥仰無極，鸞鶴紛翱翔。渺矣汶河流，荒哉新甫疆。日暮騎馬回，濃翠沾衣裳。

集評

〔一〕「岱雲」四句，鄧漢儀曰：「作意爲奇，有龍雷紛動之勢。」

校記

〔一〕鄧漢儀《詩觀三集》卷九錄此詩。

蒙山出雲歌〔一〕

新安黄海天下奇，東蒙出雲差似之。我來恰當春暮時，上巳已過清明遲。萬山一氣無端倪，如馬如日不可知。絳衣掩映何葳蕤，化爲蒼狗空中馳。欲行不行司者誰，欲斷不斷微風吹〔一〕〔二〕。陽氣鼓蕩驚躨跜，縱横列缺兼王鯢。八荒霖雨天無私，我聞貝闕光陸離。天吳海若夾水飛，蜃樓閃爍千虹蜆。城郭人物靡不爲，闔婆隱現波瀰瀰〔三〕。觀河面皺悲酸嘶，我有大腹一鴟夷。竟須引滿金屈卮，醒來紅日窺東籬。

集評

〔一〕『萬山』六句，鄧漢儀曰：『空中描寫，何等靈奇。』

蛟門曰：『縱橫變幻，神似東坡。』鄧漢儀曰：『寫得雲氣變幻離奇，不可方物，豈徒藻彩之紛綸！』王培荀曰：『形容甚妙。』

校記

〔一〕鄧漢儀《詩觀三集》卷九、馬長淑《渠風集略》卷二、《山左詩鈔》卷三十一、康熙《青州府志》卷二十二《藝文志》、雍正《山東通志》卷三十五《藝文志》、清王培荀《鄉園憶舊錄》卷五、光緒《費縣志》卷二《山川附藝文》皆選錄此詩。

〔二〕不斷，《鄉園憶舊錄》作『欲續』。

〔三〕波，《詩觀三集》作『婆』。

山民歎〔一〕

軋軋機聲徹曉催，機聲未盡剪刀裁。問君何事匆匆極？長吏新膺上考來。

風吹槲葉半林霜，新葉抽萌舊葉黃。似蟻春蠶難作繭，官家早晚又開倉。

如掌山田蔓草青，兒童菜色婦鳩形。不辭努力躬耕去，里正勾人到縣庭。
天行人事兩堪悲，鞭朴難勝軀命微。今歲社錢還倍出，循良要勒感恩碑。
淚墮村村各有碑，兔園老子手如搥。鴻濛削鑿山靈笑，何用磨崖大筆爲。
木皮爭似草根香，婦女攜籃似採桑。聞道帝城寒食近，踏青挑菜一時忙。

集評

蛟門曰：『此等絶句，亦惟蘇、陸有之。』

校記

〔一〕鄧之誠《清詩紀事初編》卷六選録此組詩。

過疏太傅故里〔一〕

疏傅歸來日，黄金滿槖裝。差堪具牛酒，何暇問田莊。聖主恩能厚，儒臣道有光。古今誰勇退？高節屬吾鄉。

公等抽身好，先幾見獨微〔二〕。漢家重文法，太子失英威。自是殷憂切，誰云止足非。試看蕭長倩，咫尺蹈危機。〔三〕

薄俗豔圭組，驚傳早拂衣。黄塵千騎散，白髮兩人歸。沂水東流急，琅琊夕照微。宣元陵廟盡，茲事尚依稀。

集評

[一]『公等』二句，鄧漢儀曰：『看二疏有身分。』

[二]鄧漢儀曰：『前史曾言之。』

校記

[一]鄧漢儀《詩觀三集》卷九選錄第二首。

郯城道中作[一]

山行良已疲，振策遵平陸。淡淹沂水流，粼粼上眉綠。頓軔問官亭，老柳幾枝禿[二]。此地困陽侯，驚濤捲茅屋。苔壁繡龍蛇，仿佛波浪蹴[一][三]。老稚繞我車，塵土堆面目。鶉衣不掩骭，轂食那盈腹？晝則學寒號，夜或如鷺宿[二]。安得萬間廈，使汝歡顏足。安得紅朽倉，使汝元氣復。安得纏樹繒，使汝美衣服。安得金錯刀，使汝充笥簏。哀哉復哀哉，斯人信煢獨[三]！

集評

[一]『此地』四句，鄧漢儀曰：『可見水患不祗維揚。』

[二]『老稚』四句，鄧漢儀曰：『真是《流民圖》。』

[三]『安得』十句，鄧漢儀曰：『連聲歎息。』

鄧漢儀曰：『山左之民，豐年則粒米狼戾，凶歲則滿路流移。乙巳春，雨暘偶愆，而鄒、滕境上，民之挈妻抱子者相繼矣。固須節儉，以爲長久之法。』

校記

〔一〕鄧漢儀《詩觀三集》卷九、陳以剛等《國朝詩品》卷三皆選錄此詩。
〔二〕枝，《國朝詩品》作『株』。
〔三〕浪，《國朝詩品》作『痕』。

過峒峿馬上口占

此地勾吳戰壘開，餘皇三肆楚江隈。爭桑女子渾閒事，白日旌旗入郢來。
六朝列戍古鍾離，折戟沈沙千載悲。惟有女郎題筆處，春風開遍野棠枝。

下相懷古〔一〕

黄河東注項王城，慘澹風雲指顧生。草草鴻溝盟楚漢，匆匆戲下失韓彭。艱難亞父縱横策，辛苦勾吳子弟兵。遺恨九原六州鐵，不留神武鎮咸京。〔二〕
旗懸卿子冠軍頭，誰道荊人似沐猴？救趙已收三豎子，入關新劫五諸侯。乘時江左英雄色，落日陰陵感慨秋。亭長艤舟堪共濟〔三〕，中原何必盡歸劉！

集評

〔一〕鄧漢儀曰：『重瞳失著儘多，此能寫盡。』

蛟門曰：『雄健有嘆喈風。』鄧漢儀曰：『羽自入關以後，著著都錯，即如亭長一議未便或非，而腐儒必曰天定不可强爲，豈不可笑？』

校記

〔一〕鄧漢儀《詩觀三集》卷九選録此組詩。

〔二〕艤，《詩觀三集》作『檥』。

寒食

□見烏銜紙，心驚寒食來。河邊一抔土，寂寞野花開。婦子流離甚，輸君在夜臺。棠梨今夕雨，霑灑爲誰哀。

愧我爲人子，真成汗漫遊。何時一盂飯，澆向故山頭。雞肋知無益，蓬蹤苦未休。長河如箭急，嗚咽自東流。

青山懷古

江上巋然矗一丘，蕭蕭蘆荻淡生愁。自憐白髮爲司馬，猶向青山吊故侯。折戟沈沙成往事，靈風夢雨定千秋。將軍戰死關天運，莫作胥濤撼石頭。

姑熟道中雜詠

麥光浮翠菜花黄，好雨絲絲入曉涼。怪是荷錢纔出水，風來已自作蓮香。

畫圖最愛吳裝好，淺絳深藍次第開。一幅河陽小平遠，行春誰駕筍輿來。

紫髯東下亂流腥，夢日城邊樹色青。野闊於今無戰壘，夕陽何處玩鞭亭？

三千歌舞宴崔嵬，宋祖淩歊舊有臺。不及青山一抔土，亂雲生處使人哀。

鸿爪集

鴻爪集

宿藁口〔一〕

迢遞華陽百里程，亂山深處夢魂清。夜來驚枕有奇響，知是松聲是水聲？

校記

〔一〕《山左詩鈔》卷三十一選錄此詩。

琴溪

突兀飛虹百尺餘，懸崖何處覓仙居。年年上巳桃花水，惆悵琴高赤鯉魚。

琴魚

仙人騎將赤鯉去，此地遂有琴高魚。清溪千仞不見底，森如碧玉流長渠。其魚瑣細不入格，形模恢詭堪驚吁。三月三日初舉網，一網億萬無留餘。吹以春風暴以日，奔走南北何賢愚！練江綠螺同色味，不煩鼎俎尤清虚。吴宫膾殘亦奇物，未聞骨相如此臞。老生常談海若納百谷，鯤鵬變怪蒙莊書。南溟一徙九萬里，濤飛山立群靈趨。巨鱗首尾不可截，舳艫入腹舟人呼。又嘗目擊東海魚大上，眼光如炬扶南珠。神龍愛寶抉之去，化爲智井懲貪夫。防風骨節如梁棟，片鱗一鬣能專車。嗚呼！其大也如彼，其小也如此！乃識造化功，兼悟神仙旨。逆旅主人告余言，琴仙之惠誠汪濊。一年一度無愆期，思之安能得其理。或云昔日神鼎金膏成，服食之餘棄於水。爲魚不復作魚香，黍米神功應爾爾。恬淡寧爲口腹累，江鰣河魴皆腥穢。啖久定可殺三彭，赤松黄石吾徒耳。霓旌絳節紛相從，萼緑飛瓊供驅使。君莫小視琴川魚，琴川之魚天下無！

拜愚山先生野殯〔一〕

杜宇聲中飛紙灰，野棠開處長青苔。荒林寂寞應含笑，白髮門生鏡具來。

幽宫一拜一潸然，絮酒何能到下泉。記否生存華屋處，兔葵燕麥已芊芊。

文章華國竟何爲，逝水東流有盡期。最是長安風雪裏，含情相對夜深時。

集評

汪士鋐云：『《野殯》三章，低徊欲絶。嘗從先生論施公往事，先生涕交頤，遂共歔泣，不復語。施公没，先生經紀其後，不遺餘力。嗚呼！此真古人情事，而作詩者之本也。』王煒云：『丁卯春，先生去宛陵，友人汪栗亭以試事從之，哭拜於施愚山先生之殯宫。先生昔以諸生受之施公，癸卯發解，即走宛陵拜謁。及是往哭，宿草荒烟，爲之大痛。歸與栗

亭長慟旅舍，經紀其後人不遺餘力。』〔二〕

校記

〔一〕《山左詩鈔》卷三十一、錢仲聯《清詩紀事》皆選錄此組詩。

〔二〕底本無此二條評語。汪評見於《詩鈔》，復見於《安丘曹氏家學守待》第十四卷卷首《評語》。王評僅見於《安丘曹氏家學守待》第十四卷卷首《評語》，乃節選自王煒《鴻爪集序》。

喜晤瞿山

聞聲常失喜，況復見鬚眉。小别知何日，吳霜冉冉垂。入門花藥富，把臂夕陽遲。四壁紛巖壑，欣然快所私。

孝廉船屢放，懷刺不逢人。常苦音塵絶，何由形影親。寧知良會杳，仍在宛溪濱。便欲買山住，瞿硎同結鄰。

山僧與童子，點染倩佳兒。健筆縱横甚，平添老樹枝。孤亭懸縹緲，雙塔鬱參差。矶硉蛟龍勢，攜歸也自奇。

拜姜如農先生墓〔一〕

東海姜夫子，英靈接混茫。潛身敬亭野，吾道有輝光。雞絮鄉人薦，丹青志士傷。似聞曾請劍，疏草尚琳琅。巋然三尺在，草色自青青。意氣存終古，風雷走百靈。孤臣悲永戍，弱子勒遺銘。白也詩無敵，長吟好共聽。

校記

〔一〕《山左詩鈔》卷三十一選録第一首。

穀雨日遊敬亭同遊者爲朱廣德立山、梅侍御桐厓、阮黄門于岳、梅孝廉瞿山、耦長

憶昔登山樓，山色横遠緑。京塵二十年，遊屐不復續。穀雨美風日，駕言趨山麓。樵徑陡紆威，林光悦幽獨。松花撲人衣，濃翠生眉目。筍抽碧玉團，驚雷起龍族。山僧當晝眠，烟青焙茶熟。但期飲文字，何用雜絲肉。振衣額珠樓，石蹬莽迴複。穿林若生獲，躡嶠疑奔鹿。神志一以曠，觀聽得清淑。長橋駕螮蝀，雙流爭起伏。塔頂鬱崢嶸，人烟集水陸。一髮辨麻姑，蒼然數峰矗。遐搜竟忘疲，荏苒龍銜燭。耽彼夜氣佳，翻訝流光速。及兹未去間，良會當再卜。

敬亭和雪坪韻

山深三月始聞鵑，櫻熟茶香似往年。高閣全收空翠色，長溪倒映蔚藍天。青蓮詩句自千古，黄蘗

兒孫今幾傳？我欲登臨騁遠目，緑楊城郭正茫然。

和瞿山韻

巨筆如椽存妙蹟，扶衰更上一層樓。蓬根無定悲今雨，鴻爪重尋感舊遊。氣接方壺真咫尺，身隨雲海共沈浮。蒼然平楚看何極，只有雙溪匝地流。

和高槎客見投之作〔一〕

論交爭得望肩齊，處世無能學突梯。憶唱輕塵三疊曲，頻驚茅店數聲雞。重尋京國人何在，忽到昭亭句自題。便欲留君雨中坐，夜深好爲奮豪犀。

詩思渾如上峽船，多君吳榜下青天。吟殘嚴子披裘處，行到江淹舊渚邊。春色滿城初擘絮，鼇峰三月正啼鵑。相思更在梧桐掖，憑藉飛鴻一一傳。

校記

〔一〕《山左詩鈔》卷三十一選録第二首。

爲雪坪題《長安論詩圖》兼懷阮亭先生

日下秋風遠別離，思君臥病魯連陂。那堪漂泊江南後，重讀漁洋幼婦詞。

鬚枯眉落見當時，畫壁旗亭足夢思。開卷恍然成一笑，分明雙樹影參差。

答朱立山

昌黎詠二鳥，青田賦二鬼。厥義雖雷同，厥詞良恢詭。余老宦復卑，餘茲髮與齒。一麾落南服，新安好山水。紛紛說黃白，得名偶然耳。一壑復一丘，青峭俱堪喜。自顧寡儔侶，安能吐奇瑋。懿哉靳鐵壁，翩翩佳公子。刻意摹放翁，清言亦何綺。我時竭駑鈍，跌宕不自止。私計天壤中，一夔已足恃。丁卯暮春月，偶躡昭亭屣。茲地實舊遊，屈指閱兩紀。振袂登鼇峰，風日仍清美。傾蓋得立山，幨帷亦駐此。豐沛名家流，桐川賢刺史。貽我冰雪詩，深厚杜陵髓。旖旎入西昆，《蘭畹》《金荃》似。縱橫藝圃間，載籍追皇始。派別星宿源，力作中流砥。陋彼斗筲人，聲蛙而色紫。淵衷慎虛憍，老筆懲波靡。傖夫誠樸僿，不覺瞿然起。五體遂投地，結言望風旨。光岳氣不孤，聚在三百里。謂靳也。緬維京絡遊，群賢策疲骫。祭酒盛壇坫，海內執鞭弭。筆墨戒流易，藩籬頗堅峙。風塵十載餘，花散河橋矣。前年澹亭歿，去年黃湄死。卓犖顏考功，一病不復理。令人殊短氣，淚滴練溪尾。遇子恨已遲，猶足張吾壘。乃知韓劉儕，所重在角犄。雲龍那敢方？臭味差堪擬。願學松柏姿，勿爲穠桃李。

同梅瞿山、定九、雪坪、沈方鄴、汪雨公、施汜郎、汪扶晨集吳綺園寓齋，與定九談天官家言，聯句得四十韻〔一〕

圓蓋迴無垠，磅礴劇深廣。非探罔象珠，誰其窮指掌？實庵。吾叔耽絕學，疏觀勞俯仰。旁搜歐羅書，巧測璣衡像。雪坪。南冥皇宅寬，西極帝居敞，旨既洞高深，辭因陳慨慷。綺園。閶闔自寥廓，槖籥亦規倣。闕憑虎豹看，氣做蟣蠓想。扶晨。我聞事災祥，在天必垂象。熒心以德遷，西彗以奸長。雨公。靈憲洵足徵，耶蘇頗疑罔。諸家紛聚訟，折衷孰堪獎？方鄴。周髀與蓋天，群書昧羅網。汜郎。秦宓辨固雄，鄒衍談亦莽。何如汝南精，亟荷平陽賞。扶晨。高會盛陵陽，通守得任昉。振藻戛韺韶，折節到菰蔣雪坪。如星聚偶然，揚鑣競吾黨。況復風日佳，清淡轉高爽。瞿山。布算通中西，搜奇遍今曩。旗鼓誰則當，羔雁吾亦儻。煌矣靈臺器，疇云敝帚享。問業得精專，窮神見佛仿。風雷由節制，埴野辨墳壤。實庵。運會漸開通，經緯自昭朗。積候承古初，妙義本微茫。所愧疏見聞，觀察局盆盎。庶幾賢博奕，敢謂窺參兩。定九。連朝風雨怒，奔雷助雹響。瞿山。積靄沈楚山，飛濤激吳榜。方鄴。巃壁赭嵯峨，宛練碧流漭。綺園。歡歌復東軒，旅燕憶西瀼。紫蒂泛杯中，紅藥翻階上。汜郎。夏氣破春來，遙情倍孤往瞿山。縱橫棋一枰，汗漫屐幾緉。雨公。單衣謝毳罽，豐廚出蝦鮝。筍園歇雨開，茗柯寄雲養。雪坪。駢羅坐方淹，沈湎趣還強。明發問昭亭，一笑適莽蒼。綺園。

校記

〔一〕《山左詩鈔》卷三十一選録此聯句。

過鼇峰不見諸道士

鴻跡曾留歲月更，舊遊如霧不勝情。分明白鶴峰前路，少卻丁丁落子聲。
丹竈久應無宿火，塵封全失舊題名。寧知雲水飄然侶，也似人間隔死生。

題錢舜舉寫生冊子

砌草侵眉綠，簷瓜帶蔓豐。嘤嘤如動股，知是繪《豳風》。草蟲
瘴黑黄陵祠，月暗湘江口。軥輈數聲啼，征人盡回首。鷓鴣
偷眼畏百勞，寧憂褐父睆。田田荇葉間，何處不堪避。蜻蜓
飲露翛翛靜，因風嘒嘒聞。天然垂兩翅，薄似鬢邊雲。蟬
青草黄蘆岸，漁燈明滅時。誰能熟《爾雅》，常是誤蟛蜞。蟹
翩翩紅雨中，團扇不須撲。日暮惰忘歸，花間隨意宿。蝶
天下之勇蟲，越王曾式汝。只愁黄雀來，鳴蜩亦難取。螳螂

孟氏陳王道，惟茲五母雞。雕籠生意足，春草自萋萋。雞雛

爲施孝虔題趙承旨人物卷子

伯時好畫馬，見呵秀鐵面。松雪將無同，紈素九州遍。贋鼎人爭傳，驪黄那能辨。此卷獨不然，乃作騎驢變。長耳鳴北風，四蹄蹴冰霰。嗒焉驢背人，衝寒意已倦。席帽何欹斜，紅罽光淩亂。疑是孟襄陽，苦吟出荊峴。又疑長爪生，錦囊文續斷。一僕莽淩兢，似畏銀海眩。彳亍板橋側，驚落梅花片。墨燦小兒睛，絹學鵝溪練。承旨故勝流，此圖乃自見。畫驢不畫馬，必逢世眼賤。願子什襲珍，勿使龍媒擅。

贈街南先生〔一〕

閉戶著書一千卷，烏衣白袷自年年。修琴買藥時來往，猶恐人呼作地仙。

五柳村中陶栗里，成都市上嚴君平。誰言心跡難雙絕，避世牆東有此清。

耆舊人傳鄭谷口，隸書卓犖信登壇。先生腕底千鈞力，只作雕蟲小技看。

闡義高文敵史遷，名山光怪要人傳。如何尚學琅環秘，只少塵中造業錢。

校記

〔一〕鄧之誠《清詩紀事初編》卷六選錄此組詩。

題坡公墨蹟

丁卯之歲夏方初，宛陵遊子將歸歟。登堂發篋觀畫圖，最後乃見髯公書。絹理細等雞子膚，墨光慘澹神明俱。端人正士位置殊，雲臺高議聞嗟吁。漏痕釵腳非形模，玉環飛燕何肥癯。奎宿光落西南隅，峨眉山色秀不枯。扶輿佳氣爲名儒，文章道義懸斗樞。筆墨亦足驚凡愚，五百年中無事無。盜賊水火寧私諸？巋然魯殿靈光孤。疑有神物相匡扶，伊余身賤豕負塗。腕中有鬼安能驅？褒揚光旦羞鹽嫫。出門上馬躍以呼，城頭日暮烏畢逋，頓忘漂泊仍江湖。

雨中發陵陽

一線雙羊路，方塘納納深。如釵記菖葉，似髮辨秧針。雨腳還瀟灑，歸程怕滯淫。兹遊信奇絶，不負廿年心。余乙巳遊宛，今二十餘年矣。

宣城道中三月晦日作

溪流通略彴，山意破溟濛。天落曾青色，人行淨綠中。野花光拂面，新竹勢排空。烏㹀一雙去，沙鷗幾點同。嶺雲横雉堞，壞道臥羆熊。戽水農人健，分秧婦子工。村深啼布穀，陂滿下魚罾。浛浛含朝爽，陶陶入夏風。驅車非遠道，回首憶冥鴻。謂晴巖也。

山行口號

雲際蒼然秀色鋪，萬松深處翠糢糊。便思作使馬遥父，爲畫春山欲雨圖。

舊年秋葉明於纈，今日春山翠欲流。荊浩王維皆絶技，一經烘染便春秋。

旌陽道中

夾路花香能破鼻，連車麥穗欲登場。奇峰雲斂四山静，少女風來一味涼。

曉晴

竟夕喧雷電，能愁過嶺心。曉雲開斷續，山氣失陰沈。曲磵咽危石，長林悦夏禽。千盤聊復陟，拾級得幽尋。

過嶺

又躡登山屐，初晴物色鮮。林光新沐後，濃翠正娟娟。紅萼乍收蕊，白雲如擘綿。置身霄漢上，目極一潸然。

早發華陽

初日澹流暉，駕言出南郭。道旁列坊表，山骨莽鑿削。少保信冰銜，尚書亦高爵。門第軼金張，功名薄衛霍。駒隙劇倏忽，電光爭閃爍。華屋與山丘，俯仰殊哀樂。祠廟尚巍峨，丹楹而刻桷。泯泯百年期，精爽安所託？

黄山纪游诗

黄山紀遊詩

過灊口飲汪扶晨齋頭，同吳枏公、兒霂〔一〕

冒雨看山未擬回，欹斜席帽晚風催。故人忽返三鄣路，絳蠟纔燒幾寸灰。作達可能駕嵇呂，高談已許儷鄒枚。遥知紅樹峰頭滿，遲女光明頂上來。

校記

〔一〕汪士鋐、吳綺編《黄山志續集》，將曹貞吉《黄山紀遊詩》部分録入卷四。

初望見天都、雲門諸峰〔一〕

拔地驚天萬仞峰，仙人掌上現芙蓉。自疑飛鳥飛難到，明日翛然杖一筇。
昨宵夢破三更雨，今日晴奔萬壑雷。自是山靈慰岑寂，故教青峭一時來。
千林紫翠變朝昏，刈稻人忙水竹村。過眼兜羅纔一現，匆匆又似閉桃源。

校記

〔一〕《黃山志續集》卷四選録第一、三首。

浴溫泉〔一〕

堯時十日出，百穀皆焦毀。后羿彎弧射，九烏墮地死。其精爲溫泉，千年蕩邪穢。茲山藴靈異，一勺良詼詭。我聞古至人，丹成藏於此。蕩潏石乳流，時吐硃砂蕊。一濯清肺肝，再濯易毛髓。豈惟區聖凡，實乃雜神鬼。陋彼華清宮，恩波浴肥婢。

校記

〔一〕《黃山志續集》卷四選録此詩。

白龍潭觀瀑有懷吳耳公〔一〕

白龍潭中潛龍子，鴨綠粼粼石齒齒。千雷萬霆激迴飆，日夜砰訇聒兩耳。朅來亭上立多時，對面人語難得知。景鐘無射中律呂，鈞天之響非人爲。闍名狎浪誰敢狎？萬仞懸流勢崩壓。伯昏無人不可遇，晴日冷風吹白袷。赤甲瞿塘當我前，泠泠三峽聞飛泉。桃源主人跨驢返，打頭黃葉心茫然。雜花滿地成秋色，溜雨青苔步欹側。扶笻彳亍過石梁，回首空潭莽蕭瑟。

校記

〔一〕《黃山志續集》卷四選録此詩。

初至慈光寺瞻禮四面佛〔一〕

範銅形模古金仙，陰沈紺宇常巍然。千佛萬佛七級懸，一尊一柎垂青蓮。南北東西序弗愆，須彌芥子何虧全？烏斯藏裏法不傳，鬼工能造摩支天。思齊太任女聖賢，擬將法寶藏雲烟。長樂宫中尺一宣，神光先照黟山巔。毘沙修羅左右旋，霓旌絳節紛鈎連。長安驛路直如絃，慈航忽送錢江邊。龍君鬼伯相後先，作禮圍繞聲嘶酸，慈光名寺今百年。普門願力三生緣，黃金布地有人焉。余生恨未達真詮，作歌翻似聲聞禪。

校記

〔一〕《黃山志續集》卷四選録此詩。

賦贈中洲大和尚〔一〕

名山端不負禪棲，白足僧來杖一藜。麈尾亂隨花雨落，經聲猶帶浙潮低。香聞木樨知無隱，指豎天龍自不迷。便欲與師分佛火，門前立雪到腰齊。

校記

〔一〕《黄山志續集》卷四選録此詩。

普門和尚内賜金鉢〔一〕

西方之聖人，偏袒赤兩腳。乞食舍衛城，一鉢隨所托。初祖來震旦，信器傳心各。吾師闢精廬，健足走京洛。擊柝繞宫牆，響振重門鑰。玉食分尚方，伊蒲恣大嚼。鉢盂出内賜，寒芒射廊閣。聲似玉琅璈，色勝金鑿落。師去幾何年，晶光還閃爍。兒孫等頭目，護惜閱今昨。法侶洵有人，捧禮三歎作。

校記

〔一〕《黄山志續集》卷四選録此詩。

内賜銀字經，爲松雪書〔一〕

舊識王孫筆，銀泥落紙勻。空山藏秘笈，貝葉重文人。侍從餘清暇，揮毫動紫宸。悠悠三百載，戈法尚如新。

爲念七司戶，逢時上玉堂。雕龍新事業，離黍舊門牆。珠氣驚縫掖，銀鈎護法王。何年辭大内，曾惹御爐香。

校記

〔一〕《黄山志續集》卷四選錄此組詩。

内賜袈裟〔一〕

不讀《華嚴經》，安知佛富貴？七寶供檀施，纓絡光委地。無縫天人衣，細細排珠璣。普公荒黟山，此衣出内製。慈寧春晝晴，針神勞位置。千佛繞其身，七條圍舍利。一一白鶴飛，朵朵青蓮綴。當年辭九重，捧持走中尉。迄今逾百載，猶帶旃檀氣。緬惟古德尊，體貌何雄毅。説法空山中，偏袒露右臂。夜深百靈集，是人非人類。大衆頭如黿，作禮生怖畏。今疊一空箱，神龍尚呵衛。儒門愧淡薄，孰敢當其位？

校記

〔一〕《黄山志續集》卷四選録此詩。

藤杖〔一〕

珍重住山老，穿雲杖一條。如聞獅子吼，聲落海門潮。行藥林中去，閒尋蕐撥苗。好留伴塵尾，風雨夜蕭蕭。

校記

〔一〕《黄山志續集》卷四選録此詩。

老人峰〔一〕

繡壁崚嶒萬仞孤，攀蘿直上一笻扶。老人與我俱頭白，神鼎刀圭乞得無。

校記

〔一〕《黄山志續集》卷四選録此詩。

天都峰下看紅葉〔一〕

青鞋未到散花塢，選勝端宜在此中。一片明紅驚照眼，不知是柏是丹楓。
纔自桃花源上回，三秋那得有花開。天門一望堪愁絶，疑换人間甲子來。

校記

〔一〕《黄山志續集》卷四選録此組詩。

迎送松〔一〕

一松迎我來，一松送我去。不如住山僧，樸遨忘禮數。閱盡往來人，只似長亭柳。冰雪作鬚眉，何曾驚老醜？浮雲朝夕更，雙松尚如故。卻笑遊山人，頭上生松樹。

校記

〔一〕《黄山志續集》卷四選録此組詩。

望天都峰〔一〕

三天子鄣信奇絕，天都更是諸峰長。目斷穹嶐不可極，鳥飛亦作枋榆搶。風雷只到半山腰，下界陰沈上宣朗。不無跌宕走猿猱，亦或幽深藏魍魎。黛色止堪供圖畫，蠶叢誰敢萌嚮往。月明定復聞笙鶴，露下自應流沆瀣。遙傳軒后此調御，是耶非耶逮今曩。華嶽蒼龍腳不到，伯仲名山理亦儻。想像諸天大和會，金支玉節羅仙仗。如有三公赤舄朝，不殊五嶽明堂饗。安期羨門等階坳，肩摩日月天爲黨。草衣道士爲余說，絕頂憑陵足心賞。北固金焦指顧間，江流一線爭尋丈。長干浮圖塔頂圓，三吳三楚平如掌。今年高秋乘興來，摒當芒鞋著幾緉。凡軀未能借羽翮，矯首烟霄餘悵惘。盧敖九節那可求，海上神山空佛仿。縱饒雲氣蕩胸臆，豈有仙靈生肸蠁〔二〕。何來天馬行駊娑，鳥語不聞山樂響。高臥玉屏兩足疲，自忘身在青冥上。

校記

〔一〕《黄山志續集》卷四選錄此詩。

〔二〕肸蠁，底本、《黄山志續集》皆作『盻蠁』，蓋誤『肹』爲『盻』。肹，同『肸』。

過小心坡〔一〕

昔人亦有言，臨淵而集木。側身天地間，安往不觳觫？吾生飽憂患，路比羊腸曲。夙等王陽畏，未效阮公哭。今日復何日，探此萬仞谷。一髮走青冥，百折入幽獨。足垂二分强，寸進還寸縮。耳目不暇營，累我腰與腹。誰能作蛇行，差堪學蚓伏。軀命爭毫末，神智得清淑。撒手愧老禪，聊復縱遐矚。

校記

〔一〕《黄山志續集》卷四選錄此詩。

臥龍松歌〔一〕

黄山有松皆不俗，一枝兩枝等朱珊。輪輪囷囷各異態，不沾寸土精神完。我來九月劇蕭摵，震蕩勇氣淩高寒。紅葉滿山飽秋雨，諸松俱在青雲端。鼓衰力竭不得上，忽驚神物當空蟠。澗壑陰森足冰雪，此松偃蹇無凋殘。朱鱗火鬣具頭角，土花繡澀莓苔斑。出爲霖雨亦何有？千秋濃睡風雷慳。鼎湖騎汝去不返，爭乃復臥青冥間，我踞松上歌一闋，天門積翠常漫漫。

校記

〔一〕《黄山志續集》卷四、《山左詩鈔》卷三十一皆選録此詩。

度一線天〔一〕

鳥飛不到玉屏峰，千古微存日月蹤。路濕飽經霜信雨，雲歸常護臥龍松。五丁鑿處陰厓險，雙屐來時翠靄重。嗚咽泉聲生晝冷，披裘六月可能從。

校記

〔一〕《黄山志續集》卷四選録此詩。

登立雪臺看後海一帶諸峰〔一〕

玉屏秀削如崇墉，寒風颯沓無春冬。眾山拱揖作環衛，天都正踞南天中。立雪臺前松聲起，動搖爪距森虬龍。支離拳曲學偃蓋〔二〕，孤鶴聳立姿氋氃。雙眼及茲得一放，諸峰倒影來相從。儼如萬靈集北闕，大冠長劍容能恭。軒皇負扆待朝會，東序西序懸鐘鏞。浮丘容成左右相，庬眉皓首臨崆峒〔三〕。又如當年戰涿鹿，雨師風伯驅豐隆。旌旄幢節不可紀，前茅後勁光熊熊。直北有山更青峭，石筍刺破蒼烟空。幾枝瘦玉各林立，群真初下蓬萊宮。我疑造物無有此，偶爾作戲哀龍鍾。所惜蓮花亘西障，雙繭登頓憂巃嵸。要當蹴蹋金鼇脊，發狂大叫驚青童。

校記

〔一〕《黃山志續集》卷四、《山左詩鈔》卷三十一皆選錄此詩。

〔二〕偃，底本作『㛍』，今據《黃山志續集》、《詩鈔》改。偃蓋，形容松樹枝葉橫垂鋪張如傘蓋之狀。唐杜甫《題李尊師松樹障子歌》：『陰崖卻承霜雪幹，偃蓋反走虬龍形。』

〔三〕庬，底本、《黃山志續集》作『龐』，誤。庬眉，花白眉毛。《文選·王褒〈四子講德論〉》：『庬眉耆耇之老，咸愛惜朝夕，願濟須臾。』李善注：『謂眉有白黑雜色。』今據《詩略》改。

宿文殊院同中洲和尚、雩公夜話〔一〕

置身千盤上，顥氣倍清肅。珠斗垂闌干，眉月照幽獨。青女寒作花，白雲夜留谷。茫茫海濤中，吾徒此棲宿。居士富奇情，麈尾聲謖謖。老衲話無生，趺坐等枯木。舌本饒青蓮，趺宕如珠玉。緊余塵土士，未辨機鋒速。妙義聆三車，高談折五鹿。詎期牛火旁，領此半芋福。永夜響天風，疾威吹板屋。布被各蒙頭，匡牀眠乍熟。

校記

〔一〕《黄山志續集》卷四選録此詩。

文殊院觀鋪海歌〔一〕

蓬萊閣外海作山，文殊院下山爲海〔二〕。神物由來不易逢，天爲吾徒澆塊磊。白雲一片湧空濛，眼底千峰皆杳靄。只疑渾沌開窮荒，或有風雷泣真宰。澒洞得無憂懷襄，帆檣似欲歌欸乃〔三〕。鼇身一抹映天黑，鯨波萬里連渤澥。天都直可作員嶠〔四〕，蓮蕊蓮花餘蓓蕾。似宜騰擲走蛟龍，詎容細瑣藏蚌蟹？過眼一洗碧琉璃，驚風猛浪嗟何在〔五〕。仙人作劇太神奇〔六〕，頓還舊觀那足駭〔七〕。

集評

沈德潛評曰：『得此起結，乃見作手。』

校記

〔一〕《黃山志續集》卷四、《山左詩鈔》卷三十一、徐世昌《晚晴簃詩匯》卷三五、沈德潛《清詩別裁》卷六皆選錄此詩。

〔二〕下，《黃山志續集》、《詩鈔》、《詩匯》同，《清詩別裁》作『外』。

〔三〕『只疑』四句，《黃山志續集》、《詩鈔》、《詩匯》同，《清詩別裁》作『只疑天一生水開窮荒，江漢朝宗此間匯』。

〔四〕直，底本闕字，《黃山志續集》作『真』，《詩鈔》、《詩匯》、《清詩別裁》作『直』。

〔五〕『似宜』四句，《黃山志續集》、《詩鈔》、《詩匯》同，《清詩別裁》作『須臾長風吹散碧琉璃，浟湙茫洋竟何在』。

〔六〕作劇，《黃山志續集》、《詩鈔》、《詩匯》同，《清詩別裁》作『遊戲』。

〔七〕『頓還』句，《詩鈔》、《詩匯》同，《清詩別裁》作『我欲直上高空問真宰』。

蓮花峰〔一〕

我聞花開十丈藕如船，太華頂上何便娟〔二〕。又聞給孤園邊功德水，五色蓮花世無比。兩者余嘗夢見之，不道蓮峰奇若此。遊人歷歷到花鬚，夜深多宿蓮花柎〔三〕。冷光朝暮相激射，餐霞飲露神仙徒。千松萬松破石出，蹬道高懸勢矹硉。俯看蓮蕊纔及肩，菡萏何時與花匹？雲梯百步在眼前，海門落日爭新鮮。鼇魚洞口莽昏黑，散花塢下丹楓妍。惟有天都堪並矗，諸峰鵠立皆臣僕。老人傴僂吁可笑，高撐孤髻山之足。濃翠霏霏衣袖中，排空御氣如飛蓬。路人驚我白雲出，老夫適謁浮丘公。

校記

〔一〕《黃山志續集》卷四、《山左詩鈔》卷三十一、徐世昌《晚晴簃詩匯》卷三五皆選錄此詩。

〔二〕太，底本作「大」。今從諸本。

〔三〕柎，《黃山志續集》、《詩匯》同，《詩鈔》作「跗」。

祥符寺捧讀印我大師血書《華嚴經》〔一〕

古之賢聖人，身過無留跡。何以萇弘血，三年而化碧？精誠動天地，形象不能隔。頗聞明中葉，異僧弘願力。舌上青蓮花，散爲百千億。以血代墨瀋，血盡舌不坼。八十一卷中，字字黃金色。結法何莊嚴，行間少欹仄。好手鄭居士，繪彼極樂國。法界逮修羅，維摩兼帝釋。天人龍鬼衆，呵護乃其職。非具大神通，曷就此功德。下士學膜拜，歌詠善知識。但期捫吾舌，未敢圖作佛。

校記

〔一〕《黃山志續集》卷四、《山左詩鈔》卷三十一選錄此詩。捧，《詩鈔》無。

觀羅念庵先生題壁〔一〕

誰教墨海走生虬，蹴浪翻雲未肯休。非佛非仙公自在，孤行健筆亦千秋。

校記

〔一〕《黄山志續集》卷四選録此詩。

水晶庵看蕭尺木畫二幀皆作雪景〔一〕

處士風流鸞鶴姿，强呵凍筆寫漣洏。何人擁鼻吟詩苦，好是江干夜雪時。
當年曾貌峨嵋雪，太白樓高特地寒。今日水晶庵裏見，江天萬里自漫漫。

校記

〔一〕《黄山志續集》卷四選録此組詩。

佛子庵贈師古上人〔一〕

阿師結制處，修竹半籬斜。滿地堆黄葉，無人掃落花。容溪秋漸老，山客病思家。猶帶烟霞氣，逢君一鬬茶。

愔愔禪榻靜，澹澹夕陽閒〔二〕。小試紅絲硯，俄看破墨山。塵中存罨畫，物外得荊關。更愛微吟好，吟成刻竹間。上人爲余作畫，甚佳。

校記

〔一〕《黃山志續集》卷四選錄此組詩。

〔二〕閒，底本作『間』，《黃山志續集》作『閒』，是。今依《黃山志續集》改。

答熊封見贈之作〔一〕

出門惟跨一青驢，細雨斜風勝索居。幾載似逃文字劫，茲行擬返薜蘿初。神仙未敢期溟涬，老懶從教暫破除。無那世塵消不得，頓令七日別華胥。

乍入仙都眼界生，最高寒處少人行。雲中孤鶴同心跡，洞口長松解送迎。吟對千峰斜照色，夢回三日海濤聲。與君俱作軒皐隸，橫墮罡風爾許情。

校記

〔一〕《黃山志續集》卷四選錄此組詩，《山左詩鈔》卷三十一選錄第二首，詩題皆作《答熊封見贈之作》。

答吳雲逸〔一〕

結伴雨中去，松雪托契深。十年引清夢，三日坐香林。山靜那知歲，泉幽時可尋。逢僧黃葉路，談笑亦無心。

後海何曾到，探奇志未償。蓮峰愁落日，鼇背怯新霜。仙路隔霄漢，天風吹渺茫。感君相念甚，持贈詎能忘。

校記

〔一〕《黃山志續集》卷四選錄此組詩。

附

送實庵先生遊黃山二首〔一〕

靳治荊

銳意探幽足勝情，何嫌疏雨灑行旌。去時令子追隨往，到日高僧談笑迎。嵐翠霽來襟共爽，溫泉浴罷體尤輕。今朝六六峰頭路，定見雲鋪兩海平。

九月難逢朔日晴，芙蓉特地爲公青。拖藤應過巢雲洞，瞠目還依響雪亭。石鼎煮泉還寂歷，松窗欹枕夜清泠。陳王八斗元無敵，雛鳳吟成轉可聽。

校記

〔一〕此組詩原附於曹貞吉《黃山紀遊詩》後。

送實庵夫子遊黃山五首〔一〕

吴啟鵬

小隊出城下，山行趁好秋。杖穿紅樹遠，屐蹋白雲稠。靜裏聽松籟，喧時看瀑流。知公吟眺久，喜色動林丘。

記得桃源路，人從石腹尋。雲中危磴接，天畔亂峰侵。潭湧疑龍出，風高曠鶴吟〔二〕。草亭宜小憩，響雪有清音。

須到天都麓，停眸始欲驚〔三〕。桃花卓地起，蓮蕊入雲撐。泉細分苔去，松多破石生。嶙峋看海市，峰頂一舟横。桃花、蓮蕊二峰在蓮花之前後，石船在蓮蕊峰頂。〔四〕

鼇魚洞口望，西去是丹臺。秋葉此中好，暮雲時往來。群峰攢一壑，孤月逼三台。莫漫登臨嘯，蒼猿樹裏哀。

奇逢險處得，趣向畏中生。峰際橋須渡，巖前壁可行。人來松頂坐，雲走足邊横。此理真難識，別公歸細論評。

校記

〔一〕此組詩原附於曹貞吉《黄山紀遊詩》後，《黄山志續集》卷四選録第二、三、四首，詩題作《送曹實庵先生遊黄山》。

〔二〕曠，《黄山志續集》作「想」。

〔三〕欲，《黄山志續集》作「一」。

〔四〕小注，《黄山志續集》無。

珂雪詩補遺

珂雪詩補遺

中秋二首呈杞園〔一〕

中秋佳節助醉章，況復天涯憶遠人。弱子無知還待月，病夫當酒易傷神。故交失意明朝別，孤獨離筵此夕真〔二〕。簫鼓誰家仍得醉，不堪夢裏到濰濱。

兩子諸孫皆遠道，獨留白髮倚柴扉。風塵北地憐浮梗，瘴癘南天憶釣磯。何物世間愁得似，偶來塞上燕初飛。清光猶是當年好，底事婆娑與願違。

校記

〔一〕本詩輯自張貞《渠丘耳夢錄》乙集。

〔二〕張貞《祭曹實庵先生文》：『乙卯秋，余下第東歸，先生搤腕累日，賦詩贈行，有「故交失意明朝別，孤獨離筵此夕真」之句。』

娑羅樹歌寄答汪扶晨〔一〕

我聞舍衛布金地〔二〕，寶欄祇樹森成行。蔚然圓蓋蔭十畝，枝枝葉葉常相當。老佛口吐青蓮坐其下，作禮圍繞是人非人寧可量？ 鑾君鬼伯以億數，頭如黿鼉身堵墻。 莊嚴浄土世鮮匹，何時移種三天鄣？ 無亦霏微等月桂，天風飄送江南鄉。 輪囷離奇挺十丈，霜皮黛色殊昂藏。 糾纏枝幹走風雨，東西榮瘁占饑穰〔二〕。 香參鼻觀類薝蔔，瓣英紫白爭飛揚。 顆顆子落紅靺鞨，珊瑚擊碎石家堂。 遊女拾取茜裙裏，蘭房戲賭金釵雙〔三〕。 我來不見花開落，但見綠陰匝地流清光〔四〕。 掃地布席儼深幄，徵文考獻防遺忘。 斷碑剝蝕李北海，捶金屈玉懸星芒。 高文典冊氣蒼古，豈矜月露風雲章？ 開元人物信卓犖，何爲一放同三湘？ 好事當年盛吳下，虞山宗伯名其莊。 記曲娘子亦瀟灑，紅豆不打雙鴛鴦。 舞衫歌扇墨痕滿，酒闌人散烏啼霜〔五〕。 秪今荒烟蔓草一望不可識〔二〕，美人名士皆銷亡。 吾徒相聚劇石火〔三〕，江河千古終茫茫。 汪子搖筆强余和，未聞龍文鼎可扛。 長空無雲夏大熱，鑊湯思避謀非臧。 安得解衣盤礴臥樹底，交柯接葉生微涼。

集評

〔一〕鄧漢儀曰：『援引斑駁。』

〔二〕『輪囷』四句，鄧漢儀曰：『寶光燦爛，令人目奪。』

〔三〕『顆顆』四句，鄧漢儀曰：『形容不可思議。』

〔四〕『我來』二句，鄧漢儀曰：『昌黎得意處。』

〔五〕『好事』六句，鄧漢儀曰：『此段憑弔處，轉復風流滿紙。』

鄧漢儀曰：『徵引佛藏，誇示多寶，不足爲奇。 我愛其筆姿流溢處，艷思警調，絡繹相生，正覺迷離欲絕。 先生自一麾以後，才益超騰，匪人可及。』

校記

〔一〕本詩輯自鄧漢儀《詩觀三集》卷十三。吴苑《北黔山人詩》卷十載其《娑羅花》詩，詩序曰：『小園踞潛虬山濱豐樂溪，有樹曰娑羅，青羊王百穀因以顔其園。樹古不知年，相傳來自西域，虬蟉拏攫，蔭映數畝。五七歲一花，花類觚爵，繽紛如雪，芬馥數里，秋冬結實，如紅豆，安丘曹實庵使君及余師潘稼堂先生皆有歌。余少時藉卉彌日，摩抄不忍去，宦遊長安十四年，遂與契闊。歸省四年，方睹作花，盛如疇昔。爰集汪氏兄弟栗亭、于鼎、文治、王子名友、季弟綺園飛觴半月，爲尋花之盟，兒瞻泰、瞻淇亦列坐末，拈毫聯句，得如干韻。昔浣花卜築，堂傳四松；栗里編籬，門惟五柳。對茲嘉植，竊欣慕焉。』後附曹貞吉此詩，不書詩題。另，汪士鋐、吴綺《黄山志續集》卷四録曹貞吉朋友靳治荊《臥龍松歌用曹實庵先生〈娑羅樹歌〉韻》。

〔二〕一望，《北黔山人詩》無。

〔三〕石火，《北黔山人詩》誤作『石久』。

鰲峰即事〔一〕

遥天芳草碧於緗，拂拂微雲助晚涼。幾處烟光分夕照，誰家燈火隔垂楊。燕泥霑絮苔痕淨，花氣撩人蜂腳香。怪得邇來逸興減，鄉思一半寄濰陽。

校記

〔一〕本詩輯自《曹貞吉父子詩稿》。

書所見〔一〕

盈盈十五髮垂髫，漫束纖腰學蕩船。卻笑旁人爲著力，佯持畫槳數晴鳶。

憔悴雲鬟正不支，迎風乍見斂眉時。生來慣識前塘路，阿母鄰船正哺兒。

欲向江南唱《采蓮》，弓腰舞袖自嫣然。一篙忽而中流出，卻憶當年吳絳仙。

校記

〔一〕本詩輯自《曹貞吉父子詩稿》。

將至九華二首〔一〕

天地忽慘悽，夕陽淡明滅。一峰兩峰晴，一峰兩峰雪。

快風吹雪去，了了辨山容。九十九峰頂，亂落青芙蓉。

校記

〔一〕清周贇《九華山志》卷九《國朝詩》錄此兩首，署曹貞吉，詩題作《將至九華二首》。乾隆《池州府志》卷八《山川志·青陽上》錄作一首，詩題作《將至九華》，考其韻腳，《九華山志》錄作二首是，《池州府志》誤。今據二志補。

藏經樓舊藏古繡歌〔一〕

道之大者含元氣，小物亦足千秋垂。地藏古佛有遺蛻，黄金妙相光離離。袈裟至今貯金閣，千年不毁神靈司。天吴紫鳳文斷續，青蓮幾朵纏葳蕤。非錦非繡那易測？天衣無縫差得之。蠻女刺成共檀施，右肩偏袒常相隨。爾日慈航涉溟渤，一針萬里如星馳。颶風陰火不敢射，魚龍跋浪瞻威儀。名山小住八十載，莊嚴展也天人師。兒孫護惜等頭目，捧持膜拜惟嗟咨。余雖下士未聞道，好奇之癖安能醫？六合内外無不有，失喜頗類優婆夷。此時暾日明殿角，長空一洗青琉璃。器鉢無聲鳥語静〔二〕，相輪替戾微風吹。興闌踏屐下山去，作歌妄欲傳來兹。

校記

〔一〕乾隆《池州府志》卷九《山川志·青陽下》、光緒《九華山志》卷五《營建·樓閣》皆選録此詩，署曹貞吉，今據輯。

〔二〕聲鳥，《池州府志》蟲蛀未可識，據《九華山志》補。

殘句

使君無德及爾祁，此事乃關於職司。〔一〕

校記

〔一〕曹濂《儀部公行狀》載：『戊辰夏，大旱，新（祁門）令尹將至，行有日矣，先大夫愀然曰：「我豈以吾日京兆，而於祁漠不相關也？」憶東坡《寓惠集》中有虎頭祈雨之術，乃禱於西峰九之潭。虎頭甫沈，風霆驟作，大雨傾盆，遠近霑足。祁人異之，立石放生魚池畔，以記其事，先大夫亦以長歌以志喜。有「使君無德及爾祁，此事乃關於職司」之句。』今據輯。

闈中詠懷殘句

頻經馬稍神猶王，三過龍門鬢已霜。〔一〕

校記

〔一〕曹濂《儀部公行狀》載：『（壬申秋）復分校武會試，得會元倪君錦等二十六人，《闈中詠懷》詩有「頻經馬稍神猶王，三過龍門鬢已霜」之句。』今據輯。

珂雪詞

珂雪詞卷上

蒼梧謠二首〔一〕

團。扇舊猶堪贈所歡。秋風起，戀戀故人難。

寒。澗水粼粼白石間〔二〕。終難去，滄海作波瀾。

集評

王阮亭（士禛）曰：『短闋最古，有漢魏樂府遺音。』彭羨門（孫遹）曰：『寄託遥深。』沈鳳于（爾燝）曰：『仿《惜香》、《片玉》體，風致自佳。』

校記

〔一〕清卓回《古今詞滙三編》收録此二闋。清朱祖謀《彊村老人評詞》卷五引此調第一闋。

〔二〕寒，《古今詞滙》作『秋』。

烏夜啼　詠水葱，用葱字韻

琅玕出水玲瓏，鬱葱葱，好伴蓴絲荇葉雨聲中。　竹影織，苔痕濕，顫西風，比似箇人眉黛可相同？

浣溪沙〔一〕　步阮亭紅橋韻二首

幾曲清溪泛畫橈，綠楊深處見紅橋，酒帘歌扇暗香銷。　白雨跳波荷冉冉〔二〕，青山擁髻水迢迢，三生如夢廣陵潮。〔一〕

水過雷塘嗚咽流，繁華人逝幾經秋，二分明月自揚州。　玉樹歌來猶有恨，錦帆牽去已無愁，平山堂下是迷樓。〔二〕

集評

〔一〕陳其年（維崧）曰：『諷詠結句，令我柔情一往如水。』羨門曰：『「三生如夢廣陵潮」，比「十年一覺揚州夢」相去多少？』況周頤《蕙風詞話》卷五曰：『神韻絕佳，與諸名輩抗生手。』

〔二〕羨門曰：『意在言外，不待人言愁，始欲愁也。』

校記

〔一〕況周頤《蕙風詞話》卷五、朱祖謀《彊村老人評詞》卷五皆引此調第一闋。

〔二〕荷，《彊村老人評詞》引作『紅』。

又　題畫

蟹舍魚莊此地偏，陰陰灌木水平田，江湖無恙白鷗天。　茭葉蘆花迷遠渡，斜風細雨擁歸船，漁翁何處枕蓑眠？

集評

羨門曰：「『江湖無恙白鷗天』，是錢、劉佳境，但畢竟入詩不得，解人自知之。」鳳于曰：「分付沙鷗儘堪無恙。」

又　偶成二首

飛鳳將雛紫玉釵，雙鸞小樣合歡鞋，卓金車子響銅街。　濯錦江頭朝復暮，踏青陌上去還來，紅樓斜日費安排。[一]

宛轉紅絲結鼓忙，避人學繡睡鴛鴦，朱朱粉粉自成雙。　雪作猧兒纖手怯，香拖髻子緬蟲光，夜深待月下迴廊。

集評

[一]鳳于曰：「隨手閒妙。」

減字木蘭花　雜憶八首

掀髯抵几，孤憤精神兼數子。磨蝎星辰，多難如君更幾人？文章休論，一擲副車千古恨。五十年光，只與劉蕡共斷腸。［一］

戊申六月，萬里驚心鼇背斷。一夜罡風，只有才人瓦礫中。神仙詭異，露滿金莖曾乞未？傲骨崚嶒，化作中林鬼火青。［二］

偶然遊戲，人道東方真玩世。君曰非狂，歷落嶔崎也未妨。當年花底，斗酒雙柑吾共爾。黃葉東村，車過難爲腹痛人。［三］

相逢濟上，桂子三秋花始放。天碧槐黃，輸卻南豐一瓣香。禪房秋暮，揮手登車從此去。歲月侵尋，鈴鐸蕭蕭感我心。

竹林未遠，泉下定知憐小阮。今我來思，風雪時時夢見之。傷心伯道，住世何如歸去好？仙路匆匆，一匕丹砂誤乃公。［四］

當年繡虎，才子人稱何水部。臥病滄江，三載荒城信杳茫。惟君知我，落落名場無一可。今竟何如？悔不同驅下澤車。［五］

三年伏枕，落拓無何惟日飲。柳七填詞，減字偷聲或有之。王孫驢背，古錦奚囊拋得未？不用傷神，大有長安失路人。

黃茅瘴雨，萬里歸來悲自語。夢裏依稀，石髮蘿烟晝掩扉。　磨厓草檄，幕府應徐斑管筆。離緒茫茫，何獨鯫生感對牀？［六］

集評

［一］其年曰：『「直教桂子落墳上，生得一枝恨始消」，與此詞同一悲愴。』

［二］曹峨嵋（禾）曰：『韋相國「四月十七」同一起法。』

［三］阮亭曰：『具此才筆，便不至作蘇、辛僂隸。』

［四］李武曾（良年）曰：『喃喃如話。』

［五］羨門曰：『彌淡彌真。』阮亭曰：『與第三首並是絕妙。』

［六］武曾曰：『「石髮蘿烟」，先生殆指予昔年句也，往事綿綿，不覺憮然於此。』

羨門曰：『八詞促節繁情，讀之令人神損。』其年曰：『八詞歷亂摧藏，迷離斷續，擬之古人，殆《章華》、《九招》、《同谷七歌》也。』

又　天津道中二首

青衫羸馬，野渡官橋誰問者？黃葉莊村，掛壁燈昏自掩門。　連宵急雨，雁陣橫斜天際去。丁字沽邊，蟹簖魚罾望渺然。

白雲紅樹，一路秋蟲相共語。幾縷朝霞，遙指東溟是我家。　長河百折，浪捲蘆花堆似雪。舟子灘邊，擊汰揚舲橫索錢。

山花子　歲暮

歲暮真同赴壑蛇，一天風色話棲鴉。又是黄昏新月影，上梅花。　屋角漸高星幾點，人聲欲靜鼓三撾。誰道壯心渾似鐵，不思家。

集評

阮亭曰：『澹處亦是宋人。』其年曰：『直得妙。』

又　題石林小照

鬢影花光撩亂俱，紛紛蝶翅接蜂鬚。共鬬南唐金葉子，阿誰輸？　竇抹紅緘香菡萏，冰綃白映玉芙蕖。陶令閒情何所寄？美人圖。

集評

武曾曰：『江淹片錦尚堪分贈丘遲。』

又　爲人題簾上畫松

五鬣蒼然入畫圖，一灣流水帶平蕪。昨夜驚濤吹欲落，響金鋪。曾在天台山下見，霜皮黛色記來無？仿佛溪南橋畔路，第三株。

玉連環〔一〕　水仙

盈盈似隔紅塵路，陳王休賦〔二〕。黄昏不是乍聞香，月底更無尋處。靜掩繡簾朱戶，更聽微雨。青溪溪畔女郎祠，仿佛見魂來去。

校記

〔一〕清聶先及曾王孫編《百名家詞鈔》、《清詞綜》卷三皆選錄此闋。

〔二〕陳王，《清詞綜》作『陳思』。

留春令　感舊

簸錢堂上，避人羞傍，櫻桃花樹。半篙春水送蒲颿，便沒箇相逢處。今古傷心常相許，紫玉成烟苦。不是垂楊慣飛綿，被幾陣東風誤。

望江南　代泉下人語二首

黄壚杳，寂寂恨難窮。荒草路迷寒食雨，白楊聲亂紙錢風，掩淚拜殘鐘。　繁華歇，金屋夢魂中。陌上人歸翁仲語，林邊火入寶衣空，土氣蝕青銅。

嗚咽水，腸斷爲誰流。磷火不隨山雨暗，蛩聲常伴故人愁，白骨怯清秋。　千年事，零落委荒丘。青塚魂歸環珮冷，珠襦香散土花留，無語泣長楸。

集評

其年曰：『「瀏瀏竹間雨，熒熒窗下燈。相逢不相顧，含淚過巴陵」，此昔人所作鬼仙詩也，此詞幽悄寂歷，仿佛同之。』

賣花聲〔一〕　簾下美人影

對面尚參差，難慰相思，東風無力畫簾垂。薄霧冥冥春未曉，掩映花枝。　蟬影亂罘罳，似隔天涯，金鈎雙控是何時？獨立窺人人不見，捲上些兒。

集評

羨門曰：『「小開罵春風」是憎其開，「東風無力畫簾垂」是憎其不開。』阮亭曰：『寫得歷亂惝恍，令人銷魂。』其年曰：『細膩風光我獨知。』武曾曰：『「不惜捲簾通一顧，怕君著眼未分明」，與此結句誰賓誰主？』

校記

〔一〕蔣景祁《瑤華集》卷四選録此闋。

又〔一〕　秋夜

風緊紙窗鳴，秋氣淒清，澹雲籠月未分明。雨點疏如殘夜漏，滴到三更。　無計破愁城，夢斷魂驚〔二〕，一天黄葉雁縱横。不待成霜霜滿鬢，短髮星星〔三〕。

集評

阮亭曰：『前段雨點句妙，後段黄葉句妙。』

清陳廷焯《詞則·別調集》曰：『造語清朗，不減宋人。』《雲韶集》曰：『淒清而和雅，真不減宋人也。哀感有情。』

校記

〔一〕《清詞綜》卷三、《古今詞滙三編》、陳廷綽《詞則·別調集》、《雲韶集》卷十四皆選録此闋。

〔二〕『無計』二句，《清詞綜》、《詞則》作『孤枕夢難成，怕聽聲聲』。

〔三〕『不待』二句，《清詞綜》、《詞則》作『搔首自憐霜滿鬢，又喚愁生』。

又〔一〕　丁巳清明

烟草似愁生，綠滿長汀，隔牆一一賣花聲〔二〕。十日雨絲天作劇，渲染清明。　林外乍啼鶯，樓外峰青，東風拂面酒微醒。欹帽垂鞭何處去？　淰淰寒輕。

集評

其年曰：『輕攏慢撚，不使一呆筆，古人解此者惟張三影耳。』鳳于曰：『乍雨乍晴春易老，點染絕佳。』

校記

〔一〕蔣景祁《瑤華集》卷四、聶先及曾王孫編《百名家詞鈔》、《清詞綜》卷三皆選錄此闋。調名，《瑤華集》、《百名家詞鈔》皆作《浪淘沙》。《全清詞·順康卷》據《瑤華集》錄爲《珂雪詞》補遺，失察。

〔二〕一一，《瑤華集》作『隱隱』。

又〔一〕　不寐口占

雨氣沒高林，庭院深深，流螢如豆草如針。又是嫩涼時候也，只欠疏砧。　舊夢杳難尋，雲水沈沈，海南花發土牆陰。斜月窺人人未起，冷浸孤衾。

集評

鳳于曰：「李後主得意語。」

校記

〔一〕此詞，聶先、曾王孫編《百名家詞鈔》，於《珂雪詞》下選錄，調名作《浪淘沙》。《全清詞·順康卷》據《花鈿集選》選錄，調名亦作《浪淘沙》，然補入《珂雪詞補遺》中，失察。

又　詠鼓子花二首

虚負此花名，聽去無聲，斷雲殘雨過荒汀。摵摵悽悽聞響答，也欠分明。　宜傍戰場生，畫角連營，青山不動氣縱橫。廣樂鈞天誰間作？溪畔蘆笙。

懶去報晨衙，淨洗鉛華，虚名那受錦堂撾？誰把《山香》翻一闋，落盡庭花。　霜重冷蒹葭，蕭瑟堪嗟，卻疑三弄走寒沙。老矣岑牟無感慨，不用喧嘩。

鷓鴣天　腰跕和壁間女子韻

門裏桃花想去年，幾回惆悵晚風前。餘情難續雲藍袖，舊恨似留唾碧衫。　雙淚落，一鐙懸，魂銷只有夢相關。生平怕近楸紋局，纔到中心不忍彈。

木蘭花　鞠觀玉哀詞

依然笳吹春明路，丹旐飄搖何處去？故人强半白衣冠，淚濕幽州城下土。悲歡旦暮渾無據，昨日《驪歌》今《薤露》，老親垂白望歸來，精爽冥冥隔烟霧。

集評

武曾曰：『如聽隴頭嗚咽水。』

又〔一〕　春晚

蘼蕪一剪城南路，弱絮隨風亂如雨。垂鞭常到日斜時，送客每逢腸斷處。愔愔門巷春將暮，樹底蔫紅愁不語。畫梁燕子睡方濃，落盡香泥卻飛去。

集評

譚獻曰《篋中詞·今集第一》：『警策。』陳廷焯《詞則·大雅集》曰：『託意濬遠。』《雲韶集》曰：『只如此寫，情味自勝。其神味在骨不在貌。』

校記

〔一〕聶先及曾王孫《百名家詞鈔》、譚獻《篋中詞·今集第一》、《清詞綜》卷三、陳廷焯《詞則·大雅集》、《雲韶集》

卷十四、朱祖謀等《詞莂》皆選録此詞，《篋中詞》、《清詞綜》、《詞則》詞牌名作《玉樓春》。

虞美人　有感

三春誤向風塵走，空負長條柳。落花流水思悠悠，便是玉簫金管也生愁。　傷心慣作人間別，夢裏添嗚咽。伯勞飛燕去匆匆，消受一窗殘月五更鐘。

集評

羨門曰：『如此消受，亦極不惡。』武曾曰：『妍在濇中。』

南鄉子　夏夕無寐，茫茫交集，輒韻語寫之，不求文也五首

兀坐寂無歡，檢點平生一笑難。四十年來渾是夢，邯鄲。得得青驢尚未還。　往事總闌珊，不待新愁鬢已斑。試問從前誰誤我，儒冠。燕壘蠶絲卒歲艱。〔一〕

少小憶趨庭，總角齊肩好弟兄。嘗得熊丸心自苦，同聽。夜雨連牀十載聲。　有約待躬耕，白髮慈親望眼瞢。誰料而今成幻影，飄零。瘴雨蠻烟一帶青。〔二〕

文酒憶同遊，雅會西園事事幽。惆悵落花飛絮急，悠悠。笛裂山陽曲未休。　知己痛西州，文采風流土一丘。他日隴頭看宿草，颼颼。石馬無聲起暮愁。

德耀憶同棲，兩小無猜稚齒齊。冷雨篝燈頻下淚，牛衣。十載行蹤愧老妻。　草草送將歸，白馬青絲事已非。膝下癡兒應念我，誰知？片片浮雲各自飛。

江上憶嗚榔〔一〕，杜宇聲中過夏長。回首敬亭濃翠裏，蒼茫。白苧何人勸一殤。　西子好湖光，十里荷花繞畫塘。記得吳山觀落日，悲涼。嗚咽寒湖勢未降。

集評

〔一〕羨門曰：『此調第四句止用兩字，頗難安放，「邯鄲」、「儒冠」兩成妙押。』

〔二〕鳳于曰：『汾水雁飛，含情正在不盡。』

阮亭曰：『先兄往有《減字木蘭花》七首，同此情事。旅夜孤檠，讀此令我腸斷矣。』

校記

〔一〕嗚，底本、四庫本作『鳴』，從吳氏本、備要本改。

又　砧聲

霜信到邊城，入夢龍沙萬里程。秦女捲衣何限恨，淒清。歷歷君聽空外聲。　風急亂殘更，乍密還疏似有情。想見紅閨纖手怯，亭亭。靜倚朱欄待月明。

集評

其年曰：『骨肉停勻。』

又　詠燕

雙燕坐雕梁，軟語呢喃晝自長。掠水蹴花飛不定，過牆。亂剪春蕪故故忙。　新月澹昏黄，柳絮池塘夜未央。落盡香泥人不見，迴翔。錯認誰家白玉堂。

集評

羨門曰：『梅溪以長調擅場，此復以片言居勝。』阮亭曰：『「掠水蹴花」三句，爲燕燕傳神。「亂剪春蕪」，得未曾有。』其年曰：『字字搖曳，與邦卿作，異曲同工。』

夜行船〔一〕　本意

十幅蒲帆風力勁，有魚牀、夜燈相映。兩岸衰蘆，一條寒碧，波影月痕難定。　柔櫓無聲人語靜，怕沙鷗、暫時驚醒。篷背新霜，山邊曉市，楓葉亂遮笭箵。

校記

〔一〕聶先、曾王孫編《百名家詞鈔》，於《珂雪詞》下選録此闋。

醉落魄 詠鷹

凍雲慘澹，鬱輪囷、天邊心膽。韝絛欲掣金眸閃，雨血風毛，一灑平原暗。　層霄呼下纔如點，割鮮小飲霜花蘸。藍田歸騎垂弓劍，野闊天低，狐兔山中減。

集評

其年曰：『押險韻如使硬弩，無不射麋麗龜。』

虞美人第二體 雨過

錢塘戰後風雷弱，貴主還宮樂。靈旗捲罷楚天高，湘妃鼓瑟和雲璈，擁鮫綃。　長空一抹曾青色，全學柴窯碧。諸峰螺翠晚來橫，烟鬟霧鬢劇多情，可憐生。

集評

其年曰：『渲染欲滴。』

蝶戀花　荔裳席上作，用阮亭韻

吹面東風能散纈，雨弄柔絲，過了清明節。脆滑鶯兒聲不歇，池塘澹澹霏香雪。　好倩吳儂翻一闋，宮錦氍毹，顧影神清絕。銀燭光消銀箭徹，一鈎斜掛城邊月。

集評

羨門曰：『意言新警。』張山來（潮）曰：『生香真色人難學。』

又　看演祭皋陶劇，仍用前韻

水面綾紋堆亂纈，一曲清商，寫出清流節。枉矢離離光未歇，若盧閉處飛霜雪。　呵壁左徒聲乍闋，南北甘陵，鴻影冥冥絕。尺霧消來天問徹，一鞭好弄山間月。

又　送荔裳入蜀，再用前韻

濯錦江頭濤作纈，萬里蠶叢，重建相如節。渝唱巴童渾未歇，一簾曉映峨嵋雪。　紅濕海棠歌正闋，帽影鞭絲，點染三川絕。散髮瞿塘清欲徹，半輪流送平羌月。

集評

其年曰：『峽月巴船，清輝如見。』武曾曰：『讀此但覺山川嫵媚，何須作《蜀道難》耶？始信青蓮故是比體。』山來曰：『非是山川嫵媚，乃是先生筆墨嫵媚耳。』

又　送沈郎，再用前韻

滿路丹榴明似纈，蜀道羊腸，細馬隨旌節。花重錦官香未歇，倚欄閒看峨嵋雪。記得梁園歌一闋，貼地腰身，四座顛狂絕。嫩綠池塘清影徹，依稀照見人如月。

集評

羨門曰：『何其清綺。』靳書樵（治荊）曰：『「花重」二語耐看，「嫩綠」二語耐思。』

又　題龔半千畫

石骨嶙峋驚拔地，千尺藤蘿，盤壁蛟龍勢。茅屋半間風打碎，箇中應有幽人睡。門外片塵飛不起，嫩綠新蒲，杳靄江湖意。倘許移家來畫裏，一廛請隸無懷氏。

集評

羨門曰：『瀟灑出塵。』阮亭曰：『字字飛動紙上。』其年曰：『「茅屋」二語，詩中孟六。』山來曰：『我亦欲移家畫裏。』

又　題王宓草畫蝶

筆帶烟霞人晉魏，搨得滕王，海眼圖中意。惆悵東風吹不起，翩翩只在生綃裏。　夜雨攪林花瓣碎，覓蕊爲糧，還抱花鬚睡。春色滿園拖粉翅，不知夢見莊周未？

集評

羡門曰：『寫生妙手。』阮亭曰：『跌宕風流，才子之筆。』其年曰：『輕盈婉約，盡態極妍。』書樵曰：『「夜雨」三句較唐人「樹頭蜂抱花鬚落」更爲細膩。』

又〔一〕　夏夜酒醒口占

解識濁醪多妙理，八尺琉璃，引入甜鄉裏。酒重燈昏慵不起，夢回已是三千里。　殘月幾欞斜界紙，天色空青，銀漢光垂地。苔澀流螢飛且止，穿簾好趁荷風細。

集評

鳳于曰：『夢中記里，煞是無聊。』

校記

〔一〕聶先、曾王孫編《百名家詞鈔》，於《珂雪詞》下選録此闋。

又　修來席上吟秋海棠

涼月娟娟流影細，道是秋花，卻帶春花字。何限嫣紅思婦淚，玉壺亂滴珍珠碎。　籬畔幾枝纔放蕊，任是春花，不比秋花媚。簪向箇人鬟髻髻，晚霞一點明於洗。

集評

羨門曰：「裴回婉轉，自成文章。」武曾曰：「有色無香，此花恨事，讀『簪向箇人』一語，饒有香在。」山來曰：「予曾和先生此詞，真有珠玉在前之愧。」

又　讀《六一集·十二月鼓子詞》，嫌其過於富麗，吾輩爲之，正不妨作酸餡語耳，閒中試筆，即以故鄉風物譜之十二首

正月春盤初獻歲，帽影鞭絲，羅拜人如市。爆竹一聲烟霧起，幾枝紅燭消燈事。　記得少年扶半醉，䙰襶衝塵，評話開明寺。三十年來風景異，似看洛下伽藍記。

二月花明鄰上巳，柳學鵝兒，桃學紅妝媚。布穀勸耕聲未已，腥風海上來魚市。　經濟山林渾

不易，種杏條桑，多少閒心事。金馬鳳池春夢耳，竹籬茅舍原如此。

三月桐華鶯哺子〔一〕，百囀聲中，一串驪珠碎。過了清明無意思，鞦韆還掛垂楊裏。牆下櫻桃纔謝蕊，顆顆珊瑚，已浸饞牙齒。萬紫千紅同逝水，幾翻風雨春歸矣〔二〕。

四月東皋樓下水，入網河魚，竟尺鮮無比。煮酒遙沾青杏意，牡丹大似姚家第。一夜簟聲來屋底，滿眼新篁，帶粉拖香氣。絡罷繅車蠶下子，一年村女渾無事。

五月黃雲全覆地，打麥場中，咿軋聲齊起。野老謳歌天籟耳，那能略辨宫商字？屋角槐蔭耽美睡，夢到華胥，蝴蝶翩翩矣。客至夕陽留薄醉，冷淘飥餺窮家計。

六月溪堂風細細，課雨占晴，略帶農夫意。雲腳倒垂龍掉尾，汶河已上黏天水。素柰抹紅三道未？帶露繁枝，老子生歡喜。瓜是綠沈朱是李，敲冰不羨長安市。〔一〕

七月西疇禾稻美，翠色沾衣，香比春花細。乞巧聊供兒女戲，衰翁厭說填橋事。細雨連宵偏入耳，颯颯秋聲，苔影生涼意。回首江南鱸作市，扁舟愛殺天隨子。

八月長空飛雁字，芋栗全登，消受田家味。曬棗堂前紅滿地，何須苦憶南天荔？蟾兔秋毫輝萬里，玉宇瓊樓，人抱清光睡。蕉葉翻翻斜界紙，草蟲慣作嚶嚶技。

九月涼風蘋末起，落帽登高，一殼雙螯美。楓老當門圍薜荔，年豐豈懼催租吏？白酒黃雞滋味異，老瓦盆中，牧豎堪同醉。風雨攪林渾不寐，挑燈起作《秋聲記》。〔二〕

十月寒雲陰匝地，草淺霜濃，獵騎蕭蕭意。老去垂楊生左臂，鼻端出火翻成愧。榾柮爐紅堪自慰，絕勝年年，風雪金門戀。日出黃綿還炙背，杞人不下憂天淚。

十一月狂飆驚晚歲，一線陽回，家慶逢南至。覓果堂前成往事，兒孫滿眼當年似。一夜仙人紛玉戲。三尺瑤華，妝點天容醉。鹽撒空中差可擬，未如柳絮因風起。〔三〕

十二月簷冰如列齒，撿點流光〔三〕，又逐修鱗逝。屈指明朝二十四，一年好事應無幾。鬱壘桃符忙底事？綵勝銀旛，分付兒童記。夜火松枝還熰歲，五更不策朝天騎。

集評

〔一〕阮亭曰：『亦復工絕，非但豪邁。』山來曰：『農圃風味，時物變遷，天然生趣，點燃無窮。』

〔二〕阮亭曰：『不怕租吏，亦大奇事，恐是姑妄言之耳。』山來曰：『讀「風雨」一句，不須更讀《秋聲記》矣。』

〔三〕阮亭曰：『末十四字全用成語，奇妙。』孫仲愚（寶侗）曰：『用古之妙，直參化工。』其年曰：『稼軒用晉帖語入詞，尤未若珂雪之入化也。』

阮亭曰：『十二首瀏漓頓挫，公孫大娘舞渾脫手段乃於行墨遇之。』修來（顏光敏）曰：『《豳》、《雅》遺音。』鳳于曰：『以田家行樂點染歲華，覺本地風光絕勝。』

校記

〔一〕華，吳氏本、備要本作『花』。

〔二〕翻，吳氏本、備要本作『番』。

〔三〕撿，吳氏本、備要本作『檢』。

漁家傲　秋感

燕市秋來風色改。山圍碧玉清涼界。屈指津門多紫蟹，街頭賣，天生左手持螯在。　不信濁醪澆磊塊。醉鄉更比人間隘。月落屋梁憎老態。渾無賴，蟲聲四壁愁如海。

集評

羨門曰：『《酒德頌》可以不作。』

又〔一〕　讀漢史

縹緲雲中赤㷿子。求仙遠隔蓬萊水。巨棗安期曾餉未？真奇事，馬肝一片文成死〔二〕。　天下神仙皆妄耳。茂陵石馬秋風裏。金碗玉魚紛出市。渾無味，如鉛早下銅人淚。

集評

阮亭曰：『實庵此等詞，今作者中惟其年能之。』其年曰：『如王先生言，僕何敢當？正如昔人所言「春水將生，孤當遠去」耳。』武曾曰：『是史公《封禪書》本旨。』鳳于曰：『絕似《通天臺表》，颯颯逼人。』

校記

〔一〕蔣景祁《瑤華集》卷六、聶先及曾王孫編《百名家詞鈔》選錄此闋。

〔二〕一片，《百名家詞鈔》、《瑤華集》皆作『解令』。

蘇幕遮　冬閨

塞雲横，關月遠。簾外霜濃，寒重呵金剪。手擗綠橙香霧濺。繡被兜羅，只許猧兒伴。　參旗斜，銀漢淺。好夢依稀，又被風吹斷。離思乍隨清漏滿。倦眼窺窗，蟬影垂垂亂。

集評

羨門曰：『妙於吹夢無蹤。』阮亭曰：『《珂雪詞》骯髒多而嫵媚少，此等絶有周、柳風味。』

添字漁家傲　六月

六月南窗無暑氣。幾點流螢，偏照青苔地。搖曳慣乘絲雨細。翩然起，隨風又到簾櫳裏。　紈扇撲來紛欲避。似滅還明，驚入蓮花蕊。露冷昔耶鴛瓦膩。依稀是，摩訶池畔涼如此。

集評

阮亭曰：『昔最喜羨門「秋窗無火，暗螢相照」之句，以爲文外獨絶，實庵正復不減。』其年曰：『末語推開一筆，正所謂「離鈎三寸」法也。』

又　初秋鄉思

急雨攜將秋色至。門掩西風，早是愁滋味。漠漠濕雲千樹裏。偏垂地，晚山一點烟螺髻。茉莉宵涼還放蕊。穿瓦螢飛，隱壁蟲聲細。歸夢亂如春絮起。書空寄，迢迢銀漢人千里。

集評

阮亭曰：『已近秦、李。此是當行本色。』

又　賦得『手提金縷鞋』

一樹木蘭花影大。露濕銅鋪，不閉葳蕤鎖。半夜出來驚欲躲。君王過，澄心堂側藏鐙火。響屧迴廊知未可。似水香階，那受青苔涴。半晌偎人魂乍妥。嬌無那，匆匆難唱《家山破》。

集評

其年曰：『勝讀梅村先生《秣陵春》樂府。』

青玉案　雁字

數行界破青天色，似一幅、荊關筆。楓葉蘆花秋瑟瑟。問君何事？書空難盡，影落瀟湘碧。人間多少傷心客，欲寄離愁那能得？折勢分明成乙乙。無端風雨，横斜催亂，幾陣烟雲黑。

集評

其年曰：『筆陣駊騀。』山來曰：『詠雁字詩極夥，無如此詞不即不離之妙。』

江城子　冬日偶興

千門霽色日曈曨，暖融融，似春濃。只少桃花扇底一襟風。忽憶平原淺草地，追狡兔，控雕弓。　呼鷹直上最高峰，氣如虹，馬如龍。遥望一天毛血灑晴空。罷獵歸來何處去？殘雪路，灞陵東。

集評

羨門曰：『腦後風，鼻端火，當是爾時語。』鳳于曰：『坡老擎蒼牽黄，興致略同。』

又 戲作

貧家今日聚多錢，是荷錢？是苔錢？怪底三春常費買花錢。亂撒東風渾欲盡，留不住，似榆錢。　紛紛人世競青錢，拔釘錢，捋鬚錢。絕勝嗷嗷九府一文錢。昨夜鄰家喧社鼓〔一〕，頻吹落，紙黃錢。

集評

武曾曰：『喚作阿堵，那得不算解人？』山來曰：『此詞亦萬選萬中。』

校記

〔一〕喧，吳氏本、備要本作『唱』。

風入松 七夕戲作

明河低轉恰西東。良夜方中。鵲橋欲駕飆輪起，盼雙星〔一〕、輾轉愁儂。只恐金支翠節，難勝鬢霧鬢風。　樓頭乞巧定誰工？女伴匆匆。露華如水天如洗，最淒涼、銀井高桐。月照紗幮無那，黃姑夢裏相逢。

集評

羨門曰：『政如君家繡虎，亦復有獨處瓠瓜之感。』山來曰：『謙父翻案其詞達，先生遊戲其情深。』

校記

〔一〕盻，四庫本、備要本作『盼』。

越溪春　郭外，用宋人韻

草軟沙平何處路，郭外卽天涯。板橋流水傷心地，帶夕陽、點點明霞。歌哭聲中，紙錢灰裏，知是誰家？

參差油壁香車，燕尾隔窗紗。歸來三盞兩盞淡酒，黃昏鴉亂風斜。只有短檠如舊，依依爲照寒花。

集評

羨門曰：『詩情畫意。』

御街行〔一〕　和阮亭《贈雁》

寒蕪極目連三楚。雁陣驚相語。一聲長笛出高樓，渺渺斷雲天暮。江深月黑，霜寒人靜，獨自銜蘆去。

遙峰恰是衡陽數，寂寞瀟湘雨。無端孤客最先聞，嘹嚦亂帆南浦。隻影橫空，相逢何處，紅蓼洲邊路。

集評

羨門曰：『「江深月黑，霜寒人靜」，八字中如聞嘹嚦。』阮亭曰：『君從何處看，得此無人態？』

陳廷焯《雲韶集》曰：『視阮亭原作，應相伯仲。意極淒清，而語不激迫，《風》、《雅》之遺。』

王瀣曰：『此柳永第一體。下片「處」字非均，偶然也。』『按：阮亭原詞：「銀河一雁歸湘楚。似向離人語。獨將二十五絃彈，玉軫金徽清苦。水明沙碧，參橫月落，遠向瀟江去。衡陽南望峰無數，楓葉秋如雨。不勝清怨卻飛來，應記江南煙浦。春社纔過，又逢秋社，燕雁行相遇。」和詞第二句若有所諷。過片明指衡陽，兩詞皆然，非無意也。』

校記

〔一〕《清詞綜》卷三、陳廷焯《雲韶集》卷十四、王瀣《清詞四家錄》皆選錄此闋。

祝英臺近〔一〕 賦得『更脱紅裙裹鴨兒』〔二〕

浦風回，村路遠。晝楫弄還倦。閒唼浮萍，乳鴨兩三點。任他次第呼名，竹弓休射，怕驚起、睡鴛波面。

繡裙茜，忽地蘸水空明，花影碎凌亂。猶帶殘霞，混入也難辨。笑攜女伴歸來，滿身荷露，渾疑是、巫山行遍。

集評

其年曰：『渲染處，如北宋人畫。』

校記

〔一〕聶先、曾王孫編《百名家詞鈔》，於《珂雪詞》下選録此闋。

〔二〕更，《百名家詞鈔》作『戲』。唐皇甫松《採蓮子》詞：『晚來弄水船頭濕，更脱紅裙裹鴨兒。』

又　木稼

玉瓏鬆，冰纖軟。撲面柳花亂。滿目琳琅，疑向畫中看。非關青女初來，天風微送，任月地、雲階都遍。

莫吹散，掩映三尺瑤華，弄影倍輕倩。片片空濛，銀海也生眩。誰搏圓璧方珪〔一〕，零珠斷粉，是碧落、天孫偷剪。

校記

〔一〕搏，各本俱作『摶』，當爲『搏』字形近而誤。

一叢花　並蒂蓮

碧幢翠蓋舞風輕。照水兩亭亭。金塘好暖鴛鴦睡，孤飛下、宿鷺還驚。漢殿雙棲，江東並嫁，一樣曉妝明。

更疑人傍楚臯行，解珮悄無聲。紅衣對拂光淩亂，平分取、玉露金莖。臂是同彎，心憐共苦，絲引暗愁生。

柳初新　寄懷高舜木

當年快作春燈聚。曾踏遍、磚街雨。帝子高臺，將軍法曲，彈指舊遊如霧。見說烏衣儔侶，未消磨、平生豪舉。　脆管哀絲頻度，入新聲、香奩詞賦。午橋魚鳥，平泉樹石，都是泥人情處。待跨箇、青驢歸去。與君上、雲門山路。

爪茉莉〔一〕　本意，和蛟門，用宗梅岑韻〔二〕

玉蕊離離，只飛瓊可比。添多少、晚窗清氣。風前小立，微嗅處、詎人嬌意。黄昏後、雨過新涼，金蟲簪兒串起。　新妝鬖髿，紗幮旁〔三〕、鴉鬟底。窺斜月、花光流墜。餘香幽約，收來枕畔合子。待明朝、淡抹遠山相對，碧天澄澄似水。

集評

羨門曰：『詠物詩詞，貴在取意不取象，寫神不寫形。如此結語，妙在形象之表。』其年曰：『後段四十二字，無一字説茉莉，卻無一字不是茉莉，正詞家三昧也。羨門言是。』武曾曰：『溫柔一片，春夢無痕。』

校記

〔一〕蔣景祁《瑤華集》卷八、馬長淑《渠風集略》卷七、聶先及曾王孫《百名家詞鈔》、陳乃乾《清名家詞》皆選錄此闋。
〔二〕和蛟門，《瑤華集》無。
〔三〕旁，《瑤華集》作『傍』。

簇水〔一〕　玉蝶梅

雲母堆成，并刀剪破滕王譜。幾雙粉翅，化玉蕊、瓏鬆千樹。行遍瑤臺十二，還向孤峰住。怕雪擁、斷橋來路。　吟思苦。便一夜窗前忽到，在屋角、昏黃處。濃香作陣，更莫引、蜂兒舞。惆悵曉風吹亂，好夢參差去。闌干曲〔二〕、倩淡烟低護。

校記

〔一〕聶先、曾王孫編《百名家詞鈔》，於《珂雪詞》下選錄此闋。
〔二〕闌干，《百名家詞鈔》作『欄杆』。

喝馬一枝花〔一〕　送沈茶星之來賓任

絕遠賓江路。亂水輕舟頻渡。瀟湘行欲盡、瘴雲苦。千樹桄榔，月黑鵑啼處。到日清秋好，蜑戶鮫人，滿城看笑舞〔二〕。　椰子傾甘露。照眼紅蕉初吐〔三〕。推琴小拄笏。訟庭暮，龍目香中，早暗送、年華去。吟情應不減，問寫就蠻箋，重寄昭王臺否？

校記

〔一〕聶先、曾王孫編《百名家詞鈔》，於《珂雪詞》下選錄此闋。朱彝尊《曝書亭集》卷二十六、《曝書亭集詞注》卷五附錄。

〔二〕滿城看笑舞，《曝書亭集》、《曝書亭集詞注》皆作『滿城隅看笑舞』。考朱彝尊、嚴繩孫、彭孫遹同題詞本句皆爲六字。

〔三〕眼，《曝書亭集》、《曝書亭集詞注》皆作『影』。初，《百名家詞鈔》作『輕』。

惜紅衣〔一〕　詠荷花紫草

影借氍毹，根連阡陌，都無人惜。翠蓋紅衣，佳名倩誰錫？盈盈帶露，剗襪過、茜裙留跡。春碧，行盡斷蕪，怕王孫岑寂。　斜陽弄赤，山抹烟光，丁香也無色。幾番風信，曾否記開日？莫是雲英潛化，滿地亂瓊狼籍。惹牧童驚問，蜀錦甚時鋪得？

校記

〔一〕聶先、曾王孫編《百名家詞鈔》，於《珂雪詞》下選錄此闋。

滿江紅　德水道中

滿目淒其，又早是、亭皋葉下。憶當日、披裘過此，六花飛灑。秋水一灣波寫雁，青烟幾點星分野。問長驅、下澤爾何人？悠悠者。　荒林畔，寒鴉話。老柳上，漁罾掛。更濃烟衰草，迷離堪畫。客路驚看沙似雪，奚奴慣使車如馬。向玉河、冰底聽流澌，歸來也。

集評

羨門曰：『超妙至此，要使辛、劉頫首。』書樵曰：『空闊高蒼，語語堪畫。』

又〔二〕　題吴遠度《竹村情話圖》

滿目蒼然，似嶰谷、琅玕千尺。想落筆、公孫舞劍，張顛濡墨。瀟灑青天鸞鳳下，動摇雷雨蛟龍黑。掩柴門、清話爾何人，情金石。　草閣外，江流積。小艇上，孤蓬窄。喜青樽可共，閒愁如滌。風起窗前聞解籜，月明林下堪容屐。憶當年、幽事幾人同，山陽笛。

集評

羨門曰：『「鸞鳳」一聯，亦自有蔽目干霄之況。結語慷慨悲涼，可抵子期《感舊》。』修來曰：『常語都有奇氣。』其年曰：『是竹林中人語。』

校記

〔一〕聶先、曾王孫編《百名家詞鈔》，於《珂雪詞》下選錄此闋。

又〔一〕 金臺懷古

落照蒼然，空掩映、荒臺數尺。憶當日、君臣之際，悲哉昌國。七十二城如解籜，功成翻削英雄色。讀先生、一紙《報燕書》，爲沾臆。碣石畔，風蕭瑟。卽墨下，牛騰擲。笑安平奇計，兒童能識。騎劫庸才何足道，可憐戰血凝深碧〔二〕。問千金、馬骨倩誰埋，邯鄲陌。

集評

羡門曰：『不須重弔望諸君矣。』其年曰：『憑高弔古，自是先生擅場。每遇此等題，不覺耳後生風，鼻端出火。』武曾曰：『杜陵詩史後，又添一詞史。』

校記

〔一〕蔣景祁《瑤華集》卷九、戴璐《藤陰雜記》卷十一、聶先及曾王孫《百名家詞鈔》、蔣重光《昭代詞選》卷七、王溍《清詞四家錄》皆選錄此闋。

〔二〕戰血，《百名家詞鈔》作『血戰』，《昭代詞選》作『戰骨』。

又〔一〕　題阮亭寓竹〔二〕

何物琅玕，偏愛傍、子猷書屋。微雨後〔三〕、月痕低照，亭亭新沐。洛女淩波鳴雜珮，湘人鼓瑟敲寒玉。早風雷、一夜起龍孫，森然綠。　何處是，秦川曲。休更覓，篔簹谷。只閒庭半畝，差堪醫俗。振籜未隨秋寂寞，窺簾似共人幽獨。待他年、玉版好同參，寧爲腹。

集評

羨門曰：『如不經人意處，正自邈不可及。』其年曰：『吾鄉玉版頗饒佳味，想不負先生此腹矣。』

校記

〔一〕聶先、曾王孫編《百名家詞鈔》，於《珂雪詞》下選錄此闋。

〔二〕寓，《百名家詞鈔》作『寫』。

〔三〕後，吳氏本、備要本作『夜』。

又〔一〕　過滹沱

雁齒紅橋，聽橋下、怒濤如箭。作襟帶、長安日近，雪消波暖。納納津門潮水合，茫茫句注奔流遠。變桑田、一派古今愁，難消遣。　千尺堰，秋風捲。千家哭，秋雲暗。任歌殘《瓠子》，陽侯驕蹇〔二〕。

夢裏常驚龍氣冷，眼前復見蛟宮淺。倚危欄、塵土上鬢眉，王程緩。

校記

〔一〕王溰《清詞四家錄》選錄本闋。
〔二〕俟，底本誤作『候』，據詞意改。

又〔一〕　和錫鬯《吴大帝廟下作》〔二〕

遺廟江東，舊日是、紫髯天下。英魂在、靈風夢雨，捲旗飄瓦。師子雄才原足惜，孝廉嫵媚還能霸。笑周郎、帷幄慮偏長〔三〕，忘中夏。　羞銅雀，東風借。軍衣白，艨艟駕〔四〕。彼孫劉之睦，姻盟何假〔五〕？自惜江山吴子國〔六〕，於今父老新豐社。聽石頭、戰鼓似寒潮，空城打。

集評

羨門曰：『劉賓客如許好詩，對此幾成鱗爪。「戰鼓似寒潮」，詩家倒裝法也。』其年曰：『顧盼横江，英姿颯爽。』武曾曰：『睥睨悲涼，如聞廣武之歎。』鳳于曰：『一結淒其，似《漁陽摻》。』阮亭曰：『兩段各有其妙，後段尤工矣。』

校記

〔一〕聶先、曾王孫《百名家詞鈔》、馬長淑《渠風集略》卷七皆選錄此闋。
〔二〕大，《百名家詞鈔》作『太』。
〔三〕長，《百名家詞鈔》作『深』。

〔四〕『軍衣白』二句，《百名家詞鈔》作『紛搖櫓，吳蒙詐』。
〔五〕何，《百名家詞鈔》作『其』。
〔六〕『自惜』句，《百名家詞鈔》作『自昔江山阿閦國』。

惜秋華〔一〕　牽牛花

河鼓星高，繞莓牆幾點，野花開了。不近夕陽，橫斜曉風吹老。依稀過、雨長天，誰脫下、柴窯新稿。杯小，縱金盤露濃，承來些少。　耐肯伴紅蓼。只深描淺畫，把秋容妝好。偷剪碧霞，疑倩七襄人巧。佳期約略填橋，望翠軿、欲來波渺〔二〕。更悄，濕青苔〔三〕、暗螢相照。

校記

〔一〕《清詞綜》卷三、《清名家詞》、王溍《清詞四家錄》皆選錄此闋。《清詞綜》調名作《惜花華》。
〔二〕來，《清名家詞》作『求』。
〔三〕濕青苔，《清詞綜》作『認籬邊』。

掃花遊〔一〕　春雪，用宋人韻

元宵過也，看春色蘼蕪。澹烟平楚，濕雲萬縷。又輕陰作暈，蜂兒亂舞〔二〕。一夜梅花，暗落西窗似雨。飄搖去，試問逐風〔三〕，歸到何處？　燈事纔幾許？記流水鈿車，畫橋爭路。蘭房列俎，歎薅華易擲。鬢絲堆素，擁斷關山，知有離人獨苦。漫凭竚〔四〕，聽寒城、數聲譙鼓。

集評

阮亭曰：「『一夜梅花』四句，『擁斷關山』二句，已到高史妙處。」鳳于曰：「『群山玉立，與爾共高寒。』山來曰：『恰好去春雪妙甚。』」

陳廷焯《白雨齋詞話》卷三曰：「升六詞，余最愛其《掃花遊·春雪》一篇，……綿雅幽細，斟酌於美成、梅溪、碧山、公謹而出之者。」《雲韶集》曰：「詠雪之作，古今佳者多矣，然未有如此作之雅者。旁面點染，亦不傷雅。」

校記

〔一〕聶先及曾王孫編《百名家詞鈔》、馬長淑《渠風集略》卷七、《近三百年名家詞選》、《清詞綜》卷三、陳廷焯《詞則·大雅集》、《雲韶集》卷十四、《全清詞鈔》皆錄此闋。《詞則》於《別調集》復選此闋，標注曰：「此詞已錄入《大雅集》。」

〔二〕蜂兒亂舞，《清詞綜》、《詞則》、《全清詞鈔》作「綿飄絮舞」。

〔三〕試問逐風，《渠風集略》、《全清詞鈔》作「試問逐東風」。

〔四〕凭，《白雨齋詞話》、《清詞綜》、《詞則》作「凝」。

露華　題沈鳳于被園

沈郎學圃，傍罨畫溪邊，點染千樹。十畝綠陰，接葉交柯憐汝。藤梢橘刺森然，飽幾載、江南烟雨。

垂垂熟，來禽過時，偷眼銜去。　　青蓑箬笠容與，羨種杏條桑，經濟如許。未老雲卿，東湖暫結幽趣。兒子上樹生狙，早摘下、翠盤無數。秋氣冷，蟲聲斷畦靜否？

滿庭芳〔一〕　聞雁

細草摧霜，寒風敗葉，樓頭一雁初鳴。偶來嘹嚦，何事恰關卿。惆悵沙平月落〔二〕，衡陽路、幾點峰青。還堪憶〔三〕，江楓漁火，隻影傍人明。　　伶俜。山枕上，夢回酒醒，哀韻偏清。更階前蛩語，林外秋聲〔四〕。同是一般憔悴，算只少、猿叫三更。從今去，湘流曲折，莫近小窗橫。

集評

羨門曰：『不辨何聲，但覺腸斷。』山來曰：『句裏行間，如有雁聲嘹嚦。』

校記

〔一〕顧貞觀、納蘭性德編《今詞初集》卷下選錄曹貞吉此闋。

〔二〕沙平，《今詞初集》作『平沙』。

〔三〕還堪憶，《今詞初集》作『曾相識』。

〔四〕『更階前』二句，《今詞初集》作『更空階絮語，消受蛩聲』。

又〔一〕　和人潼關

太華垂旒，黃河噴雪，咸秦百二重城。危樓千尺，刁斗靜無聲。落日紅旗半捲，秋風急、牧馬悲鳴。閒憑弔，興亡滿眼，衰草漢諸陵。　泥丸，封未得，漁陽鼙鼓，響入華清。早平安烽火，不到西京。自古王公設險，終難恃、帶礪之形。何年月，鏟平斥堠，如掌看春耕！

集評

羨門曰：『竟以史家論斷語入詞，橫絕今古。』書樵曰：『出經入史，而無烟火氣，所以爲雅詞。』

校記

〔一〕王瀣《清詞四家錄》選錄本闋。

又〔一〕　和錫鬯《李晉王墓作》

石馬無聲，饑烏作陣，白楊風急蕭蕭〔二〕。珠襦玉匣，曾此葬人豪〔三〕。河朔同盟藩鎮，分帶礪、只汝功高。真樂事，錦囊三矢，意氣快兒曹。　銀刀〔四〕。新霸府，十年征戰，兗鄆之郊。奈優伶日月，粉墨親調。惆悵諸陵寒食，青青草、麥飯誰澆？豐碑臥，牛羊礪角，壞磴走山樵。

集評

羨門曰：『大爲亞兒生色，然亦是定論不刊。』阮亭曰：『有此見地，筆力可以弔古。』其年曰：『每讀《五代史》，至《伶官傳》，輒爲涕下沾裳也，今於此詞亦然。』

校記

〔一〕蔣景祁《瑶華集》卷十、蔣重光《昭代詞選》卷七選録此闋。墓，詞題皆作『墓下』。

〔二〕『白楊』句，《昭代詞選》作『白楊樹、風急蕭蕭』。

〔三〕曾，《昭代詞選》無。

〔四〕銀刀，《瑶華集》、《昭代詞選》作『重開』。

水調歌頭〔一〕　大醉放言

左手把歡伯，右手擘雙螯。淋漓酒濃衫重，一任髮蕭蕭。我自狂歌潦倒，醉看長安市上，若箇插金貂。鄧禹莫相笑，阮籍正逍遥。　列蛾眉，調錦瑟，響雲璈。君侯應自貴耳，吾欲等鷦鷯。腐鼠纔堪一飽，仰視鵷雛曰『嚇』！意氣二蟲驕。安往非貧賤，三徑問蓬蒿。

集評

羨門曰：『以漆園成語入詞，奇絶妙絶。』阮亭曰：『有此胸情，可免捃壁。』其年曰：『人言阿龍超，阿龍固自超。』山來曰：『豪邁曠達。』

校記

〔一〕聶先、曾王孫編《百名家詞鈔》，於《珂雪詞》下選録此闋。

又　喜厚餘至都，率然有贈

落拓老兄弟，蹤跡共沈浮。匆匆神虎分袂，江海幾經秋。多少黄金横帶，我輩青衫羸馬，散蕩足風流。吾試與君語，富貴定難求。　魯陂側，錦秋岸，蜡湖頭。溪山如畫，烟波兩兩釣魚舟。辛苦斜風細雨，消受紫蓴紅蓼，冷澹爾爲儔。努力飲醇酒，身世問沙鷗。

集評

武曾曰：『磊落蒼茫，襟期可念。』山來曰：『厚餘先生視工河上，不須更歎青衫羸馬矣。』

又　爲龔節孫題《種橘圖》

玉局昔年客，禿鬢老仙翁。思移林屋嘉樹，飽啖洞庭紅。擬作亭名楚頌，眷此素榮緑葉，慘澹比青楓。有志那能遂，遺跡大江東。　仿瞻子，懷古意，畫圖中。雨蓑風笠，長鑱白木苦匆匆。且自耕雲半畝，轉眼霜林千顆，一笑對山童。忘卻生綃裏，欲倩右軍封。

又〔一〕　送陳六謙之安邑任

琴鶴渺然去〔二〕，爲政足風流。何意鳳漂鸞泊，百里借君侯。三晉雲山北向，咫尺二陵風雨，納納動離愁〔三〕。雪片大如手，匹馬過蘆溝。　門霜戟，人繡虎，筆銀鈎。禹都吟眺，淋漓墨瀋碧峰頭。試到野狐泉上，入望鹽花似霧，天寶物華收。欲問段干木，舊跡杳難求。

集評

其年曰：「風流豪邁，堂堂復堂堂。」山來曰：「慨當以慷。」

校記

〔一〕蔣景祁《瑤華集》卷十選錄此闋。

〔二〕渺，《瑤華集》作「藐」。

〔三〕納納，《瑤華集》作「颯颯」。

又　午日和其年〔一〕

何處劚蒲去，俛首飲醇醪。長安十度重午，令節又相遭。不是今朝弧矢，不是今朝魚腹，歌哭總無聊。雲氣挾雷鼓〔二〕，疑聽廣陵濤。　憶當日，觀競渡，趁江潮。天風正怒，仿佛角黍飼饞蛟。憔悴故園心眼，潦倒女兒景物，未足寄吾豪。和汝驚人句，土缶與雲璈。

校記

〔一〕朱祖謀編《詞莂》選錄此闋。

〔二〕雷鼓，《詞莂》作『霜鼓』。

又　快雨

白雨響新瓦，火鬣走長天。錢塘萬弩齊射，驚起老龍眠。疑是夔牛鼓震，又恐驅山鐸掣，潑墨蕩雲烟。咫尺匡廬下，九疊亂鳴泉。　飛石燕，笑玉女，捲湘川。錚鏦金鐵，洞庭張樂宴群仙。立掃黃塵褦襶，一洗神皋禾黍，濃翠正娟娟。造物不言德，風日弄清妍。

集評

鳳于曰：『快哉亭上，繪寫有聲有光。虞次安《瑞雨頌》盛德形容，當復過之。』

天香〔一〕　詠綠牡丹，爲牧仲作

國色凝香，露華垂檻，苔痕欲上階砌。不就輕黃，還成嫩碧，接葉交柯無二。石家金谷，供妙舞、珠珠濃睡。渲染春光好處，掩映一天空翠。　魚子暮雲微起，帶蕉窗、幾分涼意。暗想阿誰眉黛〔二〕，遠峰如此。倒掛嶺南幺鳳，莫藏影、花間覓花蕊。芳草成裀，碧旗碾試。

集評

其年曰：『澹沲空明，幾於水天一碧。』武曾曰：『寫生妙手，不藉粉本。』

校記

〔一〕蔣景祁《瑤華集》卷十一、聶先及曾王孫《百名家詞鈔》皆選錄此闋。

〔二〕暗想阿誰，底本作『阿誰是』，據《百名家詞鈔》、《瑤華集》改。

又〔一〕　龍涎香

孤嶼荒寒，斷潮嗚咽，抱珠神物濃睡。蜃霧成樓，綃宮噴雪，點點鮫人清淚。紅薇露濕，早釀就、都梁佳致。巨舶長風破浪，似帶海山鱗尾〔二〕。　春閨夜闌烟細，鬱空青、水天霞氣〔三〕。漫惹雨絲霑灑，金猊聲碎〔四〕。鳳脛一枝深炷，偎翠袖、餘寒戀纖指。莫放悠颺，繡簾匝地。

集評

其年曰：『此錢塘貴主奩中物也。趙家姊妹雖有好香，總不脫人間烟火。』武曾曰：『妙於曲寫龍涎，不然博山爐中百和香、鬱金、蘇合及都梁與此無與也。』

校記

〔一〕蔣景祁《瑤華集》卷十一、聶先及曾王孫《百名家詞鈔》皆選錄此闋。

〔二〕似，《瑤華集》作『疑』。帶，《百名家詞鈔》作『攜』。山，《百名家詞鈔》作『嶠』。
〔三〕鬱空青，《瑤華集》作『嫋金猊』。
〔四〕金猊聲碎，《瑤華集》作『砰訇聲起』。

玉簟涼〔一〕　七夕有感，和其年

十載長安，記如此良宵，團扇拋殘。龍梭初罷織，赴碧落幽歡。幾多鈿合蟢子，陳瓜果、乞巧樓前。驚夢醒，但絳河千尺，雲氣漫漫。無端。嫩苔繡瓦，斜月窺窗，妝做秋意闌珊。去年當此際，正同倚危欄。定識涼生玉簟，盼鵲駕不到人間。天似水，擲淚珠、荷露爭圓。

集評

其年曰：『殊有雲鬟玉臂之思。』

校記

〔一〕聶先、曾王孫編《百名家詞鈔》，於《珂雪詞》下選錄此闋。

暗香〔一〕　綠萼梅

牆陰淡白。算雪晴未久，換成春色。一剪蘼蕪，移上枝頭弄輕碧。照水空明數朵，認樹老、雨痕交蝕。大好是、洛浦相逢，尋翠羽消息。　橋側，聞夜笛。笑寂寂玉鱗，月中難覓。九嶷舊客，又向蟠螭露仙跡〔二〕。轉眼青青似豆，還記取、前身蕭瑟。搖落處，苔影薄、依稀見得。

集評

其年曰：『後半闋鈎魂攝魄，姜白石不能擅美於前矣。』山來曰：『是爲綠萼傳神，與泛詠梅花迥別。』《百名家詞鈔》曰：『萼綠華曰：「余九嶷仙人也。」』

校記

〔一〕蔣景祁《瑤華集》卷十一、聶先及曾王孫《百名家詞鈔》皆選錄此闋。

〔二〕蟠，《瑤華集》作『盤』。

留客住〔一〕　鷓鴣

瘴雲苦。遍五溪、沙明水碧，聲聲不斷，只勸行人休去。行人今古如織，正復何事關卿，頻寄語。空祠廢驛，便征衫濕盡，馬蹄難駐。風更雨。一髮中原，杳無望處。萬里炎荒，遮莫摧殘毛羽。記否越王春殿，宮女如花，只今惟剩汝。子規聲續，想江深月黑，低頭臣甫。

集評

譚獻《篋中詞》曰：『投荒念亂之感。』

校記

〔一〕蔣景祁《瑶華集》卷十一、馬長淑《渠風集略》卷七、譚獻《篋中詞·今集一》、聶先及曾王孫《百名家詞鈔》、朱祖謀等《詞莂》、王灃《清詞四家録》皆選録此闋。

水晶簾〔一〕 賦得『無端嫁得金龜壻，辜負香衾待早朝』

夢細幽香靚。甚長樂鐘聲敲醒。倦眼迷離，訝寶炬星輝，照人難定。正好睡時何處去，想蓮漏迢迢尚永。五更天、最是霜寒，鎮教寂静。　徘徊掩清鏡。憶紅閨深夜，鄰雞曾聽。便惱他咿喔，未愁伶俜。不似而今慵早起，怕瑟瑟篝殘被冷。又爭如、簾幕長垂，小窗日影。

集評

其年曰：『於題意極爲體貼。』

校記

〔一〕聶先、曾王孫編《百名家詞鈔》，於《珂雪詞》下選録此闋。

尾犯〔一〕 筍

小窗雨霽，傍疏籬一帶，籜聲盈耳。繩牀乍破，幽人夢驗，苔錢穿碎。牆蔭屋角，欝千尺、淩雲勢。

笑洋州、太守清貧，卻饒玉版風致。　曾過荻洲江市。銀鰣撥剌出水。向柁樓晨飯，松濕烟青，燒來偏脆。谷口如蓬，宫中似束，故人情味。最憐是、憔悴龍孫，琅玕銷盡生翠。

校記

〔一〕聶先、曾王孫編《百名家詞鈔》，於《珂雪詞》下選録此闋。

燕山亭〔一〕　九日排悶

北雁横斜，似水晴空，無限蕭蕭意。深巷閉門，懶去登高，那問幾人曾醉？紅葉青山，正渲染蒼涼天氣。何事，只辜負秋光，淡然如此。　記得去歲城南，傍野徑疏籬，亂穿濃翠。女兒景物，羈客心情，添得一番悲喜。便上層樓，望不到故園千里。千里，有多少荒烟敗壘。

校記

〔一〕聶先、曾王孫編《百名家詞鈔》，於《珂雪詞》下選録此闋。

孤鸞　送陸藎思歸武林，時新有悼亡之戚

新秋天氣，正河鼓星高，牽牛花媚。禾黍西風，驢背一鞭遥指。有人巢青閣上，倚危闌、望窮烟水。

那識猿啼鵑唱，早斷魂千里。　憶去年、瓜果閒庭裏，看兒女燈前，乞巧歡意。螢火斜飛處，乍夜涼於洗。而今歸來索寞，最無憀、黄昏窗底。鸞鏡輕塵莫掃，剩盈盈清淚。

雙雙燕　見燕子營巢有感

舊年社日〔二〕，向聚燕臺邊，送君歸去。杏花開罷，遲日園林春暮。又栩栩梁間住。聽一片、呢喃相訴。不嫌僦舍荒涼，來伴京塵悽楚。　柳絮。池塘何處。看玉剪交飛，亂銜花雨。主人謝客，辛苦舊巢將護。莫待新雛成羽。更去傍、紅樓朱戶。且自掠水銜泥，睡足一庭香霧。

集評

阮亭曰：『竹屋、梅溪、夢窗、白石四家之間，可置一座。』其年曰：『「莫待新雛」二語，殊深言外之感。』武曾曰：『「去傍紅樓朱戶」，較「飛入尋常百姓家」傷心十倍。』

校記

〔一〕蔣景祁《瑤華集》卷十一、蔣重光《昭代詞選》卷七皆選錄此闋。
〔二〕舊年，《瑤華集》、《昭代詞選》皆作「去年」。

又〔一〕　詠鏡中美人影，和沈鳳于

一泓秋水，誰移向深閨，偷近蛾綠。空明不定，綽約伴人幽獨。臨就崔徽別幅。又淺笑、輕顰相矚。何人解識傾城，自賞容輝金屋。　掠削。雲鬟妝束。問就裏芳心，可同千曲？離魂初覺，嬌暈枕痕紅足。小閣朝來新沐。瞥收卻、巫峰六六。怕是清冷圓冰，一擲黄金難贖。

校記

〔一〕聶先、曾王孫編《百名家詞鈔》，於《珂雪詞》下選録此闋。

金菊對芙蓉〔一〕　和錫鬯《蟂磯弔孫夫人》

蜀國夫人，孫郎小妹，腰間龍雀刀環。歎東南人物，弱女登壇。錦帆搖曳江如練，望瞿塘、道路漫漫。永安龍去〔二〕，鼉叢夢沓，紅粉凋殘。　靈澤遺廟江干〔三〕，有雲車風馬，霧鬢烟鬟。悵西風白帝，鸞馭難還。千尋鐵鎖銷沈後，家何在、兩地悲酸。千帆落照，漁歌唱晚，露白楓丹。

集評

羨門曰：『羽聲慷慨之中，仍自粉心香口。』其年曰：『英雄兒女，慨當以慷，如見高涼冼氏月明錦繖也。』宋既庭

（實穎）曰：『女子英雄，得曹公彩筆憑弔，幾令二喬無色。』鳳于曰：『憑弔精靈，足令漢苑吳宮，同悲離黍。』

校記

〔一〕蔣景祁《瑶華集》卷十一、蔣重光《昭代詞選》卷七皆選録此闋。
〔二〕龍去，《昭代詞選》作『宫去』。
〔三〕靈潭，《瑶華集》、《昭代詞選》皆作『靈潭』。

月華清〔一〕　詠山鷓，爲阮亭作〔二〕

織翠爲裳，凝丹作距，飛來何處烟暝？金索珊珊，落下碧梧銀井。憶蜀國待詔圖中，共棘雀山花相映。難定，試洗卻濃妝，雪衣嫌影。　掛向玉堂深處，莫百囀鞫鞫〔三〕，惱人幽靚。夢結梨雲，怕是數聲驚醒〔四〕。若覓句、負手巡簷，更攤書、茶清香冷。風静，好低徊一曲，伴他寒磬。

集評

其年曰：『冷香幽翠，烘染絶倫。』山來曰：『是一幅絶妙著色翎毛。』

校記

〔一〕蔣景祁《瑶華集》卷十一、聶先及曾王孫編《百名家詞鈔》皆選録此闋。
〔二〕《瑶華集》題作《王阮亭侍讀書齋詠山鷓》。
〔三〕鞫，《瑶華集》作『鈎』。

〔四〕「夢結」二句，《瑤華集》作「怕夢結梨雲，數聲驚醒」。

催雪〔一〕　珍珠蘭

裊裊牽風，溥溥帶露，窈窕最宜深院。恰閩海移來，龍宫幾串。金谷墮樓姝麗，伴杜若、江蘺，分嬌面。鮫人淚滴，紫莖頳甲，都教開遍。　開遍，含笑盼。任徑寸蚌胎，讓他香蒨。羡瑟瑟輕圓，涼颸吹顫。莫向池塘顧影，怕瀉入、紅蕖尋難見。正鬟髻妝晚，珠娘頭上，一枝微綻。

校記

〔一〕清聶先、曾王孫編《百名家詞鈔》，於《珂雪詞》下選録此闋。

又　紅梅

夕雨凝丹，曉晴著樹，麂眼小籬如繡。喜照眼偏明，數枝窺牖。只恐春寒微重，費幾許、燕支勻紅縐。峰迴路轉，紛紛開落，武陵近否？　清瘦，頳玉鏤。看一片迷離，斷霞鋪就。甚真色苧蘿，縞衣非舊。好伴吴娘記曲，碎顆顆、珊瑚盈懷袖。歎隴首。萬點風飄，冷落絳綃時候。

月下笛　悼何蕤音

官閣明鐙〔一〕，珠藤覆屋，雨中深酌。茶烟綽約，簷花聲在簾箔。酒人已逐浮雲散，轉眼叫、秋猿夜鶴。想鴛湖畫舸，一天絲管，更誰行樂？　思著。中情惡。記威鳳文章，神羊頭角。龍賓揮霍，漏痕還帶釵腳。原邊宿草年年緑，有多少、西州淚落。斷魂處，隔江南，苦竹黄蘆寂寞。

校記

〔一〕官，備要本作『宧』。

玲瓏四犯〔一〕　送杞園遊西湖

三月吴山，記梅子黄時，幾多烟雨。載酒西泠，千頃嫩荷澄暑。沈醉失卻湖光，似夢裏、斷雲飛絮。歎軟塵、十載遮留，翻送故人遊去。　一枝柔櫓穿花路。澹空明、箇儂眉嫵。檀欒金碧天然麗，都在晚霞紅處。試問堤畔垂楊，尚否青青如故？遇禪燈老衲，還爲我，殷勤語。

校記

〔一〕聶先、曾王孫編《百名家詞鈔》，於《珂雪詞》下選録此闋。

鎖寒窗〔一〕　倭奩

巨舶巍峨，寒潮寂寞，颶風吹暝。鸞膠鬼斧，製自海山人境。鬱金砂屑來粒粒，明霞猶帶歐羅勝。想龍涎潛貯，冰綃偷捲，迷離交映。　光靚，伴清鏡。試摩挲小簇，玉纖留證。宫鴉一色，拖逗麗華雲影。憶當年連弩射魚，浩蕩烟波歸未肯。更誰攜、綵扇昆刀，泛蓬壺月冷。

校記

〔一〕聶先、曾王孫編《百名家詞鈔》，於《珂雪詞》下選録此闋。

又〔一〕　卽事

銀鴨香銷，湘簾獸冷，夜長生倦。寒梅未放，勒住春痕一線。聽驚沙飛鳴陣陣，颯然似入《關山怨》。想參旓半落，明河斜掛，霜風如剪。　思遠，情何限。縱文鴛交扣，繡衾爭戀。迢迢玉漏，海水注來難滿。還愁他旅夢乍回，屈曲銅鋪門靜掩。更誰團、雪作猧兒，映小窗人面。

校記

〔一〕聶先、曾王孫編《百名家詞鈔》，於《珂雪詞》下選録此闋。

又〔一〕　爲梁大司農悼亡

苔濕春蕪，蛛縈繡幕，悄無人影。玉釵斷後，曲曲畫闌誰凭？怕紅絲繫來雙燕，呢喃還向珠簾等。縱寶衣施盡，縷金裙在，淚花猶剩。　廝映，生悲哽。記皂莢煎成〔二〕，鸞膠未冷。彩雲一片，又苦斜風吹暝。步瑤臺姊妹肩隨，茫茫那知長夜永。問何時、環珮珊然，飛下蓬萊頂？

集評

鳳于曰：『迷離哀怨。』山來曰：『淒婉悲切，哀而不傷。「等」字妙押。』

校記

〔一〕聶先、曾王孫編《百名家詞鈔》，於《珂雪詞》下選錄此闋。

〔二〕莢，底本、四庫本、《百名家詞鈔》皆誤作『筴』，據詞意改。

百字令　詠史五首〔一〕

海門一點，駕素車白馬，怒潮來去。回首蘇臺金虎氣，斷送幾場歌舞。鄢郢家門，荊蠻帶礪，兩地應難補。英魂猶在，空餘血淚凝注。　五千甲盾行成，十年生聚，軋軋句章艫。吳越興亡關底事，都作寒江烟霧。入楚旌旗，盟齊歲月，寂寞渾無據。蘆中人杳，區區恩怨何苦？〔二〕

田光老矣，笑燕丹賓客，都無人物。馬角烏頭千載恨，匕首匣中如雪。落日蒼涼，羽聲慷慨，壯士衝冠髮。咄哉孺子，武陽色怒而白。試問擊筑漸離，此時安在，何不同車發？負劍祖龍驚掣袖，六尺屏風堪越。貫日長虹，繞身銅柱，天意留秦劫。蕭蕭易水，至今猶爲嗚咽。〔二〕

南山歸晚，遭相訶醉尉，灞亭秋暮。故李將軍猿臂在，射石猶能飲羽。虎鼠行藏，烟雲變態，若輩爭知否？霜寒草短，且尋田舍歸去。回首百戰功名，北平上郡，歷歷風沙苦。屈指封侯諸校尉，意氣寧堪儔伍？白髮宮娃，青衫羈客，老淚同今古。掀髯一笑，塵埃野馬看取。〔三〕

《出師》二表，與殷盤周誥，同銘金石。臣本不求聞達者，爲許先君破賊。瘴雨蠻江，秋風渭水，上將揮神筆。落星如斗，熒熒火井將熄。今日丞相祠堂，黃鸝碧草，俯仰悲陳跡。八陣圖邊波浪湧，似恨譙周鬻國〔二〕。一片降旛，千尋鐵鎖，鼎足三分失。先生已矣，何能親見銜璧！〔四〕

三臺鼎峙，俯清漳如帶，東流淒切〔三〕。數載譙南泥水路，射獵讀書人傑。橫槊悲歌，臨江灑酒〔四〕，一片雄心熱。二喬何在？東風吹浪成雪。更憶繡虎蜚聲，陳思才調，舞蔗中郎絕。縹緲西園飛蓋處，賓客應劉心折。吳蜀君臣，魏家父子，人物皆英發。何哉青史？世龍猶自羞說。〔五〕

集評

〔一〕阮亭曰：『起句英靈颯然，如見穿山脅挾文種時也。』武曾曰：『逝水興亡，開中憑弔，只百字寫來，可當一編《越絕》。』鳳于曰：『每歎吳越興亡，全賴《左》、《國》、《越絕》諸篇，留人慨想，不然，戰國六雄與漢陽諸姬同盡耳！得此自足千古。』

〔二〕阮亭曰：『此首尤逼幼安，神氣俱肖。南渡二劉，絕脰未必到此。』其年曰：『沈著頓挫，必傳，必傳！』山來曰：『無限感慨，恍聞當日變徵之聲。』

〔三〕阮亭曰：『衛、霍天幸，李廣數奇，太史公於此三致意焉。然後人謂讀《衛霍傳》不值一錢，讀《李將軍傳》英風如在，二者將何居耶？』武曾曰：『有草枯鷹眼，雪盡馬蹄之概。』

〔四〕阮亭曰：『有才如此，可謂「筆補造化天無功」矣。不能名其所以，直須五體投地耳。』其年曰：『拔地倚天，鯨吞鼇掣。』鳳于曰：『森沈閃爍，亦詞中臥龍也。古人詩文堪頡頏者，其昌黎之《平淮西》、山谷之《題涪溪》乎？』山來曰：『鳳于評是。』

〔五〕羨門曰：『稼軒詞「雅健雄深太史公」，吾欲爲此詞移贈。』阮亭曰：『兩段結束皆妙境，似有神助。』其年曰：『置此等詞於龍門列傳、杜陵歌行，誰曰不如？彼以填詞爲小技者，皆下士蒼蠅聲耳。』

校記

〔一〕聶先、曾王孫編《百名家詞鈔》，於《珂雪詞》下選錄此調前四闋。朱祖謀等《詞莂》選錄第二闋。

〔二〕恨，備要本作『悵』。

〔三〕東，吳氏本、備要本作『南』。

〔四〕灑，吳氏本、備要本作『釃』。

又　張先生席上賦鸜鵒杯

濁醪妙理〔一〕，向水晶宮裏，搜羅杯斝。海氣冥濛光不定，逗漏通明一罅。織水爲衣，流波似羽，鸜鵒佳名也。畫堂捧出，隴頭裊裊飛下。　盛來琥珀香濃，鵝兒黃嫩，浸明珠無價。想見蜃樓歌舞處，玉乳瓊漿自瀉。風雪撩天，金貂滿眼，我是悠悠者。莫辭一醉，簾櫳嬌鳥相罵〔二〕。

集評

羨門曰：「風雪數語，妙在題外，題中惝恍迷離，不可思議。」阮亭曰：「鸜鵒螺，歐公曩以長歌擅場，實庵此詞幾欲方駕。」

校記

〔一〕醪，備要本作「膠」。

〔二〕鳥，底本、四庫本作「烏」，據吳氏本、備要本作改。唐李山甫《公子家二首》之二：「鴛鴦占水能嗔客，鸜鵒嫌籠解罵人。」

又〔一〕　天龍寺高歡避暑宮遺址，和錫鬯〔二〕

蒼苔古瓦，是人天法界，雪山深處〔三〕。燕麥兔葵荒草地〔四〕，人道高王曾住。水殿風涼，瑤臺露白，院靜渾無暑。流螢閃閃，宮牆飛入無數。　遙想渭水邙山，東西蠻觸，五技窮鼯鼠。敕勒老公歌慷慨，早見英雄黃土。馬稍功名，人龍意氣，總逐西風去。繁華銷歇，紞然朝暮鐘鼓。

集評

阮亭曰：「與錫鬯是一勁對。」其年曰：「章法極似老杜《哀江頭》。」

校記

〔一〕蔣景祁《瑤華集》卷十二、聶先及曾王孫《百名家詞鈔》皆選錄此闋。

〔二〕《瑤華集》詞題作《天龍寺》。

〔三〕雪，《瑤華集》作『雲』。

〔四〕荒草，吳氏本、備要本作『芳草』。

又 朱錫鬯過訪不值，悵然有寄

春風吹面，又匆匆過了，傳柑佳節。羸馬敝裘何處去？一刺懷中磨滅。日跳如丸，臣饑似朔，那得名心熱？思君一話，瞥然鴻爪留雪。記得昨夕燈前，流連《蕃錦》，錫鬯詞名。無縫仙衣接。白石小山門徑在，天半峨嵋幽絕。火樹連宵，歌鐘匝地，奪我冰腸潔。因風寄與，重來同醉烟月。

集評

羨門曰：『含毫邈然。』

又 中秋，和其年，時甫過地震

晚霞成暈，似非烟籠就，霓裳仙闕。只恐清光明作鏡，照見鬢眉愁絕。靜掩珠簾，輕遮團扇，蜃霧樓臺結。憑誰吹散，玉簫聲細如髮。　況是一陣罡風，須彌芥子，偶現空花劫。八柱蛟龍還掉尾，穆穆金波無缺。動魄驚心，十年兩度，錯過中秋節。餘生瓦礫〔一〕，他時月底重說。

集評

其年曰：『老筆紛披。』山來曰：『可與東坡《水調歌頭》一闋頡頏千古。』

校記

〔一〕曹申吉《送家兄歸里》詩：『拂拭緇塵辨鬢髮，餘生瓦礫寧堪說？』注：『兄新鐫一章，曰「瓦礫餘生」。』

又〔一〕　庚申閏中秋，和其年

月如無恨，便清輝萬古，長圓難缺。昔我來思渾不記，瓜果中庭重設。余生甲戌，是年亦閏八月〔二〕。身世斜陽，悲歡逝水，鬢有星星髮。驚聞人語，今年兩度佳節。　卻憶去歲中秋，輕雲薄霧，黯黮芙蓉闕〔三〕。造物多情還補得，潑眼明蟾奇絕。再舞霓裳，平分桂影，疑對千峰雪。重陽遲了，幾行白雁能說？

校記

〔一〕聶先、曾王孫編《百名家詞鈔》，於《珂雪詞》下選錄此闋。

〔二〕《百名家詞鈔》無此小注。

〔三〕黯黮，《百名家詞鈔》作『黯黯』。

又　閏八月壽阮亭

銀蟾的皪，記何時此月，重啟珠宮？羽葆虬幢紛去住，石麟飛下天中。四十七年，匆匆過卻，回首憶生崧。仙家晝永，雕弧今日初逢。　等到人歷花磚，文登金鏡，乃許醉顏紅。李杜詩篇聞帝語，蓂莢纔發銅龍〔一〕。縹緲蓬山，從容赤舄，幾見桂輪同。他年佳話，依然玉露秋風。

校記

〔一〕莢，底本、四庫本作『筴』，誤，據詞意改。

珂雪詞卷下

解語花[一]　詠水仙，同家弟作

鏤冰作面，剪雪爲衣，溪畔盈盈女。幽懷誰許？相逢處、翠袖低垂不語。淡黄眉嫵，聽子夜、歌殘《白紵》。更難兼、並蒂連枝，姊妹還同侣。　因念雲迷洛浦，自陳王去後，離别酸楚。明珠翠羽，相遲誤[二]、脈脈此情塵土。花魂無主，抵多少、小窗微雨。願年年、月白風清，仗東君留取。

集評

羨門曰：『後段曲傳水仙之神，幾於化工在手。近人詩「瑤臺夜冷黄冠濕，小洞秋深玉珮涼」[三]，徒形似耳。』阮亭曰：『極似《延露》佳作，宜羨門之歎絶也。』其年曰：『脈脈、盈盈，幾於淩波微步矣。』

校記

〔一〕聶先、曾王孫編《百名家詞鈔》，於《珂雪詞》下選録此闋。

〔二〕相遲，《百名家詞鈔》作『相逢』。

〔三〕此出明梁辰魚《月下水仙花》詩，今傳各本皆作『瑤壇夜静黄冠濕，小洞秋深玉珮涼』。

又〔一〕　和人詠驪山溫泉

蜃蒸作霧，地湧成珠，一水溶溶貯。炎涼誰主，大千界、只有清流可語。乾坤奧府，是天地、恩波凝注。閲從來、蕭索繁華，多少傷心處。　記否長生雨露，乘春風靈液，蕩潏容與。霓裳妙舞，驚魂散、鐵騎漁陽鼙鼓。石蓮如許，想舊日、魚龍無數。悵華清、一帶蘼蕪，任撫今弔古。

集評

羨門曰：『「天地恩波凝注」勝於「此中涵聖澤〔二〕」，「悵華清、一帶蘼蕪」勝於「竹樹陰陰碧殿寒〔三〕」，世有賞音，當不以僕爲阿好。』其年曰：『華清殿後，繡嶺宮前，滿目興亡，沈吟不少，如讀「汾水」、「秋風」之曲，不得不呼「李嶠真才子」也〔四〕。』書樵曰：『前半雄渾，後半蒼涼，各極其妙。』

校記

〔一〕聶先、曾王孫編《百名家詞鈔》，於《珂雪詞》下選錄此闋。

〔二〕明顧起元《九龍池》詩：『共道此中涵聖澤，年年玄祉薦龜書。』

〔三〕此句或出唐崔櫓《華清宮》詩，今各本作『草遮迴磴絶鳴鑾，雲樹深深碧殿寒』。

〔四〕此蓋指唐李嶠《汾陰行》。唐李德裕《次柳氏舊聞》載：唐明皇嘗聞樂工歌《水調》，有『不見只今汾水上，唯有年年秋雁飛』之語，『上聞之潸然出涕，顧侍者曰：「誰爲此詞？」或對曰：「宰相李嶠。」上曰：「李嶠真才子也。」不待曲終而去』。

又〔一〕　詠美人花間影，和鳳于〔二〕

伯勞偷喚，纔理晨妝，小立東風徑。綠陰深靚，苔痕濕、羅襪一鈎清冷。遲迴不定，喜蝶粉、花光相映。生憎他、倒暈明霞，漏洩驚鴻影。　百裥繡裙廝稱，似天風吹墮，露桃仙井。冶遊暗省，銷凝處、怕惹離魂難靜。流輝耿耿，任撲簌、亂紅飛暝。帶滿身、香氣歸來，向枕邊猶剩。

校記

〔一〕清聶先、曾王孫編《百名家詞鈔》、《清詞綜》卷三皆選錄此闋。

〔二〕《清詞綜》無詞題。

渡江雲　送蔣京少下第遊楚，步其年韻

對西風一笑，碧雲黃葉，怊悵舊霜毫。珠投仍按劍，悔殺平生，未譜《鬱輪袍》。雪花似翼桑乾路，寒色刁騷。任紛紛、黃金白璧，意氣屬吾曹。　帆搖，女兒浦口，新婦磯邊，看江天影倒。問六朝、艨艟鐵鎖，盡逐洪濤。蘆聲瑟瑟鵾絃急，伴漁火、酒醒無聊。湘岸闊，回頭咫尺青霄。

又　欲雪

濕雲黏似絮，關山凍合，風色偃貂裘。玉樓寒起粟，知是仙人，咫尺駕銀虬。黄昏漠漠窗影黑，思掛簾鉤。誰剪碎、明河冰水，一夜下皇州。　還愁，孟婆潦倒，滕六商量，怕梅花孤瘦。又化作、輕烟薄霧，繚繞枝頭。五更錯認虚生白，最分明、碧落清幽。成獨笑，飛瓊畢竟遲留。

集評

其年曰：『結語傲睨。』山來曰：『句句是欲雪，妙甚。』

珍珠簾　爲牧仲題《楓香詞》

烏絲閒寫柔情句，吟紅豆、才子梁園新賦。高調和人稀，似引商荊楚。憶佩雙鞬隨豹尾，譜出塞、淒風零雨〔一〕。辛苦，早中年易感，鬢絲添素。　又向粉署爲郎，聽薰香侍史，鵾笙曲度。動魄復驚心，耿一天星露。江上青楓聞鐵撥，抵多少、海飛山怒。休訴，倩岑牟狂客，撾殘羯鼓。

集評

武曾曰：『跌宕纏綿，三復此詞，並覺《楓香》佳句可挹。』鳳于曰：『絕似《惜香樂府》。』

校記

〔一〕零雨，四庫本作『冷雨』。

又〔一〕　賦得『水晶簾下看梳頭』〔二〕

雕房幾曲桐陰裏，金塘側、第一傾城姝麗。鬟鬢照人明，學遠山螺髻。蟬影花光相撩亂，襯一片、芭蕉濃翠。清綺，更珊鈎犀押〔三〕，冷波横地。　疑是月底初逢，被冰輪掩映，纖綃情思。宛轉玩瓊顏，倩曉風吹起。人在銀河清淺處，倚白玉、欄杆如水。心醉，想道書慵把，幽懷旖旎。

集評

其年曰：『玉殿瑤臺，一清如水。』山來曰：『「清綺」二字，可移以贈此詞。』

校記

〔一〕蔣景祁《瑤華集》卷十三、聶先及曾王孫編《百名家詞鈔》、《清詞綜》卷三皆選錄此闋。

〔二〕《清詞綜》無詞題。

〔三〕犀，《清詞綜》作『遲』。

木蘭花慢　送孫開盛假歸，用稼軒韻

桑乾河畔路，沙似雪，是還非。想杖策從軍，頻年轉戰，今始成歸。金鞭，山南射虎，更淋漓、醉墨

染弓衣。白馬青絲未了，霜鱸紫蟹空肥。　擁麾。清渭駐全師，落日二陵西。早一騎黄塵，數聲清角，東下旌旗。依稀，四明狂客，看江湖、滿地鷓鴣飛。無那孫郎病骨，不能玉繞金圍。

集評

羨門曰：『想見傅修期一流人物。』山來曰：『此調，二字句最難安頓，今三闋俱妙極自然。』

又　寄武曾

故人知我在，枉尺素，自菰蘆。想秋錦堂中，蕭然四壁，鶴徑親鋤。蘧廬，不堪回首，望青山、一髪淚痕枯。九日龍番葉落，三秋葛鏡霜鋪。　歸歟？迢遞歲華徂，渺渺正愁予〔一〕。想夢覺沈吟，烏名脱佛，魚唤娵隅。南湖，先生健否？正長安、冰雪上鬑鬑。辛苦馮唐老矣，烟波垂釣何如？

集評

羨門曰：『「青山一髪淚痕枯」視「别淚滴清潁」，其句彌工，其情彌苦。』武曾曰：『洗馬言愁，令人心折，況聽者如予也，雙鯉南來，斷腸久矣。』

校記

〔一〕渺渺，四庫本作『眇眇』。

又　送徐方虎假歸

官河懸夕照，帆十丈，影垂垂。正白露横空，寒螿聲急，蘆葉爭飛。追隨東門千騎，羨相如、擁傳有光輝。驛路水明沙碧，江鄉蟹美鱸肥。　東籬。無恙柘桑圍，罨畫越來溪。早魚鳥關心，烟霞寄傲，才子初歸。燃藜，龍門太史，擬江山、賀監是耶非？莫戀紫蓴紅蓼，來司玉冊金泥。

集評

羨門曰：『苕、霅故當不讓鑒湖。』山來曰：『逸興遄飛。』

桂枝香〔一〕　蟹

風清露細，早稻熟江鄉，嫩涼無比。八跪雙螯，郭索迷離烟水。斷蘆折葦洲邊憩，羨輪囷、行沙如駛〔二〕。寒潮來去，孤舟沒滅，漁燈初起。　正好是、荒樹雨霽，問何人笭箵〔三〕，蕭然汀觜。小市平橋過處，霜天凝紫。橙黃橘綠登高會，醉東籬、酒人風致。依稀記得，魚莊設籪，夜分無寐。

集評

武曾曰：『兩尾句的是齊魯間風景，輟筆有鄉園之思矣。』鳳于曰：『描寫入微，讀「橙黃橘綠」數語，更令人食指欲動，真不數「一殼玄黃玳瑁膏也」。』

校記

〔一〕聶先、曾王孫編《百名家詞鈔》，於《珂雪詞》下選錄此闋。

〔二〕困，底本誤作『囷』，據詞意改。

〔三〕問何人，《百名家詞鈔》作『何人問』。

齊天樂　蟬

前身疑是空山侶，遺蛻杳然仙去。露給資糧，形藏密葉，有得孤高如許。綠陰亭午，引天籟笙簧，移宮換羽。雨後微涼，餘音搖曳過庭樹。　依稀銀雁柱緊，被晚風吹斷，曼聲悽楚。八尺琉璃，半簾蒼翠，睡起了無情緒。秋來更苦，咽四壁寒蟲，無聊和汝。且莫哀吟，覓疏林宿處。

集評

錫鬯（朱彝尊）曰：『數語極似草窗。』山來曰：『形容盡致，後半闋更具疏引清商之感。』

又　春晚同諸子遊祖園

城南韋曲東風路，長蕪綠暗如許。帽影參差，衣香掩冉，漸入水雲多處。閒亭列俎，似鮭菜江鄉，茶烟顧渚。浣盡京塵，一雙布穀樹陰語。　深卮且共斟酌，怕穿林風雨，亂紅無數。節過浮觴，人同荷鍤，作達全忘羈旅。遊絲飛絮，倩燕嘴蜂鬚，將春繫住。芍藥開時，又攜樽看去。

集評

其年曰：『流連節物，愛惜景光，遂爾一往盡致。』山來曰：『「燕嘴」句，幽倩安閒，令人咀嚼不盡。』

水龍吟　詠柳絮，用坡公《楊花》韻

千紅萬紫誰留，頻驚暗裏韶光墜。飛來何處，漫天香雪，撩人情思。纔過平橋，又穿小徑，柴門深閉。任蜂鬚燕嘴，交銜不定，三眠了、還三起。　記得鵝黃初擱，等閒間、又成虛綴。曉風乍引，離魂難定，杜鵑聲碎。飄泊無心，輕狂有態，恨拋流水。願年年常傍，永豐坊側，看伊清淚。

集評

阮亭曰：『與羨門《螢》、《蓮》二詞可以頡頏。』武曾曰：『冷倩疏葩，妙無組織。』

又〔一〕　白蓮

平湖烟水微茫，箇人仿佛橫塘住。碧雲乍起，羽衣初試，靚妝楚楚。露下三更，月明千里，悄無尋處。想蘆花蘋葉，冥濛一色〔二〕，迷玉井、峰頭路。莫是苧蘿未嫁，曳明璫、若耶歸去。遊仙夢杳，瑤天笙鶴，淩波微步。宿鷺飛來，依稀難認，風吹一縷。泛木蘭舟小，輕綃掩映，問誰家女？

集評

其年曰：『人常呼衍波爲王桐花，閱此闋，我欲呼先生作曹白蓮矣。』武曾曰：『供奉醉中作《白蓮序》，宫人以冰水沃之，若朗吟斯闋，自當勸以香醪。』

譚獻《篋中集·今集第一》：『瑤臺嬋娟。』

陳廷焯《雲韶集》曰：『宋末詠白蓮名作多矣，總無此作匀貼。運典亦輕鬆有致。閒雅之極，真古人也。』

校記

〔一〕聶先、曾王孫編《百名家詞鈔》、譚獻《篋中集·今集第一》、《清詞綜》卷三、陳廷焯《雲韶集》卷十四皆選錄此闋。

〔二〕冥濛，《百名家詞鈔》作『溟濛』。《篋中集》、《清詞綜》作『空濛』。

又〔一〕　春日送客過慈仁寺感舊

尋常彈指聲中，優曇偶現空王地。海棠著錦〔二〕，丁香衣紫，霞烘烟細。急管哀絲，青衫白袷〔三〕，嬉春情味。歎穠華電擲，風流雲散，容易下、中年淚。　身是金閨倦客，賦渭城、重過蕭寺〔四〕。倡條冶葉，笑人岑寂，樹猶如此。只有孤松，似曾扶我，當時沈醉。倩禪燈老衲，往來指點，説花榮瘁〔五〕。

集評

其年曰：『未免有情，誰能遣此？讀此數過，仿佛洗馬渡江時也。』武曾曰：『俯仰陳蹤，如訴如怨，僕本恨人，何能再讀？』山來曰：『一字一珠。』

校記

〔一〕蔣景祁《瑤華集》卷十三、《全清詞鈔》皆選録此闋。

〔二〕著，《瑤華集》作『碎』。

〔三〕袷，《瑤華集》作『帢』。

〔四〕重，《全清詞鈔》作『曾』。

〔五〕花，《瑤華集》作『他』。

又 詠蠟梅

嶺頭異種誰留？檀心初暈猶含凍。輕黃試著，歌翻金縷，曉風吹送。剪蠟王郎，等閒妝點，珠珠成鳳。想壽陽閣下，飛來一片，遠山際、蜂黃擁。　記否師雄曾夢，月朧朧、拂衣寒重。颯然驚覺，天空雲淨，翠禽微哢。乳色侵鵝，流光照夜，暗香浮動。願明年更綴，如來金粟，淡烟低攏。

集評

羨門曰：『用蠟事，僻而巧，典而新。』山來曰：『工於賦物，千古獨步。』

憶舊遊　題郭熙《秋江行旅圖》

看迷離一片，淼淼洪波，漠漠平沙。烏桕丹楓岸，問何人驢背，悵望天涯。驚風亂葉飛墜，帽影任欹斜。況幾縷殘雲，千尋疊嶂，滿目蒹葭。　荒寒入真境，是舊日河陽，貌寫烟霞。曾記遊吳楚，泛扁舟東下，指點神鴉。少年回首一夢，江上聽悲笳。更對此何堪，京塵如霧開楝花〔一〕。

校記

〔一〕開楝花，四庫本作『楝開花』。

瑞鶴仙〔一〕　詠灌嬰廟瓦硯，照《夢窗詞》填〔二〕

嶙峋黄玉璞，化陶泓光怪，藝林棲託。梅花費雕琢，問何時出土，琉璃如削。漢家封爵，是潁陰、諸侯刻桷。歎灌池、遺廟荒涼，怊悵風雲刀槊。　猶昨。滎陽屯後，白馬盟書，丹青酬酢。幾年索寞，人礪劍，牛磨角。論功高值得，詞華消受，十二龍賓盤礴。試代他、盾鼻磨來，筆花亂落。

集評

阮亭曰：『賦廟、賦瓦、賦硯，凡作數層，洗發剝芭蕉手也。』其年曰：『「人礪劍」六字，是張王樂府中語。』

校記

〔一〕此《詠物十詞》第二闋。聶先、曾王孫編《百名家詞鈔》，於《珂雪詞》下選錄此闋。

〔二〕《詠物十詞》、《百名家詞鈔》詞題皆無『照《夢窗詞》填』五字。楊鐵夫《吴夢窗詞箋釋》：『謝掄元氏曰：曹貞吉《珂雪詞·瑞龍吟·灌嬰廟瓦研用夢窗韻》，今查夢窗詞，無用此韻者，是曹氏所見本又異於今本矣。』

宴清都〔一〕　詠宋人大食瓷茶杯〔二〕

猶帶鯨波冷，遥天色，斷雲微露清影。玻璃質脆，盈盈不類，汝哥官定〔三〕。曾隨貝葉金書，煩赤罽、拳鬚管領。而今作、承露銅盤，仙人淚滴猶剩〔四〕。　思量紫袖昭容，白頭阿監，深夜調茗。松濤罷響，流泉淡注，碧梧銀井。那堪回首天上，空暗憶、龍團鳳餅。伴高齋、瀟灑琴樽，小窗日永〔五〕。

集評

阮亭曰：『無中生有，前段似閻立本畫，後段似唐人華清宫詩。』其年曰：『秋槐葉落，滿紙閒愁。』山來曰：『渲染自然，饒有瀟灑出塵之概。』

校記

〔一〕此《詠物十詞》第八闋。蔣景祁《瑤華集》卷十四、聶先及曾王孫編《百名家詞鈔》、王濬《清詞四家錄》皆選錄此闋。

〔二〕《百名家詞鈔》詞題作《詠大食瓷茶杯爲牧仲作》，《詠物十詞》、《瑤華集》作《詠大食瓷茶杯》。戴正誠《鄭叔問先生年譜》："昔萊陽宋荔裳，漢隗囂宮獲瓷盞二，中有魚藻文，王西樵爲歌其事，曹實庵《珂雪詞》亦有《詠大食瓷杯》之作。"

〔三〕汝哥官定，《詠物十詞》作"官哥汝定"。

〔四〕猶剩，《百名家詞鈔》、《瑤華集》作"還靚"。

〔五〕日，《瑤華集》作"月"。

花犯〔一〕　詠花鴨〔二〕

傍雕欄、啄花唼葉，呼名任遊戲。依稀蘆岸，蘸拍拍烟波，成隊飛起。紅裙偷裹，採蓮女、船頭競弄水。好趁取、碧天雲淡，桃榔斑暗記。　何人竹弓莫輕彈，鴛鴦交頸處，驚他濃睡。爭撲鹿，澄潭下，嫩黄難比。渾迷卻、斷霞一點，看隻影、横斜穿暮紫。倩去伴、甲煎銀葉，蹣跚香霧裏。

集評

其年曰："字字研細，鉤剔入微。"山來曰："於枯題中有掉臂遊行之樂，洵是天才。"

校記

〔一〕清聶先、曾王孫編《百名家詞鈔》，於《珂雪詞》下選録此闋。

〔二〕《百名家詞鈔》"詠花鴨"下有"爲阮亭作"。

臺城路〔一〕　詠隗囂宮瓷杯

丸泥不閉函關路，神功鍛來杯斝。色映琉璃，聲隨哀玉，淺碧嫩黄交射〔二〕。流霞欲化，想西伯雍容，葡萄傾瀉。紫殿基平，何人收拾夜泉下。　千年又成廢寺，早霜鐘粥鼓，相伴清暇。土嚙花斑，魚吹浪白，過眼興亡難話。誰堪並價，有銅雀荒臺，尚留殘瓦。且盡深卮，任更闌燭灺。

集評

阮亭曰：『起句奇陡，匪夷所思。』其年曰：『一起亦屬神鍛。』

校記

〔一〕此《詠物十詞》第一闋。蔣景祁《瑤華集》卷十四、聶先及曾王孫《百名家詞鈔》皆選録此闋。《瑤華集》詞牌作《齊天樂》，同。

〔二〕交，《瑤華集》作『相』。

又〔一〕　遼后洗妝樓

東樓春色天邊落，來時白蘋風作〔二〕。鳳輦曾留，瑤臺乍起，妝點遠山眉角。宮蟬綽約，想欲動晨光，未垂簾箔。炫轉熒煌，明星一一帶池閣。　興亡幾番過眼，聽遊人指說，斜照城腳。窣堵波高，雨淋鈴急，壞磴莓牆蕭索。鷩飆振籜，是曲裏琵琶，白翎哀雀。只有長河，潺湲聲似昨。

集評

其年曰：『隔江商女猶唱《玉樹後庭花》，均兹妍婉。』

校記

〔一〕馬長淑《渠風集略》卷七、聶先及曾王孫《百名家詞鈔》皆選録此闋。

〔二〕白蘋，《百名家詞鈔》作『鴐鵝』。

又〔一〕　送分虎歸長水

秋陰慘澹天如墨，城頭角聲初起。野水長橋，炊烟小市，魚尾斷霞成綺。羈愁未已，怕土銼荒涼，夜長難睡。人影幢幢〔二〕，一行清露曉風裏。　分湖紫蟹正美，桃鄉新稻熟，流匙香細。白雁縱橫，黄花爛熳，還憶離亭曲子。行縢漫試，便腳底匡廬，不如歸計。霜冷吴根〔三〕，扁舟棲暗葦。

校記

〔一〕聶先、曾王孫編《百名家詞鈔》，於《珂雪詞》下選録此闋。

〔二〕幢幢，備要本作『憧憧』。

〔三〕根，四庫本作『楓』。

柳色黃〔一〕 對雨和竹垞〔二〕

柳絮爲萍，梅子漸黃，天氣如許。溪雲乍起遮山，釀做幾絲微雨。東西不定，搖曳淡霧輕烟〔三〕，荷錢一一跳珠露。庭樹碧參差，蔭青苔無數。　平楚。斷塘遙指，如髮秧針，綠迷南浦。暗想空江，軋軋唯聞柔櫓。亂紅無影，寂寞靜掩疏籬，銅街濕糝香塵路。倩斗帳高眠，小窗邊聽去。

校記

〔一〕《清詞綜》卷三選録此闋。

〔二〕垞，底本作『坨』。竹垞，朱彝尊之號，他本皆不誤。

〔三〕曳，底本作『拽』。

拜星月慢〔一〕 秋日雨後，飲宋子昭新泉亭，座上聞歌

撩亂苔錢，參池菱葉，白板橋邊秋水。點點浮漚，溜銀塘、珠碎斷雲濕。拖逗餘霞明滅，暈作遠山螺髻。薄暮樽開，正玉簫聲起。　顫冰絃〔二〕、百囀春鶯脆。西風冷、月落朱門閉。一朵兩朵幽蘭，共荷香迢遞。汲新泉、乍試龍團味。紅燈小，不照愁人醉。待歸時、露滿閒階〔三〕，有吟蛩伴睡。

校記

〔一〕聶先、曾王孫編《百名家詞鈔》，於《珂雪詞》下選錄此闋。
〔二〕顫冰絃，《百名家詞鈔》作『裊晴絲』。
〔三〕滿，《百名家詞鈔》作『滴』。

霓裳中序第一〔一〕　詠龍鬚，爲渭清賦〔二〕

崢泓勢猶怒，誰向層波剪冰箸〔三〕？憶當日、青天乍擘，伴火鬣朱鱗，度雲穿霧。清秋島嶼，抱驪珠、濃睡腥雨。莫也是、洧淵戰罷，飄落翠蓬路。羈旅。生涯如許。還藏得、鮫宮幾縷。輕綃鈿合潛貯。怕一夜驚雷，破壁飛舞，何人拾鳳羽。便鬬草、休教換去。他年事、天風鶴背，拔下又重數。

集評

阮亭曰：『起句突兀，前段離奇光怪，似錢唐君《破陣樂》，結句有割乖龍左耳之興。』其年曰：『離奇怪詭，筆墨之妙至此，如鼓天風海濤之曲，令我三日耳聾。』

校記

〔一〕此《詠物十詞》第十闋。蔣景祁《瑤華集》卷十四、馬長淑《渠風集略》卷七、聶先及曾王孫《百名家詞鈔》皆選錄此闋。
〔二〕爲渭清賦，《瑤華集》、《詠物十詞》無。

〔三〕層波，《瑤華集》作『層烟』。

又 爲杞園題《浮家圖》

烟波寬幾許，抖擻青蓑垂釣去。恰流水、桃花時節，對西塞山前，一雙飛鷺。高風可遡，倩生綃、三尺留取。看歷歷、筆牀茶竈，泛宅畫中住。　今古。逃名漁父。怕東華、軟紅如霧。江湖自結鷗侶。正柳下移船，菰邊分路，美人共蘭渚。又何必、天家賜與。仙槎上、此生有分，鼓枻帶笭否？

綺羅香〔一〕 宋牧仲座上聞歌〔二〕

抹麗凝香，池塘過雨，屈注明河天際。雪酒銀桃，六月燕山風味。倩數聲、玉笛吹來，似一串、驪珠擲碎。看盈盈、初日芙蕖，雙瞳剪水兩眉翠。　青衫留落舊客〔三〕，遮莫嬌絲脆管，難令沈醉。幾點螢光，猶照蒼苔無寐。好宮調、賀老教成，倦心情、屏風立地。漫流連、入破《伊州》，記《楓香》曲子。

集評

其年曰：『百囀春鶯，屏花俱碎。』鳳于曰：『一種生香，不涉柔靡。』

校記

〔一〕蔣景祁《瑤華集》卷十四、馬長淑《渠風集略》卷七、聶先及曾王孫《百名家詞鈔》皆錄此闋。

〔二〕座上，《瑤華集》作『席上』。

〔三〕留落，《瑤華集》作『流落』。

又　沈融谷新娶夫人善琴書，同人共賦

柳密藏鴉，堂空語燕，大好夭桃天氣。蝶粉初消，二月東風破睡。鏡奩映、筆格珊瑚，硯匣伴、眉妝翡翠。最憐他、腕底橫斜，烏絲閒寫麗情字。　珍珠指下亂撒，彈入《明光》一曲，聲隨流水。兒女喁喁，點綴小窗幽致。妒兩行、銀雁輕飛，墮萬里、玉關清淚。記夜深、金鴨燒殘，迷離香霧裏。

瀟湘逢故人慢〔一〕　張晴峰修雷琴成有贈

千年神物，是天寶元音，宣和遺譜。零亂金徽苦，想閱遍繁華，蘧然今古。流水高山，彈不盡、喁喁兒女。當此際、燕市重遊〔二〕，白髮郎官知汝。　續鸞膠，調鳳味，早韻磬琤琮，響泉悽楚。百衲還堪鼓。似海岸窈冥〔三〕，成連徑去。危柱哀絃，抵多少、驚沙飛雨。再等到、蛇蚹紋成〔四〕，又是幾番旦暮。

集評

阮亭曰：『《董大琵琶》、《申胡子觱篥》、《張猩猩湖琴》諸作可以並傳。』其年曰：『碧桃已謝，素柰方開，閱末數

語，殊有觀河面皺之感。』武曾曰：『操縵金門，商聲淒婉，歐公晚得雷琴而意愈不樂，豈真在人不在器耶？』

校記

〔一〕蔣景祁《瑤華集》卷十五、王灌《清詞四家錄》皆選錄此闋。

〔二〕重遊，《瑤華集》作『重逢』。

〔三〕窈冥，《瑤華集》作『窅冥』。

〔四〕紋成，《瑤華集》作『成紋』。

永遇樂　送孫屺瞻學士歸省

十丈蒲帆，一篙秋水，仙舟天際。繡虎才人，珥貂貴客，歸作承歡計。當年射策，五雲日下，臚唱魏公第二。羨璧人、天街衣馬，夾道爭看如蟻。　紫宸朝罷，講筵初御，金碗天漿親賜。東觀深嚴，北門清切，待署黃麻紙。君恩暫許，湖山佳處，添箇宮袍萊子。須珍重、黑頭卿相，碧紗名氏。

集評

孫仲愚曰：『一字移贈他人不得，所以大家。』山來曰：『盛唐應制，遜此清華。』

又　和人《望華山》

誰鑿鴻濛，最驚人處，芙蓉千丈。激蕩疑潮，崩騰似馬，羅列兒孫狀。八荒雷雨，一天蒼翠，縹緲靈旗想像。待清秋、憑陵絕頂，畫裏秦川如掌。　潼關孤聳，黃河東注，俯覽翻增惆悵。颯颯天風，泠泠環珮，九節仙人杖。咄哉韓子，蒼龍迴馭，那得褰衣長往？　耐可拉、青蓮居士，三峰高唱。

集評

羨門曰：『于鱗曾有言「太華以拙句取雄，不謂又逢勁敵」。讀起三句，便知非太華不足當此。』

消息〔一〕　和錫鬯《度雁門關》

蕭瑟關門，西風吹雪，貂裘都偃。蟻垤行人，羊腸驛路，哀角邊聲怨。魚海冰寒，龍沙戍斷，歷亂蓬根飛捲。悵青衫、暮雲驅馬，望盡蒼蒼修阪。　絕壁祠堂，趙家良將，入夜靈旗如電。折戟沈沙，老兵拾得，磨洗前朝辨。塞雁南飛，滹沱東注，可惜英雄人遠。問誰是、封侯校尉，虎頭仍賤？

集評

羨門曰：『度雁門作悲壯語，人盡知之，有如此雄渾蒼老否？』阮亭曰：『集中《和錫鬯塞上》諸作皆有龍象蹴踏之勢，朱十幾不能堅其壁壘。』其年曰：『廢驛荒祠，長吟曼嘯，當今不得不以此事爭推袁。』

校記

〔一〕王濯《清詞四家錄》選錄本闋。

秋霽〔一〕　本意

過雨長天〔二〕，早露重閒階，新月如沐。射角明河，垂簷珠斗，苔影上人眉綠。流螢誰撲，霜紈小扇銀塘曲。渾無寐，風度藥欄，戛戛響修竹。　漏殘酒醒，篆冷烟銷，隱壁秋蟲，似伴幽獨。拂莓牆、花香作陣，秋蘭綽約疑空谷。故國難窮千里目。悠然歸興，只在黄葉村中、白蘋鄉裏，數間茅屋。

集評

錫鬯曰：『其源出於遺山。』其年曰：『我欲倩虎頭寫此數句小景，以當還鄉，何如？』

校記

〔一〕聶先、曾王孫編《百名家詞鈔》，於《珂雪詞》下選録此闋。

〔二〕過雨，《百名家詞鈔》作『雨過』。

南浦〔一〕　春水，用玉田詞韻

新漲碧於天，近清明，做弄横塘晴曉。輕燕掠波圓，靴文細，一片麴塵誰掃？魚梭織影，跳珠只似荷錢小。催雨東風寒又暖，綠遍長堤芳草。　漫漫別浦瀠洄，驚畫船簫鼓，鷗眠未了。雁齒接紅橋，漁莊遠，何處鳴榔聲到。斷烟渺渺，斜川如帶平蕪悄。撲面楊花飛作陣，添入浮萍多少〔二〕？

集評

武曾曰：『「鷗眠未了」襯「簫鼓」句下，輕俊欲絕。』山來曰：『情景兼至，備擅詞場之勝。』

校記

〔一〕聶先、曾王孫編《百名家詞鈔》，於《珂雪詞》下選錄此闋。

〔二〕作陣，《百名家詞鈔》作『亂落』。添入，《百名家詞鈔》作『更添入』。

又〔一〕　秋水，再疊前韻〔二〕

片月映寒汀，碧澄澄，人對江山清曉。綠淨繞柴扉，晴磯上，已有垂楊先掃。蘆花似雪，連拳鷺占圓沙小。淡抹遙天渾一色，夾岸粘雲衰草。　百川爭赴長河，看魚牀燈火，黃昏近了。白露老蒹葭，清歌發，無數採菱船到。平湖浩渺，芙蓉落盡空潭悄。又是霜明波冷後〔三〕，此際撈蝦人少。

集評

武曾曰：『郭熙《畫記》：「秋山明淨而如洗。」此語只如《秋水》，詞中「澹抹遙天渾一色」，此句卻似秋山。然互易便成死句，非解人那得知其故。』山來曰：『合《春水》作觀之，一句不可移易，真化工筆也。』

校記

〔一〕蔣景祁《瑤華集》卷十五、蔣重光《昭代詞選》卷七皆選錄此闋。

〔二〕《瑤華集》、《昭代詞選》因獨選此闋，故分别題作『秋水，用玉田詞韻』、『秋水，用《山中白雲詞》韻』。

〔三〕波冷後，《昭代詞選》作『楓渚冷』。

花發沁園春〔一〕 詠司馬相如私印

倒薤披離，朱絲零亂，土花苔葉交亞。龍文覆斗，天色垂陰，溫潤玉情堪把。千秋作者，字裏認、當年司馬。歎經過、華屋山丘，閱人良自多也。　辛苦臨邛書劍，倩何人昆刀，刻鏤風雅。淩雲賦就，卓女妝成，十樣蠻箋親打。纖纖欲下，早逗漏、明紅一罅。好留伴、硯匣琉璃，冷光朝暮相射。

集評

其年曰：『筆情澹冶，亦似卓家眉黛。』阮亭曰：『便以風致勝。』

校記

〔一〕此《詠物十詞》第六闋。聶先、曾王孫編《百名家詞鈔》，於《珂雪詞》下選録此闋。

又 賦得『流水桃花色』

萬點殘紅，五更微雨，夜來初葬傾國。暗落無聲，飛流不定，染就明霞一色。鮫姝淚織，似淡抹、胭脂還濕。最好是、啖影游魚，儵然身住花宅。　莫也神仙作劇，賺溪邊漁人，歸路難識。一篙渡闊，千尺潭深，根葉漫從尋覓。珊瑚浪擲，任送下、東溟無力。蕩空濛、水氣花光，赤城雲起相射。

集評

武曾曰：『流水桃花，繪家須用沒骨乃合，先生之詞得之。拙手但摹色相，縱饒光澤，只是鄴下桃油瓦耳。』

尉遲杯〔一〕　詠朱碧山銀槎，照蔡松年詞填〔二〕

黄流注，送扁舟、似葉凌雲渡。蟲書猶記當年，想見良工心苦。何人稱杜舉，都不管、華堂幾朝暮。但茫茫、醉了還醒，夢裏居然千古。　因思博望去遠，縱苜蓿葡萄，回首非故。太乙爐開，朱提液冷，好泛明河深處。問此去、盈盈一水，曾否有、黄姑相逢語？　慢學他、羽化神奇，酌盡天漿無數。

集評

阮亭曰：『足與顧庵《長歌》並傳。』山來曰：『刻劃處都無斧鑿痕，所以爲佳。』

校記

〔一〕此《詠物十詞》第五闋。

〔二〕《詠物十詞》詞題無『照蔡松年詞填』。

望遠行〔一〕　詠延陵季子劍

寒星黯淡青銅色，出匣驚飛風雨。龍鱗三尺，虎氣千年，仿佛精靈堪語。記得當時，曾帶故人荒隴，此道於今如土。挹神光，重見冠裳楚楚。　賓旅，鳴珮中原歷聘，只解識、寸心相許。回首蘇臺，魚腸忽起，散亂長鈹無數。試弔要離墳草，鴟夷潮水，一樣英雄難訴。對州來君子，恩讎忘否？

集評

阮亭曰：『題中題外，無一不到。』其年曰：『偷聲減字，吹出《吳越春秋》。』

校記

〔一〕此《詠物十詞》第三闋。聶先、曾王孫編《百名家詞鈔》，於《珂雪詞》下選錄此闋。

解連環〔一〕　詠蘆花，遙和錢舍人〔二〕

驚風淒切〔三〕，滿江干一片，凍雲吹折。飄萬點、不辨東西，枉賺得行人，鬢絲添雪。明月光中，隱沙岸、鴻聲清絕。更閒隨釣艇，暗入柴門，伴人騷屑。　助他怒潮嗚咽，捲興亡舊恨〔四〕，浪花明滅。笑垂楊、只解飛綿，難點上征衫〔五〕，迷離成鐵。露冷蒹葭，還記得、綠芽如髮。問故家、秋娘何在？風流總歇〔六〕。

集評

錫鬯曰：『湘瑟原詞工緻已極，未若此意態橫出，正無異子瞻之和質夫《楊花》也。』其年曰：『換頭以後，有五十二顆真珠盤旋紙上。』既庭曰：『「滿地蘆花和我老，舊家燕子傍誰飛」同此淒涼感切，不獨調之珠圓玉潤也。』山來曰：『不著色相，偏饒嫵媚。』

校記

〔一〕蔣景祁《瑤華集》卷十五、馬長淑《渠風集略》卷七、聶先及曾王孫編《百名家詞鈔》、《全清詞鈔》、王灃《清詞四家錄》皆選錄此闋。

〔二〕《百名家詞鈔》詞題作《蘆花，和〈湘瑟詞〉韻》。

〔三〕切，《全清詞鈔》作『絕』。

〔四〕捲，《全清詞鈔》作『掃』。

〔五〕衫，《瑤華集》作『衣』。

〔六〕總，《瑤華集》作『消』。

一寸金〔一〕　詠長平遺鏃〔二〕

數點寒芒，入眼離離土花碧。是咸陽王者，神兵親鑄，沈沙千載，耕夫重得。黯黮黃金色〔三〕，試磨洗、猶堪穿石〔四〕。笑平原、計誤馮亭，圍合邯鄲幾輕擲。　暗想當年，武安初將〔五〕，疾聲撼趙壁。早沙蟲猿鶴，一軍都化〔六〕，黏雲衰草，戰場如昔〔七〕。鬼哭西風裏，最慘澹、天陰月黑。乍摩挲、線齒銀闌，怕帶青磷跡。

集評

阮亭曰：「字字神境，一篇弔古戰場文，筆力如牛弩〔八〕。」其年曰：「仍是實庵詠史詞。」

校記

〔一〕此《詠物十詞》第七闋。蔣景祁《瑤華集》卷十五、馬長淑《渠風集略》卷七、聶先及曾王孫編《百名家詞鈔》、蔣重光《昭代詞選》卷七、王鎣《清詞四家錄》皆選錄此闋。

〔二〕詠，《昭代詞選》無。

〔三〕黯黮，《昭代詞選》作「黯黯」。

〔四〕猶堪穿石，《昭代詞選》作「尚堪沒石」。

〔五〕初，《詠物十詞》作「親」。

〔六〕都，《詠物十詞》作「多」。

〔七〕昔，《詠物十詞》、《昭代詞選》作「雪」。

〔八〕「筆力」句，《詠物十詞》詞評無。

風流子〔一〕 京口懷古〔二〕

三山圍鐵甕，孫郎後，今古幾英雄？憶北府參軍，寄奴王者，金戈鐵馬，橫據江東。淩歊上〔三〕、歌風追漢帝，置酒宴群公。一代偉人，龍行虎步；十年征戰，洛下關中。只今憑弔處，佛貍祠下路，烟樹冥濛〔四〕。爲念尋常巷陌，社鼓連空。算碻磝戰地〔五〕，幾多白骨；金焦名勝，兩點青峰。惟見驚濤滿眼，東去匆匆。

集評

阮亭曰：『倜儻權奇，如此氣概，自非靈寶敵手，唐人宋祖淩歊之詠直田舍語耳。』其年曰：『跳蕩恢奇，激揚頓挫，讀此詞覺稼軒「千古江山」一首猶非俊物。』

校記

〔一〕蔣景祁《瑤華集》卷十六、聶先及曾王孫編《百名家詞鈔》、蔣重光《昭代詞選》卷八、光緒《丹徒縣志》卷五十四《詩餘》、王滏《清詞四家錄》皆選錄此闋。《昭代詞選》詞後按曰：『此詞又見宋實穎《老易軒文鈔》。』

〔二〕《瑤華集》選錄本調《京口懷古》、《金陵懷古》、《姑蘇懷古》、《錢塘懷古》四闋，總題曰《懷古四首》，而於各闋末標注『京口』、『金陵』、『姑蘇』、『錢塘』。

〔三〕歊，底本誤作『敲』，據《瑤華集》、《百名家詞鈔》、《昭代詞選》改。

〔四〕冥，《昭代詞選》、《丹徒縣志》作『溟』。

〔五〕碻磝，《昭代詞選》作『磝碻』。

又〔一〕　金陵懷古

大江流日夜，寒潮急，寂寞打空城。想玉樹曲終，梁塵爭落，金釵垂後，斜月低横。如今但、荒臺存瓦礫，廢殿走鼯鼪。桃葉渡頭，半篙春水，莫愁湖畔，一片秋聲。南唐成往事，攝山看斷碣，夢裏三生。千載澄心堂紙，撥鐙書名。歎衣冠王謝，高低禾黍，文章庾鮑，冷落沙汀。依舊龍蟠虎踞，渺渺峰青。

集評

阮亭曰：『換頭妙入三昧，非慧業文人不解，括盡梅村《秣陵春》一部傳奇。』其年曰：『風景不殊，舉目有河山之異，何必新亭酣燕才能流涕也？』

校記

〔一〕蔣景祁《瑤華集》卷十六、馬長淑《渠風集略》卷七、聶先及曾王孫編《百名家詞鈔》、王濯《清詞四家錄》皆選錄此闋。

又〔一〕　姑蘇懷古

胥門懸落日，東風軟，人立小斜廊。是越女靚妝，舞停歌罷，捧心無賴，輾轉迴腸。難重問、錢江烟水白，檇李陣雲黃。歌吹海中，荒哉日暮，溫柔鄉裏，老矣君王。句章烽火急，見姑蘇臺畔，長劍如霜。誰念鴟夷相國，目斷危檣。早輕裝一舸，浮家遠去，功成身退，磊落行藏。回首故宮花草，難遣茫茫。

集評

阮亭曰：『《姑蘇》、《錢塘》兩起句尤勝。』其年曰：『繁華逝水，樂往哀來，此昔人所以「不待管絃終，搖鞭背花去」也。』

校記

〔一〕蔣景祁《瑤華集》卷十六、聶先及曾王孫編《百名家詞鈔》、王溍《清詞四家錄》皆選錄此闋。

又〔一〕　錢塘懷古

英雄開草昧，山衣錦，萬弩射潮低。彼吳越一王，高車駟馬，威靈五季，玉冊金泥。驚回首、西陵烟月淡，葛嶺斷霞飛。三竺六橋，老髯曾醉，斜風細雨，和靖頻題。　六飛南巡後〔二〕，西湖比西子，綠拆紅欹〔三〕，惟憶金明池水〔四〕，禾黍離離。想德壽重華，兩宮遊幸〔五〕，綺羅絃管，繚繞蘇堤。千載江山如故，還使人悲。

集評

阮亭曰：『起句絕似杜公「慘澹風雲會」。古稱謝朓工於發端，較此四章，未知孰爲伯仲。通體感慨淋漓，聲欬作洪鐘響，真奇作也。』羨門曰：『許渾、劉滄以懷古稱雄唐季，此詞亦詩之劉、許。』錫鬯曰：『懷古四詞非蘇、非辛、非劉，絕似陳經國。』其年曰：『此四闋，吾欲倩高漸離、荊卿諸人歌之。若賀懷智、張野狐一輩，縱能略說興亡，不過喁喁兒女語耳，切勿令唱此等詞也。』既庭曰：『昔人稱「馬中赤兔，人中呂布」，與今詞中珂雪，皆千古絕調也。』鳳于曰：『四闋中，忽爾犀弩霜鋌，亦間作鬟雲香雨，似柳秀才宴龍宮細聆《破陣還宮樂》也。』武曾曰：『四詞非「十五女郎」所按，又非「大江東」比也。其年擬以悲歌擊筑之間，知言哉。』山來曰：『懷古情深，激昂憑弔，自見豪邁淩雲之氣。』

校記

〔一〕蔣景祁《瑤華集》卷十六、聶先及曾王孫編《百名家詞鈔》、王瀣《清詞四家錄》皆選錄此闋。

〔二〕巡，《瑤華集》作「幸」。

〔三〕拆，《瑤華集》、《百名家詞鈔》作「坼」。

〔四〕惟，《瑤華集》、《百名家詞鈔》作「誰」。

〔五〕幸，《瑤華集》作「處」。

又　題劉岱儒葭水山房

城南泥水路，蒹葭滿，白露曉蒼蒼。想茅屋數間，中央宛在，青蓑箬笠，何處鳴榔。漁歌發、斜風楊柳岸，細雨薜蘿牆。鷺立晚汀，點開波面，鴉翻亂葉，界破殘陽。　伊人高臥處，有茶鐺丹竈，布被繩牀。遙指軟紅十丈，應笑人忙。似烟波釣叟，浮家泛宅，魚蝦結伴，雲水爲鄉。誰道桃花片片，誤卻劉郎。

集評

羨門曰：「擬倩好手寫此一段作畫，恐畫亦不盡也。」

疏影〔一〕　詠落照，遙和錢舍人

斜陽欲下，學西流弱水，如電傾瀉。未免多情，弄影蒼然，迴光更戀亭榭。明霞幾縷霜天赤，掩映作、江山圖畫。最撩人、烏桕丹楓，常是借他聲價。　依約黃昏近矣，齊飛並孤鶩，秋色瀟灑。莫向樓頭，賺得愁人，一地迷離生怕。平蕪衰草淒涼處，有多少、暮雲歸馬。倩開元、小李將軍，海岸斷紅描寫。

集評

其年曰：『襯一筆，皴染入微。』山來曰：『恐小李軍描寫不出，不如仍倩佳詞寫之。』

校記

〔一〕聶先、曾王孫編《百名家詞鈔》，於《珂雪詞》下選錄此闋。

又　黃梅，和武曾〔一〕

春前數點，向水邊林下，孤影淩亂。圓磬開時，一抹檀心，明霞暈去還淺。分他厓蜜餘甘後，怕金粟、如來窺見。映短籬、初月微昏，迢遞暗香門掩。　蜂凍寒聲細細，偶來覓蕊處，飛入難辨。莫是仙人，淚滴銅盤，幻作此花生面。誰家少婦年年織，織不到、乳鶯嬌蒨。趁夜燈、移近樽前，驗取珀光濃淡。

集評

其年曰：『纖側取姿，絕似張玉田手筆。』山來曰：『採花成蜜，紅紫皆甜。』

校記

〔一〕四庫本詞題作《黃梅，遙和武曾》。

又〔一〕　詠金絲荷葉

絲縈別浦，似嫩荷出水，青青如許。弱蒂牽風，乍密還疏，不礙蜻蜓來路。何人種向西窗外，添幾點、黄昏微雨。若遣伴、翠蓋紅衣，玉井更無尋處。　誰把嘉名錫汝，傍菰塘蓼岸，歌罷金縷。淺碧初匀，手弄柔波，瀸涴難成珠露。深秋怕作闌珊別，共三十六陂悽楚。且逐他、荇葉田田，一曲風潭清暑。

校記

〔一〕蔣景祁《瑤華集》卷十六選録此闋。

八寶妝〔一〕　詠未央宫銅奩

渭上西風，漁牀晚照，鐵網千絲初舉。翡翠迷離光映水，一片苔痕悽楚。咸陽遺製，花天月地樓臺，蜂黄蝶粉重重護。細字蟲魚繡斷，依稀金縷。　未央拋擲何年，昆吾村外，濕磷入夜偷聚。慣點綴、鮫宫眉嫵，問飛燕、菱花曾貯〔二〕。思伴侶、銅駝陌上，黄昏聽盡瀟瀟雨。算流落人間，玉箱也出茂陵去。

集評

阮亭曰：『詠一物具興廢之感，如讀「昭陵玉匣」之句。』其年曰：『讀竟，我亦欲效陌上銅仙，淚下如雨。』

校記

〔一〕此《詠物十詞》第四闋。蔣景祁《瑤華集》卷十六、馬長淑《渠風集略》卷七、聶先及曾王孫編《百名家詞鈔》、王瀣《清詞四家錄》皆選錄此闋。

〔二〕菱花曾貯，《瑤華集》、《百名家詞鈔》作『舊時曾否』。

霜葉飛　村居

數間茅屋荒原悄，紆迴樵徑幽獨。半竿斜照亂鴉啼，早隴頭歸牧。點幾樹、丹楓似簇，空林墮葉聲聲續。喜野老忘機，共領略、清泉白石，閒伴麋鹿。　入畫范緩倪迂，柴門雙掩，靜對千尺飛瀑。繩牀高臥聽秋風，問何榮何辱？漫料理、牛衣褁歠，凝寒未到深溪谷。倩濁醪、消長夜，醉裏生涯，悠然良足。

集評

其年曰：『似向子諲。』山來曰：『如讀《歸去來辭》。』

蘇武慢〔一〕　元宵雪後作

皓魄初圓，罡風猶勁，剪破彤雲萬里。桂影扶疏，嫦娥清冷，白玉樓頭似水。銀花作陣，火樹迷空，照見離離珠蕊。想蜀天積雪，峨嵋崖下，佛燈如此。　何須問、雙鳳雲間，六鼇海上，簫鼓聲中燕喜。竹葉横窗，松陰滿徑，有箇幽人在裏。白眼誰同，青樽易歇，赤腳層冰遊戲。應難尋、千樹梅花，長笛一聲而已。

集評

羨門曰：『松筠之況，冰雪之懷，柳州所云「淒神愴骨」，境至清也。』其年曰：『字字清絶，是瑶臺閬苑中人語。』武曾曰：『峨嵋佛燈，自有雪以來未經人道。』

校記

〔一〕聶先、曾王孫編《百名家詞鈔》，於《珂雪詞》下選録此闋。

惜餘春慢　雨雹

窈窕紋紗，參差曲檻，無計消他長夏。金鉦匿影，石燕穿雲，縹緲靈旗來也。隱隱輕雷度時，不惜真珠，抛殘盈把。似湘妃游泳，玉徽零亂，冰絃彈罷。　又疑是破陣錢塘，青天飛去，雪霰一時交下。

介山昨夜，風雨黃昏，霹靂車憑誰借？ 怊悵方塘碧筒，出水初圓，怎禁狼藉。 助新涼、午夢繩牀，仿佛聲飄鴛瓦。

沁園春　長夏少事，撫枕輒睡，夢境荒忽，不一而足，因集古人夢事成篇

梧影初回，槐角風涼，引入華胥。 見蝴蝶園中，翩翩曬粉； 邯鄲道上，衮衮騎驢。 蕉鹿慵看，櫻桃空啖，擬上蚍蜉王者書。 南柯郡，有同昌嘉禮，覓醉何如？ 排空馭氣歸歟，更裊裊、巫雲送我車。 問風雨連宵，西施曾葬； 鳳凰再降，蕭史焉居？ 黍米山川，蘧廬將相，一瞬悲歡付子虛。 醒來後，對豆棚茗碗，半晌躊躇。

集評

羨門曰：『足敵子山一賦。』阮亭曰：『令我說夢，不能到此。』其年曰：『讀末數語，是黃粱初熟時。』山來曰：『如許夢境，抽揚曲盡，真大夢而大覺者。』

又〔一〕　贈柳敬亭

席帽單衫，擊缶嗚嗚，豈不快哉？ 況玉樹聲銷，低迷禾黍； 梁園客散，清淺蓬萊。 蕩子辭家，羈人遠戍，耐可逢場作戲來？ 掀髯笑，謂浮雲富貴，麴蘖都埋。 縱横四座嘲詼，歎歷落、嶔崎是辨

才。想黄鶴樓邊，旌旗半捲；　青油幕下，樽俎常陪。江水空流，師兒安在，六代興亡無限哀。君休矣，且扶同今古，共此銜杯。

集評

阮亭曰：『柳生未足當此，借他人酒杯澆自己磊塊耳。「扶同」二字妙，贛君分别黑白，不免多事。』其年曰：『此詞，旗亭畫壁久矣，今讀之猶如初脱口也。』山來曰：『快讀一過，如聽柳生擊缶雄談。』

校記

〔一〕聶先、曾王孫編《百名家詞鈔》，於《珂雪詞》下選録此闋。

又〔一〕　病齒戲作

檢點形骸〔二〕，牙齒空存，凋零可哀。似潮嚙危巖，谽谺欲墮；　蟲雕敗葉，次第成灰。活玉巢邊，大郎遊戲，狗竇從君出入來。昌黎曰：　倘歲常落一，兩紀奚猜？　只愁三五爲儕，拚一夜、霜風散早梅。彼伏生牀上，傳經詰曲；　張君柱下，覓乳徘徊。語怕成訛，食還喜軟，遮莫廉頗善飯哉？　柔能久，但吾生舌在，暫此銜杯。

集評

羨門曰：『捃拾齒事殆盡，使王摛見之，何處更抽扇箑？』阮亭曰：『升老《病齒》一闋，雖稼軒復起，何以過之？

叔夏、公謹不足道也。』其年曰：『俶詭離奇，妙絶千古。』武曾曰：『嘻笑之章，亦復巉嵯陡峭。』山來曰：『我更愛其博奧。』

校記

〔一〕蔣景祁《瑤華集》卷十七選録此闋。

又　泛舟明湖，訪仲愚留飲卽事，李道思、劉伯敘繼至〔一〕

所謂伊人，一水盈盈，欲往從焉？見雁影蕭條，烟波上下；漁歌欸乃，笭箵便娟。雨笠烟簑，癭瓢竹杖，衰柳殘荷望渺然。櫓聲斷，恰門横短港，巷面青山。　一觴一詠流連，殊不似、扁舟雪夜還。況高議雲生，尊同北海；勝流狎集，客比西園。鴻爪遭逢，萍蹤聚散，絶勝他人交十年。拚沈醉，問中秋好月，可照湖干？

集評

羨門曰：『「衰柳殘荷望渺然」勝於「斜陽冉冉春無際」。』其年曰：『結句沈吟不盡，大有「不愁明月盡，自有夜珠來」遺意。』山來曰：『如輞水淪漣，與月上下。』

校記

〔一〕四庫本「李道思」上有「有」字。吳氏本「李道思、劉伯敘繼至」爲雙行小字題注。

又〔一〕　題美人畫芙蓉

裊裊亭亭，何處折來，芙蓉一枝？是青溪女士，寫生妙手；花光粉膩，遊戲爲之。縱使無情，也應有恨，月白風輕欲墮時。堪憐處，傍沙汀蘆岸，掩冉丰姿〔二〕。　多愁多病蛾眉，便畫出、傷心寄阿誰？憶紅樓倦繡，輕拈小筆；烏絲罷詠，澹抹脣脂。更費雌黃，枝頭點染，添箇翩翩蝴蝶兒。吹能起，笑拂蠅成誤，老眼迷離。

集評

羨門曰：『渾脱瀏利，詞家所難。』其年曰：『點染寫生，不數南唐北宋。』

校記

〔一〕蔣景祁《瑤華集》卷十七選録此闋。

〔二〕丰，《瑤華集》作『風』。

又　讀子厚新詞卻寄〔一〕

不見瀓庵，六年於兹，思如之何？憶大明湖畔，論心握手；之萊海上，痛飲高歌。以子襟懷，消人鄙吝，叔度汪汪千頃波。分袂後，想生平意氣，暗裏蹉跎。　驚聞二豎相苛，早伏枕、山中歲月多。

幸清漳第近，時過小阮；　人來不夜，問訊無他。　拚事醫王，未驅窮鬼，且負青青六尺簑。　長安市，悵故人疏放，老子婆娑。〔一〕

憑藉飛鴻，貽我一編，《花間》《草堂》。　喜風流旖旎，《小山》《珠玉》；　驚心動魄，西蜀南唐。更愛長篇，嶔崎歷落，辛陸遙遙一瓣香。　吟哦久，妒《金荃》佳句，遂滿奚囊。　休論小弟行藏，歎筆硯、年來已盡荒。　縱勞他精衛，難填悶海；　傾來米汁，莫潤愁腸。　鳥亦傷心，花能濺淚，獨對東風舞一場。如何是，羨扁舟漁父，蘆荻蒼蒼。〔二〕

讀罷新詞，擊碎唾壺，悄然以悲。　任邯鄲枕上，重裀列鼎；　大槐宮裏，貂錦蛾眉。　未了功名，難消磊塊，不向空門何處歸？　又底事，問安期高誓，乞取刀圭。　茫茫大造誰知，況世上、原無真是非。彼《南華·齊物》，呼牛呼馬；　靈均呵壁，將信將疑。　我賦三章，爲君《七發》，得愈頭風或有之。　掀髯笑，望西山一帶，暮雨迷離。〔三〕

集評

〔一〕羨門曰：『不事雕鎪，俱成妙詣，此絢爛極而平淡生也。』

〔二〕其年曰：『瀏脫頓挫，想見公孫舞劍、張旭草書時。』山來曰：『先生長調妙絕古今，此詞乃是自爲寫照。』

〔三〕其年曰：『僕題《珂雪詞》有「雄深蒼穩」之贈，諸公試瞪目讀此等詞，然乎否？』阮亭曰：『以詞代書，亦奇。』山來曰：『讀「世上原無真是非」一語，不勝歎息。』

校記

〔一〕吳氏本詞題作《讀子厚新詞卻寄三首》。

又　送藍公漪還閩

閩海畸人，淩轢詞壇，飛揚若斯。況烟雲落紙，南宫北苑；錕鋙切玉，周鼎商彝。大翮山頭，鴻都門下，一藝分來自可師。延秋路，對西風黄葉，欹帽吟詩。　滄浪遺派攸歸，除高棅、林鴻更有誰〔一〕？喜霜濃月白，共君一醉；短衣孤劍，此去安之？三尺殘陽，兩行枯柳，衰草平蕪有所思。今行矣，想舊廬無恙，松菊依稀。

集評

其年曰：『感慨芊綿，如讀許渾、趙嘏懷古登高諸作。』山來曰：『如見藍公多才多藝。』

校記

〔一〕棅，各本皆作『稞』，惟四庫本作『棅』，是。林鴻、高棅，明洪武、永樂間福建人，有文采，皆列『閩中十才子』，林鴻爲其首。

又〔一〕　日照李伯開作生壙成，自題云：『竹帛誰千古，烟霞我一丘。』

余喜其能達生也，詞以贈之〔二〕

表聖之徒，富貴浮雲，能齊死生。憶早年任俠，千夫辟易；中年策杖，五嶽縱横。紫塞黄榆，短衣孤劍，鬱鬱胸蟠百萬兵。今老矣，向荒山寄跡，汐社藏形。　牛眠好卜佳城，便撒手、懸崖自在行。彼麒麟贔屭，誰當不朽；烟霞沒滅，我本無營。大海潮青，嵐峰月白，樂此安知後世名？君無語，持黄金鑿落，飲若長鯨。

校記

〔一〕蔣景祁《瑶華集》卷十七選録此闋及下闋。

〔二〕《瑶華集》詞題作《友人李生作壙成，詞以贈之》，乃與下詞同一詞題。

又〔一〕　再贈李君，聊廣其意〔二〕

日月跳丸，虎頭健兒，雞皮老翁。笑求仙問藥，都無憑據；靈椿朝菌，一樣成空。羊角扶搖，枋榆棲止，總在茫茫噫氣中。何處問，有南柯太守，馬鬣高封。　達人遊戲神通，便塚象、祁連蟻垤同。甚珠襦玉匣，牛羊廢壟；金凫銀雁，禾黍秋風。天地蘧廬，乾坤窀穸，千載王孫道未窮。今古恨，是白楊衰草，掩盡英雄。

校記

〔一〕蔣景祁《瑶華集》卷十七選録此闋。

〔二〕《瑶華集》無詞題。

八歸〔一〕　題其年《填詞圖》〔二〕

散聖安禪，烏衣白袷，澹宕風流如許〔三〕。酒旗戲鼓人間世，博得蕭然驢背，鬚眉塵土。淩轢詞壇三十載〔四〕，寫六代、興亡無數。翻墨瀋，歷落嶔崎，看海奔鯨怒。　誰拂生綃作照，維摩清冷，坐對散花天女。三疊《霓裳》，一聲《河滿》，曲項琵琶《金縷》。問英雄紅粉，可到相逢斷腸處？想歌闌、深卮微勸，銀甲春寒，水沈香慢炷。

校記

〔一〕蔣景祁《瑤華集》卷十七、馬長淑《渠風集略》卷七、聶先及曾王孫編《百名家詞鈔》皆選錄此闋。

〔二〕填詞圖，《瑤華集》下有『小像』二字。

〔三〕宕，《瑤華集》作『蕩』。

〔四〕淩，吳氏本、備要本作『陵』。壇，《瑤華集》作『場』。

賀新涼〔一〕　再贈柳敬亭〔二〕

咄汝青衫叟〔三〕，閱浮生、繁華蕭索〔四〕，白衣蒼狗。六代風流歸抵掌，舌下濤飛山走。似易水、歌聲聽久。試問於今真姓字〔五〕，但回頭、笑指蕪城柳。休暫住，譚天口〔六〕。　當年處仲東來後，斷江流、樓船鐵鎖，落星如斗。七十九年塵土夢，纔向青門沽酒。更誰是、嘉榮舊友〔七〕？天寶琵琶宮監在，訴江潭〔八〕、憔悴人知否？今昔恨，一搔首〔九〕。

集評

阮亭曰：『贈柳生詩詞，牛腰束矣。當以此爲壓卷。』羨門曰：『如「柳州柳刺史，種柳柳江邊」，涉筆成趣。』修來曰：『縱金戛玉，亦復石破天驚，得此兩作，敬亭不朽矣。』其年曰：『百十六字括盡梅村先生敬亭一傳。』山來曰：『兩詞嶔崎歷落，骯髒激昂，傳神阿堵。』

郭則澐曰：『曹實庵贈柳敬亭詞，芝麓見之扇頭，即援筆次韻；顧庵至自江南，亦合之；一時推爲絕唱，然未必盡勝龍松。其詞爲《沁園春》、《賀新涼》二闋，次闋特勝……蓋亦同龍松韻也。當日雅流聯翩，投贈不減秋水軒唱酬之盛。』

校記

〔一〕蔣景祁《瑤華集》卷十八、佟世南《東白堂詞選》卷十四、聶先及曾王孫編《百名家詞鈔》、民國朱祖謀等《詞莂》、王濬《清詞四家錄》、郭則澐《清詞玉屑》卷一、龍榆生《近三百年名家詞選》皆選錄此闋。

〔二〕《瑤華集》、《東白堂詞選》詞題皆無『再』字。

〔三〕叟，《東白堂詞選》作『瘦』。

〔四〕索，《近三百年名家詞選》作『瑟』。

〔五〕於，《東白堂詞選》作『如』。字，《瑤華集》、《清詞玉屑》作『氏』。

〔六〕譚，《瑤華集》、《東白堂詞選》、《百名家詞鈔》、《清詞玉屑》作『談』。

〔七〕榮，《瑤華集》作『賓』。

〔八〕訴，《東白堂詞選》作『只』，《清詞玉屑》作『泝』。

〔九〕一，《瑤華集》、《東白堂詞選》作『頻』。

又〔一〕　送周雪客南歸二調〔二〕

雲際孤帆卷，送將歸，登山臨水，離情難遣。年少周郎江左去，望裏寒林霜泫。問底事、頻勞雙繭？奕葉才名推繡虎，共秦淮、春水無深淺。逸興到，剡藤展。　風流顧曲亭邊顯，是何年、看山讀畫，佳名題扁？擊筑燕臺文酒伴，自愧淮南雞犬。驪駒唱、寧須求免？歸矣青溪三尺棹，坐六朝、金粉繙前典。江似練，爲君剪。〔一〕

敗葉西風卷，近河橋、六花片片，離觴聊遣。撲面驚沙森似霧，日暮蘆溝冰泫。寒夜凍、馬毛如繭。爲愛雲山歸去好，諒雲山、於子情非淺〔三〕。五嶽志，向禽展。　文章雖以幽棲顯，更須憑、經綸大手，爲時盧扁。路近三茅丹鼎在，洞裏一聲仙犬。塵土夢、知君其免〔四〕。淮水東邊明月上，問齊梁、佳勝何人典？春草綠，不容剪。〔二〕

集評

〔一〕羨門曰：『令人卻憶謝玄暉。』山來曰：『險韻妙押，當與顧庵學士二十二章並傳。』

〔二〕羨門曰：『稼軒意得之境。』其年曰：『「剪」字妙押。』

校記

〔一〕此曹貞吉參與《秋水軒倡和詞》詞作。王濬《清詞四家錄》選錄此二闋。

〔二〕《秋水軒倡和詞》詞題作《送雪客南旋再和前韻》。吳氏本、《清詞四家錄》「二調」作「二首」。
〔三〕情，《秋水軒倡和詞》作「緣」。
〔四〕知，《秋水軒倡和詞》作「唯」。

又〔一〕　寄李武曾，用朱錫鬯韻〔二〕

潦倒壇松醉，是何人、單衣白袷，維朱與李。十日蘆溝橋下别，上巳清明之際。看匹馬、蕭然高寄。幾度見詩詩總好，詠蠻花、犵鳥無前輩。石鼎倡，誰侯喜？　杜鵑聲裏人憔悴〔三〕，問何如、東方索米〔四〕，千金裘敝。身世頓成風六鷁，不僅文章而已。慚鹿鹿、遂同餘子。夢裏故人頻握手，送離愁、幾捺瀟湘水〔五〕。可想見，吾懷矣。

集評

羨門曰：「『身世頓成風六鷁』，真是不經人道語，未許輕分牙後。」阮亭曰：「驅使古人處，俱不見痕跡，故是神化。」鳳于曰：「毫端蕭颯作秋聲。」

校記

〔一〕李良年《秋錦山房集》卷十一《詞一》錄李良年《貂裘换酒·和朱十》、《貂裘换酒·曹實菴用前韻見懷，有答》二詞，後附曹貞吉此闋，調名作《貂裘换酒》，同。
〔二〕「寄李武曾」二句，《秋錦山房集》作「寄李十九，用朱十韻」。

〔三〕杜鵑，《秋錦山房集》作「鶗鴂」。
〔四〕索米，《秋錦山房集》作「倦客」。
〔五〕幾，《秋錦山房集》作「一」。

又 壬子歲寄家弟用韻

猶記燕臺醉，歎無何、斷雲飛絮，匆匆行李。大纛高牙今異域，縹緲碧雞天際。有蘋末、清飆相寄。出守一麾誰抵掌，莫長風、萬里成吾輩。不聞見，那嗔喜？ 中郎阿大形骸悴，悵年年、陟鼇紙尾，毛君頭敝。自是不歸歸便得，柳下寧醉三已。須認取、安庸男子。夢裏相逢終幻劇，要徐牽、百丈牂牁水。五嶽志，有年矣。

集評

阮亭曰：「字字臻到。」山來曰：「『自是不歸歸便得』，然歸後當如蒼生何？」

又 得來韻再和

駘蕩春如醉，踏東華、軟紅十丈，隨他趙李。前路茫茫何所似，悶海難尋邊際。得新句、佳名《黔寄》。聞道東山堪躡屐，須磨崖、潑墨驚時輩。頻置酒，群公喜。 天南地北人同悴，歎婆娑、潘郎鬢影，經霜先斂。三世金環誰認取，顧況中情難已。彼達者、延陵季子。槐綠垂垂侵麥秀，動歸心、一片明湖水。長太息，吾衰矣。

集評

羨門曰：『使人作淥水芙蕖之想。』修來曰：『清健高雅，一洗靡靡之音，快極！快極！』其年曰：『音節歷落，填祠神境。』山來曰：『《黔寄集》已衣被海內，然未免有人琴之感。』

又　寄鄧孝威

才子生南國，坐江樓、擁書十萬，百城難敵。高密元侯門第在，伯道清風奕奕。看威鳳、轡龍氣色。屈指騷壇誰執耳，羨葵丘、玉帛長干側。千古事，名山得。

慚余潦倒東溟客，望龍門、清塵濁水，蓬蹤疏隔。八月西風吹雁羽，漫學秋蟲唧唧。攜布鼓、雷庭偷擊。汪李比來情更好〔一〕，似桃花、流水深千尺。空夢到，邗溝碧。

校記

〔一〕李，底本、吳氏本、備要本皆作『季』，誤，今據四庫本改。語本唐李白《贈汪倫》詩：『桃花潭水深千尺，不及汪倫送我情。』清黃圖珌《送友渡江》詩：『桃花潭水深，汪李情更切。』

又〔一〕　送阮亭東歸，兼悼西樵

倦客歸轅里，恰三秋、霜林葉散，鯉魚風起。四角紅氈幪子背，躑躅河橋之際。趁不上、東華宵騎。三疊淒涼《渭城曲》，感生平、清淚如鉛水。知我者，唯兄耳。　重逢蕭寺人憔悴，憶君家、中郎阿大，清言何綺。杳矣人琴千載恨，宿草吞聲未已。離緒到、中年如此。生不成名身已老，歎虎頭、食肉非吾事。空擊筑，長安市。

集評

羨門曰：『送阮亭非此詞不稱。』其年曰：『長安秋夜，讀此詞一過，如聽鄰家笛聲，我不忍竟此曲也。』武曾曰：『尋常聚散淒惻，等於河梁，令人增交道之重。』

校記

〔一〕蔣景祁《瑤華集》卷十八、聶先及曾王孫編《百名家詞鈔》皆選錄此闋。

又〔一〕　鴉陣〔二〕

鴉陣來沙渚，逗輕寒、霜天一抹，晚紅如縷。掠下晴窗驚帛裂，影逐斷雲歸去。伴黃葉、蕭蕭亂舞。寒話空林飛且止，似商量、明日風兼雨。聲啞啞，倩誰訴。　黃雲城畔知無數，趁星稀、月明三匝，一枝休妒。雁字横斜紛幾點〔三〕，極目江村烟樹。惆悵煞、落霞孤鶩。啼向碧紗堪憶遠，最淒涼、織錦秦川女。空房宿，淚偷注。

集評

羨門曰：『更不須唱《烏夜啼》矣。』阮亭曰：『「似商量、明日風兼雨」句造神境。』峨嵋曰〔四〕：『極類史邦卿《詠燕》。』錫鬯曰：『神似竹山。』其年曰：『作使古人，妙於無跡，真飛針繡線伎倆。』武曾曰：『是中有斜有整，有分有合，正如韋郎用越筆點簇鞍馬圖，手擦墨水，曲盡其妙。』鳳于曰：『梅溪《詠燕》「軟語商量不定」，此商量風雨，當並推絶唱。』山來曰：『觸景生情，匪夷所思。』

陳廷焯《詞則·大雅集》曰：『傳出題之魂魄。』『點綴供奉《烏棲曲》，淒婉特絶。』《雲韶集》曰：『寫鴉之神。一「鴉」字寫得盡致，題魂俱出。通首亦脱胎李供奉《烏棲曲》一作，而波瀾轉折處過之，洵足並稱千古也。』

校記

〔一〕蔣景祁《瑶華集》卷十八選録此闋。陳廷焯《詞則·大雅集》、《雲韶集》卷十四録此闋，調名爲《金縷曲》，同。

〔二〕《詞則》詞題作《鴉》。

〔三〕紛，《詞則》作『分』。

〔四〕峨嵋，底本作『峨眉』，誤。峨嵋，曹禾别號。

又 放魚

縱爾遊深壑，早倘佯、靴文細浪，擲梭騰躍。老子長齋無所用，忍見刀砧揮霍。活汝者，陽侯一勺〔一〕。莊惠臨濠頻問答，子非魚、何以知魚樂？吾意在，神冥漠。金溝流水環城郭，更何殊、蒼溟無際，鯤鯨盤礴。幸免漁蠻垂釣手，咫尺江湖自若。從此去、好生頭角。恩怨於今都忘了，任隋珠、相報甘投卻。看六宇，莽寥廓。

集評

羨門曰：『相見實庵胸次。』阮亭曰：『甚厭人輒以稼軒許人，如實庵遂無愧色。』山來曰：『先生佐郡吾鄉，六邑皆有悠然之樂，於此詞可見一斑。』

校記

〔一〕侯，底本誤作『候』。陽侯，古代傳說中的波濤之神。《戰國策·韓策二》：『塞漏舟而輕陽侯之波，則舟覆矣。』

又　冬夜書懷

斜漢西南落，正繁霜、關河淒緊，攪林風惡。歷歷大星垂幾點，光射五雲樓閣。聽寒夜、數聲殘柝。濁酒一杯澆磊塊，笑枯腸、那得生芒角。吾所志，在林壑。　　鯫生福相天然薄，對西風、稜稜瘦骨，支牀如削。老矣北堂人健否，夢裏乍逢還覺。慚愧殺、林邊烏鵲。頭禿毛君歸亦得，淡生涯、老瓦盆中樂。追麗犢，力耕作。

集評

羡門曰：『激昂自喜。』山來曰：『英雄本色，名士風流，兼而有之。』

又〔一〕 送霖

慘澹征車發，正連宵、狂飆拂地，琤琮金鐵。老淚臨岐餘數點，灑向關山殘月。笑舐犢、年來更切。歸去高堂頻問訊，莫輕言、遊子傷神絶。人兩地，腸千結。　匆匆慣作天涯别，似孤鴻、雪中留爪，翩然飛越。一束書囊驢子背，老僕長鬚鼈躠。惆悵煞、鳩巢計拙。弱妹牽衣遲汝去，意傍徨、爲我添嗚咽。今夜在，誰家歇？

集評

羡門曰：『情至，語聲淚俱咽。』其年曰：『讀至此等詞，不忍言佳，惟微吟密詠而已。』

校記

〔一〕王遡《清詞四家録》選録本闋。

又〔一〕 爲其年題詞〔二〕

光怪騰蛟蜃，化髯公、壺中墨汁，離奇輪囷。海若驚飛天吴走，翠節靈旗隱隱。憑誰話、六朝金粉。

譜入鵾絃三千曲〔三〕，寫冰車、鐵馬無窮恨。數紅豆，記宫本。　烏衣王謝江東俊，是當年、將軍猿臂，虎頭猶困。羸馬敝裘銅駝陌，博士賢良待問。賦朱鷺、黄驄惟謹。擊筑且隨屠狗輩，任西風、吹老滄浪鬢。秋氣肅，雁聲緊。

校記

〔一〕蔣景祁《瑶華集》卷十八選録此闋。

〔二〕《瑶華集》詞題作《題其年〈烏絲詞〉》。

〔三〕三千曲，《瑶華集》作『三千調』。

又〔一〕　送洪昉思歸吴興

年少愁如許，歎羈棲、京華倦客，雄文難遇。廣漠寒風吹觱篥，彈鋏歌聲太苦。且白眼、看他詞賦。單絞岑牟直入座，拚酒酣、撾碎漁陽鼓。欹帽影，掉頭去。　湖山罨畫迎人住，溯空江、白雲紅葉，一枝柔櫓。歸矣家園燒筍熟，五嶽胸中平否？學閉户、讀書懷古。舟過吴門煩問訊，是伯鸞、德耀傭舂處。魂若在，定相語。

校記

〔一〕王鎏《清詞四家録》選録本闋。

又　二月二日宣岳州捷，是日大雪，和其年

鐵騎連營下，羨奇謀、真同六出，烽銷荊野。試問洞庭深幾許，春水纔堪飲馬。露布到、甘泉宮也。殿上雲迷三素色，正仙人、玉戲飄鴛瓦。簾影動，冷光射。　方圭圓璧渾無價，近蓬萊、天顔喜氣，玲瓏欲化。白虎幢前霜戟擁，茶作軍容豈借。積三尺、瑤華不夜。遥想瓊樓歌舞處，延鄒生、枚叟珠璣瀉。恩波淼，入清灞。

又〔一〕　詠茨菰

急雨跳珠濺，洗長汀、琅玕三尺，亭亭如箭。燕尾點波渾不定，一縷碧霞輕剪。笑菱角、雞頭價賤。葉爛西灣人別後，最蕭條、玉露秋風戰。空極目，楚江遠。　漂流萬顆沈雲散，伴寂寥、蓮房墜粉，紅妝零亂。蘋末驚飆連紫籜，穩宿沙洲鳬雁。任漁艇、釣絲斜罥。聞道雕胡堪作米，莽披離、太液池頭遍。留取配，青精飯。

校記

〔一〕王滏《清詞四家録》選録本闋。

又　地震後喜濂至都門

乍見銜悲喜，又經過，空花泡影，途分人鬼。瘦骨巖巖驢背下，强拭闌干別淚。帶秋雨、秋風情味。爾未成名吾將老，問荒田〔一〕、負耒何年事？生計在，尚餘幾？　傳聞消息驚千里，累衰親、蕭條白髮，關心遊子。無限蒼生歸劫火，我輩偶然活耳。還共飽、長安珠米。苦語難終嫌夜短，鐙熒熒、一點搖窗紙。燕酒薄，那能醉？

集評

其年曰：『樸老高渾，老杜歌行。』山來曰：『真率中自饒至味。』

校記

〔一〕田，四庫本作『山』。

摸魚子〔一〕　拜墓

幾年來、西州拜掃，羊曇傷盡懷抱。心驚寒食棠梨雨，又是粘天衰草。尋壞道，知多少、飛烏銜紙青山繞。頹垣桑棗，算只有牛羊，日斜來下，拍手牧童笑〔二〕。　千秋事，誰定榮華壽考。北邙松柏多了。豐碑贔屭崢嶸處，一樣西風憑弔。吟望好，君不見、玉泉流水濺濺到！單衫破帽，對吹角殘霞〔三〕，打頭敗葉，寂寂古原悄〔四〕。

集評

羨門曰：『色絲幼婦，齏臼含辛，白髮門生，《薤歌》助挽，俯仰千秋，同茲一痛。』其年曰：『傷逝之言，極其淒惋。』

校記

〔一〕蔣景祁《瑤華集》卷十九、馬長淑《渠風集略》卷七皆選錄此闋。

〔二〕牧童，《瑤華集》作『小兒』。

〔三〕對吹，《瑤華集》作『眺城』。

〔四〕『寂寂』句，《瑤華集》作『簌簌一林悄』。

又　詠蓴

好清秋、江湖滿眼，畫船鷗鳥爭路。柔花嫩葉何人摘，兩兩輕舠如鶩。君莫誤，須珍重、迷離白露爲霜處。滑絲凝筯，憶千里東吴，未施鹽豉，入洛舊時語。　青門外，蘋末涼風微度。片帆乘興歸去。此行但爲鱸魚膾，那得關情如許？君莫妒，須記取、青山紅樹空江渡。夢回嗚櫓，溯萬頃平波，田田荇葉，欹枕對烟雨。

集評

武曾曰：『士龍語翻剝盡矣，正以直書見老。』山來曰：『逸致遙情，翛然自遠。』

又〔一〕　西直門外作

北邙邊、高低丘壠，縱橫無數羊虎。玉魚金碗何時葬，又見斷碑如礎。魂自語，須認取、文章功業難憑據。白楊老樹，戰一片秋聲，向人頭上，颯颯作涼雨。　西州路，敗笠青衫羈旅。緇塵撲面來去。黄蘆苦竹千秋恨，都付紙錢飛處。天已暮，想入夜、雲旗風馬精靈度。荒涼三戶，共塚上狐狸，山中木客，同結歲寒侶。

集評

其年曰：『月黑燈青，魂消千古，絕作！絕作！』朱竹垞曰：『此等詞惟白石、飛仙有之，叔夏、仲舉亦不能道也。』書樵曰：『「白楊老樹」以下，字字驚心動魂。』

校記

〔一〕蔣景祁《瑤華集》卷十九、馬長淑《渠風集略》卷七、聶先及曾王孫編《百名家詞鈔》、蔣重光《昭代詞選》卷七、朱祖謀《詞莂》皆選錄此闋。《昭代詞選》詞牌作『摸魚兒』，同。

又　答沈融谷

坐江樓、冰甌滌筆，新翻《水調》《南浦》。瑤華飛落長安市，紅豆譜來非誤。良夜聚，有多少、烏衣白帢同樽俎。悠然懷古，甚《蘭畹》《金荃》，《樽前》《復雅》，未抵玉田句。深卮勸，從事青州太苦。匆匆鮭菜無序。虎房橋畔霜花冷，撲上征衫如霧。君且住，君不見、團圞好月參旗度。高齋歸去，想鳳味嶙峋，龍賓磊落，又寫麗情賦。

又〔一〕　題錫鬯《蕃錦集》

裊茶烟、吟成樂府，旗亭畫壁無數。龍梭一擲光淩亂，碎剪碧霞千縷。紅豆譜，仿佛似、方圭圓璧冰花鑄。高岑李杜，入《主客圖》中，新聲古調，總屬麗情句。　前身是，白石仙人非誤。精靈虎僕輸汝。長安簫鼓千門熱，閉門著書良苦。寒欲去，又早是、春鐙金薤琳琅處。天衣重補，羨妙手針神〔二〕，絲絲無縫，莫被夜來妒。

校記

〔一〕聶先、曾王孫編《百名家詞鈔》選録此闋。

〔二〕針神，《百名家詞鈔》作『神針』。

又〔一〕　寄贈史雲臣

繞荊溪、數間茅屋，竹山舊日曾住。吟花課鳥無遺恨，領袖詞場南渡。逐電去，誰更續、哀絲脆管紅牙譜。湖山如故，又幻出才人，鏤冰繪影，抒寫斷腸句。　　鵾絃上，彈入蝶庵《金縷》。平分髯客旗鼓。搓酥滴粉方成調，偷換羽聲淒楚。推獨步，須信道、秦黄蘇陸無今古。江東日暮，想席帽風欹，春衫酒濕，行過翠藤路。

集評

其年曰：『結數語如見蝶庵風度。』武曾曰：『起調清蒼，尾音閒雋。』

校記

〔一〕聶先、曾王孫編《百名家詞鈔》選錄此闋。

又〔一〕　方渭仁葺健松齋，幸園松之存也，詞以贈之

響晴濤、綠陰半畝，神龍拏攫烟霧。關門一夜喧銅馬，波上鯨鯢爭怒〔二〕。嗚戰鼓，有多少、蘭亭梓澤皆塵土。午橋如故，縱劫火茫茫，斧斤不到，交讓大夫樹。　　江東秀，王謝衣冠最古。五陵佳氣呵護。霜皮黛色年年在，點綴菊畦桑苧。俱園名。誰種汝，須記取、黄山白嶽移根處。婆娑自舞，看五鬣蒼然，向人頭上〔三〕，謖謖滴秋雨。

校記

〔一〕聶先及曾王孫編《百名家詞鈔》、王鎏《清詞四家錄》皆選錄此闋。

〔二〕鯨鯢，《百名家詞鈔》作『鯨鯤』。

〔三〕頭上，《百名家詞鈔》作『有意』。

又〔一〕　謝念東先生惠藥

問先生、丹砂幾粒，是誰搓得如許？金膏九轉匆匆熟，吹落半天風雨。顔可駐，君不見、淮王雞犬雲中去。且留小住，待紺髮徐生，虬髯更紫，重覓玉京路。　人間世，只有鬚眉良苦。地黃蘿菔相誤。黑頭自笑渾無用，一任秋霜千縷。飄弱絮，有多少、北邙年少無尋處。尻輪堪馭，縱親到神山〔二〕，便能屈曲，俛首看人否？

集評

其年曰：『作達之言，更增悽楚，病中讀之，尤難爲情。』山來曰：『憂能傷人，恐蘿菔、地黃不任受過。奈何？』

校記

〔一〕聶先、曾王孫編《百名家詞鈔》選錄此闋。

〔二〕山，《百名家詞鈔》作『仙』。

金明池　大熱，有懷蓬萊閣

大海涵青，丹樓聳翠，淼淼鴻濛奧府。蜃氣蕩，雲車鬼馬〔一〕，貝闕擁鮫姝龍女。望扶桑、幾點烟螺，便打疊、鼇背匆匆歸去。更荒島人烟，斜陽草樹，蟹簖魚罾悽楚。安得披襟常臥此，對銅井金波，冰輪初吐。無從覓、湘靈鼓瑟，但可向、安期乞霧。醉婆娑、晞髮臨流，任萬斛天風，捲晴吹雨。縱爍石流金，憑欄一嘯〔二〕，試問暑歸何處！

集評

阮亭曰：『起二語奇偉，有千仞萬里之勢。』其年曰：『瑰麗非常，總是龍宮機杼。』

校記

〔一〕鬼，吳氏本、備要本作『風』。

〔二〕嘯，吳氏本、備要本作『笑』。

笛家〔一〕　九日，長安遣興，和其年〔二〕

黄菊浮觴，紫萸盈把，露涼風細，匆匆早是秋將暮。天街如蟻，燕尾鬟鬆，卓金車轡，紛紛兒女。剪綵旗旛，花糕擔子，知送誰家去〔三〕？葉爭飛、雁初緊，只少滿城風雨。情緒。不堪搖落，龍山戲馬，何處追遊，破帽單衫，一襟塵土。試問、故國荒涼宅樹，草長欲齊階否？深巷人歸，華堂客醉，作陣鳴腰鼓。聊送目，夕陽邊，惟見碧雲千縷。

校記

〔一〕蔣景祁《瑤華集》卷十九、聶先及曾王孫編《百名家詞鈔》皆選錄此闋。

〔二〕《瑤華集》詞題作《九日和其年》，《百名家詞鈔》詞題作『己未九日，長安遣興，和其年』。

〔三〕『剪綵』三句，清董穀士、董炳文《古今類傳》卷三《秋令·九月日次·初九》摘録。

又〔一〕　九日，蛟門招集諸子遊黑龍潭〔二〕

野水拖藍，遥峰疊翠，嫩涼時候，閒人那不登高去？城陰杜曲，幾樹枯楊，幾層頹壁，當年遊處。橘井苔腥，曉堂霧濕，莫作重陽雨。話新寒、晚鴉急，客子羈愁添否？　良晤。峭帆乍歇，玉盤蝦菜，斟酌南烹，蟻綠鱗紅，十觴連舉。只少、繞砌黄花爛熳，空負數聲《金縷》。拂拂鞭絲，垂垂帽影，行過風潭路。月上也，恰當頭，共聽荒畦人語。

集評

其年曰：『幽窅崢泓，似子厚遊山諸小記。』山來曰：『景中有情，詞中有畫。』

校記

〔一〕聶先、曾王孫編《百名家詞鈔》、王瀣《清詞四家録》皆選録此闋。

〔二〕九日，《百名家詞鈔》作『己未九日』。

畫屏秋色〔一〕　送舅氏之唐山廣文任

行李蕭條去，騁遠目、禾黍芃芃驛路。督亢陂荒，滹沱浪急，亂雲天暮。韋杜舊家聲，早打疊、寒氈辛苦，聽一片、鳴蟬訴。況夢繞西州，哀湍壞道，知在斜陽一帶，蒼然平楚。　無語，銷魂羈旅，更莫去、傷今懷古。十年蹤跡，一番離別，悲歡無據。馬首又他鄉，烏衣巷口人何處？苜蓿闌干堪煮。上日及新秋，爲語天邊好月，分照兩人愁緒。

集評

阮亭曰：『「生存華屋處，零落歸山丘」，讀「夢繞西州，哀湍壞道」數語，令人氣盡。』

校記

〔一〕聶先、曾王孫編《百名家詞鈔》選錄此闋。

蘭陵王〔一〕　送二舅之沅州

嶺雲白，湖草粘天弄碧。湘烟澹、沅水分流，弱柳絲絲罥行色。武陵南下驛，漸入桄榔瘴黑。鵑聲裏、鐵騎連營，一髮青山望京國。　依依感疇昔，記巷口烏衣，門邊霜戟，電光石火音塵寂。愁一肩行李，半林斜照，空祠榕暗嘯木客，衡陽雁程隔。　難覓，謝公屐。問橘井遺蹤，郢雪荒宅，參軍蠻府工書檄。念東第淒冷，北堂晨夕。寒蛩啼徹，聽砌語，助太息。

集評

鳳于曰：『語帶風烟，以此作南征障子，當夜聞水聲，不但鵑啼猿淚也。』

校記

〔一〕馬長淑《渠風集略》卷七、聶先及曾王孫編《百名家詞鈔》皆選録此闋。

大酺〔一〕　石林席上聞絃索〔二〕

正酒船行，人聲寂，好月如珪偷照〔三〕。鵾雞初入破，響風箏刀尺，麻姑手爪。銀甲徐調，冰絲輕撥，啄木丁丁小鳥〔四〕。空山無人處，任花開花落，洞天深窅。忽變作玉關、千群鐵馬，平沙衰草。　吳儂歌縹緲，歎舊曲、誰似臨川好。遮莫向、岐王筵上，崔九堂前，琵琶彈出傷心調。未抵繁絃巧，引蝶翅、蜂鬚相惱〔五〕。但羈客青衫老，奈何頻唤，頓減中年懷抱，鬢邊明日白了。

校記

〔一〕蔣景祁《瑤華集》卷二十、聶先及曾王孫編《百名家詞鈔》皆選録此闋。

〔二〕《瑤華集》詞題作《聽絃索》。

〔三〕偷，《瑤華集》作『相』。

〔四〕小，《瑤華集》作『林』。

〔五〕相惱，《瑤華集》作『縈繞』。

玉女搖仙珮〔一〕　與米紫來論詞，即書其集後〔二〕

才人剩技，削玉團香，有得離奇如此。繡嶺宮前，苧蘿溪上，一一傾城姝麗。更把繁絃倚。似飛仙劍客，乘風遊戲。怨離別、青衫紅袖，消向琵琶、羯鼓聲裏。沙石砉然驚，苦竹黃蘆，暗啼山鬼。

省識紅鹽妙理，換羽移宮，墮盡關河人淚。細數名家，晚唐南宋，漫說蘇豪柳膩。海岳當年裔〔三〕。平分取、書畫船中風味；又證入、《金荃》《蘭畹》，《小山》《白石》。天花亂撒珊瑚碎，酒邊珍重烏絲字。

集評

其年曰：『迷離惝怳，渾脱激昂，都不作吳兒細咳。』鳳于曰：『駢金儷玉中丰神飛動，此贈言絕妙好詞也。』

校記

〔一〕蔣景祁《瑤華集》卷二十、聶先及曾王孫編《百名家詞鈔》皆選錄此闋。

〔二〕書其集後，《瑤華集》作『題其〈始存集〉』。

〔三〕海嶽，《瑤華集》作『火正』。按：宋米芾號海嶽外史、火正後人。

又〔一〕　詠魚苔箋

剡溪玉葉，渲染神工，卻倩銀塘丹鯽。波面揚鬐，鏡中吹雨，飄入碎萍無力。一抹空明碧。問何人拾取，水天顔色。欲偷奇、飛瓊片紙，怕似方諸、滴淚難識。　驚萬縷千絲，莫是珠宫，鮫姝輕織？不辨河山一氣，潮落潮平〔二〕，納納乾坤生白。杳靄嵐光〔三〕，迷離樹影，總帶蠻雲腥澀。造物莽搜索〔四〕。有多少、寒火溫泉奇跡，渾未抵、浮漚隱現，綠瀛滄島〔五〕。苔痕掩映荊關筆，憑誰爲訊騫霄國。

集評

阮亭曰：『題不經見，詞亦迷離，奇幻如觀化人之戲。』其年曰：『一氣混茫。』沈鳳于評：『組織工細。』〔六〕

校記

〔一〕此《詠物十詞》第九闋。聶先及曾王孫編《百名家詞鈔》、王濯《清詞四家錄》皆選錄此闋。

〔二〕平，《詠物十詞》作『生』。

〔三〕嵐，《詠物十詞》作『風』。

〔四〕搜，四庫本闕字，注曰：『闕。』

〔五〕瀛滄島，底本作『瀛滄島』，據《詠物十詞》、《百名家詞鈔》本改。此三字四庫本闕，注曰：『闕。』

〔六〕王阮亭、陳其年之評，《詠物十詞》無。沈鳳于評，諸本無，唯《詠物十詞》錄之。

多麗　送葉慕廬南歸

恰新秋，一夜涼飆聲急。指湘皋、晚烟淡處，章華臺下荒宅。掛蒲帆、白蘋鄉裏，鱠鱸魚破玉盈尺。赤壁江聲，烏林戰地，楚南形勝，依稀記得。擊銅斗、歌成慷慨，棹碎空明碧。東籬畔、黃花滿徑，應待歸客。　憶燕市、匆匆文酒，西山亂入遊屐。動公卿、五雲詞賦，才子人稱掞天筆。姑射仙姿，苧蘿姝麗，如君流落也堪惜。悲團扇，班姬未老，永巷青苔隔。桑乾路，驢背書囊，席帽欹側。

集評

其年曰：『聲情婉側，極似《片玉詞》。』山來曰：『忼慨悲歌，纏綿淒婉，直欲敲碎唾壺。』

小諸皋〔一〕　挽尤展成夫人

德耀眉齊，少君車挽，十載牛衣人淚。憶當年、白帢翩翩，比肩蘭蕙。夫子龍城綰綬，紫塞風沙難避。賦歸來、還共東籬憔悴。詠絮庭閒，篝燈門閉，慰白頭佳兒佳婦，百歲相看何已。蝶夢醒，偏無幾。　日下蒲輪，江邊桂楫，驚起山中濃睡。全不管、西風病骨，懨懨情思。環珮珊然去矣，垂老寧堪傷逝？轉眼便泡影，空花相似。綺戶絲縈，鏡奩塵細。怕黃昏、微雨疏簾〔二〕，滴到愁人兩耳〔三〕。更莫聽，蛩吟碎。

集評

鳳于曰：「繁音哀亂，似潯江夜奏，不堪終曲。」山來曰：「可作賢媛小傳。」

校記

〔一〕尤侗《西堂詩集·哀絃集》爲悼亡集，附王士禛、施閏章、毛奇齡、曹貞吉等友人挽詞，皆不著詞題。

〔二〕微雨疏簾，《西堂詩集》作「繡簾微雨」。

〔三〕到，《西堂詩集》作「入」。

哨遍　題萬柳堂

何處嬉春，踏青挑菜，鄠杜城南地。過危橋、夕陽恰當門，亂擁入、群峰螺髻。鬱坡陀，綠遍粘天芳草，粼粼十畝風潭水。看萬縷千絲，交柯接葉，掩映長空無際。問當年、誰折永豐枝。已仿佛、靈和殿裏時。欲起還眠，帶雨拖烟，昵人情思。　是相國滄洲逸興，萬象含生氣。忘機魚鳥，穿林唼影任遊戲。更石筍排雲，花香作霧，東風一剪蘼蕪翠。梁苑詩篇，西園賓從，點綴平泉佳麗。羨新荷驟雨，遺蹤如此。似歐冶、池邊溯漣洏，恨只少、篔簹谷意。喜得賜沐餘閒，小駐東華騎。河上清明，洛濱祓禊，油壁鈿車來矣。年年渲染費春工，且自與人同樂耳！

集評

武曾曰：「二百一十字外尚似有餘，此長調中能事也。諸家無此筆力，輒以狹巷短兵移之車騎之地，鮮不敗矣。」書樵曰：『是爲鐘呂大聲，不同絲竹細響。』

鶯啼序　送牧仲榷稅贛關

憶隨羽林十二，作英雄指顧。正補袞、黃閣初開，城南尺五韋杜。屬車下，參差豹尾，新豐樹杪旌旗度。佩雙鞬、馳電長河，馬嘶冰路。

獵騎纔回，小篆乍裊，誦琳琅好句。燕梁苑、賓客鄒枚，勝流齊奉樽俎。泛扁舟、重尋赤壁，是玉局、舊曾遊處。歎臨皋、一段風流，杳然千古。

京塵再染，屬國旄常，九賓看拜舞。又移入、白雲司裏，雞舌香賜，綽約雙鬟、旗亭歌賭。衍波紙寫，驚心動魄，廣平冰鐵梅花賦。問枝頭、紅杏今能否？銅龍命下，持衡賧布賓錢，片帆欲飛南浦。

清江似鏡，章貢分流，是天開大府。最好向、鬱孤臺上，極目夕陽，幾道蠻烟，亂垂平楚。乘槎漢使，登樓清嘯，驚濤拍拍千尋下，聽榕陰、木客吟詩苦。載將廉石歸來，滿酌蒲桃，歌翻舊譜。

集評

其年曰：『章法絕妙，是廬陵一篇送行文字。一起陡健舉。』山來曰：『石破天驚，洵可推倒一世，開拓萬古。』〔一〕

校記

〔一〕張潮刻本張潮（山來）評語後有跋曰：『從來詞家小令多而長調少，大凡合中調、長調計之，其幅數僅足與小令相等，實庵先生獨優於長調，其中有似序者，有似記者，有似賦者，有似書牘者，可謂極詞家之能事。因爲壽之梨棗，與天下共讀之，當令海內文人一齊拜服耳。新安張潮山來氏敬跋。』版式與評語無異。《珂雪詞》諸印本皆無此跋語。

珂雪詞補遺

珂雪詞補遺

卜算子〔一〕　秋針

欲製水田衣，難學天衣縫。倦繡空中亂唾絨，點點楊花弄。　卓影刺波明，補得青莎空，乞巧穿來定幾時，秋老無人共。

校記

〔一〕《卜算子》以下至《臺城路》共八調九闋詞及貞吉四子和詞四闋，底本均不載，據《珂雪詞》他本《補遺》輯入。

浪淘沙　午夢

午夢費追尋，行遍園林，落梅如雪滿庭陰。粉蝶遊蜂紛去住，又是春深。　鄉信抵黃金，雲水沈沈，先生老矣費長吟。吃飯著衣些箇事，忙到如今。

又　詠史

秋老伏波營，海氣淒清，鷓鴣啼上越王城。玉几金牀何限恨，紫殿苔生。　霸業總飄零，青蓋亭亭，五千甲盾憶行成。回首羊車遊幸地，多少娉婷。

木蘭花　重九發皖城

黄昏急雨跳珠露，五兩迎潮打槳去。烟螺一點認龍山，暗憶西風吹帽處。　魚牀蟹籪紛無數，夜火陰沈隔江步。寒蘆颯颯走濤聲，十萬饞蛟爲誰怒！

春草碧　題梅雪坪小照

春風作意淹愁客，晞髮弄琅玕，千條碧。脈脈空谷佳人，翠袖無言鎮相憶。過雨嫩苔生，流光濕。　莫是擁髻燈前，翩然獨立。認他桃花紅，梨花白。劇憐畫裏都官，朱霞天半無人識。高唱紫雲回，消受得。

滿江紅　詠青陽署中老桑

輪囷離奇，常自是、參天溜雨。彷佛似、龍纏蛟鎖。獸蹲鯨怒。衣被神功歸草木，絲綸大業生機杼。笑倡條、冶葉亦何爲？紛如許。　溝中斷，青黄取。冥靈壽，蹉跎補。幸斧斤不到，先生宥楮。定有烟霞興左右，何年廟社煩鐘鼓〔一〕？數春秋、又過八千餘，喬松侶。

校記

〔一〕何，吴氏本、備要本作『每』。

百字令　婺源道中記所見〔一〕

濕雲潑墨，儘連宵做弄〔二〕，碎瓊零玉。灘雪驚飛流不定〔三〕，軋軋水車翻軸。山鬼荒祠，女郎遺廟，擬聽秋墳曲〔四〕。亂鴉枯樹，峰腰猶抹青綠〔五〕。　莫是洪谷雲林，匆匆渲染，健筆能醫俗。一縷炊烟來木末，籬落人家堪宿。烏桕紅銷，椶櫚葉散，掩映千竿竹。數杯濁酒，敵他簷際風肅。

校記

〔一〕《曹氏家學守待》卷十五《珂雪詞補遺》錄此詞，詞題作《歸途記所見》。

〔二〕『儘連』句，《守待》本作『連宵來做弄』。
〔三〕灘雪驚飛，《守待》本作『嗚咽溪聲』。
〔四〕『擬聽』句，《守待》本作『點綴蒼厓腹』。
〔五〕峰，《守待》本作『山』。

木蘭花慢　題文孝祠壁

拜昭明遺廟，臺下水，自淪漪。想文選樓中，銅龍晝暖，玉簡宵披。摛詞，六朝金粉，遍千秋作者沐恩暉。兆始乘雞牽犬，禍成白馬青絲。　靈旗，雜珮葳蕤，鼓坎坎，舞僛僛。歎故國山川，鄉人伏臘，舍此安歸？追維湘東太忍，使江陵文武盡灰飛。但奉九郎神在，重遊幾度霑衣。

臺城路　爲熊封題《金陵覽古》詩卷

騎驢踏遍臺城路，秋風更兼秋雨。朱雀航邊，莫愁湖畔，有底關情如許？英雄割據，歎鐵鎖銷沈，龍驤飛渡。彈指聲中，匆匆暗送六朝去。　金牀玉几盡變，變涼螢滿院，動人愁處。夢裏三生，奈何頻喚，禪榻鬢絲千縷。精靈虎距，和冷雁哀猿，江山重數。嗚咽寒潮，蘆花飄正苦。

滿江紅〔一〕 前題〔二〕

濂廉水

滿紙閒愁，一似聽、深夜杜鵑。知君過、石頭城下，玩弄吟鞭。細雨看山春草路，斜風貰酒夕陽天。儘六朝、金粉寫新詩，雲母箋。　青溪水，生暮烟。白門樹，倦飛綿。憶《梁州》《子夜》，歌舞當年。兩岸衣香調錦瑟，一江花氣浸紅船。問舊時、桃葉與桃根，情暗牽。

校記

〔一〕自此調以下四闋，《珂雪詞補遺》各本皆分繫貞吉四子曹濂（字廉水）、曹霂（字掌霖）、曹霈（字叔甘）、曹湛（字季沖）下，然《曹氏家學守待》卷十九皆錄入曹霂《冰絲詞》各調中，詞題皆作《題靳五熊封〈金陵覽古〉詩卷》。考《清詞綜》卷十二，亦錄曹濂此闋，署曰『曹濂，字廉水，安丘人』，則《曹氏家學守待》蓋誤。

〔二〕《清詞綜》詞題作《題〈金陵覽古〉詩卷，用白石道人體》。

金明池〔一〕 前題

霂掌霖

絮帽穿花，雨襟問渡，踏遍烏衣巷陌。歎此地、閱人多矣〔二〕，夕陽裏、何限陳跡。任閒吟、斷粉零香，早十幅蠻箋，怨紅愁碧。謾凝想當年，銀牀金井，一片胭脂痕濕〔三〕。　我亦飄零江南客，便玉樹歌聲，怕教聽得。青溪岸、荒苔露草，桃葉渡、冷烟寒日。悵平湖、春水茫茫，問甚處曾窺，脱娘顔色。且小拍紅牙，將君法曲〔四〕，譜入一支橫笛。

集評

郭則澐《清詞玉屑》卷一：『順、康時去朱明未遠，遺民佚老猶多有故國之思。而金陵舊爲陪都，復經福王建國，桃花、燕子，觸目滄桑，動關感喟……曹掌霖霖《題〈金陵覽古〉詩卷後·金明池》詞有云：「我亦飄零江南客，便玉樹歌聲，怕教聽得。」同一寓感。』

校記

〔一〕《曹氏家學守待》卷十九曹霦《冰絲詞》錄此闋，詞題作《題靳五熊封〈金陵覽古〉詩卷》。

〔二〕『歎此』句，《冰絲詞》作『歎自昔、江山如此』。

〔三〕胭脂，《冰絲詞》作『燕支』，同。

〔四〕法，《冰絲詞》作『麗』。

買陂塘〔一〕　前題　霈叔甘

悵年年，攝山欹帽，柔情如水難賦。羨君青鏤江花燦，寫出興亡無數。吟斷句，愛解道、畫樓簾幕春風度。英雄兒女，算藻井雲廊，金戈鐵馬，寂寞少尋處。　問何似，《子夜》歌聲悽楚。疑聽哀絃危柱〔二〕。莫教喚起蕭陳客，重怨幽香冷雨。朝又暮，任空打、石城嗚咽寒潮怒。江村烟樹，待白舫期君，一篙兩槳，共泛莫愁渡。

校記

〔一〕《曹氏家學守待》卷十九曹霖《冰絲詞》録此闋，詞題作《題靳五熊封〈金陵覽古〉詩卷》，當誤。

〔二〕『問何似』三句，《冰絲詞》作『問何似，疑徹哀絃危柱，歌聲《子夜》悽楚』。

金縷曲〔一〕 前題

湛季沖

醉舞纏絲稍。把新詩、琅琅吟向，碧天寥廓。結綺臨春皆塵土，何許畫簾珠箔？休更問、孔張眉角。白石無情紅袖冷，正關卿、何事思量著。秦淮水，尚如昨。

無端三歎從中作。歎銷沈、文章庾鮑〔二〕，風流昉約。幾曲紅牆零亂處，愁見宮槐葉落。剩蕭寺、夜魚風鐸。獨抱琵琶彈明月，一聲聲、彈出白翎雀。驚簌簌，響秋籜。

校記

〔一〕《曹氏家學守待》卷十九曹霖《冰絲詞》録此闋，詞題作《題靳五熊封〈金陵覽古〉詩卷》，當誤。

〔二〕文章庾鮑，《冰絲詞》作『衣冠王謝』。

雙蕖怨〔一〕　辛未重九

好清秋，曾拖雙屐，一天淒冷難賦。只今遙憶垂珠洞，迢遞銀河誰渡？雲外樹。早姹紫、嫣紅霜葉濃如許。舊遊似霧。擬摒擋巾車，招攜勝友，共踏翠微路。　恰重九，忽到滿城風雨。吹殘箬笠何處？荒齋坐對瀟湘色，爭換幾群腰肢。斜日暮。喜倒暈，明霞片片依人住。叵羅十舉。便百尺嵐光，千尋練影，未抵此中趣。

校記

〔一〕輯自《曹氏家學守待》卷十五《珂雪詞補遺》。

買陂塘〔一〕　題荻雪村莊爲西畬作

恰先生，結茅之地，滿陂渾是濃霧。非關玉蕊吹零亂，遮斷菱舟歸路。鄰薄暮。趁一陣、西風飛過前村去。魚莊蟹浦，映幾縷斜陽，幾株疏柳，寂寂伴鷗鷺。　人間世，只有楊花無主。芳菲卻占時序。蒹葭等待爲霜後，剩得淒清如許。秋色苦，糝亞字、紅橋雁齒低迷處。徐娘澹嫵，鎮孤影蕭騷，餘情懶慢，隔水夜燈雨。

校記

〔一〕輯自《曹氏家學守待》卷十五《珂雪詞補遺》。

疏影〔一〕　蛛網

柔絲幾縷，學柔腸亂結，簷牙低處。雨濕還明，一任風吹，時有晴塵凝聚。多情慣惱閒蜂蝶，更惹遍、落英飛絮。憶那回、拂面牽衣，也解暫留人住。　一一疏籬都罥，看晚紅屋角，又添如許。記得前宵，鈿盒齊開，輸與癡騃兒女。怪他不礙愁城路，只隔斷、夢來魂去。把花枝、欲拭還休，獨自凭欄情緒。

校記

〔一〕本詞，《瑤華集》卷十六錄爲曹貞吉作，《全清詞》（順康卷補編）據以補入曹貞吉詞，然又據貞吉子曹霂《冰絲詞》補入曹霂詞中。考其詞意，當爲曹貞吉作，故輯入。

金縷曲〔一〕　同頌嘉飲綸霞齋讀新詩

羅酒清如乳。共鐙前、宣窯一色，十觴連舉。我醉倒持銅綽板，擬倩花奴擊鼓。竟弟勸、兄酬無數。疑是吾州從事者，問何年、卻向平原住。鄉耆舊，還相遇。　主人鸜鵒初成賦，動光芒、天孫五色，長篇短句。比似峨嵋天半雪，奇秀差堪儔伍。高歌罷、眉峰欲舞。一卷《漢書》傾一斗，借斯文、下酒君須誤。扶上馬，夜方午。

校記

〔一〕田雯《古歡堂集》卷十一錄《酒熟邀升六頌嘉過飲》詩，後附曹貞吉賀詞，今據輯。

采桑子　春閨

東風小立簾櫳靜，蛺蝶飛飛。蛺蝶飛飛，撲面楊花燕于歸。困人天氣無些事，金鴨香微。金鴨香微，睡損芙蓉一半兒。

又〔一〕　秋閨

梧桐小院黃昏後，茉莉風涼。茉莉風涼，一縷香生鬟髻妝。窺人斜月渾無賴，又上西窗。又上西窗，金井烏啼夜未央。

校記

〔一〕聶先、曾王孫編《百名家詞鈔》於《珂雪詞》下選錄本調兩闋，署曹貞吉作，今據輯。

賀新涼〔一〕 賀汪蛟門納姬二首

十二珠簾捲。恰三秋、月明人醉，客懷都遣。通德燈前擁袖立，不定流光欲泫。映繡被、兜羅如繭。小婢青衣雙掩戶，恨兒郎、排突窺人淺。銀蒜落，手慵展。　九嶷作黛明妝顯。問何如、黃金名屋，芸輝題扁？幾日溫柔鄉裏坐，謝客一聲吠犬。惆悵事、輸君全免。珍重烏絲盟紙尾，聽花間、小咒終成典。鶯嚦嚦，還同剪。

意似蕉心卷。譬當年、玄霜初搗，茫茫難遣。翩若驚鴻雲際去，洛女淩波光泫。真好事、吳蠶成繭。飛燕玉環誰彼此，問蜂黃、一夜眉深淺。清漏永，更須展。　無多軟語聽成顯。訂三生、文鸞彩鳳，月圓風扁。漏洩春光今八九，妒殺陸機黃犬。長麈柄、安能求免？且向臨邛沽一斗，鷫鸘裘、未被郎君典。情脈脈，如何剪？

校記

〔一〕輯自曹爾堪、顧貞觀等《秋水軒倡和詞》。據曹爾堪《秋水軒倡和詞序》稱：康熙十年（一六七一），周亮工之子周在浚（字雪客，號梨莊，一號蒼谷，又號耐龕）入京，由曹爾堪首倡，詞壇元宿龔鼎孳、宋琬、王士禛等推動，發起了一場《金縷曲》酬唱活動，一時大江南北，海內諸詞家如曹爾堪、顧貞觀、納蘭性德、陳維崧、曹貞吉、王士祿、汪懋麟等數十人響應。因周在浚在京城孫承澤秋水軒別墅主持匯集，故稱『秋水軒倡和』，最後結集爲《秋水軒倡和詞》二十二卷，第二年又擴充至二十六卷，共收入二十六家近一百八十首詞作。曹貞吉作《賀新涼・賀汪蛟門納姬》及《送雪客南旋再和前韻》各兩首以倡和。其贈周在浚二調編入《珂雪詞》卷下，題曰《送周雪客南歸二調》；贈汪懋麟《賀新涼》二調或以有失雅正，《珂雪詞》不錄。

浪淘沙〔一〕　波內美人影

秋水澹空明。形影雙清。洛妃乘霧去亭亭。明月蘆花多少恨，環珮無聲。　疑傍若耶行。溪畔香生。還愁烟靄鎖娉婷。只似深閨鸞鏡裏，檀暈輕輕。

校記

〔一〕據南京大學中文系編《全清詞》（順康卷）引《古今詞彙三編》輯。《珂雪詞》卷上《賣花聲》有《簾下美人影》詞，與此同調，當爲一時之作。

念奴嬌〔一〕　讀畫樓，周子雪客言近將以甘露閣改作，爲賦此

神遊飛閣，見周郎、說在雨花臺畔。僧是尸黎人李白，醉裏逃禪汗漫。地湧浮圖，天開雙闕，金粉年年換。移山掇水，更能事，英賢慣。　奇哉四面烟雲，中間□□應接無昏旦。便下深帷，燒樺燭，遮莫恣情柔翰。畫作山看，山將畫讀，主客誰能判？前身摩詰，還教裴迪爲伴。

校記

〔一〕本詞《全清詞》（順康卷）引《清平詞選》補入曹詞，詞題後標注：『後段少二字。』按：《全清詞》所言《清平詞選》，即康熙間張淵懿、田茂遇所編《清平初選後集》。今該集不錄曹貞吉此詞。本詞收入卷九紀映鍾名下，下闋起句『中間』後有『多晝』二字，乃合於詞譜。饒宗頤、張璋編《全明詞》，據陳維崧等人編《今詞苑》錄爲紀映鍾詞。清宣統三年（一九一一），掃葉山房重印《清平初選後集》，改名《詞壇妙品》，本詞署名『曹升六』，不知所據，今暫輯，待考。

珂雪文稿

代賀鄭方伯榮陟偏撫序

皇帝在位之二十八年，萬靈和，四氣調，薄海内外，靡有兵革。爰於春王正月，駕六龍，戒倌人，而行南巡狩之禮焉。於時六軍雷動，萬騎星馳，文武諸大吏莫不屬櫜鞬、同量衡，以肆覲於雨花、牛首之下。皇帝若曰：『余一人巡行江左，董正治官，其澄清表率之權，惟兹一个臣是賴。』則今大方伯鄭公是也。於是文綺之錫，牛酒之頒，恩禮稠疊，有加無已。且親灑宸翰，銀鉤墨海，虎卧龍跳，以勒諸紫微之署，榮矣哉！勸矣哉！維兹兩江僚屬以及金陵父老子弟莫不曰：『聖天子崇奬廉能，如此其至，覆金甌，築沙堤，特旦暮事耳！』

時當盛夏，驛騎南來，則聖人惠顧衡湘，特以我公晉大中丞，而鎮撫其地。上江諸守令謀所以稱賀，而乞言於余，余曰：『諸君子亦知公立身之本末乎？公以弱冠陟巍科，取上第，世祖章皇帝臨軒而親策之，俾列木天之選，燭撤金蓮，班稱玉筍，遇至渥矣。爰試之以煩劇，授尚書水部郎，公克勤小物，鉅細躬親，齒革羽毛，飭庀必謹；竹頭木屑，摒擋靡遺。一有經營，無廢工，無窳器，洗手奉事，不名一錢，守至嚴矣。爰試之以文衡，晉黔南督學使者，貴竹之地，夙號天荒，公文旌所至，士類鼓舞，青草黄茅之中，皆絃誦焉，文教洽矣。爰試之以克詰，試之以祥刑，於是乎有甬東之節，於是乎有玉門之命，於是乎有楚南之除。公惟潔清自矢，故所至或稱神君，或稱父母。至精察矣而非苛，至仁恕矣而非縱，門無苞苴、室有懸魚矣而非矯激以名高、違道以干譽。今開藩以來甫一歲耳，而問之民，民樂春臺矣；問之吏，吏凜冰霜矣；問之官，若奉嚴師、若依慈母矣。是不可以爲天子之大臣乎哉？今行矣！將見三湘七澤之間，沐恩膏而詠勤苦。洞庭之波不足喻其清，迴雁之峰不足方其介也。我公之德，洵山高而水長矣！而未也，我皇上具知人則哲之聖神，計必歷試其勳勞，而後登之紫禁，優以黄扉，使海内習知其姓名，庶一旦登庸，不至驚天下之耳目。如唐之姚、宋，宋之范、韓，率由斯道也，而又何疑於公乎？異日者，調玉燭而奠金鼇，宴彤弓而頌赤舃，江南之人曰「是嘗藩翰乎我而衽席之者也」，湖南之人曰「是嘗鎮撫乎我而噢咻之者也」，以至浙東、陝右、貴竹之人莫不皆曰「是嘗臨莅乎我而寓過化存神之妙者也」。公之功不勒乎鼎彝，公之名不垂於天壤，公之澤不且被於奕禩也乎？』

諸守令曰：『然！』遂濡筆而爲之序。

桂留堂文集序

余東海之老農也，生平鹿鹿，文質無所底。乙丑冬，隨牒貳新安，度翬嶺，抵華陽，山川靈秀之氣，撲人眉宇。維時馮式，流覽長吟『山從人面起，雲傍馬頭生』之句，欣然忘疲，意必有賢人君子托處其地者。

然甫適館，而吴子耳公以名紙入。其人清以修，其論和以平，如飲醇醪，不覺自醉矣。既乃投予詩刻一編，詰朝坐筍輿中，曼聲讀之，達昉溪始終卷，乃懼然而異之，曰：『此卽山川靈秀之氣所盤鬱而生，而意中之所謂賢人君子者也。』緣是數相過，無間晨夕。

丁卯春，吴子既以憂去官，而余亦東西作牛馬走，風塵憔悴，不通聞問者久之。今年秋仲，跫然肯來，投余文集一編，則别去二載，又裒然成帙矣。吴子曰：『盍序之？』余曰：『文章一道，豈漫然而已哉？古之賢人君子，既其實不既其名，故談忠説孝，如道家珍，如數指螺，不過抒寫其夙昔之所固有，而天下後世遂見之以爲文，此猶景星卿雲不得已而呈象，而人遂仰若苞符也。嗚呼至哉！揆之往古，六經尚矣。自時厥後，正則有正則之文，漆園有漆園之文，太史公有太史之文，卽韓、柳、歐、蘇之文，彼數君子者，何嘗曰我爲如是之文，遂可垂不朽於斯世哉？而諸子固已傳矣，何則？既其實不既其名也。今吴子之集，具在纏綿悱惻，原本忠孝之意居多，而言情之篇，乃至聲淚俱盡，此豈枯木不朽株，衣被丹青以爲華藻者哉？吴子進矣，顧余不能文，何以序？吴子之文，亦卽以修德、省身、寡過之言，與吴子交勉於無既耳。』

張亢友天都贈别集序

《天都贈别集》者，亢友張子與新安人士倡酬之作也。亢友以烏衣門第、白帢名流，早掇科名，馳聲場屋，行將分輝藜火，著籍金閨，雖魚龍之縱大壑、鵷鸞之在層霄，不足以喻之也。

歲在丁卯，惠然肯來。嚴灘七里，遂致孝廉之船；黟嶺千尋，還躡謝客之屐。於斯時也，大火初流，涼飆乍引。華燈錯落，咳唾精神；紅友拍浮，篇章燦爛。機、雲入洛，未足方之；皮、陸擅場，擬茲蔑矣！無何，賤子以代庖北去，飄零九子之峰；先生以訪戴西來，彳亍昉溪之岸。蓬蹤相失，方深避客之嫌；尺素遙傳，乃得驚人之句。論交則三鄗夙望，四姓名家；掞藻則十賚英華，六朝金粉。江雲渭樹，既惠我而思存；芳草王孫，復登高而賦作。允稱異水湧泉，非秋垂露者矣。僕也刀錐末吏，搖落陳人。沈舟側畔千帆過，垂白髮於少年之場；病樹前頭萬木春，際青陽於歲除之會。所謂臣之壯也，尚不如人；身將隱矣，文安所用？徐鼎臣之居商洛，憔悴何堪？白太傅之在潯陽，淒涼欲絕。無能爲役，受命茲慚。庶幾一言作弁，邀靈文字之緣；千載爲期，附名簡牘之末云爾。

又何軒詩序〔一〕

余尚忍見錫餘之詩也耶？余兄弟少孤露，賴太夫人以活。及長，宦京師，聚首無幾，而錫餘撫黔，旋遭橫逆，南北隔絕。太夫人抑鬱致疾，棄養里第，服未闋，錫餘之喪歸，一老僕攜兩孤兒，向余大慟〔二〕。詢其相從患難之狀，舉非人世所忍聞者。出詩草數十紙〔三〕，謂皆隨時輯存，尚多行草行毀不及收拾之作。甫入目，痛貫肌骨，因長號，置不復閲。今十餘年矣，溆兒學識幸粗就，因檢付之，俾錄以存，且以知乃父所遇之艱，不敢不勉自樹立，是則老人所深望也夫。

時康熙壬申春日書於江南官署。〔四〕

校記

〔一〕《安丘曹氏家學守待》卷十八載曹申吉《又何軒古近體詩》，卷首録曹貞吉《又何軒詩序》。

〔二〕慟，底本作『痛』，據《又何軒古近體詩》改。

〔三〕草，底本無，據《又何軒古近體詩》補。

〔四〕『時康熙』句，《又何軒古近體詩》作『康熙壬申冬日同懷兄貞吉書』。

參戎周棠芾去思詩集序

棠芾周公，派衍絳侯，里居左輔。童年作賦，曾然劉子之藜；弱冠彎弧，乃擲班生之筆。在昔章皇帝臨軒而選，實懷黄石之奇；拊髀而思，遂獲非熊之佐。登諸禁近，位以期門。天子鑾輅以延英，元老鷹揚而教射。公是時，輕裘緩帶，適當入洛之年；虎奮龍驤，早預剖符之列。授瓦亭守戎，把麾初試，聿登千將之壇；介馬疾馳，不愧萬夫之長。調廣昌城守，金城千里，如當道而臥熊羆；玉帳五申，儼盛夏而荷冰雪。晉崇明游擊將軍，鰲身映天黑，常分强弩以習流；魚眼射波紅，每駕樓船而轉戰。威行海上，算出師中。移鎮廟彎營〔一〕，帆檣爰集，合萬寶而效朝宗；刁斗無驚，晏波臣而尊正朔。嘉績茂矣，崇軼加焉，乃分路於延安。邊近榆林，地屬上郡，李將軍之善射，苦月臨關；張韓公之築城，酸風度幕。帝旌厥伐，人羡其榮。陟新安參府，實坐鎮於東山云。余時下承明之廬，膺典午之寄。醇醪十斛，遂教虎帳坐書生；細柳千行，爲愛龍賓客下士。春花爛熳，等廉藺之言歡；秋月精瑩，忘形骸而修睦。論交投分，實閲五年，而公以綜煩理劇之勞，遂膺龍節虎符之重，特簡壽春營副總兵，統數百里之封疆，樹大將軍之壁壘。於其行也，三軍□隊，雙推在途。旗物光輝，酒漿夾路。思留鞭而不逮，擬借冠而未能。士歎於庠，民嗟於巷。於是各抒藻思，分製佳篇。羊叔子之去荊南，碑留峴首；張令公之臨薊北，詩滿朝班。信乎！文異水而涌泉，筆非秋而垂露者矣。僕也實惟目擊，匪出風聞。挹彼菁華，蔚爲盛事。他日者勒之金石，豈徒閥閲之榮？採以輶軒，庶重旗常之績云爾。

校記

〔一〕廟彎營，當爲「廟灣營」，在今江蘇鹽城市阜寧縣廟灣古城，濱臨射陽河。明代在此設立廟灣營以防倭，清代主要爲備防與監課漕鹽稅收等。乾隆《江南通志》卷一百一十《職官志·武職》載：「周奭，京衞人，康熙十六年任（廟灣營遊擊）。」

孫仲愚過江集序

歲在丁未，余家居無憀，遂鼓枻爲汗漫遊。仲愚實先我渡江，相遇武林，不覺啞然一笑。自是，烟雨湖光，時有我兩人艇子，篇章往復，雜以嘲詼，至今魂夢猶常在重陽庵前、大觀臺上也。一入春明，不知歲月之逝，今仲愚墓木已拱，而余亦垂垂老矣。

甲子九月，孝堪貽我一編，曰：「此亡弟《過江集》也。」開卷尺許，泫然流淚。夫人身世之故，等於野馬塵埃，電光石火，幻矣！於其中無端而有離合，而有欣戚，又幻之幻也。余與仲愚，生同里，長同爲諸生，雲門、歷下，蔑不聚也，而生平遊處之久，則無如西子湖者，今其詩雖存，而一時屐齒之所歷，麈尾之所向，酒旗歌扇之所樂，荒烟蔓草之所悲，則皆杳如隔世矣。嗟夫！余生佛鬱困悴之狀，又寧僅失一故人而已哉？爰題數語，復之孝堪，若詩之工拙，必有能知之者，不具論。

中洲大和尚綠蘿庵詩序〔一〕

僧而禪歟？余不得而知也；僧而詩歟？余尤不得而知也。何也？禪與詩，兩相妨者也。雖然，槁木死灰，非禪歟？而吾謂其近於詩；拈鬚入甕，非詩歟〔二〕？而吾謂其近於禪，然則禪與詩蓋兩相生者也。夫詩僧豈易言哉？歷觀於古，若皎然、靈一、齊己、貫休之屬，莫不吮咀英華、含吐風雅，其上者乃至敓錢、劉之席，而抽溫、李之簹，他不具論。若賈長江非詩僧乎？而天下後世相與尸而祝之，尊爲賈島佛，則詩僧之品地槩可知矣。

中洲大和尚者，法門龍象也，而乃殫力於詩，其爲詩也，真可以敓錢、劉之席，而抽溫、李之簹。乃說者或疑其病於禪。夫枝頭梅子，取其熟也；臨去秋波，貴無盡也。迦葉聞琴，啓其新也；小玉頻呼，逢其故也。以爲病於禪，則大千世界亦可碎爲微塵，而《青龍疏鈔》盡可付咸陽一炬也。以爲不病於禪，則黄花翠竹亦見天心，片石孤雲亦徵道體也。今綠蘿庵之詩具在，余受而讀之，不惟無蔬筍氣，且無烟火氣矣。將見天都峰頂，常懸日月慧燈，而慈光片地，放白毫光，轉大法輪，日揭揭焉於木蓮花下也〔三〕。是爲序。

北海曹貞吉纂〔四〕。

校記

〔一〕中洲，卽僧海岳，字菌光，號中洲，能詩文，黃山慈光寺住持，有《綠蘿庵詩集》、《萬山拜下堂稿》。南京圖書館藏康熙刻本《綠蘿庵詩》曹貞吉序作《綠蘿庵詩序》。

〔二〕歟，《綠蘿庵詩》作「與」。

〔三〕焉，底本無，據《綠蘿庵詩》補。

〔四〕「北海」句，底本無，據《綠蘿庵詩》補。序後鈐「實庵貞吉」陽文印、「我是識字耕田夫」陰文印。

華荊山詞序

以詞爲詩之餘，則曲亦詞之餘乎哉？推而上之，詩亦文之餘；等而下之，凡《子夜吳歌》、《掛真兒》、《打棗竿》之類皆曲之餘乎哉？總之，元音自在天地，隨其所觸而文生焉，猶之以鳥鳴春、以雷鳴夏之意云爾。故詞者，詩之變，而不可謂詩之餘；曲者，詞之變，而不可謂詞之餘也。顧其變也，亦出於不得不然之數，而非人力之所能與，謂非天地之元音爲之乎？

詞昉於唐，說者以青蓮二闋爲星宿海，今頗疑其含宮嚼徵，非青蓮本色。且其時旗亭畫壁所歌皆唐人絕句，無所謂《憶秦娥》、《菩薩蠻》者，大約自溫、韋諸人始也。而趙宋一代，則自天子以至於庶人，由宮闈而逮夫草野，莫不有詞，而詞於是乎大盛。「曉風殘月」，奉爲章程；「滴粉搓酥」，形諸對偶。張三影、柳三變至名滿天地間。卽大蘇填詞，雄逸變化，猶謂其不解唱曲子。蓋彼時主於諧聲，故有詞客操觚，美人按拍，不瞬息而唱遍國中者。所以難也，今歌詞之法既不傳，文人墨士偶然涉筆，不過作紙上觀，而乃以鹵莽滅裂之道行之，惑矣！

華子荊山，雲間雅士也，而又爲吾友寓瓠快壻，山抹微雲，其來有自。頃從楊子學萊許寄余《尋雲草》一帙，余讀而善之，方欲與熊封大令謀壽諸梓，而荊山死矣。嗟乎！夫工於詞，卽可以死人乎哉？彼不工於詞而死者，何限也；工於詞而不死者，又何限也。不得已而歸之於命，又不得已而託之於偶然，然其詞則不可以不傳也，故援筆而爲之序。

靳熊封入關集序

今夫詩也者，吾人節宣性情之具也。性情不能以自著，而必於詩乎寄之，故曰：『言者，心之聲也。』

熊封靳使君與余共遊處者七年，一旦膺廉能之選以行，壬申六月，揮手於歲寒亭下，慷慨登車，無離別可憐之色，吾知其過人遠矣。今年盛夏，銀鹿西來，寄余《入關集》一帙，余受而讀之，因作而歎曰：熊封詎有異人之筆墨哉？祇有異人之性情而已。夫自淮南以至中州、關陝，皆古來聖賢豪傑崛起發祥之地也，於水則有黄河之奔肆，汧、渭之瀠迴，霸、滻之流注；於山則有太室、少室、終南、太華之尊嚴，龍門、砥柱之奇險；於地則爲彭門、成皋，楚漢之所戰爭，豐鎬、雍岐，周秦之所肇造。無地不可供吟眺，無事不足繫感慨者也。今熊封含毫邈然，經營慘淡，一似夫幽人逸士探奇選勝之所爲，絕不類乘傳車、擁大旆者之載馳而載驅也，異矣！

夫熊封之詩，屢變而益上，余皆得而言之：其始也，悠揚嘽緩，如攜彈公子，翩翩遊芳圃中，是爲《南行日記》；其繼也，飛揚跋扈，如河魁老將，氣味沈雄，是爲《三十六蓮峰稿》；其盛也，如安期、羡門，挾雲氣而上征，又如泛大海觀蓬壺、員嶠諸島，森乎不得其津涯也，是爲《黃山紀遊詩》。今則雄渾之至，糅以清蒼，如聞秦聲，如奏《豳》、《雅》，覺冰車鐵馬，森森在行墨間，若令壯士撥鹍雞絃唱《出塞》、《入塞》之歌，足使天地悲涼，風雲變色，是爲《入關集》。觀止矣！嗟乎！余老而才盡，方且欲摒棄筆硯，以事空王，而獨於故人之詩有不能默默焉者，則熊封之性情爲何如耶？

韓環集序〔一〕

詞至今日而盛極矣。顧言《草堂》者，多失之流易；而宗南渡者，又過於雕鎪。二者交譏，蓋迄今未有定論也。

余壬申歲底，衝北風，冒急雪，復入春明，憊矣！意興闌珊，比於曉風殘月。誦古人『相遇無故物，安得不速老』之句，以爲感慨〔二〕。又誦『舊友皆霄漢，此身猶路岐』之句，以自附；於孟郊、梅聖俞常秩之倫以爲娛樂，而所遇詞人則幾於肩摩踵接，其成書亦不啻汗牛充棟，蓋余自束髮入都，未嘗見人文之盛如此也。

柯子南陔，武唐職志，其著作久已唱遍旗亭。一日過余而言曰：『吾將偕吾友曼真合刻《韓環集》以行，子盍爲我序之？』余曰：『奇偶之數，豈漫然而已哉？古來士君子立身制行，未有不資乎麗澤而孑焉以處者，故曰「友者，身之半也」。卽善作爲言語之人，亦各有偶，彼蘇李、曹劉、沈宋、元白、皮陸之流，其最著也。而自有《金荃》、《蘭畹》以還，若歐、晏之大雅，秦、李之風流，姜、史之清新，辛、劉之豪宕，亦安能踽踽然孤行於世也乎？今二子之詞具在，大要溫柔敦厚，出入於清真、玉田、天游、仁近之間，固已絶二者之交譏，而詞場於是乎有定論矣。獨是余以垂暮之年，宜銷聲匿影，息絶交遊，讓裙屐少年出一頭地，猶賓賓焉取詞章而衡論之，如白頭老嫗爲他人作嫁衣裳，不自知醜且老也，陋矣！』然不能塞其請，爲書數語歸之。

安丘曹某。

校記

〔一〕此曹貞吉爲柯煜、沈樹本詞作合集《韓環集》所作序文。柯煜，字南陔，嘉善（今屬浙江嘉興市）人，有《石庵樵唱》。沈樹本，字厚餘，號曼真，又號操堂、觴翁，歸安（治今浙江湖州市）人，著《竹溪詩略》、《湖州詩摭》、《觴翁詩集》等。《韓環集》今不見著錄，此序當作於康熙三十一年至三十五年（一六九二——一六九六）曹貞吉任職吏部或禮部時。

〔二〕『相遇』句，《古詩十九首·回車駕言邁》作『所遇無故物，焉得不速老』。

代壽大司農王公八十序〔一〕

嘗讀《詩》而至《天保》、《鳧繹》、《既醉》之章〔二〕，知祝嘏之事，非但臣以此期之君也，卽君亦以此期之臣。蓋大臣者，國之元氣也。元氣盛而國運之昌隆卽由乎此，如周之周、召、畢、散，漢之蕭、曹、丙、魏，皆宗臣也，故嘗以一身之進退，繫數百年治亂安危之故。卽或功成身老，而其君不憚咨嗟太息以留之，其同列諸臣亦不辭旁引曲喻以勉之。《詩》、《書》所載，可考而知也。

若今大司農先生可以當之而無愧矣。先生以孝友之資，探鄒魯之秘，蘊深積厚，蔚爲文章，當先皇帝時，早已歌《鹿鳴》，宴瓊林，敭歷中外，垂四十載，今黄髮鮐背，視履不衰。方且理錢穀之繁，當計相之位，精神發越，可兼數人。今歲在癸酉，爲先生八袠良辰，地官諸寅屬謀所以稱觴者而乞言於余，余曰：欲識先生之所以壽，觀先生之所以報國者而可矣，觀先生之所以禔躬者而可矣，觀先生之所以恤民者而可矣。忠勤體國之臣，彼蒼所純佑也。先生於版曹則極其精詳，於西曹則極其仁恕。其衡文也則公以明，其榷關也則清以慎。試之於蠶叢、鳥道之險，而忠勤如故也；試之於龍堆、雁塞之區，而忠勤如故也；試之於彭蠡、錢塘、閩海之間，而忠勤亦如故也。由艾而耆而耄耋，所處皆繁劇之任，所爲皆少壯之事，非得於天者厚哉？昔人有言：『嗜慾深者其天機淺。』〔三〕先生筮仕之始，卽不以家累自隨，一琴一鶴，翛然自遠。今已門施行馬，戸列椒圖，而入其門則無人門焉者，遊其堂則無人堂焉者，惟聞碁聲丁丁，茶香拂拂而已。自古有處膏不潤如是者乎？《語》云：『仁者壽。』先生視天下之人，儼如民胞物與，故於蜀中有請停楠木之疏，於西江有禁加耗私派之示，於閩浙有嚴虛冒扣尅、誣良私拷之政。舟車所至，天下莫不仰之爲景星，爲慶雲，爲甘雨，爲和風，而先生沖然善下，不殊一韋布諸生也，難矣。或曰先生匪第仁也，而且甚勇，與人交，煦煦笑語，如恐傷之，而大義所在，則屹如泰山喬嶽，不可動搖。先生又非第文也，而且甚武，八旬之年，詩歌制義，矢口即成，固矣。而羌人竊發，則親當矢石；楚逆鴟張，則居然保障，又何矍鑠如昔也？用是天子嘉之，位以八座，寵以溫綸。朱提來自太府，文綺出於尚方。珍奇品物，錯落於牙盤；蹀躞名駒，光輝於道路。而且墨海銀鉤、龍跳虎臥『養素』之扁，高懸於政事之堂；御製之詩，照耀乎鄴侯之架。恩禮稠疊，三代以還，所絕無而僅有者也。謂不足以壽民而壽國也哉？先生自庚午而後，引年者凡三，難進易退之節，海內高之，而皇上重去老成，屢蒙慰留溫旨，即今歲咫尺天顏，從容造膝，家人父子，無以遠過。傳諸後世，彪炳史冊，固將與周、召、丙、魏同爲宗臣，彼區區張蒼、羅結、范長生諸人，安能望其項背也哉？是爲序。

校記

〔一〕此曹貞吉代人爲戶部尚書（大司農）王騭作的賀壽序文。王騭，字辰嶽（或作人嶽），又字相居，登州府福山（今屬山東）人。清順治十二年（一六五五）進士，先後任江西巡撫、閩浙總督，內調戶部尚書。康熙三十四年（一六九五）五月，卒於家，享年八十二歲。此序作於康熙三十二年（一六九三）。

〔二〕《鳧繹》，今傳《詩經》各本作《鳧鷖》。

〔三〕『嗜慾』句，出《莊子·大宗師》。今傳《莊子》各本作『其耆欲深者其天機淺』。

袁信庵先生詩序

今天下何多詩人也？而守初、盛之藩籬者，或病於塵飯土羹而不可用；開宋、元之門逕者，亦流於支離率易而無所取裁，二者交譏，其論每斷斷不相下，蓋詩道之敝也久矣。

若睢陽袁信庵先生則不然，信庵爲大司馬文孫，又世際隆平，使竭聲色之奉，極裘馬之好，亦安所不快意？不然，而規刀錐之利，美田宅，權子母，亦世族之自好者矣，而顧殫力於詩。夫詩者，窮然後工者也。撚鬚入甕，惟山林憔悴者能之，而履豐席豫則不暇以爲。卽爲矣，常惑於世俗之說，而不得其神明變化之道，雖爲，猶弗爲也。余生也晚，不獲交先生，而與其外孫誨存氏者遊，因以得縱讀先生之詩，其雄渾而博大者，非杜陵之精髓乎？其真樸而淡遠者，非劍南之神理乎？其峭潔而幽深者，非竟陵之絕詣乎？乃喟然興歎曰：『是矣！是矣！所謂擇其言之尤雅而出之者，先生當不愧斯語矣。』雖然，先生豈山林憔悴者流乎？何其不惑於世俗之說，而神而明之至此極也？吾知之矣。昔賢之論曰：謝景滌芳蘭竟體，張思曼吐納風流，以云雅也。夫使其人而雅，雖置之市廛，而珠光玉氣自不可掩；其人而俗，卽草衣木食猶傖父也。請以一語題先生之集，曰：『雅。』誨存其首肯乎否也？

抑余又聞諸中州士大夫之言曰：袁氏一門，比於雙丁、二到。信庵難兄曰與參先生者，著作等身，不勝剞劂，緣諸郎既於摧折，其筆墨遂如殘月曉風，是則可惜也夫！

馬竹船詩序

今天下之人，無不工詩，此道可謂大盛。余於聲律無所窺，今益老懶，思焚棄筆硯，於時賢之詩不敢置可否。而一讀竹船新詠，乃不覺目明而心開，蓋不喜竹船之能詩，而喜吾友翼辰之子竹船之能詩也。

翼辰與予交近三十年，同學諸子，寥寥如晨星，翼辰又以老病廢。余一官雞肋，凡十載不獲共晨夕，卽時時夢見之，又不知果吾翼辰否？不知尚能肆力於詩否？不知談鋒尚矯矯如往日否？今竹船集中，凡所閱風晨月夕、看劍引杯、痛哭無聊之所爲，一如種紙齋頭、伴鶴軒中余兩人促膝談心故事也，豈不大快也哉！

余有子不能詩，而與竹船稱忘形友，卽時與竹船相酬唱，而文采無足觀，或能世余之舊好，而詩詞亦在所略也乎！至竹船之詩之工拙，世有目者皆能知之，故不具語云。

高槎客詞跋〔一〕

今天下言詞者，非辛、蘇，則秦、柳，然亦襲其貌耳，至於神理，都未夢見，若語以南渡諸家〔二〕，舌撟而不下矣。高子槎客投余一編〔三〕，大都出入於玉田、碧山之間，而細膩過之。若《畫堂春》之『一痕烟浪長柔藍』、《蝶戀花》之『黄葉清江，換卻來時路』、《燕山亭》之『别院秋千，閒了樹頭紅影』、《疏影》之『問取纖痕，雨瓣殘紅，可得輕盈如此』，雖使昔人復生，吮毫按拍，無以加也〔四〕。高子年在終、賈，便已凌轢詞壇〔五〕，遲之數年，吾知有井水喫處，莫不歌《羅裙譜》也〔六〕。爲題數語歸之，試質之竹垞先生，以僕言爲然否耶？

安丘曹貞吉。〔七〕

校記

〔一〕高梌客，即高不騫。不騫，江南華亭（今上海市）人，高層雲之子，師事朱彝尊，好古學，能詩文，有《羅裙草》詞集五卷，今存康熙間刻本，張宏生《清詞珍本叢刊》第九册據以收録。卷前有李符、曹貞吉、嚴繩孫、徐釚、高士奇諸人序，高序署康熙癸亥（二十二年，一六八三）。刻本曹序與鈔本差異較大。

〔二〕南渡諸家，《羅裙草》刻本作『南渡後諸家』。

〔三〕梌客，《羅裙草》刻本作『查客』。

〔四〕『若《畫堂春》』以下，《羅裙草》刻本作『若《畫堂春》之「一痕烟浪長柔藍」、《渡江雲》之「西風陣陣捲荒烟，翠澹峰螺」、《月華清》之「雲際無風，澹了碧痕千頃」、《桂枝香》之「響滴林梢，倦葉也應飄落」、《燕山亭》之「别院秋千，閒了樹頭紅影」，雖起昔人於今，吮毫按拍，無以加之也』。

〔五〕『便已』句，《羅裙草》刻本作『便已凌轢詞壇如此』。

〔六〕羅裙譜，《羅裙草》刻本作『羅裙草』，然康熙間聶先、曾王孫刻《百名家詞鈔》所録高不騫詞集，即名《羅裙譜》。

〔七〕安丘曹貞吉，底本無，據《羅裙草》刻本補。

江氏祇紹堂記

歙州之俗，最稱近古，皆敬宗而收族。每一姓聚居，先營祠宇，相地高以敞，飭材鉅以堅，徵匠巧以緻，雖素習纖勤者，費貲累千百不少恡。間遇伏臘，聚其宗人於祠，陳豆俎，潔罇罍，少長有序，祀畢而飫其餕，藹如也，翼如也。俗之追遠而崇先，莫歙若矣。

歙之江氏，子姓最繁，望甲一郡，有侶雲君者，娶於姜，憫外舅堯如君歿而無後，欲構堂以祀，其子德符敬承先志，買地於城東南隅問政山之麓，會將建祠，而侶雲君父子俱卽世。至康熙辛亥，始卽舊基而廓之，作堂三楹，顔曰『祇紹』，以供堯如君暨配某木主。又恐歲久驰廢，並祀侶雲君兩世於堂中，俾引之勿替。而告厥成，以永其不匱之孝者，實惟侶雲君之孫衡先也。

按《禮經》所載，上自七廟下至祭禰於寢，皆有定制，親盡則祧，正朱子所謂『心無窮而分則有限』者〔一〕。且先王緣情以制服，因義以立宗，故袒免無服之族人皆得爲後，而緦服之壻與功服之甥不得爲後，非以重宗昉、嚴祭統歟？今江君爲祖母之外氏立祠，而以祖若父袝食，其事誠爲非古，然自世教日衰，戚姻誼薄，飲食訟而乾餱愆，有視其外姻如行路者，而江君克體先志，不忍死其祖若父也。其祠隆隆然歷三世而克成，其祭洞洞然合兩姓以永好，卽厚於外氏者若此，而本宗之遜睦禋祀之具修，更可知矣。

余丞徽且八載，既稔其事，又與新沐先生有寮寀之雅，因綴其始末而俾予以言，余以其俗之過厚，而禮制雖嚴，亦因乎人情所不能已者，乃不辭而爲之書。

校記

〔一〕此爲朱熹《四書章句集注》引胡安國語。原文爲『人之欲孝其親，心雖無窮，而分則有限。得爲而不爲，與不得爲而爲之，均於不孝。所謂以禮者爲其所得爲者而已矣』。以文中有『余丞徽且八載』，則此記作於康熙三十一年（一六九二）。

上宋大中丞書

謹啓：客歲下役回，承雅惠種種，光怪陸離，不可狎視。小往大來，殊切慚惶也。捧讀大札，灑灑洋洋，唐宋名家無以復過，誦之連日，朝夕不倦，以爲光寵，然而崇奬逾涯，則不敢當也。某於黄山，纔闖藩籬，發詞弇鄙，而憲臺齒頰一及，覺枯木朽株皆有生色矣。

今年二月中，某適有白門之役，往返匝月。歸來，於靳令處接憲札一通，兼讀太夫子遺集，真如景星卿雲，千古常新，不勝讚歎。至貴鄉諸先輩名集，則如玉樹瓊林，後先輝映，未嘗不頫首於中州人文之盛，而憲臺表章之功鉅也。新作日新月異，何屢變而不窮耶？佩服！佩服！

某一官潦倒，心事猶如死灰，承問新篇，不勝忸怩，細檢敗簏，所存儘二百首，皆頽靡而不可收拾，以登文几，未有不啞然失笑者。然而不敢匿醜，正以見老生末路，氣盡鼓衰，可鄙亦可憐也云何。

四月中，寧都魏昭士來，其人其文，皆足千古。晤間，知憲臺起居佳勝，新祉洊膺，而翰墨所及，意言鄭重，憫其垂成，期以後效，感激之下，不覺涕零。昭士於清和月杪，泛錢塘之棹矣，薄有佽助，殊爲汗顔。兹遴下走，代叩崇階。敬勒蕪言，用道績闊。不腆侑函，伏冀鑒茹。

答陳滌岑先生書

老先生以鴻才碩德，高蹈丘園。擁連屋之書，兼百城之樂，所謂名可得而聞，身不可得而見者也。僕以東海鄙人，代庖貴郡，專愚自用，開罪於士大夫者良多，然孤蹤蓬寄，或亦共諒其不得已也。五月中，辱承大札，兼讀等身之著，正如入五都之市，光怪陸離，不可迫視，老先生之貺我多矣。敬謝教至！

《古今賦會》一書，真匯渤溟之流而探西山之秘者，海内人士望此久矣，何不刊布寰區，以慰饑渴，而乃以佛頭之穢待之？小生承命以來，惟有惶怖，所以未敢敬答一書者，良以僕淺才薄殖，不敢輕視兹役，故未得吮毫濡墨。一，加以交替事殷，胥吏簿書擁立，惱人不啻蠅蚋，中懷作惡，興至輒罷罷而。且溽暑苦人，終日如坐鑊湯中。三，歸來匝月，始克成章，然而惡甚，不敢卽出以見長者，故遲遲至今耳。謹錄序文一通，用塵記室，望大作家不遺葑菲，賜之筆削，俾操觚之家〔一〕，不至開卷噴飯，乃大幸也。此由衷之言，伏冀採擇。若書成之後，祈早惠一部，以示子弟，更爲感也。

僕於老先生雖未識荊，然文章一道，有若磁鐵，神馳左右，正匪自今則謂與他人未嘗謀面，而先生終日晤言可也。何如？

校記

〔一〕操觚，底本作『操瓢』，據文意改。

賀青州道啓

伏以節鉞遄臨，風紀肅少陽之野；　袞衣至止，謳歌訖瀚海之邦。惟寄託首重宣猷，肆綏靖必資名世。恭以先生際泰夔龍，瑞時麟鳳。丰標玉立，祥鍾華嶽三峰；　介節冰持，清比黄河一笑。中州敷澤，早分花縣之符；　粉署含香，便識神羊之氣。疇咨倍切，嘉賴彌殷。謂海岱形勝奥區，孰是猷分左顧；　知姓字人寰倚重，終當惠此一方。爰膺簡在於綸綍，隨睹旌旗之赫奕。白童黄叟，戴德者已閲歲周星；　遠至邇安，聞風者亦途歌巷舞。某蓬茅下士，蔀屋編氓。丁年握槧，幸分蘭蕙於元方；　壯歲服官，喜覿龍光於台座。別逾十載，曠若千秋。讀除目而葵傾，望雙旌而雀躍。其奈馬牛走於江甸，無由泥首青齊；　蠓蠛寄於山城，未獲抒誠尺一。然而桑梓在念，知陽春不棄葑菲；　山斗是依，諒絲麻無遺菅蒯。敬修尺素，致候起居。

代祭李太夫人文

坤靈毓德，體順承乾。清門華胄，鼻祖登壇。遜國諸臣，義激肺肝。離奇輪囷，蔚爲芝蘭。此太夫人之家門赫奕，而非同蓬門之單寒也。洎乎笄年，來嬪于李。百兩于歸，齊姜宋子。振振繩繩，實由於此。蘋藻必親，寒燠必視。葵糈瓠菹，甘之如薺，是太夫人之爲婦乃過於爲女矣。明綱解紐，乾坤易位。金斗奥區，江淮重地。圍以三匝，攻以百計。雖在鬚眉，震慴失次。女而士行，維城攸繫。玉孕珠含，實惟此際。若夫青燈瑩瑩，寒星炯炯。四部五車，沈酣酩酊。書等於身，眼高於頂。雜佩可捐，帨纓可屏。相君騰達，遂遊木天。門施行馬，邸猶平泉。羣玉册府，紀錄攸全。石渠天禄，編摩勉旃。煒煌大業，提命在焉。宣文絳帳，三十六年，此天留賢母於期頤，以開景運之綿綿也乎？況乃統均之司，進退有位；燮理之功，陶成庶彙。訓詞煌煌，言簡義備。振古淑媛，誰爲罕譬？彼零陵、宜都諸賢，又何足以方類也耶？象服是宜，朱顔緑鬢。秋水爲神，野鶴等韻。薛鳳荀龍，繞膝並進。已溺己饑，哀此道殣。不溢不驕，仙李委順。衆香國中，本來可認。洵吾儒所謂生寄死歸，而釋氏所云蓮花接引者也。某等或仰慈訓，或慕徽音。舊歲嘉平，法酒載斟。士集衿佩，朝列纓簪。錦綈玉軸，長歌短吟。春秋無極，祝嘏自今。詎期□鶴〔一〕，一夕遙臨。蕭颯晨風，陰森夏霖。萬卉敷榮，一萱隕林。吁嗟上相，何以爲心也哉？

校記

〔一〕□，底本闕，疑作『仙』。

王敷彝先生墓表〔一〕

敷彝先生視余年二十以長，蓋嘗與先大夫同隸上庠，同試於有司，其名氏迭爲甲乙，是余之執友也。先生通籍爲先皇帝之丁亥，距甲辰凡十七年，是余之前輩也。余固陋無似，先生不遐棄予，嘗以制舉業相指示，特未嘗執贄耳。先生卽退讓不居，而余事先生不敢不謹，是余之師也。癸亥夏五，余服闋入春明，時先生病甚，登堂執手，形神悽愴，曰：『余病矣！恐不復見子，願以兩孫爲託。』余亦嗚咽，不獲辭。閲三月，而先生之訃至，余哭之失聲。嗟乎！嗟乎！余與先生因已生受其教，死受其託矣，而一官匏繫，歿未嘗拊其棺，葬未嘗臨其穴，吾負先生！吾負先生！今年二月，其孤孫廣嗣馳一札至長安，以墓門之石爲請，曰先生人意也。余於世之文君子無能爲役，而先生死不忘余，是安可以不文辭？

謹按：先生姓王氏，諱訓，敷彝其字，晚號悔齋，安丘岞山里人。舉順治丁亥進士，仕爲山西萬泉令，居二歲，遇兵變歸里，里居三十餘年而考終命，得年七十。有子早世，僅二孫在耳。方先生之少也，門戶中衰，里役狎至，先生以孤露搘拄其間，內而鹽米凌雜，外而公私逋負，手口卒瘏，略無暇日。又以其間篝燈夜讀，凡經書傳注，以及《左》、《國》、《史》、《漢》，皆手錄數過，丹黃爛然。如是者十年，乃得充博士弟子。又十年，成進士。先生之於學，可謂勤而有志者矣。國初，雲雷甫集，官人不次釋褐之士有不崇朝而登臺閣、列侍從者，先生獨得一山城如斗大，撫摩教誨，不鄙其民。無幾，姜逆變作，三晉風靡，同時諸長令或死或降，先生乃間道請兵，歸命主上，事平之後，終以失守免歸。先生之才，固未嘗有所設施也。晚歲結茆濰東，不入公府，撰著等身，不勝切劂。而其平生得力於舉子業爲多，憶辛酉夏秋間，余方伏草土，以其暇課子弟，先生時時過存，余偶有叩擊，輒雒誦先輩名作，數十篇不遺一字。時先生行年六十有八，而神明不衰如此。先生性孝友，奉太孺人，色養兼至，愛其弟詰，終身無間言。與人和易，近於泛愛，而胸中涇渭井然，義有不可，千夫莫奪，然亦以此戾於俗，鬱抑以終。嗚乎！傷哉！余聞諸張子杞園先生，易簀前五日，猶衣冠肅客，談笑如常時。今讀其豫畫後事，委曲詳至，略無怖畏，翛然往來，幾於坐脫，非天人之理講究至熟，能齊一死生如是耶？嗚呼！先生往矣！余他日歸牟婁，有疑誰與晰？有奇誰與賞？足有所往，而倀倀其何之？正使墳生宿草，猶未解涕泗之滂沱也。生□年，卒□年〔二〕，娶張氏，封孺人，前卒。暨娶潘氏，子一人，□□〔三〕，諸生，前卒。女子二人，昏嫁皆名族。以卒之歲十月十二日葬甘棠村之原。康熙二十三年四月立夏日，同里曹某爲之表。

校記

〔一〕王數彝，即王訓。訓，字數彝，號念泉，晚號悔齋，青州安丘（今屬山東）人，清順治四年（一六四七）進士，曾任直隸萬泉縣（治今山西萬榮市萬泉鄉）知縣，著《論語日知編》、《學庸思辨錄》、《孟子七篇指略》、《悔軒文集》等。編纂類書《二西彙删》二十四卷，《四庫全書》子部著錄。主修康熙《續安丘縣志》二十五卷。道光《安丘新志》卷十九《文苑傳》謂『張杞園（貞）狀其行，曹實庵（貞吉）銘其墓』。

〔二〕□，底本作空格，應爲待補入相關內容。張貞《文林郎山西平陽府萬泉縣知縣王公行狀》載：王訓『生於萬曆四十二年（一六一四）正月二十六日辰時，卒於康熙二十二年（一六八三）閏六月十日寅時，得年七十』。

〔三〕□，底本作空格，應爲待補入相關內容。張貞《文林郎山西平陽府萬泉縣知縣王公行狀》載：王訓『子男一人：士魯，諸生』。

清故歲貢生漪園李公墓志銘

蓋余兄弟之受業於漪翁先生也，歲惟丙戌暨庚寅，先生之捐館舍也，以戊午，時余兄弟皆宦遊，第遙執心喪禮。今歲丁丑，余以病乞歸，先生宰木合圍矣，而隧中之石久虛以待余，良以先生與余習，余知先生亦最深。文生於情，自不至以飾字浮詞蔽先生實行也，病雖急，誼則何敢辭？

謹按：先生姓李氏，淥其名，字漪園。始祖由樂安徙居邑之峰山里，六世而高祖天祥公始卜宅於夏坡。一傳，而贈主事西庵公式廓之，是爲先生曾祖。再傳，而太守鳳岡公光大之，是爲先生祖。鳳岡公故廉吏，一經而外，無賄遺子孫。易簀時，先生父華封公甫三齡，齒稚家寒，門楔幾中落，卒能飭躬種德，紹前烈以啓後昆。有丈夫子五人，先生其長也。先生生而具異才，華封公復迪以家學，嘗兄弟駢肩，咿唔涵泳，盛寒暑弗輟。適巨豪有思鯨噬者，壓椽而結屋，瞰呼瞋視，勢蓋耽耽，然比夜聞書聲，頓惶駭不寐，曉即撤材去，曰：『儒脈未絕，產不可圖也。』華封公以食指衆，將析箸，先生諫，不聽，語三難弟曰：『吾家止一厚產，例宜均，顧吾輩壯，得薄田無慮。庶弟幼且矇，難自力，盍悉膏腴畀之？』三弟以爲然，共請於華封公，華封公察其誠勉，從之。華封公歿，值鼎革初，揭竿四起，夏坡尤邇，巨寇焚掠之毒聲不絕於耳。先生外禦內安，卒保無虞。又能於哀毀之餘，茂殖其學業，故泮遊三十載，累試輒冠軍，然以文體高古，不合圓熟式，凡親受教如德聞孫公、胞弟養徵、族弟培之、從姪歛若、用若、用若子奕諸名公及余兄弟皆先後掇科甲，而先生獨不一遇。嗟夫！使先生稍貶其格，則必售；主司稍精其鑒，則亦售，乃生無媚骨，既不屑降志以狥人，彼目瞖俗塵，復不能破例而拔俊。緣是按劍之叱，頻加於投珠之客；彩筆無靈，誠天地間一大恨事。要之，孤標浩氣，自足千古，區區一第，固不足爲先生重輕也。先生名日盛，學者爭就正之，一見其文，卽決其窮通，某早售，某晚達，某雖才不端，某縱學無成。臨當下品騭，人多不曉，厥後無爽毫髮者，惟神而明之，自別有卓識，固非操術射覆，懸擬偶中者比也。論文以神理爲主，嘗謂：文貴善用，稗官雜劇，悉寓靈機；種樹條桑，皆合妙諦。遺跡取神，在學者會通之。執文求文，文猶有盡；離文求文，文乃無窮矣。其教人也不一法，跅弛者裁制之，迂腐者恢擴之，要期成德達材，各有所就。一時學士，以不及門爲恥。就中尤奇余兄弟，恒語余老僕曰：『汝幼主非常人，當善視之。』戊子、己丑間，已罷設絳帳矣，庚寅，特爲予兄弟授業者再，得始終有成焉。知己之感，永矢弗忘。

先生自審所學究與俗不諧，遂絕意進取，遁跡丘園，日惟講道著書，奬引後進爲事。歲甲辰，以明經貢太學，時例就廷試者卽與選，同人多慫恿之，先生竟不赴，蓋以母劉太夫人春秋高，不忍一日離，而以五斗米折腰，尤生平所深恥者。洎母夫人以期頤終，先生年逾七旬矣，猶呼天戕地，血漬苫塊間，其孺慕之性，老而彌篤如此。丁巳嘉平，際先生八帙誕辰，門生戚黨，虔製錦屏以賀，於時扶杖周旋，視聽未少衰，咸謂天嗇先生以名者，厚先生以壽。自茲百齡永錫，俾後生小子，長奉以爲式。老成具在，實爲桑梓幸。孰意祝嘏之頌方喇，修文之符旋至。晦朔倏四易，而先生騎鯨長逝矣。則康熙十七年四月廿四日也，距生故明萬曆二十六年十二月初二日，得年八十有一。葬八珠山之陽，元配宓氏早卒，繼王氏，後先生一年卒，壽八十二。副室潘氏、李氏，子六：其曄、其暅、其昉、其時、其杲、其晟，女子三；孫男九：性、忠、愫、憬、瞻屺、望屺、惟、恴、恕；曾孫三：必信、夢兆、學魯；玄孫四，婚嫁皆名族。

先生孝友出天性，與人交以誠，光明坦易，不墜冥冥之行。卒之日，百里內外哭奠者踵接。顧受恩如余，乃不克一臨，僅使兒輩代陳牲醴，隱隱此衷，抱歉者二十年，泚筆之頃，猶有餘痛焉。姑揮淚而志其墓，且繫以銘。曰：

萃天庥，蘊地脈。鬱鬱佳城，先生是宅。孕秀含真，式昭厥德。宜爾子孫，俾繩繩而緝緝。

賜進士第、奉政大夫、禮部儀制清吏司郎中、丙子科廣西鄉試副主考、甲戌科武會試同考官、前戶部廣東清吏司員外郎、江南徽州府同知、庚午科武鄉試同考官、內閣掌典籍事、誥敕撰文中書舍人加一級、纂《玉牒》、甲子科順天鄉試同考官、同邑受業門人曹貞吉頓首拜撰。

邑庠生馬慎祇暨配劉氏合葬墓志銘〔一〕

公諱□□，字□□〔二〕，安丘人。曾祖文煒，嘉靖壬戌進士，歷任大中丞、巡撫西江〔三〕，有清節，爲隆、萬間名臣，世所稱定宇公者是也。丈夫子三：長應龍，萬曆壬辰進士，任禮部郎中，以博學聞，初任杞縣令，有惠政，所著等身，今載邑乘；次從龍，亦舉壬辰進士，任工科給事中，伉直不與時合，早年引身退。天啟間，以尚寶寺卿、大理寺寺丞召，不起；次友龍，早卒，公祖也。父□□〔四〕，亦早卒。公承奕葉清白之後，且累世孤露，賴伯祖黃門公撫育以生，幼穎悟，美姿容。舞象後，爲邑諸生，性磊落，便弓馬，頗好客，余時雖幼，常見其戶外屨滿也。崇禎壬午，以難卒，厥嗣今鴻臚君甫六歲耳。

嗚呼！公單傳者二世矣，及公又早卒，雖大中丞之遺澤，有不能庇其後昆。而鴻臚君乘時鵲起，爲邑通人，今五男子林立，振振繩繩，方興未艾，伊誰之功？則惟余姨母之拮据卒瘏以致此也。姨母姓劉氏，爲外祖少傅公愛女，及笄，歸慎祇公，舉案相莊，皆其餘事，所最難者，以共姜之節，兼程嬰、公孫杵臼之心，行丈夫所難行之事，爲不可及也。慎祇公既卒，扶廣柳之車，獨返里門，維時風雨飄搖，家徒四壁，撫煢煢藐孤，相對飲泣，此雖在鬚眉亦無不震慴失次者，而姨母乃曰：『馬氏存亡，在我而已，未亡人不敢不勉終厥緒以貽先君子羞。』於是，出其父書，坐鴻臚君於側而督之，一燈熒熒，形影相弔，此雖在天地鬼神亦未有不陰啟而默相焉者。顧鴻臚君既長，性復好客，姨母委屈摒擋，饌輒不移時而具，卽鴻臚君之賓客亦無不訝爲有餘者，而不知陶母之髮屢髢，珠璫翠鈿時時在質庫間也。嗚呼！痛哉！人未有不欲其子成名者，而才具不足以濟，則亦不能延譽而疏榮。況閨閣者流，吝財出於天性，姨母獨豁達好施，生平急難扶危之事，紙不勝書。而余所得而樂道者，則在教子成名之一事，爲能告無過於九原耳。鴻臚君既貴，姨母方在康强，百日金門，高堂念切，遂乞身歸養，承歡膝下者幾廿年，可稱是母是子矣。異日者，鴻臚君翔步天衢，翟茀之錫，綸綍之榮，應計日可待，吾姨母不亦逌然其含笑也乎？其生卒、子姓備錄於左，將於某年月日合葬於十里河之原，其甥曹貞吉時在江南，從嗣君之請而爲之銘。曰：

昔渺孤，今國器。昔門祚中衰，而今克永世。白髮青燈，熒熒者淚。鐘鳴鼎食，熊熊者氣。相見夜泉，可以無愧。

校記

〔一〕馬慎衹，即馬長祜，其妻劉氏爲曹貞吉外祖父劉正宗第三女，則馬氏夫婦於曹氏兄弟爲姨父、姨母。馬長祜於明崇禎十五年（一六四二）與曹貞吉之父曹復植同遇難於安東衛（今屬山東日照市）。劉氏，咸豐《青州府志》、道光《安丘新志》皆入《列女傳》，張貞也有《馬太孺人劉氏傳》。

〔二〕□，底本皆空格，應爲待補入相關内容。康熙《續安丘縣志》卷十一《藝文考·附逸文》、張貞《馬太孺人劉氏傳》、曹貞吉《鴻臚馬公墓志銘》皆載馬氏名長祜，字慎衹。

〔三〕後《鴻臚馬公墓志銘》作「江西」，是。馬文煒，字仲韜，號定宇。嘉靖四十一年（一五六二）進士。歷任知縣、御史、知府、按察司副使、荊南兵備道、江西右布政使、都察院都御史兼江西巡撫等職。

〔四〕□，底本皆空格，應爲待補入相關内容。《續安丘縣志》、《馬太孺人劉氏傳》、《鴻臚馬公墓志銘》載馬長祜之父名爲「道勸」。

鴻臚馬公墓志銘

公與余爲外兄弟，自學步履語言，以及成童，漸長而壯，同仕於朝，未嘗或離。迨公里居，余亦歷官南北，不得朝夕與共者廿餘年。去歲之杪，公一病竟不起，傷已！時余亦有歸志，計余歸期，相距纔三月耳，未獲握手一訣，又足悲矣！今歸，窆有日，公之冢嗣以墓門之石請，謂戚里中至親無如余，而悉公之生平者亦無如余也。余誼不得辭。

公姓馬氏，諱良顯，字臣鵠，又字臣哉。高祖文煒，明嘉靖壬戌進士，歷任大中丞、巡撫江西，爲隆、萬間名臣，載諸史冊。丈夫子三：長應龍，萬曆壬辰進士，任禮部郎中，以博洽稱；次從龍，與兄同榜進士，任工科給事中，剛正廉介，爲勝國直臣。告養家居，以尚寶、大理兩起官，皆不就；又次友龍，卽公之曾祖也，早卒，生一子，太學公道勸。太學公亦生一子，文學公長祜，是爲公父，娶外祖少傅劉公正宗女。公生甫六歲，值壬午之變，文學公攜家避兵海上，卒罹於難。

嗚呼！公之家單傳三世矣，又於數百里之外猝遇禍變，兵戈擾攘中，扶柩歸里，四壁蕭然，饔飧不給。余姨母拮据卒瘏，左右撑拄，衣食卽得不匱，而流離患難，母子孀孤，茹荼飲恨之事，殆有不忍言者矣。姨母乃於女工之暇，出先人遺書，呼公至前，涕泣而教誨之，公亦自知所遇之艱，竭力奉命，以無負以慈代嚴之心。稍長，卽通經術，弱冠入泮，未幾食餼，人以爲有積德者必有厚報也。歲己酉，考授鴻臚寺序班，本期祿養，然遠離庭闈，不勝依依膝下之想，故居官百日，卽乞歸養，是亦時人中不多有者。公性至孝，養體養志，纖微必周，姨母家法素嚴，以公箕裘之任重，期公者厚，少不率教，卽加督責，不以三世遺孤，稍寬假姑息也。親心或偶不懌悅，公卽坐臥不敢安寧處，率妻攜子長跪待命，愉色婉容，必得歡心而後已。嗚呼！難矣！公少年嗜酒，母命少飲，卽戒之終身，對客終日，不過三盞。宅後治一圃，顔之曰『唯小園』，蓋無日不以養親爲念也。己巳秋，姨母以壽終，擗捅幾絕，祭葬一準於禮。公年已逾五十，朝夕涕泣，不異孺子，哀毁骨立，粗糲三年，公之孝可謂生死如一者乎！自茲以後，公遂不復曩時壯盛矣。丙子冬遘疾，醫藥迭投，不能奏效，逼歲除十日而終。公體壯偉，美丰儀，一時同官，咸屬瞻望。性磊落慷慨，重然諾，取與不苟。而晚年惟喜幽居，雖近城市，閉戶不出，動輒經旬，讀書之暇，課僮僕藝花種蔬而已。工臨池，間爲小詩以適意，然不斤斤事此也。諸如濟急周貧，給棺施藥，又其餘事，不勝紀矣。

公生於崇禎十年四月十三日丑時，卒於康熙三十五年十二月二十日辰時，得年六十。娶王氏，太僕卿業弘孫、廩生憲祖女也，生男某、某，孫男某、某。今於康熙三十六年九月二十九日葬於瀧水之阡。爲之銘曰：

渺渺孤煢，慈母教，嚴君同。憂心忡忡，烏反哺，報所生。翱翔廊廟，移家孝，作國忠；愛日情切，辭金闕，戀萱庭。從親地下，樂洩洩，樂融融。如堂如斧，爲爾之宮。宜子宜孫，其何終窮？

李孺人誄言並序

康熙二十八年歲在己巳冬十一月，李孺人以疾終於内寢〔一〕。盤匜罷陳，琴瑟撤御。悲風號木，玄雲作絮。吾姻兄杞園先生感泉路之阻長，悼漆燈之明滅，悲同夫落葉哀蟬，戚等於絃摧柱折。嗚呼！哀哉！朝蕣空花，浮漚易散。弱草悽夫輕塵，流光疾於激電。其姻家曹貞吉時在天都，聞之而歎曰：「是可誄也。」詞曰：

隴西系望，仙李蟠根。蘭儀玉度，發於德門。之子于歸，六珈爲佩。兩小無猜，雞鳴旦昧。爰相夫子，維孟與梁。無非無議，云何不臧。乃生男子，玉立昂藏。河東之鳳，掩靄書香。乃生女子，蕙質茝芳。謝庭咏絮，宜爾姑嫜。盌彼晨風，閱此鞠凶。質非金石，壽非松柏。譬諸行路，各返其宅。兒啼於堂，女泣於室。夫子在患，形孤影隻。嗚呼哀哉！女子有恒，明粧艷冶。孺人唾之，崇其脩雅。女子有恒，鬼廟神絃。孺人唾之，守其靜專。女子有恒，群居廢日。孺人唾之，内閾不出。戊申六月，坤維失奠。雙臥重樓，餘生一線。死喪之威，神魂交戰。噭然一哭，坐脱立見。嗚呼哀哉！印冊煒煌，錦囊綺麗。鸞箋不拂，商歌罔儷。去水無聲，流離易碎。悲甚擲琴，傷同掩袂。人亦有言，夢到仙山。雲房結翠，文杏截椽。是耶非耶？孺人在焉。披服儼雅，環珮珊然。太息自陳，前身仙籍。今返蓬瀛，仍居舊職。屏去威嚴，慮君不識。我儀圖之，或乏愧色。嗚呼哀哉！

校記

〔一〕張貞《亡室李孺人行略》：『康熙己巳二十八年仲冬之初，余以懷抱抑鬱，疽發於項，當瞑眩瞀亂之際，吾妻李孺人無病而殂。』

雲將公行述〔一〕

先君子之棄不孝諸孤而長逝也，在壬午之十二月，距今已四十年，於時兩孤俱孩，幼無知識，不能道先君子之行事，墓門片石，遂成闕如。今先妣太夫人又復見背，穆卜康熙壬戌四月十七日合窆荒塋，將乞海内大人先生之文爲泉壤光寵，又安能已於狀乎？獨是不孝貞吉之侍先君膝下凡九年〔二〕，其前四五年童昏不復記憶，可憶者三四年間事耳。閲世既久，恍如夢寐，而兼以苦塊餘生，頭白齒豁，多病健忘，又安能狀先君子乎？嗚呼！天下鮮民未有如不孝者也。人誰無父？而不孝之有父祇九年，使九年之中盡能記憶，且不足盡先君子也，而又半喪於童昏，半瞀於老病。然則，先君子之嘉言懿行，將聽之若存若亡也乎？此又非不孝孤之所敢出矣。

謹按：先君諱復植，字宗建，號雲將，世爲安丘之蓮池里人〔三〕。高祖諱汝勤，歲進士〔四〕，以子貴，封奉政大夫、南京戶部郎中。曾祖諱一麟，前丙辰進士，任蘇州府吴江縣知縣，入邑志《篤行傳》。祖諱應埧，太學生，任遵化縣縣丞，贈徵仕郎、光禄寺大官署署丞。考諱詮，太學生，任光禄寺大官署署丞，以孫貴，誥贈通議大夫、大理寺卿，再贈通奉大夫、禮部右侍郎加一級。妣姓王氏，同邑處士業峻公女，前封孺人，今誥封太淑人，誥贈夫人，實生先君〔五〕。云先大父早艱於嗣，禱於觀音大士而生先君。先君生而穎異，白皙，美鬚眉，姿狀如天人〔六〕。性沈毅，寡言詞，孝友出於自然，不務矯飾，讀書數行俱下，一過目終身不忘。先大父既晚得先君子〔七〕，故其愛之也倍至，而望之也亦倍切，延師課讀不少衰〔八〕。嘗曰：『是將大吾門也。』十四歲，受知於督學世臣李公，入上庠，略試輒高等〔九〕，與故相國孫文定公〔一〇〕、少司寇念東高公名相頡頏。戊寅、己卯間，邑侯三原房公屢拔冠軍，以國士相期許。凡三入棘闈，不售，僅餼於庠，而志益堅，文益進。壬午闈，義見賞於高密令匡山何公，幾遇矣，又以細故擯落，而先君亦遂坎壈以終。嗚呼！痛哉！先君於書，手不停披，經史子籍，莫不研究。先大父性好聚書，連屋充棟，先君子成童以後，即坐臥其間，先大父解綬歸來〔一一〕，課其所業，則丹鉛殆遍矣，爲之色喜者久之。又嘗留心經世之務，談古今利害成敗，瞭若指掌。當流寇之亂中州也，嘗酒半慷慨而言曰〔一二〕：『天下者，一人之身也。神京其首，齊、晉則左右臂，中州則腹心也。安有腹心壞而能久存者乎〔一三〕？天下亂矣！』維時先大父尚營屋宇，先君顧叔父郁文公而歎曰：『營此何爲？』未幾而海內云擾，邑里丘墟。盛衰之際，其有以見之矣。平生爲制義及雜著凡若干種〔一四〕，藏於家，而厄於喪亂，不獲存隻字。嗚呼！痛哉！先君持身如玉，而飲人以和，一時人士目爲僑肸，以爲旦暮間登膴仕，其建樹正未可量，而竟不得邀一命以歿。嗚呼！痛哉！先君捐館舍之九年，而次子申吉售於辛卯，又十二年，而不孝貞吉售於癸卯，又十八年，而幼孫湛售於辛酉，何一非先君子之所積累也乎？使先君而在〔一五〕，亦僅六十有七歲耳〔一六〕，未大耋也。乃宰木已拱〔一七〕，九原難作，家更隆替，人閱存亡。不孝亦垂垂老矣。邈若山河〔一八〕，豈不信哉？

先君性廉潔〔一九〕，口不道阿睹物，猶憶不孝六歲時，自外家持百錢歸，先君見之，輒大恚曰〔二〇〕：『兒何不廉？既飲且食，又攜錢歸耶？速返之〔二一〕！』不孝雖在童稚，爾時覺無地自置也。其嚴於律身而義以垂訓如此。先君雅善臨池，猶憶秋燈熒熒，和墨作小楷，銀鉤屈曲，朱絲燦爛，蓋日可萬字也〔二二〕。先君於詩律最細，特未及作耳。當不孝五歲〔二三〕，即手錄唐人七言一冊付之，丙夜吟誦，略能上口，迄今讀詩，遇『巴陵一望洞庭秋』之什，未嘗不泣下霑襟也。先君善擇交，少許可，於宵壬之類，去之惟恐不遠，嫉惡如風，蓋其天性。平居安於儉薄，室無媵侍，與先慈相敬如賓友，不孝日侍膝前，未嘗見疾言怒色也。嗚呼！氣備四時，而遭逢拂逆至此，天道顧可問耶？

先君生於萬曆乙卯四月初五日，卒於崇禎壬午十二月二十六日，得年二十有八耳〔二四〕。嗚呼！痛哉！厥後以次子貴，於順治十四年敕贈文林郎、翰林院庶吉士。順治十八年，誥贈通議大夫、大理寺卿；康熙六年，誥贈通奉大夫、禮部右侍郎，加一級。元配先慈姓劉氏，原任少傅、大學士憲石公女，敕封太孺人，誥封太淑人、太夫人。男二人：　長即不孝貞吉，康熙癸卯山東解元，甲辰聯捷進士，任內閣中書舍人、加一級，娶同邑處士王公爰莊女，封孺人；　次申吉，順治辛卯舉人，乙未進士，歷任吏部右侍郎、貴州巡撫，娶同邑郯城縣訓導鄒公良士女，誥封淑人，贈夫人，繼娶壽光兵部侍郎魏公琯女，封夫人。孫男八人：　長濂，邑廩生，娶同邑庠生張公若曦女，繼娶高密廩生單公宬箴女。次霖，官監生，娶同邑郡庠生劉公琬女，再娶同邑處士李公琯女。俱貞吉出。次澐，三品蔭生，候選七品京官，娶同邑進士、戶部郎中周公歷長男、丘縣教諭泰生公女〔二五〕，早亡。申吉出。次霈，監生，娶同邑拔貢生、候選翰林院孔目張公貞女。次湛，辛酉舉人，聘高密進士、候補給事中任公琪女，娶同邑庠生王公際熙女。俱貞吉出。次濡，申吉出，早亡。次溆、次注，俱申吉出，未聘。孫女七：　一適同邑庠生王公德亮男、庠生倓，貞吉出；　一適同邑進士李公孟雨孫、廩生公訥男、監生仔，申吉出；　一適同邑候選縣丞韓公知愛男、庠生助〔二六〕；　一適同邑進士、保定巡撫、都御史劉公祚遠男、候選州同仁京，早亡，俱貞吉出。一許字諸城進士、河南道御史孫公必振男、庠生濰湑，申吉出；　一幼未許字，貞吉出；　一幼未許字，申吉出。曾孫男五：　長曾衍，霖出〔二七〕，繼澐後，聘同邑廩生張公在辛女；　次曾符，未聘，濂出；　次曾怡，未聘，霖出。次曾譽，未聘，濂出；　次曾唯，湛出，尚幼。曾孫女四：　一濂出，一霖出，一霈出，一湛出，俱未許字。外曾孫男十餘人，不具載。

不孝身丁大故，神志耗亡，詮次遺行，不文不備。伏望大人君子憫念歿存〔二八〕，不惜如椽，勒之貞珉。豈惟不孝等銜感不朽，先君子實受賜焉。謹狀。

不孝貞吉血泣述略。

賜進士出身、文林郎、河南道監察御史年家眷晚生孫必振頓首填諱〔二九〕。

校記

〔一〕此曹貞吉爲其父曹復植所作行狀，民國二十二年重修《安丘連池曹氏族譜》卷二上錄此文，題作《雲將公行狀》。

〔二〕是，《族譜》之《雲將公行狀》作「念」。膝下，《行狀》無。

〔三〕蓮池，《雲將公行狀》作「連」。曹氏族譜亦作《安丘連池曹氏族譜》。

〔四〕歲進士，《雲將公行狀》作「歲貢生」。

〔五〕「今誥封」三句，《雲將公行狀》作「今誥封淑人，贈夫人，實生先君」。

〔六〕如，《雲將公行狀》作「如」。

〔七〕得先君子，《雲將公行狀》作「得嗣」。

〔八〕課讀，《雲將公行狀》作「督課」。

〔九〕略，《雲將公行狀》作「每」。

〔一〇〕文定公，《雲將公行狀》作「文成公」，誤。康熙《續安丘縣志》卷十一《藝文考》載曹禾作《贈通奉大夫曹公（復植）墓志銘》亦作「文定公」。孫廷銓，初名廷鉉，字枚先，謚文定。

〔一一〕綬，《雲將公行狀》作「組」。

〔一二〕而，《雲將公行狀》無。

〔一三〕乎，《雲將公行狀》作「也」。

〔一四〕凡，《雲將公行狀》無。

〔一五〕先君，《雲將公行狀》作「先君子」。

〔一六〕僅，《雲將公行狀》作『僅僅』。
〔一七〕宰木，《雲將公行狀》作『墓木』。
〔一八〕山河，《雲將公行狀》作『江河』。
〔一九〕先君，《雲將公行狀》作『家君』。
〔二〇〕大恚，《雲將公行狀》作『不喜』。
〔二一〕返，《雲將公行狀》作『反』。
〔二二〕日，《雲將公行狀》無。
〔二三〕五歲，《雲將公行狀》作『五歲時』。
〔二四〕耳，《雲將公行狀》作『歲』。
〔二五〕丘縣，《雲將公行狀》作『邱縣』。
〔二六〕庠生，《雲將公行狀》無。
〔二七〕霂，《雲將公行狀》誤作『霖』。下同。
〔二八〕人君子，《雲將公行狀》脱『人』。
〔二九〕『不孝』下署題句，《雲將公行狀》無。

劉太夫人行述〔一〕

不孝貞吉今無母矣，尚何言哉？尚何言哉？憶辛亥三月，拜送東歸，蘆溝道上，母搴簾揮手令回，爾時母甚清健，不孝年未强仕，以爲非久當請急歸，奉色笑有日，未甚以此別爲戚戚也。嗚呼！孰意遂成永訣哉？吾母素無病，今年三月，始感痰疾，厥後時作時已，未嘗呻吟牀褥。迨十月間〔二〕，忽成腫癥。不孝聞之，食寢皆廢，方謀請假歸養，而訃音至矣。嗚呼！痛哉！生不能奉菽水，沒不能親飯含，有子如此，何如其無？猶忍於草土之中，强顏視息，執筆以狀母之懿行哉？然使吾母懿行不彰，是益重不孝罪矣！

謹按：先慈姓劉氏，原任少傅、大學士憲石公次女，幼嫺《女誡》、《女孝經》諸書。及笄，歸先君通奉公，其奉吾祖母王夫人也無間言，而與先君子相敬如賓友，甫十年所，而先君子齎志以歿，撫煢煢藐孤，以至成立，凡一絲一粒，皆出吾母經營，不孝十年前尚未知有鹽米諸細務也。吾母性明達，識大體，其於不孝輩愛之甚，而課程不少衰〔三〕。猶憶不孝甫成童時，吾母坐小樓，明燈紡績，立不孝輩於旁，而督其弗率，援據古昔，稱引先德，言詞慷慨，聲淚俱下，不孝輩頫首祇承，亦感動飲泣。厥後略辨之無，薄有名第，於吾母之初願始償。嗚呼！孰知其爲不相見之本哉？吾母自奉甚儉薄，而爲不孝輩延師致譽，則無所靳惜，猶憶攻舉子業時，館師授餐，與夫友人過從，飲食咸極豐腴，退而視堂上之食，則粗糲也。壬午、癸未後，家中落，歲復不登，一切公私賦稅皆吾母手口卒瘏所辦，笥中衣飾，時在質庫中，初不令不孝輩知也，所恨不孝輩立身齷齪，無所表見，致吾母之幽光不顯。嗚呼！痛哉！

不孝自聞訃以來，五内崩裂，中夜不寢，思及四十年堅貞苦節，鞠育孤露，恩勤備至，子孫男女婚嫁凡十四舉〔四〕，皆出吾母一人心血，而不孝輩所以仰酬高厚者何在〔五〕？此真乳羊、烏鳥之不若矣，尚可以爲人耶？吾母生平嚴於祭祀，凡歲時告廟、上冢，必手自治具，務極豐潔，得一鮮品，不以獻，不敢嘗也。性純孝，年至六十餘，哭王母與外王母之墓，未嘗不盡哀。少傅公有遺女甫笄，而少傅公捐館舍，吾母輒分孫女之奩以嫁之，無幾微見顔色也。吾母善持家，秉待臧獲，嚴而有恩，好施予，布帛菽粟，恒與親黨共之，視己之有也如人，而視人之無也如己，解衣推食，其天性也。嘗戒不孝輩以多藏厚亡之義，合爨之日，不得私蓄一錢，稍有餘，卽施之親戚之無告者。生平存人之孤，拯人之危，完人之婚事，不可枚舉。不孝昏瞀之餘，所闕略多矣。

吾母屢蒙覃恩，龍章三錫，而家居不務華侈，衣服無紈綺。晚年恒聚諸孫輩，訓以先業之艱難，持守之不易，以及立心之和厚，居家之儉勤〔六〕，未嘗不娓娓三復也。今秋八、九月，疾稍間，猶課諸僕婦織作，親爲治綿，諸孫諫以病體非宜，曰：『吾樂此不疲也。』嗚呼！纔數月間事耳，乃遽至於不起乎？痛哉！

比年，二東大饑，吾母以望七之年，率諸孫輩耕治薄田，努力完公家租税，且以供不孝京邸之需，而食指浩繁，嗷嗷待哺，姻戚稱貸，有求輒應，升斗之費，不可貲算，此鬚眉男子所難。吾母以宣髮種種，殫力支撑，而意緒悽惻，又不減當年篝燈飲泣時也，安得而不病？病安得而不劇耶？言念及此，真不覺椎心而嘔血也。吾母雖茹素有年，未嘗深究佛理，而臨終數日，忽危坐持誦佛號，從容笑語，若忘其疾，諸孫跪問後事，輒不應，但令念佛。窅冥之際，若有所睹，含笑而終，幾於坐脱，豈非立心平等，於瑜迦之理有暗合者哉？

先慈生於故明萬曆四十二年十一月初一日，終於皇清康熙十九年十月十七日，享年六十有七歲。以次子貴，敕封太孺人，誥封太淑人、太夫人，其子孫男女、婚嫁具載先君行述中，故不再贅云。不孝素不文，且苦次冥迷，事多遺忘，語無倫次，惟冀大人先生憫其鞠凶，略其弇鄙，賜以鴻章，永光泉壤，歿存俱感不朽。

不孝孤哀子曹貞吉泣血謹述〔七〕。

校記

〔一〕此曹貞吉爲其母劉太夫人所作行狀，民國重修《安丘連池曹氏族譜》卷二錄此文，題作《劉太夫人行狀》。

〔二〕迨，《族譜》本作「逮」。

〔三〕課程，《族譜》本作「程課」。

〔四〕凡，《族譜》本無。

〔五〕何在，《族譜》本作「安在」。

〔六〕儉勤，《族譜》本作「勤儉」。

〔七〕題署句，《族譜》本無。

附

楹聯〔一〕

爲朱太守題玉照堂

蕉葉雨來清鶴夢，木蘭花發照冰心。

拄笏對青山，千尺嵐光浮客座；開簾霏玉屑，一方月影澹中庭。

安慶江防廳大堂

羽扇論兵，千里波瀾歸坐鎮；熊幡佐治，萬家襏襫樂春耕。

校記

〔一〕此三楹聯，底本附於《李孺人誄言》後，今移綴於此。

珂雪文稿補遺

珂雪文稿補遺

序

秋錦山房詞序〔一〕

秋錦數遊都下，與予論詩相倡和，蓋自己亥之歲。其後，秋錦遊處相半，雖在萬里外，緘書寄詠，歲必一二至以爲常。若倚聲一事，秋錦固素爲之，未嘗示予也。予近頗廢詩，以填詞自遣。適秋錦以應詔北至，復時時過從，相與論詞，遂錄其曩作，合以新製如干首見示，然其散失者多矣，非全帙也。秋錦論詞，必盡埽蹊徑，獨露本色，嘗謂南宋詞人如夢窗之密、玉田之疏，必兼之乃工。今讀是集，洵非虛語。以秋錦之才，顧落魄不偶，頃者賦詩殿上，竟遭擯落，其詩得之惋惜者之口，始傳於外，或有相勞苦者，惟笑謝而已。出都時，自吟斷句云：『還家未敢焚詩草，翻恐人疑是不平。』又云：『兒童莫笑詩名賤，已博君王一飯來。』其意致灑然，不近於榮利如此。著述不足以盡秋錦，而况乎其爲詞也？

安丘曹貞吉。

校記

〔一〕輯自《浙西六家詞·秋錦山房詞》。李良年，字武曾，浙江嘉興人，其詞作與朱彝尊同調，時稱『朱李』，有《秋錦山房集》。序云『秋錦以應詔北至』，據朱彝尊《徵士李君行狀》：『歲戊午（康熙十七年，一六七八），天子思得博學鴻儒，問著作之選，君被薦入京師。』則此序作於該年。

耒邊詞序〔一〕

余家瀕海之鄉，椎魯少文。比學爲填詞，發音輒傖鄙不可耐，正如扣缶擊髀，其聲嗚嗚，斷不能擁鼻作一情語。方自厭之，每思曰：『此豈才有所限邪？抑求之而未得其道也？』丙辰冬，分虎自南來，見示《耒邊》新製，其溫麗者真可分周、柳之席而入《花間》之室，即間作辛、陸體，而和平大雅，亦不至於鐵將軍銅綽板。余曰：『道在是矣。持此以往，雖上掩昔人，可也。』因題數語歸之，且以志余愧云。

北海弟曹貞吉。

校記

〔一〕輯自清李符《香草居集》。李符，原名符遠，字分虎，號耕客。浙江嘉興人，與兄李繩遠、李良年皆有文采，人稱三李。著有詩集《香草居集》五卷、詞集《耒邊詞》二卷。高層雲《布衣李君墓表》謂：『君詩清空一氣，如姑射仙子，吸風飲露；詞則盡掃臼科，獨露本色。曹舍人升階歎爲稼軒後身。』

大易辯志序〔一〕

《繫辭上》傳之文曰：『君子所居而安者，《易》之序也；所樂而玩者，爻之辭也。』蓋爲學《易》者言之也。夫居安、樂玩，豈非其志之所存哉？志無所岐，然後發爲言辭，不悖吉凶悔吝之指；措諸事業，悉合進退存亡之道。極乎參贊化育，直有瀰綸天地、曲成萬物之功，莫不於志基之，志顧不廣且大乎？抑不獨學《易》者有志也，彼作《易》者先有其志。嘗觀全《易》紀載，不過理、數兩端而四，聖人之所爲，其志各有所寓：羲皇之點畫，純乎數而包括夫理者也；文周之彖爻，依乎數而旁通夫理者也；孔子之十翼，全乎理而適協夫數者也。夫前聖人豈不能舉後聖人所爲而盡爲之？然其志精專，夫固有所不暇矣。不暇爲而仡仡焉爲之說，夫亦將有所待矣。推是意也，卽韋編三絕而後，何必不待後來之闡發耶？

黄嶽先生負資英異，以《易》學爲宗，自少至老，研極理、數之奧，著成《辯志》一編，自述其生平篤好之深，弁諸簡端，剞劂問世。余伏而讀之，廣矣！大矣！非天下之至精，其孰能與於此？迺余於此尤有異焉者，秦漢以還，易道不絕如線，疏箋百氏，言人人殊，率不免於離經畔道之譏。中間用之占驗，用之清談，要皆背馳於先、後天之旨，不足採也。後儒之斐然傑出者，無如有宋之世，自《皇極經世書》以『内聖外王』之學引其端，復得濂溪以《太極圖說》總其滙，厥後程氏之《大傳》、考亭之《本義》，尋源竟委，縷析條分，引申觸類，而四千九十六卦之變化始燦然若日星之揭於中天，是宋儒之彰察理數，可稱極盛矣！而先生生數百之年後，獨承其統而光大之，將見真儒輩出，濡首窮經，邃心《易》卦之幾深，以求盡性而至命，殆不亞於濂、洛、關、閩之盛。接踵宋世者，其必自《辯志》一書始。

余生也晚，未得望見門墻，而風聲所及，固已陶淑甚深，今又承乏先生之鄉，交先生之後人，得讀先生之遺書，其亦有厚幸也夫！

時康熙庚午春月之吉，北海後學曹貞吉盥手書。

校記

〔一〕輯自清張習孔《大易辯志》。張習孔，字念難，號黄嶽，安徽歙縣人，清順治九年至十三年（一六五二—一六五六）任山東提學僉事，有藻鑒名，於山左士人多有獎掖，康熙《揚州府志》卷二十六《人物傳四·流寓》謂「其所拔士往往多獲售」。時曹貞吉修舉子業，故有師生之誼。張習孔作《大易辯志》二十四卷，初刻於康熙二年（一六六二），金壇（今屬江蘇常州）蔣超作序。康熙二十九年（一六九〇），習孔之子張潮重印該書，請曹貞吉作序。該刻《大易辯志》卷首依次有曹貞吉、蔣超、張習孔序，學者不察，皆誤定爲壬寅（康熙二年）刊本。曹序首有「珂雪」陽文朱印，序後有「曹貞吉印」陽文朱印、「實庵」陰文朱印各一。

批檀弓序〔一〕

《禮記》一書，或以爲漢儒作。朱子則謂漢儒之文最醇者，莫如董仲舒，仲舒之文，最醇者莫如三《策》，今觀其文，未嘗有《禮記》中一語也，如《樂記》「天高地下，萬物散殊」六語，固諸儒所未見及。蓋古今來流傳，得此文字如此，是則然已。若《檀弓》一篇，伏而讀之，凡君臣、父子、夫婦、昆弟、朋友之道悉備，誠與『天高地下』之旨有相發，明其爲游、夏之徒之所撰而聖人之所定無疑矣。顧聖人之經，傳之萬世，且功令懸以取士，學者但取注疏并集說貫穿揣摩之足矣。乃僅視以爲文，而略其意義，賞其詞章，從而加評品焉，毋乃褻乎？《傳》有之：『言以足志，文以足言』，『言之無文，行之不遠』。然則聖人之經卽聖人之文也。聖人之文，固非後世之文所敢望。若《檀弓》上、下卷，其章句特異，實爲後世之文所取則者，宜汪子謙子讀之而有深嗜也。近代之讀經者好爲異論，於《大禹謨》則譏其漸排矣。於《車攻》章『選徒囂囂』，議其悖於『有聞無聲』矣。虞山錢氏以謂是非聖無法度侮聖人之言者，豈知經者哉？汪子之於《檀弓》也，丹黃錯互，訓故解釋，略倣荊川、鹿門《文編》、《文鈔》義例，而敬之如神明，奉之如拱璧，好之如嗜慾，孳孳矻矻，老而不已，以爲非後世之文所敢望，且能得其意義之所存焉。斯善讀經者已。鹿門嘗云：『文章逸氣，惟司馬子長有之，後此則歐陽公，最後則以自任也。』而畫家亦以逸品居神品之上。《檀弓》之文，真可謂逸矣。此固聖人之文之逸，而非後代文章家所謂逸也。吾願世之讀是經者，因其文辭之可喜，沈潛反覆，深造而自得焉。將所以處君臣、父子、夫婦、昆弟、朋友之道得矣。夫汪子之於《檀弓》也，而豈徒哉？

北海曹貞吉謹序。

校記

〔一〕輯自清康熙黟縣汪氏樂取堂刻汪有光《汪謙子批檀弓》。序後有『曹貞吉印』、『解元選士』陽文印各一。民國《安徽通志稿·藝文考稿·經部六·禮類二》載黟縣汪有光有《檀弓批本》，『書有康熙乙卯（一六七五）有光自序，北海曹貞吉序』。

標孟序〔一〕

戰國之士，縱橫馳騁，其文章議論，往往恢詭放誕，離經叛道，獨孟子生其間，稱仁義，抑功利，貴王賤霸，力距邪說，明於井田、封建、學校之制，而私淑於孔子。然其文時有奇氣，蓋欲引君當道，因其機而利導之，如『太王好色』、『公劉好貨』等語，讀之可喜可愕，若與戰國之士無大異者，而要其歸粹然一軌於正。先儒曰：『聖人之文猶化工也，賢人之文猶巧工也。』《孟子》七篇，校之孔子《論語》，其規模氣象稍别，獨其詞氣蓬湧，真如泰山之雲，觸石而出，膚寸而合，則亦謂之化工而已矣。同時《莊子》之文深博無涯涘，然虚無悠謬，君子所不取。荀卿之文，明王道，述禮樂，然使其與孟子相遇，性善、性惡之辨，終不能合也。後世之名文章家者，無不讀《孟子》。昌黎《原道》，自堯舜歷數之，至於孔、孟。程子謂其必有所見，其《送王秀才序》，喜其『好舉孟子之所道者』。柳州自序其文，則云參之《孟》、《荀》、《莊》、《老》，以盡其變。若蘇氏父子皆喜讀孟氏書。梅聖俞於科場中，謂子瞻試藝絕類《孟子》；老泉贊歐陽公文，歷數孟子、陸宣公、韓李二公文以比擬之。而司馬溫公與王介甫書，稱其平日好《老子》、《孟子》，而所爲與之背馳。要之，諸君子特文人之雄耳，其於孟子之道，誠不知其何如也。由孟子而來一千八百餘年，至明初，方正學著書，其辨仁義、王霸甚悉，談井田、封建、學校甚備，其文時有奇氣，而粹然一出於正，故其所成就卓犖。若此，是豈非真能讀《孟子》者哉？汪子《標孟》一書，其於章句心融神悟，冰解凍釋，若舍《孟子》無文者。乃自序曰：『當今之世，而不急急焉以文誘人，則孔、孟或幾乎息矣。』然後知其憂深而思遠也。蓋將欲斯世由孟子之文而坐進於斯道也。雖然人皆可以爲堯舜，顧爲堯舜者蓋寡。今世以文章取士，用四子、六經命題，七篇之旨，童而習之矣，至其爲文，率膚淺庸陋，若不知有孟氏者，何也？汪子此書出，使天下之士伏而讀之，其於文也，幾矣！彼區區摹擬秦漢者，奚爲也？

時康熙丙寅仲冬月，北海曹貞吉敬書。

校記

〔一〕輯自清康熙黟縣汪氏樂取堂刻汪有光《標孟》。序後有『曹貞吉印』陰文印、『實闇』陽文印各一。民國《安徽通志稿·藝文考稿·經部十一·四書類一》載黟縣汪有光有《標孟》，『書有康熙丁巳（一六七七）有光自序，康熙丙寅（一六八六）曹貞吉序』。

黃山草序〔一〕

黃山奇秀甲天下，天下人莫不知有黃山者，而遊人蓋寡，何哉？以其烟巒千疊，在虛無縹緲間，鳥道蠶叢，心駭目眩，一難也；裹糧往遊，濟勝乏具，一遇陰雨，輒苦淹留，二難也；非有烟霞之癖在其胸中，山水之緣結於夢寐，卽一遊再遊，究何關涉？三難也。若黃君自先則不然，自先生黟陽，視三十六峰特几案間物，故杖屐所至，筆歌墨舞，如道家珍，如數指螺。若鴻濛以來特設此奇，以供先生之描寫，而他人不得與焉。則謂前此無遊人，遊履自先生始也可；謂前此並無詩人，留題自先生始，無不可也。余老無勝情，兼無好句，惟日把先生一編，坐對天都諸峰，嗒然而已，又豈能以片言爲重哉？

北海弟曹貞吉拜書。

校記

〔一〕輯自清康熙二十八年（一六八九）《黄山草》刻本。卷首有曹貞吉、汪士鋐、萬斯備、程守四序。曹序前有『信美江山春熳朗』陰文印，序後有『曹貞吉印』陰文印、『實庵』陽文印各一。民國《安徽通志稿·藝文考稿·集部十四·別集十三》載黟縣黄元治（字自先、體仁）有詩集曰《黄山草》，『今據《縣志》著録《黄山草》，有安丘曹貞吉、休寧汪士鋐序』。

披雲閣詞序〔一〕

謂賦格爲古詩之流，殊未推其極致；概詞家以樂府之目，要亦舉其大凡。原夫詞之爲道也，填來體製，無過一闋三終；譜出聲情，不啻千端萬族。譬猶雜陳采色，絢爛雖同；微辨宫商，鏗鏘各異。能明斯義，庶可與言。自曲度《秦娥》，流麗啟蘭荃之秀；歌殘《金縷》，陽春傳箏篴之哀。逮北宋詡爲專門，尤推南渡；金元存其逸響，不絕中原。勝國相仍，本朝獨盛。家推繡虎，人握靈蛇。莫非踵事增華，直欲後來居上。則有海陽望姓，芒氏名賢。擅雕龍吐鳳之才，具吞虎食牛之氣。妙手則裁雲剪浪，奇聲則戛石敲金。玉樹冰桃，結鄰洺水；霜痕烟色，步武秋厓。在月下潮生，已舊有浮溪歌調；豈霞箋玉滴，可渾無乳燕吟情？爾乃徜徉於鶴林、甘露之間，嘯傲於三竺、六橋之側。桃花潭岸，送客汪倫；甘蔗山房，留賓任昉。梗萍莫定，磊塊難消。雅好新聲，爰成一卷。豪如玉局，豔仿屯田。周、秦競綽約於毫端，辛、陸亦繽紛於研北。杜鵑啼處，花瓣成斑；梅子黃時，雨絲如霧。姜白石探春而後，張玉田久客之年。遂使鐫蕉尾於韓郎，著栟櫚於鄧伯。竹山、竹屋，篁韻淒清；夢窗、草窗，雞談騷屑。若其發妙旨於律中，運巧思於景外。按碧山而追刻曲，方駕沂孫；撫絳萼以唱梅溪，平觀達祖。曉風殘月，時遇諸扁舟匹馬之吟；膩粉搓酥，不多於鏡裏屏間之什。意者東湖成集，可廢蘆川；西麓名編，足該紅葉也已。僕昔流連綺語，協律良難；君今恣獵倚聲，放歌自喜。裝書問序，詎云風雅之外篇；潑墨贈言，敢曰蟲魚之小技。

校記

〔一〕輯自清汪灝《披雲閣詞》。汪灝，字紫滄，江南休寧（今屬安徽）人，博學多識，工詩文，著述頗豐，有《知本堂詩文稿》、《披雲閣詩集》、《披雲閣詞》等，其注杜著作有《知本堂读杜》二十四卷。今傳《披雲閣詞》一卷，有毛際可、曹貞吉序。曹序首有『珂雪』陽文印，序後有『曹貞吉』陰文印、『升六』陽文印。

筌次詩稿序〔一〕

新安山水之最異者，莫如黃山，數百里石峰削天，不藉尺寸土壤，其靈光恍惚，不可名狀，真宇內奇觀也。一名曰黟山，以其原爲黟有，故不没其實，非特取其色之黑而已。黟昔隸歙州，祇一縣，後裂而爲六，山雖入歙，名仍存舊，故言黃山者惟黟、歙得而私之，而其清淑之氣鍾於人物者，亦惟黟、歙得之最多。余始至郡，卽交歙之汪生扶晨〔二〕、吳生綺園，皆其錚錚不群者，而黟以遠末之見焉。今年夏，攝事於黟，乃合黟人士而大校之，經義題外，并考詩歌，其琳瑯彪炳，美不勝收，而江生鏞字笙次特爲魁傑，余批其試藝曰：『風雨離合，烟雲變幻，望而推爲遠到之士。』生來謁，沖和篤厚，君子也。余出近詩《朝天集》、《鴻爪集》及詩餘共相質證，生亦手一編屬余點定。急爲披覽，驚其古體之跌宕峭拔，近體之傲岸蒼涼，令我嗒然神遊，立身天都、蓮花峰頂，遠視白嶽，如盆山小樹，亦一大快心也。丹鉛之餘，用揭數語於卷端，一以見花封古治自有佳士，其清音幽韻，足與山川相答響；一以見文墨之士不受簿書羈紲，而樂與二三君子賡酬道古，以志一時相得之雅。故忝以一日之長，聊相鼓勸。柳柳州曰：『思惟報國，獨有文章。』其吾黨之事也歟？其吾黨之事也歟？

校記

〔一〕輯自同治《黟縣三志》卷十五之六《藝文志·題序類》。《黟縣三志》卷六上《人物補傳·文苑》：『江鏞，字笙次，蓬廈人，廩生。穎異恬靜，精究經史，餘力爲詩歌、古文。康熙中，知縣曹貞吉觀風，異其文，拔置第一。著《笙次詩稿》，曹公爲序，其族人江碧亦爲之序。』民國《安徽通志稿·藝文考稿·集部十七·別集十六》：『《笙次詩稿》，清江鏞撰。鏞字笙次，黟縣人，康熙廩生。事蹟具《縣三志·文苑傳》。詩爲安丘曹貞吉定，有貞吉及族人碧序。光緒《通志》著錄，無卷數。貞吉知黟縣，觀風，拔鏞第一，稱其「古體跌宕峭拔」、「近體傲岸蒼涼」、「清音幽韻，足與山川相答響」云。《縣志》錄詩一首。』曹濂《儀部公（曹貞吉）行狀》：『辛未（康熙三十年，一六九一）之秋，又一視黟篆。黟人德之，比其返也，爭置旗扁以榮其行，朱彩迷離，照耀川谷，數十里不絕。』則此序作於斯時。

〔二〕扶，底本誤作『抉』。據乾隆《歙縣志》卷十四《詩林》載：『汪士鈜，原名徵遠，字扶晨，一字栗亭，潛口（今安徽黃山市徽州區潛口鎮）人。工詩、古文辭，康熙中召對行在，躬荷宸賞，著有《四顧山房集》、《穀玉堂詩》。』

許田詩序〔一〕殘句

原本少陵，而佽助之以眉山、劍南。

校記

〔一〕序今已佚。許田，字莘野。清钱塘（今浙江杭州）人，康熙癸未（一七〇三）进士。詩詞爲王士禛、曹貞吉、毛際可、朱文藻等名家稱賞。《兩浙輶軒錄》卷十《許田》載：『《碧谿詩話》：許莘野詩，北海曹貞吉序，謂云云。』茲據輯於此。

多時珍詩序〔一〕殘句

上下錢劉，包括蘇陸，《江行》數作，豹之一斑，龍之片甲也。

校記

〔一〕序今已佚。清陶樑《國朝畿輔詩傳》卷六：『多時珍，時珍，號玉巖，阜城人。康熙二十六年（一六八七）舉人，官內閣中書。曹貞吉序玉巖詩云云。』茲據輯於此。

跋

書《黄山圖冊》詩跋〔一〕

此余出都時旗亭題壁句也。到郡一載，尚爾食忘卧遊，兹圖彌增神往矣。北海曹貞吉。

校記

〔一〕輯自清端方《壬寅銷夏録》。《壬寅消夏録》載：江允凝《黄山圖冊》後有諸家題詩題跋，有曹貞吉詩：『慵草十行下鳳池，偶隨南雁到江湄。也知佐郡非吾事，只欠黄山數首詩。』後有跋語云云。後鈐『曹貞吉』陰文印。按：詩爲康熙二十四年（一六八五）六月，曹貞吉出爲徽州（治今安徽歙縣徽城鎮）同知，路過泊頭（今屬河北滄州）時所作，一年後題於江允凝《黄山圖冊》後。

書《題〈浯溪碑〉》詩跋〔一〕

右《題〈浯溪碑〉》近作，書爲牧翁世臺先生，卽求教定。貞吉具草。

校記

〔一〕今中國國家博物館藏曹貞吉手書楷體此詩，詩後跋語曰：『右《題〈浯溪碑〉》近作，書爲牧翁世臺先生，即求教定。貞吉具草。』後鈐『貞吉』古文字陽文印、『曹升六氏』陰文印。當爲康熙三十一年（一六九二）接宋犖書信後隨《上宋大中丞書》一同寄奉之作。今據輯録。

書

與張貞書〔一〕一通

小僕今晨行矣。所諭悉以委之，自不敢誤也。親家處《二刻驚奇》請亦賜一觀，聊以撥悶耳。此啟。杞翁親家。弟貞吉頓首。

校記

〔一〕據上海圖書館所藏曹貞吉手札輯録。原札書於胡氏允升館餖版箋上。

與顔光敏書〔一〕六通

其一

自春來，三接手教，因乏便鴻，尚無報章，知年兄必能相諒也。

小兒回，知底事全仗年兄餘光，雖出當事之惠，猶解推也。且適館授餐，有加無已，弟寧作石人耶？敢不終身佩之。

夏斗老騎驢覓科，不謂後時，匆匆一言，不獲再晤矣。輦下詞客，自然雲集，但雀羅之門，從未枉高賢之駕。其有素交者，投贈亦復寥寥，弟自分迂腐陳人，正未敢沿門投刺，若復縱橫其間，面皮三寸矣，年兄尚何取於弟耶？

著作極力捃拾，猶不足二十種，盡以相寄，以爲引睡之具可，以爲噴飯之具亦無不可也。

佳箑領到，但恐無如許善書者，謹留以待時，或托人轉求亦可。

方暑，惟冀保攝，爲道自愛。使旋，順候興居，並闔宅福履。不既。

其二

盛使來，又接手教，兼詢近履，知闔宅平善爲慰。年兄卽吉在邇，想轉晌可晤芝眉矣。

別諭原屬過慮，然已托髯公諄致，差不辱命也。月來諸博學，皇皇得失，佳箑未得悉徵，俟此局小定，可以彙寄矣。

諸容另悉，不次不莊。

其三

向乏便鴻，遂疏音問，然此心無日不在左右也。人回，敬候年伯母起居，並闔宅福履。

我輩握手之期，或在夏秋，但弟貧病之餘，筆研荒廢，塵土面目，真無以對故人矣。奈何？

吾鄉災荒之狀，不忍深思，不敢多言，剝膚之患，非杞憂也。

詩餘一道，向因少事，借以送日，結習所在，筆墨遂多。其年、錫鬯日督付梓，所以未即災梨者，作者林立，羞事雷同。一，囊無餘貲，難修不急；二，心懶憚於檢校；三，草草結構，不敢自信；四，俟年兄入都後，再加斧斤，方可出以示人耳云何。《詩略》亦半年未刷印，敝笥中搜得一冊奉寄，俟印出時，不妨多帶耳。

佳箑日爲在心，所以遲遲至今者，因入冬宏詞之士方大集，歲底始得散完，又最難收。日來因考期在卽，諸公鍵戶不通人事，不忍亂其文思，故交卷不多，先寄去十四柄。內鉅公詞翰，尚未數數也，俟徵完再寄。

久不晤阮兄，尊集尚未得讀，俟小暇，當過彼寓細觀耳。令弟年兄寓最遠，雪後道阻，未及一訪，看花在邇，領益正有日也。意緒草草，筆不盡罄。

其四

連日未晤，渴思惄如。啟者粗紙一幅，求年兄小楷一段，將爲模楷，懇卽賜爲感。

前諭已致之舍弟矣。

容面不既。

弟貞吉頓首。

其五

數日來未晤矣，舍弟昨有信來，云：去年讀大作三紙，服其秀絕，更欲求全集一觀，不知可賜教否？又欲購廣平申鳧盟集一部，但弟與隨叔太史無素，並煩年兄鼎力一求，何如？示之，容面道，不既。

弟貞吉頓首。

其六

三年之別，計秋高定可握手，不謂年兄又以假請也，令人悵悵。大集曾自阮兄處攜來一讀，高山流水，實移我情。但阮兄尚未鉛黄，弟亦未僭妄，此時尚在阮亭案頭云。已有字寄去矣。

敝邑二麥不登，有如貴郡，幸三伏雨足，秋禾似茂，但未知將來何如耳。同人濟濟，深慶連茹，此古昔未有之盛，我輩生際昌期，目睹盛典，爲榮多矣，正不必廁身其間，然後愉快也，云何云何。弟胸次枯槁，閣筆有年，間有拈弄，亦如秋蛩夏蚓，絕不成聲，承年兄見索，謹以一帙請教。乃吾愚山夫子與李武曾評定者，年兄泚筆抹之，便中仍擲下何如？

扇又得八柄寄上，所餘不多矣，此時群公衮衮，更難仰求，容徐圖之耳。

老母藉庇粗安，但比來善病，令人牽縈，年兄何以教之也？

使旋，敬問年伯母起居。並闔宅平善。草草不既欲陳。

校記

〔一〕輯自潘仕成編《顔氏家藏尺牘》。《顔氏家藏尺牘》卷二載曹貞吉書信六通，原題《曹郎中貞吉》，今總題曰《與顔光敏書》。以書中言及康熙十七年（一六七八）冬開博學鴻詞科、十八年夏秋山東各地水旱之災諸事，則多爲康熙十七、十八年間往來信札。

行楷書札〔一〕一通

公祭事，昨商之阮老。阮老之意，止出一兩或五錢耳，然只得聽之，或我三人出全分，子側年兄出半分，折祭之數，再議覈減，若何？許年兄處已相聞否？分金祈即付，以便置办也。此商。

弟貞吉頓首。

校記

〔一〕輯自清葛嗣浵《愛日吟廬書畫別錄》卷二《清名人尺牘彙裝上》。收信者無考，阮老、阮亭皆謂王士禛，子側年兄謂王士祜，許年兄謂許聖朝，二人與曹貞吉、顔光敏同爲康熙二年癸卯（一六六三）山東鄉試舉人，曹貞吉爲解元。札後鈐『珂雪』陰文長方印。

與張潮書〔一〕七通

其一

粗紙原欲印詩，不知老世翁已預爲之地矣。如此雲誼，其可忘耶？敬謝。原紙既發回，姑存可耳。

其二

維揚一别，遂更寒暑，回思晤言，如在目前耳。

愚兄弟拙集，過蒙老世兄力爲表章，不惟勞神，抑且損惠。感謝！感謝！

重陽後返署，始接去年尊札，種種雅愛，謹對使拜登矣。令嗣、令姪，俱獲睹面，覺芝蘭玉樹，輝映階除，老夫子之克昌厥後，殊可賀也。

蕪詞原不敢問世，承老世兄見索，又不覺見獵心喜。月來始得料理就緒，求老世兄閲之，果可災梨否？因風便候，不盡欲言。

其三

先夫子尊著，真能發天人之秘，探性命之旨，開卷尺許，泫然流涕。披閲之餘，繼以太息。甚矣！弟子之弗肖也。雖然，不敢不勉。

拙詞遂爾授梓，剞劂之工，爲此中所未有。老世臺雖甚愛弟乎，而弟安得不汗下沾裳也？謝謝。

鄙意原藉老世兄評騭，以爲光寵，而終卷缺如，良用爲憾。幸有餘地，可以生輝梨棗，祈卽惠我驪珠，勿過爲撝抑也。

外有貴父母靳公評語數則，定當補入，唯世兄留意。

客春以入宛之冗，未獲深聆教益，至今耿耿。而供具草惡，反蒙齒及，愈增恧矣。別諭敬志於懷，俟徐圖報命也。

偶刻附呈大誨，去人倚馬，草草奉復，不旣欲陳。

其四

道里阻長，瞻言無自。遙憶芝眉，惟深太息。

弟於季夏之杪始獲釋祁門之擔，披絮入棘，情狀已極，不堪爲達者告也。

拙集乃少年陳唾，承老世臺一番拂拭，幾於刻畫無鹽，而感激之私，則又何能自已也？佳評雖揄揚過當，然行間紙上，頓覺奕奕生光。謝謝。五十部拜領，大費經營，奈何？奈何？

貴鄉距楚稍遠，風鶴之警，可必其無。獨是維揚諸友，忽遭折閱，令人惻然，而老世臺則尤爲關切者。想天佑善人，或超然於事外，未可知也。

於使者之返，聯佈謝忱，兼候興居，不一。

其五

弟於中秋前三日，以公事至白門，晤令姪年翁，美秀而文，真不忝烏衣子弟。聞其十月間歸里門，當共圖傾倒耳。

拙詞又看出一二字，再煩老世兄爲一改正。昔人云校書如掃落葉，信然。老世兄得無笑其人面上起草乎？

颶風既息，田園無恙。吉人天相，信而有徵。弟不作誑語也。

旅邸節夜，顧影蕭然，率成報章，不盡欲陳。

其六

老世兄風流弘長，爲一時僑肸。弟辱在世好，奉教有年，拙詩拙詞，本不足齒，而校讎之勞，剞劂之費，可謂不遺餘力，雖草木乎猶能知之，向乏便鴻，所以猶稽申謝也。

見委《辯志》序言，弟齋心領略，知爲先夫子一生得力之書，鴻寶光華，久而彌著，謹草數行以志嚮往，恐不足爲佛頭之穢也。至於師生二字，乃功令所禁，故序中不敢及之。

尊詞風神駘蕩，自是三變後身，弟退食之暇，長吟默歎，爲日久矣。而以鄙見揆之，於中《集古》諸什，可以單行一世，將使《蕃錦》一集，不得專美。其餘俟卒業後面商去取，當令海内人士毫無遺議，而後卽安。若弁簡數言，不過費墨池一瀋耳，雖不敏，豈敢靳哉？何如？何如？

承惠尊刻，種種妙絕，惟有欽挹。令姪世翁，恂恂儒雅，其好句可抵連城。每過荒齋，時有叩擊，君家之興，未有艾也。

因風裁答，不知所云。

其七

歲月如流，葛裘數易，渴想老世臺叔度襟期，輒爲神往。

晤令姪世翁，知尊體偶爾違和，不久自當勿藥以膺新福也。弟賦質硜硜，每自嫌其直，遂不謂老世兄乃能相諒，於筆墨之外，所謂一人知己，可以不朽也。

佳詩日異月新，可謂竿頭之進，但弟涼薄，當之有愧耳，容當武韻以謝，用志不忘。

厚惠領悉，頂戴不盡矣。謝謝。《集古》諸刻，如無縫天衣，巧奪造化，手敏心靈，一至於此。謹珍諸巾箱，以當珙璧。

人回，敬候起居，伏愿因時葆攝，爲道自玉。不悉。

校記

〔一〕輯自張潮《友聲初集》。其一至三輯自乙集，其四至六輯自丙集，其七輯自丁集，三集分別寫於康熙二十七年（一六八八）、二十八年（一六八九）。三十一年（一六九二）。

詞話　詞評

《錦瑟詞》詞話〔一〕一則

長調最忌蕪蔓。蛟門《鶯啼序》諸什，嚴整簡勁，直以龍門筆意作《草堂》致語，大奇。

校記

〔一〕輯自汪懋麟《錦瑟詞·詞話》。汪懋麟，字季角，號蛟門，江蘇江都（今屬江蘇揚州）人，著有《百尺梧桐閣集》二十六卷，其詞集曰《錦瑟詞》，卷首録曹貞吉、李良年等人詞話，有『曹升六貞吉曰』云云。

《棠村詞》評〔一〕二則

廬山萬疊雲錦，此云『月明一點，匡廬小』，濃淡各勝。

此詞繁弦促拍，正以短峭圓緊稱佳。先生此作，直臻三昧。

校記

〔一〕輯自梁清標《棠村詞》卷中。見《千秋歲·長至泊廬山下》、《錦帳春·春暮》。

《改蟲齋詞》評〔一〕二則

秀冶之氣，溢於眉宇。

輕描淡寫，宛轉傳神，真繪月繪風之手。

校記

〔一〕輯自聶先、曾王孫編《百名家詞鈔》選録高層雲《改蟲齋詞》。

附录

附錄一　序跋　題記

珂雪集跋

曹申吉

憶余六齡時，偕家兄就外塾，自此同几研者十有四載。兄於書無所不窺，闊覽精思，每至深夜。癸巳、甲午之間，予從事聲律，時與兄商榷淵源，流連風雅，而兄方耽心制舉業，略不涉筆，無從測其閫奧也。

迨甲辰歲，兄冠進賢，返里，拈筆卽工。此後凡兩遊燕市，一至秣陵、宣城間，一至西子湖上，流覽景物，低徊山川，興至情深，多成歌詠。予每受而讀之，賞其造句精警，結體遐亮，秀逸入庾、謝之室，高華敓王、李之席，顧予數年所製，同蛩鳴草間耳。

兄五年中著述盈篋，予同阮亭王子擇其尤雅者若干篇，付之梓人，而爲識其大概如此。

康熙己酉歲上巳日，弟申吉謹跋。

（此爲《珂雪初集》跋，原在《珂雪集》卷後，今置此。《安丘曹氏家學守待》卷十八載曹申吉《澹餘文集》，錄此文，文字略有差異）

珂雪二集序

曹申吉

余兄弟少孤，兄長予一歲。奉母食貧，相依爲命，二十以前，不知世間有離別事。順治乙未，予蒙恩入館。丙申春，兄來視予京邸，數日而歸。時年甫少，未覺别之可悲也。丁酉，兄秋試不得志，十月至都省母。予雖稱祿養，而奉入不繼，質衣而食。又初值講幄，扈從南苑，兄瀕歸，不得馬，就市人貰一下駟，童奴步從過直廬，視予言别，予有《南苑遥送家兄》詩，黯然之懷，實始諸此。戊戌，予出參楚藩，歲杪抵家。己亥仲春，赴荊南，蓋聚首兩月餘也。庚子，予由宛丘内召，七月過里，與兄别於歷下。予入都未久，兄亦旋來。時外王父方謝政，人事變遷，而兄以屢試不見收，未免懷抱爲惡。辛丑，予謝病歸田，日得商榷文字，如同就里塾時。

康熙癸卯，兄舉於鄉，爲第一人。甲辰春，公車北指，予策一驢，行積雪中，送至昌樂西郭外，賦詩爲别。既而兄捷南宫，六月旋里，予卽以休沐期滿，别兄入都。是年，蓋交相送也。丙午，兄來京邸，時方居先大母憂，未赴選人。而兄之稱詩，自此始矣。丁未，予奉使祭告南嶽，兄亦爲吴越之遊。戊申春，予便道省母於家，十日而行，兄有送予還朝詩，復偕行至歷下言别。予别兄之什，所謂『雙鴻不相見，抗音思頡頏』、『飄我若浮雲，繚繞華不罔』者是也。是歲六月，予鄉有地震之異，山崩川坼，廬舍爲墟，兄亦病傷臂。顧以念予憂切，僦一牛車至都，相見悲歔，長歌互答，道再生如隔世事耳。冬深雪盛，復亟歸侍母。

自是，而兄之詩格日益進，氣日益老，予同阮亭王子論定其數年所作而刊之吳中，即《珂雪初集》也。

己酉秋，兄至都就試，庚戌，得中書舍人。一年之中，連牀風雨，擊鉢行吟，此唱彼賡，兄酧弟勸，生平之歡，無逾此歲。

迨辛亥春，予拜黔中之節，奉母南還，兄送至蘆溝東數里，握手躑躅，不能成句，別後而寄予數章，予亦不能答也。嗚呼！予兄弟少更禍亂，長多離索，年未四旬，而去國懷鄉，憔悴偪側，循視齒髮，已有老不如人之歎。即郵筒萬里，篇什往來，彼以寫憂，此以當泣，殆怫鬱之意多而歡愉之言少矣。予羈旅窮荒，經年善病，如士龍之去浚儀，潁濱之在雷州，雖名位篇章不逮往哲，而望遠當歸，情思則一。行將納節歸田，躬耕養母，伏處牟婁，垂釣汶水。葺先人之廬，聚古昔之書，閉門掃徑，以待兄歸，區區之志，如此而已。

是集也，始於己酉之二月，迄於壬子之四月。予與李子武曾論定而付之梓人，得若干篇，因歷敘生平聚散之感，而繫諸簡末。對此茫茫，百端交集，文也云乎哉！

康熙壬子歲夏至前二日，弟申吉百拜撰。

（《珂雪二集》卷首。乾隆三十五年［一七七〇］，曹貞吉曾孫曹益厚將《十子詩略》卷三之《實庵詩略》、《朝天集》、《鴻爪集》、《黃山紀遊詩》合刊爲《珂雪詩集》，將曹申吉、李良年《珂雪二集》序置於卷首。後曹氏家族刊刻《珂雪詩集》，復置於《珂雪集》［即《珂雪初集》］前。山東省圖書館藏《安丘曹氏家學守待》編曹貞吉《珂雪集》即是；《四庫全書存目叢書》

依私立嶺南大學［今中山大學］圖書館、復旦大學圖書館藏曹貞吉各集合印爲《珂雪集》，置此序於《珂雪集》前，皆誤。《安丘曹氏家學守待》卷十八載曹申吉《澹餘文集》，錄此文，文字略有差異）

珂雪二集序

李良年

予讀曹舍人升階先生集，竊喜詩教之復振也。嘗考前世文章，而識詩之所以升降之故，其來有漸。開元、天寶間，作者、源流各有所自，體殊則盡變，趣異則並勝，其時詩未有派也。自元和列主客之目，而詩派以興。宋則西崑、豫章爲最著，然當時所稱同館十有五人，呂居仁所列三十五家，今其詩乃不盡傳，傳者或不爲世所寶惜。弗師古而襲派，未見其得也。劉後村有云：『方元和體盛行，退之猶未免諧俗，而子厚獨能成一家之言。』韓子蒼、徐師川不爲山谷詩，山谷益重之。然則前人當詩派極盛之際，而矯然自異者，猶不乏焉。勝國風人，媲美前哲，其弊也，入於派而不知所變，夫合數十百人之精神志慮，爭習爲形似，尚安冀其參伍錯綜，以盡詩之變哉？詩與派之互爲盛衰，斯可睹矣。

先生之詩發源初、盛，折入於眉山、劍南，無摹擬之跡，而動與之合，可謂矯然風氣之外者。竊觀先生之意，寧特以自工其言，抑亦轉移風尚，將有藉於此也。異時予客京師，追隨文酒之末，伏見一時大雅，並以推陳致新、起衰救弊爲任，而齊魯稱詩最富，若安丘、新城，著述聚於一門，此其尤盛者。舍人之職，地在樞近，無案牘之擾，自來作者多出於其中。今國家尤重茲選，故舍人以詩鳴者，亦莫盛於此時。先生產詩學極盛之鄉，入參禁掖，直省餘閒，分儕命侣，作爲詩歌，潤色鴻業，其涯際不易測也。予不能詩，妄喜論詩，躬耕吴越之間，行且資當代之篇章，朗吟送日，既樂覩風氣之遷，又自幸其所遭已。

嘉興後學李良年拜撰。

（《珂雪二集》卷首。李良年《秋錦山房集》第十四卷收録此序，題作《曹升階〈珂雪集〉序》。文字稍有差異）

曹實庵先生詩序

黄宗羲

余至新安，得交實庵先生。其爲人淵渟嶽峙，望之使人意消。英辭風譽，播於寰宇，而處之若無。靳使君架上有先生《珂雪詩》淨本，因攜至舟中讀之，其爲詩如江平風霽，微波不興，而洶湧之勢、澎湃之聲，固已隱然在其中矣。世稱李詩得變風之體，杜詩得變雅之體，先生蓋兼有之。余順流而下，惟恐瞬息漁浦，不竟先生之集也。

今之爲詩者，曰：必爲唐，必爲宋，規規焉俛首縮步，至不敢易一辭，出一語，縱使似之，亦不足貴。於是識者以爲有所學卽病，不若無所學之爲得也。雖然，學之至而後可無所學，以無所學爲學，將使魏、晉、三唐之爲高山大川者，不幾蕩爲丘陵糞壤乎？故程不識之治兵也，正部曲行伍，營陳擊刁斗，軍不得自便，敵不敢犯；李廣行無部曲，行陳人人自便，不擊刁斗自衛，敵卒犯之，無以禁。卽學詩者之明驗矣。

先生之詩，以工夫勝，古今諸家，揣摩略盡，而後歸之自然，故平易之中，法度歷然，猶不識之治兵也。不求與古人合，而不能不合；不求與古人異，而不能不異，謂之有所學可也，謂之無所學亦可也。先生之鄉，有馮汝言先生者，輯《漢魏六朝詩紀》，衣被天下，江山寂寞，天未酬其藝苑之功，學者疑焉。顧百年以後，清淑之氣，萃於先生，今而後亦可以釋然矣。

（黄宗羲《南雷文定》四集）

朝天集引

袁啟旭

今上之庚申，旭彈劍入都門。是時安丘曹公實庵掌敕綸扉，與新城王學士、商丘宋比部、予里施侍讀日事酬唱，文酒過從，殆無虚日。旭以布衣晚學，得執櫜鞬，以從事左右。諸矩公皆不以旭爲不肖，而引之同聲之末。未幾，公丁内艱去。旭以懶拙，不善趨走，非京雒所宜，遂濩落歸江表。至今歲丙寅，不覺歷有七稔矣，公仍以内閣隨牒出貳新安。新安，宛陵接壤地也。私幸卽可追隨如七年前。菭任甫十日，卽奉檄北發，旭竊自審萍蹤莫定，東西南北，難必相從，怏怏者久之。春杪，偶客沙城，爲歙中諸子約遊黄山，探幽問政，適公雙旌初返，歡然相對，猶如曩年京雒時。因得捧讀其《朝天》一集，高蒼清勁，一往情深。噫！何感而多風也！然公之著作，故爲薄海所頌述，茲固無容深道。獨計七年前，燕臺文物之盛，雲集飆舉，固有不止於前數公者。卽數公而論，侍讀已往，比部分憲潞河，學士旋里善病，昔之歡遊燕好者，一别如雨天街，攬轡之餘，能無慨於今昔之殊耶？然以公之才望道德，自當雍容侍從。他日秩滿内召，重經往路，土風民命，何一非入告之具？東南赤子又將翹首俟之。安知新城、商丘不還，與我公同朝鼎立，膺鹽梅、舟楫之寄哉！

旭，野人也。不敢忘疇昔之雅，故因序及之。宣城袁啟旭撰。

跋《朝天集》後

靳治荊

治荊北鄙豎儒，鮮識文義，然頗樂從四方君子遊，如今之郡司馬實庵曹公，非平日所欲望見顔色而未得者乎？自承乏來歙，未逾年，公以内翰膺分府，命治荊得從屬員之末。接睹丰采，當卽蒙公不以俗吏相視，勉之以政術，淑之以風雅，諄諄如也。

是年輯瑞期近，公尋奉牒入覲。雨雪往而楊柳還。於其途次所經歷，京邸所興懷，共得詩若干首，題曰《朝天集》，志爲王事勞，非無故而行也。

治荊以公謬謂粗知學吟，得於自公之暇，虔奉以讀，而公忠愛纏綿之情，文章政事之概，悉於斯乎見之矣，豈嚶鳴小言所可同日語者哉！公或者不惜提命，俯而教之，則奉是編以周旋，又何能自已也！

康熙丙寅夏五，武密靳治荊敬跋。

鴻爪集序

靳治荊

郡司馬實庵曹公以崔盧鉅望，擅風雅宗工，四方名士，歸之不啻衆星之麗天，百川之赴海矣。其自微省出貳新安，興者興，除者除，所以嘉惠六邑者，不遺餘力。復以其振刷之暇，與二三同官及郡之風流名彥，討論文史，流連詠歌，爲山城生色。不才如治荊，亦得以蠶絲下吏，仰承德輝，而奉教於大君子之側，不亦幸哉！不亦幸哉！

今年春，公適赴期會，詣陵陽，駐節閱月歸。治荊出迎道左，即以一編見示，題云《鴻爪集》。公若曰：『是不過行蹤所至，率意抒寫者而已。』治荊敬受讀之，詩約四十餘首，而中間之或遊覽，或酬贈，或睹物賦詠，或即事感懷，詩人之情致已略盡之。至其詩之爲奔逸，爲離奇，爲高蒼，爲沈著，爲幽折而雋永，爲澹宕而渾脱，一皆不意出之，總非依門旁戶者之所可及。公之於詩，何若是其周通而善變乎？昔人如白傅江州、韋公吳郡，所治皆有著作，固無待言。公於偶所託跡，便有嵩岈，若是爲藝林膾炙，豈其微哉？治荊方佩服公《朝天》諸集之不暇，而忽又得是編，其重有幸也，能不敬爲識之！

康熙丁卯秋七月，屬吏靳治荊拜題。

鴻爪集序

王煒

古聖經世垂教，以道器分形上下。舉目俯仰，無非器耳。然則道成虛謂歟？器不（不，山東大學圖書館藏《安丘曹氏家學守待》無）可循歷指數，而道不可見。不可見而又非無，將於何驗之？則固有名之道器，語其分形，判爲上下者。盈世間無非斯人，結爲宇宙，以成斯世。頂踵七尺，五官百骸，可循可數，其所以運之之神明，不可得見焉。分屬飛走，發於動直，代謝相尋，運爲千萬世，乃所謂道耳。道非器不形，器非道不立，上下者微顯之稱也。不獨禽魚、卉木梏諸色質，卽德行、事功、言語，昔人以配宇宙，謂之三不朽者，有一定皆謂器，道卽寓乎其間。不分之，無以見精微；不合之，無以證實驗。經世之士，何以體諸躬而不虛垂教之旨哉？詩文爲言語之神明，神明一本諸心。能出三不朽，心固運立宇宙、成世經世者，苟詩文無關世道，君子所不取。雖不可概責之人，人豈可謂世無其人乎？

某讀曹實庵先生《鴻爪集》，竊有感於立言名集之指。夫雪，鴻爪跡見，道言也。先生第言其東西無定之蹤，而神明所合，皆本至性。懷贈酬唱，情緒顯然可見。

丁卯春，先生去宛陵，友人汪栗亭以試事從之，哭拜於施愚山先生之殯宮。先生昔以諸生受知施公，癸卯發解，卽走宛陵拜謁，及是往哭，宿草荒烟，爲之大痛。歸與栗亭長慟旅舍，經紀其後人，不遺餘力。聞者駭歎，數十年所未經見，而聲韻亦由之發焉。

夫言爲載道之具，人爲傳道之宗。切於身則仁義忠恕，推而遠則禮樂兵農，總在生民日用之間。

而提綱析目，使之共繇而無淪斁，聖人之爲教，如斯而已耳。

先生至性篤行，以恬漠無營之懷，抱道親民，得於心，見於行事，成效於家國。有時吐爲詩篇，旁無枝葉，亦無定格，如是集之可杜、可韓、可白、可蘇陸，筆之所至，胸臆學力俱出真如，鴻飛冥冥，世人空求爪跡於停雪之上，不亦爲識者所笑耶！

近人之文，每以道自許，此固不足語。或者又以道爲高遠不可冀，是皆不知道。即日用實事，生民無須臾離者，不能因良師友講求以明其故，遂致一身所載，終於不察不著。斯世大矣，寧無若人，視三不朽經世之業同於寢食而糟粕之如先生者，恨予未之多見耳！鴻爪之繇，還以問先生焉。

新安王煒撰。

鴻爪集題辭

靳治荊

是集乃曹公實庵先生往來陵陽所作也。名曰《鴻爪》，計詩四十四首，備具諸體，其間爲贈答，爲聯吟，或憶往昔，或紀目前，以至賦物詠懷，無不淋漓盡致，感慨繫之。昔人讀唐詩至韓、杜，讀宋詩至蘇、陸，每有望洋之歎，以其無所不該，無一不爲世實也。茲四十四首中，而吸精硾髓，各盡四家之精華，而兼臻其妙。唐耶？宋耶？不昔分而今合耶？公歸，治荊方謁道左，公即出是集，命治荊細閱之。

嗟呼！公之提命於治荊者，可謂諄且摯矣。舊夏五以《朝天集》見示，今夏五以《鴻爪集》見示。一歲之中，兩讀鴻寶，治荊幸矣。受公裁成者，真不淺矣。所愧治荊實不敏，縱勉强學吟，恐終無當於公之提命何也！是集之爲韓、爲杜、爲蘇、爲陸，世之讀者自能辨之，治荊又何多贅焉？

丁卯夏五，黄山屬吏武密靳治荊敬題。

黄山紀遊詩序

汪士鋐

古今山水詩，明麗沈鬱，推謝康樂、杜少陵。逮昌黎、坡公自闢堂奥，一以妥貼排奡，一以玲瓏奇秀，别開生面。四公性情，與山水相副，筆墨又與性情相赴，爭高競爽，未易言也。

吾師安丘曹夫子，以西清名彦，佐郡新安，庚午晚秋，公事之暇，爲黄山遊，遊凡七日，得詩三十七首。余家阮溪，在黄山之麓，公出山，手授一帙，予受而讀之，紀程書事，一歸簡淨。讀至《登峰》、《望海》諸詩，千態萬狀，鯨呿鼇擲，雲逗星離，不覺洞心駭目，魂斷色飛，一時驚濤驟馬，搏鷙藏龍，舞袖峨冠，戰陣蒐狩，一切可喜可愕之事，矗出楮表，予不禁作而歎曰：此軒轅氏明堂朝會之圖，而百靈真宰，鴛行而鵠立者，一經拈出，吾知巨靈、夸娥必將幻爲赤文緑字，勒之仙榜丹臺，天龍呵護，觀止矣！兼康樂、少陵、昌黎、坡公之長，細入無間而一氣包舉，力大而思深，自尊其骨采性靈以出於四公之外，觀止矣！

昔伯牙學琴於成連，至蓬萊山刺船而去，伯牙四望，海水汩没，山林窅冥，群鳥悲號，仰天歎曰：『吾師乎！移吾情矣！』余登山者九，追憶所見，莫能名狀，讀此一編，謂之始到黄山可也。吾師移吾情矣！

新安受業汪士鋐撰。

黄山紀遊詩跋

吴啟鵬

吾歙黄山，奇峰拔地，崩壑驚人，十嶽以外，罕見其比，而其名至唐始著，其紀遊至宋始見，亦猶匡廬之顯於唐，雁山之顯於宋也。蓋山川之靈氣不輕發洩，一若有鬼神呵禁之者。然秘者不能自秘，刻畫烟雲，驅使泉石，唯文人能奪鬼神之權耳。雖然，遊黄山者何限，黄山之詩文亦何限？塵心俗軌，世人多一篇詩文，山靈多一重障蔽，是將使此山復歸無名之始也。顧靈心相契，安丘曹夫子、武密靳夫子先後來遊，途畏峰澀，兩夫子搜異不止，發爲詩文，山若爲之增高，水若爲之加深，流播人寰，杖履生色，因付梓人，一洗臨川之誚也。

受業吴啟鵬拜手題。

黄山紀遊詩跋

江闓

三十七首中，無一意不創，無一語不奥，無一字不生，咳唾總非凡響。坡仙道場山有『我從山水窟中來，尚愛此山看不足』，廬山詩有『横看成嶺側成峰，到處看山了不同』句，惟黄山足當之。昌黎有曰『横空盤硬』語。惟實庵先生足當之，後此遊人能無閣筆！

年弟江闓跋。

詩觀三集·曹貞吉詩跋

鄧漢儀

實庵先生之從中秘出補新安郡司馬也，朝臣共惜之。抵維揚小泊，瀕行，知余在董子祠，肩輿過訪。時落葉滿地，霜雪在眉，念余貧不能振，太息而去，其往來詩簡，相訂以吴子劍宜爲轉遞。今春，劍宜果以所郵《珂雪》稿見授，余爲細加評跋，以示劍宜，互相擊節，促之登梨。其詩高秀蒼老，七古尤爲出色。張子山來亦爲捧手贊歎，固爲世寶。

（鄧漢儀《詩觀初集》、《二集》、《三集》共選録曹貞吉詩七十四首。此爲《詩觀三集》卷八曹詩後鄧漢儀跋語，題目是編者加的）

珂雪詩序

曹益厚

先曾大父儀部公《珂雪詩》、《詞》行世久矣，而詩無全刻。《初集》爲新城王漁洋先生所論次，未有序。二集則我叔曾祖中丞公同嘉興李武曾先生訂於黔署，各有序。逮中丞公殉黔中之難，曾大父久淹薇省，後乃出貳新安，刻有《朝天》、《鴻爪》、《黄山》諸集，亦各有序。而先是，漁洋復爲重訂《珂雪》兩集，並附後作若干首，與商丘宋中丞牧仲、郃陽王給事幼華、曲阜顔考功修來、黄岡葉工部井叔、德州田中丞子綸、謝刑部千仞、晉江丁副使雁水、江陰曹祭酒頌嘉、江都汪刑部季角諸先生詩，定爲《十子詩略》，即此集卷之三者是也。顧此集既出，常單行，而原板分藏各家，原序遂缺，卷次不明。因依《珂雪詞》例，將此集與《朝天》等集分上、下兩卷，仍以《珂雪》名集，冠以《珂雪》原序。謹述舊聞，詳厥端緒，便觀覽焉。

又曾大父自新安内召，回翔郎署，以疾辭湖廣學政，遂歸里。前後十餘年詩若干首，未及付梓，並《珂雪》遺詩尚夥，後或有力，裒集增補，將以是爲斷。然前在丙寅、丁卯間，我叔祖中憲公方守廣陵，撫臺雅公見諸刻，深爲激賞，亟索全稿，將序而刊之棗梨。既庀，卒以事去，不果。豈天固不欲吾儀部之詩之大昌於世歟？抑猶有待也？

時乾隆三十五年又五月中浣，曾孫益厚薰沐謹識。

四庫全書總目·珂雪詩

《珂雪詩》一卷，國朝曹貞吉撰。貞吉，字升六，號實庵，安丘人。康熙甲辰進士，官至禮部員外郎。初，王士禎有《十子詩略》之刻，貞吉與焉，因其版分藏各家，故往往各以别本單行。後其曾孫曹益厚即士禎所錄，附以《朝天》、《鴻爪》、《黄山紀遊》等集，總顔之曰《珂雪詩》。貞吉詩格遒鍊，其黄山諸作，極爲宋犖所推。在京師時，和其《文姬歸漢圖》等長歌，極有筆力，今檢集中不載。又士禎《感舊集》所選《登望海樓》、《吴山晚眺》、《金山》諸詩，亦皆不見集中，則全稿之散失者多矣。

（乾隆三十五年，曹貞吉曾孫曹益厚合刊王士禛所編《十子詩略》第三卷《實庵詩略》、曹貞吉《朝天集》、《鴻爪集》、《黄山紀遊詩》四種，分上、下卷，名《珂雪詩》，《四庫全書總目》卷一百八十三《集部别集類存目一〇》據以收録。今國家圖書館藏王祥齡、鄭振鐸收藏本。民國《山東通志》卷一四四《藝文志·集部·别集·珂雪詩》文字與此同）

珂雪詞序

王　煒

言爲心之聲，凡其言可以垂世傳久者，必其人足以命世，世不能用，而後出於此。上之建立宇宙，綱維世道，如尼山之修明『六藝』；次亦特抒卓識，使後世見其心於斯人斯事中，如莊周、屈平之儔，故其言炳然不可磨滅，千萬世誦之弗衰。《典》、《謨》降而子、史，《三百篇》降而《離騷》、樂府，則時會使然，正不必限體於古今常格也。

羅近溪有云：『聖諭六語，繼統於虞廷十六字。夫人心道心，危微精一，執中之旨微矣。』孝順父母之語，愚頑童稚，誰不能言，而謂繼統虞廷，可乎？然非妄也。庸俗之言，皆古聖身體所發，習焉不察，安望其行著？故舜好察邇言，爰稱大智。天道聖教，豈外於庸言庸行哉？

子、史、《離騷》、樂府，皆所謂自見其心者。自樂府變爲近體，近體禮爲詩餘，識者有江河日下之歎，而黄庭堅謂晏殊之詩餘爲《高唐》、《神女》之流，張耒謂賀鑄之詞如屈、宋、蘇、李，此豈無見而漫言？蓋所遇者天機，不復計其形貌，即童謠婦歎，無不有至微寓焉。此亦伯樂相馬之説，運之腕舌，則庖丁之解牛已。

二三十年來，詩屢變而下，學士髦俊出其餘勇於詩餘，詩餘則屢進而上。安丘曹實庵先生，以詠物、懷古諸編爲海内所推。予受《珂雪詞》讀之，真如仰崑崙、泛溟渤，莫測其所際。骯髒磊落，雄渾蒼茫，是其本色，而語多奇氣，惝怳傲睨，有不可一世之意。至其珠圓玉潤、迷離哀怨，於纏綿款至中，自具瀟灑出塵之致，絢爛極而平澹生，不事雕鎪，俱成妙詣。其融篇，則如萬頃澄湖，千重巖嶂，長濤細漪，隨風而成，瓌異秀冶，觸目而得；琢句，則如鬉金結繡，層剝蕉心，天成於初日芙蓉，不盡於抽絲獨繭；煉字，則險麗搖曳而生香，雋逸蜿蜒而流奕，洵乎此宗之大家，不但於蘇、辛、秦、李、姜、史分其一席而已也。

先生命世長才，無心遊藝，即詩文之高妙，不足以概生平，況於詞之末技乎？就詞想其胸次，甚有似於莊周。莊周識高學廣，思密才雄，故其言洸洋縱恣，不可端倪。先生無境不超，有途必入，引之以孤緒，而運之以浩瀚，流連故觀者如溫嶠之照牛渚、韓愈之登華山、伯牙之移情海島，非斯世所常聞見，而留與斯人，賞奇如莊、屈，誠藝林之奇遘也。蓋先生生於鄒魯之邦，身尼山之教，而於天道人事之氣運，靜觀默會於升降之數，苟一旦得時而乘，轉淒婉纖豔之情，爲風雨雲雷之用，驅龍蛇虎豹以禦强圉，使麟鳳接武廟堂。海内之人，因詞而見其心，以《珂雪》比於廣平《梅花》之偶興，則斯詞也，其不朽之先聲矣。

新安王煒撰。

（南京圖書館及中山大學圖書館藏清康熙補刻本卷首。此序在高序前）

珂雪詞序

高珩

六義之學，至揚、馬而乃浩瀚，故昔人以能賦爲大手。比來文士，賦殊寥寥，固宜歸之詞曲，明矣。夫聲律，始於《八闋》，此星宿海也，而其氣與天地之氣相通。天地之氣日開，故聲律之道亦日暢，而詞曲中之天地，亦復曠然無盡。三唐可謂四瀆行地，浩淼千秋矣，至滄溟所歸，非宋詞、元曲將何屬焉？蓋所貴乎大海者，蛟龍出沒，風雨驚飛，天地迴旋，日月隱現。詞曲亦然，於六義中，變賦之體而得風之用，故非五七言詩之所可盡矣。前人漫有軒輊，矜其所長，文人習氣耳，恐未爲定論也。

今日之以詞曲名海内者，指不勝屈，而實庵之詞，則鍠鍠先鳴，跗注之君子，往往壁上觀矣。予每讀實庵之詞，驚魂蕩魄，爣恍不定。初讀弔古諸作，慷慨悲涼，羽聲四起，如逢祖士稚、劉越石諸人。既而讀詠物諸作，入微窮變，五色陸離，又若樹珠幢於谷王之曲，而百寶麇赴也。已乃過實庵所，求諸作，盡讀之，無體不工，而田居世外之音，往往而遇，如聞魚山之梵，兩腋生風，五濁欲洗，又疑非金馬直廬間人也。因復更有請焉：陸海局促，蚊蚋一器，啾啾耳。神遊八極之表，攬化人之袂而上征者，亦有人乎？然而左思、曹唐，尚窘邊幅，玄風未暢，是則吾所深望於實庵者。倘肯走筆貺我，當拍洪厓之肩，瀝酒曼聲而歌之，步虛之音，上薄禹餘、黄曾天上，九華、紫微諸仙子，安知不拊雲璈而和之乎？

客謂予曰：『實庵生有異徵，蓋自比丘中乘願來者，淡於榮利久矣。今不究粲、可之宗，而反抽秦、黄之簟，綺語未盡，毋乃爲秀鐵面所呵歟？』予听然而笑，曰：『是未可執也。夫慧業文人，宿習難淨；迦葉聞琴，固其所也。而義之予奪有殊，實際理地，一字未盡，便成毒鴆。即古德《青龍疏鈔》，亦須付咸陽一炬。至於縱横入妙，能轉法華，則本來寂滅，不礙鶯花。文字性離，無非般若，頻呼小玉，亦可證入圓通有餘矣。實庵方究研《佛頂尊經》，果能鞭心於此，離即離非，能所何礙焉？況區區《花間》、《蘭畹》，遽至仰涴虚空耶？吾將就實庵而叩之。

東蒙高珩題。

（南京圖書館藏清康熙補刻本卷首。高珩《栖雲閣文集》卷五錄此序，題作《實庵詞序》。文字稍有差異）

珂雪詞跋

張潮

從來詞家小令多而長調少，大凡合中調、長調計之，其幅數僅足與小令相等，實庵先生獨優於長調，其中有似序者，有似記者，有似賦者，有似書牘者，可謂極詞家之能事，因爲壽之梨棗，與天下共讀之，當令海内文人一齊拜服耳。

新安張潮山來氏敬跋。

（僅見於清康熙張潮刻《珂雪詞》，緊接最後一調《鶯啼序·送牧仲榷稅贛關》陳維崧、張潮諸評後，版式與評語無異。其後《珂雪詞》補刻諸本皆無此跋）

詠物詞序

陳維崧

霜凋魏帳，月中之剩瓦何多？水咽秦關，地上之殘城不少。天若有情，天寧不老？石如無恨，石豈能言！銅駝觳觫，恒逢秋至以偏啼；銀雁觰沙，慣遇天陰而必出。山當雨後，易結修眉；竹到江邊，都斑細眼。

溯夫皇始以來，代有不平之事。千年關塞，來往精靈；萬古河山，憑陵鬼物。縱復人稱恨甚，事奈愁何！江淹工愀愴之辭，鮑照擅蒼涼之賦。正恐世閲世以成川，年復年而作谷。捧黎陽之土，堙此何窮？積函谷之泥，封來不盡。然而劍鋒盡缺，總爲旁觀；壺口新殘，只因細故。青史則幾番劉、項，誠然於我何堪？黄河則滿地袁、曹，遑曰干卿奚事！或蝦蟆陵上，暮年紅袖所閒談；或鸛雀樓邊，故老白頭之夜話。或武擔過客，曾看石鏡於成都；或盩厔居民，偶得銅盤於渭水。苟非目擊，即屬親聞。事皆磊砢以魁奇，興自顛狂而感激。搥牀叫絕，蛟螭夭矯於胸中；踞案横書，蝌蚪盤旋於腕下。誰能鬱鬱，常束縛於七言四韻之間；對此茫茫，姑放浪於減字偷聲之内。吟成十闋，事足千秋。趙明誠《金石》之録，遜此華文；郭弘農《山海》之編，慚斯麗制。

嗟乎！烟霾天水，嚚宫既蔓草千堆；浪打章門，灌廟亦殘陽一片。悲哉季札，劍影徒青；逝矣劉郎，奩痕尚紫。銀槎泛斗，難追博望之勳名；彩筆淩雲，空羨馬卿之詞賦。何況長平繡鏃，恨血全紅；大食冰甕，愁雲半黑。織成魚素，黏海氣以猶腥；掣得龍髯，鼓天風而倍怒。豈非譆譆出出，

《諸皋》之所未收；怪怪奇奇，《齊諧》之所不載者哉！

僕每怪夫時人，詞則呵爲小道。儻非傑作，疇雪斯言？以彼流連小物之懷，無非淘洗前朝之恨。人言燕市，實悲歌慷慨之場；我識曹君，是文采風流之裔。狂歌颯沓，聊憑鳳紙以填來；老興淋漓，亟命鸞箋爲譜去。

陽羨陳維崧題。

（陳維崧《陳檢討四六》卷九題作《曹實庵詠物詞序》，文字稍有差異。《昭代叢書》辛集別編卷三十三題爲《詠物十詞序》，道光《安丘新志》卷十一《藝文考》引爲《珂雪詞序》）

詠物十詞跋

楊復吉

孫桴庵選刊《國朝十六家詞》，山左入居其三：《二鄉亭》也，《炊聞》也，《衍波》也。外此，則安丘曹實庵先生《珂雪詞》，雅堪媲美。茲《詠物十詞》寄託遙深，風華掩映，漫堂中丞以爲駕《樂府補題》諸作而上之，誠然哉！

乙亥仲冬，震澤楊復吉識。

題珂雪堂詠物詞譜

張　貞

實庵詩文妙天下，間倚聲作詞，遂奪宋人之席。近吴薗次有《名家詞選》，得《珂雪集》，即用壓卷，流傳江左，一時皆推爲絶唱。吴介兹最愛其詠物諸調，手録廿一闋，屬王宓草繪爲圖譜，凡八幀，氣韻生趣，秀溢楮墨間。徐熙野逸，黄筌富艷，既兼有之，至分布配合，參差掩映，可謂『人巧極，天工錯』矣！宓草固以寫生名家，未必便能盡如此合作，良由佳句偪出精思，因成詞壇雅語。實庵出示索題，留几案者三閲月，盤礴展玩，幾不能舍。然余既得附名前後，託以不朽，已有偏幸矣，何必更效據舷狡獪邪？

康熙癸亥重午日，張貞識。

（張貞《杞田集》卷十四。部分内容已見於前《〈珂雪詩〉評語》）

跋曹實庵詠物詞

宋　犖

今人論詞，動稱辛、柳，予觀稼軒詞，以『佛狸祠下，一片神鴉社鼓』爲最；耆卿詞，以『關河冷落，殘照當樓』與『楊柳岸，曉風殘月』爲佳，它亦未盡稱是。迨白石翁崛起南宋，玉田、草窗諸公互相唱和，如野雲孤鶴，去留無跡，此竹垞論詞所以必推南宋也。今讀實庵詠物十首，仿佛《樂府補題》諸作，擬諸白石『暗香疏影』，何多讓焉？阮亭讀之，拍案稱善，曰：『曹大乃爾奇絶！』予亦云。

（宋犖《西陂類稿》卷二十八《題跋》。文字與《珂雪詞·詠物詞評》所錄宋犖評語差異較大）

四庫全書總目·珂雪詞

《珂雪詞》二卷，國朝曹貞吉撰。貞吉有《珂雪詩》，已著錄，是編則其詩餘也。上卷凡一百三十四首，下卷凡一百五首，其《總目》所載補遺，尚有《卜算子》、《浪淘沙》、《木蘭花》、《春草碧》、《滿江紅》、《百字令》、《木蘭花慢》、《臺城路》等八調，而皆有錄無書，殆以附在卷末，裝緝者偶佚之歟？其詞大抵風華掩映，寄託遥深。古調之中，緯以新意，不必模周範柳，學步邯鄲，而實不失爲雅製，蓋其天分於是事獨近也。陳維崧集有貞吉《詠物詞序》，云：『吟成十首，事足千秋。趙明誠《金石》之錄，遜此華文，郭弘農《山海》之篇，慚斯雅製』。雖友朋推挹之詞不無溢量，要在近代詞家，亦卓然一作手矣。

舊本每調之末，必列王士禎、彭孫遹、張潮、李良年、曹勷、陳維崧等評語，實沿明季文社陋習，最可厭憎，今悉刪除，以清耳目。且以見文之工與不工，原所共見，傳與不傳，在所自爲。名流之序、跋、批點，不過木蘭之櫝，日久論定，其妍醜不由於此。庶假借聲譽者曉然知標榜之無庸焉。

（康熙張潮刻康熙乾隆補刻家印本《珂雪詞》卷首錄此提要。曹勷，當爲曹禾。曹勷，字允大，號峨雪，卒於清順治十二年（一六五五），早於曹貞吉開始作詞時。曹禾，字頌嘉，號峨嵋。曹禾與王士禛、朱彝尊、陳維崧諸人一起點評曹貞吉《珂雪詞》，並撰《詞話》。曹禾之點評，刻本署「峨嵋」，四庫館臣當誤認「曹峨嵋」爲「曹峨雪」）

四庫全書簡明目錄·珂雪詞

《珂雪詞》二卷，國朝曹貞吉撰。貞吉詩集、詞集皆以珂雪爲名。而其詞寄託遙深，風華掩映，實遠過其詩，蓋才性有所偏至也。

清詞四家錄·珂雪詞題記

王　鎏

《珂雪詞》結響甚高，賦物不滯，通幅無一怨語。自以詠古諸作爲第一，其餘他作，亦筆勢森秀，真國初一作家也。

冬飲題記。

（王鎏《清詞四家錄》。題記後有王綿跋：「先君晚年選《清詞四家錄》，收曹貞吉《珂雪詞》、顧貞觀《彈指詞》、端木埰《碧瀣詞》、王鵬運《半塘詞》四家，而早歲所推重之文廷式《雲起軒詞》不與焉，蓋其選詞，以拙重大爲主。嘗擬草序文未果，惟於書中覓得三則如上。」）

雲韶集·國朝詞序

陳廷焯

詞創於六朝，成於三唐，廣於五代，盛於兩宋，衰於元，亡於明，而復盛於我國朝也。國初之詩可稱中興，詞則軼三唐、兩宋，等而上之。國初如梅村、棠邨、南溪、漁洋、珂雪、藝香、華峰、飲水、羨門、西堂、秋水、符曾、分虎、晉賢、覃九、蘅圃、松坪、梓野、紫綸、奕山諸家，各具旗鼓，互有短長。而聖於詞者莫如其年、竹垞兩家，譬之於詩，一時李杜，分道揚鑣，各有千古，詞至是蔑以加矣。朱、陳外，首推樊榭，而南香、石牧並重於時。繼云小山、鶴汀、香雪、曇華、滓虚、綉谷諸家，俱能變化三唐出入兩宋，而獨樹一幟，此詞之再盛也。嗣是而後，板橋名重江南，竹香名重武陵，漁川名重臨潼，橙里名重安徽，而琢春、梅鶴尤爲傑出，名不逮板橋諸家而詞骨突過之。益以澹存、龍威，並時兩雄，遂佺、夢影，亦不多讓，位存起而囊括之，信爲當時第一作手，此詞之又盛矣。繼而春橋、荀叔、湘雲、秋潭、聖言、對琴諸家，風格微低，尤堪接武。而銅弦以魄力爭雄，竹嶼以風流致勝。自璞函出，直逼朱、陳，分鑣樊榭，芝田、晴波、蠡槎、蕢漁起而羽翼之，此詞之復盛也。乾嘉以還，谷人一時獨步，而容裳、伊仲、次仲、頻伽、米樓、荔裳、吉暉諸君古風雖遠，亦不在元人下，故論詞以兩宋爲宗，而斷推國朝爲極盛也。

（陳廷焯《雲韶集》卷十四）

石蓮庵刻山左人詞序

繆荃孫

戊戌之冬，吴糧儲仲飴同年屬爲校刻《山左人詞》，先得國初王西樵、阮亭、宋玉叔、曹實庵四家，續於《百家詩選》得楊聖期、唐濟武兩家，宋詞得李端叔、辛稼軒、周公謹、李清照四家。己亥，復得國朝趙飴山、田在田兩家。庚子，又於《六十家》詞得柳耆卿、晁無咎、王錫老、侯彦周四家，於《典雅詞》得趙渭師一家，共十七家。荃孫校刊訖而序之曰：

夫古人之詞，往往在編集之外，故《雞肋集》七十卷，而《琴趣》目爲外篇；王漁洋三十六種，而《阮亭詩餘》不在其列。零星小帙，湮没尤易，此薈萃之難也。宋人填詞，悉以應歌，有襯字無襯字，長短之不同；有單調有雙調，離合之不一。舊刻罕覯，鮮可折衷。萬紅友云：『世遠音亡，字訛書錯，只可闕疑，此校讐之難也。』《詞綜》載柳耆卿《樂章集》九卷，今一卷；李端叔《姑溪詞》二卷，今三卷；晁無咎《雞肋集》詞一卷（荃孫藏明鈔《雞肋集》七十卷，無詞，與毛子晉跋合），今六卷，編次大異。端叔家本無棣，《集》題趙郡，乃其族望，《書録解題》誤爲趙郡人。公謹，家本濟南，久客吴興，《草窗詞》題弁陽嘯翁，籍貫亦異。《衍波詞》、《阮亭詩餘》名異而詞又不異，此考訂之難也。

昔朱竹垞輯《詞綜》、王德甫輯《續詞綜》，所見山左詞人專集約三十餘，今僅得十七家，然北宋之柳、南宋之辛、閨秀之李、國朝之二王，皆詞中大家，霑溉後學，獲益非淺。仲飴新擢閩臬，將之任閩中，多藏書，尚存陳季立、徐興公之遺風，如獲所未見者，刻爲續編，不更快歟？

光緒辛丑三月，江陰繆荃孫序於鍾山講舍。

（吴重熹《吴氏石蓮庵刻山左人詞》。繆荃孫《藝風堂文續集》卷五亦載此文，文字稍異）

石蓮庵刻山左人詞序

吴重熹

山左前人，詩文均有輯本，惟詞無聞。己亥歲，王廉生祭酒出所藏漁洋詞寫定本爲倡，屬刻《山左人詞》，歸而商之繆炎之太史，更出各藏本彙而刻之，得十七家。按：朱氏《詞綜》載和凝以下山左詞人共三十餘家，今專集多不可見，僅得此若干種，勿輯將益散失，乃請太史代勘，以覆諸墨。而庚子七月北都之變，祭酒闔家殉國，竟不及視此本之成矣。

光緒二十七年二月，海豐後學吴重熹謹識。

（吴重熹《吴氏石蓮庵刻山左人詞》）

詞莂序節録

張爾田

倚聲之學，導源晚唐，播而爲五季，衍而爲北宋，流波競響，南渡極矣。元雜以俗樂，歷明而益誇，淫哇嘌唱，轉折怪異，不祥之音作。有清興，一振之於雅，大音復完。綜而榷之：其年、竹垞、梁汾、容若，皆以淵奥之才，辟徑孤行。西河、珂雪，幺弦自操，如律之應，夐思頑藻，此其獨也。其後樊榭起於浙，皋文倡於常，抑流競之靡，而軌諸六藝。雖挈瓶庸受，逐宕失返，若夫越世扶衰，有足孅焉。稚圭、蓮生，因物騁辭，力追雅始，就其獨至，亦稱迥秀。咸、同戎馬，鹿潭以卑官聲於江湖間，並世作者，半塘之大，大鶴之精，彊邨之沈，與蕙風之穆，駸駸乎拊南宋而上矣。

（朱祖謀編《詞莂》）

梅邊吹笛譜序節錄

張其錦

我朝斯道復興，若嚴蓀友、李秋錦、彭羨門、曹升六、李耕客、陳其年、宋牧仲、丁飛濤、沈南淳、徐電發諸公，率皆雅正，上宗南宋，然風氣初開，音律不無小乖，詞意微帶豪豔，不脱《草堂》、前明習染。

（凌廷堪《梅邊吹笛譜》）

雲起軒詞序

文廷式

詞家至南宋而極盛，亦至南宋而漸衰。其衰之故，可得而言之也：其聲多嘽緩，其意多柔靡；其用字，則風雲、月露、紅紫、芬芳之外，如有戒律，不敢稍有出入焉。邁往之士，無所用心，沿及元明，而詞遂亡，亦其宜也。有清以來，此道復振。國初諸家，頗能宏雅，邇來作者雖衆，然論韻遵律，輒勝前人，而照天騰淵之才，溯古涵今之思，磅礴八極之志，甄綜百代之懷，非窘若囚拘者所可語也。

詞者，遠繼風騷，近沿樂府，豈小道歟？自朱竹垞以玉田爲宗，所選《詞綜》，意旨枯寂，後人繼之，尤爲冗漫，以二窗爲祖禰，視辛劉若仇讎。家法若斯，庸非巨謬？二百年來，不爲籠絆者，蓋亦僅矣。

曹珂雪有俊爽之致，蔣鹿潭有沈深之思，成容若學《陽春》之作，而筆意稍輕，張臯文具子瞻之心，而才思未逮，然皆斐然有作者之意，非志不離於方罫者也。余於斯道，無能爲役，而志之所在，不尚苟同。三十年來，涉獵百家，搉較利病，論其得失，亦非扪籥而談矣。而寫其胸臆，則率爾而作，徒供世人指摘而已。然淵明詩云：『兀傲差若穎。』故余亦過而存之，且書此意，以自爲序焉。

光緒壬寅十二月。萍鄉文廷式。

（文廷式《雲起軒詞鈔》）

花間詞選跋

朱祖謀

曹珂雪先生詞在國初諸老中別樹一幟，吾友文道希同年謂其獨有俊爽之致，非嘽緩、柔曼者所能比擬也。此册爲其手錄唐五代詞，殆生平把玩之本。卷耑標題《花間》，然如李太白、白樂天、李後主、馮正中諸人，皆《花間》所不載，竊所未喻。

癸亥秋仲，武曾先生攜以見示，率書其後。孝臧。

（復旦大學圖書館藏曹貞吉編定手鈔《花間詞選》。此朱祖謀民國十二年跋）

花間詞選跋

沙彥楷

右曹升六先生《花間詞選》手定本一册。其所以仍名爲《花間》者，殆因《花間集》中，如李太白、白樂天爲詞家初祖，竟未入選，李後主、馮正中等又因時代相同，未能列入，唐五代詞未窺全豹，故擷取《花間》菁英，並補録唐五代前後諸名家，别成《花間詞選》一編，留示後人，取去自有深意。應爲刊印行世，列竹垞《詞綜》之前，以傳一家選本。

彊邨先生爲清末詞學大家，與先生後先暉映，乃題此册。以與《花間》原集不符，不用原名，固爲矜慎，惟以未得先生選録及命名原意，故特表而出之，以告當世。

辛卯盛夏，後學沙彦楷更名畬，年七十七，謹跋。

（復旦大學圖書館藏曹貞吉編定手鈔《花間詞選》。此沙彦楷一九五一年夏跋）

花間詞選跋

沙彦楷

是編首題《花間詞選》，而封面則又題《花間詞選鈔》，似名稱尚未確定，鄙意不如改爲《花間詞選補》較爲切當。謹質之當代治詞學者。

是年新秋，畬又記。

（同上）

《珂雪詩》評語

宋犖　等

《西陂類稿・答曹實庵書》：每念足下奇人，黄山奇境，必有不朽之篇，爲山靈增重。今讀《紀遊》諸什，其高則天都、始信諸峰拔地參天也。其浩瀚無際，則文殊臺之雲海也。其離奇夭矯，則擾龍、臥龍諸松之盤空聳翠，駭人心目也。此山名作寥寥，向推虞山，今被實庵壓倒矣。熊封和章，森秀雄恣，有韓蘇氣；掌霖長短句，駸駸奪玉田之席。足下拍肩挹袂，其樂可知。

《漁洋詩話》：安丘二曹：禮部貞吉，字升六，中丞申吉，字錫餘，兄弟齊名。禮部在京師，和余《文姬歸漢圖》等長歌，極有筆力。中丞淪没異域，未見其止，祭告南嶽有句云：『雪花飛過洞庭去，愁對斑斑湘竹林。』

《漁洋年譜》：康熙十年辛亥，遷戶部福建司郎中。郝公惟訥敏公爲尚書，程周量可則以員外郎，爲同舍，朝夕相唱和。而宋荔裳琬、曹顧庵爾堪、施愚山閏章、沈繹堂荃皆在京師，與先生兄弟爲文酒之會。《考功年譜》：時又有武鄉程崑崙康莊至京師，澤州陳說巖敬廷、合肥李容齋天馥官翰林，泗州施匪莪端教官司成，德州謝方山重輝、安丘曹實庵貞吉、江陰曹峨眉禾與汪蛟門懋麟皆官中書舍人，數以詩歌相贈答，名士如雲會集，一時令人神往。

趙秋谷《談龍録》：本朝詩人，山左爲盛。先清止公與萊陽宋觀察荔裳琬同時，繼之者新城王考功西樵及其弟司寇阮亭，而安丘曹禮部升六、諸城李翰林漁村、曲阜顔吏部修來、德州謝刑部方山、田侍郎、馮舍人後先並起，然各有所就，了無扶同依傍，故詩家以爲難。秀水朱翰林竹垞、南海陳處士元孝、蒲州吴徵君天章及洪昉思皆云然。

《愚山集·燕臺詩序》：山左舊遊，舉進士能詩者，既有田子綸、曹升六、王仲威諸子，李子與卽墨楊子六謙又同召至都下，不爲不遇。吾嘗校其文，拔最多士。今數來論詩，詩日有聞，吾喜諸子之足張吾軍也。夫吾黨豈徒以詩雄耶？

《居易録》：丙辰、丁巳間，商丘宋犖牧仲、郃陽王又旦幼華、安丘曹貞吉升六、曲阜顔光敏修來、黄岡葉封井叔、德州田雯子綸、謝重輝千仞、晉江丁煒雁水及門人江陰曹禾頌嘉、江都汪懋麟季甪皆來談藝，予爲定《十子》刻之。

張山來潮曰：詞賦之盛，首推西清，而山左尤擅，其最如田公綸霞、顔公修來、謝公方山，皆矯然獨出者。而實庵曹公則深沈博麗，衆美悉兼，近復剷華，全以識勝。《朝天》諸作，得之車塵馬足間，而精詣如許，真不可及。至中丞公宿爲詞場領袖，《黔行》、《黔寄》二集，久埋塵土，今一出而光采射人。

王西樵先生評云：『深思老筆，揉以清蒼。』嗚呼！其盡之矣。

吴劍宜曰：昔人云：青山緑水中作二千石，是第一快事。新安山水佳勝，而近得中翰曹公來治吾郡，詩才文筆，炤燿巖嵐，固爲人地兩絕。而甫莅漸江，旋承輯瑞，往來燕齊，道上著《朝天集》，河聲岱色，盡貯奚囊。他時搜勝天都，發爲詩歌，靈奥當復奚似？及讀中丞公《黔行》、《黔寄》二種，抉怪武溪，闡奇貴竹，直與康樂、柳州同垂不朽。宜孝威、山來之極爲欣賞也。

鄧孝威曰：實庵曹公授新安郡司馬，到任四十日，即代覲北上。維時冰雪載途，車煩馬殆，公則據軾朗吟，所過名城大都，荒墟古寨，窮檐廢井，一一譜之於詩，比至邗，出詩見示，余爲三歎，復爲點次授梓。因問君家開府詩，公爲揮涕，曰：『吾弟《黔行》、《黔寄》二集，久苦散失。』余曰：『昔壬子歲，江孝廉闓在貴陽，上謁開府，開府曾以二稿手授，江君轉寄，今尚在篋衍中。』公喜甚，曰：『能爲表章，則亡弟感深泉壤。』因爲附刻《朝天集》之後。

張杞園《題珂雪堂詞譜》：實庵詩文妙天下，間倚聲作詞，遂奪宋人之席。吴薗次《名家詞選》以爲壓卷，流傳江左，一時推爲絶唱。

汪退谷士鋐《鴻爪集跋》：夫子詩氣清力厚，似根本於杜、韓，更放而之香山、劍南，然謂摹倣四家，不得蓋其氣與力，足以包舉，非四家之詩，而爲石翁夫子之詩，故化其迹而莫可名也。

汪士鋐《拜愚山先生野殯詩跋》：《野殯》三章，低徊欲絶。嘗從先生論施公往事，先生涕交頤，遂共欷泣，不復語。施公没，先生經紀其後，不遺餘力。嗚呼！此真古人情事，而作詩者之本也。

（此本繫於《安丘曹氏家學守待》第十四卷卷首，名曰《評語》，蓋貞吉後人鈔録各家酬唱、評語、題詞而成，或已見於各家集序跋、題評中，文字或有差異。今編於此，易其名曰《〈珂雪詩〉評語》）

清朝論詩絶句・曹貞吉

蔣士超

梁丘作者曹珂雪，壓卷黄山一首詩。似海似山天水闊，仙人遊戲本神奇。

（轉録自郭紹虞編《萬首論詩絶句》）

詞話

曹禾

實庵兄爲人端飭，不苟訾笑。至填詞，乃婉麗纖媚，時或飛揚跋扈，俶詭不羈，此彭澤《閒情》、廣平《梅花》，令人不能測識也。

蛟門自負詩歌不可一世，獨以文章讓予，填詞推實庵。三人每酒酣爭勝，氣不能下。近予頗爲長短調，實庵怒駡曰：『汝不思壓倒蛟門，乃闖吾藩籬耶？吾將爲古文辭矣。』予曰：『諾。請屬櫜鞬以從。』時田子綸雯、顔修來光敏在座，爲之捧腹絶倒。

柳生敬亭以評話聞公卿，入都時，邀致接踵。一日過石林，許曰：『薄技必得諸君子贈言以不朽。』實庵首贈以二闋，合淝尚書見之扇頭，沈吟歎賞，卽援筆和韻，珂雪之詞一時盛傳京邑。學士顧庵叔自江南來，亦連和二章，敬亭名由此增重。

阮亭先生閲實庵懷古《風流子》數闋，拍案稱善，題其稿曰：『曹大乃爾奇絶！』

詞以神氣爲主，取韻者次也，鏤金錯彩其末耳。本朝士大夫詞筆風流，幾上追南唐、北宋。彭、王、鄒、董，夙擅孅聲，近來同人中惟錫鬯、蛟門、方虎、實庵超然並勝。實庵不爲閨襜靡曼之音，我視之更覺嫵媚，其神氣勝也。

寶應陶處士澂入都門，呼予與實庵爲『南曹北曹』。友朋間遂以此爲稱號。今讀《珂雪詞》，予雖十年學，不能並驅也。昔人稱衙官屈、宋，實庵衙官我有餘矣。

王元美論詞云：『寧爲大雅罪人。予以爲不然。』文人之才，何所不寓？大抵比物流連，寄託居多。《國風》、《離騷》，同扶名教，卽宋玉賦美人，亦猶主文譎諫之義，良以端言之不得，故長言詠歎，隨所指以託興焉。必欲如柳屯田之『蘭心蕙性』、『枕前言下』等語，不幾風雅掃地乎！實庵詞無一語無寄託者，予之所以服膺也。

雲間諸公論詩宗初、盛唐，論詞宗北宋，此其能合而不能離也。夫離而得合，乃爲大家。若優孟衣冠，天壤間只生古人已足，何用有我？實庵與予意合，其詞寧爲創，不爲述；寧失之粗豪，不甘爲描寫。妍媸好醜，世必有能辨之者。

康熙歲次丙辰夏五，江上年弟禾具章。

（曹禾《珂雪詞話》）

古今詞話・曹貞吉《珂雪詞》

沈雄

沈雄曰：實庵詞，久從南溪讀其一二，恨未窺其全豹。《珂雪》新箋，欲想見其丰采而未可得，兹覽陳檢討題詞云：『愛佳詞、一編《珂雪》，雄深蒼穩』。『算蝶板、鶯簧不準。多少詞場談文藻，向豪蘇、膩柳尋藍本。吾大笑，比蛙黽。』君詞更出其望外。

（沈雄《古今詞話・詞評卷下》）

珂雪詞題辭

賀新涼

陽羨陳維崧其年

滿酌涼州醖。愛佳詞、一編《珂雪》，雄深蒼穩。萬馬齊喑蒲牢吼，百斛蛟螭困蠢。算蝶拍、鶯簧休混。多少詞場談文藻，向豪蘇、膩柳尋藍本。吾大笑，比蛙黽。　爇殘樺燭剛餘寸，歎從來、虞卿坎坷，韓非孤憤。耳熱杯闌無限感，目送塞鴻飛盡。況眼底、群公袞袞。作達放顛無不可，勸臨淄、且傅當筵粉。城柝沸，夜烏緊。

（《賀新涼》此調至《水調歌頭》四調五闋，見於清康熙張潮刻本《珂雪詞》。陳維崧《迦陵詞全集》錄此闋，題作《題曹實庵〈珂雪詞〉》）

前調　次韻答曹舍人京師見寄之作　　舊山鄧漢儀孝威

名士盈東國。更曹家、賦詩橫槊，英豪無敵。珥筆縱隨丞相後，聲價由來赫奕。看落筆、群公動色。日轉宮槐催貰酒，笑停鞭、大道青樓側。如此事，何人得？　昔年也作燕臺客，到於今、攀龍屠狗，人都間隔。萸水西風黃葉下，落得啾啾唧唧。喜雄篇，蒼鷹怒擊。寄到邗溝明月下，快高吟，紅蠟銷三尺。空遠望，西山碧。

霓裳中序第一　　桃鄉農李符耕客

紅絲小硯北，不斷閒情渾似織，東魯詞人第一。勝漂泊周郎，蕒洲漁笛。犀幃夜寂，寫錦箋、都洗香澤。銀釭下，喚來翠袖，記曲譜瑤瑟。　疇昔，酒瓢吟屐，記踏遍、銅駝巷陌。旗亭曾畫素壁，破帽重尋，斷闋空憶，紫薇花下客。更引起、年時賦筆。增惆悵，樽前舊侶，鏡裏鬢絲白。

天香　　由拳沈季友客子

銀沫香邊，翠鬟聲裏，思君風調曾折。燕市重來，鞭絲問處，便有桃鄉人說。紫苔雙破，怪小徑、冷於吹雪。摒擋書簽茗碗，料應此意清絕。　東華幾堆官熱，算爭如、滿毫花屑。笑指池頭鳳影，風流誰奪？我本飄零殘客，儘狂舞、秋山一丸月。願作團光，照人時節。

水調歌頭　舟中作　　心齋張潮山來

買棹故鄉去，冰雪喜隨身。中流鼓枻欹坐，對此陟釐紋。不用紅牙鐵板，且趁曉風殘月，銅斗擊來頻。讀罷兩三闋，齒頰欲生芬。彼秦黃，與蘇陸，亦何神？雄深蒼穩一歎，陳檢討其年評公詞『雄深蒼穩』。欣賞共奇文。試看高懷弔古，以及閒情詠物，浣筆絕纖塵。願得有心侶，枕秘散氤氳。

畫屏秋色　　錢塘吳陳琰寶崖

曾借淄州住。對二老念東、豹巖二先生，哦盡陳思妍句。翩若驚鴻，飄如迴雪，《洛神》親賦。簾閣坐焚香，又報導、津亭催鼓。指皂蓋、天都路。想車過黃山，芙蓉疊疊，多少酒痕墨瀋，香雲遮護。懷古。溪村林塢。記任昉、風流遺處。爭如司馬，官閑銜散，頻修簫譜。眉子硯將穿，朝朝傳寫紅牙度。轉笑青衫徒苦。我正倦遊歸，回首齊烟九點，夢斷那時人語。時余方辭濟南太守修志之請。

（此闋不見於清康熙張潮刻本《珂雪詞》，其後各本俱載，以其在張潮題辭後，當爲曹氏後人重刻《珂雪詞》時增補）

相思兒令　題曹實庵《珂雪詞》　　孔傳鐸

磊磊珠圓玉潤，白石認前身。不帶齊東風味，疑是過江人。可歎生不逢辰。似馮唐、郎署沈淪。至今嬌女紅窗，爲君歌動檀唇。

（孔傳鐸《紅萼詞》卷上）

望江南　雜題我朝諸名家詞集後　　朱祖謀

《留客住》，絕調《鷓鴣》篇。脱盡詞流薌澤習，相高秋氣對南山，騷度《衍波》前。曹升六

（朱祖謀《彊村語業》卷三）

望江南　飲虹簃論清詞百家　　盧前

標南宋，始自實庵詞。心往手追張叔夏，幽深綿麗已兼之。周、賀不同時。曹貞吉

（轉錄自尤振中、尤以丁《清詞紀事會評》）

百字令

曹升六儀部《行樂圖》爲吴逸所繪。今藏裔孫善揆許　黄孝紓

詞仙歸去，渺素雲黄鶴，頓成今古。一逕緑天開畫本，風度軒軒韶舉。黍夢金臺，冰銜紫闥，參伍鵷鸞侶。宋王斂手，騷壇鼎足分取。　正是白嶽乘軺，芙蓉天半，打疊登高賦。遊遍名山歸把卷，燕寢凝香亭午。珂雪題牋，金星拂硯，多少閒情緒。吴郎妙筆，傳神都在阿堵。

（《同聲月刊》一九四四年十一月第四卷第二號同聲社採輯《今詞壇》，原署『匑庵』）

論詞絶句其十三

孫爾準

《炊聞》《玉友》《二鄉亭》，山左才人未逕庭。只有曹家《珂雪》句，白楊涼雨耐人聽。

（孫爾準《泰雲堂集》卷四《假歸集》）

論詞絶句又四十首·曹貞吉

譚瑩

千秋公論試評量，南渡詞人特擅場。十五家同收《四庫》，定知誰許魯靈光。我朝詞集，《四庫》所收者，唯《珂雪詞》、《十五家詞》，餘俱存目耳。

（譚瑩《樂志堂詩集》卷六）

詠物詞評

王士禛　曹禾　宋犖

王阮亭先生曰：《拾遺》、《洞冥》、《杜陽雜編》諸書所記，類無事實。實庵先生詠物，皆取其聞見所及耳，而神光離合，望之如蜃氣結成樓閣，每讀一過，覺江風海雨，摵摵生齒牙間也。

朱錫鬯先生曰：『詞至南宋始工。』斯言出，未有不大怪者，惟實庵舍人意與予合。今就詠物諸詞觀之，心慕手追，乃在中仙、叔夏、公謹諸子，兼出入天游、仁近之間。北宋自方回、美成外，慢詞有此幽細綿麗否？若讀者仍謂不如北宋，則舍人亟藏之，俟後世子雲論定可矣。

宋牧仲先生曰：今人論詞，動稱辛、柳。不知稼軒詞以『佛狸祠下，一片神鴉社鼓』爲最，過此則頽然放矣。耆卿詞以『關河冷落，殘照當樓』與『楊柳岸，曉風殘月』爲佳，非是則淫以褻矣。迨白石翁崛起南宋，玉田、草窗諸公互相倡和，戛戛乎陳言之務去，所謂『如野雲孤飛，去留無跡』者，此竹垞論詞必以南宋爲宗也。今讀實庵《詠物十首》，仿佛《樂府補題》諸作，而一種窅渺之思、瑰麗之辭，與夫沈鬱頓挫之氣，直駕諸公而上之，擬諸白石《暗香》、《疏影》之篇，何多讓焉！義山曰：『願書萬本誦萬遍，口角流沫右手胝。』余於此詞亦云。

（原繫《詠物十詞》後，題曰《總評》；刻入《珂雪詞》時，置於卷首，題曰《詠物詞評》）

懷古詞評

高珩　等

高念東先生曰：吾讀諸詞，想見實庵搦管時，必連浮大白，蹋足起舞，高唱梁伯龍『問天涯何事，恰纔歸』曲數過，然後用葉法善攝魂碑法，令荊卿舞劍，漸離擊筑，紅線捧硯，隱娘濡筆，阮步兵太息之聲，庾子山涕洟之賦，一時並集，乃克有此耳。轉而思之，存亡崇替，此是人間常事，斷不可免者。其不實則乾闥婆城，不久則邯鄲道枕耳。諸公泉下回首，或能莞爾發願，一出頭來，必了因緣大事，另作生活，方是英靈男子。如尚悲思不已，生既猙獰，死復沈滯，再來依然故吾耳。萬劫黑海尚有分在，可憂也。僕學空門，而亦爲之怦怦心動，方知俗心難盡，習氣難空如此，大須懺悔祓除，庶幾不復墮情想濁劫乎！

王阮亭先生曰：填詞，小道也，然魯直謂晏叔原樂府爲《高唐》、《洛神》之流，張文潛謂賀方回幽潔如屈、宋，悲壯如蘇、李。夫屈、宋，《三百》之苗裔，蘇、李，五言之鼻祖，而謂晏、賀之詞似之，世亦無疑二公之論爲過情者，然則填詞非小道可知也。實庵舍人久以詩鳴海內，近爲樂府，輒至數百首，分其一藝，足自名家。今所刻《懷古》四闋、《詠史》五闋，特其淩雲臺之一榱一桷耳，然已可推倒一世，開拓萬古。吾故不敢自擬魯直、文潛，而竊欲躋實庵於宋玉、陳思、屬國、都尉之間。世不乏賞音，其或以吾爲貢諛者，吾亦任之。

張杞園曰：昔人論詞，以七郎、清照爲當家，以其纏綿旖旎，動人情思耳。余謂不如東坡、稼軒，慷慨雄放，爲不失丈夫本色。今觀實庵數闋，意興淋漓，胸懷浩蕩，至其上下千古，則一往情深，低徊欲絶，置之蘇、辛集中，寧易差別邪？實庵詩才奔逸，横絶一世，詞卽不足以盡實庵，而茲刻又不足以盡實庵之詞，讀者亦窺其一斑兩斑可矣。

張山來曰：《珂雪詞》縱横變化，不可方物。非辛、非柳、非蘇、非黄、非周、非秦，而辛、柳、蘇、黄、周、秦之美畢備。由其才具閎博，學殖淵邃，舉生平所誦習子史百家、古文奇書，含咀醞釀而出之。淺陋之士，烏能窺其堂奥、測其涯涘哉！

刻《瑤華集》述節錄

蔣景祁

曹解元升六清思密致，與新城王、萊陽宋別爲一派。

（蔣景祁《瑤華集·刻〈瑤華集〉述》）

百名家詞鈔·《珂雪詞》集評

吴綺　等

吴薗次綺曰：《珂雪詞》字字香豔，至議論風生處，有烘雲托月之勢。

汪修如俊曰：家仲繩姪極豔稱《珂雪詞》，如嬌鶯欲醉，花曉初舒，一日令歌者按紅牙度之，會心處幾令心癢欲搔，惜不能向麻姑借爪耳。請付諸梓，以公同好。

張山來潮曰：先君視學山左，每謂詞章之妙，無過宋萊陽、王新城昆季，而尤重曹安丘，每抄其《珂雪詞》，把玩不釋，以其才情淵博，寄調清新，能於咀商嚼羽處，淩轢蘇、黄，揶揄秦、柳，真山左三大家也。

聶晉人先曰：實庵先生長調之妙，妙絶古今，若使《花庵》選手見之，亦不能局於令慢間矣。是刻初得之菌次、山來二處，再得於槎客歸舟所攜，恐俱非全帙。擬借羽向黄山、白嶽間求之，必能一時紙貴，百家增色。恨余之抱疴不能也。

（聶先、曾王孫《百名家詞鈔·珂雪詞》）

雲韶集·《珂雪詞》評

陳廷焯

實庵詞風韻之高，不減南宋諸賢，詞至是一變，詣道矣。

（陳廷焯《雲韶集》卷十四）

白雨齋詞話·《珂雪詞》評

陳廷焯

曹升六《珂雪詞》，在國初諸老中最爲大雅。才力不逮朱陳，而取徑較正。國朝不乏詞家，《四庫》獨收《珂雪》，良有以也。

升六詞，余最愛其《掃花遊·春雪》一篇，如云：『一夜梅花暗落，西窗似雨飄搖去，試問逐風，歸到何處。』又云：『擁斷關山，知有離人獨苦。漫凝佇，聽寒城、數聲譙鼓。』綿雅幽細，斟酌於美成、梅溪、碧山，公謹而出之者。

『萬馬齊喑蒲牢吼』，此伽陵題《珂雪詞》語，然直似先生自品其詞，吾恐升六尚謙讓未遑也。

（以上三則，陳廷焯《白雨齋詞話》卷三）

詞有表裏俱佳，文質適中者，溫飛卿、秦少游、周美成、黄公度、姜白石、史梅溪、吴夢窗、陳西麓、王碧山、張玉田、莊中白是也，詞中之上乘也。有質過於文者，韋端己、馮正中、張子野、蘇東坡、賀方回、辛稼軒、張皋文是也，亦詞中之上乘也。有文過於質者，李後主、牛松卿、晏元獻、歐陽永叔、晏小山、柳耆卿、陳子高、高竹屋、周草窗、汪叔耕、李易安、張仲舉、曹珂雪、陳其年、朱竹垞、厲太鴻、過湘雲、史位存、趙璞函、蔣鹿潭是也，詞中之次乘也。有有文無質者，劉改之、施浪仙、楊升庵、彭羡門、尤西堂、王漁洋、丁飛濤、毛會侯、吴薗次、徐電發、嚴藕漁、毛西河、董蒼水、錢保馚、汪晉賢、董文友、王小山、王香雪、吴竹嶼、吴人諸人是也，詞中之下乘也。有質亡而並無文者，則馬浩瀾、周冰持、蔣心余、楊荔裳、郭頻伽、袁蘭邨輩是也，並不得謂之詞也。論詞者本此類推，高下自見。

（陳廷焯《白雨齋詞話》卷八）

詞徵・清初三變

張德瀛

汪蛟門謂宋詞有三派，歐、晏正其始，秦、黄、周、柳、姜、史之徒極其盛，東坡、稼軒放乎其言之矣。愚謂本朝詞有三變，國初朱、陳角立，有曹實庵、成若、顧梁汾、梁棠村、李秋錦諸人以羽翼之，盡祛有明積弊，此一變也。樊榭崛起，約情斂體，世稱大宗，此二變也。茗柯開山採銅，創常州一派，又得惲子居、李申耆諸人以衍其緒，此三變也。

（張德瀛《詞徵》卷六）

柯亭詞論・清初三期

蔡嵩雲

清詞派別，可分三期。浙西派與陽羨派同時。浙西派倡自朱竹垞，曹升六、徐電發等繼之，崇尚姜、張，以雅正爲歸。陽羨派倡自陳迦陵，吳薗次、萬紅友等繼之，效法蘇、辛，惟才氣是尚，此第一期也。常州派倡自張皋文，董晉卿、周介存等繼之，振北宋名家之緒，以立意爲本，以叶律爲末，此第二期也。第三期詞派，創自王半塘，葉遐庵戲呼爲桂派，予亦姑以桂派名之。和之者有鄭叔問、況蕙風、朱彊村等，本張皋文意内言外之旨，參以凌次仲、戈順卿審音持律之說，益發揮光大之。此派最晚出，以立意爲體，故詞格頗高；以守律爲用，故詞法頗嚴。今世詞學正宗，惟有此派。餘皆少所樹立，不能成派。其下者，野狐禪耳。故王、朱、鄭、況諸家，詞之家數雖不同，而派則同。

（蔡嵩雲《柯亭詞論》）

西圃詞説節錄

田同之

本朝士大夫，詞筆風流，自彭、王、鄒、董以及迦陵、實庵、蛟門、方虎并浙西六家等，無不追宗兩宋，掉鞅先後矣。其間唯實庵先生不習閨襜靡曼之音，既細詠之，反覺嫵媚之致，更有不減於諸家者，非其神氣獨勝乎？由是知詞之一道，亦不必盡假裙裾，始足以寫懷送抱也。

（田同之《西圃詞説》）

長句送峨嵋南歸

田雯

眼中之人南北曹，飛揚跋扈文章豪。酒後耳熱各大叫，脱衫據地風蕭蕭。阿大樂府譜新曲，眉峰一寸嶙峋高。眉峰剛一寸，爛醉起嶙峋。實庵句也。小謝偏師出勁敵，銜官屈宋窮搜雕。旌旗壁壘非一色，藩籬闌入狂且驕。坐客聞之掀髯笑，奪席攘臂叢譏嘲。幽燕老將刁斗壯，傖夫絳灌甘遁逃。海内非此二子者，千秋無乃太寂寥。上數語，述實庵詞話事。是時西山送涼雨，亭前老樹風雷交。天陰烏棲聲屑瑟，夜黑茅屋燈飄飄。詰朝忽買潞河棹，縱横書卷纏牛腰。丈夫際時耽微祿，胡爲杖笠尋漁樵。君山一峰最奇拔，下臨大江生汐潮。烽烟落日蛟龍伏，葭菼秋風鴻雁號。浩森之鄉漫園宅，輸君痛飲歌《離騷》。燕市屠沽遭白眼，幾人擊筑還吹簫？尚與北曹共晨夕，短轅鈍馬同遊遨。暑涼雨過離筵濕，簷花迸落鳴新蜩。

（繫於《安丘曹氏家學守待》第十四卷《評語》後。田雯《古歡堂集》卷五錄此詩，文字稍異，據《古歡堂集》改定）

海上雜詩（其九）

宋犖

十子成高會，葉井叔、林蕃伯、曹升六、田子綸、王幼華、曹頌嘉、顏修來、汪季用、謝方山及余也。千秋有素期。况從王祭酒，風雅得宗師。熊白雪中賦，仙巖花下披。余藏董文敏《仙巖圖》。幾多離索感，暮雨聽潮時。

（宋犖《西陂類稿》卷六）

秋日示介維其三

宋犖

曹實庵靳熊封年來共酬倡，鹿窗句子訝偏清。何妨鼓吹西江派，也學涪翁作主盟。

（宋犖《西陂類稿》卷十一）

春暮懷友詩三十七首其二十八

劉謙吉

二月春風扈赤城，曹生騎馬苦拘儜。建安兄弟原同調，芳草閒吟送我行。壬子年，同曹頌嘉禾往赤城，曹升六貞吉賦詩送之。

（劉謙吉《雪作鬚眉詩鈔》卷八）

送田少參雯之楚分韻得江字

朱彝尊

前年白下君送我，臨當解纜拔柳椿。勞勞亭子惜分袂，津吏伐鼓聲逢逢。今年燕市我送君，西山積雪連崆峣。夕陽欲落猶未落，返景倒射紅油窗。人生會難別苦易，君又乘傳熊渠邦。川涂迢遞四千里，計程涉濟河淮江。翻飛蒼隼且莫致，攬環結珮何時雙？深杯當前宜縱飲，滿貯獸火傾羊羫。坐中曹貞吉謝重輝闘奇句，掉險類舞都盧橦。譬諸宫商迭相奏，竽瑟椌楬紛琤摐。君亦錄別留新詩，偏師一出長城降。古來文人志開濟，豈必翰墨驚冥惷？邇者七澤罷兵革，燒畬買犢齊耕稯。芻茭米粟待輸輓，笴籔稷秅爭牽扛。有時清暇集參佐，赤闌湖口浮艄艭。雄風颯然蘋末至，怒濤直指臺根撞。武昌魚涓十千尾，宜城酒醖二百缸。維藩樹屏昔所重，快意不在張牙幢。吾今謫官一無事，思從楚客搴蘭茳。題襟漢上許酬和，他日抽帆偃畫杠。

送曹郡丞貞吉之官徽州

朱彝尊

勝絶新安郡，高秋擁傳行。江流清見底，山色翠當楹。萬壑雲爲海，三都石作城。漆林分井社，松蓋辨陰晴。墨愛麋丸漬，茶先穀雨烹。由來風土美，見説訟庭清。之子齊東彦，才華鄴下並。詞源白石叟，詩法玉谿生。鳳沼趨晨久，鸞臺典籍榮。後來薪愈積，老去驥長鳴。豈厭承明出，遥思廏吏迎。名山謝康樂，隱吏許宣平。晚飯桃花米，春廚竹筍萌。麥光題素紙，龍尾滌金坑。暇有懷人作，知同惜别情。十年呼薊酒，雙調譜秦箏。忽漫登長道，沈吟數去程。跡猶淹旅食，心已定歸耕。七里嚴陵瀨，千秋黟帥營。相尋試酬和，編筏采紅蘅。

（以上，朱彝尊《曝書亭集》卷十二）

讀曹實庵郡司馬《朝天集》卻寄

顧圖河

畫旗雙引趨王程，朱輪轣轆斑騅鳴。郵籤絡繹報期會，憑軾不斷哦詩聲。一囊已滿乍撿發，珠犀眩光騰光晶。燕雲豁達盪胸臆，朔雪曠快清神明。冥搜欲發神鬼秘，拔筆，直共山川爭。廢原荒國弔前古，雄關重鎮思豪英。興來放意一抒寫，天風浩浩行間生。誠齋兩集舊傳播，楊誠齋有先、後《朝天集》。老傖浪得千年名。何如此帙足披誦，金石衝口鳴錚錚。文章陪輦在指顧，尚抱郡牒隨朝正。吾聞黟山大奇峭，攢峰直上青天撐。或者山靈乞真宰，敕遣快筆親題評。聖燈仙掌競刻露，丹臺玉几爭披呈。兜羅綿鋪旱海白，芙蓉砂朱砂名映溫泉赬。化城金碧嵌空構，周遊恍惚昇天行。遙聞側聽不可到，先生獨主茲山盟。郊坰小隊出公暇，竹兜藤舁山裝輕。高吟不妨猿鳥和，絕唱或與靈仙並。拂苔灑墨字椀大，入石三寸巖巒驚。編成一集急寄我，渴心苦望餐金莖。

（顧圖河《雄雉齋選集》）

次曹實庵懷舊　　馬翼辰

羞聽旁人說壯遊，嵯湖烟水幾驚秋。狂來對酒憐青眼，老去談經笑白頭。三徑松陰成我懶，兩行屐齒許君留。相逢縱爾遺佳句，曲裏陽春不解愁。

（繫於《安丘曹氏家學守待》第十四卷《評語》後。張貞《渠丘耳夢錄》乙集引，文字稍有異）

永遇樂　柳絮和曹實庵　　宋犖

望去非花，飄來疑雪，輕狂如許。未作浮萍，已離深樹。此際誰為主。隋堤三月，幾回翹首，一片漫天飛舞。最堪憐、無根無蒂，總被東風弄汝。

蹋歌魏女，離情多少，問道春光何處。乍撲空簾，旋黏芳逕，好倩鶯銜取。還思往日，鵝黃初染，變態頓分今古。枉垂著、長條踠地，綰伊不住。

（《西陂類稿》卷二十三）

答曹實庵書

宋犖

犖頓首復實庵足下：七月廿八日得書，知起居佳勝。拜惠春茗新煙，荷荷。往歲拙句奉送有云：『他時相憶如相寄，玄璧龍團色色佳。』何足下久要不忘乃爾耶？

每念足下奇人，黃山奇境，必有不朽之篇，爲山靈增重。今讀《紀遊》諸什，其高則天都、始信諸峰拔地參天也；其浩瀚無際，則文殊臺下之雲海也；其離奇夭矯，則擾龍、臥龍諸松之盤空聳翠，駭人心目也。此山名作寥寥，雖有傳者，今被實庵壓倒矣。熊封和章，森秀雄恣，有韓蘇氣。掌霖長短句，駸駸奪玉田之席。足下拍肩挹袂，其樂可知。

犖居此，凡百任運，極人世崎嶇傾險，皆以『守拙』二字處之，心地蕭閒，不廢吟嘯。昨楚中朱悔人來，盤桓經月，偕至兒更唱迭和，得詩數十首，差慰岑寂。今悔人歸東浦，至兒亦將返里，此後又當閣筆矣。西江文官，大小六百餘人，無一好文墨、商風雅者。昨一人過東林寺，囑其訪王新建遺跡，歸而見復云：『新建詩在屏風上，已破壞，無足取。聞有一僧名惠遠能詩，偶他出，未及見。』嗟哉！卽此事令人如何發付？真可笑殺也。匡廬林壑幽邃，相望咫尺，恨不能曳杖一遊，欲如足下與黃山結緣，何可易得？犖於足下，不過多輿夫四人，門前鼓吹一部，實則青鞋布襪、挹泉嚼蕊之樂，遜足下不知何等矣。偶收拾三年來拙詩，共三卷，寄阮亭點定，目前正謀付梓，梓成卽寄正。熊封、掌霖、介維諸君均希道意。敝鄉沈文端、賈靜子、劉山蔚諸集，並此中《三孔集》及拙作二箋奉覽，窰器四件侑簡，統祈照入。

月日犖再拜。

（宋犖《西陂類稿》卷二十九《尺牘》。清李祖陶《清文錄》之《西陂類稿文錄》選錄此書札，文字稍異）

答朱悔人

宋　犖

犖頓首復悔人：足下五年闊別，兩月盤桓，文酒流連，無殊疇昔，其樂可知。足下解纜章江後，諷詠『送君南浦，傷如之何』語，真不覺黯然魂消矣。

接手札，兼宣示近詩及廬山碑刻、蔬筍種種，不獨金石之音迸流几案，而名山烟嵐之縹緲、碑版文翰之奇古、林壑風物之幽邃，一一挹取不盡。但別後詩思已枯，不能卽爲屬和，須興發乃補爲之，先以此爲息壤可耳，笑笑！昨曹實庵以《黃山紀遊詩》見寄，犖答以君爲黃山主人，盡探黃山之勝；犖爲廬山主人，不得一望廬山面目，較君縱多輿夫四人、門前鼓吹一部，亦何益哉？今爲足下作答，觸迕前言，彌增悵恨。目下江南梓人卽至，當爲足下繡雕《章江集》一卷，其中寄大兒基二律、與澹公茶話二絶並昨寄簡次兒至一律，僭爲刪去，知不罪也。拙作《御變詩》刻王文成《開先寺紀功碑》後，自是勝舉，愧不敢承。尊稿評上。犖再拜。

（宋犖《西陂類稿》卷二十九《尺牘》）

與曹升六郡丞

張潮

孟夏浣讀教旨，撝抑謙光，溢於楮潁，三復之下，景仰彌深，不禁咨嗟大息。俗務羈絆，未獲言歸鄉國，時親左右，聆麈論而問奇字，爲悵悵也。鄧孝老今歲竟未來揚，《詩觀》藏板，無從可得。俟其到日，即索板刷印尊著數十冊郵上。近刻佳什更進，令潮諷咏，不忍釋手，敬謝大教。《珂雪詞》校讐再四，應無訛謬。靳父母評語，俱補刊入。遵命漫綴拙評，以志嚮慕，然言之不文，奚異佛頂著穢，徒供大方捧腹耳。茲印若干部，幸祈照到。

楚氛起於倉猝，殊出意外，我郡不無震鄰之恐，賴有老祖臺鎮定撫戢，未雨綢繆，則訛言不興，而衆譁自息，我郡可恃以無恐矣。第是邗江鹺業，全在漢上，尤爲剝膚，聞已大受其毒。則涓滴微貲，不知作何，究竟將來，且餬口無策，言念及此，曷勝於邑！辱蒙世誼殷篤，捉筆不覺覼縷也。臨風馳結，不盡依依。

與曹升六郡丞

張　潮

洊聞老公祖年世臺先生移節諸郡邑，惠政覃敷，頌聲遐播，行見名列御屏，榮膺内召，額手抃舞，曷罄名言？

客冬數行修候並《詩觀》尊著呈上，想達臺端。謹將《珂雪詞》板二束齎送貴署，幸爲照到。其間訛字，已經改補，但恐讐校未精，有辜台委耳。

附有懇者，先君《大易辯志》一書，生平心力所注，時有發前人所未發者，而《繫辭》則尤多闡析，敢求老祖臺自公之暇，賜以大序，俾《三都》藉皇甫先生而益重，當亦仁人君子之所不拒者耳。不揣冒干，伏惟俞允。臨池翹企，曷任主臣。

與曹實庵郡丞

張　潮

自別台顔，星霜屢易。凡敝鄉來者，莫不極口老祖臺清操美政，而舍姪則尤沐鴻慈造就之恩，感且不朽。

潮自孟夏以來，迭遭拂逆，大病之後，復患創瘍，四肢已廢其三，十指僅虛其一。不第楮生毛穎，久付塵封，卽盥濯、衣冠，一切人事俱廢，以故未通魚雁，想老祖臺或能鑒宥於形跡之外也。近始擘去瘡痂，粗能握管，奉懷拙句，郵政大方，極知不足以稱述高深，惟冀賤名或得出入懷袖，不啻躬承謦欬耳。舍姪春月在邗時，備道台愛，種種兼之。拙詞蒙賜教削，捧閲之餘，且感且愧。此後倘有所作，自當洗去浮艷，但恐朽木土墻，終無進益，虚負師承。然謝愛佩德之私，當與有生俱永矣。

（以上，張潮《尺牘偶存》卷一）

寄曹實庵先生

張　潮

自老祖臺先生内擢以來，無日不神馳左右，當年夏庇，時在胸臆間。每京師來者，咸極口鼎茵多福，宸眷優隆，忭慰爲劇。兹以宛陵袁士老入都之便，肅候崇禧，扇墨伴函暨近刻附呈台政，統希鑒茹是荷。臨緘馳溯，曷任主臣。

（張潮《尺牘偶存》卷四）

與曹實庵

李良年

某不走候問於先生，前爲歲者再知先生必訝其爲疏戾，卽某亦自歎爲真疏戾也。關河杳邈，傳聞異辭，伏處荒村，追惟曩誼，不獨先生有對牀之感矣。此種情懷，非可託諸筆墨，僅以寒暄數字，仰塵掌記，揆之鄙意，未獲所安，是以久負此疏戾之譽也。

邸信繹聯，備聞清望，兼悉台履，珥筆金門之暇，著述等身，當不減杜陵淒激耳。憶昨棲遲天末，驛使裝書，郵箋乞句，天倫多贈答之章，賤子荷品題之目。此時此樂，何可再尋？鶘鳥竹雞，已成陳跡，如何如何？候雁將南，有可釋區區慕念者，得賜手書微詞，見慰幸不淺矣。肅此奉候起居。

令叔四先生、令公子世兄想俱佳勝，統祈聲致。不宣。

與曹升階

李良年

客冬手書賜答，仰荷垂憶，更辱見懷倚聲，撫昔念今，情詞婉折，拜讀之餘，百端交集矣。

今春晤蛟門先生於維揚，更述近履，河清可俟，雙龍易合。鑾風蚤雨，慮不足減眠食耳。庭始之變，初聞泣下，再聞駭愕，天道至今日亦不可問矣。爲文哀之，慘痛閣筆，僅留半稿，容續畢寄呈也。

舍弟分虎來遊長安，特令晉謁，儻出其撰著請正，幸先生推所以教某者教之。舍弟曩遊皆爲夢境，今潦倒而北，統邀獎借，庶靈臺無息炊之歎耳。

冗次率候，搖筆神往。

（以上，李良年《秋錦山房外集》卷一）

附錄三　傳記資料

曹貞吉任内閣中書舍人授文林郎敕命康熙十四年

皇帝制曰：錫類推恩，朝廷之大典；分猷亮采，臣子之常經。爾内閣辦事中書舍人、加一級曹貞吉，秉質純良，持心端謹。簡司翰墨，奉職罔愆。慶典欣逢，恩綸宜賁。茲以覃恩授爾爲文林郎，錫之敕命。於戲！宏敷章服之榮，用勵靖共之誼。欽茲寵命，懋乃嘉猷。

制曰：恪共奉職，良臣既殫厥心；貞順宜家，淑女爰從其貴。爾内閣辦事中書舍人、加一級曹貞吉之妻王氏，含章協德，令儀夙著於閨闈；黽勉同心，内治相成於夙夜。茲以覃恩封爾爲孺人。於戲！龍章載焕，用褒敬戒之勤；翟茀欽承，益勵柔嘉之則。

（民國重修《安丘連池曹氏族譜》卷一。原題『曹貞吉』作『儀部公』，茲改。《族譜》提及《儀部公晉贈中憲大夫江蘇揚州府知府加三級誥命》，爲乾隆間頒賜，惜文不載）

曹貞吉任江南徽州府同知授奉政大夫誥命康熙二十七年

皇帝制曰：宣猷佐治，端資貳守之良；課吏安民，並紀協恭之績。爾江南徽州府同知曹貞吉，禔躬恪慎，蒞事精勤。分雙旌五馬之榮，襄六典九條之治。詰奸宄而克靜，礪廉隅以自持。慶典欣逢，褒章宜煥。茲以覃恩特授爾階奉政大夫，錫之誥命。於戲！撫循是職，贊良牧以宣猷；綸綍式頒，沐新恩而勵節。

制曰：良臣宣力於外，效厥勤勞；賢媛襄職於中，膺茲寵錫。爾江南徽州府同知曹貞吉妻王氏，終溫且惠，既靜而專。綦縞從夫，克贊素絲之節；蘋蘩主饋，爰流彤管之輝。茲以覃恩封爾爲宜人。於戲！敬爾有官，著肅雍而並美；職思其內，迪黽勉以同心。

（民國重修《安丘連池曹氏族譜》卷一。原題『曹貞吉』作『儀部公』，茲改）

誥授奉政大夫禮部儀制清吏司郎中曹公墓志並銘

張　貞

公曹姓，諱貞吉，字迪清，一字升六，別號實庵。幼具夙惠，初學爲文章，即有神解。甫髫，與弟澹餘同負儁聲。辛卯，澹餘膺鄉薦，而公獨不利於有司，益自奮厲，博極群書，篝鐙雒誦，深夜不休。年三十，中康熙癸卯鄉試第一；甲辰，成進士；庚戌，以推擇爲中書舍人。壬子，余充貢賦，入京師，見公自公之暇，專力攻詩，與今戶部侍郎田公綸霞、巡撫都御史宋公牧仲、刑部郎中謝公千仞、故國子祭酒曹公頌嘉、給事中王公幼華、刑部主事汪公季角更唱迭和，都人有『十子』之目。新城王阮亭先生尤激賞公詩，爲鑒定版行之。

自是學日益博，名日益著，人間以史傳故實相咨，事雖隱僻，公應對如流，論者謂不減張司空在典午之代也。所著有《珂雪詩》、《珂雪詞》、《十子詩略》，暨後《朝天》、《鴻爪》、《黄山紀遊》諸集，共若干卷。此公之文學於古有考，於後可傳，海內之人無不知之者也。

公之由中翰出而同知徽州也，平簡溫敏，洗手奉公，逾年，政大洽。會祁門令闕，公即以材攝令事。其治行非一端，而大者罷門攤船課、汰磁土水車之税，祁人作《卻金歌》以美之。新令既至，公首以貪暴相戒，令不能從，大反公所爲，未幾而閭左變起，圍署罷市，夷竈塞井，令不堪其辱，雉經以死。人情洶洶，恐致他虞，大守請於臺，曰：『非曹君不能定此亂。』遂檄公以往，公故示整暇，紆道遊白嶽，信宿始達，徐抵其魁於法，盡除其政之煩苛者，邑中外皆帖服。及將還郡，行有日矣，公念邑中大旱，亟用東坡先生虎頭祈雨法禱於西峰九龍潭，虎首甫沈，風雷驟起，澍雨霑足，邑人立石放生池記其事。

是秋，復視篆青陽，諸吏抱牘進曰：『兑漕例徵三千金，爲公私費。』公笑曰：『猾吏欲以腐鼠嘗我邪？水次近縣門，何須多金！當事知我貧，或不過督也。』宿弊遂洗。又署安慶、黟縣諸篆，公治之如前政。壬申計吏，公首登薦剡，視歙篆尚未竣事，遷戶部廣東司員外郎以去。甲戌，遷禮部儀制司郎中。其居儀曹最久，於貢舉、學校，悉遵舊典，政尚寬平。胥吏有毛舉細過以文法中人者，輒格不行。公允有人倫鑒。甲子，分校順天鄉試，得解元王君顓等正、副榜十二人，多文章知名。庚午分校江南武闈，甲戌分校武會試，丙子典試粵西，所取亦皆奇偉之士。安民而復知人，又因以知公之爲吏，能不負其所學者也。

公九歲而喪父宗伯公，毀瘠如成人。又痛宗伯公蚤世，事母劉太夫人色養甚備。與其弟同學，恣友愛，晌晌怡怡，終身無間言。庚辛之交，公在中書，澹餘爲少宗伯，居同邸舍，夜雨對牀，銜杯譚藝，兄弟之樂，人豔稱之。未幾，澹餘以少宰填撫貴竹，公留京師，中懷結轖，然而驛使月必三、四至，歌吟互答，歲常盈帙。癸丑冬，滇逆之變，澹餘身陷其中，公進退維谷，日夕惟以眼淚洗面。辛酉，澹餘盡節滇雲，公聞之，一慟幾絶，作《中秋慟哭詩》五章，其辭酸愴不可讀，然後知公内行淳至，不愧古人，非僅以文章名世者也。

公生而耆書，以歌詩爲性命，始得法於三唐，後乃旁及兩宋，泛濫於金元諸家。世之矜言體格而以剽賊塗塈爲能事者，公深鄙之。其爲人亦然，介特自許，意所不顧，萬夫不能回其首也。以是多取嫉於人，而亦以是爲清議所重。會銓曹闕員，上命大臣各舉才望堪任者一人，大宗伯特以公應。衆謂其且峻擢，而公病矣。丙子十一月秩滿，升僉事提學湖廣，引見之日，以跪久膝軟不能起，侍衛扶掖以出，竟解官歸。既抵里，猶與余輩數人修香山洛社之會，有司舉公鄉飲大賓，亦能成禮。戊寅八月，偶失食飲節，舊疾大作，而公不起矣！則康熙三十七年十一月四日也，距生崇禎七年正月二十二日，得年六十有五。卒之又明年十一月二十日，葬吾縣東北十二固之原。配王宜人、側室李氏。子男七：　濂，邑廩生；　霦，官監生；　霈，太學生，候選州同知；　湛，辛酉舉人，揀選知縣；　澶，太學生，候選州同知；　滐、涵，尚幼。女四：　嫁庠生王倓，郡庠生韓助，太學生、候選州同知劉仁京，歲貢生李棨。孫男八：

曾衍、曾符、曾怡、曾譽、曾紹、曾祚、曾桂、曾祐。孫女六。曾孫男二：崇厚、勉厚。曾孫女一。

烏乎！余與公生同里閈，猶憶順治乙酉，余纔總角，吾先君自外歸，曰：『今日於劉太史家見其曹氏兩外孫，爽朗玉立，精神足以蔭映數人，真一時龍鸞也！』於時余雖不知爲何人，然已竊心識之。亡何，先君厭代，余以孤童持門戶，早通賓客。既見二曹，始知爲先君所稱者，因與定交，且與其兄弟先後結爲昏因，同休戚，共憂樂，以肺腑相託者垂五十年。此公之諸子目余爲知公，具狀請銘，余即任之而不辭者也。以嘗志澹餘墓，不復次其世家。係之銘曰：

不媚其骨，不甘其言，不薄霜雪，而愛陽春。其修辭也，得諸晉魏以上；其立政也，直追兩漢以前。於惟實庵，妮古成性，絕俗非忤。取往哲以相擬，庶幾乎人中之龍，文中之虎。

（張貞《杞田集》卷七。民國重修《安丘連池曹氏族譜》卷三亦錄此銘，文字稍異）

祭曹實庵先生文

張　貞

維康熙三十七年歲在戊寅十一月初四日，皇清誥授奉政大夫、禮部儀制清吏司郎中實庵曹先生卒於里第。姻弟張貞於未斂之前，已服深衣哭先生於牀；既斂之後，復製朋友之服哭先生於殯宮。迨歷三旬，又率男在辛、在戊、在乙暨孫壯輿、敬輿、扶輿、重輿、簡輿、岱輿，爲文一章，寓絮芻而告先生之靈。曰：

嗚呼！先生遂不起耶？理數可憑，今竟不可知耶？天道無親，常與善人，前修之言，亦不足盡信耶？既而思之，先生蔭藉高華，才名奕奕，領解額，登甲科，敭歷内外，三十餘年，位躋容臺，秩列三事，兒孫繞膝，壽考令終，先生之得於天者，不爲薄矣。獨是余與先生戚誼交道，有出於尋常締結之外者，何能已於悲耶！

余初識先生，在學《詩》、誦《勺》之年，時余門祚乍衰，觸境多畏，見儔人廣坐，輒思引去。君家兄弟，初露頭角，嶄然自異，邑人望之，以爲秀出天外，不可梯接，乃獨與余有水乳之合，每一聚晤，促膝引手，移日分夜。既講同人之好，復締兩姓之歡，熙熙怡怡，白首無間。曹張之交，論者以爲有終始也。

憶丁未首夏，先生需次里居，結伴南遊，泛棹長淮，艤舟邗上。時四方名士，多僑寓其間，投紵贈縞，論交甚眾。相與登紅橋，過竹西，上下平山堂，籃輿畫舫，匏尊竹杖，歡聚月餘，始各散去。是後經行其地，痛良朋之遽往，歎勝踐之難逢，又何能不悲耶！

歲庚在戌，先生筮仕中翰，儤直禁中，旬日休沐，用其暇以讀書，所養愈深，而詩亦加工。又與諸僚友迭吟遞唱，一時有『十子』之目。

壬子，余以選拔充賦入都，先生以余名譽未彰，爲遊揚於公卿間，至今猶有知余姓字者，先生力也。乙卯秋，余下第東歸，先生搤腕累日，賦詩贈行，有『故交失意明朝別，孤燭離筵此夕真』之句。先生朋友之義，至是極矣，又何能不悲耶！

乙丑，先生同守新安。又三年，余悼亡傷逝，家居無聊，買舟南下，羈棲白門。先生聞之，遣平頭挾資斧，邀余爲黄山之遊。余雖未赴，而先生之意厚矣！亡何，先生内擢版部，旋進秩宗。余以老病崔隤，裹足不入長安，尺一之牘，歲必數至。當其官南宫也，以在中書日久，朝章國故，已極博綜，故居儀曹，深諳典禮，宗伯取裁焉。郎潛五年，以才望推擇視湖廣學正。未赴而宿疾頓增，遂免歸。先生雖以病歸，猶與余晨夕過從，杯酒言歡。維歲之春，又與劉、馬諸君修雒陽九老、睢陽五老之會。不肖如余亦相招入社，坐無拘忌，不限醉醒。方謂此樂可常，孰意追隨未幾，典型忽遠，豈不尤可悲耶！

嗚呼！先生已矣！余邈焉寡儔，書有疑義，誰與共析？壺有名酒，誰與共斟？蘭時蕭辰，誰與共賞？東阡北陌，誰與共遊？哀樂互乘，誰爲可語？緩急時有，誰爲足恃？興言及此，匪木人石心，何能不噭然其一哭耶！

涕泗之餘，實難閔默。欲爲長些大招而不能，欲摛詞拈韻而無暇，因略述交情，告哀楮幕。先生有靈，或能鑒此悃誠也耶！嗚呼哀哉！尚饗。

（張貞《杞田集》卷十三）

儀部公行狀

曹濂

先大夫諱貞吉，字迪清，一字升六，號實庵，世爲安丘之蓮池里人。高祖諱一麟，字伯禮，嘉靖丙辰進士，官吳江縣知縣，有治聲。曾祖諱應塤，字友甫，太學生，官遵化縣縣丞，敕贈徵仕郎、光禄寺大官署署丞。祖諱銓，字籲明，太學生，官光禄寺大官署署丞，以先叔中丞公貴，累誥贈通奉大夫、禮部右侍郎、加一紀。前祖妣張氏、祖妣王氏俱誥贈夫人。考諱復植，字雲將，郡廩生，贈如先曾王父官。妣劉氏，少傅、大學士正宗公女，累誥封太夫人，入邑乘《列女傳》。甲戌，生先大夫；乙亥，生先叔父。

先大夫生而英挺絶倫，讀書過目不忘。七歲，偕先叔父出就外傅，規行矩步，履蹈有恆，鄉鄰有識者早已決爲大成器。九歲，居先王父之喪，哀毀如成人。時值鼎革，滿地兵戈，先王母攜煢煢兩孤，不遑寧處，然每當遷徙，必載遺書以從，至則和熊課讀，焚膏繼晷，究未嘗以亂離廢學。歲乙酉，先大夫年甫十二，先叔年十一，俱有奇童之目，邑侯石觀張公聞之，召與諸生同試，拔置前茅，大加獎異。知己之感，先大夫終身念之不忘。

丁亥，補邑博士弟子員。戊子，娶吾母王宜人。辛卯，先叔父舉於鄉，先大夫發憤下帷，攻苦益力，無何，以高材生餼於官。乙未，先叔父成進士，官翰林，歟歷中外，不六年而躋九列。而先大夫方潦倒諸生間，布衣徒行，無改寒素。人有以閥閲相稱者，輒面發赤，惟壹意讀書，篝燈雒誦，常漏下三十刻，是以文名日起，試輒冠軍，而於學憲施愚山先生則尤受國士之知。癸卯，舉鄉試第一人。放榜之日，主司知爲大廷尉之兄，以爲年必遲暮，意稍不懌，及進謁，固翩翩少年也，乃復大喜。越明年，遂登進士第。時先曾王母王太夫人猶能健飯，先叔父以假歸里，先王母率二子稱觴上壽，三世一堂，貂褕耀映，先曾王母顧而樂之，即同里之人亦詡詡然稱曹氏兩孤能榮親也。

是年冬，居曾王母憂，讀禮之暇，鉤貫經史，搜撮苑部，於一切周秦兩漢六朝唐宋諸書，靡不縱觀。既除喪，以其所學發而爲詩、爲詞、爲古文辭，無不登峰造極。蓋先大夫少即工詩，恐妨制舉業而不爲，迨一至中江，而再泛聖善湖，而《珂雪初集》成矣。戊申六月夜，地大震，有聲如雷霆，先大夫最先覺，恐先母受驚，徒跣急叩雙扉，大聲哀號。比鑰魚初啟，而坤輿漸寧，迴視階面，瓦礫已盈數尺，假使當時稍移跬步，即身罹其災矣。人謂誠孝格天，神實默佑云。

庚戌，考授秘書院中書，迎先王母於京邸，與先叔父同舍而居，朝夕承歡，連牀風雨者凡八閲月。而先叔父以少宰出撫黔中，因奉母以歸，先大夫送至盧溝橋下，離別之際，固難以爲懷，初不憶慈母悌弟遂於此成永訣也。先大夫獨留京國，常鬱鬱不自樂，然而驛使星馳，月或三四至，萬里倡酬，歲常盈帙。迨自甲寅亂後，南天鮮雁足之書，故鄉有垂白之母，先大夫欲歸不能，欲留不可，日夕惟以眼淚洗面。視草餘閒，則同新城今大司寇王先生阮亭、德州今少司農田先生漪亭、商丘今中丞宋先生牧仲、秀水今檢討朱先生錫鬯、宜興故檢討陳先生其年、江都故比部汪先生蛟門及一時諸名公商量風雅，消滅歲月，此《十子詩略》、《珂雪詞》之所由成也。雖著述日富，而心則傷矣。

先大夫以友朋爲性命，投縞贈紵，幾遍天下。汲引後進，有昌黎、廬陵之風，故凡詞人墨客之入春明者，咸以爲當代龍門，各持所業以相質。苟片長足録，先大夫必加意拂拭，逢人説項，士之以此名者，指不勝屈。

乙卯，欽奉恩詔加一級，敕授文林郎，封吾母爲孺人。己未，纂修《玉牒》，告成，欽賜金二十兩。庚申冬十月，先王母捐幃，訃至，先大夫一慟而絶，再蘇始甦，急僦牛車一輛，冒雪星奔，憑軾號啕，感傷行路。其抵家也，望廬而哭，血淚交流，舉家百口，躃擗助哀。地坼天崩，生氣都無。今先王母墓木已拱，而不孝濂等回思曩日景況，每不禁淚淫淫下也。辛酉七月，得先叔父盡節滇雲之信，先大夫痛切鴒原，朝夕號泣，中秋遙奠，作《痛哭詩》七律五首，一字一淚，讀者莫不酸鼻。即後此先叔父既葬數年，先大夫每過墓所，未嘗不長慟失聲也。《書》云：『惟孝友于兄弟。』竊謂先大夫有焉。壬戌，葬吾先王母。癸亥，葬叔父訖，起復，補原官。

甲子，分校北闈，得解元王君顒等正、副榜十二人，皆一時知名之士。乙丑四月，升内閣典籍。六月，升徽州府同知，過泊頭，題壁詩云：『慵草十行下鳳池，偶隨南雁到江湄。也知佐郡非吾事，只欠黄山數首詩。』其襟懷灑落，概可知矣。十月抵徽，適當輯瑞之期，未踰月，復隨計冊入覲。於時歲暮王程，叱馭而進，先大夫憑車覽眺，賦物懷人，雨雪往而楊柳還，吟詠不輟。益都趙秋谷先生投贈詩云：『除卻鳴騶兼束帶，更無一點世間塵。』真得先大夫之曠懷雅致也。明年，回新安，視篆祁門。祁，巖邑也，山高灘急，土瘠民貧，素稱難治。先大夫至則慎重詞獄，屏絶羨耗，罷門攤船課之徵，免磁土水車之稅，洗手奉公，不名一錢，祁人作《卻金歌》以美之。簿書稍暇，延接士類，與之談文講藝，恂恂若儒生。及其履堂皇，親案牘，則星瞳戟髯，老吏滑胥咸股栗不敢仰視，而邑中不逞子弟亦皆屏跡郊關之外，數月間無敢入公府者。先大夫之治行，固於祁門略見一斑矣。

丁卯暮春，有事於宛陵。宛陵，故先大夫舊遊地也，郡中諸賢豪多於先大夫稱素心交。至是，文酒流連，詩篇往復，清燕敬亭，有『鴻爪重尋感舊遊』之句，遂以《鴻爪》名集。因得展拜愚山先生野殯，荒草宿草，爲之大慟，賦詩三章，情詞淒惻，經紀其後人不遺餘力，一時大江南北莫不高先大夫之義焉。

當其去祁門也，代者爲某君，臨岐請益，先大夫具以所以治祁者告之，某君弗善也，既乃果反先大夫之所爲，不半年，激成民變，圍署罷市，夷竈塞井，某君不堪其辱，投繯以死。死之日，人情洶洶，幾致不測。太守和臣朱公謂先大夫曰：『非先生無能定此變者。』以先大夫舊有德於祁人也。先大夫乃引車就道，而故示之以暇，紆道往遊白嶽，次日始抵縣，徐置首惡於法而民畏，盡芟煩苛之令而民悦，咸洗心革面，以聽約束。而先大夫撫懷備至，一如前日也。

戊辰夏，大旱，新令尹將至，行有日矣，先大夫愀然曰：『我豈以五日京兆而於祁漠不相關也？』憶東坡《寓惠集》中有虎頭祈雨之術，乃禱於西峰九龍之潭。虎頭甫沈，風霆驟作，大雨傾盆，遠近霑足。祁人異之，立石放生魚池畔，以記其事，先大夫亦以長歌以志喜，有『使君無德及爾祁，此事乃關於職司』之句，是歲乃有秋。

九月，復視篆於池之青陽，下車之日，諸吏抱牘以進，曰：『刻日兌漕例徵白金三千，以濟公私之費。』先大夫啞然笑曰：『滑吏無狀，乃敢以腐鼠嘗我耶？水次近在縣門，何須多金！若督糧監稅，或悉我之清貧，不過督。至慮丁弁跳梁，則吾制梃而撻之矣。橫徵奚爲哉？』是歲，兌漕宿弊一空，而事卒辦。會值校試童子，先大夫手自批閱，不假幕賓，後督學高素侯先生歲科兩試，凡居二十名以內者悉錄無遺，一縣孤寒有獎拔之感。冬十月，再遇覃恩，晉階奉政大夫，誥封吾母爲宜人。

己巳，返署，檢點行篋，惟有摺疊扇數十握，則出俸金之所購也。長夏多暇，日與歙令靳熊封先生及新安諸名士坐修篁濃翠中，講求聲韻之學。客去，則弄紅絲小研，磨方、程諸家舊墨而衡其甲乙，磨已復洗，耽玩不厭，雖瓶甑生塵，不問也。

庚午，署安慶府篆。先大夫正己率屬，交勵清節，一時僚幕諸賢，六邑大令，咸凜凜奉法，無敢隕越焉。十月，分校武闈，得士八人。

辛未之秋，又一視黟篆，黟人德之，比其返也，爭置旗扁以榮其行，朱彩迷離，照耀川谷，數十里不絕。今臺中廖蓮山先生時宰海陽，目睹其盛，謂先大夫曰：『反懷磚之俗，而變臥轍之風，今而知先生之善化民也。』歲杪，計吏、兩臺廉得先大夫治狀，首列薦剡。

壬申，視歛篆未竟，遷戶部廣東司員外郎。甲戌，升禮部儀制司郎中。是時，今相國桐城張公方正位容臺，與先大夫故爲同年好友，雅相推重，凡儀曹所上條奏，經先大夫手定，無不畫可上聞。先大夫每從奉對之後，咫尺天威，進止合度，在廷咸屬目焉。會遇皇太子大婚之期，先大夫以儀臣專司其事，晨昏趨署，勤勞有加，禮成，欽賜文綺二表裏。是秋，復分校武會試，得會元倪君錦等二十六人，《闈中詠懷》詩有『頻經馬矟神猶王，三過龍門鬢已霜』之句。先大夫至是蓋已三司文柄矣。

儀曹固號清華，而所領職務殊不爲簡，其中貢舉、學政尤事之大者，先大夫涖事，一切悉遵舊章，政尚寬大，胥吏輩有毛舉細故中人以法者，輒格不行。乙亥夏，吏部選郎闕人，上諭五部大臣各舉才望正郎一員，以備簡用。於是大宗伯佛公以先大夫應詔，引見暢春苑，上親詢籍貫出身，先大夫以次對。畢，佛公復跪奏曰：『此故貴州撫臣曹申吉之兄也。』上慘然動容久之，始知先叔父滇南就義，聖心未嘗忘也。乃復諭先大夫曰：『好生做官。』是日固以循資用戶曹袁公，而天顔和霽，告語溫文，在廷諸臣咸將有不次之擢焉。

丙子正月，偶以飲食失調，兩足癱軟，狀有似於風痰，服藥廿劑，旋卽平復，日猶趨署供職。五月，奉命典試粵西。次趙州，疾作，延醫調理數日，病良已。冒熱兼程，車煩馬殆，而瘴雨蠻烟，又不能無所感觸，雖參苓日進，元氣不能再復。三閱月始抵桂林，閉瑣闈者旬有五日。比竣事，得士劉君如晏等正、副榜四十八人。撤棘之後，卽星馳復命，入署辦事。會磨勘直省試卷，兼考覈各學差，辰入酉出，日以爲常，而食少事煩，不孝濂等心竊憂之矣。十一月，升湖廣提學道，三楚人士固夙耳先大夫盛名，又以新經持衡右廣，八林人士，搜羅殆盡，莫不引領傾心，樂就皋比。迨引見之日，以膝軟故，跪不能起。

上顧左右侍衛曰：『此虛症也。何不扶之？』於是侍衛周、鮑二公扶掖而起，送出中左門，而先大夫病實不支，遂解組歸矣。

先大夫宿負文章經濟，而西清一席，浮沈金馬者十餘載，悠悠索米，無所見長，及官典午、晉郎署，雖循分盡職，少有建樹，而抱負未盡展舒也。乃二豎相侵，不竟其用，朝野惜之。

丁丑三月，先大夫始抵里門，疾勢稍減。至戚好友，時相過從，笑言終日。又與劉先生崑石、張先生杞園及一時諸耆宿，倣白社遺意，結老人之會，月凡再舉，未嘗不扶杖以從。舉鄉飲大賓，猶能成禮而歸。或獨乘肩輿，遣興郊原，或時過野墅，與田夫野老閒話農桑，怡然自適。不孝濂等私計先大夫既脫軟紅，自此優游林下，順時頤養，可冀延年。乃戊寅之秋，舊疾復作，不孝濂等雖甚惶怖，猶謂先大夫是疾，前此乍劇乍減，當不至遽爲大患也。詎意自此以後，牀褥支離，藥餌無效，沈綿數月，竟棄不孝諸孤而長逝耶。嗚呼！痛哉！

先大夫素性恬淡，通籍三十餘年，所至屢空，不識阿堵爲何物。與郡邑大夫交，即極相引重，而甘貧守約，竿牘不至公門，此又通邑所知，無俟喋喋者也。處友朋交遊間，落落穆穆，不輕然諾，然遇人有緩急，則周旋患難，身任不辭。生死窮通，不以易念，或義所當爲，不俟請求，往往陰爲之地，而究亦不以告之。君子之交淡若水，其先大夫之謂矣？

先大夫隆準豐頤，氣體凝重，居恒正襟危坐，靜若枯禪，啜茗焚香，意泊如也。一生愛惜物命，細逮昆蟲，即放魚之作，屢形篇什，凡此皆壽徵，亦貴徵也，乃年不登耄耋，位不過曹郎，理數豈足憑而天道尚可問耶？嗚呼！痛哉！

先大夫所著有《珂雪集》二卷、《十子詩略》一卷、《朝天》、《鴻爪》、《黄山紀遊詩》各一卷、《珂雪詞》一卷，行於世，《古文辭》一卷、《實庵未刻詩稿》、經書制藝各千餘首，藏於家。

先大夫在國爲名臣，在家爲孝子，在海内爲聞人，在鄉黨爲善士，不孝濂草土餘生，語無倫次，亦何能仰述萬一？伏冀仁人君子鑒兹本末，哀其質直，錫以鴻章，用光泉壤，不孝濂等生生世世，戴德靡有涯際矣。

先大夫生於崇禎七年正月二十二日，卒於康熙三十七年十一月初四日，享年六十有五。配吾母王氏，同邑處士爰莊公女，誥封宜人。生子七人：長卽不孝濂，次霖、霈、湛、澶、澣、涵。不孝濂，邑廩生，娶邑庠生張公若曦女，繼娶高密縣庠生單公宸箴女，再繼娶邑庠生王公飆女。霖，官監生，娶同邑庠生劉公琬女，繼娶同邑處士李公琯女。霈，監生，考授州同，娶同邑翰林院孔目張公貞女，繼娶同邑黔西州知州周公泰生女。湛，辛酉舉人，揀選知縣，娶同邑庠生王公際熙女，繼娶濰縣庚戌進士、都督、同知雲南武定、參將李公珵女。俱吾母王宜人出。澶，監生，考授州同，聘昌樂縣丙辰進士、左春坊左諭德閻公世繩女。澣，聘高密縣甲辰進士、淮安府知府單公務孜女。涵，聘歷城縣都督僉事、四川成都副將趙公成女。俱庶母李氏出。女子四人：長適邑庠生王公德亮男、庠生倓。次適同邑考授縣丞韓公知愛男、郡庠生助。次適同邑乙未進士、保定巡撫、都御史劉公祚遠男、考授州同知仁京。俱吾母王宜人出。次適壽光縣甲辰進士、刑部右侍郎李公迥男、歲貢生榘。庶母李氏出。孫男八人：曾衍、曾符、曾怡、曾譽、曾紹、曾祚、曾桂、曾祐。曾衍，邑庠生，娶同邑郡庠生張公惟幾女。霖出，出繼不孝濂從父弟澐嗣。曾符，監生，考授州同，娶同邑太學生周公晉生女，繼娶同邑太學生李公佐聖女。不孝濂出。曾怡，娶同邑庠生王公廣基女。霦出。曾譽，娶同邑太學生孫公敏女。不孝濂出。曾紹，聘同邑處士馬公庭箴女。湛出。曾祚，聘同邑庠生王公旭女。曾桂，聘同邑歲貢生李公仁棨女。曾祐，未聘。俱霦出。孫女六人：長適同邑太學生孫公起昭男昕。霦出。次適同邑考授州同知張公在戊男壯輿。湛出。次適同邑庠生李公怡男、太學生永齡。次適同邑歲貢生王公元雅男、庠生任長。俱霈出。次許字同邑樂清縣知縣馬公庭符男坪。霦出。次未字，湛出。曾孫男二人：崇厚、勉厚。崇厚，曾譽出。勉厚，曾怡出。俱未聘。曾孫女一人，曾譽出，未字。

（《安丘曹氏家集》第二種。民國重修《安丘連池曹氏族譜》卷二亦載其文，不署作者，文字或異，擇善而定）

王太恭人行狀

曹濂

吾母姓王氏，爲邑中右族，代有顯貴。吾外祖處士公諱爰莊，外祖母馬夫人，是生吾母。吾母生而端凝，言笑不苟，早嫻閨訓，年十六，于歸我先大夫。

時先大父贈通奉大夫、少宗伯公早捐館舍，惟祖母劉太夫人在堂，吾母上事孀姑，下和娣姒，內外翕然稱之。吾先大夫垂髫遊泮，旋即食餼，治舉子業有聲，每試冠軍。時先叔父中丞公早歲通籍，不數年位九列矣，而先大夫顧數躓場屋，益發憤揣摩，不自沮抑，每讀書，輒至丙夜，吾母亦相與勸勉，篝燈夜坐，攻女紅事，操勞不倦。迨康熙癸卯，先大夫以解元登鄉書，踰年聯捷，成進士，年纔三十耳。吾母佐讀之力居多焉。又數年，先大夫以選爲中書舍人，官京師，而吾母家居，侍吾祖母劉太夫人，色養備至。太夫人，相國少傅公女，少貴重而性嚴毅，少不適意，卽呵怒及之。吾母柔順承歡，每治飲食，必自詣廚下，督諸僕婦烹飪。既進食，太夫人食於房，則吾母於簾外立；食於堂，則吾母於簷底立。俟食已，無他語，乃歸室，亦不令太夫人知也。或遇有呵責，吾母惟婉容愉色以謝，不申理一言，而太夫人旋已冰釋矣。此不肖輩所時常親見者。及太夫人卽世後，吾外祖母馬夫人亦已年高，而吾母之事母與事姑等。馬夫人性亦嚴急，片語失意，則嗔怒不可回，吾母委屈將順，務得歡心，常迎請吾外祖母於家奉養。

吾先大夫由中書舍人外任新安郡丞，又內擢戶部副郎，轉儀曹正郎，遊宦中外二十餘年，皆庶母李氏隨任，吾母以外祖母故不常往也。又能先意承志，於錢糧門戶，一切區處，不以累及老人，至數十年，以高壽終，則吾母之孝，於姑與母者俱人所不能及矣。而尤謹於祀事，每遇春秋祀先節及忌日，祭器必自洗滌，品物必自檢點。或諸子婦及家人輩趨事，稍有不虔，則終日不懌，年老猶扶掖詣神主前，僕僕再拜。前歲寒食節，年八十有二矣，尚乘肩輿詣先隴拜掃，及外祖父母墳墓則其不忘，孺慕如此。生平自奉甚薄，食無兼味，服厭華縠，布衣蔬食，恬淡自如。不肖輩或從旁微勸，則怡然笑曰：『我自甘此，不樂厚味華飾也。』至於和平慈愛，出於天性，而不事姑息，嘗立不孝等於前，縷述先大夫一生，青年淬志，讀書立品，以及服官勤慎，交友純誠諸大節，欲其無墜先業。不孝等或出門一步，則必諭以遇事含忍，而切切以生事爲戒。不肖等至今尚能稍自謹飭，未至佻達浮薄爲里巷指目者，不敢不率母教也。而於諸少子若不孝澶、澥、涵等，尤所鍾愛。澶等早喪生母，吾母撫之甚厚，摩弄珍惜，不異己出。澶等每一追憶，未嘗不涕泗旁皇也。嗚呼！痛哉！

吾母治家嚴肅，尼巫嫗嫗輩未嘗令其足涉門閾也。生平重親戚，念鄉黨，於窮乏故舊不能自存者，雖素無蓄積，心力不副，而吉凶患難，問慰周恤，務盡己心，必誠必信，而接人謙下，樸而彌真，煦煦然惟恐傷人意，卽村嫗農婦久與接對，終不覺爲屢膺翟褕五品命婦也。

嗚呼！以吾母之孝慈懿淑如此，服食約素如此，接物謙和如此，謂宜慶餘悠長，卽百齡未足以酬不盡之福，何爲一旦而遽至不起耶？

吾母素强健，無疾病。癸未、甲申間，骨肉多故，未免暮境心傷。比年以來，不孝辯、涵僥倖青衿，謂其不廢學業，時復顧之色喜，精神比舊有加，添進飲食。自舊年丁酉，言語間始少有顛倒，不孝濂等以爲此高年之常，未以爲異，乃於十一月間卒然得疾。憶是月初一，爲不孝湛生日，侵晨，肅衣冠拜於牀下，吾母已蚤起，揮手止勿拜，笑語如常。詎期入夜而病卽大作，藥餌無效，沈綿兩月，遽棄不孝等而長逝耶。嗚呼！痛哉！

吾母生於崇禎九年三月初六日丑時，終於康熙五十七年正月初八日申時，享年八十有四。康熙十四年，以先大夫任内閣中書，恭遇覃恩，敕封孺人，再以康熙二十七年任江南徽州府同知，恭遇覃恩，誥封宜人。子七人：長卽不孝濂，歲貢生，娶同邑庠生張公若曦女，繼娶高密縣庠生單公宸箴女，再繼娶邑庠生王公飆女。霦，官蔭生，候選八品京官，娶郡庠生劉公琬女，繼娶處士李公瑄女。霈，監生，候選州同知，娶翰林院孔目張公貞女，繼娶鄖陽府通判周公泰生女，再繼娶處士馬公超宗女。湛，辛酉舉人，任廣東雷州府遂溪縣知縣，娶邑庠生王公際熙女，繼娶濰縣庚戌進士、都督、同知雲南武定、營參將李公珵女。俱吾母宜人出。澶，監生，候選州同知，娶昌樂縣丙辰進士、左春坊左諭德閻公世繩女。澣，庠生，娶高密縣甲辰進士、江南淮安府知府單公務孜女。涵，廩生，娶歷城縣左都督、四川成都府城守副將趙公成女。俱庶母李出。女四人：長適邑庠生王公德亮男、庠生倓。次適候選縣丞韓公知愛男、郡庠生助。次適乙未進士、巡撫直隸、右副都御史劉公祚遠男、候選州同知仁京。俱吾母宜人出。次適壽光縣甲辰進士、刑部右侍郎李公迥男、歲貢生椝。庶母李出。孫男十一人：曾衍，廩生，娶郡庠生張公惟幾女。霂出，出繼從弟澐嗣。曾環，監生，娶張氏，繼娶陳氏。霈出。曾符，監生，考授州同知，娶甲申舉人周公派長孫女、太學生晉生女，繼娶太學生李公佐聖女。濂出。曾怡，娶邑庠生王公廣基女。霂出。曾譽，娶拔貢生孫公敏女。濂出。曾紹，娶處士馬公廷珍女。湛出。曾祚，娶歲貢生王公旭女。曾桂，娶歲貢生李公仁榮女。曾祐，庠生，娶邑增生馬公御驄女，俱霂出。曾綬，聘李氏，澶出。曾祺，聘李氏，涵出。孫女十一人：長適太學生孫公起昭男、庠生昕。霂出。次適考授州同知張公在戊男、廩貢生壯輿。湛出。次適邑庠生李公怡男、太學生永齡。次適同邑利津縣訓導王公元雅男、庠生任長。俱霈出。次適樂清縣知縣馬公庭符男、廩生坪。霂出。次適郡庠生韓公助男、庠生際亨。湛出。次澶出，次澣出，次涵出，俱未字。曾孫男九人：崇厚，曾譽出。勉厚，娶潍縣現任安丘縣學訓導郭公一瑚孫女、庠生公女。履厚，聘潍縣朗公方遠女，俱曾怡出。秉厚，聘太學生李公承霖女，曾紹出。篤厚、和厚、樸厚，俱曾符出。保厚，曾譽出。得厚，曾紹出。具幼未聘。曾孫女十一人。

今將以十月十二日合葬新塋，不孝濂等草土餘生，志意迷亂，語無倫次，伏冀大人先生哀其血誠，略賜采覽，錫以鴻章，俾吾母孝慈懿行得以有聞於世，則吾母沒且不朽。不孝濂等生生世世之感戴，寧有涯際耶？

（《安丘曹氏家集》第二種。民國重修《安丘連池曹氏族譜》卷二亦載其文，不署作者，文字或異，擇善而定）

儀部公墓表

曹錫田

竊惟奎壁輝於渤海，我實庵大人所爲以文章名世也。

大人諱貞吉，字升六。少負鴻才知遇之奇，蜚聲中外，歷代高年碩德受顯封，不備述。父宗建公，數奇早亡，母劉太夫人苦節訓讀。癸卯，由鄉薦第一，聯捷鰲背，月滿萱堂，當與乙未泥金，同扶機一粲也。棹迴聖湖，以中書舍人迎母色養，壎篪競和，樂允無極。弟赴黔，奉母東歸，鶺鴒風雨之間。母終於故里，服闋復職，屢校京闈。出同知徽州，歷署祁門、青陽等縣。輶跡到處，甘霖隨之，清燕之愛留亭下，放生之惠溥池邊。非菩提現身，何能若此？安慶時多跳梁，攝守經年，郡屬無不懾服。其承乏歙縣，爲之理煩治劇，青燈在案，丙夜無倦色。《卻金》甫歌於南畝，詔書尋頒於北闕，由戶部員外郎升禮部儀制司郎中。部屬差少冗務，而奉公秉直，與典午之兼攝守令無異，大臣以此議補銓曹。章甫奏，值丙子鄉試，充廣西正考官，文風一正。命復授湖廣學政，尋以疾致仕。或以高臥林泉，代爲惋惜，不知夢破，香山白社所由復盛也。

在昔玉牒分榮，屢蒙恩賚，文衡之司，甄取類皆名士，所交南北十子外，樂襲瓣香者多不勝計。況全集上登天府，傳列國史。甲部、品行、學問、經濟、文章並垂不朽，夫復何憾？迄今杖履已杳，展卷者不能無大雅云亡之慨。然而黄河流長，棠陰未遠；大婚禮定，冊槖猶新。披荊灑淚，則道誼重於愚山；束帶絕塵，則詩史傳於秋谷。通計居官三十餘年，皇華馳驅中，行吟不輟，尺祓箴嚴，每寄託於廣平《梅花》，以與名流相投贈。兼之腹笥淵源，奏對如流，洵所謂寸襟萬卷，直令晉司空避席也。卓哉鴻爪，千秋能無臨風一悵！

公配王氏，誥封宜人，例贈恭人，側室李氏，例贈恭人。子七人：溓，歲貢生，聊城縣訓導。霖，監生，八品京職。霈，監生，州同知。湛，康熙辛酉舉人，廣東遂溪縣知縣。俱王出。澶，監生，州同知。澣，庠生。涵，雍正丙午順天舉人，歷任揚州府知府、常鎮揚通道兩淮都轉運使司鹽運使。俱李出。孫十九人，曾孫四十人，玄孫五十人，來孫九十三人，昆孫一百五人，礽孫八十人，雲孫十人，名字職銜，不及悉載。吾曹氏族姓繁衍，惟公之後爲尤盛。

從姪孫錫田頓首撰。

（民國重修《安丘連池曹氏族譜》卷三）

清史稿·文苑傳一·曹貞吉

當是時，山左詩人王氏兄弟外，有田雯、顏光敏、曹貞吉、王蘋、張篤慶、徐夜皆知名……貞吉，字升六，安丘人。與雯同年進士，禮部侍中。詩格遒練，有《實庵詩略》。兼工倚聲，吳綺選名家詞，推爲壓卷。

清史列傳·文苑傳一·曹貞吉

曹貞吉，字實庵，山東安丘人。康熙三年進士，官至禮部郎中。生而嗜書，以歌詩爲性命。始得法於三唐，後乃旁及兩宋，汜濫於金元諸家。所爲詩，氣清力厚，一往情深，而不喜矜言體格。嘗爲《黄山紀遊》諸作，宋犖見之，曰：『此山名作，向推虞山，今被實庵壓倒矣。』在京師時，和王士禛《文姬歸漢》等長歌，極有筆力。士禛選《十子詩略》，貞吉與焉。間倚聲作詞，追蹤宋人。吳綺《名家詞選》以爲壓卷，流傳江左，一時推爲絶唱。爲人介特自許，意所不欲，萬夫不能回，以是多取嫉於人，而亦以是爲清議所重。尤篤於師友，嘗從施閏章遊，閏章歿，經紀其後，不遺餘力。每與汪士鋐話及往事，涕泗交頤。所作《拜愚山野殯》三章，低迴欲絶。著有《朝天》、《鴻爪》、《黄山紀遊》等集。其後人彙刊之，曰《珂雪詩》。然士禛《感舊集》所撰諸詩皆不見集中，蓋全稿多散失云。

安丘曹氏家學守待·儀部公行狀

曹貞吉，字升六，號實庵，前進士一麟玄孫。父復植，廩生，早卒。母劉食貧課讀，亂離不廢書，髫年，卽與弟申吉有聲黌序間。癸卯，以第一領鄉薦。甲辰成進士，授中書舍人，歷典籍，出佐徽郡，洗手奉公，逾年大治。署篆祁門，汰船課、磁土、水車之稅，祁人作《卻金歌》以美之。新令至，首戒以貪，未幾致變，令縊死，人情洶洶。太守請於上憲曰：『非曹公無能定此亂者。』檄往，抵魁於法，苛政除，而邑安。瀕行，禱雨，遠邇霑足，祁人伐石頌德。數攝邑郡，廉明著一時，擢戶部員外郎，遷禮部郎中。前後分校北闈及典試粵西，所得士皆知名。升僉事，提學湖廣，以老病歸。生平著述最富，尤長詩歌，新城王士禛訂其集，與宋犖、田雯諸子合梓之，世稱『康熙十子』。著有《珂雪全集》行世，嘉慶間入四庫館書，列國史文苑傳、府志文學傳。子：霦、湛、澣、涵，孫：曾衍，曾孫：益厚，俱以學行世其家，詳本傳。

康熙青州府志・文學・曹貞吉傳

曹貞吉，字實庵，安丘人。癸卯領解，捷南宮，授中書舍人。出佐徽州，數攝郡邑，所至有廉聲。擢戶部員外，遷儀部郎中。前後分校順天鄉試、武會試、江南武闈及典試粵西，所得皆名士。簡提學湖廣，未赴，卒。公於書無所不讀，而尤以歌詩爲性命，所著《珂雪詩》、《朝天》、《鴻爪》、《黃山紀遊》諸集。

咸豐青州府志·人物傳十·曹貞吉傳

曹貞吉，字升六，復植子。康熙二年，以第一人舉於鄉。三年，成進士。少有譽望，介持自許，有萬夫不回之力。通籍後，以中書舍人居京師，日與商丘宋犖、郃陽王又旦、曲阜顔光敏、黄岡葉封、德州田雯、謝重輝、晉江丁煒、江陰曹禾、江都汪懋麟十人相倡和，新城尚書王士禛號爲十子，定其詩刊之。又工填詞，與秀水朱彝尊、宜興陳維崧相伯仲，《四庫書目提要》稱其『風華掩映，寄託遥深，卓然近代作手』。王士禛、彭孫遹、張潮、李良年、曹勳、汪懋麟諸人，交口歎爲絶詣。一生在官，治行爲文名掩。其由中書出爲徽州同知，數攝郡縣，皆廉惠有爲，用薦遷户部員外郎，歷升至廣東（應爲湖廣）僉事提學道，以疾歸。有《朝天》、《鴻爪》、《黄山紀遊》諸集，其曾孫益厚合士禛所刊，總顔之曰《珂雪詩》，《四庫全書》亦録之。子涵，別有傳。霦，字掌霖，蔭生，工詩詞，康熙辛酉鄉試，聞主司爲父執友，卽馳歸，人高其行，著有《棗花田舍詩》、《冰絲詞》。霦弟湛，字露繁，舉人，遂溪知縣，不尚煩苛，母老告歸，遂溪人爲立生祠。湛弟澣，字幼旬，生員，不務帖括，喜爲詩，著有《雪舫集》。益厚，湛孫，別有傳。

（山東大學圖書館藏《安丘曹氏家集》録於《珂雪詞》卷下前，標《青州府志》）

康熙徽州府志·職官志二·郡職官

曹貞吉，字升六，山東安丘人。進士。康熙二十四年任（徽州同知）。

乾隆浯溪新志·敘傳二·曹貞吉

曹貞吉，字升六，安丘人。順治庚子解元，官禮部員外郎。有《朝天集》、《珂雪集》。

道光安丘新志·事功志·曹貞吉

曹貞吉，字升六，與弟申吉髫年並有文譽，顧弟早達，而貞吉數躓，癸卯始發解，連捷，成進士，授中書。出佐徽郡，洗手奉公，逾年大治。旋攝祁門篆，罷船課、汰磁土水車之税，祁人作《卻金歌》頌之。新令至，首戒以貪，不聽，未幾閭左變起，圍署罷市，令縊死，人情洶洶，恐有他虞。太守請於上官，曰：『非曹某不能定此亂。』檄往，抵其魁於法，苛政除，而邑以安。擢户部員外郎，遷禮部郎中，分校順天鄉試、武會試，典試粵西，所得皆知名士。尋升湖廣提學僉事，以老病歸。生平嗜讀書，尤好爲詩歌，始法三唐，後乃旁及兩宋，泛濫於金元諸家。與宋牧仲、顏修來等相唱和，稱『康熙十子』，論者謂不減張司空之在典午也。著有《珂雪詩》、《詞》、《十子詩略》、《朝天》、《鴻爪》、《黄山紀遊》諸集，詞入四庫館，傳載國史。子：溓、霖、霈、湛、澣、涵，並能承家學，聞於時。

民國重修《安丘連池曹氏族譜》引《青州府志·文學傳》

曹貞吉，字實庵，安丘人。弟申吉，字澹餘，皆生而穎異，髫年卽有聲黌序間。獨澹餘早達，十七舉於鄉，又四年乙未，成進士。而實庵數躓文場，至於癸卯始領解，捷南宫，授中書舍人。出佐徽郡，數攝邑篆，所至有廉潔聲。擢户部員外，遷儀部郎中，前後分校順天鄉試、武會試及典試粤西，所得皆奇偉之士。公於書無所不讀，而尤以詩歌爲性命，所著有《珂雪詩》、《詞》、《朝天》、《鴻爪》、《黄山紀遊》諸集，膾炙海内。生平内行醇謹，事母盡孝，友愛有加。方在中翰時，澹餘任少宗伯，居同邸舍，夜雨對牀，塤唱篪和，都人士無不艷稱。澹餘弱冠受主知，十餘年間，由庶常洊歷少宰，巡撫黔南，以荒裔人不知學，多方誘掖，文治大洽。不幸逆藩煽亂，始而飛章告變，後則蠟丸達表，竟陷賊中，崎嶇以死。雖流離顛覆，不廢書卷，日新富有，遂臻絶境。所著《黔行》、《黔南》諸集，與伯氏可稱二難。實庵遷湖廣提學僉事，以老病歸，邑人舉鄉飲大賓。次子霖，官監生，才詣超雋，雅善詩詞，有父叔風。

（民國重修《安丘連池曹氏族譜》卷四）

顔氏家藏尺牘

潘仕成

曹貞吉，字迪清，一字升六，號實庵，山東安丘人。康熙三年進士，歷官禮部郎中，有《珂雪堂總集》。《四庫全書總目》：『貞吉詩格遒鍊，其《黄山》諸作，極爲宋犖所推，在京師和其《文姬歸漢圖》等長歌，極有筆力，今檢集中不載。又王士禛《感舊集》所選《登望海樓》、《吴山遠眺》、《金山》諸詩，亦不見，則全稿之散失者多矣。』又貞吉詩集、詞集皆以《珂雪》爲名，而『其詞寄託遙深，風華掩映，實遠過其詩，蓋才性有所偏至也』。張貞《珂雪堂詞譜題辭》：『實庵詩文妙天下，間倚其聲作詞，遂奪宋人之席。吴薗次《名家詞選》以爲壓卷，流傳江左，推爲絕唱。』

（潘仕成編《顔氏家藏尺牘》附《姓氏考》）

文獻徵存録

錢林

曹貞吉，字升六，又字實庵，安丘人。順治庚子解元，官禮部員外。《登望海樓》云：『樽前忽覺來三島，此外猶聞更九州。』《花朝得舍弟過江消息》云：『花明故國初啼鳥，人渡空江欲暮潮。』人競傳之。有《朝天集》、《珂雪集》。宋牧仲《答實庵書》曰：『每念足下奇人，黄山奇境，必有不朽之篇，爲山靈增重。讀《紀遊》諸什，此山名作寥寥，向推虞山，今被實庵壓倒矣。』弟申吉，字澹餘，順治乙未進士，官貴州巡撫。王士禛曰：「二曹兄弟齊名，中丞淪没異域，未見其止。祭告湖南有句云：『雪花飛過洞庭去，愁對斑斑湘竹林。』（錢林《文獻徵存録》卷十）

公舉曹貞吉鄉賢呈文宣統元年

馬步元　等

爲公舉鄉賢，呈請覈準，行查原籍，奏請入祠事。

竊維録賢褒德，枌榆久式其表坊；顯微闡幽，桑梓宜崇其俎豆。伏見安丘縣已故進士、原任湖廣提學道按察司僉事曹貞吉，簪纓舊族，詩禮名家。早歲孤貧，立身介特。撫手澤而隕涕，能讀父書；盡色養以承歡，恪遵母訓。提攜弱弟，不憂風雨之飄搖；譽美神童，遂致科名之繼起。登蘂榜而魁多士，捷步南宫；入薇省而展長才，蜚聲西掖。洎乎新安佐治，劇邑兼權，翕頌神君，爭歌廉吏。當及瓜之已代，尚戒虎苛；俾伏莽之潛消，不驚犬吠。政既成於皖水，旋晉夫郎官。錢穀寓精心，趙謙光無慚粉署；典章持大體，孔休源不愧容臺。襄棘闈則桃李盈門，試桂林則珊瑚入網。漢江持節，方秉尺以量才；海國養痾，遽投簪而解組。綜平生之歇歷，治績兼優；要時望之推崇，文章尤著。集傳《珂雪》，勝紀《黄山》。藝圃聯鑣，盛名參『十子』之列；詞壇樹幟，偉著登《四庫》之編。此史館所以特徵，而《文苑》與焉立傳者也。至其情敦故舊，誼切睦姻，重葛藟之本根，篤蔦蘿之戚婭。克成宅相，公爲少傅劉憲石外孫。扶其困而日用常供；不忘師資，公遊施愚山先生門。恤其後而殷勤無已。揚清風於兩袖，遠邇同欽；傳故篋之一經，子孫濟美。淑身淑世，昭昭者寔已無愧；立德立言，卓卓者洵堪不朽。

職等載稽志乘，博采鄉評。言念芳徽，仰典型於在昔；曷勝傾慕，希秩祀於將來。爲此取具同鄉京官印結，粘呈投遞，付乞大部覈準，行查原籍，奏請入祀鄉賢祠，以順鄉情而昭遺範，寔爲德便。

再：該故紳於康熙三十七年病卒，其後裔現無入仕之人。合併聲明上呈。

吏部員外郎張祖厚
具呈人：翰林院編修馬步元
度支部主事李效曾

（民國重修《安丘連池曹氏族譜》卷一，原題作《公舉儀部公鄉賢呈文》。文後有十八世曹守信跋語：『事以宣統元年同鄉京官馬步元等呈請，學部覈準，行查原籍，經山東巡撫部院孫、提學使司羅查覆，彙奏恩準依議。於宣統二年春，奉上諭：「原任湖廣提學道按察司僉事曹貞吉入祀鄉賢祠，並仰安丘縣知縣傳知該故紳後裔，恭行典禮，題名勒碑，以彰崇祀。俾後世子孫永深頂戴。」』）

池北偶談·焦桂花

王士禛

曹升六貞吉舍人曾於內庫檢視書籍，見庫房柱上有嘉靖間一帖，記烏玉、黃玉、綠玉、白玉、紅玉各若干斤，玉璞七萬幾千斤。後書答應焦桂花傳。

（王士禎《池北偶談》卷二十五）

香祖筆記

王士禎

明仁宗賜禮侍金問《歐陽居士集》凡二十冊，遭回祿，失其八，後在文華殿從容言及賜書事，宣宗促命内侍補之復完。余聞曹舍人貞吉云，官典籍日，料檢内府藏書，宋刻《歐陽集》凡有八部，竟無一全者。蓋鼎革之際散軼，不可勝道矣。

（王士禎《香祖筆記》卷十二）

杏花春雨樓賦序

吴綺

于鼎、文治兩汪子，世居歙之松明山杏花深處，新構一小樓，兄弟讀書其上，曹實庵使君取宋人『杏花春雨江南』句，顔之曰『杏花春雨樓』，友人吴聽翁登而樂之，援筆而爲之賦。

清秘述聞

法式善

康熙二年癸卯科鄉試：……山東考官：刑科給事中張維赤，字螺浮，浙江海寧人，乙未進士；禮部郎中張應瑞，字受庵，漢軍正白旗人，乙未進士。題：『天下歸仁』三句、『洋洋乎發』一節、『吾豈若使』三句。解元曹貞吉，字升六，安丘人。甲辰進士。

康熙三十五年丙子科鄉試。廣西考官：編修吳昺，字永年，江南金焦人，辛未進士。禮部郎中曹貞吉，字升六，山東安丘人，甲辰進士。題『詩可以興』二句，『發强剛毅』二句，『非聖人而』二句。解元劉如宴，字愧嬰，遂溪人。

（法式善《清秘述聞》卷一、卷三。雍正《廣西通志》卷七十五《選舉志》載康熙三十五年舉人額：『劉如晏，臨桂人，任睢寧知縣。』）

清實録·聖祖實録·三十五年

康熙三十五年丙子……以翰林院編修張瑗爲四川鄉試正考官，戶部郎中陸鳴珂爲副考官；翰林院檢討樊澤達爲廣東鄉試正考官，吏部郎中劉曾爲副考官；翰林院編修吳昺爲廣西鄉試正考官，禮部郎中曹貞吉爲副考官。工科給事中党聲振爲福建鄉試正考官，翰林院檢討王者臣爲副考官。

乾隆江南通志·學校志·學宫三

（康熙）三十年，（黟縣）知縣曹貞吉修（文廟）正殿及明倫堂。

嘉慶黟縣志·雜志·寺觀

林歷庵，在縣南十里林歷山。歲辛未，郡司馬曹貞吉改（林歷山）名玉虹山。

郎潛紀聞四筆·康熙間輦下十子

陳康祺

輦下十子者，顏修來郎中居其首，其九人則德州田雯山薑、商丘宋犖牧仲、郃陽王又旦幼華、江陰曹禾頌嘉、安丘曹貞吉升六、德州謝重輝方山、仁和丁澎葯園、黄岡葉封井叔、江都汪懋麟蛟門也。《前筆》但紀姓名，未詳事蹟，兹博考而補志之脩：修來，初官中書，會天子幸太學，加恩四氏子弟之官於朝者，授禮部主事，尋充會試同考官，出督龍江關稅務，官至考功郎。山薑，順治己亥進士，由中書升部屬，累遷貴州巡撫，移撫江南，終戶、刑二部侍郎。牧仲，以廕入仕，通判黄州，累遷至江蘇巡撫，入爲吏部尚書。幼華，順治戊戌進士，知潛江縣，以治行徵舉給事中，補吏科，轉戶科掌印，典試廣東。頌嘉，康熙甲辰進士，以中書試鴻博，授編修，官至國子祭酒。升六，順治庚子解元，官禮部員外。方山，以父蔭起家，官刑部郎中。葯園，順治乙未進士，官禮部郎中，典試河南。井叔，順治十六年進士，除延平推官，改知登封縣，遷西城兵馬司指揮，舉詞科，報罷，以工部主事終。蛟門，康熙丁未進士，官中書，舉詞科，以未終服辭，旋授主事。十子者，皆掇科名，隸仕籍，且有任連帥六卿者。蓋其時聖祖崇尚儒雅，二三大老宏獎風流，故士之負才翹異者，皆獲有所表見，不終老於槃阿歌嘯間也。或曰燕臺十子中，有施愚山侍讀，蓋續入詩社者。

（陳康祺《郎潛紀聞四筆》卷六）

清稗類鈔·鑒賞類·王荊門藏四十七家法書

徐　珂

諸城王荊門家藏有國初諸大名家墨蹟一冊，爲其鄉前輩李漁村徵君渭清故物。漁村舉康熙乙未宏博，文名震都下，一時知名之士，多與之遊，因徵集各人法書成此卷。凡四十七人，人各一頁，或半頁，爲半頁者二，國初文獻，略具於此。其尤著者，如王文簡、田山薑、朱竹垞、毛西河、陳其年、施愚山、曹升六、謝方山、湯文正、彭羨門、尤西堂、潘次耕，尤爲希世之珍也。

附錄四　年譜簡編

曹貞吉年譜簡編

曹貞吉，字升六，又字升階、迪清，别號實庵，山東安丘莲池里（今安丘市石堆鎮大蓮池村）人。因其書齋名珂雪堂，人稱曹珂雪。因曾官禮部儀制清吏司郎中，家族内尊稱儀部公。生於明崇禎七年（一六三四）正月二十二日，康熙二年（一六六三）山東鄉試解元，三年（一六六四）成進士。九年（一六七〇）考授中書舍人。二十四年（一六八五）出任徽州（治今安徽歙縣徽城鎮）同知。三十一年（一六九二）遷户部廣東司員外郎。三十三年（一六九四）遷禮部儀制清吏司郎中，爲該年武會試同考官。三十五年（一六九六）爲粤西（今廣西，治今廣西桂林市）鄉試副主考官，十一月，升湖廣提學僉事，以病辭歸鄉里。康熙三十七年（一六九八）十一月四日，以疾終，享年六十五歲。

曹貞吉『年不登耄耋，位不過曹郎』（曹濂《儀部公行狀》），但在文學創作方面的成就令人矚目，是清代康熙前期文壇上重要的作家。他能詩善詞，朱彝尊説他『詞源白石叟，詩法玉谿生』（朱彝尊《送曹郡丞貞吉之官徽州》），且皆卓然自成一家。他的詩得到了清初宗唐、宗宋兩大派詩壇領袖人物如王士禛、宋犖的推重，黄宗羲稱其詩『如江平風霽，微波不興，而洶湧之勢、澎湃之聲，固已隱然在其中矣。

世稱李詩得變風之體，杜詩得變雅之體，先生蓋兼有之』（黄宗羲《曹實庵先生詩序》），兼李、杜之美，評價不可謂不高。他的詞一向被認爲『取徑較正』，在清初諸老中『最爲大雅』（陳廷焯《白雨齋詞話》卷三），一時詞壇巨擘如陳維崧、朱彝尊都交相贊譽，被認爲是清詞第一人。他的《珂雪詞》是唯一入選《四庫全書》的清人詞集。

明崇禎七年甲戌（一六三四）　一歲

正月二十二日，曹貞吉生於山東省安丘縣蓮池里（今安丘市石堆鎮大蓮池村）。

父復植，字宗建，號雲將。母劉守貞，翰林院編修、東宮侍講、同邑劉正宗次女。崇禎六年（一六三三），劉氏于歸。

曹貞吉《歲暮感舊書懷二十八韻》：『遙憶我生初，乃在甲戌歲。』《百字令・庚申閏中秋和其年》詞自注：『余生甲戌，是年亦閏八月。』

張貞《誥授奉政大夫禮部儀制清吏司郎中曹公墓志並銘》：『（曹貞吉）生崇禎七年正月。』

王士禛（一六三四—一七一一，字子真，一字貽上，號阮亭、漁洋山人，山東新城人）、宋犖（一六三四—一七一三，字牧仲，號漫堂、西陂、綿津山人、西陂老人、西陂放鴨翁，河南商丘人）、高層雲（一六三四—一六九〇，字二鮑，號謖苑、謖園、菰村，江南華亭人）生。

曹貞吉《過平山堂懷阮亭儀部》、《題〈文姬歸漢圖〉同阮亭作》、《御街行・和阮亭〈贈雁〉》、《百字令・閏八月壽阮亭》。

曹貞吉《上宋大中丞書》、《春晚同牧仲、湘舞、二鮑、顒士、元禮、寓匏偶過祖園小飲，各賦絕句》、《天香・詠綠牡丹，爲牧仲作》、《爲牧仲題〈雙江唱和集〉》。

曹貞吉《春晚同牧仲、湘舞、二鮑、顒士、元禮、寓匏偶過祖園小飲，各賦絶句》。

龔鼎孳（一六一五—一六七三，字孝升，號芝麓，安徽合肥人）成進士。

郭則澐《清詞玉屑》卷一：『曹實庵《贈柳敬亭》詞，芝麓見之扇頭，卽援筆次韻，顧庵至自江南，亦合之，一時推爲絶唱，然未必盡勝龍松。』

汪士鋐（一六三二—一七〇四，原名徵遠，字扶晨，一字栗亭，安徽歙縣人）三歲。

曹貞吉《笠次詩稿序》：『余始至郡，即交歙之汪生扶晨、吴生綺園，皆其錚錚不群者，而黟以遠末之見焉。』《娑羅樹歌寄答汪扶晨》、《過潛口飲汪扶晨齋頭，同吴耑公、兒霦》。

汪士鋐《黄山紀遊詩序》：『吾師安丘曹夫子，以西清名彦，佐郡新安，庚午晚秋，公事之暇，爲黄山遊，遊凡七日，得詩三十七首。』

明崇禎八年乙亥（一六三五）　二歲

弟申吉生。申吉，字錫餘，又字澹餘，號逸庵。

曹申吉《珂雪二集序》：『余兄弟少孤，兄長余一歲。』

曹濂《儀部公行狀》：『甲戌，生先大夫。乙亥，生先叔父。』

李良年（一六三五—一六九四，原名法遠，又名兆潢，字武曾，號秋錦，浙江秀水人）、田雯（一六三五—一七〇四，字紫綸，一字子綸、綸霞，號漪亭，自號山薑子，晚號蒙齋，山東德州人）生。

曹貞吉《秋錦山房詞序》、《木蘭花慢·寄武曾》、《疏影·黄梅，和武曾》。

曹貞吉《春日郊原看花，晚至廣恩寺，同子綸、修來賦》、《送田綸霞之武昌任分韻得鹽字》。

明崇禎九年丙子（一六三六）　三歲

四月，皇太極即帝位，改國號大清，改元崇德。

《清史稿·太宗本紀二》：「崇德元年夏四月乙酉，祭告天地，行受尊號禮，定有天下之號曰大清，改元崇德。」

王又旦（一六三六—一六八六，字幼華，號黄湄，陝西郃陽人）生。

曹貞吉《暮春雨中，阮亭招同臥雲、幼華、孝堪、修來、悔人、杞園、天章、伸符遊善果寺，分韻得禪字》。

明崇禎十年丁丑（一六三七）　四歲

夏，安丘大蝗。

康熙《續安丘縣志》卷一《總紀》：「十年丁丑，春，新南門。夏，大蝗。」

張貞（一六三七—一七一二，字起元，號杞園、渠亭山人，山東安丘人）、顧貞觀（一六三七—一七一四，原名華文，字遠平、華峰，亦作華封，號梁汾，江蘇無錫人）、曹亮武（一六三七—？，字渭公，號南耕，江蘇宜興人）、沈皞日（一六三七—一七〇三，字融谷，號茶星、離齋、柘西，浙江平湖人）生。

曹貞吉《張起元印典成詩以贈之》、《憶杞園》、《玲瓏四犯·送杞園遊西湖》。

曹亮武《近於南田齋中讀蓴庵〈望江南〉十六詞，備悉遷安作令之苦。時已擢郡丞，入都候。賦此寄懷，兼述鄙況。用〈珂雪詞〉韻》。

曹貞吉《摸魚子·答沈融谷》、《喝馬一枝花·送沈茶星之來賓任》。

曹溶（一六一三—一六八五，字秋岳，一字潔躬，亦作鑒躬，號倦圃、鉏菜翁，浙江秀水人）進士及第。

明崇禎十一年戊寅(一六三八)　五歲

從父學唐詩。

曹貞吉《雲將公行述》:『當不孝五歲,卽手錄唐人七言一冊付之,丙夜吟誦,略能上口。迄今讀詩,遇「巴陵一望洞庭秋」之什,未嘗不泣下霑襟也。』

曹禾《曹公(復植)墓志銘》:『公工書能詩,常手寫唐詩七言一冊,舍人(貞吉)幼誦之,傳於其弟(申吉),今舍人、中丞並以詩名天下,贈公教也。』

清兵進入關內,侵擾河北、山東、河南,京師戒嚴。

《明史·莊烈皇帝本紀四》:『(崇禎)十一年……九月辛巳,我大清兵分道入西協牆子嶺、中協青山口……冬十月辛卯,京師戒嚴。』

孫寶侗(一六三八—一六七七,字仲愚,山東博山人,孫廷銓次子,山東博山人)生。

孫寶侗《重陽庵曹升六寓邸》詩。

吴綺(一六一九—一六九四,字薗次,一字豐南,號綺園,又號聽翁,江蘇江都人)拔貢生。

曹貞吉《同梅瞿山、定九、雪坪、沈方鄴、汪雨公、施汜郎、汪扶晨集吴綺園寓齋,與定九談天官家言,聯句得四十韻》。

張貞《題珂雪堂詠物詞譜》:『近吴薗次有《名家詞選》,得《珂雪集》,卽用壓卷,流傳江左,一時皆推爲絕唱。』

明崇禎十二年己卯(一六三九)　六歲

從父學廉。

曹貞吉《雲將公行述》:『先君性廉潔,口不道阿睹物,猶憶不孝六歲時,自外家持百錢歸,先君見之,輒大恚曰:

「兒何不廉？既飲且食，又攜錢歸耶？速返之！」不孝雖在童稚，爾時覺無地自置也。」

春，清兵入濟南。

《明史·莊烈皇帝本紀四》：「（崇禎）十二年春正月庚申，我大清兵入濟南。」

李符（一六三八—一六八九，原名符遠，字分虎，號耕客，李良年弟，浙江秀水人）生。

曹貞吉《題李耕客〈行脚圖〉》、《耒邊詞序》、《臺城路·送分虎歸長水》。

明崇禎十三年庚辰（一六四〇）　七歲

與其弟申吉同就外塾讀書，鄉人以爲皆能成大器者。自此同窗共讀，凡十四年。

曹濂《儀部公行狀》：「先大夫生而英挺絶倫，讀書過目不忘。七歲，偕先叔父出就外傅，規行矩步，履蹈有恒，鄉鄰有識者早已決爲大成器。」

曹申吉《珂雪初集跋》：「憶余六齡時，偕家兄就外塾，自此同几硯者十有四載。」

春，安丘雹。秋，大蝗。大饑，人有餓殍。

康熙《續安丘縣志》卷一《總紀》：「十三年庚辰，夏雨雹。秋大蝗。大飢，斗粟至千餘錢，人刮木皮挑草根而食，間亦有餓死者。」

蒲松齡（一六四〇—一七一五，字留仙，一字劍臣，號柳泉居士，世稱聊齋先生，山東淄川人）、顔光敏（一六四〇—一六八六，字遜甫，更字修來，號樂圃，山東曲阜人）、汪懋麟（一六四〇—一六八八，字季角，號蛟門，江蘇江都人）、周在浚（一六四〇—？，字雪客，號梨莊，一號蒼谷，又號耐龕，周亮工之子，原籍河南祥符，後居江西金溪）生。

曹貞吉《與顔光敏書》（六通）、《立秋日修來席上觀劇》、《郊行同修來作》、《蝶戀花·修來席上吟秋海棠》。

曹貞吉《七夕前一日同蛟門、渭清、杞園集雪客寓齋，用渭清韻》、《爲蛟門題〈修竹吾廬圖〉》、《笛家・九日，蛟門招集諸子遊黑龍潭》。

曹貞吉《送周雪客之晉陽藩幕任》、《賀新涼・送周雪客南歸二調》。

周亮工（一六一二—一六七二，字元亮，號陶庵、減齋、緘齋、適園、櫟園，學者稱櫟園先生、櫟下先生，周在浚之父，原籍河南祥符，後居江西金溪）進士及第。

曹貞吉《送周緘齋還錫山》：『歸及維揚八月潮，西風落葉過金焦。從來雲影三秋淡，不盡蛩聲兩岸遥。往跡依依黄歇浦，舊遊歷歷伯通橋。明年一棹淩風去，夜話橫林慰寂寥。』

明崇禎十四年辛巳（一六四一）　八歲

與弟申吉同在就外墅讀書。

張貞《曹公墓志並銘》：『（曹貞吉）幼具夙惠，初學爲文章，卽有神解。甫髫，與弟澹餘同負儁聲。』

明崇禎十五年壬午（一六四二）　九歲

二月，清兵攻陷松山。薊遼總督洪承疇、錦州守將祖大壽降清。十一月，清兵大舉入塞，連破通州、天津、薊州、真定。閏十一月，入山東，攻佔臨清等州縣。十二月，清兵入淄博。圍安丘，壬午之難起，縣民死亡慘重。曹貞吉父復植攜家避禍安東衛（今山東日照），二十六日，遇害，年二十八。

曹貞吉《雲將公行述》：『先君子之棄不孝諸孤而長逝也，在壬午之十二月。』《歲暮感舊書懷二十八韻》：『傷哉垂九齡，已感終天逝。煢煢棄路隅，艱難時隕涕。提攜惟老母，追隨有弱弟。搶攘兵戈中，生全偶然濟。』

曹濂《儀部公行狀》：『九歲，居先王父之喪，哀毁如成人。』

外祖父劉正宗在京師翰林任。外祖母黄氏、舅父劉處仁、姨母曹大順妻亦死於壬午之變中。

康熙《續安丘縣志》卷二十五《列女傳》十：『劉正宗妻黄氏，郎中禎女曾孫。壬午之變，正宗以翰林居京邸，氏攜子處仁，避亂安東衛。城陷，殺其子，並執氏。氏大駡曰：「我命婦也，肯女從乎？」遂遇害。』

喬萊（一六四二——一六九四，字子靜，號石林，江蘇寶應人）生。

曹貞吉《爲石林題畫六絕句》、《和石林閒居》、《山花子·題石林小照》。

明崇禎十六年癸未（一六四三）　十歲

二月，清兵撤離安丘。

康熙《續安丘縣志》卷一《總紀》：『十六年癸未春二月，清師歸。駐收縣境月餘，人烟幾絶。逢王等村罹禍尤甚。』

舉家返回安丘。與弟申吉在母親督導下力學。

曹濂《儀部公行狀》：『時值鼎革，滿地兵戈，先王母攜煢煢兩孤，不遑寧處，然每當遷徙，必載遺書以從，至則和熊課讀，焚膏繼晷，究未嘗以亂離廢學。』

三月，李自成稱新順王，定都襄陽（今屬湖北）。

八月初九日，清太宗皇太極薨。二十六日，其第九子福臨即位，是爲清順治帝。多爾衮爲攝政王。

高珩（一六一二——一六九七，字蔥佩，號念東，山東淄川人）、梁清標（一六二〇——一六九一，字玉立，一字蒼巖，號棠村，一號蕉林，直隸真定人）進士及第。

曹貞吉《雲將公行述》：『（公）十四歲，受知於督學世臣李公，入上庠，略試輒高等，與故相國孫文定公、少司寇念東高公名相頡頏。」

曹貞吉《題文衡山〈飛雪圖〉爲高念東先生作》、《送高念東先生假歸》、《和念東先生郊外韻》、《念東先生惠詞序賦謝》。

高珩《珂雪詞序》：「今日之以詞曲名海內者，指不勝屈，而實庵之詞，則鍠鍠先鳴，跗注之君子，往住壁上觀矣。予每讀實庵之詞，驚魂蕩魄，懭怳不定。」

明崇禎十七年、清順治元年甲申（一六四四） 十一歲

與弟申吉在外祖父劉正宗及母親的督導下刻苦讀書。

三月十八日，大順軍攻入北京。十九日，明崇禎帝朱由檢自縊煤山。二十二日，李自成建國，國號大順，改元永昌。

《清史稿·世祖本紀一》：「是月，流賊李自成陷燕京，明帝自經。自成僭稱帝，國號大順，改元永昌。」

劉正宗棄家南渡南京，投奔福王，授官中允。

康熙《續安丘縣志》卷十九《文苑傳》：「會李自成陷京師，棄家南渡。」《清史稿·劉正宗傳》：「福王時，授中允。」

五月初，多爾袞率清軍入京師，議定都燕京。李自成政權覆亡。

九月，順治入山海關。十月，進入紫禁城，定都北京。

吳雯（一六四四—一七〇四，字天章，號蓮洋，原籍奉天遼陽，後居山西蒲州）、謝重輝（一六四七？—一七〇八後，字千仞，號方山，又號匏齋，山東德州人）生。（張忻《內院大學士謚清義謝公墓志銘》載：重輝父謝升以順治二年正月卒，「子一：重暉（輝），公故時才六月」，則謝重輝生於順治元

年。然謝重輝《六十一自壽》詩：『郊扉靜掩桂花天，湯餅重逢丁亥年。』則當生於順治四年。待考）

曹貞吉《暮春雨中，阮亭招同臥雲、幼華、孝堪、修來、悔人、杞園、天章、仲符遊善果寺，分韻得禪字》、《寒夜飲酒歌，即送吳天章歸河中，時陶季、蒼石在座》。

曹貞吉《送謝方山賫詔之江右》、《壬申歲暮，同士旦、京少、方山、大木、東塘集新城司農邸舍，以『夜闌更秉燭』爲韻》、《贈方山》、《送方山假歸》。

宋犖《海上雜詩》之九：『十子成高會（葉井叔、林蜚伯、曹升六、田子綸、王幼華、曹頌嘉、顔修來、汪季角、謝方山及余也），千秋有素期。』

清順治二年乙酉（一六四五）　十二歲

與弟申吉在外祖父劉正宗及母親的督導下刻苦讀書，嶄露頭角。

張貞《曹公墓志並銘》：『余與公生同里閈，猶憶順治乙酉，余才總角，吾先君自外歸，曰：「今日於劉太史家見其曹氏兩外孫，爽朗玉立，精神足以蔭映數人，真一時龍鸞也！」於時余雖不知爲何人，然已竊心識之。亡何，先君厭代，余以孤童持門户，早通賓客。既見二曹，始知爲先君所稱者，因與定交，且與其兄弟先後結爲昏因，同休戚，共憂樂，以肺腑相託者垂五十年。』

曹濂《儀部公行狀》：『歲乙酉，先大夫年甫十二，先叔年十一，俱有奇童之目。邑侯石觀張公（張奇逢，字石觀）聞之，召與諸生同試，拔置前茅，大加奬異。』

正月，李自成兵敗於潼關，潰逃西安。閏六月，報稱李自成自縊於武昌府通山縣（今屬湖北）南九宮山。

曹貞吉外祖父劉正宗以山東巡按李之奇奏薦，起授國史院編修。

《清史稿·劉正宗傳》：『順治二年，以薦起國史院編修。』

秋八月，清廷恢復科舉，各省舉行鄉試。僅順天府『進場秀才三千』，攝政王多爾袞驚歎：『可謂多人。』

洪昇（一六四五—一七〇四，字昉思，號稗畦，又號稗村、南屏樵者，浙江錢塘人）生。

曹貞吉《賀新涼·送洪昉思歸吴興》。

清順治三年丙戌（一六四六）　十三歲

與弟申吉同就外墅讀書，業師爲歲貢生同邑李滌（一五九八—一六七八，字漪園，山東安丘人）。

曹貞吉《清故歲貢生漪園李公墓志銘》：『蓋余兄弟之受業於漪翁先生也，歲惟丙戌暨庚寅，先生之捐館舍也，以戊午，時余兄弟皆宦遊，第遥執心喪禮。』

正月，劉正宗升内翰林國史院編修。

《清世祖實録》卷二十三：『順治三年丙戌春正月乙亥……以編修劉正宗爲内翰林國史院編修。』

清廷在北京舉行第一次會試，三月殿試，即録取進士四百名。

蔣景祁（一六四六—一六九五，字京少，一作荊少，江蘇宜興人）生。

蔣景祁《刻〈瑶華集〉述》：『曹解元升六清思密致，與新城王、萊陽宋別爲一派。』

清順治四年丁亥（一六四七）　十四歲

曹貞吉補縣學生員，成秀才。

曹貞吉《櫛髮有白者感賦》：『青衫十七年，誤受蠹魚厄。雕蟲渾小技，心腎逢鏤刺。每當落拓時，痛哭嫌逼窄。三十獲一第，所負良已釋。』

曹濂《儀部公行狀》：「丁亥，補邑博士弟子員。」

三月，清廷舉行第二次會試。

曹貞吉《歲暮感舊書懷二十八韻》：「先皇丁亥春，言循采芹例。碌碌塵埃間，俯仰如精衛。」

宋琬（一六一四—一六七三，字玉叔，號荔裳，山東萊陽人）、王訓（一六一四—一六八三，字敷彝，號念泉，晚號悔齋，山東安丘人）進士及第。

曹貞吉《蝶戀花·荔裳席上作，用阮亭韻》、《蝶戀花·送荔裳入蜀，再用前韻》。

戴正誠《鄭叔問先生年譜》：「昔萊陽宋荔裳漢隗囂宮獲瓷盞二，中有魚藻文，王西樵爲歌其事，曹實庵《珂雪詞》亦有《詠大食瓷杯》之作。」

繆荃孫《石蓮庵刻山左人詞序》：「戊戌之冬，吴糧儲仲飴同年屬爲校刻《山左人詞》，先得國初王西樵、阮亭、宋玉叔、曹實庵四家。」

曹貞吉《王敷彝先生墓表》：「敷彝先生視余年二十以長，蓋嘗與先大夫同隸上庠，同試於有司，其名氏迭爲甲乙，是余之執友也。先生通籍爲先皇帝之丁亥，距甲辰凡十七年，是余之前輩也。余固陋無似，先生不遐棄予，嘗以制舉業相指示，特未嘗執贄耳。先生卽退讓不居，而余事先生不敢不謹，是余之師也。」

清順治五年戊子（一六四八）　十五歲

爲縣學生員，與弟申吉同在母親督導下力學。

曹貞吉《劉太夫人行述》：「猶憶不孝甫成童時，吾母坐小樓，明燈紡績，立不孝輩於旁，而督其弗率，援據古昔，稱引先德，言詞慷慨，聲淚俱下，不孝輩頫首祇承，亦感動飲泣。」

完婚，娶同邑王爰莊女。

曹濂《儀部公行狀》：『戊子，娶吾母王宜人。』

王士祿（一六二六—一六七三，字子底，一字伯受，號西樵，王士禛之兄，山東新城人）中舉人。

曹貞吉《寄宗定九》：『昔年偶泛邗江棹，我友正寓樓西偏（謂西樵也）。』

孔尚任（一六四八—一七一八，字聘之，又字季重，號東塘、東堂，別號岸堂，自號云亭山人，山東曲阜人）生。

曹貞吉《壬申歲暮，同士旦、京少、方山、大木、東塘集新城司農邸舍，以『夜闌更秉燭』爲韻》。

清順治六年己丑（一六四九）　十六歲

與弟申吉同爲縣學生員，兄弟二人學名日著。

曹申吉《憶昔》：『憶昔十五時，囊穎始欲露，廁身黌序中，恐被聲名誤。』

正月，劉正宗轉任國史院侍講學士。

《清世祖實錄》卷四十二：『正月己丑……轉國史院編修劉正宗爲本院侍講學士。』

五月，施閏章（一六一九—一六八三，字尚白，一字屺雲，號愚山、蠖齋，晚號矩齋，安徽宣城人）、唐夢賚（一六二八—一六九八，字濟武，號豹喦，又號嵐亭，山東淄川人）進士及第。

曹錫田《儀部公墓表》：『披荊灑淚，則道誼重於愚山；束帶絕塵，則詩史傳於秋谷。』

吴陳琰《畫屏秋色·〈珂雪詞〉題辭》：『曾借淄州住。對二老念東、豹巖二先生，哦盡陳思妍句。翩若驚鴻，飄如迴雪，《洛神》親賦。簾閣坐焚香，又報導、津亭催鼓。指皂蓋、天都路。想車過黃山，芙蓉疊疊，多少酒痕墨瀋，香雲遮護。』

馮廷櫆（一六四九—一七〇〇，字大木，山東德州人）生。

曹貞吉《和馮大木夏日雜詠》、《壬申歲暮，同士旦、京少、方山、大木、東塘集新城司農邸舍，以『夜闌更秉燭』爲韻》。

清順治七年庚寅（一六五〇）　十七歲

與弟申吉從歲貢生同邑李淥修舉子業。

曹貞吉《清故歲貢生漪園李公墓志銘》：『戊子、己丑間，（先生）已罷設絳帳矣，庚寅，特爲予兄弟授業者再，得始終有成焉。』

沈岸登（一六五〇—一七〇二，字覃九，號南淳，一字黑蝶，又號惰耕叟，浙江平湖人）、張潮（一六五〇—一七〇七後，字山來，號心齋居士，安徽歙縣人，後居江蘇揚州）生。

曹貞吉《爲覃九題〈江山送遠圖〉》。

曹貞吉《與張潮書》之六：『老世兄風流弘長，爲一時僑肸。弟忝在世好，奉教有年，拙詩拙詞，本不足齒，而校讎之勞，剞劂之費，可謂不遺餘力，雖草木乎猶能知之，向乏便鴻，所以猶稽申謝也。』

清順治八年辛卯（一六五一）　十八歲

正月，順治親政。

與弟申吉皆有學名。

康熙《續安丘縣志》卷十八《事功傳·曹申吉》：『順治辛卯，余自汾陰歸里，時伯仲皆有聲黌序矣。』

兄弟二人於本年初涉科場，參加鄉試，曹申吉中舉人，曹貞吉落榜。

曹貞吉《歲暮感舊書懷二十八韻》：『追乎辛卯秋，初較文壇藝。季方著先鞭，而余獨留滯。』《封濂兒落卷與之》自注：『余初下第，年亦十八。』

張貞《曹公墓志並銘》：「辛卯，濬餘膺鄉薦，而公獨不利於有司。」

曹貞吉更加發奮讀書，取得廪生资格。

曹濂《儀部公行狀》：「辛卯，先叔父舉於鄉，先大夫發憤下帷，攻苦益力，無何，以高材生餼於官。」

清順治九年壬辰（一六五二）　十九歲

鄉試不利，曹貞吉歸里，刻苦攻讀。與膠州人李漢儀相識。

曹貞吉《哭漢儀》：「壬辰之春識君面，于時鎩羽歸鄉縣。」

六月，劉正宗由弘文院侍讀學士遷秘書院學士。

《清世祖實錄》卷六十五：「六月丙寅……升侍讀學士劉正宗爲内翰林秘書院學士。」

張習孔（？—約一六六三，字念難，號黄嶽，張潮之父，安徽歙縣人）任山東提學。

雍正《山東通志》卷二十五之二《職官二》：「張習孔，江南歙縣人。進士順治九年以僉事任。」

曹貞吉《〈大易辯志〉序》：「黄嶽先生負資英異，以《易》學爲宗，自少至老，研極理、數之奥，著成《辯志》一編，自述其生平篤好之深，弁諸簡端，剞劂問世。」

曹爾堪（一六一七—一六七九，字子顧，號顧庵，浙江嘉善人）、王士禄進士及第。

清順治十年癸巳（一六五三）　二十歲

與弟申吉讀書於外祖父劉正宗家東墅，共同講習制藝。曹申吉舉進士第，貞吉更加發奮讀書。

曹貞吉《歲暮感舊書懷二十八韻》：「癸巳集東墅，晨夕互砥礪。阿弟陟承明，歎余方食餼。」《春日臣鴞招同翼辰遊東墅感賦》三首自注云：「東墅爲先少傅園亭，余舊讀書地也。」

曹申吉《〈珂雪初集〉跋》：「癸巳、甲午之間，予從事聲律，時與兄商榷淵源，流連風雅。而兄方耽心制舉，略不涉筆。』

是年，劉正宗深受順治恩寵，連連升官。四月，順治親試翰林，欽定應試各官去留，劉正宗留原職。五月，劉正宗擢吏部右侍郎，仍兼秘書院學士。閏六月，授劉正宗弘文院大學士。十一月，劉正宗由弘文院學士加太子太保，管吏部尚書。十二月，劉正宗以疾請辭，順治慰留。後允其辭吏部尚書職。旋加授少保兼太子太保職。

《清世祖實錄》卷七十四：『上御太和門，親試兼翰林銜吏部侍郎成克鞏、禮部侍郎張端及三院學士劉正宗、編檢以上官六十三員。』卷七十五：『五月……己巳，升學士劉正宗爲吏部右侍郎。』

王先謙《東華錄·順治二十》：『閏六月丙寅，……劉正宗爲內翰林弘文院大學士。由吏部右侍郎遷。』

《清世祖實錄》卷七十九：『十一月丙辰……又諭吏部居六部之首，人才用舍，治亂攸關，今尚書員缺，宜慎加選用。朕觀弘文院學士劉正宗清正耿介，堪充此任，特升一級，加太子太保，管吏部尚書。』

《清史列傳·貳臣傳乙·劉正宗傳》：『十二月，（劉正宗）以疾乞修，奉溫旨慰留。復辭吏部尚書職，命以兼銜回銜辦事，加少保兼太子太保。』

清順治十一年甲午（一六五四）　二十一歲

曹貞吉專心於制藝。

曹濂《儀部公行狀》：『先大夫方潦倒諸生間，布衣徒行，無改寒素。人有以閥閱相稱者，輒面發赤，惟壹意讀書，篝燈雒誦，常漏下三十刻。』

納蘭性德（一六五五—一六八五，姓葉赫那拉氏，字容若，號楞伽山人，納蘭明珠之子，滿洲正黃旗人）生。

顧貞觀、納蘭性德編《今詞初編》卷下收錄曹貞吉《滿庭芳・聞雁》詞。

曹申吉開始學習詩詞創作。

曹申吉《珂雪初集跋》：『癸巳、甲午之間，予從事聲律，時與兄商榷淵源，流連風雅。』《〈澹餘詩集〉序》：『憶自甲午初學聲律。』

吳綺以貢生薦授中書舍人。

清順治十二年乙未（一六五五）　二十二歲

曹貞吉專心於制舉業。

三月，劉正宗以原職回弘文院辦事。

《清世祖實録》卷九十：『三月……己巳，諭吏部：「太子太保、內翰林弘文院大學士管吏部尚書劉正宗仍以太子太保、內翰林弘文院大學士兼吏部尚書回院辦事。」』

四月，曹申吉應殿試，列二甲第五十五名，旋授庶吉士。

曹申吉《〈珂雪二集〉序》：『順治乙未，予蒙恩入館。』

張貞《通奉大夫巡撫貴州工部右侍郎兼都察院右副都御使加一級曹公墓志並銘》：『（曹申吉）中順治十二年進士，選內翰林庶吉士。』

王士祿、何元英（一六三一—約一六六八，字蕤音，號監齋，浙江海鹽人）等爲同榜進士。

曹貞吉《月下笛・悼何蕤音》。

高不騫（一六五五—一七四三，一名騫，字查客，或作槎客，別號蓴鄉釣師，晚號小湖，江南華亭人）生。

曹貞吉《高槎客詞跋》、《和高槎客見投之作》。

清順治十三年丙申（一六五六）　二十三歲

曹貞吉赴京師探望弟申吉。歸里後，刻苦攻讀，鋭意制藝。

曹貞吉《歲暮感舊書懷二十八韻》：「丙申遊帝都，歸來遂决計。讀書唯小園，矢懷一何鋭。」

曹申吉《〈珂雪二集〉序》：「丙申春，兄來視予京邸，數日而歸。」

十月，施閏章任山東提學使，極爲賞識曹貞吉的才學。

曹濂《儀部公行狀》：「（曹貞吉）惟壹意讀書，篝燈雒誦，常漏下三十刻，是以文名日起，試輒冠軍，而於學憲施愚山先生則尤受國士之知。」

清順治十四年丁酉（一六五七）　二十四歲

秋，曹貞吉隨族叔曹紘（一六二二—一六六八，字世冕，號企鑒）遊覽東鎮沂山。

曹貞吉《哭家企鑒叔六首》之四：「共穿西嶺雲中樹，飽看東沂雨後山。」自注：「丁酉秋，隨叔遊東鎮。」

八月，曹申吉授翰林國史院編修。十二月，充日講官。

張貞《曹公（申吉）墓志並銘》：「十四年，授國史院編修，旋擢日講官充扈從。」

秋天，曹貞吉第二次參加鄉試，仍不第。十月，赴都探望母親、弟弟。曹申吉扈從南苑，貞吉步行前往告别。

曹貞吉《歲暮感舊書懷二十八韻》：「讀書唯小園，矢懷一何鋭。不謂兩放逐，失我淩雲勢。」

曹申吉《〈珂雪二集〉序》：「丁酉，兄秋試不得志。十月，至都省母。」《南苑遥送家兄》：「臘月長楊扈蹕初，雁行遥送意何如。」

王士禛在濟南舉秋柳社，一時赴省城參加鄉試的舉子如邱石常、柳濤、楊通久、孫寶侗等人皆參與吟詠。曹貞吉或許也參與此次活動，與孫寶侗結識。

王士禛《菜根堂詩集序》：『順治丁酉秋，予客濟南，時正秋賦，諸名士雲集明湖。一日會飲水面亭，亭下楊柳十餘株，披拂水際，綽約近人。葉始微黃，乍染秋色，若有摇落之態。予悵然有感，賦詩四章，一時和者數十人。』

劉正宗考滿，晉少傅兼太子太傅。十一月，順治欽許假歸鄉里爲兄劉正衡治喪。

《清史列傳・貳臣傳乙・劉正宗傳》：『十四年，（劉正宗）考滿，晉少傅兼太子太傅。是年冬，乞假回籍，爲兄正衡治喪。』

清順治十五年戊戌（一六五八）　二十五歲

五月，順治欲選拔翰林官外任，曹申吉中選。

《清世祖實錄》卷一〇七：『五月庚子……諭吏部：翰林官教養有年，習知法度，正宜內外互轉，使之歷練民事。覘其學問經濟，以茲任用。茲朕親行裁定，吴正治、王紹隆、范廷元……戴王綸、秦鉽、曹申吉俱才堪外任，著察照前例，遇缺卽與補用。』

王士禛、王又旦、曾王孫（一六二四——一六九九，字道扶，浙江秀水人）、李天馥（一六三七——一六九九，字湘北，號容齋、容庵，安徽合肥人，避李自成之禍，占籍河南永城）等進士及第。

曹貞吉《暮春雨中，阮亭招同臥雲、幼華、孝堪、修來、悔人、杞園、天章、仲符遊善果寺，分韻得禪字》。

聶先、曾王孫《百名家詞鈔・珂雪詞》：『聶晉人先曰：實庵先生長調之妙，妙絶古今，若使《花庵》選手見之，亦不能局於令慢間矣。是刻初得之菌次、山來二處，再得於槎客歸舟所攜，恐俱非全帙。擬借羽向黃山、白嶽間求之，必能一時紙貴，百家增色。』

惠棟《漁洋山人自撰年譜補注》卷上：『康熙十年辛亥，三十八歲。遷户部福建司郎中。時郝公惟訥敏公爲尚書，程周量可則以員外郎爲同舍，朝夕相倡和。而宋荔裳琬、曹顧庵爾堪、施愚山閏章、沈繹堂荃皆在京師，與山人兄弟爲文酒之會，盛有倡和。案《考功年譜》：時又有武鄉程昆侖康莊至京師，澤州陳說巖廷敬、合肥李容庵天馥官翰林，泗州施匪莪端教官司成，德州謝方山重輝、安丘曹實庵貞吉、江陰曹峨眉禾與汪蛟門懋麟皆官中書舍人，數以歌詩相贈答也。』

九月，劉正宗改授文華殿大學士。

《清世祖實錄》卷一二〇：『九月甲寅……改蔣赫德、劉正宗以原銜爲文華殿大學士兼禮部尚書。』

十月，曹申吉出爲湖廣右參政，分守下荊南道。赴任途中，回家省親，歲末抵家。

張貞《曹公（申吉）墓志並銘》：『十五年，（曹申吉）出爲湖廣右參政，分守下荊南道。』

曹申吉《〈珂雪二集〉序》：『戊戌，予出參楚藩，歲杪抵家。』

清順治十六年己亥（一六五九）　二十六歲

二月，曹申吉離家赴任荊南。

曹申吉《〈珂雪二集〉序》：『己亥仲春，赴荊南，蓋聚首兩月餘也。』

三月，順治以劉正宗器量狹隘、性行暴戾、不顧大臣之道等降旨嚴飭，因念君臣之誼，故不治罪，令其改過自新。五月，順治親查兵部所呈武進士劉炎等品級俸祿一本，劉正宗陷此事中。世祖令吏部對涉案人員從重議處。八月，劉正宗任會試主考官。九月，順治寬免劉正宗等武進士劉炎等品級俸祿一本案涉案官員。

《清史列傳・貳臣傳乙・劉正宗傳》：『十六年，上以正宗器量狹隘，終日詩文自矜，大廷議論，輒以己意爲是，雖公事有誤，亦不置念。』

《清世祖實錄》卷一二五：『五月……諭吏部：「……今兵部請武進士劉炎等品級俸祿一本……蓋因劉炎等系武職，與伊等聲氣不通，故不擬給予，如此偏懷私見，任意妄裁，負朕倚任，殊爲可惡，若不重加懲治，以後自專之端，必至漸長。查此本系大學士李霨經手票擬，大學士巴哈納、金之俊、成克鞏、劉正宗……公同看詳。李霨著九卿科道會同從重議處具奏。巴哈納等著該部從重議處具奏。」』『八月癸巳……命大學士劉正宗、衛周祚爲會試主考官。』卷一二八：『九月……壬申，諭吏部：「巴哈納、金之俊、成克鞏、劉正宗……前降級罰俸之案，俱著寬免。」』

彭孫遹（一六三一——一七〇〇，字駿孫，號羨門，又號金粟山人，浙江海鹽人）、葉封（一六二三——一六八七，字井叔，號慕廬，自號退翁，湖北黃陂人）等中進士。

《四庫全書總目·珂雪詞》：『舊本每調之末，必列王士禛、彭孫遹、張潮、李良年、曹勳、陳維崧等評語。』（曹勳，當爲曹禾）

宋犖《海上雜詩》之九：『十子成高會（葉井叔、林蜚伯、曹升六、田子綸、王幼華、曹頌嘉、顏修來、汪季用、謝方山及余也），千秋有素期。』

七月，曹申吉升河南按察使司副使，分巡睢陳兵備道。

《清世祖實錄》卷一二七：『七月辛巳……升湖廣下荊南道參議曹申吉爲河南按察使司副使，分巡睢陳兵備道。』

曹貞吉與李良年結識。

曹貞吉《秋錦山房詞序》：『秋錦數遊都下，與予論詩相倡和，蓋自己亥之歲。其後，秋錦遊處相半，雖在萬里外，緘書寄詠，歲必一二至以爲常。』

王士禛被選爲江南揚州府推官。

清順治十七年庚子（一六六〇） 二十七歲

正月，曹申吉在河南按察使司副使，分巡睢陳兵備道。

曹申吉《元日試筆》：「去年汶水上，雪點故園春。今日宛丘側，風淒旅客神。」

曹申吉《澹餘詩集》刊刻發行。

曹申吉《澹餘詩集序》：「憶自甲午歲，初學聲律。及入館後，以詩爲課，性情所至，時成吟詠。戊戌外除以來，風塵道路，有觸輒書。己亥歲杪，自楚移豫，偶撿笥中，遂復成帙。春正之暇，出而汰之，付之剞劂，雖災梨爲罪，亦足以識歲月爾。時庚子春王月，北海曹申吉自序。」

三月，施閏章卸任山東提學道。王士禛到揚州推官任。

施閏章《學餘堂集・李渭清〈燕臺詩〉序》：「山左舊遊，舉進士能詩者，既有田子綸、曹升六、王仲威諸子，李子與卽墨楊子六謙又同召至都下，不爲不遇。吾嘗校其文，拔最多士。」

五月，曹申吉升通政使司左通政。

《清世祖實錄》卷一三五：「五月戊辰……升河南睢陳道副使曹申吉爲通政使司左通政。」

六月，都察院左都御史魏裔介、浙江道監察御史季振宜接連彈劾劉正宗，順治以所劾之事深爲重大，令正宗據實明白回奏。劉正宗回奏，順治降旨，令議政王、貝勒、九卿、科道等會刑部提問。

《清史列傳・貳臣傳乙・劉正宗傳》：「六月，左都御史魏裔介、浙江道御史季振宜先後奏劾正宗陰險欺罔諸罪，命明白回奏，正宗以衰老孤縱，不能結黨，致攖誣劾自訟。下王、貝勒、九卿、科道會刑部提問，正宗反復申訴。」

七月，曹申吉應內召自河南返京，順路歸家省親，曹貞吉送行至濟南。秋，曹貞吉入京城。十月初三日，曹申吉升大理寺卿。

曹申吉《〈珂雪二集〉序》：『庚子，予由宛丘内召，七月過里，與兄别於歷下。予入都未久，兄亦旋來。』張貞《曹公（申吉）墓志並銘》：『十七年，轉左通政，晉大理寺卿。』

十一月，議政王貝勒、大臣、九卿、科道會勘魏裔介、季振宜所劾劉正宗諸事，細加查證，具奏，歷數劉正宗十一條罪，請處以絞刑。順治以劉正宗元系老臣，降旨從寬免死，僅著革職，追奪誥命，籍沒家產一半，歸入旗下，不許回籍。

《清史稿·貳臣傳乙·劉正宗傳》：『（劉正宗）罪狀鞫實者十一事，罪當絞。上斥正宗性質暴戾，器量褊淺，持論偏私，處事執謬，惟事沽名好勝，罔顧大體，罪戾滋甚，從寬免死，籍家產之半入旗，不許回籍。十八年，聖祖卽位，以世祖遺詔及正宗罪狀當置重典，憫其衰老，貸之。』

曹貞吉在京，經歷外祖父官場沈浮，對仕途有所惡忌。

曹申吉《珂雪二集序》『時外王父方謝政，人事變遷，而兄以屢試不見收，未免懷抱爲惡。』

清順治十八年辛丑（一六六一）　二十八歲

正月初七日，順治崩。以第三子玄燁爲皇太子，嗣皇帝位。初九日，皇太子玄燁卽皇帝位。次年改元康熙。

《清史稿·聖祖本紀一》：『順治十八年正月丙辰，世祖崩，帝繼位，年八歲，改元康熙。』

二月，康熙遵從順治遺詔，寬免劉正宗。未幾，劉正宗以疾卒。

《清史列傳·貳臣傳乙·劉正宗傳》：『聖祖以世祖遺詔内曾及正宗罪狀，當置之重典，念其年老，特予寬免。未幾，病死。』

曹申吉謝病歸里，與兄貞吉相與討論詩文制藝，如同年少讀書之時。

張貞《曹公(申吉)墓志並銘》:「十八年,(曹申吉)以疾告歸。」

曹申吉《〈珂雪二集〉序》:「予謝病歸田,日得商榷文字,如同就里塾時。」

林堯英(?—一六八五,字蜚伯,號澹亭,福建莆田人)等進士及第。田雯授内秘書院中書舍人。

清康熙元年壬寅(一六六二) 二十九歲

曹申吉《康熙元年元日作》:「曾向風塵寄一枝,歸來重遇紀元時。」

六月,王士禛在揚州推官任上,與袁于令、杜濬、陳允衡、鄒祇謨、陳維崧、朱克生、丘象隨等名士泛舟紅橋。士禛題《浣溪沙》詞二闋,在座者均有詞相和,此即紅橋唱和。這次倡和之詞後來匯輯爲《紅橋唱和詞》一卷,杜濬序、陳允衡跋,王士禛作《紅橋遊記》。紅橋唱和是清初著名的一次集體詞創作活動,對清代詞的發展具有極其重要的影響。

王士禛題《紅橋遊記》:「壬寅季夏之望,與籜庵、茶村、伯璣諸子,偶然漾舟,酒闌興極,援筆成小詞二章,諸子倚而和之。籜庵繼成一章,予亦屬和。」

九月,王訓任總纂的《續安丘縣志》修成。十二月,曹申吉爲之作序。

趙執信(一六六二—一七四四,字伸符,號秋谷,晚號飴山老人、知如老人,山東博山人)生。

曹貞吉《爲趙伸符題像》、《暮春雨中,阮亭招同臥雲、幼華、孝堪、修來、悔人、杞園、天章、伸符遊善果寺,分韻得禪字》。

趙執信《談龍錄》:「本朝詩人,山左爲盛,先清止公與萊陽宋觀察荔裳琬同時,繼之者新城王考功西樵士祿及其弟司寇,而安丘曹禮部升六貞吉、諸城李翰林漁村澄中、曲阜顏吏部修來光敏、德州謝刑部方山重輝、田侍郎、馮舍人後先並起,然各有所就,了無扶同依傍,故詩家以爲難。」

曹錫田《儀部公墓表》：『披荊灑淚，則道誼重於愚山；束帶絕塵，則詩史傳於秋谷。』

清康熙二年癸卯（一六六三）　三十歲

曹申吉居家養疾。

八月，朝廷修定科舉考試鄉試、會試考試内容，廢八股文，改試策論。新規擬自甲辰科始施行。

曹貞吉於本科山東鄉試中獲得第一名解元。王士祜（一六三一—一六八一，字子側，一作子測，一字叔子，號東亭，又號古鉢山人，王士禛長兄，山東新城人）、許聖朝（一六四三—約一七二二，字虞廷，一字慎余，山東聊城人）、顔光敏爲同榜舉人。

曹貞吉《櫛髮有白者感賦》：『三十獲一第，所負良已釋。』

曹申吉《〈珂雪二集〉序》：『康熙癸卯，兄舉於鄉，爲第一人。』

曹貞吉遠赴宣城（治今安徽宣州城區），拜見施閏章，感謝教導之恩。

王煒《鴻爪集序》：『先生昔以諸生受知施公，癸卯發解，卽走宛陵拜謁。』

清康熙三年甲辰（一六六四）　三十一歲

三月，曹貞吉中進士，列三甲第八十三名。同榜進士有田雯、曹禾（一六三七—一六九九，字頌嘉，號峨嵋，江蘇江陰人）等。

張貞《曹公墓志並銘》：『年三十，中康熙癸卯鄉試第一。甲辰，成進士。』

六月，貞吉歸里，開始著意文學創作。

曹申吉《珂雪初集跋》：『兄於書無所不窺，閎覽精思，每至深夜。癸巳、甲午之間，予從事聲律，時與兄商榷淵源，流連風雅。而兄方耽心制舉業，略不涉筆，無從窺其閫奧也。迨甲辰歲，兄冠進賢，返里，拈筆卽工。」

申吉假滿，入京復職。十二月，起復原任。

張貞《曹公（申吉）墓志並銘》：「康熙三年，病痊，還故職。」

曹申吉《〈珂雪二集〉序》：「甲辰春，（兄）公車北指，予策一驢，行積雪中，遂至昌樂西郊外，賦詩爲別。既而兄捷南宮，六月旋里。予卽以休沐期滿，別兄入都。是年，蓋交相送也。」

《清聖祖實錄》卷十：「十二月甲申……以原任大理寺卿曹申吉補原官。」

冬，祖母王太夫人卒。貞吉守制之暇，博覽群書。詩、詞、文之作皆精妙。

曹濂《儀部公行狀》：「是年冬，居曾王母憂，讀禮之暇，鈎貫經史，搜撮苑部，於一切周秦兩漢六朝唐宋諸書，靡不縱觀。既除喪，以其所學發而爲詩、爲詞、爲古文辭，無不登峰造極。」

五月二十四日，錢謙益（一五八二—一六六四，字受之，號牧齋，晚號蒙叟、東澗老人，學者稱虞山先生，江蘇常熟人）卒，年八十三。

清康熙四年乙巳（一六六五）　三十二歲

爲祖母王太夫人守制，讀書鄉里。

二月，朱彝尊（一六二九—一七〇九，字錫鬯，號竹垞，又號醧舫，晚號小長蘆釣魚師、金風亭長，浙江秀水人）與山西按察副使曹溶雁門關，皆有《消息・度雁門關》、《滿庭芳・李晉王墓下作》詞。曹貞吉作《消息・和錫鬯度雁門關》、《滿庭芳・和錫鬯李晉王墓作》詞和之。

楊謙《朱竹垞先生年譜・康熙四年乙巳》：「二月，同曹副使出雁門關。」

曹貞吉《消息・和錫鬯度雁門關》、《滿庭芳・和錫鬯李晉王墓作》。

清康熙五年丙午（一六六六）　三十三歲

爲祖母王太夫人守制，未赴部候選。秋，再入京師，與京城友朋詩文酬唱，自此以詩名世。

曹申吉《〈珂雪二集〉序》：『丙午，兄來京邸，時方居先大母憂，未赴選人。而兄之稱詩，自此始矣。』

長子曹濂初次參加鄉試，不售，曹貞吉作《封濂兒落卷與之》以激勵，自注曰：『余初下第，年亦十八。』其詞曰：『五窮是處逢人忌，一蹶當年繼父蹤。』

十一月十一日立冬，曹貞吉與弟申吉及王士禛、崔誼之（一六二七—？，字子明，號老山，山東平度人）、綦汝楫（一六三二—一六七〇？，字松友，號膠崖，山東高密人）等集滴翠園詩宴。貞吉作《立冬日過滴翠園，和家弟韻柬望石侍御二首》詩，申吉作《立冬日集滴翠園同崔老山、綦松友、王阮亭暨家兄升階二首》。

曹貞吉《冬日雨山亭觀晚照同松友學士》：『千里同人集，探幽過輞川。』《觀松友學士題壁有感》：『記得梁園風雨夜，巡簷擊缽讓先鳴。』自注云：『丙午冬集梁園，學士詩先成，余倚韻和之，猶昨日耳。』

李贇元（一六二三—一六七八，字公弼，號望石，原籍福建泉州，祖上因功占籍登州大嵩衛）在兩淮巡鹽御史任上。

曹貞吉《立冬日過滴翠園，和家弟韻柬望石侍御二首》、《秋日過滴翠園呈望石侍御六首》、《冬日李望石侍御招同李貞孟編修、李召林、楊岱禎兩侍御、李季霖中翰南郊觀射小飲，長歌記事》。

清康熙六年丁未（一六六七）　三十四歲

爲祖母王太夫人守制，家居，未赴部候選。

三月，曹申吉爲殿試讀卷官，旋以大理寺卿擢禮部右侍郎。

張貞《曹公（申吉）墓志並銘》：『六年，殿試進士，充讀卷官。遷禮部右侍郎。』

《清聖祖實錄》卷二十一：『三月丙申……升大理寺卿曹申吉爲禮部右侍郎。』

七月七日，康熙親政。

夏初，曹貞吉遠遊吴越，增長見聞，結交四方名士。其《答廣陵送杞園之金陵》、《浣溪沙·步阮亭紅橋韻二首》諸詩詞即作於此時。

曹貞吉《孫仲愚〈過江集〉序》：『歲在丁未，余家居無憀，遂鼓枻爲汗漫遊。』《寄宗定九》：『昔年偶泛邗江棹，我友正寓樓西偏謂西樵也。』

張貞《祭曹實庵先生文》：『憶丁未首夏，先生需次里居，結伴南遊，泛棹長淮，艤舟邗上。時四方名士多僑寓其間，投紵贈縞，論交甚眾。相與登紅橋，過竹西，上下平山堂，籃輿畫舫，匏尊竹杖，歡聚月餘，始各散去。』

與孫寶侗重逢於浙江杭州，孫寶侗有《重陽庵曹升六寓邸》詩。

八月，曹申吉奉命祭告南嶽，當時曹貞吉在揚州，作《遙送家弟申吉奉使祭告南嶽》詩以壯行。

曹申吉《〈珂雪二集〉序》：『丁未，予奉使祭告南嶽，兄亦爲吴越之遊。』

除夕夜，在安丘家中，思念弟，作《除夜思舍弟此時將抵廣陵矣》，自注：『余八月客維揚。』

汪懋麟、顔光敏、喬萊、方象瑛（一六三一—？，字渭仁，號霞莊，浙江遂安人）等進士及第。顔光敏除國史院中書舍人，汪懋麟、喬萊授内閣中書。

曹貞吉《摸魚子·方渭仁葺健松齋，幸園松之存也，詞以贈之》。

清康熙七年戊申（一六六八） 三十五歲

爲祖母王太夫人守制，家居，未赴部候選。

春，曹申吉祭告南嶽功成返京，路過山東，還家省母，十日而歸。貞吉作《喜家弟至里門》、《家弟旋里，不數日即還朝，賦此志別》記其事。曹貞吉送至濟南。

曹申吉《〈珂雪二集〉序》：『戊申春，予便道省母於家，十日而行。兄有送予還朝詩，復偕行自歷下言別。予別兄之什所謂「雙鴻不相見，抗音思頡頏。飄我若浮雲，繚繞華不崗」者是也。』

六月十七日，山東地震，安丘受災尤甚。曹貞吉在地震中左臂受傷。

康熙《續安丘縣志》卷一《總紀》：『垣墉亂墮，棟宇齊傾，有壓死者，打傷者，號泣相聞，自宵達旦。人皆蹴塊蹈礫，無所置足，比鄰數十家，一望四通。平地坼裂，或至深不可知，井泉壅竭，山亦有崩頹者。且連日動搖再三，雖有慭遺之敝廬，亦惴惴不敢入，百姓晝夜露居，與失穴狐兔無異。蓋自有渠丘以來，不經見之奇禍也。』

曹貞吉《夢琰公感述》：『戊申歲六月，乾坤失所位。鼇身撼地軸，風雷走其際。城郭半丘墟，樓臺雜蜃氣。予傷瓦礫中，生全偶然遂。』

曹濂《儀部公行狀》：『戊申六月夜，地大震，有聲如雷霆。先大夫最先覺，恐先王母受驚，徒跣急叩雙扉，大聲哀號。比鑰魚初啟，而坤輿漸寧，迴視階面，瓦礫已盈數尺，假使當時稍移跬步，即身罹其災矣。』

七月，曹貞吉恐弟申吉憂其傷，入京師。冬天，歸里事母。

曹申吉《〈珂雪二集〉序》：『是歲六月，予鄉有地震之異，山崩地坼，廬舍爲墟，兄亦病傷臂，顧以念予憂切，僦一牛車至都，相見悲覷，長歌互答，道再生如隔世耳。冬深雪甚，復亟歸侍母。』

清康熙八年己酉（一六六九）　三十六歲

三月，曹申吉彙輯曹貞吉自康熙三年（一六六四）至康熙八年五年間詩作，與王士禛共同論定，刊行於吳中，曰《珂雪集》。康熙十一年（一六七二）《珂雪二集》刊行後，多稱其爲《珂雪初集》。

曹申吉《〈珂雪初集〉跋》：『迨甲辰歲，兄冠進賢，返里，拈筆卽工。此後凡兩遊燕市，一至秣陵、宣城間，一至西子湖上，流覽景物，低徊山川，興至情深，多成歌詠。予每受而讀之，賞其造句精警，結體遐亮，秀逸入庾、謝之室，高華敓王、李之席，顧予數年所製，同蛩鳴草間耳。兄五年中著述盈篋，予同阮亭王子擇其尤雅者若干篇，付之梓人。』

秋，曹貞吉赴京殿試。

曹申吉《〈珂雪二集〉序》：『己酉秋，兄至都就試。』

十二月，曹貞吉於禮部觀百戲奏樂，有《觀樂行》詩。

《觀樂行》：『己酉歲暮月嘉平，南宮閱技來咸英。魚龍百戲須臾集，鈞天之響繁中庭。』

紫禁城乾清宮、交泰殿整修完成，朝廷賞賜公卿錦帛，曹申吉受賞，中有明萬曆間所產錦緞，曹貞吉爲賦《古錦行》。

《古錦行》：『中有一匹花紋異，翠色殷流紅作地。熒熒細楷猶堪讀，辨得當年萬曆字。盤螭小篆澄心紙，似滅還明印花紫。上言太守臣某進，下書工人如列齒。』

是年，與喬萊相識。

曹貞吉《送石林南還，以『登山臨水送將歸』爲韻》之二：『與君稱世講，寔維酉戌間。』

清康熙九年庚戌（一六七〇）　三十七歲

曹申吉在禮部右侍郎任上。

曹貞吉考授內閣中書舍人。清制：中書舍人，從七品，掌管撰擬、繕寫之事。

曹貞吉《投卷有感》：「六載蓬蒿歲月虛，重遊只似乍傳臚。」《入試戲作》：「按籍猶同舊日呼，漢家鹽鐵試諸儒。」

張貞《曹公墓志並銘》：「庚戌，以推擇爲中書舍人。」

三月三日上巳，曹貞吉歸里。

曹貞吉《上巳抵家作》：「還家逢上巳，只似燕歸來。」

迎奉母親入京孝養。貞吉與弟申吉相聚於京師，一年之內，夜雨對床，詩酒酬唱，手足情深，極盡生平之歡。

曹貞吉《歲暮寄澹餘，以「亂山殘雪夜，孤燭異鄉人」爲韻》十首之一：「己酉庚戌間，余初來里閈。官閒常閉門，兄弟同几案。」

張貞《曹公墓志並銘》：「庚、辛之交，公在中書，澹餘爲少宗伯，居同邸舍，夜雨對牀，銜杯譚藝，兄弟之樂，人豔稱之。」

清廷會試，曹申吉以禮部右侍郎知貢舉。

曹貞吉《送家弟知貢舉入闈》之一：「十五年前辛苦地，乘軒今復到龍門。」

張貞《曹公（申吉）墓志並銘》：「九年，會試天下舉人，知貢舉。」

十一月，曹申吉遷吏部右侍郎。

《清聖祖實錄》卷三十三：「十一月辛巳……轉禮部右侍郎曹申吉爲吏部右侍郎。」

清康熙十年辛亥(一六七一) 三十八歲

正月，曹申吉以工部右侍郎兼都察院右副都使巡撫貴州。康熙兩次賜宴壯行。

《清史稿·聖祖本紀一》：『正月……以曹申吉爲貴州巡撫。』

張貞《曹公(申吉)墓志並銘》：『十年，以工部右侍郎兼都察院右副都御使，巡撫貴州。』

清明節，朱彝尊離京至揚州，曹貞吉等於天壇野集，賦詩贈行。

曹貞吉《清明同人野集，送朱錫鬯之揚州》三首。《答沈康臣》自注：『昨於天壇送朱錫鬯分韻。』

三月，曹申吉離京赴任，順路送母親歸里安養。曹貞吉送至盧溝橋，母子、兄弟灑淚離別。

曹貞吉《劉太夫人行述》：『憶辛亥三月，拜送東歸，蘆溝道上，母搴簾揮手令回。』曹貞吉《送家弟之黔中》之三：

『三十餘年老兄弟，別離幾度淚痕多。』

曹申吉《〈珂雪二集〉序》：『迨辛亥春，予拜黔中之節，奉母南還，兄送至蘆溝東數里，握手躑躅，不能成句。』

曹貞吉居内閣中書職。

曹貞吉《西苑卽事》：『雲遮北闕千門杳，樹擁西清一帶涼。』《立秋後一日雨中入署》：『匹馬漫隨天仗入，斜風忽送早涼歸。』

李良年入曹申吉幕府，隨從入黔。

李繩遠《秋錦山房集序》：『辛亥春，從曹侍郎(申吉)入黔中。暨癸丑秋，同弟分虎東歸。』

朱彝尊《徵士李君行狀》：『時曹侍郎申吉出撫貴州，引君爲助。既聞三藩同撤，君曰：「亂將作矣。」遂力辭歸爲母壽。既抵家，雲貴報變。』

秋，周亮工之子周在浚入京，由曹爾堪首倡，詞壇元宿龔鼎孳、宋琬、王士禛等推動，發起了一場

《金縷曲》酬唱活動，一時大江南北，海內諸詞家如曹爾堪、顧貞觀、納蘭性德、陳維崧、曹貞吉、王士祿、汪懋麟等數十人響應。因周在浚在京城孫承澤秋水軒別墅主持彙集，故稱『秋水軒倡和』，最後結集爲《秋水軒倡和詞》二十二卷，第二年又擴充至二十六卷，共收入二十六家近一百七十六首詞作。曹貞吉《賀新涼》之《賀汪蛟門納姬》及《送雪客南旋再和前韻》各兩調以倡和，其贈周在浚二調編入《珂雪詞》卷下，題曰《送周雪客南歸二調》。贈汪懋麟之《賀新涼》二調或以有失雅正，《珂雪詞》不錄。

宋琬重新被起用爲四川按察使。

清康熙十一年壬子（一六七二）　三十九歲

曹貞吉居内閣中書職，曹申吉在貴州巡撫任上。二人詩詞酬唱，寄託相思。

《賀新涼・壬子歲寄家弟用韻》：『猶記燕臺醉，歎無何，斷雲飛絮，匆匆行李。大纛高牙今異域，縹緲碧雞天際。有蘋末、清颸相寄。

元旦，康熙賜宴。曹貞吉有《壬子元旦賜宴恭紀》詩紀其事。

六月，宋琬就四川按察使任。臨行，招龔鼎孳、王士禛、曹貞吉等飲於梁家園。席上，宋琬請人演祭陶雜劇，與席者各賦《蝶戀花》詞一闋。曹貞吉作《蝶戀花・荔裳席上作，用阮亭韻》、《蝶戀花・送荔裳入蜀，再用前韻》、《蝶戀花・看演祭皋陶雜劇，再用前韻》。

曹申吉、李良年論定曹貞吉自康熙八年己酉（一六六九）二月至本年四月間詩作二百三十一首，序於夏至前二日，刊印爲《珂雪二集》。

曹申吉《〈珂雪二集〉序》：『是集也，始於己酉之二月，迄於壬子之四月。予與李子武曾論定而付之梓人，得若干篇，因歷敘生平聚散之感，而繫諸簡末。』

除夕，曹貞吉作《壬子除夕》，云：『長安過眼三除夕，壬子堂堂歲又除』（之一）、『回頭三十仍餘九，幾許悲歡繫夢思』（之二）。

曹貞吉《歲暮寄澹餘，以『亂山殘雪夜，孤獨異鄉人』爲韻》之五：『明年余四十，癯然隣衰謝。』之八：『驢背來長安，除夕已逢四。』之十：『今日臘已盡，明日又逢春。』

張貞於本年拔貢生，入京。曹貞吉攜其遍訪京城名臣碩儒，爲之延譽。

張貞《祭曹實庵先生文》：『壬子，余以選拔充賦入都，先生以余名未彰，爲遊揚於公卿間。至今猶有知余姓字者，先生力也。』

曹貞吉在京師與宋犖、王又旦、顏光敏、葉封、田雯、謝重輝、丁煒、曹禾、汪懋麟等詩酒酬唱，名滿天下，都中有『京師十子』之稱。

張貞《曹公墓志銘》：『壬子，余充貢賦，入京師，見公自公之暇，專力攻詩，與今户部侍郎田公綸霞、巡撫都御史宋公牧仲、刑部郎中謝公千仞、故國子祭酒曹公頌嘉、給事中王公幼華、刑部主事汪公季角更唱迭和，都人有「十子」之目。』

顧貞觀舉進士，除內閣中書舍人。納蘭性德應順天府鄉試，中舉人。

周亮工卒。

清康熙十二年癸丑（一六七三）　四十歲

曹貞吉居內閣中書職，曹申吉在貴州巡撫任上。二人詩詞酬唱，寄託相思。

元旦，曹貞吉作《見新曆有感》及《癸丑元旦》詩二首。

曹貞吉《見新曆有感》：『我生墮地三逢丑，癸丑明年曆又頒。』《癸丑元旦》之一：『一萬四千三十日，昨宵爆竹已全收。』之二：『古人四十稱强仕，三載微官余過之。』

春，曹申吉彙輯貴州任上所作詩命爲《黔寄集》，刊刻發行。李良年作序。

李良年《黔寄集序》：『歲癸丑春，中丞曹公在黔，所得詩命曰《黔寄集》，屬良年序之。』

曹貞吉《書〈黔行集〉後》：『昨日天南驛騎來，篋裏新詩盈百紙。乍讀疑聽關山謠，《水經注》兼杜陵髓。』

七月，王士禄因母喪哀傷過度，染疾而卒，年四十八。

八月，曹貞吉四十周歲。作《初度感懷》二首，其一曰：『兒童竹馬尚依稀，四十年來百事非。』

七、八月間，康熙決定下令撤三藩。十一月二十一日，吴三桂於雲南興兵反叛清廷，殺害雲南巡撫朱國治，雲南提督張國柱、貴州提督李本深起兵響應，雲貴總督甘文焜馳告朝廷吴三桂反叛，被逼自殺，『三藩之亂』起。二十八日，吴三桂軍至貴陽，貴州巡撫曹申吉以密函馳闕告變，被執；身陷其亂。

張貞《御史中丞曹公哀辭並序》：『先是十二年十二月吴逆亂作，大帥李本深從之，以書招公降，且約禽制府甘公及薩党二使者以獻吴逆。公得書具疏遺使星馳告變，護二使者還朝，阨塞要害，得以慎固封守而虎狼蛇豕不至逞志長驅者，此疏之力也。亡何督標兵變，貴陽不守，陷没賊中者七年。公陰養死士，司閒抵隙，以期報國。庚申之夏，蠟丸赴闕，約會内應，事機不密，爲賊所圖，遂就義於雲南之雙塔寺……癸丑之冬，公年僅三十有九，變起非常，不得遂懸車之願，幽憂七載，而竟及於禍邪。』

《清史稿·世祖本紀二》：『十二月……吴三桂反，殺雲南巡撫朱國治，貴州提督李本深、巡撫曹申吉俱降，總督甘文焜死之。』

曹貞吉在中書舍人任上，面對弟申吉附逆的傳聞，謹慎恐懼，内心悲苦。

張貞《曹公墓志並銘》：『癸丑冬，滇逆之變，澹餘身陷其中，公進退維谷，日夕惟以眼淚洗面。』

沈德潛（一六七三—一七六九，字確士，號歸愚，江蘇常州人）生。《清詩别裁集》選録曹貞吉《花朝得家弟過江消息二首》之一、《和子延中丞登望海樓韻》、《文殊院觀鋪海歌》三首詩。

宋琬由四川按察使入覲京師，夫人留居蜀中官邸，三藩亂起，孤陷成都。宋琬驚怖憂念而卒。

龔鼎孳卒。

清康熙十三年甲寅（一六七四）　四十一歲

曹貞吉在内閣中書舍人任上，掛念身陷三藩亂中的弟申吉。

曹濂《儀部公行狀》：『自甲寅亂後，南天鮮雁足之書，故鄉有垂白之母，先大夫欲歸不能，欲留不可，日夕惟以眼淚洗面。』

夏夜，曹貞吉回顧四十年人生。《南鄉子·夏夕無寐，茫茫交集，輒韻語寫之，不求文也五首》第一首慨歎自己儒冠誤身，第二首擔憂遠在雲貴的弟弟。

孫廷銓（一六一三—一六七四，初名廷鉉，字枚先，謚文定，孫寶仍、孫寶侗之父，曹貞吉父執，山東博山人）卒。

曹貞吉《雲將公行狀》：『（先大夫）十四歲，受知於督學世臣李公，入上庠，略試輒高等，與故相國孫文定公、少司寇念東高公名相頡頏。』

清康熙十四年乙卯（一六七五）　四十二歲

曹貞吉因恪謹職守，敕授文林郎，王夫人受封爲孺人。

《曹貞吉任內閣中書舍人、授文林郎敕命》：『爾內閣辦事中書舍人、加一級曹貞吉，秉質純良，持心端謹。簡司翰墨，奉職罔愆。慶典欣逢，恩綸宜賁。茲以覃恩授爾爲文林郎，錫之敕命。』

曹濂《儀部公行狀》：『乙卯，欽奉恩詔加一級，敕授文林郎，封吾母爲孺人。』

張貞自康熙十一年（一六七二）入京遊宦，無所成就，中秋節後失意東歸故里。

曹貞吉《中秋二首呈杞園》之一：『故交失意明朝別，孤獨離筵此夕真。』《中秋後一日送杞園東歸》：『二載始相見，聚首纔一月。蒼然秋色中，重與故人別。』

張貞《祭曹實庵先生文》：『乙卯秋，余下第東歸，先生搤腕累日，賦詩贈行，有「故交失意明朝別，孤獨離筵此夕真」之句。』

王士禛服闋。夏，以父命入京。在京候選新任，重陽節後，借間歸鄉省親，曹貞吉作《賀新涼·送阮亭東歸兼悼西樵》詞送行。

清康熙十五年丙辰（一六七六）　四十三歲

在內閣中書舍人任上。

正月，王士禛返京，五月，補戶部四川司郎中。

曹貞吉詞作以《珂雪詞》之名在朋友間傳賞。夏天，曹禾爲《珂雪詞》作《詞話》。或以爲《珂雪詞》刊刻於本年，誤。

九月初十日，田雯邀請王士禛、曹貞吉、林堯英、朱彝尊、汪懋麟、謝重輝、顔光敏等泛舟通惠河，田雯賦《九月十日，同北山、阮亭兩先生，實庵、蛟門、方山、修來、子昭、良哉諸子，介眉家兄泛惠通河，屬郁生作圖，歌以紀之》詩，諸友多有唱和，曹貞吉亦作《泛舟行》和之。

吴錫麒《有正味齋日記》：『馮鷺庭送田山薑《大通橋秋泛圖》來題，一時作者皆國初諸老，如安丘曹貞吉、闕里顔光敏、茌山王曰高、揚州汪懋麟、莆田林堯英、商丘宋犖、平原張完臣、東海趙文照、黄州葉封、嘉禾李符、吴門顧嗣曾、茂苑孟亮揆、同里謝重暉，而詩則竹垞九言最爲矯特，今刻《曝書亭集》中者是也。』

王士禛開始編輯曹貞吉等『京師十子』之詩，準備出版發行。

王士禛《居易錄》卷五：『丙辰、丁巳間，商丘宋犖牧仲巡撫江西、右副都御史，郃陽王又旦幼華後官户科給事中，安丘曹貞吉升六徽州府同知，曲阜顔光敏修來吏部考功郎中，黄岡葉封井叔工部主事，德州田雯子綸巡撫貴州、右僉都御史，謝重輝千仞刑部員外郎，晉江丁煒雁水湖廣按察使及門人江陰曹禾頌嘉國子祭酒、江都汪懋麟季甪刑部主事皆來談藝，予爲定《十子詩》刻之。』

冬，李符入京，贈閲所著《耒邊詞》，曹貞吉爲之作序。

納蘭性德應殿試，考中二甲第七名進士。是年，顧貞觀復入京城，館納蘭明珠家，與其長子納蘭性德交契。

高層雲進士及第。

清康熙十六年丁巳（一六七七）　四十四歲

在內閣中書舍人任上。

正月，王士禛返回京城。二月，曹貞吉與謝重輝攜酒拜訪王士禛，宋犖、張貞亦至，賓朋置酒高論，王士禛有《曹升六、謝千仞攜酒過飲，宋牧仲、張杞園亦至。同賦長句二首》、《又賦絕句》等詩紀其事，諸人亦有和詩。

三月，康熙下諭嘗試招撫曹申吉等雲貴軍政大臣。

《清聖祖實錄》卷六十六：『康熙十六年三月上諭：……簡親王同理事麻勒吉，酌遣幹員，齎諭招撫原任貴州提督李本深、巡撫曹申吉、廣西提督馬雄、將軍孫延齡等，並孫延齡死否，偵探的信奏聞。』

清明，貞吉作《賣花聲·丁巳清明》詞。

五月，梁清標《棠村詞》刊刻頒行。汪懋麟爲之作序，曹貞吉題評其《千秋歲·長至泊廬山下》、《錦帳春·春暮》兩詞。

十月，王士禛選友人宋犖、王又旦、曹貞吉、顔光敏、葉封、田雯、謝重輝、丁煒及門人曹禾、江懋麟等十人詩爲《十子詩略》，刻於京城。曹貞吉《實庵詩略》爲第三卷。

惠棟《漁洋山人自撰年譜補注》卷上：『是年，宋牧仲犖、王幼華又旦、曹升六貞吉、顔修來光敏、葉井叔封、田子綸雯、謝千仞重輝、丁鴈水煒（《漫堂年譜》作林蜚伯堯英）、曹頌嘉禾、汪季甪懋麟皆來談藝，先生（王士禛）爲定《十子詩略》刻之。』

十二月，洪昇自京城南歸，欲卜築武康（今屬浙江湖州市德清縣），曹貞吉與王士禛、方象瑛、徐嘉炎等以詩詞贈行，曹貞吉作《賀新涼·送洪昉思歸吳興》詞。

去年，納蘭性德中進士，因值三藩之亂，有從戎征戰的宏願，因此，一直没有授官。本年始『特擢宿衛，給事禁中』（張玉書《進士納蘭君哀詞》）。年末，選授乾清門三等侍衛，尋晉一等，『御殿則在帝左右，扈從則給事起居』（徐乾學《納蘭君墓志銘》）。

顧貞觀、納蘭性德合編《今詞初集》二卷刊行，選陳子龍、龔鼎孳、王士禛、朱彝尊等三十八家詞作，曹貞吉《滿庭芳·聞雁》入選。

孫寶侗卒，年四十。

曹貞吉《孫仲愚〈過江集〉序》：『歲在丁未，余家居無憀，遂鼓枻爲汗漫遊。仲愚實先我渡江，相遇武林，不覺啞然一笑。自是，烟雨湖光，時有我兩人艇子，篇章往復，雜以嘲詼，至今魂夢猶常在重陽庵前、大觀臺上也。』

清康熙十七年戊午（一六七八）　四十五歲

在内閣中書舍人任上。

正月，清廷首開博學鴻詞科，詔求賢明，一時天下名士輻輳京師。朝臣以翰林孔目張貞應詔，安丘縣以馬長春、王訓上舉。張貞丁内艱，馬、王稱病，皆不赴。

三月，吳三桂在衡州（今湖南衡陽）稱帝，定國號爲周，改元昭武，改衡州爲定天府。八月十七日，吳三桂死。

四月，曹貞吉、曹申吉塾師李淥去世，曹貞吉爲作墓志銘。

曹貞吉《清故歲貢生漪園李公墓志銘》：『蓋余兄弟之受業於漪翁先生也，歲惟丙戌暨庚寅，先生之捐館舍也，以戊午，時余兄弟皆宦遊，第遙執心喪禮。』

九月，尤侗（一六一八—一七〇四，字展成，一字同人，號悔庵，晚號艮齋、西堂老人、鶴棲老人、梅花道人，江蘇長洲人）夫人曹氏卒於家，尤賦詩悼亡，同學諸子多有和作。曹貞吉作《小諸皋·輓尤展成夫人》詞和之。

十一月，吴三桂之孫吴世璠繼位，退據昆明，召顧命大臣入滇，衆皆托故不行，惟曹申吉因意欲爲朝廷内應，應召。

劉焜《過庭錄》：『十一月，世璠僭號……世璠召顧命大臣曹申吉等入滇輔政，皆托故不行，惟申吉入滇。後潛謀歸正，事泄，死。』

宋犖以刑部員外郎奉命視榷贛州關。十二月，啟程赴任，曹貞吉、陳維崧、沈皡日、朱彝尊等以詩詞相送。貞吉詞爲《鶯啼序·送牧仲榷稅贛關》。

《漫堂年譜》卷一：『十二月，偕錢介維栢齡、男至出都。時博學鴻詞諸公集闕下，以詩文相送者甚夥。』

朱彝尊集唐人詩句爲詞，名《蕃錦集》。曹貞吉作《摸魚子·題錫鬯〈蕃錦集〉》詞。

年末，李良年應博學鴻詞科入京，曹貞吉爲其《秋錦山房詞》作序，稱『予近頗廢詩，以填詞自遣』。其《與顏光敏書》亦稱『詩餘一道，向因少事，借以送日，結習所在，筆墨遂多。其年、錫鬯日督付梓，所以未卽災梨者』，可見直至此時，曹貞吉尚未刊刻詞集頒行。

張淵懿、田茂遇選編雲間詞派詞作《清平初選後集》十卷刊行。宣統三年（一九一一）由掃葉山房重印時，易名《詞壇妙品》，其第九卷原署紀映鍾《念奴嬌·讀畫樓，周子雪客言近將以甘露閣改作，爲賦此》詞，改署『曹升六』。

清康熙十八年己未（一六七九）　四十六歲

在内閣中書舍人任上。

正月，清軍先後收復岳州、長沙、衡陽等地。二月二日，清廷頒宣大捷，陳維崧作《賀新涼·岳州大捷，上以二月二日宣凱門外，是日正值大雪，恭紀》詞紀其事，曹貞吉和以《賀新涼·二月二日宣岳州捷，是日大雪，和其年》詞。

博學鴻詞科應試者自去年雲集京師。三月一日，御試體仁閣下。月末放榜，彭孫遹第一。曹貞吉師友如施閏章、喬萊、李因篤、陳維崧、朱彝尊、汪琬、丘象隨、潘耒、尤侗、方象瑛、李澄中、毛奇齡、曹禾、嚴繩孫、趙執信等皆入選。

七月二十八日，京師地震。震後不久，長子曹濂赴京省父，曹貞吉作《賀新涼·地震後喜濂至都門》詞紀其事，情辭剴切。

田雯自京城横街移居粉房巷，題《移居詩》於壁。此詩立卽傳遍都下，曹貞吉、施閏章、林堯英、曹禾、汪懋麟、陳維崧、孫蕙、朱彝尊、丁煒等人均有和作，曹貞吉詩題曰《和子綸移居》。

中秋節，陳維崧作《百字令·己未中秋。時值京都地震，是夜微雲掩月》詞，曹貞吉作《百字令·中秋和其年，時甫過地震》詞和之。

鄧漢儀（一六一七—一六八九，字孝威，號舊山，江蘇泰州人）亦於本年召試博學鴻儒，因年老，授内閣中書，罷歸。曹貞吉作《賀新涼·寄鄧孝威》詞贈行，鄧漢儀和以《賀新涼·次韻答曹舍人京師見寄之作》。

蔣景祁落選，將南歸，曹貞吉、陳維崧等友人各以詩詞相贈，曹貞吉作《渡江雲・送蔣京少下第遊楚，步其年韻》詞贈行。

陳維崧作《賀新涼・題曹實庵〈珂雪詞〉》詞。

曹貞吉參與纂修《清玉牒》，事成，受賜黄金二十兩。

曹濂《儀部公行狀》：『己未，纂修《玉牒》，告成，欽賜金二十兩。』

曹爾堪卒。爾堪長於詞，時人或將其與曹貞吉並稱爲『南北二曹』，有《南溪文略》二十卷、《詞略》二卷傳世。亦工詩，有《杜鵑亭稿》等。

清康熙十九年庚申（一六八〇）　四十七歲

在内閣中書舍人任上。

是年，李天馥爲内閣學士，陳廷敬、葉方藹、方相代爲掌院學士，沈荃爲詹事，施閏章、彭孫遹、汪琬、陳維崧等皆在翰林，會王士禛、曹貞吉、宋犖等名士文酒酬唱，極風雅之盛。

二月，宋犖卸贛關榷任，四月，便道返鄉省親。五月，受命還京師。王士禛、施閏章、陳維崧、曹貞吉、謝重輝、汪懋麟、曹禾等集林堯英寓所，飲酒賦詩，題其《雙江唱和集》。諸人之作附《雙江唱和集》後，曹貞吉詩題曰《爲牧仲題〈雙江唱和集〉》。

夏，曹申吉以蠟書赴闕，密報滇中機事，約爲内應。途中爲賊所覺，遂劫歸至雲南。

張貞《御史中丞曹公哀辭並序》：『庚申之夏，蠟書赴闕，密陳機宜，爲賊所覺，劫歸雲南。』

康熙《續安丘縣志》卷十八《事功傳》：『庚申夏，蠟書赴闕，密陳機宜，且陰養死士，期得當以報。不幸罅漏，爲賊所圖。』

閏中秋節，陳維崧作《百字令·庚申長安閏中秋》，曹貞吉作《百字令·庚申中秋，和其年》詞。

閏八月二十八日，王士禛四十七歲生辰。曹貞吉與施閏章、陳維崧等分以詩詞爲賀。曹貞吉作《百字令·閏八月壽阮亭》。

十月初七日，曹貞吉與王士禛、高珩、宋犖、謝重輝夜集聯句。

宋犖《綿津山人詩集·聯句集小引》：『康熙庚申冬，偶讀韓、孟聯句詩，遂與諸君子效之，矜新鬬險，嘗刻燭至丙夜。無何，高念東先生、曹實庵舍人去，此興索然矣。今檢篋中，得若干首，蓋往日間豪況若此，梓而傳之，知十丈塵中尚有閒情如我輩也。』

十月十七日，曹貞吉母劉守貞卒，年六十七。康熙《續安丘縣志》卷二十五《列女傳》有傳。曹貞吉奔喪歸里，施閏章有《曹升六舍人歸奔母喪》詩，從『蓼莪元掩淚，風木重吞聲……不堪搔短髮，萬里鶺鴒情』可知，曹貞吉既悲母喪，又憂兄弟。

曹貞吉《劉太夫人行述》：『先慈生於故明萬曆四十二年十一月初一日，終於皇清康熙十九年十月十七日，享年六十有七歲。』

袁啟旭《朝天集引》：『今上之庚申，旭彈劍入都門。是時安丘曹公實庵掌敕綸扉，與新城王學士、商丘宋比部、予里施侍讀日事酬唱，文酒過從，殆無虛日。旭以布衣晚學，得執櫜鞬，以從事左右。諸矩公皆不以旭爲不肖，而引之同聲之末。未幾，公丁內艱去。』

曹溓《儀部公行狀》：『庚申冬十月，先王母捐幃，訃至，先大夫一慟而絕，再蘇始甦，急僦牛車一輛，冒雪星奔，憑輒號啕，感傷行路。其抵家也，望廬而哭，血淚交流，舉家百口，躃擗助哀。地坼天崩，生氣都無。』

十二月初五日，曹申吉以密報吴三桂謀反事泄露，遇害於雲南昆明雙塔寺，年僅四十六歲。曹申吉殉節的消息尚未傳至朝廷及曹家。

張貞《御史中丞曹公哀辭並序》：『康熙十九年十二月初五日，填撫貴州、御史中丞曹公伏節雲南……庚申夏，蠟書赴闕，密陳機宜，且陰養死士，期得當以報。不幸鏬漏，爲賊所圖，竟遇害于昆明之雙塔寺。』

清康熙二十年辛酉（一六八一）　四十八歲

曹貞吉丁母憂，守制閭里。

曹貞吉《王敷彝先生墓表》：『憶辛酉夏、秋間，余方伏草土，以其暇課子弟，先生時時過存，余偶有叩擊，輒雒誦先輩名作，數十篇不遺一字。』

七月，曹禾、林堯英分別被任命爲山東鄉試正、副考官。曹貞吉次子曹霦聞主司皆爲父執，馳歸家，不應舉；四子曹湛中舉人。

咸豐《青州府志》卷四十七《人物傳十》：『（曹）霦，字掌霖，蔭生，工詩詞。康熙辛酉鄉試，聞主司爲父執友，即馳歸，人高其行。著有《棗花田舍詩》、《冰絲詞》。』

曹貞吉《雲將公行狀》：『又十八年，而幼孫湛售於辛酉。』

曹禾《曹公（復植）墓志銘》：『余與舍人（曹貞吉）同舉進士，同姓相善也。君之子湛舉東省辛酉鄉試，而余爲座主，益善也。』

七月，曹申吉殉節雲南的噩耗傳來，曹貞吉悲痛欲絶，作《中秋痛哭詩》五章。

曹貞吉《〈又何軒詩〉序》：『太夫人抑鬱致疾，棄養里第。服未闋，錫餘之喪歸，一老僕攜兩孤兒，向余大慟。詢其相從患難之狀，舉非人世所忍聞者。」

曹濂《儀部公行狀》：「辛酉七月，得先叔父盡節滇雲之信，先大夫痛切鴒原，朝夕號泣，中秋遙奠，作《痛哭詩》七律五首，一字一淚，讀者莫不酸鼻。」

十月二十八日，清軍攻入昆明，吴世璠自殺，餘部投降清廷，三藩之亂歷時八年，終於平定。

清康熙二十一年壬戌（一六八二）　四十九歲

曹貞吉丁母憂，守制閭里。

四月十七日，曹貞吉將父親曹復植與母親劉守貞合葬。

曹貞吉《雲將公行述》：「先君子之棄不孝諸孤而長逝也，在壬午之十二月……今先妣太夫人又復見背，穆卜康熙壬戌四月十七日合窆荒塋。」

曹禾《曹公復植墓志銘》：「（公）以康熙二十一年壬戌四月十七日，合葬贈公之塋。」

曹濂《儀部公行狀》：「壬戌，葬吾先王母。癸亥，葬叔父訖，起復，補原官。」

五月，陳維崧卒。

八月八日，曹申吉靈柩扶歸家鄉，安丘官民爲之傷痛。

張貞《御史中丞曹公哀辭並序》：「天下既定，公之死事報聞於朝，部檄所司亟歸公喪，經行郡縣吏民皆擁道泣拜，如喪私親。壬戌八月八日，始抵里門。舉邑之薦紳士大夫及耋老子弟，相攜出迎，號哭之聲震天地。」

曹貞吉守制期間，間與親友、子姪輩詩詞酬唱。《竹船用松皮爲假山聯句四十韻》、《送竹船、卯君遊九仙諸山》、《竹船談九仙之勝，共爲聯句》、《新秋雨霽，學圃堂看蓮，與竹船聯句二十韻》、《壬戌初秋，竹船、向若見過聯句》、《壬戌初冬偶集春草堂聯句》諸詩皆作於此時。

初冬，與子姪輩同賦《壬戌初冬偶集春草堂聯句》，有『寧知五十非，難鑄六州錯』之語。鐫刻『鑄錯』古文陽文印一枚。

沈爾燝（？—一六八九，字冀昭，號鳳于，浙江烏程人）、馮廷櫆（一六四九—一七〇〇，字大木，山東德州人）進士及第。沈爾燝點評曹貞吉《珂雪詞》。

曹貞吉《露華·題沈鳳于被園》、《雙雙燕·詠鏡中美人影和沈鳳于》。

曹貞吉《和馮大木夏日雜詠》、《壬申歲暮，同士旦、京少、方山、大木、東塘集新城司農邸舍，以『夜闌更秉燭』爲韻》。

顧炎武（一六一三—一六八二，字忠清、寧人，人號亭林先生，江蘇昆山人）卒，年七十。

清康熙二十二年癸亥（一六八三）　五十歲

年初，丁母憂，守制閭里。

四月二十五日，葬弟申吉於曹氏先祖墳側，以申吉魏氏、鄒氏兩夫人袝葬。張貞爲作墓志銘。

張貞《曹公（申吉）墓志並銘》：『越三年癸亥四月二十五日，葬於先塋之次，以兩夫人袝焉。』

五月，曹貞吉服除，入京復内閣中書舍人任。

曹貞吉《王數彝先生墓表》：『癸亥夏五，余服闋入春明。』

曹濂《儀部公行狀》：『壬戌，葬吾先王母。癸亥，葬叔父訖，起復，補原官。』

吳晉（約一六三八—約一六八五，字介茲、受茲，金陵人）、王蓍（一六四九—一七三七，字宓草，浙江秀水人，居金陵）爲曹貞吉編繪《珂雪堂詠物詞譜》。五月初五日，張貞爲作《題珂雪堂詠物詞譜》。

張貞《題珂雪堂詠物詞譜》：『吳介茲最愛其詠物諸調，手錄廿一闋，屬王宓草繪爲圖譜，凡八幀，氣韻生趣，秀溢楮墨間……康熙癸亥重午日張貞識。』

高不騫《羅裙草》詞集五卷刊行，李符、曹貞吉、嚴繩孫、徐釚、高士奇諸人爲作序，高士奇序署康熙癸亥。《安丘曹氏家學守待·實庵文稿》所錄《高槎客詞跋》集名作《羅裙譜》，與高集曹序文字差異較大。

施閏章轉侍讀，不久病卒，年六十六。曹貞吉經紀其後，不遺餘力。

《清史列傳·文苑傳一·曹貞吉》：『（曹貞吉）尤篤於師友，嘗從施閏章遊，閏章歿，經紀其後，不遺餘力。』

王訓卒，年七十歲。王訓乃曹貞吉父執，曾指導其制業，王訓臨終，曾託付二孫於曹貞吉。及卒之明年，曹貞吉爲作《王敷彝先生墓表》。

清康熙二十三年甲子（一六八四）　五十一歲

在內閣中書舍人任上。

三月，王士禛邀同曹貞吉、顏光敏、王又旦、謝重輝、趙執信、吳雯、朱載震、孫必振、孫寶仍、張貞等雨中過聖果寺（即善果寺）看桃花，諸人題詩唱和。

王士禛詩題爲《甲子暮春邀修來、幼華、升六、千仞、仲符、天章、悔人過聖果寺看桃花二絕句》、曹貞吉爲《暮春雨中，阮亭招同臥雲、幼華、孝堪、修來、悔人、杞園、天章、仲符遊善果寺，分韻得禪字》、王又旦爲《家阮亭邀諸公雨中過善果寺》、吳雯爲《暮春雨中阮亭先生招同諸公集善果寺得曲字》詩。

王訓安葬，其孫王廣嗣（字伯昌）拜託曹貞吉作墓表。

曹貞吉《王敷彝先生墓表》：『癸亥夏五，余服闋入春明，時先生病甚，登堂執手，形神悽愔，曰：「余病矣！恐不復見子，顧以兩孫爲託。」余亦嗚咽，不獲辭。閱三月，而先生之訃至，余哭之失聲……康熙二十三年四月立夏日，同里曹某爲之表。』

曹貞吉《王伯昌書來，索敷彝先生墓表，愴然有作》：『深鐫有道碑何愧？我識先生四十年。』

八月，曹貞吉爲順天府鄉試同考官，所取多文章知名之士。

曹貞吉《闈中大雷雨卽事》：『八月天氣溫，驕陽倏已伏。』

張貞《曹公墓志並銘》：『甲子，分校順天鄉試，得解元王君顒等正、副榜十二人，多文章知名。』

秋，沈皞日任來賓知縣，臨行，曹貞吉、朱彝尊、洪昇、李符、嚴繩孫、彭孫遹等以詩詞贈行。曹貞吉、李符、嚴繩孫、彭孫遹皆用《喝馬一枝花》調，曹貞吉作《喝馬一枝花·送沈茶星之來賓任》。

雍正《廣西通志》卷五十九《秩官》：『來賓縣知縣：……沈皞日，字寓齋，浙江平湖人，貢生。康熙二十三年任。』

孫寶侗《過江集》刊行，曹貞吉爲之作序。

曹貞吉《孫仲愚〈過江集〉序》：『甲子九月，孝堪貽我一編，曰：此亡弟《過江集》也。』

聶先、曾王孫編輯《百名家詞鈔》，陸續編成刊行。（孫克强《清代詞學年表》，《南陽師範學院學報》，二〇〇三年第八期，第六一頁。張宏生《清代詞學的建構》所附《清詞年表初編》繫於康熙二十五年，一六八六年）

清康熙二十四年乙丑（一六八五）　五十二歲

在内閣中書舍人任上。

正月，享太廟，大賜酺。田雯授湖廣督糧道。

《清史稿·聖祖本紀二》：「二十四年乙丑春正月癸酉，享太廟。」

曹貞吉《送田綸霞之武昌任，分韻得鹽字》：「乙丑獻歲寒風銛，長空的皪飛銀蟾。」

四月，升内閣典籍。清制：内閣典籍，正七品，爲内閣所屬典籍廳之主官，掌收發章奏文移、收貯圖籍及管理内閣吏役等事，猶如内閣之辦公廳。

曹濂《儀部公行狀》：「乙丑四月，升内閣典籍。」

王士禛《香祖筆記》卷十二：「明仁宗賜禮侍金問《歐陽居士集》凡二十册，遭回禄，失其八，後在文華殿從容言及賜書事，宣宗促命内侍補之復完。余聞曹舍人貞吉云，官典籍日，料檢内府藏書，宋刻《歐陽集》凡有八部，竟無一全者。蓋鼎革之際散軼，不可勝道矣。」

六月，曹貞吉出爲徽州（治今安徽歙縣徽城鎮）同知，十月至郡。清制：州同知爲知州副官，正五品，與通判分掌糧鹽督捕、江海防務、河工水利，清軍理事、撫綏民夷諸要職。

康熙《徽州府志》卷七之一《職官表·郡職官》：「清軍鹽捕同知：……曹貞吉，安丘人，進士，二十四年任。」

曹貞吉《〈桂留堂文集〉序》：「乙丑冬，隨牒貳新安。」

朱彝尊、宋犖等友朋詩詞贈行。朱彝尊有《送曹郡丞貞吉之官徽州》詩、查慎行（一六五〇—一七二七，初名嗣璉，字夏重，號查田，後改名慎行，字悔餘，號他山，康熙賜號烟波釣徒，浙江海寧縣人）有《木蘭花慢·送曹升六舍人佐郡新安》詞、高不騫有《秋霽·送實庵舍人佐郡新安》詞。時宋犖在河北通永道，有《遙送曹實庵之官新安》十首贈行，今其詩皆不見宋集，唯曹貞吉集錄其八首。

到任不十日，卽以輯瑞之徵，隨上計吏北歸京城。

吴啟鵬《朝天集引》：『涖任甫十日，卽奉檄北發，旭竊自審萍蹤莫定，東西南北，難必相從，怏怏者久之。』

曹濂《儀部公行狀》：『六月，升徽州府同知。過泊頭，題壁詩云去。其襟懷灑落，概可知矣。十月抵徽，適當輯瑞之期，未踰月，復隨計冊入覲。』

納蘭性德、林堯英卒。

曹貞吉《答朱立山》：『前年澹亭殁，去年黄湄死。卓犖顔考功，一病不復理。』

清康熙二十五年丙寅（一六八六）　五十三歲

在徽州同知任上，秋後暫攝祁門縣政，政績卓著。

春天，自京師還郡。夏，將其往返京城途中所作詩結爲《朝天集》刊行，袁啟旭（一六四八—？，字士旦，號中江，安徽宣城人）作《朝天集引》，歙縣知縣靳治荊（生卒年不詳，字熊封，遼陽漢軍旗人）作《跋朝天集後》。

秋，暫攝祁門縣篆，興利革弊，一縣大治，百姓作《卻金歌》頌揚他。

曹濂《儀部公行狀》：『明年（丙寅），回新安，視篆祁門。祁，巖邑也，山高灘急，土瘠民貧，素稱難治。先大夫至則慎重詞獄，屏絕羨耗，罷門攤船課之徵，免磁土水車之税，洗手奉公，不名一錢，祁人作《卻金歌》以美之。』

張貞《曹公墓志並銘》：『公之由中翰出而同知徽州也，平簡温敏，洗手奉公，逾年，政大洽。會祁門令闕，公卽以材攝令事。其治行非一端，而大者罷門攤船課、汰磁土水車之税，祁人作《卻金歌》以美之。』

蔣景祁編選《瑤華集》二十四卷刊刻，該集共收錄清代五百七十家詞人的二千四百六十七首詞作。

其中選錄曹貞吉詞四十六首。

蔣景祁《瑤華集・刻〈瑤華集〉述》：「曹解元升六清思密致，與新城王、萊陽宋別爲一派。」

黟縣汪有光《標孟》、《汪謙子批檀弓》刊行，曹貞吉皆爲之作序。《標孟序》署「時康熙丙寅仲冬月，北海曹貞吉敬書」，《批檀弓序》亦當作於此時。

民國《安徽通志稿・藝文考稿・經部十一・四書類一》載黟縣汪有光有《標孟》，「書有康熙丁巳（一六七七）有光自序，康熙丙寅（一六八六）曹貞吉序」。

民國《安徽通志稿・藝文考稿・經部六・禮類二》載黟縣汪有光有《檀弓批本》，「書有康熙乙卯（一六七五）有光自序，北海曹貞吉序」。

王又旦、顏光敏卒。

曹貞吉《答朱立山》：「前年澹亭歿，去年黃湄死。卓犖顏考功，一病不復理。」

清康熙二十六年丁卯（一六八七）　五十四歲

在徽州同知任上。

春，以公事赴陵陽（漢縣名，治今安徽青陽縣陵陽鎮），前後月餘。

曹貞吉《答朱立山》詩：「丁卯暮春月，偶躡昭亭屐。茲地實舊遊，屈指閲兩紀。」《題坡公墨蹟》：「丁卯之歲夏方初，宛陵遊子將歸歟。」

三月三十日，專程赴宣城拜謁恩師施閏章墓，見墓園宿草荒烟，爲之大慟，作《哭施愚山先生野殯三首》，情辭感人心魄。

曹貞吉《宣城道中》詩自注云：「三月晦日作。」

王煒《鴻爪集序》：『丁卯春，先生去宛陵，友人汪栗亭以試事從之，哭拜於施愚山先生之殯宮。先生昔以諸生受知施公，癸卯發解，卽走宛陵拜謁，及是往哭，宿草荒烟，爲之大痛。歸與栗亭長慟旅舍，經紀其後人，不遺餘力。聞者駭歎，數十年所未經見，而聲韻亦由之發焉。』

五月，結集在赴陵陽公務途中所得詩四十四首，取其中《和瞿山韻》詩『蓬根無定悲今雨，鴻爪重尋感舊遊』句意，命名爲《鴻爪集》。七月刊行，歙縣縣令靳治荊、同年王煒爲之作序。

靳治荊《〈鴻爪集〉題辭》：『舊夏五以《朝天集》見示，今夏五以《鴻爪集》見示。一歲之中，兩讀鴻寶，治荊幸矣。』

靳治荊《〈鴻爪集〉序》：『今年春，公適赴期會，詣陵陽，駐節閱月歸。治荊出迎道左，卽以一編見示，題云《鴻爪集》……康熙丁卯秋七月，屬吏靳治荊拜題。』

曹濂《儀部公行狀》：『丁卯暮春，有事於宛陵，宛陵，故先大夫舊遊地也，郡中諸賢豪多於先大夫稱素心交。至是，文酒流連，詩篇往復，清燕敬亭，有「鴻爪重尋感舊遊」之句，遂以《鴻爪》名集。』

秋，祁門縣新知縣到任，曹貞吉於重陽節後返回徽州府衙。接到張潮的去年來信，張潮提出由他刊刻曹貞吉詞集《珂雪詞》，曹貞吉表示感謝，並開始編輯詞集。

曹貞吉《與張潮書》之二：『重陽後返署，始接去年尊札，種種雅愛，謹對使拜登矣。令嗣、令姪，俱獲睹面，覺芝蘭玉樹，輝映階除，老夫子之克昌厥後，殊可賀也。蕪詞原不敢問世，承老世兄見索，又不覺見獵心喜。月來始得料理就緒，求老世兄閱之，果可災梨否？』

新任祁門知縣待民酷暴，激起民變，縣令自殺，情勢危急。年末，曹貞吉第二次署祁門令，民心大定。

曹濂《儀部公行狀》：『當其去祁門也，代者爲某君，臨岐請益，先大夫具以所以治祁者告之，某君弗善也，既乃果反先大夫之所爲，不半年，激成民變，圍署罷市，夷竈塞井，某君不堪其辱，投繯以死。死之日，人情洶洶，幾致不測。太守和臣朱公謂先大夫曰：「非先生無能定此變者。」以先大夫舊有德於祁人也。先大夫乃引車就道，而故示之以暇，紆道往遊白嶽，次日始抵縣。徐置首惡於法而民畏，盡芟煩苛之令而民悅，咸洗心革面，以聽約束。而先大夫撫懷備至，一如前日也。』

響應徽州知府朱廷梅倡議，規劃重修府城漁梁壩，以通水利。

乾隆《歙縣志》卷十《藝文志中·記》引吴苑《重修漁梁壩記》：『康熙二十六年，會太守朱公廷梅甫涖郡，遂以是爲請。及下車，卽與郡丞曹公貞吉、别駕沈公弼、蔣公燦、歙令靳公治荊經營相度。』

道光《徽州府志》卷四之二《營建志·水利》：『康熙丁卯，太守朱廷梅等倡議興復（漁梁壩）。』

爲好友張起宗（生卒年不詳，字亢友，晚號香眉，浙江鄞縣人）《天都贈别集》作序。

葉封卒。

清康熙二十七年戊辰（一六八八）　五十五歲

在徽州同知任上。暫領祁門縣。

正月，重修漁梁壩工程開工。

道光《徽州府志》卷四之二《營建志·水利》引朱廷梅《重修漁梁壩記》：『予喜出望外，於是循江而觀，逡巡周覽，擇機祭告，以戊辰正月八日開工。』

夏，卽將離開祁門縣，值縣中大旱，仿效蘇軾虎頭祈雨故事，求雨於縣西峰九龍潭，大雨霑足，縣民爲立像頌德。曹貞吉作《别祁民》詩以致感謝，其詩曰：『闌干别淚亦何長？福薄難消一瓣香。辛苦祁山諸父老，嗇夫爭得似桐鄉。」

曹貞吉《與張潮書》之四：『弟於季夏之杪始獲釋祁門之擔，披絮入棘，情狀已極，不堪爲達者告也。』

曹濂《儀部公行狀》：『戊辰夏，大旱，新令尹將至，行有日矣，先大夫愀然曰：「我豈以五日京兆而於祁漠不相關也？」憶東坡《寓惠集》中有虎頭祈雨之術，乃禱於西峰九龍之潭。虎頭甫沈，風霆驟作，大雨傾盆，遠近霑足。祁人異之，立石放生魚池畔，以記其事，先大夫亦以長歌以志喜，有「使君無德及爾祁，此事乃關於職司」之句，是歲乃有秋。』

《珂雪集》雕版初成，曹貞吉復信張潮表示感謝，並懇請張潮點評自己詞作，補入同學諸子評語中。

曹貞吉《與張潮書》之三：『拙詞遂爾授梓，剞劂之工，爲此中所未有。老世臺雖甚愛弟乎，而弟安得不汗下沾裳也？謝謝。鄙意原藉老世兄評騭，以爲光寵，而終卷缺如，良用爲憾。幸有餘地，可以生輝梨棗，祈即惠我驪珠，勿過爲撝抑也。外有貴父母靳公評語數則，定當補入，唯世兄留意。』

初秋，張潮印刷《珂雪集》五十部，請曹貞吉審閱。

張潮《與曹升六郡丞》：『《珂雪詞》校讐再四，應無訛謬。靳父母評語，俱補刊入。遵命漫綴拙評，以志嚮慕，然言之不文，奚異佛頂著穢，徒供大方捧腹耳。茲印若干部，幸祈照到。』

曹貞吉《與張潮書》之四：『佳評雖揄揚過當，然行間紙上，頓覺奕奕生光。謝謝。五十部拜領，大費經營，奈何？奈何？』

中秋節前三日，赴南京公幹。見到張潮的侄子，並於旅邸審校《珂雪詞》初印本，將需校勘的文字提交張潮。

曹貞吉《與張潮書》之五：『弟於中秋前三日，以公事至白門，晤令姪年翁，美秀而文，真不忝烏衣子弟。聞其十月間歸里門，當共圖傾倒耳。拙詞又看出一二字，再煩老世兄爲一改正。』

張潮刻《珂雪集》頒行。該集分上、下兩卷，收錄曹貞吉出任徽州同知前所作一百三十八首詞。王士禛、朱彝尊、陳維崧、彭孫遹、汪懋麟、趙執信、曹禾、李良年、張潮、靳治荊等作評語，曹禾作《詞話》，張潮有跋語。

張潮《〈珂雪詞〉跋》：『從來詞家小令多而長調少，大凡合中調、長調計之，其幅數僅足與小令相等，實庵先生獨優於長調，其中有似序者，有似記者，有似賦者，有似書牘者，可謂極詞家之能事，因爲壽之梨棗，與天下共讀之，當令海內文人一齊拜服耳。新安張潮山來氏敬跋。』

九月，暫攝青陽縣事。《滿江紅·咏青陽署中老桑》、《木兰花·重九發皖城》諸詞作於此時。

曹濂《儀部公行狀》：『九月，復視篆於池之青陽……是歲，兌漕宿弊一空，而事卒辦。』

張貞《曹公墓志並銘》：『是秋，復視篆青陽。』

十月，奉敕命晉奉政大夫，誥授王夫人爲宜人。

曹濂《儀部公行狀》：『冬十月，再遇覃恩，晉階奉政大夫，誥封吾母爲宜人。』

《曹貞吉任江南徽州府同知授奉政大夫誥命》（康熙二十七年）：『爾江南徽州府同知曹貞吉，禔躬恪慎，莅事精勤……茲以覃恩特授爾階奉政大夫，錫之誥命。』

鄧漢儀《詩觀》初集卷三、二集卷六、三集卷九共選錄曹貞吉詩七十四首。初集刊行於康熙十一年（一六七二），二集刊行於康熙十七年（一六七八），三集本擬於二十七年（一六八八）十一月刊行，因故延至第二年『春杪』始刊行，而曹貞吉詩部分二十七年冬已全部刻成。

汪懋麟卒於揚州里第，年四十五。曹貞吉作《哭蛟門》詩四首哀悼。汪懋麟有《錦瑟詞》三卷，曹貞吉評其詞曰：『長調最忌蕪蔓，蛟門《鶯啼序》諸什嚴整簡勁，直以龍門筆意作草堂致語，大奇。』

清康熙二十八年己巳（一六八九）　五十六歲

以徽州同知暫攝青陽縣縣令。

正月，康熙第二次巡視江南，曹貞吉作爲兩江官僚，參與迎奉事務。

曹貞吉《代賀鄭方伯榮陟偏撫序》：『皇帝在位之二十八年，萬靈和，四氣調，薄海内外，靡有兵革，爰於春王正月，駕六龍，戒倌人，而行南巡狩之禮焉。於時六軍雷動，萬騎星馳，文武諸大吏莫不屬櫜、同量衡，以肆覲於雨花、牛首之下。』

春，鄧漢儀《詩觀》初、二、三集全部刊齊。

結束暫攝青陽縣縣令之職，回到徽州府衙。

曹濂《儀部公行狀》：『己巳，返署，檢點行篋，惟有摺疊扇數十握，則出俸金之所購也。長夏多暇，日與歙令靳熊封先生及新安諸名士坐修篁濃翠中，講求聲韻之學。客去，則弄紅絲小研，磨方、程諸家舊墨而衡其甲乙，磨已復洗，耽玩不厭，雖瓶甑生塵，不問也。』

六月，安徽布政使鄭端遷偏沅巡撫（卽湖南巡撫），曹貞吉代擬《代賀鄭方伯榮陟偏撫序》。

王先謙《東華錄·康熙四十三》：二十八年（一六八九）六月『丙辰，以鄭端爲偏沅巡撫。由安徽布政使遷』。

曹貞吉《代賀鄭方伯榮陟偏撫序》：『時當盛夏，驛騎南來，則聖人惠顧衡湘，特以我公晉大中丞，而鎮撫其地。上江諸守令謀所以稱賀，而乞言於余。』

八月，趙執信、洪昇、朱典等於佟皇后大喪期間觀演《長生殿》。十月案發，趙執信、洪昇被削國子生籍，選官資格亦被褫奪，同時觀劇的查慎行（時名嗣璉，字夏重，號查田）等亦被除籍，遣返原籍。

張潮將《珂雪詞》雕版贈給曹貞吉，並請爲其父張習孔《大易辯志》作序。

張潮《與曹升六郡丞》：「謹將《珂雪詞》板二束齎送貴署，幸爲照到。其間訛字，已經改補，但恐讐校未精，有辜台委耳。附有懇者，先君《大易辯志》一書，生平心力所注，時有發前人所未發者，而《繫辭》則尤多闡析，敢求老祖臺自公之暇，賜以大序。」

曹貞吉《與張潮書》之六：「老世兄風流弘長，爲一時僑肸。弟辱在世好，奉教有年，拙詩拙詞，本不足齒，而校讎之勞，剞劂之費，可謂不遺餘力，雖草木乎猶能知之，向乏便鴻，所以猶稽申謝也。」

徽寧參將周奭（生卒年不詳，字棠芾，京衛籍人）升壽春營副將，曹貞吉作《偶出至東山營，別周副戎棠芾》詩。同儕詩詞贈行，彙輯爲《參戎周棠芾去思詩集》，曹貞吉爲作序。

秋日，給朋友吴之騄（生卒年不詳，字鳴夏，號耳公，徽州歙縣人）《桂留堂文集》作序。

曹貞吉《〈桂留堂文集〉序》：「丁卯春，吴子既以憂去官，而余亦東西作牛馬走，風塵憔悴，不通聞問者久之。今年秋仲，跫然肯來，投余文集一編，則別去二載，又衰然成帙矣。」

爲大理府通判、黟縣黄元治（生卒年不詳，字自先，一字體仁，號涵齋）詩集《黄山草》作序。

聶先、曾王孫編《百名家詞鈔》至今年全部刊出，該集共選錄曹貞吉《珂雪詞》八十五首，其中《采桑子》調下《春閨》、《秋閨》二首不見於今集。

李符、鄧漢儀卒。

清康熙二十九年庚午（一六九〇）　五十七歲

在徽州同知任上。

暫攝安慶府知府。

曹貞吉《安慶江防廳大堂》楹聯：『羽扇論兵，千里波瀾歸坐鎮；熊幡佐治，萬家襏襫樂春耕。』

曹濂《儀部公行狀》：『庚午，署安慶府篆。先大夫正己率屬，交勵清節，一時僚幕諸賢，六邑大令，咸凜凜奉法，無敢隕越焉。』

春日，爲張潮之父、原任山東提學道張習孔《大易辯志》作序。

中元節，曹貞吉作《庚午中元有感》，感傷平生經歷，懷念逝去的父母兄弟，慨歎自己的仕宦不達。

秋，曹貞吉公事之餘遊黃山，凡七日，得詩三十七首，結集爲《黃山紀遊詩》。汪士鋐作序，吳啟鵬、江闓作跋語。

汪士鋐《〈黃山紀遊詩〉序》：『吾師安丘曹夫子，以西清名彥，佐郡新安，庚午晚秋，公事之暇，爲黃山遊，遊凡七日，得詩三十七首。』

十月，任江南武鄉試同考官。

曹濂《儀部公行狀》：『十月，分校武闈，得士八人。』

張貞《曹公墓志並銘》：『庚午分校江南武闈，甲戌分校武會試，丙子典試粵西，所取亦皆奇偉之士。』

高層雲卒。

清康熙三十年辛未（一六九一）　五十八歲

以徽州同知暫知安慶府事。

春，黃宗羲得歙縣知縣靳治荊邀請遊黃山，得與曹貞吉相識，很賞識曹貞吉的詩作，『靳使君架上有先生《珂雪詩》淨本，因攜至舟中讀之』，爲之作《曹實庵先生詩序》，稱其詩『如江平風霽，微波不興，而洶湧之勢、澎湃之聲，固已隱然在其中矣。世稱李詩得變風之體，杜詩得變雅之體，先生蓋兼有之』，評價極高。

五月，安慶府桐城人陳焯（一六三一——一六九一，字默公，號越樓、滁岑）請曹貞吉爲他的《古今賦會》作序。夏，結束安慶府暫攝事宜的曹貞吉回到徽州府治，一個月後序成，復信陳焯。《古今賦會》今不見傳本，曹序亦不可得。

曹貞吉《答陳滁岑先生書》：『五月中，辱承大札，兼讀等身之著……且溽暑苦人，終日如坐鑊湯中。三，歸來匝月，始克成章，然而恧甚，不敢即出以見長者，故遲遲至今耳。謹錄序文一通，用塵記室。』

秋，暫攝黟縣縣令，在縣有德政，爲民感戴。

曹濂《儀部公行狀》：『辛未之秋，又一視黟篆，黟人德之，比其返也，爭置旗扁以榮其行，朱彩迷離，照耀川谷，數十里不絕。』

張貞《曹公墓志並銘》：『又署安慶、黟縣諸篆，公治之如前政。』

道光《黟縣志》卷四《職官·縣職》載康熙『二十八年，曹貞吉，字升六，山東安丘人。進士。本府同知署縣事』，誤。卷十二《雜志·寺觀》：『林慮山……歲辛未，郡司馬曹貞吉改名玉虹山。』

在縣重視文化教育，大力修建學校，扶持學子，帶動一縣文學創作之風。爲本縣生員江鏞《笙次詩稿》作序。

道光《黟縣志》卷十《學校》：『三十年辛未，徽州府同知、署黟縣知縣曹貞吉修葺（文廟）正殿及明倫堂。』

曹貞吉《〈笙次詩稿〉序》：「余始至郡，卽交歙之汪生扶晨、吴生綺園，皆其錚錚不群者，而黟以遠末之見焉。今年夏，攝事於黟，乃合黟人士而大校之，經義題外，并考詩歌，其琳瑯彪炳，美不勝收，而江生鏞字笙次特爲魁傑，余批其試藝曰：「風雨離合，烟雲變幻，望而推爲遠到之士。」生來謁，沖和篤厚，君子也。余出近詩《朝天集》、《鴻爪集》及詩餘共相質證，生亦手一編屬余點定。」

七月二十八日，宋犖得曹貞吉書信，並所贈黃山春茶及新刊詩集《黃山紀遊詩》，報書稱讚曰：「每念足下奇人，黃山奇境，必有不朽之篇，爲山靈增重。今讀《紀遊》諸什，其高則天都、始信諸峰拔地參天也；其浩瀚無際，則文殊臺下之雲海也；其離奇夭矯，則擾龍、臥龍諸松之盤空聳翠，駭人心目也。此山名作寥寥，雖有傳者，今被實庵壓倒矣。」

華宗鉦（？—一六九一，字荊山，號秋巘，江南華亭人）卒，靳治荊編其遺詞爲《尋云遺草》刊行，靳治荊、曹貞吉爲作序，曹序曰《華荊山詞序》，對自己的詞學思想有闡發。

靳治荊《思舊錄・華秋巘宗鉦》：「余內兄王省三（景曾）由黟令遷濮州守，邀與俱往。至金陵，脾疾大作，遂遄歸，及家而殂。余哀其清才早世，爲序其遺詞刻之。」

乾隆《濮州志》卷二《職官考・官師歷年表》：「王景曾，奉天人，由監生，康熙三十年任。」

歲末，曹貞吉政務考評第一。

曹濂《儀部公行狀》：「歲杪，計吏、兩臺廉得先大夫治狀，首列薦剡。」

陳斌如（生卒年不詳，字子野，號魯庵，陝西華州人）任青州道時，曹貞吉作《賀青州道啓》。

梁清標卒。

清康熙三十一年壬申（一六九二）　五十九歲

在徽州同知任上。

二月，赴南京公幹。《沙城苦雨，用王安節〈看梅詩〉韻》、《秋浦道中，讀〈樊川集〉偶題》諸詩皆途次所作。

曹貞吉《上宋大中丞書》：『今年二月中，某適有白門之役，往返匝月。歸來，於靳令處接憲札一通，兼讀太夫子遺集，真如景星卿雲，千古常新，不勝讚歎。』

春，編輯弟弟曹申吉《又何軒詩》遺作并爲序。《安丘曹氏家學守待》卷十八載曹申吉《又何軒古近體詩》，曹貞吉序署『康熙壬申冬日同懷兄貞吉書』。

是年，曹貞吉以康熙二十七年（一六八八）張潮刻本《珂雪詞》爲底版，彙輯出任徽州同知期間詞作八調九首編爲《補遺》卷，增刻高珩、王煒序，《珂雪詞》（上、下卷，《補遺》一卷）增刻版發行，共收錄詞作二百四十七首。

四月，江西魏世傚（一六五五—一七二五，字昭士，江西寧都人，明清之際『易堂九子』魏禮長子，有文采，與堂兄魏世傑、胞弟魏世儼合稱『小三魏』）來訪，與曹貞吉相識，曹貞吉作《贈魏昭士》詩二首。

曹貞吉《上宋大中丞書》：『四月中，寧都魏昭士來，其人其文，皆足千古。』

魏世傚《三十二蓮峰詩序》云：『壬申初夏，道出歙縣，靳熊封先生與余敦布衣握手歡……曹司馬實庵嘗言先生藏數萬卷，每讀一遍，輒終身不忘。』

六月，歙縣知縣靳治荊升任寧夏固原知州，曹貞吉作《送熊封之固原任》詩贈行。曹貞吉暫攝歙縣知縣事。

曹貞吉《靳熊封〈入關集〉序》：『熊封靳使君與余共遊處者七年，一旦膺廉能之選以行，壬申六月，揮手於歲寒亭下，慷慨登車，無離別可憐之色，吾知其過人遠矣。』

曹濂《儀部公行狀》：『壬申，視歙篆未竟，遷户部廣東司員外郎。』

漁梁壩重修工程竣工。曹貞吉作《重修漁梁壩落成紀事》詩志慶。

康熙《徽州府志》卷一《建置沿革表》：『三十一年壬申，漁梁壩成，河干駛湍，悉成巨浸。』

回復宋犖去年來信，對宋犖於自己黄山諸詩的讚賞表示感謝。

曹貞吉《上宋大中丞書》：『謹啓：客歲下役回，承雅惠種種，光怪陸離，不可狎視。小往大來，殊切慚惶也。捧讀大札，灑灑洋洋，唐宋名家，無以復過，誦之連日，朝夕不倦，以爲光寵，然而崇獎逾涯，則不敢當也。某於黄山，纔闖藩籬，發詞弁鄙，而憲臺齒頰一及，覺枯木朽株皆有生色矣。』

歙縣人江氏娶於姜氏，姜氏無後，江氏欲建祠奉祀岳父夫婦，至其孫輩方成。曹貞吉認爲此德行值得褒獎，因此作《江氏祗紹堂記》。

冬，卸徽州同知任，升任戶部廣東清吏司員外郎。

曹貞吉《〈韓環集〉序》：『余壬申歲底，銜北風，冒急雪，復入春明，憊矣！』

張貞《曹公墓志並銘》：『壬申計吏，公首登薦剡，視歙篆尚未竣事，遷户部廣東司員外郎以去。』

曹濂《儀部公行狀》：『壬申，視歙篆未竟，遷户部廣東司員外郎。』

臘月二十六日，王士禛邀請曹貞吉、謝重輝、馮廷櫆、蔣景祁、孔尚任、袁啟旭等朋友及門人在寓所飲宴，用杜甫《羌村三首》之一『夜闌更秉燭』句爲韻，賦詩倡和。諸人詩題分別是：曹貞吉《壬申歲暮，同士旦、京少、方山、大木、東塘集新城司農邸舍，以『夜闌更秉燭』爲韻》，馮廷櫆《集阮亭先生寓齋，以『夜闌更秉燭』分韻五首》，蔣景祁《歲暮集阮亭先生宅，用『夜闌更秉燭』爲韻五首。同安丘曹實庵、德州謝方山、曲阜孔東塘諸先生暨宣城袁士旦》，孔尚任《王阮亭先生招飲，同曹實庵、謝方山、馮大木、袁士旦、蔣京少諸公分韻，得『夜闌更秉燭』五字》，袁啟旭《臘月二十六日，阮亭先生招同曹實庵、謝方山兩員外，孔東塘博士，馮大木舍人，蔣京少司馬宴集，用『夜闌更秉燭』爲韻，各賦五首》。

王夫之（一六一九—一六九二，字而農，號薑齋，又號夕堂，湖南衡陽人。晚年自署船山病叟、南嶽遺民，學者因稱船山先生）卒，年七十四。

清康熙三十二年癸酉（一六九三）　六十歲

在戶部廣東清吏司員外郎任上。

戶部尚書王騭（一六一三—一六九五，字辰嶽，或作人嶽，又字相居，山東福山人）八十壽辰，曹貞吉代擬賀序。

曹貞吉《代壽大司農王公八十序》：『今歲在癸酉，爲先生八袠良辰，地官諸寅屬謀所以稱觴者而乞言於余。』

查慎行中舉人。

鄭燮（一六九三—一七六五，字克柔，號理庵，又號板橋，人稱板橋先生，江蘇興化人）生。

清康熙三十三年甲戌（一六九四）　六十一歲

升任禮部儀制清吏司郎中。

張貞《曹公墓志並銘》：『甲戌，遷禮部儀制司郎中。其居儀曹最久，於貢舉、學校，悉遵舊典，政尚寬平。胥吏有毛舉細過以文法中人者，輒格不行。公尤有人倫鑒。」

曹濂《儀部公行狀》：「甲戌，升禮部儀制司郎中。是時，今相國桐城張公方正位容臺，與先大夫故爲同年好友，雅相推重，凡儀曹所上條奏，經先大夫手定，無不畫可上聞。先大夫每從奉對之後，咫尺天威，進止合度，在廷咸屬目焉。」

秋，出任武會試同考官。

曹濂《儀部公行狀》：「是秋，復分校武會試，得會元倪君錦等二十六人，《闈中詠懷》詩有『頻經馬矟神猶王，三過龍門鬢已霜』之句。先大夫至是蓋已三司文柄矣。」

喬萊、李良年、吴綺卒。

清康熙三十四年乙亥（一六九五）　六十二歲

在禮部儀制清吏司郎中任上。

五月初八，皇太子胤礽大婚禮成。六月七日，策封皇太子妃石氏。曹貞吉因執掌太子婚禮規程如儀，受到恩賜。

曹濂《儀部公行狀》：「會遇皇太子大婚之期，先大夫以儀臣專司其事，晨昏趨署，勤勞有加，禮成，欽賜文綺二表裏。」曹濂《儀部公行狀》繫於甲戌年，誤。

夏，禮部郎中出缺，文華殿大學士、禮部尚書張英推薦曹貞吉以備簡用。引見之日，康熙知其爲曹申吉之兄，動容溫諭。

曹濂《儀部公行狀》：「乙亥夏，吏部選郎闕人，上諭五部大臣各舉才望正郎一員，以備簡用。於是大宗伯佛公以先大夫應詔，引見暢春苑，上親詢籍貫出身，先大夫以次對。畢，佛公復跪奏曰：『此故貴州撫臣曹申吉之兄也。』上慘然動容久之，始知先叔父滇南就義，聖心未嘗忘也。乃復諭先大夫曰：『好生做官。』是日固以循資用户曹袁公，而天顔和霽，告語溫文，在廷諸臣咸將有不次之擢焉。」

張貞《曹公墓志並銘》：「會銓曹缺員，上令大臣各舉才望堪任者一人，禮部尚書以公薦，衆謂且峻拔，而公病矣。」

黄宗羲、蔣景祁卒。

清康熙三十五年丙子（一六九六）　六十三歲

在禮部儀制清吏司郎中任上。

正月，偶因飲食不調，患風痰病症。

曹濂《儀部公行狀》：「丙子正月，偶以飲食失調，兩足癱軟，狀有似於風痰，服藥廿劑，旋卽平復，日猶趨署供職。」

五月，被任命爲廣西鄉試副考官。赴任途中舊病復發，病稍愈，卽馳奔桂林。

《清聖祖實錄·三十五年》：「康熙三十五年丙子……以翰林院編修吴昺爲廣西鄉試正考官，禮部郎中曹貞吉爲副考官。」

曹濂《儀部公行狀》：「五月，奉命典試粤西。次趙州，疾作，延醫調理數日，病良已。冒熱兼程，車煩馬殆，而瘴雨蠻烟，又不能無所感觸，雖參苓日進，元氣不能再復。三閲月始抵桂林，閉瑣闈者旬有五日。比竣事，得士劉君如晏等正、副榜四十八人。」

張貞《曹公墓志並銘》：「庚午分校江南武闈，甲戌分校武會試，丙子典試粤西，所取亦皆奇偉之士。」

粤西鄉試完成後，回部任職。九月，參與直隸省鄉試磨勘及各省學政的考察。

曹濂《儀部公行狀》：「撤棘之後，卽星馳復命，入署辦事。會磨勘直省試卷，兼考覈各學差，辰入酉出，日以爲常，而食少事煩，不孝濂等心竊憂之矣。」

十一月，曹貞吉秩滿，升湖廣提學道，旋以病辭歸鄉里。

張貞《曹公墓志並銘》：「丙子十一月秩滿，升僉事提學廣東。引見之日，以跪久，膝軟不能起，侍衛扶掖以出，竟解官歸。」

曹濂《儀部公行狀》：「十一月，升湖廣提學道，三楚人士固夙耳先大夫盛名，又以新經持衡右廣，八林人士，搜羅殆盡，莫不引領傾心，樂就皋比。迨引見之日，以膝軟故，跪不能起。上顧左右侍衛曰：『此虛症也。何不扶之？』於是侍衛周、鮑二公扶掖而起，送出中左門，而先大夫病實不支，遂解組歸矣。」

清康熙三十六年丁丑（一六九七）　六十四歲

因病辭官，三月抵達里第。

曹貞吉《清故歲貢生漪園李公墓志銘》：「今歲丁丑，余以病乞歸，先生宰木合圍矣。」

曹濂《儀部公行狀》：「丁丑三月，先大夫始抵里門，疾勢稍減。」

賦閒里居，與張貞、劉源淥（生卒年不詳，字崑石，號直齋，學者稱直齋先生，山東安丘人）、馬恆謙（生卒年不詳，字六吉，山東安丘人）等文士耆老效白社遺意，結詩社，日以詩文相酬。

張貞《祭曹實庵先生文》：「維歲之春，又與劉、馬諸君修雒陽九老、睢陽五老之會。不肖如余亦相招入社，坐無拘忌，不限醉醒。」

曹濂《儀部公行狀》：「又與劉先生崑石、張先生杞園及一時諸耆宿，倣白社遺意，結老人之會，月凡再舉，未嘗不扶杖以從。』

冬，安丘縣行鄉飲酒禮，曹貞吉爲大賓，行禮如儀。

曹濂《儀部公行狀》：『舉鄉飲大賓，猶能成禮而歸。』

去年十二月，姨表弟馬良顯（一六三七—一六九七，字臣鵠，又字臣哉，山東安丘人）卒，今年九月葬於祖塋，曹貞吉作《鴻臚馬公墓志銘》。

汪士鋐進士及第。

高珩卒。

清康熙三十七年戊寅（一六九八）　六十五歲

辭官里居。

秋，舊病復發，綿延至十一月初四日，卒於家，享年六十五歲。

曹濂《儀部公行狀》：『乃戊寅之秋，舊疾復作，不孝濂等雖甚惶怖，猶謂先大夫是疾，前此乍劇乍減，當不至遽爲大患也。詎意自此以後，牀褥支離，藥餌無效，沈綿數月，竟棄不孝諸孤而長逝耶。』

張貞《曹公墓志並銘》：『戊寅八月，偶失食飲節，舊疾大作，而公不起矣！　則康熙三十七年十一月四日也，距生崇禎七年正月二十二日，得年六十有五。』

清康熙三十八年，（一六九九）十一月二十日，安葬於安丘縣城東北十二固。

張貞《曹公墓志並銘》：『卒之又明年十一月二十日，葬吾縣東北十二固之原。』道光《安丘新志》卷四《古跡考》：『郎中曹貞吉墓，在（安丘）城東十二户。』

康熙《青州府志》卷九《古跡附陵墓》：『禮部郎中曹貞吉墓，（安丘）城東十二固。』

雍正《山東通志》卷三十二《陵墓志》：『皇清曹貞吉墓，在（安丘）縣東。』

曹貞吉夫人王氏、側室李氏。生子七人：曹灜，字廉水，號去矜，年歲貢生，官東昌府聊城縣訓導；曹霂，字掌霖，一字仲益，號去浮，監生，以蔭授七品京職，著《棗花田舍詩》、《冰絲詞》、《黄山紀遊詞》；曹霈，字叔甘，一字暘若，號去怠，監生，候選州同知；曹湛，字季沖，一字露繁，號去疾，康熙二十年（一六八一）舉人，知廣東遂溪縣，有《粤遊詩集》（以上王氏出）；曹澶，字廣淵，號去競，監生，候選州同知；曹澣，字幼旬，號去病，又號雪舫，庠生，有《雪舫詩詞》；曹涵，字巨源，一字季和，號去逸，又號瞿園。雍正四年（一七六二）舉人，歷任蓋平縣知縣、揚州府同知、常鎮揚通道兩淮都轉運使司鹽運使，有《瞿園集》（以上李氏出）。

道光《安丘新志》卷十八《事功傳》：『（曹貞吉）子灜、霂、湛、澣、涵，並能承家學，聞於時。』

唐夢賚卒。

引用書目

曹貞吉父子詩稿三種六卷　清曹貞吉、曹涵、曹溆撰　山東省博物館藏稿本

曹貞吉詩稿一卷

曹涵詩稿一卷

曹溆《蟲吟草》四卷

安丘曹氏家學守待二十三種三十二卷　清曹貞吉、曹申吉等撰　山東省圖書館藏清刻本暨清鈔本

珂雪詞二卷、補遺一卷　清曹貞吉撰　清康熙刻乾隆增刻本

珂雪初集一卷　清曹貞吉撰　清康熙八年刻乾隆增刻本

珂雪二集一卷　清曹貞吉撰　清康熙十一年刻本

朝天集一卷　清曹貞吉撰　清康熙二十五年刻本

鴻爪集一卷　清曹貞吉撰　清康熙二十六年刻本

十子詩略·實庵詩略一卷　清曹貞吉撰　清康熙刻乾隆三十五年印本

黃山紀遊詩一卷　清曹貞吉撰　清康熙刻本

黃山紀遊詞一卷　清曹霦撰　清康熙刻本

澹餘詩集四卷　清曹申吉撰　清乾隆三十五年補刻本

南行日記一卷　清曹申吉撰　清康熙刻乾隆三十五年補刻嘉慶間修版印本
實庵文稿一卷　清曹貞吉撰　清曹尊彝鈔本
珂雪三集二卷　清曹貞吉撰　清曹尊彝鈔本
珂雪三集古近體詩二卷　清曹貞吉撰　清曹尊彝鈔本
珂雪詞補遺一卷　清曹貞吉撰　清曹尊彝鈔本
黔行集古近體詩一卷　清曹申吉撰　清曹尊彝鈔本
黔寄集三卷　清曹申吉撰　清曹尊彝鈔本
黔寄集古近體詩一卷　清曹申吉撰　清曹尊彝鈔本
又何軒古近體詩一卷　清曹申吉撰　清曹尊彝鈔本
澹餘文集一卷　清曹申吉撰　清曹尊彝鈔本
棗花田舍古近體詩一卷　清曹霦撰　清曹尊彝鈔本
冰絲詞一卷　清曹霦撰　清曹尊彝鈔本
蟲吟草古近體詩一卷　清曹溆撰　清曹尊彝鈔本
蟲吟草詩餘一卷　清曹尊彝鈔本

安丘曹氏家集十種十五卷　清曹貞吉、曹申吉等撰　北京大學圖書館藏清刻本
珂雪初集一卷　清曹貞吉撰　清康熙八年刻乾隆補刻本
珂雪二集一卷　清曹貞吉撰　清康熙十一年刻本

珂雪詞二卷、補遺一卷　清曹貞吉撰　清康熙刻乾隆增刻本
十子詩略·實庵詩略一卷　清曹貞吉撰　清康熙刻乾隆三十五年增刻印本
朝天集一卷　清曹貞吉撰　清康熙二十五年刻本
鴻爪集一卷　清曹貞吉撰　清康熙二十六年刻本
黃山紀遊詩一卷　清曹貞吉撰　清康熙刻本
黃山紀遊詞一卷　清曹霦撰　清康熙刻本
澹餘詩集四卷　清曹申吉撰　清乾隆三十五年補刻本
南行日記一卷　清曹申吉撰　清康熙刻乾隆三十五年補刻嘉慶間修版印本
安丘曹氏家集十五種二十四卷　清曹貞吉、曹霦等撰　山東大學圖書館藏清鈔本
追遠堂古文·黔行紀略一卷　清曹師彬撰　清光緒鈔本
儀部公行狀　王太恭人行狀一卷　清曹濂撰　清光緒鈔本
蘿月山房古文一卷　清曹元詢撰　清光緒鈔本
蘿月山房古近體詩一卷　清曹元詢撰　清光緒鈔本
珂雪詩集一卷　清曹貞吉撰　清光緒鈔本
珂雪二集一卷　清曹貞吉撰　清光緒鈔本
珂雪三集三卷　清曹貞吉撰　清光緒鈔本
朝天集一卷　清曹貞吉撰　清光緒鈔本

鴻爪集一卷　清曹貞吉撰　清光緒鈔本

珂雪詞一卷、補遺一卷　清曹貞吉撰　清光緒鈔本

澹餘詩集四卷　清曹申吉撰　清光緒鈔本

黔寄集四卷　清曹申吉撰　清光緒鈔本

愛思樓詩古近體詩一卷　清曹尊彝撰　清光緒鈔本

愛思樓詩餘一卷　清曹尊彝撰　清光緒鈔本

香谷園詩·望淮集/倚蘭集/龍津集一卷　清曹桂醞撰　清光緒鈔本

安丘曹氏遺集六種九卷〔一〕　清曹貞吉、曹申吉、曹霦等撰　國家圖書館藏清刻本

澹餘詩集四卷　清曹申吉撰　清乾隆三十五年補刻本

南行日記一卷　清曹申吉撰　清康熙刻乾隆三十五年補刻嘉慶間修版印本

朝天集一卷　清曹貞吉撰　清康熙二十五年刻本

鴻爪集一卷　清曹貞吉撰　清康熙二十六年刻本

黄山紀遊詩一卷　清曹貞吉撰　清康熙刻本

黄山紀遊詞一卷　清曹霦撰　清康熙刻本

〔一〕　國家圖書館原著録爲『三種九卷』，乃《澹餘詩集》四卷、《南行日記》一卷合爲一種，《朝天集》一卷、《鴻爪集》一卷、《黄山紀遊詩》一卷合爲一種，《黄山紀遊詞》爲一種。

珂雪詩集六卷　清曹貞吉撰　國家圖書館藏清康熙刻、乾隆補刻本
珂雪詩集六卷　清曹貞吉撰　北京大學圖書館藏清宣統三年鈔本
珂雪詞二卷　清曹貞吉撰　南京圖書館藏清康熙張潮刻本
珂雪詞二卷　**補遺**一卷　清曹貞吉撰　南京圖書館藏清康熙刻本
珂雪詞二卷　**補遺**一卷　清曹貞吉撰　國家圖書館藏清康熙刻本
珂雪詞二卷　清曹貞吉撰　清文淵閣四庫全書本
珂雪詞二卷　**補遺**一卷　清曹貞吉撰　清吴重熹編　清光緒二十七年刻《吴氏石蓮庵刻山左人詞》本
珂雪詞二卷　**補遺**一卷　清曹貞吉撰　四部備要本
詠物十詞一卷　清曹貞吉撰　《昭代叢書》辛集别編本　清道光十三年刻本
秋水軒倡和詞二十二卷　清曹爾堪、陳維崧、曹貞吉等撰　清康熙十年遙連堂刻本
花間詞選不分卷　清曹貞吉編　復旦大學圖書館藏清稿本
安丘連池曹氏族譜二十卷　清康熙曹申吉等撰、民國曹幹續修　安丘曹成生藏民國二十二年石印本
友聲初集五卷　清張潮編　清乾隆四十五年刻本
顔氏家藏尺牘四卷附《姓氏考》　清顔光敏編　清道光二十七年海山仙館叢書本
清詩初集十二卷　清蔣鑨編　清康熙二十年鏡閣刻本
皇清詩選三十卷　清孫鋐輯評　清康熙二十七年刻本

詩觀初集　二集　三集四十卷　清鄧漢儀編　清康熙十一年至二十八年慎墨草堂刻本

黄山志續集八卷　清汪士鋐　吴綺編　民國二十四年安徽叢書本

國朝詩的　清陶煊、張璨編　清康熙六十一年刻本

國朝詩品二十一卷　清陳以剛、陳以樅、陳以明編　清雍正十二年刻本

國朝山左詩鈔六十卷　清盧見曾編　清乾隆三年盧氏雅雨堂精寫刻本

清詩别裁集三十二卷　清沈德潛編　清乾隆二十五年教忠堂重訂本

國朝詩十卷　**外編**一卷　**補**六卷　清吴翌鳳編　清嘉慶元年刻本

國朝詩人徵略六十卷　清張維屏編　清道光十年刻本

晚晴簃詩匯二〇〇卷　民國徐世昌編　民國十八年退耕堂刻本

清詩紀事初編八卷　鄧之誠編　上海古籍出版社，一九八四年

清詩紀事　錢仲聯編　鳳凰出版社，二〇〇四年

清平初選後集（詞壇妙品）十卷　清張淵懿、田茂遇編　清宣統三年掃葉山房石印本

今詞初集二卷　清顧貞觀、納蘭性德編　清康熙十六年刻本

東白堂詞選十五卷　清佟世南編　清康熙十七年刻本

瑶華集二十四卷　清蔣景祁編　清康熙二十六年刻本

百名家詞鈔一〇〇卷　清聶先、曾王孫編　清康熙綠蔭堂刻本

渠風集略七卷　清馬長淑編　清乾隆八年安丘馬氏輯慶堂刻本
昭代詞選三十八卷　清蔣重光編　清乾隆三十二年經鉏堂刻本
國朝詞綜四十八卷　清王昶編　清嘉慶七年王氏三泖漁莊刻增修本
篋中詞十卷　清譚獻編　清光緒八年刻本
詞則二十四卷　清陳廷焯編　上海古籍出版社，一九八四年
雲韶集二十六卷　清陳廷焯編　清鈔本
國朝文錄八十二卷　清李祖陶編　清道光十九年瑞州府鳳儀書院刻本
詞菿一卷　朱祖謀編、張爾田補錄　民國二十二年彊邨遺書本
清四家詞錄　民國王瀣編　廣陵古籍刻印社，二〇〇三年
全清詞鈔　葉恭綽編　中華書局，一九八二年
近三百年名家詞選　龍榆生編　古典文學出版社，一九五六年
清名家詞十卷　陳乃乾編　上海書店，一九八二年
全清詞（順康卷）　南京大學中文系編　中華書局，二〇〇二年
秋錦山房集二十二卷　**外集**三卷　清李良年撰　上海古籍出版社，二〇一〇年
秋錦山房詞一卷　清李良年撰　清康熙龔氏玉玲瓏閣《浙西六家詞》刻本
香草居集七卷　清李符撰　清康熙至乾隆刻李氏家集四種本
棠村詞三卷　清梁清標撰　鳳凰出版社二〇〇七年《清詞珍本叢刊》影印清康熙留松閣刻本

披雲閣詞一卷　清汪灝撰　清康熙刻本
羅裙草五卷　清高不騫撰　鳳凰出版社二〇〇七年《清詞珍本叢刊》影印清康熙刻本
惇裕堂集五卷　清孫寳侗撰　民國二十一年濟南同德印刷局本
汪謙子批檀弓二卷　清汪有光撰　清康熙十五年黟縣汪氏樂取堂刻本
標孟七卷　清汪有光撰　清康熙十五年黟縣汪氏樂取堂刻本
綠蘿庵詩二卷　清釋海岳撰　清康熙刻本
黄山草一卷　清黄元治撰　清康熙二十八年刻本
大易辯志二十四卷　清張習孔撰　清康熙二十九年刊本

感舊集十六卷　清王士禛撰　清乾隆十七年刻本
漁洋山人精華録十卷　清王士禛撰　四部叢刊景林信寫刻本
漁洋詩話三卷　清王士禛撰　清文淵閣四庫全書本
漁洋山人自撰年譜注補二卷　清王士禛撰、惠棟注補　清乾隆惠氏紅豆齋刻本
渠丘耳夢録　清張貞撰　清康熙四十八年刻本
杞田集十四卷　清張貞撰　清康熙四十九年春岑閣刻本
西陂類稿三十九卷　清宋犖撰　清文淵閣四庫全書本
尺牘偶存九卷　清張潮編　清乾隆四十五年刻本

古歡堂集四十九卷　清田雯撰　清文淵閣四庫全書本
迦陵詞全集三十卷　清陳維崧撰　清康熙二十八年惠立堂刻本
陳檢討四六二十卷　清陳維崧撰　清文淵閣四庫全書本
篋衍集十二卷　清陳維崧　清乾隆二十六年華綺刻本
湖海樓詩集十二卷　補遺一卷　清陳維崧撰　江蘇廣陵古籍刻印社，一九八九年
曝書亭集八十卷　清朱彝尊撰　四部叢刊景清康熙刻本
曝書亭集詞注七卷　清朱彝尊撰　清嘉慶十九年校經廎刻本
西堂詩集三十二卷　清尤侗撰　清康熙刻本
思舊錄一卷　清靳治荊撰　光緒二年世楷堂《昭代叢書》本
北黔山人詩十卷　清吳苑撰　清康熙刻本
栖雲閣文集十五卷　清高珩撰　清乾隆刻本
雄雉齋選集不分卷　清顧圖河撰　清康熙二十六年刻本
藤陰雜記十二卷　清戴璐撰　清嘉慶五年石鼓齋刻本
雪作鬚眉詩鈔八卷　清劉謙吉撰　清康熙刻本
泰雲堂集二十五卷　清孫爾準撰　清道光十三年刻本
鄉園憶舊錄六卷　清王培荀撰　清道光二十五年刻本
樂志堂詩集十二卷　清譚瑩撰　清咸豐九年刻本

藝風堂文續集九卷　清繆荃孫撰　清宣統二年刻民國二年印本

紅萼詞二卷　清孔傳鐸撰　清康熙刻本
古今詞話八卷　清沈雄撰　清康熙二十八年寶翰樓刻本
文獻徵存録十卷　清錢林撰　清咸豐八年刻本
蕙風詞話五卷　清況周頤撰　人民文學出版社，一九六〇年
西圃詞説一卷　清田同之撰　北京大學圖書館藏《德州田氏叢書》本
白雨齋詞話八卷　清陳廷焯撰　清光緒二十年刻本
梅邊吹笛譜二卷　清凌廷堪撰　民國二十四年安徽叢書本
彊村語業三卷　清朱祖謀撰　民國十三年托鵑樓刻本
彊村老人評詞　清朱祖謀撰　中華書局《詞話叢編》本，一九八六年
雪橋詩話四十卷　民國楊鍾羲撰　民國求恕齋叢書本

香祖筆記十二卷　清王士禛撰　上海古籍出版社，一九八二年
池北偶談二十六卷　清王士禛撰　上海古籍出版社，一九九三年
談龍録不分卷　清趙執信撰　人民文學出版社，一九八一年
宸垣識略十六卷　清吴長元撰　北京古籍出版社，一九八三年

壬寅銷夏録不分卷　清端方撰　上海古籍出版社《續修四庫全書》影印清稿本
清秘述闻十六卷　清法式善撰　中華書局，一九八二年
五百石洞天揮麈十二卷　清邱煒萲撰　清光緒二十五年刻本

清史稿五三六卷　清趙爾巽等撰　中華書局，一九七七年
雍正山東通志三十六卷，清杜詔等纂　清文淵閣四庫全書本
雍正廣西通志一二八卷　清金鉷等監修　清文淵閣四庫全書本
乾隆江南通志二〇〇卷　清黄之雋等纂　清文淵閣四庫全書本
嘉慶湖南通志二一九卷　清黄本驥等纂　清嘉慶二十五年刻本
光緒湖南通志三一六卷　清曾國荃等纂　清光緒十一年刻本
民國山東通志二〇〇卷　清孫葆田等纂　民國七年鉛印本
民國安徽通志稿一五十七卷　民國安徽通志館輯　民國二十三年鉛印本

康熙揚州府志四十卷　清崔華、張萬壽等纂　清康熙二十四年刻本
康熙徽州府志十八卷　清趙吉士等纂　清康熙三十八年刻本
康熙青州府志不分卷　清王欆等纂　清康熙六十年刻本
康熙安慶府志三十二卷　清張楷等纂　清康熙六十年刻本

雍正揚州府志六十卷　清尹會一等纂　清雍正十一年刻本
乾隆沂州府志三十六卷　清潘遇莘等纂　清乾隆二十五年刻本
乾隆兗州府志三十二卷　清陳顧等纂　清乾隆二十五年刻本
乾隆池州府志五十八卷　清張士範等纂　清乾隆四十三年刻本
道光濟南府志七十二卷　清成瓘等纂　清道光二十年刻本
道光徽州府志十六卷　清夏鑾等纂　清道光七年刻本
道光重修平度州志二十七卷　清李圖等纂　清道光二十九年刻本
咸豐大名府志二十二卷　續志六卷　清何俊等纂　清咸豐三年刻本
咸豐青州府志六十四卷　清李圖等纂　清咸豐九年刻本
同治贛州府志七十八卷　清魯琪光等纂　清同治十二年刻本
光緒順天府志一三十卷　清張之洞等纂　清光緒十五年重印本
光緒永平府志七十二卷　清史夢蘭等纂　清光緒五年刻本
康熙續安丘縣志二十五卷　清王訓纂　清康熙元年刻本
乾隆江都縣志三十二卷　清黄湘等纂　清乾隆八年刻光緒七年重刻本
乾隆任丘縣志十二卷　清劉統、劉炳等纂　清乾隆二十七年刻本
乾隆歙縣志二十卷　清劉大櫆等纂　清乾隆三十六年刻本
乾隆浯溪新志十四卷　清宋溶等纂　乾隆三十五年刻本

嘉慶黟縣志十六卷　清俞正燮等纂　清道光五年刻本
道光滕縣志十四卷　清王庸立等纂　清道光二十六年刻本
道光安丘新志二十八卷　民國馬世珍等纂　民國九年石印本
同治黟縣三志十六卷　清程鴻詔等纂　清同治九年刻本
同治贛縣志五十四卷　清褚景昕等纂　清同治十一年刻本
光緒丹徒縣志六十卷　清呂耀斗等纂　清光緒五年刻本
光緒日照縣志十二卷　清張庭詩等纂　清光緒十二年刻本
光緒增修甘泉縣志二十四卷　清陳浩恩等纂　清光緒七年刻本
光緒費縣志十六卷　清李敬修纂修　清光緒二十二年刻本
光緒九華山志十卷　清周贇等纂　清光緒二十六年刻本
民國重修婺源縣志七十卷　民國江峰青等纂　民國十四年刻本
民國續安丘新志二十五卷　民國馬步元等纂　民國九年石印本
民國臨榆縣志二十三卷　民國高凌霨等纂　民國十八年鉛印本
四庫全書總目二〇〇卷　清永瑢等撰　中華書局，一九六五年
四庫全書簡明目録二十卷　清永瑢等撰　上海古籍出版社，一九八五年

曹貞吉集　王佩增、宋開玉編　山東大學出版社，一九九四年
珂雪詞箋注　段曉華編　華東師範大學出版社，二〇一八年
曹貞吉與曹申吉　趙儷生　《光明日報》一九八三年八月九日
曹貞吉和他的詩歌創作　王佩增　《文史哲》一九八七年第五期
曹貞吉和他的詩詞創作　王佩增、宋開玉　《文獻》一九九六年第四期
清代著名詞人曹貞吉行年簡譜　薛祥生　《中國韻文學刊》一九九九年第一期
曹貞吉詞及清初詞壇　翁容　暨南大學碩士學位論文，二〇〇三年
曹貞吉及其《珂雪詞》研究　胡曉蓓　南京大學碩士學位論文，二〇〇五年
安丘曹氏及其文學　主父志波　山東大學博士學位論文，二〇一〇年
明清安丘曹氏家族文化與文學研究　趙紅衛　山東師範大學博士學位論文，二〇一二年

後記

一九八六年秋，我考入山東大學文史哲研究所，師從著名語言學家吉常宏教授攻讀漢語史專業碩士研究生，是當年研究所唯一招錄的學生。當時適值《漢語大詞典》定稿工作的初期，作爲負責定稿的編輯委員、分卷主編，吉先生須留居上海《漢語大詞典》編纂處工作，不能回濟南給我上課，因此，先生便將我託付王佩增教授，請王老師給我上課，而此時《漢語大詞典》山東大學編寫組已歸建爲文史哲研究所語言研究室，科研人員只有吉常宏教授和王佩增教授，除日常的教學科研工作外，王佩增教授還承擔著《漢語大詞典》定稿階段的許多工作。只要沒有公共課，我每天都會在大詞典組碩大的工作臺一邊坐著，讀著王老師佈置閱讀的書，而王老師每天也會坐在桌子的另一邊，一邊忙著工作，一邊隨時爲我釋疑解惑，就這樣一年半中，王老師先後爲我講授『先秦漢語資料導讀』、『兩漢漢語資料導讀』、『古代漢語文獻及其使用』等課程。

一九八九年我留校工作，當時王佩增老師承擔了山東省古籍整理規劃項目《曹貞吉集》的整理工作，爲了檢驗我的讀書效果，也爲了給我鍛煉的機會，王老師便把《珂雪詞》兩卷的集評、點校工作佈置給我，讓我試著做做看，而他從旁時時指導督正。同時，他還命我試著做個《珂雪詞》箋注本。這時也正是語言研究室工作繁忙的階段，除了《漢語大詞典》的後期定稿工作外，承擔的《漢語大詞典簡編》、《漢語稱謂大詞典》（吉常宏教授主編）、《唐五代詞釋注》（孔范今教授主編）等多項國家及山東省級項目也同時在推進，佩增老師都承擔副主編或主要編寫者的角色，我也是主要參與者。王老師還參與了《杜甫全集校注》（蕭滌非教授主編）的編寫工作，並兼任文史哲研究所副所長，可謂事務繁忙。這樣，《曹貞吉集》的編校工作時斷時續，直到一九九三年底才基本完成初稿。

一九九四年春節，我給導師吉常宏先生拜年時，先生告訴我佩增老師病了，且比較嚴重。假期還沒過完，我便從老家返回學校，才知道佩增老師不幸罹患肝癌，已經是晚期。我的父親在我十二歲的時候因食管癌去世，我對癌症有切身之痛，因此，這個消息對我打擊極大，那段時間我會不由自主地去想，是不是因爲自己這幾年的不聽話和不努力，常常惹得王老師生氣？坐在辦公室工作臺的這邊，看著對面王老師空出的座位，每每黯然垂淚。

佩增老師表面上看不出什麼憂傷，但似乎對手頭沒有結束的各項工作有些著急。此前，他讓我接替他擔任語言研究室主任，我每次去看他，他都跟我商量研究室接下來的研究規劃、研究生培養等事宜，囑咐我盡快出版《曹貞吉集》。他還告訴我，山東大學已經退休的著名外國文學專家張健教授是安丘人，是曹貞吉姻親張貞的後代，張教授告訴他曹貞吉的後人抗戰以後定居青島，曹貞吉、曹申吉等人的文稿在他後人手裏。王老師跟我約定，等他病好後一起去青島訪書，爭取做一個收羅最全的《曹貞吉集》。

在時任文史哲研究所所長張忠綱教授的幫助下，一九九四年五月，申請了山東省華夏文化促進會的出版資助，將《曹貞吉集》稿交山東大學出版社出版，鄒宗良教授擔任責任編輯，鄒老師跟我加緊編輯、校對書稿，十二月份出版了《曹貞吉集》，但王佩增教授已於七月份就離開了我們。

王佩增老師去世後，我曾遵照他的囑託去青島尋找曹貞吉後代，但當時條件較差，沒有什麼結果。同時，當時國內各級圖書館的古籍資料尚不易取得，更主要的是，每次想到這個工作，我心裏不禁傷痛，有些有意識地想躲開這件事，不願意碰觸。此後，不斷有全國各高等院校的碩士生、博士生以曹貞吉詞或詩爲題撰寫學位論文，他們來信或登門向我討要曹貞吉詩詞的有關材料，也有人表示要重新編輯《曹貞吉集》，我覺得既然有這麼多青年學者有志於斯，我樂得給他們提供幫助，希望他們能盡快完成此項工作，認爲並不一定必須由我來編一部更全的《曹貞吉集》才算對得起王老師，所以也就放下了這件事。

二〇〇五年，杜澤遜教授主持編輯《山東文獻集成》，他在山東省博物館、山東省圖書館、山東大學圖書館等國內圖書機構搜羅到了較爲全面的安丘曹氏文獻，在《山東文獻集成》尚未出版之前，澤遜教授就慷慨地將相關材料照片全部送給了我。二〇〇九年三月，我尚在山東大學文史哲研究院副院長任上，學校決定由我協助院長傅永軍教授重啟《杜甫全集校注》編寫工作，在與人民文學出版社有關同志工作接觸之時，周絢隆編審認爲我應該把新的《曹貞吉集》做出來，但我還是寄希望於年輕學者的工作，沒有答應。

二〇一六年初，周絢隆副總編輯告訴我，他已經與杜桂萍教授商定，由我重新編定《曹貞吉集》，收入杜桂萍教授主持的國家社會科學基金重大招標項目《清代詩人別集叢刊》中。考慮到終歸要完成老師的囑託，也由於這幾年不斷讀到年輕學者有關曹貞吉詩詞的碩、博士學位論文以及學術論著，驚歎於年輕學者學術水平的遠臻高詣之餘，總感到尚有些許遺憾，又蒙杜桂萍教授不棄譾陋，所以就斗膽重新開始做了這個工作。

本書獲得了二〇一七年度國家古籍整理出版專項經費資助。衷心感謝杜澤遜教授、杜桂萍教授、周絢隆編審、葛雲波編審的大力幫助。葛雲波編審認真審讀幾過，賜教良多。感謝我的學生宋一明、崔燕南、張永寧、蘧娜、季淑玲、高夢華、李若楠、安寧、張鴻鳴、閆傑、張金秋、涂嘉敏，感謝主父志波博士、趙紅衛博士。他們的無私幫助讓我能很順利、高效地把這個《曹貞吉集》做完。

借助本書的工作過程，讓我又獲得了對於與安丘曹氏家族文獻的重新學習的機會，也藉此部分地完成了王佩增老師的心願，對我來說，這實在是一件幸運和快樂的事。

書中肯定還有錯誤沒有糾正、疑難沒有解决，也肯定還有曹貞吉詩詞文作品散佚在各類文獻中，我還需繼續努力，亦敬祈方家教正。

宋開玉

二〇一八年九月二十八日於山東大學